AF674736

हिन्द पॉकेट बुक

‘उस’

पथ के पथिक

ओशो, जिन्हें भगवान श्री रजनीश, ओशो रजनीश, या केवल रजनीश के नाम से भी जाना जाता है, एक भारतीय विचारक, धर्मगुरु और रजनीश आंदोलन के प्रणेता-नेता थे। उनका असली नाम चंद्र मोहन जैन था, लेकिन लोगों ने उन्हें ‘ओशो’ बना दिया। यह शब्द लैटिन भाषा के ‘ओशनिक’ शब्द से लिया गया है जिसका अर्थ है सागर में विलीन हो जाना।

अपने संपूर्ण जीवनकाल में आचार्य रजनीश को एक रहस्यदर्शी, गुरु और आध्यात्मिक शिक्षक के रूप में देखा गया। वे धार्मिक रूढ़िवादिता के बहुत कठोर आलोचक थे। 1960 के दशक में उन्होंने पूरे भारत में एक सार्वजनिक वक्ता के रूप में यात्रा की और वे समाजवाद, महात्मा गाँधी और हिंदू धार्मिक रूढ़िवाद के प्रखर आलोचक रहे। उन्होंने मानव कामुकता के प्रति ज्यादा खुले रवैये की वकालत की, जिसके कारण वे भारत तथा पश्चिमी देशों में भी आलोचना के पात्र रहे, हालाँकि बाद में उनका यह दृष्टिकोण अधिक स्वीकार्य हो गया।

'उस' पथ के पथिक

(Sufis the People of the Path के पूर्वार्द्ध का हिन्दी रूपांतरण)

ओशो

अनुवाद

स्वामी ज्ञानभेद

हिन्द पॉकेट बुक्स

पेंगुइन रैंडम हाउस इम्प्रिंट

हिन्द पॉकेट बुक्स

यूएसए | कनाडा | यूके | आयरलैंड | ऑस्ट्रेलिया | सिंगापुर
न्यू ज़ीलैंड | भारत | दक्षिण अफ्रीका | चीन

हिन्द पॉकेट बुक्स, पेंगुइन रैंडम हाउस ग्रुप ऑफ़ कम्पनीज़ का हिस्सा है,
जिसका पता global.penguinrandomhouse.com पर मिलेगा

पेंगुइन रैंडम हाउस इंडिया प्रा. लि.,
चौथी मंजिल, कैपिटल टावर -1, एम जी रोड,
गुड़गांव 122 002, हरियाणा, भारत

पेंगुइन
रैंडम हाउस
इंडिया

प्रथम हिन्दी संस्करण हिन्द पॉकेट बुक्स द्वारा 2009 में प्रकाशित
यह हिन्दी संस्करण हिन्द पॉकेट बुक्स में पेंगुइन रैंडम हाउस द्वारा 2022 में प्रकाशित

कॉपीराइट © ओशो इंटरनेशनल फाउंडेशन, 2008

सर्वाधिकार सुरक्षित

10 9 8 7 6 5 4 3 2

इस पुस्तक में व्यक्त विचार लेखक के अपने हैं, जिनका यथासंभव तथ्यात्मक सत्यापन किया गया है, और इस संबंध में प्रकाशक एवं सहयोगी प्रकाशक किसी भी रूप में उत्तरदायी नहीं हैं।

ISBN 9788121620826

मुद्रकः रेप्रो इंडिया लिमिटेड

यह पुस्तक इस शर्त पर विक्रय की जा रही है कि प्रकाशक की लिखित पूर्वानुमति के बिना इसका व्यावसायिक अथवा अन्य किसी भी रूप में उपयोग नहीं किया जा सकता। इसे पुनः प्रकाशित कर विक्रय या किराए पर नहीं दिया जा सकता तथा जिल्दबंद अथवा किसी भी अन्य रूप में पाठकों के मध्य इसका परिचालन नहीं किया जा सकता। ये सभी शर्तें पुस्तक के ख़रीददार पर भी लागू होंगी। इस संदर्भ में सभी प्रकाशनाधिकार सुरक्षित हैं।

www.penguin.co.in

FSC www.fsc.org
MIX
Paper from responsible sources
FSC® C047271

This is a legitimate digitally printed version of the book and therefore might not have certain extra finishing on the cover.

अनुक्रम

पहिला प्रवचन

एक अनूठे क़िस्म का जादू

11 अगस्त, 1977

उवैस से पूछा गया–'आपको कैसा अनुभव होता है?'
उसने उत्तर दिया–'ठीक किसी भी अन्य व्यक्ति की भांति ही, जो सुबह उठता है और यह नहीं जानता कि कहीं वह शाम होने तक मर तो नहीं जाएगा।'
उसी व्यक्ति ने कहा–'लेकिन यह स्थिति तो हम सभी मनुष्यों की है।'
उवैस ने कहा–'हां, 'लेकिन उनमें से कितने लोग इसे महसूस करते हैं?'

एक बार एक विद्वान मुसलमान मेरे पास आए और उन्होंने पूछा–"आप मुसलमान नहीं हैं, तब फिर आप क्यों सूफ़ियों पर बोल रहे हैं?" मैंने उनसे कहा–"स्पष्ट ही मैं एक मुसलमान नहीं हूं, लेकिन मैं सभी तरह से एक सूफ़ी जैसा तो हूं ही।"

एक सूफ़ी होने के लिए मुसलमान होने की आवश्यकता नहीं है। एक सूफ़ी कहीं भी किसी भी रूप में हो सकता है, क्योंकि सूफ़ी धर्म, सभी धर्मों का सारभूत केंद्र है। इसका ख़ासतौर से इस्लाम से कुछ भी लेना-देना नहीं है। सूफ़ी धर्म, बिना इस्लाम के भी जीवित रह सकता है, लेकिन इस्लाम बिना सूफ़ी धर्म के जीवित नहीं रह सकता। बिना सूफ़ी धर्म के इस्लाम एक मुर्दे जैसा होगा। केवल सूफ़ी धर्म के साथ होने से वह जीवित बना हुआ है।

जहाँ कभी भी धर्म जीवित है, तो वह सूफ़ी धर्म के ही कारण। सूफ़ी धर्म का प्रामाणिक अर्थ है–परमात्मा के साथ एक प्रेम संबंध, अखंड अस्तित्व और सर्वोच्च सत्ता के साथ एक प्रेम का रिश्ता जोड़ना। इसका अर्थ है। कि एक व्यक्ति उस अखंड अस्तित्व में घुलकर और मिट कर एक हो जाने को तैयार है; इसका अर्थ है कि वह एक उसे अपने हृदय में आने का निमंत्रण दे रहा है। वह कोई भी औपचारिकता नहीं जानता। वह किसी भी विश्वास, सिद्धांत, संप्रदाय अथवा किसी पूजाघर तक सीमित नहीं है। एक ईसाई भी सूफ़ी है, जितना कि एक मुसलमान सूफ़ी है। कृष्ण भी उतने ही सूफ़ी हैं, जितने की बुद्ध। यह है पहली बात, जो मैं तुम्हें स्मरण कराना चाहता हूं; कि सूफ़ी धर्म, अंतस्थल की अतल गहराई का केंद्र है; जैसा कि ज़ेन और हसीदी धर्म हैं। परमात्मा के साथ सर्वोच्च संबंध जोड़ने वाले, यह केवल भिन्न-भिन्न नाम हैं।

यह रिश्ता बहुत खतरनाक है। यह खतरनाक इसलिए है, क्योंकि तुम परमात्मा के जितने अधिक निकट आते हो, तुम अधिक-से-अधिक भाप की तरह उड़ते जाते हो। और जब तुम वास्तव में उसके पास आ जाते हो, तुम बचते ही नहीं। यह बहुत खतरनाक है, क्योंकि यह आत्मघाती है... लेकिन यह आत्मघात बहुत सुंदर है। परमात्मा में आकर मिट जाना या मर जाना ही प्रामाणिक रूप से जीने का केवल मात्र मार्ग है। जब तक तुम मर नहीं जाते, जब तक तुम स्वेच्छा से प्रेम में मिट नहीं जाते, तुम एक ऐसा जीवन जीते हो, जो न तो अच्छा है और न बुरा, जो नीरस और उदास है, और जिसका तुम्हारे लिए कोई भी अर्थ नहीं है। तुम्हारे हृदय में कोई काव्य नहीं गूंजता, तुम्हारे पैर नृत्य में ठुमकते नहीं, कोई उसका आनंद नहीं होता, और तुम पूरी तरह अंधेरे में टटोलते रहते हो। तुम बहुत मद्धिम त्वरा से जीते हो और तुम उमड़ते हुए परमानंद में बहते नहीं।

यह उमड़ना और लबालब आनंद से भर जाना, केवल तभी घटता है, जब तुम नहीं रह जाते। तुम्हीं एकमात्र बाधा हो। सूफ़ी धर्म वही कला है, जो तुम्हारे और 'तू' के बीच, स्वयं और अस्तित्व के बीच और खंड और अखंड के बीच की बाधा दूर करती है।

थोड़ी सी बातें 'सूफ़ी' शब्द के बारे में समझ लें । एक प्राचीन फारसी शब्द कोष में 'सूफ़ी' शब्द का उल्लेख करते हुए...उसकी परिभाषा एक काव्य पंक्ति में दी गई हैं–'सूफ़ी चिश्त–सूफ़ी सूफ़िस्त्' कौन है सूफ़ी? एक सूफ़ी, सूफ़ी है। यह बहुत सुंदर परिभाषा है। इस उल्लेखनीय चीज़ को कोई परिभाषा नहीं दी जा सकती। 'एक सूफ़ी, एक सूफ़ी होता है। यह परिभाषा कुछ भी नहीं कहती, पर फिर भी यह बहुत कुछ कहती है। यह कहती है कि सूफ़ी को परिभाषित नहीं किया जा सकता। उसे स्पष्ट करने के लिए कोई दूसरा शब्द है ही नहीं। इसके समानार्थी अन्य कोई भी शब्द नहीं है, और न इसे भाषा के द्वारा परिभाषित किए जाने की कोई संभावना है, यहाँ ऐसी कोई अन्य दूसरी अपरिभाषित चीज़ है ही नहीं।

तुम इसके साथ जी सकते हो, लेकिन मन और बुद्धि के द्वारा इसे जानना असंभव है। उसे जानने का कि वह क्या है, केवल एक ही उपाय है कि तुम सूफ़ी ही बन जाओ। तब तुम स्वयं उसकी वास्तविकता का,

जो उपलब्ध है, स्वाद ले सकते हो। तुम्हें किसी शब्दकोश में जाने की आवश्यकता नहीं है, तुम अस्तित्व में जा सकते हो।

मैंने सुना है...

एक छोटा बच्चा अपने बगीचे में खेल रहा था। वह बहुत छोटा-सा लड़का था और उस बड़े बुलडॉग (कुत्ते) से वह बहुत डरा हुआ था, जो उसके पड़ोस के घर की चहारदीवारी में रहता था।

एक दिन कुछ साहसिक कारनामा करने के इरादे से वह चहारदीवारी पर चढ़ गया; और तभी तेजी से झपटता हुआ बुलडॉग लड़के की ओर बढ़ा और उसके चेहरे को चाटने लगा। तभी लड़के ने चीखना शुरू कर दिया और उसकी मां लगभग तुरंत ही वहाँ आ पहुँची।

–"डार्लिंग! उसने तुम्हें काटा तो नहीं?"

–"नहीं", छोटा लड़का पिनपिनाते हुए बोला–"लेकिन उसने मेरा स्वाद ले लिया है।"

यदि तुम अभी तैयार नहीं हो कि सूफ़ी धर्म तुम्हारा भोजन बने, तुम कम-से-कम उसका स्वाद तो ले सकते हो।

और मैं उसका थोड़ा-सा स्वाद ही तुम्हें उपलब्ध कराने जा रहा हूं। यदि एक बार तुमने उस अमृत की, जिसे सूफ़ी धर्म कहते हैं, एक बूंद भी चख ली तुम प्रेम और अधिक पाने के लिए कहीं अधिक प्यासे हो जाओगे। पहिली बार तुम्हें परमात्मा की अभीप्सा का अनुभव होना शुरू हो जाएगा।

यह बातचीत यह तो स्पष्ट नहीं कर सकती कि सूफ़ी धर्म क्या है–क्योंकि मैं कोई दार्शनिक नहीं हूँ, न मैं कोई धर्म शास्त्री हूँ। और न मैं वास्तव में सूफ़ी धर्म के बारे में, कोई बातचीत कर रहा हूँ, मैं सूफ़ी धर्म की चर्चा करूंगा।

यदि तुम इस साहसिक यात्रा पर मेरे साथ चलने को तैयार हो, तो तुम इसका स्वाद पा सकोगे। यह कुछ ऐसी चीज़ है, जिससे तुम्हारा हृदय प्रेम से स्पदिंत होना शुरू हो जाएगा, और तुम्हारे हृदय की कली खिलने लगेगी। तुम्हें हृदय में एक विशिष्ट सिहरन और थिरकन का अनुभव होना शुरू हो जाएगा–जैसे मानो कोई चीज़ अंदर सजग और सचेत बनती जा रही हो, जैसे मानो एक लंबी अवधि से सोये हुए हृदय ने पहिली बार भोर का मद्धिम उजास देखा हो–और वहीं तुम्हें उसका स्वाद मिलेगा।

सूफ़ी धर्म में एक ख़ास तरह का आकर्षण है, एक अनूठे किस्म का स्वाद है, जो किसी किताब या धर्मशास्त्र से नहीं, केवल एक व्यक्ति से दूसरे व्यक्ति को हस्तांतरित किया जा सकता है। यह भी ठीक ज़ेन की ही भांति है, एक ऐसा संप्रेषण, जो शब्दों के पार है। सूफ़ियों में इसके लिए एक विशिष्ट शब्द है–वे इसे 'सिलसिला' कहते हैं। जिसे हिंदू परंपरा कहकर पुकारते हैं, वे लोग उसे 'सिलसिला' कहते हैं। सिलसिला का अर्थ है, एक हृदय से दूसरे हृदय तक, एक व्यक्ति से दूसरे व्यक्ति तक किसी चीज़ का हस्तांतरण। यह बहुत प्रामाणिक व्यैक्तिक धर्म है।

तुम बोध को उपलब्ध किसी सद्‌गुरू से संबंधित हुए बिना इसे नहीं पा सकते–अन्य कोई दूसरा मार्ग है ही नहीं। सूफ़ी धर्म पर जो भी साहित्य उपलब्ध है, तुम उसका अध्ययन कर सकते हो, और उसे पढ़कर तुम शब्दों के जंगल में भटक जाओगे। जब तक तुम कोई पथ–प्रदर्शक न खोज लो, जब तक तुम किसी दिशा निर्देशक के प्रेम में पड़ जाओ, तब तक तुम उसका स्वाद न पा सकोगे।

यदि तुम साहसी हो और खतरों से खेल सकते हो, तो मैं तुम्हें इस अज्ञात और दूर की यात्रा पर ले जाने के लिए तैयार हूँ। मैं आशा करता हूँ कि तुम ऐसे ही हो, क्योंकि केवल साहसी लोग ही मेरी ओर आकर्षित होते हैं। यह स्थान कायरों के लिए नहीं है, यह स्थान तथाकथित धार्मिक लोगों के लिए नहीं है; यह स्थान तथाकथित परमात्मा से भयभीत होने वालों के लिए भी नहीं है–यह स्थान तो उन लोगों के लिए है, जिन्हें मैं परमात्मा का प्रेमी कहता हूँ। और उनके पास पूरी तरह से कुछ भिन्न ही गुण होते हैं। परमात्मा से भयभीत व्यक्ति कभी भी धर्म के गूढ़ क्षेत्रों की ओर गतिशील नहीं हो सकता, अपने भय के कारण ही वह ऐसा नहीं कर सकता। यह शब्द, 'परमात्मा से डरने वाला' कितना निरर्थक है। यदि तुम परमात्मा से ही डरते हो, तो फिर तुम प्रेम करने कहाँ जा रहे हो? तुम किससे प्रेम करने जा रहे हो? यदि तुम परमात्मा से ही प्रेम नहीं कर सकते, तो फिर तुम्हारे लिए किसी से भी प्रेम करना संभव न हो सकेगा। यदि परमात्मा के साथ भी भय के कारण ही उससे जुड़े हुए हो, तो यह कोई भी संबंध हो ही नहीं सकता।

लेकिन हम लोगों को परमात्मा से डरना सिखाया गया है। वास्तव में हम लोगों को प्रत्येक चीज़ से केवल डरना ही सिखाया गया है। हम पूरे जीवन भर कायर बने भय से काँपते ही रहते हैं, नर्क जाने का भय, परमात्मा से भय और दंड पाने का भय! हम लोग अच्छे और सदाचारी बने हुए हैं, तो केवल भय के ही कारण। यह किस तरह की अच्छाई और नैतिकता है, जो भय पर आधारित हो?

और तुम परमात्मा को प्रेम कैसे कर सकते हो, यदि तुम्हारी आधारभूत पहुँच ही भय के द्वारा है। भय से कभी भी प्रेम का जन्म नहीं होता–यह एक असंभव बात है। और प्रेम से कभी भी भय उत्पन्न नहीं होता। जब तुम किसी व्यक्ति से प्रेम करते हो, तो सारा भय मिट जाता है। और जब तुम डरते हो, तो सारा प्रेम समाप्त हो जाता है। यदि तुम किसी व्यक्ति से डरते हो, तो तुम उसे घृणा करते हो, लेकिन तुम उसे प्रेम नहीं कर सकते।

सदियों से मनुष्य को परमात्मा से डरना सिखाया गया है और इसका अंतिम परिणाम यह हुआ कि नीत्शे को यह घोषणा करनी पड़ी कि परमात्मा मर चुका है। भय की ओर उन्मुख चित्त का यही अंतिम परिणाम होता है। इस परमात्मा को तुम कितनी अवधि तब बरदाश्त कर सकते हो? तुम कितनी लंबी अवधि तक उससे डरे–डरे हुए जीवित रह सकते हो? एक-न-एक दिन तो तुम्हें उसे मारना ही होगा। यही वह था जो नीत्शे ने किया। जब उसने कही–'परमात्मा मर गया है, तो उसने साथ में यह भी कहा–'अब मनुष्य स्वतंत्र है। 'परमात्मा मर चुका है और अब मनुष्य स्वतंत्र है'। अन्यथा तुम परमात्मा से कैसे स्वतंत्र हो सकते हो, यदि परमात्मा केवल भय का ही स्रोत है। भय तुम्हें स्वतंत्रता नहीं दे सकता।

जो लोग मेरे पास आते हैं, वे परमात्मा को प्रेम करने वाले लोग हैं। जब मैं कहता हूँ–परमात्मा को प्रेम करने वाले लोग, तो मेरा अर्थ है कि वे लोग जो खोज में हैं। वे उसे जानना चाहते हैं। और वे उसे प्रामाणिक रूप से जानना चाहते हैं, वे उसके बारे में उधार ज्ञान या जानकारी नहीं चाहते। वे उसका कुछ स्वाद पाना चाहते हैं। वे परमात्मा के आमने–सामने होकर साक्षात्कार करना चाहते हैं, वे उसकी आँखों में झाँकना चाहते हैं।

लेकिन तुम परमात्मा की आँखों में देखने में समर्थ हो सको, इससे पहिले तुम्हें सद्गुरू की आँखों में झाँकने की क्षमता अर्जित करनी पड़ेगी।

तुम वहीं से गहरे में उतरना शुरू करते हो। वहीं से तुम्हारी यात्रा की शुरुआत होती है।

मैं स्वयं तुम्हारे लिए उपलब्ध बना रहूँगा। सूफ़ी धर्म पर बोलना तो एक बहाना है। मैं सूफ़ी धर्म के बारे में बातचीत नहीं करूंगा, मैं स्वयं सूफ़ी धर्म पर ही बोलूँगा। 'सूफ़ी धर्म', एक बहुत सुंदर शब्द है। इसकी बहुत सी दिशाएँ हैं और सभी बहुत सुंदर हैं। और मैं किसी एक दिशा पर जोर नहीं दूंगा, जैसा कि अभी तक बार-बार किया जाता रहा है। कुछ लोग एक दिशा को चुनते हैं, और कुछ लोग दूसरी दिशा को। लेकिन मेरी समझ में सभी दिशाएं सुंदर हैं और उन सभी पर कहने के लिए कुछ विशिष्ट चीज़े हैं। मैं उन सभी को स्वीकार करता हूँ।

एक वृद्ध सूफ़ी सद्‌गुरू अबुल हसाम ने कहा है–कभी सूफ़ी धर्म बिना किसी नाम के प्रामाणिक रूप से एक वास्तविकता थी और अब सूफ़ी धर्म का नाम तो है, लेकिन उसमें प्रामाणिक वास्तविकता नहीं।

सदियों तक सूफ़ी धर्म बिना किसी नाम के अस्तित्व में रहा! वह एक प्रामाणिक यथार्थ बनकर रहा। इसी कारण मैं कहता हूं कि जीसस भी एक सूफ़ी थे, उतने ही सूफ़ी मुहम्मद, महावीर और कृष्ण थे। कोई भी व्यक्ति जिसने परमात्मा को जाना है, वह सूफ़ी ही है। ऐसा मैं क्यों कहता हूं? 'सूफ़ी' शब्द को समझने का प्रयास करें और यह बात तुम्हारे सामने स्पष्ट हो जाएगी।

यह सूफ़ी शब्द एक नई ईजाद है, एक जर्मन ईजाद है, यह जर्मनी के विद्वानों का उपहार है। ऐसा हुए डेढ़ सौ वर्षों से अधिक नहीं हुए। अरबी भाषा में एक शब्द हैं–'तसव्वुफ्फ' । लेकिन दोनों ही शब्दों का मूल 'सूफ़' है जिसका अर्थ ऊन होता है।

यह बात बड़ी अजीब लगती है, कि ऊन, सूफ़ी धर्म का प्रतीक क्यों बनी? विद्वान लोग कहे चले जाते हैं कि ऐसा इसलिए हुआ, क्योंकि सूफ़ी लोग ऊनी लाबादा पहिना करते थे। यह बात सत्य है। लेकिन क्यों? कोई भी इसका उत्तर न दे सका। उन्हें ऊनी लबादे ही क्यों पहिनना चाहिए था? कुरान में मुसलमान भी यह कहते हैं कि जब मोज़ेज़ का परमात्मा से साक्षात्कार हुआ तो वह ऊनी लबादा ही पहिने हुए थे। जब परमात्मा

ने उनसे बातचीत की, तो वे ऊनी लाबादा ही पहिने हुए थे। लेकिन क्यों?

इसमें एक बहुत गूढ़ प्रतीक है। यह सांकेतिक है। ऊन है पशुओं की पोशाक और एक सूफ़ी को एक पशु जैसा, भेड़ जैसा ही निर्दोष बनना होता है। सूफ़ी को वह प्राथमिक निर्दोषता प्राप्त करनी होती है। उसे प्रत्येक तरह की सभ्यता के बंधनों को छोड़ना होता है, उसे सभी तरह की संस्कृतियों को छोड़ना होता है, उसे समाज और परिवार द्वारा दी गई आदतों और अनुशासन के ढांचे को छोड़ना होता है। उसे फिर से एक पशु जैसा ही निर्दोष बनना होता है। तब यह प्रतीक या संकेत अत्यधिक महत्वपूर्ण बन जाता है।

जब एक मनुष्य पशु बनता है, तो वह नीचे की ओर न गिरकर, ऊँचा ही उठता है। जब मनुष्य एक पशु बनता है, तो वह केवल एक पशु ही नहीं हो जाता। ऐसा होना असंभव है। तुम पीछे की ओर नहीं लौट सकते। जब एक मनुष्य एक पशु बनता है। वह एक संत बन जाता है। वह सचेत बना रहता है, लेकिन उसकी चेतना पर समाज द्वारा थोपे नियमों, अनुशासन और आदतों का बोझ नहीं होता। वह न तो हिंदू होता है, न मुसलमान और न ईसाई। वह अस्तित्व के साथ किसी पशु की भांति ही गहराई से लयबद्ध हो जाता है। वह सभी तरह के दर्शन शास्त्रों को छोड़ देता है, वह अपने मन में किन्हीं भी पूर्व धारणाओं को लेकर नहीं चलता। उसके मन में कोई विषय–सामग्री नहीं होती। वह होता तो है, लेकिन बिना किसी मन के। बिना किसी मन के होकर रहना, यही अर्थ है–ऊनी लबादे का। निर्दोष पशुओं जैसा हो जाना...बिना यह जाने हुए कि क्या अच्छा है और क्या बुरा...और तभी वह जन्मजात गुणों को उपलब्ध होकर आत्मिक शिखर पर पहुँचता है।

जब तुम जानते हो कि वह अच्छा है और यह बुरा, और तुम बुरे के विरुद्ध अच्छे का चुनाव करते हो, तो तुम विभाजित हो जाते हो। जब तुम कुछ भी चुनते हो, तो वहाँ एक दमन होता है। जब तुम कहते हो–"मैं इसे करूंगा, इस काम को करना ही है, यह काम करना ही चाहिए, तो वह एक नैतिक बाध्यता बन जाता है। तब स्वाभाविक रूप से तुम्हें दमन करना पड़ता है–तुम्हें उसे दबाना होता है, जिसे बुरा कहकर तुमने उसकी

निंदा की है। और वह दमित भाग ही अंदर बना रहता है और तुम्हारी सारी व्यवस्था को विषाक्त किए जाता है। और देर-सबेर वह दावा करेगा, देर-सबेर वह बदला लेगा और जब उसका विस्फोट होता है, तुम पागल हो जाते हो।

इसीलिए सभी सभ्य लोग हमेशा पागलपन के कगार पर खड़े होते हैं। यह पूरी पृथ्वी ही एक बहुत बड़ा पागलखाना है। इनमें कुछ लोग पहिले ही पागल हो चुके हैं, और कुछ लोग इस संभावना के साथ तैयार बैठे हैं। तुममें और उन पागलों में कोई गुणात्मक अंतर नहीं है, अंतर है केवल मात्रा का, केवल डिग्री का। हो सकता है, वे लोग सौ डिग्री के पार चले गये हों, और तुम कहीं अट्ठानवे या निन्यानबे डिग्री पर अटके हुए हो-लेकिन किसी भी क्षण और कोई भी स्थिति तुम्हें सीमा के पार धकेल सकती है। क्या तुम इसे देख नहीं पाते? क्या तुम अपने मन में झांक कर निरीक्षण नहीं कर सकते? क्या तुम अपने अंदर बढ़ते हुए पागलपन को देख नहीं सकते? वह निरंतर वहाँ बना ही रहता है। तुम उससे बचना चाहते हो। तुम हजारों अन्य कर्मों में अपने को व्यस्त रखते हुए उसे टालना चाहते हो। तुम उसकी ओर देखते ही नहीं, क्योंकि तुम इस बारे में भूलना चाहते हो। यह बहुत भयानवी चीज़ है। लेकिन वह वहाँ है-और तुम भले ही उसे कितना भी टालो, वह दिन-प्रतिदिन विकसित हो रही है। वह निरंतर संवेग इकट्ठा कर रही है। वह किसी भी समय अपने शिखर तक पहुँच सकता है। कोई भी छोटी-सी चीज़ उसे हरकत में ला सकती है। जब भी तुम चुनाव करते हो, तुम्हें दमन करना ही पड़ता है।

पशु कोई भी चुनाव नहीं करते। जैसी जो कुछ है। पशु उसे सामान्य रूप से स्वीकार करते हैं, उनकी स्वीकृति परिपूर्ण होती है। वह कोई भी चुनाव करना जानते ही नहीं।

ऐसा ही एक सूफ़ी भी करता है। एक सूफ़ी कोई चुनाव करना जानता ही नहीं। वह चुनावरहित और सचेत रहता है। जो कुछ भी होता है, वह उसे एक उपहार मानकर स्वीकार करता है, जैसे वह परमात्मा के द्वारा ही दिया गया है। वह चुनने वाला होता कौन है, वह अपने मन पर विश्वास नहीं करता, उसकी श्रद्धा विश्वजनीन मन पर होती है। यही कारण है

कि जब तुम एक सूफ़ी के निकट जाते हो, तो उसकी आँखों और उसके अस्तित्व में वैसी ही निर्दोषता, स्वतंत्रता और प्रसन्नता देखते हो, जिसे केवल पशु, अथवा वृक्ष, अथवा चट्टानें या सितारे ही जानते हैं।

इदरीस खाँ ने सूफ़ी की परिभाषा सूफ़ या ऊन के जिस आधार पर किए जाने की निंदा की है, उसी आधार पर मैं उसका समर्थन करता हूँ।

वह कहता है कि सूफ़ी प्रतीकों के बारे में इतने अधिक सजग होते हैं, कि वे ऊन के प्रतीक को कैसे चुन सकते हैं? ऊन, पशु का प्रतिनिधित्व करता है और इदरीस शाह के कहने के अनुसार सूफ़ी कभी भी पशु को अपना प्रतीक नहीं चुन सकते। वे लोग तो अल्लाह के बंदे हैं–फिर उन्हें पशु का प्रतीक क्यों चुनना चाहिए? वह बहुत तर्कसंगत प्रतीत होते हैं, और बहुत से लोगों को यह बात ठीक और स्वीकार योग्य भी लगती है।

लेकिन ठीक इन्हीं आधारों पर मैं उक्त परिभाषा को स्वीकार करता हूँ। मेरे लिए एक पशु होने का अर्थ है निर्दोषता और भोलापन, जो न नैतिकता जानता है और न अनैतिकता। एक पशु होना कोई निंदनीय बात नहीं है। एक संत तुम्हारे जैसा और तथाकथित मनुष्यों के समान न होकर एक पशु जैसा अधिक होता है। मनुष्य जाति में सहज, सरल और प्राकृतिक जीवन जीने वाले प्राणी नहीं हैं, वे बहुत अधिक अस्वाभाविक तथा नकली जीवन जीने वाले प्लास्टिक जैसे लोग हैं। उनका पूरा जीवन एक धोखे का जीवन है। यदि तुम किसी के चेहरे का स्पर्श करते हो, तो तुम उसके असली चेहरे का स्पर्श न करते हुए उसके मुखौटे को छूते हो। और स्मरण रहे, तुम्हारे हाथ भी प्रामाणिक नहीं हैं। उन पर दस्ताने चढ़े हुए हैं। यहाँ तक कि प्रेमी भी एक-दूसरे को स्पर्श नहीं कर पाते, प्रेम में भी तो तुम निर्दोष नहीं होते, प्रेम करते समय भी तुम बिना मुखौटों के नहीं होते। लेकिन जब तुम परमात्मा से प्रेम करना चाहते हो तो तुम्हें बिना मुखौटे होना पड़ेगा। तुम्हें सारे धोखे छोड़ने होंगे। तुम्हें प्रामाणिक रूप से वही होना होगा, जो तुम हो, तुम्हें चुनावरहित होकर, जैसे उत्पन्न हुए थे, वैसा ही निर्दोष होना होगा। उसी प्राथमिक निर्दोषता में परमात्मा अवतीर्ण होता है।

इसलिए जिन कारणों से इदरीस शाह सूफ़ी की परिभाषा सूफ़ से किए जाने की निंदा करते हैं, ठीक उन्हीं कारणों से मैं इसका समर्थन करता हूँ।

मैंने सुना है...

एक कैथोलिक पादरी, एक यहूदी की आस्था को अपने धर्म की ओर बदलने का प्रयास कर रहा था।

उसने कहा–तुम्हें जो सब कुछ करना है, उसे तीन बार दोहराओ–"मैं एक यहूदी था और अब मैं एक कैथोलिक हूँ। मैं एक यहूदी था और अब मैं एक कैथोलिक हूँ। मैं एक यहूदी था और अब मैं एक कैथोलिक हूं।"

उसने ऐसा ही कह दिया, लेकिन पादरी ने सोचा कि अच्छा यह होगा कि उसके धर्म परिवर्तन की परीक्षा शुक्रवार के दिन ले ली जाए।

वह यहूदी रसोई घर में मुर्गा तल रहा था। पादरी ने कहा–"अब तुम यह जानते हो कि तुम शुक्रवार के दिन मुर्गे का मांस नहीं खा सकते ।"

उसने उत्तर दिया–"जी हाँ! मैं ऐसा कर सकता हूं। मैंने कढ़ाही के तेल में इसे डुबो कर कह दिया–"मैं कभी एक मुर्गा था और अब मैं एक मछली हूँ।"

हम सभी इसी तरह का जीवन जी रहे हैं।

हमारे सभी धर्म ठीक इसी तरह के शब्दजाल में उलझे हैं। वे तुम्हारे अस्तित्व के अंदर जाकर बोध या समझ नहीं बनते। और तुम जानते हो कि तुम जो कुछ भी कहते हो, ठीक उसका उल्टा करते हो। तुम एक चीज़ सोचते हो, और दूसरी बात कहते हो, और तुम करते कुछ और ही हो। तुम एक त्रिमूर्ति हो, जिसके तीन चेहरे हैं, तुम एक न होकर विभाजित हो। और यह सभी तीन तरह के व्यक्ति तीन भिन्न दिशाओं में जा रहे हैं। तुम एक भीड़ हो, और यही तुम्हारी वेदना है।

पशु इकट्ठा एक है–इसलिए वह प्रसन्न है, पशु को प्रस्तुत होने के लिए किसी भी चीज़ की जरूरत नहीं है। न तो उसके पास रहने के लिए बड़ा महल है और न उसके पास रेडियो, टी. वी. अथवा कुछ और ही है। उसके पास कुछ भी नहीं है, फिर तुम उसे बहुत शांत, मौन, प्रसन्न और उत्सव आनंद मनाते हुए देखोगे। क्यों? वहाँ केवल एक ही चीज़ है; पशु कोई भी चुनाव नहीं करता।

सूफ़ी भी कोई चुनाव नहीं करते। तुमने चुना और धोखा खाया, तुमने चुना कि तुम नकली बनना शुरू हो गये, तुमने चुना कि तुम प्लास्टिक जैसे कठोर बन गये।

एक व्यक्ति एक धार्मिक उत्सव में भाग लेने शैतान की पोशाक पहिने हुए जा रहा था, कि रास्ते में वर्षा होने लगी। वह भागते हुए एक गिरजाघर में प्रविष्ट हुआ, जहाँ धर्म के प्रचार को आगे बढ़ाने के बारे में एक सभा चल रही थी। उसके शैतान के वेष को देखते ही लोग दरवाजों और खिड़कियों से बाहर भागने लगे। एक महिला के कोट की बाँह कुर्सी के हत्थे में फंस गई, और जब वह व्यक्ति उसके निकट आया, तो उसने अपना बचाव करते हुए कहा–"शैतान! मैं पिछले बीस वर्षों से इस चर्च की एक सदस्या अवश्य हूँ, लेकिन मैं प्रामाणिक रूप से पूरे समय तुम्हारे ही पक्ष में रही हूँ।"

लेकिन सभी स्त्रियों और सभी पुरुषों की यही स्थिति है। वे होंठों से तो परमात्मा की प्रार्थना करते हैं, लेकिन मूल रूप से शैतान को ही समर्पित हैं वे। शैतान उनके अंदर गहरे में बसा है, क्योंकि उन्होंने शैतान को दबाकर रखा है। जब भी किसी चीज़ का दमन किया जाता है, वह तुम्हारे अस्तित्व की गहराई में चली जाती है, और तुम केवल पाखंडी बन कर रह जाते हो।

पशु के प्रतीक पर ज़ोर देते हुए सूफ़ी जैसे यह घोषणा करते हैं–"हम लोग सीधे सरल लोग हैं। हम नहीं जानते कि क्या अच्छा है और क्या बुरा? हम तो केवल परमात्मा को जानते हैं, और जो कुछ भी होता है, वह उसकी ही भेट होती है। हम उसे स्वीकार करते हैं। हम अपनी ओर से अब कर्ता न रहे।" यह है 'सूफ़ी' शब्द का पहिला अर्थ।

एक अर्थ में अन्य दुसरी संभावना भी है, कि 'सूफ़ी' शब्द का मूल 'सफ़ा' या 'सूफ़ा' हो सकता है, जिसका अर्थ होता है–शुद्धता, शुचिता, और सफाई। यह भी अच्छी परिभाषा है। जब तुम एक चुनावरहित जीवन जीते हो, तो स्वाभाविक रूप से एक शुचिता आती ही है। लेकिन स्मरण रहे, इस शुचिता और शुद्धता का नैतिकता से कोई संबंध नहीं होता। शुद्ध होने का अर्थ, अच्छा या सदाचारी बनने से नहीं होता, शुद्ध और पवित्र होने का अर्थ तो दिल बनने से होता है। शुद्ध होने का सामान्य अर्थ है, भले-बुरे के सभी विचारों से शुद्ध होना। शुद्ध होने का अर्थ होता है एक रूपातंरण होना। किसी को इसके लिए पूरी तरह निर्विचार होना होता है, पूर्वाग्रहों से मुक्त होना होता है। वह जीवन पर इतनी परिपूर्ण श्रद्धा रखता है कि उसे विचारों की जरूरत ही नहीं रह जाती। वह बिना विचारों

के जीवित रह सकता है। जब वहाँ मन में विचार होते हैं, तो वे अशुद्धता उत्पन्न करते हैं, वे घाव उत्पन्न करते हैं। जब तुम बहुत अधिक विचारों से भरे हुए होते हो, तुम बहुत अधिक गर्द-गुबार से भरे होते हो। सभी विचार गंदे होते हैं। यहाँ तक कि परमात्मा का विचार भी एक गंदा विचार है, क्योंकि विचार गंदे ही होते हैं।

एक सूफ़ी के लिए परमात्मा एक विचार नहीं है, वह उसी के वास्तविक अस्तित्व में जीवित रहता है। वह ऊपर कहीं स्वर्ग में किसी सिंहासन पर नहीं बैठा हुआ है, नहीं, वह अभी और यहीं है, वह हर ओर, कहीं, प्रत्येक स्थान पर है। इस संपूर्ण अस्तित्व का नाम ही परमात्मा है।

पवित्रता अथवा शुद्धता का अर्थ होता है, एक ऐसा मन जिसमें कोई विषय सामग्री न हो-इसलिए कृपया इस शब्द शुद्धता या शुचिता से कहीं भ्रमित न हो जाना। इसका अर्थ ऐसे किसी व्यक्ति से नहीं है, जो चरित्रवान हो, इसका अर्थ एक ऐसे व्यक्ति से भी नहीं है, जो मूसा के दस आदेशों का पालन करता हो। इसका अर्थ एक अच्छे या भले व्यक्ति से भी नहीं है, जो समाज द्वारा सम्मानित हो।

एक सूफ़ी को समाज द्वारा कभी भी सम्मान नहीं दिया गया। एक सूफ़ी इस तरह का विद्रोही जीवन जीता है, कि समाज लगभग सदा से ही सूफ़ियों का कत्ल करती रही है, उन्हें फांसी पर लटकाती रही है-क्योंकि सूफ़ी तुम्हें तुम्हारे नकली चेहरे से सचेत करते हैं। उसके वचन निरंतर तुम्हारी कृत्रिमता के विरुद्ध, तुम्हारी कुरूपता के विरुद्ध, तुम्हारी मनुष्यता के प्रति अमानवीयता के विरुद्ध, तुम्हारे नकली मुखौटों के विरुद्ध और उस सभी के विरुद्ध जो तुम हो तथा उसका प्रतिनिधित्व करते हो, तुम्हें झकझोरते रहते हैं। एक सूफ़ी, इस तथाकथित समाज और तथाकथित सम्मानित लोगों के लिए निरंतर एक सिर दर्द बन जाता है।

मैंने सुना है...एक बार ऐसा हुआ कि सूफ़ी रहस्यदर्शी अबू यासिद परमात्मा की प्रार्थना कर रहा था-स्मरण रहे कि यह ऐतिहासिक सत्य न होकर बोध कथाएँ हैं-और परमात्मा ने अबू यासिद से कहा-"यासिद! तुम अब मेरे द्वारा चुने जाने वालों में से एक हो, क्या मुझे संसार में इस बात की घोषणा कर देना चाहिए?"

अबू यासिद हँस पड़ा। उसने कहा–"जी हाँ! आप यदि चाहते हैं। कि मैं फाँसी पर चढ़ा दिया जाऊँ, तो आप यह घोषणा जरूर कर सकते हैं। आपने अल–हिलाज मंसूर के बारे में घोषणा की थी, और उसका क्या हुआ? उन्होंने उसे कत्ल कर दिया। आपने जब कभी भी घोषणा की है। कि किसी ने आपको पा लिया, तो लोग उसे तुरंत फाँसी पर चढ़ा देते हैं। वे लोग आपसे प्रेम नहीं करते और वे आपके चुने लोगों को बरदाश्त नहीं कर सकते। इसलिए यदि आप चाहते हैं कि मैं भी फाँसी पर चढ़ा दिया जाऊँ, तो जरूर कीजिए घोषणा।"

और यह कहा जाता है कि परमात्मा ने फिर अबू यासिद के बारे में कोई घोषणा नहीं की। वह चुप लगा गए।

और ऐसी घटना हुई भी। अभी तक हुए महान रहस्यदर्शियों में से एक अलहिलाज–मंसूर से किसी व्यक्ति ने पूछा–"एक सूफ़ी के अनुभव में अंतिम और संर्वोच्च क्या है?"

अलहिलाज ने कहा–"तुम कल स्वयं देख लोगे कि एक सूफ़ी के अनुभव का अंतिम और सर्वोच्च अनुभव क्या होता है?"।

कोई कुछ भी नहीं जानता था कि अगले दिन क्या होने जा रहा है। उस व्यक्ति ने पूछा–"आज ही क्यों नहीं?"

अलहिलाज ने कहा–"तुम जरा इंतजार करो–वह अंतिम और सर्वोच्च अनुभव कल ही तो घटने जा रहा है।"

और अगले ही दिन सार्वजनिक रूप से उसे कत्ल कर दिया गया। जब उसे कत्ल किया जा रहा था, तो उसने चिल्लाते हुए उस प्रश्न पूछने वाले मित्र से कहा–"तुम इस भीड़ में कहां छिपे हुए हो? अब सामने आकर देखो, एक सूफ़ी का अंतिम और सर्वोच्च अनुभव क्या होता है?"

यदि तुम परमात्मा में ही जीना शुरू कर दो, तो तुम इस तथाकथित समाज के लिए असहनीय बन जाओगे। वह सत्य को बरदाशत नहीं कर सकता। सत्य को सूली पर चढ़ना ही पड़ेगा। वह चर्च से प्रेम कर सकता है, पर जीसस से नहीं। वह वेटिकन के पोप से प्रेम कर सकता है, लेकिन जीसस से नहीं। जब जीसस चले गए तब यह अच्छा है कि तुम उन्हें पूजे चले जाओ। जब मंसूर विदा हो गया तो तुम उसके बारे में बातें किए चले

जा सकते हो। लेकिन जब वह वहाँ जीवित था, तो वह एक ज्वाला था। केवल वे ही लोग, जो आग में जलने को तैयार होंगें, वे ही मंसूर से प्रेम कर सकेंगे।

सूफ़ा का अर्थ है–शुद्धता, पवित्रता, शुद्धता इस अर्थ में कि मन में कोई विषय सामग्री न रही। मन विसर्जित हो गया है। वहाँ न कोई मन और न कोई विचार। यह एक सटोरी या समाधि की स्थिति है।

वहाँ एक अन्य दूसरी भी संभावना है और वह भी सुंदर है। और मैं सभी संभावनाओं को स्वीकार करता हूँ। तीसरी संभावना है, एक अन्य शब्द 'सूफ़िया' से, जिसका अर्थ होता है; परमात्मा द्वारा चुना हुआ एक मित्र।

सूफ़ी कहते हैं कि तुम परमात्मा की खोज़ तब तक नहीं कर सकते, जब तक कि उसने तुम्हें पहिले ही से न चुन लिया हो। तुम परमात्मा की खोज़ कैसे कर सकते हो, यदि उसने पहिले ही से तुम्हारी खोज़ न कर ली हो? पहिला कदम तो परमात्मा की ओर से ही उठाया जाता है। वह तुम्हें चाहता है, वह तुम्हारी खोज़ कर रहा है वह तुम्हें चारों ओर टटोल रहा है कि तुम हो कहाँ? जब वह किसी को चुन लेता है, केवल तभी तुम उसे चुनने की शुरुआत करते हो। तुम उसे नहीं जान सकते–क्योंकि जब 'वह चुनता है, तो तुम उसे कैसे जान सकते हो?

सब कुछ ऐसा ही एक सद्‌गुरू के बारे में भी सत्य है। तुम सोचते हो कि तुम चुनते हो सद्‌गुरू को? केबल व्यर्थ की बात है यह। हमेशा वह सद्‌गुरू ही होता है, जो तुम्हें चुनता है। पूरी तरह तुम्हारा यह विचार ही कि तुम सद्‌गुरू को चुनते हो, अहंकारपूर्ण है। तुम एक सद्‌गुरू को कैसे चुन सकते हो? पहिली बात तो यह है कि तुम जानोगे कैसे कि सद्‌गुरू कौन है? तुम यह कैसे तय करोगे? तुम्हारे पास इसके लिए कौन-सी कसौटी है? तुम एक सद्‌गुरू का चुनाव कर ही नहीं सकते, सद्‌गुरू ही तुम्हें चुनताहै।

तुम लोग मेरे पास दूर–दूर देशों से आए हो–बहुत से अन्य लोग भी आ रहे हैं, वे रास्ते में हैं। शीघ्र ही इस स्थान में वास्तव में बहुत से लोगों की एक भीड़ इकट्ठी हो जाएगी, क्योंकि मैंने ऐसे बहुत से लोगों को चुन लिया है, जो इस बार सजग भी नहीं हैं। लेकिन उनकी गतिशीलता का प्रारंभ हो चुका है। वे सोचने लगे हैं कि उन्हें सद्‌गुरू की ख़ोज करना है।

और अपने ख्याल में वे खोज़ी हैं। और ऐसा होना स्वाभाविक है। इसे क्षमा किया जा सकता है। लेकिन वे किसी अन्य व्यक्ति के द्वारा चुन लिए गए हैं।

और यही सर्वोच्च स्थिति परमात्मा के साथ भी है। परमात्मा ही पहिले तुम्हें चुनता है, तभी उसके लिए तुम्हारे अंदर भूख जागना शुरू होती है। और यह केवल सूफ़ी लोग ही हैं, जिन्होंने इसे बताया है कि किसी भी अन्य परंपरा ने इतनी स्पष्टता से नहीं कहा कि मनुष्य परमात्मा का चुनाव नहीं कर सकता, और परमात्मा ही मनुष्य का चुनाव करता है। यह एक आशीर्वाद है। परमात्मा के प्रति प्यास का अनुभव होना ही एक महान आशीर्वाद है। तुम्हें प्रसन्नता का अनुभव होना चाहिए कि तुम चुन लिए गए, और परमात्मा ने तुम्हें पहले ही बुला लिया। पहिली पुकार हमेशा गहरे अचेतन में सुनी जाती है, इसलिए तुम उसे ठीक-ठीक समझ नहीं पाते कि वह है क्या, और कहाँ से आ रही है? तुम्हें लगता है कि वह आवाज तुम्हारे ही अंदर से आ रही है, लेकिन वह तुम्हारे अंदर से नहीं आ रही है।

मनुष्य पहिला कदम उठा ही नहीं सकता। मनुष्य पहिला कदम कैसे उठा सकता है? मनुष्य शक्तिहीन है, वह असहाय है। मनुष्य स्वयं ही यात्रा का प्रारंभ कर ही नहीं सकता, जब तक कोई शक्ति उसे अपनी ओर खींचे नहीं, जब तक कोई चुंबकीय शक्ति उसे किसी अज्ञात लक्ष्य की ओर खींचना शुरू न कर दे। तुम केवल उसी को चुन सकते हो, जिसे तुम जानते हो। तुम परमात्मा को कैसे चुन सकते हो? तुम दूसरी सांसारिक चीज़ों के लिए पहल कर सकते हो, क्योंकि तुम उन्हें जानते हो। तुम विचार कर सकते हो कि कैसे एक सुंदर मकान खरीदा जाए, कि कैसे इस स्त्री को अपनी पत्नी अथवा उस पुरुष को अपना पति बनाया जाए, अथवा कैसे अधिक धन–संपत्ति, अधिक शक्ति और प्रतिष्ठा प्राप्त की जाए–तुम इन सभी चीज़ों का चुनाव कर सकते हो। तुम परमात्मा का चुनाव कैसे कर सकते हो?

तुम्हें अभी तक उसकी कोई झलक तक नहीं मिली, यहाँ तक कि अपने सपने में भी नहीं। कोई ऐसी चीज़, जो तुम्हारे लिए पूरी तरह अनजानी हो, तुम उसका चुनाव कैसे कर सकते हो ?

लेकिन परमात्मा के लिए तुम अनजाने नहीं हो। वह तुम्हें चुन सकता है। वह जब भी तुम्हें चुनता है, तुम्हारे अंदर उसे खोजने की तीव्र कामना

जागृत होती है। यही इस बात का संकेत होता है कि उसने तुम्हें चुन लिया है। तुम अब एक सूफ़ी बन गए हो–परमात्मा ने तुम्हें अपना मित्र बनाने के लिए चुना है। यह भी बहुत सुंदर है।

और चौथी संभावना यह भी है, कि सूफ़ी शब्द ग्रीक भाषा के 'सूफ़िया' शब्द से आया। सूफ़िया का अर्थ होता है प्रज्ञावान व्यक्ति। 'प्रज्ञावान' शब्द जानकारी का समानार्थक शब्द नहीं है। जानकारी बढ़ती है, दूसरों के द्वारा, शास्त्रों के द्वारा, यह उधार ज्ञान है। प्रज्ञा का जन्म होता है स्वयं तुम्हारे ही अस्तित्व में, तुम स्वयं ही अपने प्रकाश बन जाते हो। प्रज्ञा अथवा समझ का अर्थ होता है–ऐसा नहीं कि तुम उस पर विश्वास करते हो, तुम उसे जानते भी हो। जानकारी अथवा ज्ञान, एक विश्वास होता है। कोई व्यक्ति कहता है–परमात्मा है? और तुम उस पर विश्वास कर लेते हो, तुम्हें उस व्यक्ति पर विश्वास है, इसीलिए, तुम यह विश्वास करते हो कि वह जरूर सच ही बोल रहा होगा। जीसस कहते हैं–परमात्मा है, और तुम विश्वास कर लेते हो–तब यह एक जानकारी है। तुम मुझे प्रेम करते हो, मुझ पर श्रद्धा रखते हो, तुम्हें विश्वास होना शुरू हो जाता है–तो यह जानकारी मात्र है।

और एक व्यक्ति सूफ़ी तभी बनता है, जब उसने जाना हो, जब उसने स्वयं जाना हो, जब उसने स्वयं उस वास्तविकता का स्पर्श किया हो, जब उसने स्वयं परमात्मा का चेहरा देखा हो, केवल तभी वह सूफ़ी बनता है, वह प्रज्ञावान बनता है। उसके पास केवल जानकारी ही नहीं है, उसने उसे अपने अनुभव से जाना है।

अंग्रेजी का शब्द 'Philosphy' भी उसी मूल से आता है जिससे 'सूफ़िया' निकला है, लेकिन यह शब्द अपने अर्थ से भटक गया है। 'सूफ़ी' शब्द भी इस मूल से आता है, लेकिन यह भटक कर दूर नहीं गया। फिलोसूफ़ी केवल 'परिकल्पना' या अनुमान बन कर रह गया है–सोचना और सोचना, सोचते ही चले जाना और किसी भी निष्कर्ष पर न पहुंचना। और यदि तुम किसी निष्कर्ष पर नहीं पहुंचते, तो तुम्हारे जीवन में कोई रूपातंरण होने नहीं जा रहा। केवल सोच-विचार से किसी का भी रूपातंरण नहीं होता, केवल जब तुम किसी अनुभवजन्य निष्कर्ष पर पहुंचते हो, तुम विकसित

होते हो। फिलोसफी अथवा दर्शनशास्त्र शब्दों और तर्क का एक खेल है–एक सुंदर खेल। यदि तुम चाहते हो तो उसे खेल सकते हो, लेकिन तुम वैसे-के–वैसे ही बने रहोगे। वह तुम्हें कभी बदलता नहीं।

यही कारण है कि विज्ञान को, दर्शनशास्त्र से अलग होना पड़ा। जिस दिन से विज्ञान ने दर्शनशास्त्र को तलाक देकर उससे अपने को अलग किया, उसका विकास होना शुरू हो गया। वह प्रायोगिक बना, वह पदार्थवादी बना। विज्ञान, सोच-विचार पर जरा भी आश्रित नहीं है, वह प्रयोगों पर निर्भर है। दर्शनशास्त्र से अलग होने की पहिली संभावना है यह।

उससे अलग होने की दूसरी संभावना है–सूफ़ी धर्म । विज्ञान, वस्तु अथवा पदार्थ की ओर गतिशील होता है, और सूफ़ी धर्म वैयक्तिकता की ओर जाता हुआ अनुभव बन जाता है। लेकिन दोनों की दिलचस्पी वास्तविक सत्य के नारे में है–विज्ञान बाहर के वस्तुपरक सत्य की ओर उन्मुख है, तो सूफ़ी धर्म अंदर के सत्य की ओर। दोनों ही दर्शनशास्त्र से बिल्कुल अलग हैं।

विज्ञान निर्भर है प्रयोगों पर, क्योंकि पदार्थ पर प्रयोग करना संभव है; सूफ़ी धर्म, आश्रित है स्वयं के अनुभव पर, क्योंकि तुम आंतरिक चेतना का केवल अनुभव कर सकते हो, उस पर प्रयोग नहीं कर सकते। वह एक वस्तु नहीं है। वह है तुम्हारी वैयक्तिकता।

और अंतिम संभावना है कि इसका उद्गम हिब्रू भाषा के मूल शब्द 'ऐन सोफ़' से हुआ हो, जिसका अर्थ होता है–असीम, अनंत और अखंड, उस पूर्ण और अनंत की खोज, सापेक्ष के पार की खोज, बंधनमुक्त, स्वतंत्र, शाश्वत और समय के पार की खोज।

हां! यही है ठीक-ठीक वह सूफ़ी धर्म। सूफ़ी धर्म में यह सारी चीज़ें हैं और इससे भी कहीं अधिक है। इससे अधिक का संकेत देने के लिए मैं फारसी शब्दकोश में दी हुई उसी परिभाषा को दोहराऊंगा, 'सूफ़ी चिश्त–सूफ़ी सूफ़िस्त' ! सूफ़ी कौन है? एक सूफ़ी, एक सूफ़ी है। इससे अधिक सूफ़ी के संबंध में और कुछ भी नहीं कहा जा सकता।

लेकिन तुम सूफ़ी धर्म के मंदिर में प्रवेश कर सकते हो, और उसका स्वाद ले सकते हो।

आज, इससे पूर्व कि हम इस छोटी-सी बोध कथा में प्रवेश करें, इसमें

थोड़ी-सी कुछ और बातें समझने से सहायता मिलेगी। वे इसकी पृष्ठभूमि बन जाएँगी।

कुरान कहता है कि वहाँ आधारभूत तीन ऐसे गुण हैं, जिनका खोज़ी के हृदय में होना जरूरी है। पहिला है–खूशू। खूशू का अर्थ होता है–दीनता और विनम्रता। दूसरा गुण है–करामात। करामात का अर्थ है–दान, सहभागी बनकर बाँटना, देने का आनंद प्राप्त करना। और तीसरा है–सिज़्द। सिज़्द का अर्थ होता है–सत्यता, प्रामाणिकता, बहाने न बनाकर, जो तुम वास्तव में हो, वैसे ही बने रहना। यह तीन गुण ही सूफ़ी धर्म तीन स्तंभ हैं।

दीनता का अर्थ, सामान्य रूप से कही जाने वाली विनम्रता नहीं है। सामान्य रूप से विनम्र व्यक्ति अहंकार मुक्त नहीं होता। वह अपने साथ एक नए किस्म का–दीन और विनम्र होने का बोझ लिए हुए चलता है। वह सोचता है कि वह विनम्र है–कोई भी अन्य व्यक्ति इतना अधिक विनम्र नहीं है, जितना मैं हूँ। मैं विनम्रता के शिखर पर हूँ। लेकिन वह तुलना किए चले जाते हैं। अहंकार ने, बदला नहीं है उसे, अहंकार ने केवल एक नई चित्त-दशा उत्पन्न की है, एक नई मुद्रा अथवा भाव–भंगिमा ग्रहण कर ली है, जो कहीं अधिक सूक्ष्म है।

पहिले अहंकार बहुत विशाल और विस्तीर्ण था, जब तुम अपने पास अत्यधिक धन होने की शेखी बघारा करते थे। एक दिन तुम अपनी धन संपत्ति का त्याग कर देते हो, और तब तुम यह शेखी हाँकना शुरू कर देते हो कि तमने सभी कछ त्याग दिया। यह बहुत सक्ष्म अहंकार है, लेकिन शेखी हाँकना जारी है। पहिले तुम कहते हो कि–'मैं भी कोई चीज़ हूँ, तुम हजारों तरह से यह सिद्ध करने का प्रयास करते हो कि तम भी 'कुछ' हो। तब एक दिन उसकी व्यर्थता समझकर, तुम उस पूरी यात्रा को छोड़ देते हो, तुम पीछे की ओर मुड़ जाते हो, तुम दुसरी मुद्रा ग्रहण कर लेते हो, तुम सिर के बल खड़े होकर ठीक उससे उल्टा कहना शुरू कर देते हो–'मैं कुछ भी नहीं हूँ'। लेकिन "मैं हूँ" कहना जारी रहता है। पहिले दावा था कुछ होने का, और अब दावा है–'कुछ नहीं' होने का दावा अभी भी वहाँ बना हुआ है। लेकिन अब उसने एक सूक्ष्म रूप ग्रहण कर लिया है।

दीनता, विनम्रता अथवा 'खूशू' का अर्थ एक ऐसे व्यक्ति से है, जिसने

अहंकार के सारे रास्तों को भली-भांति समझ लिया है। और अहंकार के सभी रास्तों को समझने के बाद ही अहंकार विसर्जित हो गया है। लेकिन वहां इसका कोई दावा नहीं है, न कि विनम्र होने का भी। जब वहां किसी तरह का कोई दावा नहीं होता वहीं होती है-दीनता, विनम्रता और 'खूशू'।

उन लोगों के लिए, जो परमात्मा की दिशा में आगे बढ़ना चाहते हैं, सभी प्रमुख गुणों में से यह पहिला गुण है-क्योंकि यदि तुम बहुत अधिक हो, तो तुम आगे न बढ़ सकोगे। तुम्हें पिघलना होगा, तुम्हें सरल बनना होगा, तुम अपने अहंकार की बर्फ में जमे हुए नहीं रह सकते। केवल जब तुम पिघलोगे, तभी तुम आगे बह सकोगे। और जब तुम गतिशील होने की शुरुआत करते हो, तो तुम अन्य कहाँ और जा सकते हो? तुम्हारी पूरी गतिशीलता परमात्मा की ही ओर होती है। केवल वे ही लोग जो बहुत जिद्दी और कठोर होते हैं, परमात्मा की ओर उन्मुख नहीं होते-अन्यथा यदि तुम आगे बढ़ रहे हो, यदि तुम धारा की भांति प्रवाहित हो रहे हो, तो तुम परमात्मा की ओर ही बढ़ रहे हो। वहाँ कोई गति होती ही नहीं।

दूसरा गुण है दान-करामात! दान का अर्थ यह नहीं है कि तुम किसी को कुछ देते हो और अच्छा लगता है कि तुमने कुछ दिया है, और जिस व्यक्ति को कुछ दिया है, तुमने उसे कृतज्ञ किया है। तब यह करामात नहीं है, यह दान नहीं है। दान वह तब है, तब तुम देते हो और इसलिए उसके प्रति कृतज्ञता का अनुभव करते हो कि उसने उसे ग्रहण किया। जब तुम बिना इस विचार के देते हो कि तम किसी भी तरह से किसी को भी कृतज्ञ नहीं कर रहे हो; जब तुम इसलिए देते हो, क्योंकि तुम्हारे पास धन अत्यधिक है-तुम उसके सिवा और कर ही क्या सकते हो? यह बात नहीं कि दूसरे को उसकी जरूरत है। दान वही है, जिसे तुम भाव से प्रवाहित, धन की धारा में से प्रचुरता से देते हो। ऐसा भी नहीं कि दूसरे को उसकी जरूरत है और तुमने दूसरे व्यक्ति की सहायता की है, दूसरे व्यक्ति का तो कोई प्रश्न ही नहीं उठता। तुम देते हो क्योंकि तुम्हारे पास है, तुम इसके सिवा और क्या कर सकते हो? फूल पूरी तरह खिल चुका है और उसकी सुवास पूरी हवा में फैल जाती है-फूल इसके सिवा और क्या कर सकता है? जब दीपक जलता है तो वह अपने प्रकाश को चारों ओर फैलाता है। जब बादल

जल से भर जाते हैं, तो वे बरस उठते हैं–वे इसके सिवा और क्या कर सकते हैं?

जब तुम्हारे पास आवश्यकता से अधिक होता है, तभी तुम्हारा दान होता है। और तब तुम यह फिक्र नहीं करते कि कोई उसे प्राप्त करने वाला उचित पात्र है अथवा नहीं, तब यह मुद्दा आवश्यक नहीं होता। तुमने जरूर ही जीसस की वह सुंदर बोध कथा पढ़ी होगी। जहाँ तक बोध कथाओं का सवाल है, जीसस अतुलनीय हैं।

एक बहुत ही धनी व्यक्ति ने अपने उद्यान में काम करने के लिए कुछ मजदूरों को बुलाया। दोपहर होते-होते उसने अनुभव किया कि शाम तक काम पूरा करने के लिए उनकी संख्या पर्याप्त नहीं है। इसलिए कुछ और भी मजदूर बुलाए गए। लेकिन शाम होने के करीब उसे लगा कि यह संख्या भी पर्याप्त नहीं है इसलिए कुछ और मजदूर बुलाए गए।

सूर्यास्त होने पर उस समृद्ध व्यक्ति ने उन सभी व्यक्तियों को जिन्होंने कार्य किया था, धन वितरित किया। लेकिन उसने सभी मजदूरों को समान भुगतान किया। जो लोग सुबह से काम कर रहे थे, उन्हें भी उतना ही धन मिला, जितना दोपहर बाद काम शुरू करने वालों को मिला, और जो मजदूर शाम होने के कुछ ही देर पहिले बुलाए गए थे, उन्हें भी उतना ही धन दिया गया। स्वाभाविक रूप से जो लोग सुबह से काम कर रहे थे, वे नाराज हुए। उन्होंने प्रतिरोध करते हुए कहा–"यह तो अन्याय है। हम लोग तो सुबह से ही कार्य में लगे थे, और हम लोगों ने दिन भर कार्य किया, फिर भी हमें उतना ही धन मिला, जितना कि आपने उन लोगों को भी दिया, जो कुछ ही देर पहिले आये हैं और जिन्होंने लगभग कुछ भी कार्य नहीं किया है। यह तो सरासर अन्याय है।"

मालिक हँसने लगा और उसने कहा–"जो धन तुम्हें मिला क्या वह तुम्हारे पूरी दिन की मजदूरी नहीं है?"

उन लोगों ने कहा–"वह मजदूरी तो पूरी है, लेकिन उन लोगों के लिए, जिन्होंने लगभग कुछ भी काम नहीं किया उनको भी इतना ही धन देना कहाँ तक ठीक है?

और मालिक ने कहा–"मैंने उन्हें इसलिए उतना ही धन दिया, क्योंकि

मेरे पास आवश्यकता से अधिक धन है। क्या मैं अपने ही धन को किसी को नहीं दे सकता? यह मेरा धन है तुमने जितना भी काम किया, तुम्हें उसकी पूरी मजदूरी मिल गई। क्या मैं अपने धन को बांट नहीं सकता? तुम्हारा विरोध करना कहाँ तक उचित है? तुम लोग परेशान क्यों हो?"

और जीसस कहा करते थे-"यही मनुष्य दानी है। वह इसलिए दे रहा है धन, क्योंकि उसके पास वह प्रचुर मात्रा में आवश्यकता से अधिक है।"

इसी को सूफ़ी करामात कहते हैं।

और तीसरा गुण है-सत्यनिष्ठ। इसका अर्थ सच बोलने से नहीं है, इसका अर्थ है स्वयं सत्य होने से। सच बोलना केवल आधा भाग है, सत्य होना ही असली चीज़ है। तुम कुछ अवसरों पर ही सच बात कहते हो, जब वह तुम्हारे लिए हानिप्रद नहीं होती-और लोग ऐसा ही किए चले जा रहे हैं। जब सत्य कहना उन्हें अपने लिए हानिप्रद नहीं लगता, वे सत्यनिष्ठ बन जाते हैं। और यदि जब कभी वह सत्य दूसरों को नुकसान पहुँचाने लगता है, तो वे लोग सत्यनिष्ठ होने पर अत्यधिक जोर देते हैं। लेकिन जब सत्य से तुम्हें कोई भी सहायता नहीं मिलती, तब तुम उसे छोड़ देते हो, तब वह और अधिक अर्थपूर्ण नहीं रह जाता।

इसी वजह से लोग कहते हैं-कि ईमानदारी और सत्यनिष्ठ रहना ही उत्तम नीति है। लेकिन ज़ो व्यक्ति यह कहता है वह स्वयं ईमानदार नहीं है। इस 'नीति' शब्द पर ख्याल करें। यह शब्द ही बहुत बेईमानी से भरा हुआ है। न तो सत्यनिष्ठा एक नीति बन सकती है और न ईमानदारी ही नीति बन सकती है। ये केवल तुम्हारा हृदय बन सकते हैं-नीतियाँ नहीं। नीतियाँ प्रयुक्त की जाती हैं और छोड़ दी जाती हैं। नीतियाँ, राजनीतिक हैं। जब ईमानदारी से तुम्हें मिलता है, तुम ईमानदार बन जाते हो, इसका केवल इतना ही अर्थ है। ईमानदारी ही सर्वोत्कृष्ट नीति है। और जब उससे कुछ भी नहीं मिलता, तो तुम बेईमान बन जाते हो। तुम्हारा ईमानदारी से कोई भी संबंध नहीं है। तुम उसका इस्तेमाल करते हो। जब तुम नीति की बात कहते हो, तो इसका यही अर्थ होता है। 'सिज़्द'-इस सूफ़ी शब्द का अर्थ है-सत्यनिष्ठ होना। यह किसी नीति का प्रश्न नहीं है। चाहे जो कुछ भी हो, चाहे जो भी परिणाम हो, परिणाम की जरा भी फ़िक्र किए बिना ठीक वैसा ही बने रहना, सत्य चाहे कुछ भी

हो, उसके लिए सभी तरह की जोखिम उठाकर भी अविचल बने रहना ही सिद्ध होता है।

सत्य के लिए प्रत्येक चीज़ को दाँव पर लगाना होता है–क्योंकि यदि सत्य सुरक्षित है, तो सभी कुछ सुरक्षित है, और यदि सत्य खो जाता है। तो सभी कुछ नष्ट हो जाता है।

अब यह छोटी-सी बोध कथा।

उवैस से पूछा गया, "आप कैसा अनुभव करते हैं? उवैस एक सूफ़ी सद्गुरू हैं।"

उसने कहा–"ठीक किसी अन्य व्यक्तियों की भाँति ही, जो सुबह उठता है, और यह नहीं जानता, कि वह कहीं शाम होने तक मर तो नहीं जाएगा।" उसी व्यक्ति ने कहा–"लेकिन यह स्थिति तो हम सभी मनुष्यों की है। उवैस ने कहा–हाँ! लेकिन उनमें से कितने लोग इसे महसूस करते हैं?"

अब बहुत-सी बातें समझ लेने जैसी हैं।

पहिली बात, जब उवैस ने कहा–'ठीक किसी अन्य व्यक्ति की भाँति ही, जो सुबह उठता है और यह नहीं जानता कि वह कहीं शाम होने तक मर तो नहीं जाएगा', तो इसके साथ वह बहुत-सी बातें बता रहा है। यह व्यक्तव्य अपने में अनेक अर्थ छिपाए हुए बहुत महत्वपूर्ण वक्तव्य है। तुम्हें इसकी गहराई तक जाना होगा।

पहिली बात तो वह यह कर रहा है कि एक सूफ़ी क्षण–क्षण में जीता है–वह इस बारे में फिक्र नहीं करता कि अगले क्षण क्या घटने जा रहा है। अगले क्षण के लिए उसके पास कोई योजना नहीं होती। एक सूफ़ी के लिए कोई भविष्य होता ही नहीं। यह क्षण ही सब कुछ है उसके लिए। वह उस क्षण को ही समग्रता से जीता है, क्योंकि वहाँ से कहीं और जाना ही नहीं है। यदि तुम्हारे पास कोई भविष्य है, तो तुम इस क्षण को समग्रता से जी ही नहीं सकते–तुम्हारे अस्तित्व का एक भाग, स्वाभाविक रूप से भविष्य की ओर प्रवाहित ही होता रहेगा। यदि तुम्हारे पास अतीत है, तुम तब भी वर्तमान में नहीं जी सकते–क्योंकि तुम्हारे मन का एक भाग अतीत की ओर प्रवाहित होता रहेगा। तुम खंडों में बंट जाओगे। तुम्हारे अस्तित्व का एक बड़ा भाग कहीं अतीत में अटका रहेगा, और शेष भाग पहिले ही

से कहीं भविष्य में जा चुका होगा। वर्तमान के लिए कुछ बचेगा ही नहीं। और वर्तमान इतना अधिक छोटा और आणुविक है, कि तुम उससे बहुत सरलता से चूक सकते हो। उसे लोग चूक ही रहे हैं। लोगों के पास अतीत है और लोगों के पास भविष्य है, लेकिन लोगों के पास कोई भी वर्तमान नहीं है।

एक सूफ़ी वर्तमान में ही जीता है। वर्तमान में जीने के लिए जो मूल आवश्यकता है, वह है अतीत से अपने को बाहर निकाल लेना और साथ–ही–साथ आने वाले भविष्य से भी अलग कर लेना! तब सभी ऊर्जाएँ एक ही बिंदु पर आकर इकट्ठी हो जाती हैं, तब यह छोटा-सा क्षण ही आलोकित हो उठता है, तुम भी अपनी पूरी ऊर्जा उसमें उड़ेल देते हो, तब वहाँ आशीर्वाद और आनंद बरसता है। यदि तुम दुःखी हो, तो केवल इसीलिए, क्योंकि तुम अतीत और भविष्य में जी रहे हो। एक दुःखी व्यक्ति के पास ही अतीत और भविष्य होता है, और एक मनुष्य जो आनंद में जीता है, उसके पास केवल यही क्षण होता है। वही अभी और यहीं में जीता है।

ऐशले मोन्टेगू ने एक नये शब्द की ईजाद की है–इसे समझने के लिए, वह बहुत सहायक होगा। वह कहता है कि यह नूतनता, इस क्षण में निरंतर नूतन और ताजा बने रहना, और निरंतर अतीत को छोड़ते चलना तथा भविष्य में छलांग न लगाना, एक बहुत बड़ी कला है। वह इस कला को न्यूटेनी (neoteny) कहकर पुकारता है। Neo का अर्थ होता है नया, और टेनी का अर्थ होता है–फैला हुआ, बढ़ाया हुआ।

एक मनुष्य अपना पूरा जीवन नूतनता और ताजगी में जी सकता है, एक मनुष्य अपने पूरे जीवन को एक बच्चे की भाँति जी सकता है, वह अपने यदि पूरे जीवन में फैल जाने दे, तो यही, इस क्षण में जीने की कला है। जो व्यक्ति इसी क्षण में जीता है, वह कभी भी बूढ़ा नहीं होता। वह विकसित होता है, परिपक्व होता है, लेकिन बूढ़ा होना वास्तव में विकसित होना नहीं है। बूढ़ा होना केवल धीमे-धीमे मृत्यु की ओर बढ़ना है, बूढ़ा होना केवल मात्र एक आत्महत्या करने जैसा है। वह मनुष्य, जो प्रत्येक क्षण में जीता है, वह इस अर्थ में कभी भी वृद्ध नहीं होता, कि दूसरे अन्य लोग भी बूढ़े होते जा रहे हैं। वह कभी विद्वान नहीं बनता, वह हमेशा निर्दोष,

उत्सुक, रोमांचित और विस्मय विभूत होकर जीता है। प्रत्येक क्षण उसके लिए एक नया आश्चर्य लेकर आता है–वह जीवन के नये आयामों की खोज़ करने के लिए तैयार होता है। वह हमेशा जोखिम उठाने को तैयार रहता है। वह एक खोज़ी है। वह जीवन से कभी थकता और ऊबता नहीं।

एक गिरजाघर में पादरी ने घोषणा की कि चर्च में प्रार्थना और प्रवचन समाप्त होने के बाद, वहीं बोर्ड की सभा भी होगी। प्रत्येक व्यक्ति गिरजाघर से बाहर चला गया, और केवल बोर्ड के सदस्य ही वहाँ रह गए। लेकिन ठीक सामने की पंक्ति में वहाँ एक अजनबी व्यक्ति भी बैठा हुआ था।

उसे देख कर पादरी थोड़ी-सी उलझन में पड़ गया। उसने पूछा–"श्रीमान! क्या आपने मेरी बात को समझा नहीं। मैंने कहा है कि यहाँ बोर्ड की मीटिंग होगी।"

और उस अजनबी ने उत्तर दिया–"और मुझसे अधिक Bored(ऊबा हुआ) व्यक्ति और है कौन? आप मुझे स्पष्ट बताएँ। देखो जरा लोगों की ओर। इन लोगों की आंखों में जरा झाँक कर देखो। उनमें विस्मय भाव की टिमटिमाहट भी नहीं है। जरा उन लोगों के चेहरे देखो। उनके चेहरे कह रहे हैं कि उनके लिए कुछ भी तो घटने नहीं जा रहा है। उनमें ऊबाहट है, वे पूरी तरह ऊबे हुए हैं। यदि वे आत्महत्या नहीं कर रहे हैं, तो केवल इसलिए, क्योंकि वे कायर हैं। अन्यथा वहाँ कछ भी नहीं है जीने के लिए न कोई अर्थ है जीवन का, और न उसका कोई महत्व है। वहाँ कोई प्रसन्नता भी नहीं दिखाई देती। सिर्फ किसी भी सड़क पर निकल जाओ, और एक किनारे खड़े होकर देखो उन लोगों को। प्रत्येक व्यक्ति गर्द–गुबार से भरा हुआ लगता है।

लोग क्यों जिए चले जा रहे हैं?–क्योंकि वे आत्महत्या करने से डरते हैं। अन्यथा उनके जीवन में प्रसन्नता नाम की कोई चीज़ है ही नहीं। अथवा यह भी हो सकता है, कि वे लोग इतना अधिक ऊबे हुए हैं कि उन लोगों को ऐसा भी नहीं लगता कि उनके मरने से भी कोई चीज़ घटने जा रही है। वे लोग इतने अधिक ऊबे हुए हैं कि कहीं भी कभी न तो कुछ होने जा रहा है, न कभी कुछ घटता ही है। और इसका कारण? कारण केवल इतना ही है कि लोग अतीत की स्मृतियों के बोझ से दबे हुए हैं।

सूफ़ी धर्म कहता है कि न तो अतीत की स्मृतियों की गठरी के बोझ के तले पिसो, और भविष्य के सपनों का बोझ लादे जाओ। यह क्षण बहुत कीमती है, और इसे उन बातों के बारे में सोचकर बरबाद मत करो, जो अब और हैं ही नहीं, और न उस बारे में सोचकर नष्ट करो, जो अभी आये ही नहीं हैं। केवल इस क्षण को आनंद का क्षण बना लो।

और वही प्रसन्नता, प्रार्थना बन जाती है; वही प्रसन्नता परमानंद का विषय बन जाती है। अल्लाह का नाम दोहराते जाने का कोई भी उपयोग नहीं है, अल्लाह, अल्लाह जपो, या राम, राम, राम, उन्हें दोहराये चले जाने की कोई भी उपयोगिता नहीं है। जब तुम पूर्णानंद से भरे होते हो, तो तुम अपने अस्तित्व की गहराई में स्थित केंद्र पर जाकर अल्लाह का स्मरण करते हो। ऐसा नहीं कि तुम मुँह से शब्दों को दोहराते हो, तुम्हारा पूरा अस्तित्व, तुम्हारा प्रत्येक कोष और तुम्हारे अस्तित्व का रेशा-रेशा, अल्लाह का नाम लेता है। ऐसा नहीं कि शब्दों को मौखिक रूप से दोहराते हो, वह अस्तित्व होता है। वह वहाँ है ही, वह निरंतर होता है वहाँ। तम्हारे अंदर एक आवोहवा या जलवायु बन जाती है। तुम उस रात और आनंद के सागर में रहते हुए जीना शुरू कर देते हो।

इसलिए पहिली बात जो उवैस कहता है, वह है-"यह मेरा अपना अनुभव है। मैं भविष्य की कोई योजना बनाये बिना ही क्षण-क्षण जीता हूँ। मैं नहीं जानता कि आज शाम क्या घटने जा रहा है-वह मृत्यु भी हो सकती है।

"मृत्यु होने से सामान्यता उसका यही अर्थ है कि कुछ भी होना संभव है, मृत्यु भी संभव है। मैं विस्मय और आश्चर्य में जीता हूँ। मैं रहस्य में जीता हूँ और सबसे बड़ा रहस्य है मृत्यु।"

यहां केवल दो ही रहस्य है; जीवन और मृत्यु। और इनमें भी निश्चित रूप से मृत्यु सबसे बड़ा रहस्य है-क्योंकि जीवन चारों ओर फैला हुआ है। और मृत्यु बहुत सघन और प्रबल है। जीवन तो सत्तर, अस्सी या सौ वर्ष तक घटता रहता है, और स्वाभाविक रूप से यह बहुत फैला हुआ और विस्तृत है। मृत्यु इतनी अधिक प्रबल है कि एक क्षण में घट जाती है। मृत्यु वह चरम सीमा है, जिसकी ओर हम एक-एक कदम आगे बढ़ते हैं।

मृत्यु है सबसे महान मिलन का सर्वोच्च शिखर, इसी वजह से लोग सर्वोच्च शिखर आनंद से भयभीत रहते हैं, जिसका कारण मृत्यु का ही भय है। बहुत से लोगों को कभी यह शिखर अनुभव होता ही नहीं। अथवा यदि वे संयोग की परम उत्तेजना तक पहुंचते भी हैं, तो भय के कारण वह शिखर अनुभव नहीं बनता। हिंसक और तीव्र उत्तेजना का क्षण मृत्यु ही है और मृत्यु में तुम चरम उत्तेजना के गौरी शंकर शिखर पर पहुँचते हो। उस क्षण तुम पूरी तरह एक गहरी शून्यता में खो जाते हो। वह एक महानतम अनुभव है।

उवैस कहता है–"मैं यह नहीं जानता कि शाम तक क्या घटने जा रहा है–वह मृत्यु भी हो सकती है कि कैसे मरा जाए, वे यह भी जानते हैं कि कैसे परमात्मा में प्रवेश किया जाए। जीवन से लिपटने वाले, उसके बन्धन में बंधे हुए लोग यह कभी नहीं जान पाते कि परमात्मा क्या है। और मृत्यु तो प्रत्येक दिन आती है। जैसे ही एक क्षण गुज़रता है, कुछ चीज़ अंदर मृत हो जाती हैं। यदि तुम तीस वर्ष के हो, तो तुम निरंतर तीस वर्षों तक मरते रहे हो। यदि तुम उन तीस वर्षों के मृत क्षणों को, जिन्हें तुम जी चुके हो, इकट्ठा करो, तो वह तुम पर एक बोझ बन जाएगा। तब तुम बूढ़ा होना शुरू हो जाओगे। जब तुम इतना बड़ा बोझ अपने साथ लिए चल रहे हो, तो तुम कैसे हो सकते हो नृत्य में? वह बोझ तुम्हें नाचने की अनुमति ही नहीं देगा। यदि तुम प्रत्येक दिन उस भार को गिरा सकते हो, तो तुम फिर से ताजा, फिर से एक बच्चे जैसे ही निर्दोष हो सकते हो, तब, और तब तुम जानते हो कि मृत्यु प्रत्येक दिन होती है और जीवन और मृत्यु दोनों साथ-साथ घटते हैं।

और तब एक दिन जब मृत्यु का वह सर्वोच्च–क्षण आता है, तो कोई भी उसे स्वीकार करता है, उसका स्वागत करता है, उत्सव आनंद मनाता है और नाचते–नाचते वह अस्तित्व में लीन हो जाता है। मृत्यु के क्षण, तुम उसके साथ कैसा व्यवहार करते हो, उसी से यह प्रकट होगा कि तुम कैसा जीवन जीते रहे हो। तुम्हारी मृत्यु का क्षण ही तुम्हारा घोषणा पत्र होगा।

उवैस कह रहा है–"मैं हमेशा मृत्यु की प्रतीक्षा करता हूँ और उसका साक्षात्कार करता हूँ। और मैं उसकी संभावना मात्र से रोमांचित हो उठता हूं। लेकिन मृत्यु का आमना–सामना करने का अर्थ है ही साहस से जीना।

लोग मृत्यु से बचते हैं, उससे दूर भागते हैं। वे यहाँ तक कि उसके बारे में विचार करने तक से बचते हैं। वे सोचते हैं कि अन्य दूसरा व्यक्ति ही मरता है, लेकिन वे मरने नहीं जा रहे हैं।

यदि तुम एक ऐसी निर्दोषता में जीते हो, तो तुम निर्दोष ही बने रहते हो। निर्दोषता एक महान धार्मिक गुण है। ज्ञान और जानकारी बटोरने वाला एक व्यक्ति, धार्मिक नहीं बन सकता, लेकिन एक निर्दोष व्यक्ति बहुत आसानी से धार्मिक बन सकता है।

उवैस कहता है–"ठीक उस व्यक्ति की भाँति जो सुबह उठता है, और यह नहीं जानता, कि कहीं वह शाम होने तक मर तो नहीं जाएगा।" यहाँ कुछ भी निश्चित नहीं है। किसी भी चीज़ की भविष्यवाणी नहीं की जा सकती; यहाँ प्रत्येक वस्तु खुली और स्पष्ट है। एक सूफ़ी के लिए, सभी कुछ संभव है। कोई भी चीज़ पूरी तरह सुनिश्चित नहीं है और प्रत्येक चीज़ होना संभव है–यही अर्थ होता है–एक खुले मन का, एक का खुला होना क्या होता है, यह इसी से स्पष्ट होता है।

उसी अन्य व्यक्ति ने कहा–"लेकिन यह स्थिति तो हम सभी मनुष्यों की है।"

प्रत्येक व्यक्ति मरने जा रहा है और यह कोई भी नहीं जानता कि वह कब मरने जा रहा है।

उस दूसरे व्यक्ति ने उवैस के उस वक्तव्य को समझा ही नहीं। हम केवल अपने ही तल की बात समझते हैं।

उवैस ने कहा–"हाँ! लेकिन उनमें से कितने लोग इसे महसूस करते हैं?"

वे मृत्यु की ओर गतिशील हैं, वे मरने ही जा रहे हैं।

प्रत्येक क्षण जीवन में अज्ञात का गहरे में प्रवेश होता है–यही है वह मृत्यु। लेकिन वो लोग इसे महसूस नहीं करते। वे उसके प्रति सजग नहीं हैं। लोग एक तरह की नींद में, बहुत बेफिक्री की नींद में सो रहे हैं। लोग, लगभग नींद में चलने वाले लोग हैं।

एक टैक्सी कार में बैठा हुआ यात्री कुछ ज़्यादा ही नशे में था। अपनी घड़ी की ओर देखते हुए उसने देखा कि वह सात बजा रही है। इसके कुछ समय बाद जब उसने जौहरी की दुकान में लगी घड़ी की ओर देखा तो वह 6.55 बता रही थी।

उसने टैक्सी ड्राइवर से कहा–"जरा बताना तो क्या वक्त हो रहा है?"

टैक्सी ड्राइवर ने उत्तर दिया–"6.50 हो रहे हैं।"

उसने तुरंत आदेश दिया–"रुको, और पूरा घूमकर चलो।

हम लोग गलत दिशा की ओर जा रहे हैं।'

लोग लगभग सोए हुए हैं, पीकर मुर्च्छित हैं, नशे में हैं वहाँ उनके पास चेतना और होश की एक किरण तक नहीं है।

ऐसा हुआ...

पाँच वर्षों के प्रयास के बाद, किसी भी नाटक में पहली बार अभिनय करने की व्यवस्था वह ज्यों–त्यों कर सका। यह बात सच है कि वह एक वाक्य बोलने वाला ही छोटा-सा 'पार्ट' था, लेकिन वह शुरुआत थी। उस दृश्य में नाटक के नायक को आकर कहना था–"क्या तुमने देखा, कि इस व्यक्ति की हत्या कर दी गई?" उसका पार्ट केवल इतना-सा ही था कि उसे हीरो की आँखों में समान रूप से सीधे देखते हुए कहना था–"यह मैंने ही की है।"

वह हफ्तों तक इन शब्दों के बोलने का अभ्यास करता रहा–"मैंने ही की है, मैंने ही की है, मैंने ही की है"–वह बोलने की कला का अध्ययन करता रहा, चेहरे पर भाव अभिव्यक्त करने का और अपने संवाद के ठीक उच्चारण करने का अभ्यास करता रहा।

तब नाटक खेलने का वह महान दिन आ पहुँचा। हीरो स्टेज पर चलता हुआ आया, उसने फर्श पर पड़े हुए मृत शरीर को देखा, फिर सामने खड़े अभिनेता को देखते हुए उसने पूछा–"क्या तुमने देखा कि यह आदमी कैसे मर गया?"

हीरो की आँखों में पूरी तरह देखते हुए उसने स्पष्टता से उत्तर दिया–"क्या यह मैंने किया?"।

लोग पूरी तरह सजग नहीं थे। वे सोये हुए थे। एक तरह की सुस्ती और आलस्य और एक तरह का कोहरा या धुंध तुम्हारे अस्तित्व के चारों ओर घिरी हुई है। सब कुछ बहुत अधिक धुंधला–धुंध और उलझन पूर्ण है। तुम बहुत-बहुत दुर्लभ कम ही सजग बन पाते हो, सजगता के ये क्षण बहुत-बहुत दुर्लभ हैं। गुरुजिएफ कहा करता था कि यदि एक व्यक्ति को

अपने पूरे जीवन में सात बार भी ऐसा अवसर मिल सके, तो यह आशा से कहीं अधिक है। ऐसा बहुत कम होता है।

किसी बहुत बड़े खतरे के समय तुम सजग बन जाते हो। कभी कोई व्यक्ति तुम्हें मारने आ जाता है और तुम्हारी छाती पर अपनी पिस्तौल रख देता है–तब एक क्षण के लिए वह कोहरा हट जाता है। मृत्यु वहाँ सामने खड़ी होती है। अथवा तुम यदि किसी कार को नब्बे या सौ मील प्रति घंटे की रफ्तार से चला रहे हो, और तभी अचानक एक मोड़ पर तुम देखते हो कि जैसे प्रत्येक वस्तु चली गई हो, एक क्षण के लिए दुर्घटना होना निश्चित दिखाई देने लगता है, वह धुंध अचानक छँट जाती है। इसीलिए खतरे में एक अपील होती है क्योंकि केवल खतरे में ही तुम्हें कभी-कभी अपने होने का अनुभव होता है। इसीलिए युद्ध लोगों को बहुत अपील करते हैं। जब लोग युद्ध करने जाते हैं, तो वे मृत्यु के पंजों की ओर ही गतिशील होते हैं और कभी-कभी उनके जीवन में ऐसे दुर्लभ क्षण आते हैं। लेकिन अन्यथा लोग अपने सामान्य, सुविधामय और आरामदायक जीवन में केवल खर्राटे ही भरते रहते हैं।

एक बाहर से आये यात्री ने एक शराबी से डाकखाने का रास्ता पूछा। वह शराबी उस शहर का बहुत पुराना बाशिन्दा था।

उसने कहा– "ठीक है, तुम नीचे की ओर जाओ, और दो ब्लाक छोड़कर दाहिने मुड़ जाना...पर नहीं, तुम नीचे जाकर दो ब्लाक के बाद बायीं ओर मुड़ जाना...पर नहीं, यह भी ठीक नहीं होगा। तुम इस सड़क के ऊपर की ओर एक ब्लाक बाद दाहिने मुड़ कर एक ब्लाक और आगे जाना....और श्रीमान! सच तो यह है, कि मेरे ख्याल में आपको यहाँ से डाकखाने का रास्ता मिलेगा नहीं।"

लोग इसी धुंध और उलझन में जी रहे हैं। और केवल तभी ऐसा नहीं होता, जब तुम्हें शराब के नशे में हर चीज़ धुंधली दिखाई देती है, तुम हर क्षण हजार तरह की शराबें पीते रहते हो। कोई व्यक्ति धन के पीछे पागल है–तब धन ही उसकी शराब है। कोई व्यक्ति शक्ति और सत्ता के पीछे पागल है, तो शक्ति और सत्ता ही उसकी शराब बन जाती है। और यहाँ कई तरह के पागल लोग हैं। लेकिन प्रत्येक व्यक्ति के पास अपनी ख़ास तरह की शराब है, जो उसे एक विशिष्ट तरह का नशा देती है।

क्या तुमने कभी किसी कंजूस की, अपने धन की ओर देखती हुई आँखों को देखा है? वह धन की ओर ऐसे देखता है, जैसे मानो वह अपनी प्रेमिका की ओर देख रहा हो। वह धन का बहुत कोमलता से स्पर्श करता है। एक सौ रुपये के नोट के साथ वह बहुत अधिक प्रेमपूर्ण और सावधान होने का अनुभव करता है। और जब उसके सामने धन होता है, तो वह पूरे संसार को भूल जाता है।

शक्ति और सत्ता के मद में पागल किसी राजनेता को देखो। उसे अन्य दूसरी कोई शराब पीने की जरूरत ही नहीं है। उसने पहिले ही से सत्ता की शराब पी ली है। वह शराब और नशे की सभी रासायनिक दवाओं तथा ड्रग्ज़ के विरोध में हो सकता है, और पूरे देश भर में उन पर रोक लगाने का प्रयास कर सकता है, लेकिन वह स्वयं सत्ता के नशे में चूर है। और निशि्चत रूप से जो नशा सत्ता की शराब से उत्पन्न होता है, वह अंगूरों से बनी हुई शराब से कहीं अधिक खतरनाक है। ये सत्ता के पीछे पागल लोग संसार में सबसे अधिक खतरनाक लोग हैं।

लेकिन यहाँ प्रत्येक व्यक्ति नशे में है। उन लोगों ने विभिन्न किस्मों के पेय पी रखे हैं, लेकिन वे सभी नशे में हैं। एक सूफ़ी वह व्यक्ति है, जो नशे में नहीं है–उवैस के कहने का वही अर्थ है, जब वह कहता है–**हां! लेकिन, उनमें से कितने लोग इसे महसूस करते हैं?**

स्मरण रहे, यदि यही प्रश्न बोधि धर्म अथवा रिनझाई से पूछा गया होता तो उन्होंने कहा होता–"उनमें से कितने लोग इसके प्रति होशपूर्ण हैं?"

उवैस कहता है लेकिन उनमें से कितने लोग इसे महसूस करते हैं? दोनों विभिन्न मार्गों के बीच, होश और सजगता से भरे ध्यान के पथ पर तथा प्रेम और अनुभव के मार्ग में यही अंतर है, और इसे स्मरण रखना चाहिए।

सूफ़ी धर्म, प्रेम और भाव भरा अनुभव का मार्ग है। यदि बोधि धर्म से पूछा गया होता तो उन्होंने कहा होता–'इसके प्रति कितने लोग सचेत हैं?' उन्होंने 'अनुभव' शब्द का प्रयोग न करते हुए 'सचेत' शब्द का प्रयोग किया होता, नहीं कोई भी ज़ेन सद्‌गुरू कभी अनुभव शब्द का प्रयोग नहीं

करेगा केवल यही मूल अंतर है दोनों मार्गों के मध्य, अन्यथा उनमें कोई भी अंतर नहीं है।

सूफ़ी धर्म, हृदय में भावों को उत्पन्न करने वाला धर्म है। कुरान कहता है–"ये आँखें नहीं है जो अंधी हैं, बल्कि लोगों के हृदय अंधे हैं। हृदय में उनका अर्थ है उस क्षमता या योग्यता का होना, जो सभी में श्रेष्ठतम परमात्मा रूपी प्रेमिका का अनुभव कर सके। सूफ़ी लोग ऐसे व्यक्तियों के रूप में जाने जाते हैं, जिनके पास हृदय होते हैं।

अल–हिलाज–मंसूर कहता है–मैंने अपने प्यारे को अपने हृदय की आँखों से देखा। मैंने उससे पूछा–तुम कौन हो? और उसने उत्तर दिया–"तू"। तेरे ही हृदय की आंख...

स्मरण रहे, सूफ़ी धर्म, प्रेम का मार्ग है। यह ज़ेन की अपेक्षा कहीं अधिक नृत्यपूर्ण है, यह ज़ेन की अपेक्षा कहीं अधिक गीत–संगीतमय है, और यह जैन धर्म की अपेक्षा कहीं अधिक उत्सव आनंदपूर्ण धर्म है। यही कारण है कि जिन देशों में सूफ़ी संत रहते रहे, उनके रहते संसार भर में जितना भी काव्य उत्पन्न हुआ, उन्होंने श्रेष्ठतम काव्य को जन्म दिया। फारसी भाषा की इसी वजह से इतनी अधिक काव्यात्मक बन गई और उसने संसार के महानतम कवियों को उत्पन्न किया। पूरी भाषा ही काव्यात्मक बन गई, पूरी भाषा ही अत्यधिक रसपूर्ण और सारगर्भित बन गई, क्योंकि परमात्मा की धारणा एक प्रेमिका की भाँति की गई है।

आज के लिए इस आख़िरी चीज़ को भी ठीक से समझ लेना है। ज़ेन लोगों के लिए वहाँ परमात्मा का कोई अस्तित्व है ही नहीं, तुम्हारी अपनी सचेतनता और सजगता ही सर्वोच्च है। ज़ेन का उद्‌भव हुआ गौतम बुद्ध की अंतर्दष्टि से, और सूफ़ी धर्म का जन्म हुआ–मुहम्मद के परमात्मा के साथ प्रेम संबंध के कारण।

एक बार ऐसा हुआ...

610 ए. डी. पूर्व के वर्ष में जब मुहम्मद हीरा पर्वत की एक गुफा में थे, उन्हें पहिला आध्यात्मिक अनुभव हुआ। वह बहुत अधिक भयभीत हो गये, कि या तो वे पागल हो जाते अथवा एक कवि। वह भय से काँपते हुए अपनी पत्नी के पास गये और कहा–"मैं बहुत दुविधा में पड़ गया

हूँ मैं या एक कवि बन जाऊँगा अथवा किसी शक्ति के अधिकार से पागल हो जाऊँगा। उनके अंदर यह भी ख्याल आया था कि वह ऊँची पहाड़ी से गिरकर अपने आपको खत्म कर लें। वह एक ऐसा आघात था, वह महान शक्ति की एक ऐसी विद्यतु ऊर्जा थी कि वह तेज ज्वर ग्रस्त होकर तीन दिनों तक निरंतर काँपते ही रहे।

और उनका यह ख्याल था, कि या तो वे एक पागल हो गये हैं अथवा उनके अंदर एक कवि का जन्म हुआ है। मुहम्मद साहब के इसी अनुभव से सूफ़ी धर्म की सरिता का उद्‌भव हुआ। इसमें हमेशा दोनों गुण बने रहे–एक कवि के और एक पागल के भी। वह दोनों ही थे। वह एक कवि भी बने और प्रेम में पागल भी। वह एक पागल भी बने और एक रहस्यदर्शी भी।

तुम लोगों ने मजनूं और लैला की सुंदर सूफ़ी कहानी के बारे में जरूर सुना होगा। यह कोई सामान्य प्रेम कहानी नहीं है। मजनूं शब्द का अर्थ होता है–पागल, परमात्मा के प्रेम में पागल। और लैला है–परमात्मा का प्रतीक। सूफ़ियों की परमात्मा की धारणा एक प्रेमिका जैसी ही है। लैला है प्रेयसी । प्रत्येक व्यक्ति एक मजनूं है और परमात्मा है उन सभी की प्रियतम। और इसके लिए प्रत्येक व्यक्ति को अपना ही हृदय खोलना है, अपने हृदय की आँख खोलनी है।

इसी वजह से उवैस कहता है–"हाँ! लेकिन इनमें से कितने लोग इसे महसूस करते हैं?" लोग पूरी तरह संवदेनहीन हो गए हैं, वे किसी बात का अनुभव ही नहीं करते। वे लोग अपने हृदयों को छोड़कर उसके निकट से निकल जाते हैं वे लोग हृदय के द्वारा आगे नहीं बढ़ते। वे हृदय की उपेक्षा कर सीधे सिर अथवा बुद्धि तक पहुँच गये हैं। इसीलिए उन्हें अपने जीवन में कोई वरदान या आशीर्वाद जैसी चीज़ का अनुभव नहीं होता। ऐसा केवल हृदय के द्वारा ही अनुभव होता है कि पक्षियों ने गीत गाने शुरू कर दिए हैं, और केवल हृदय के द्वारा ही तुम्हें यह अनुभव होगा कि जीवन केवल एक रूखी–सूखी सजगता और सचेतनता जैसी न होकर एक उत्सव आनंद की भांति है। सूफ़ी धर्म एक महान समारोह है, तुम सभी को मैं अपने साथ उत्सव आनंद में सम्मलित होने के लिए आमंत्रित कर रही हूँ।

दूसरा प्रवचन

सभी से छिपकर

12 अगस्त, 1977

पहिला प्रश्न—क्या सूफ़ी धर्म का उदय, इस्लाम धर्म की व्यवस्था के विरुद्ध एक विद्रोह के रूप में हुआ, अथवा यह इस्लाम धर्म से भी पूर्व का है? यह दोनों ही है। कोई भी चीज़ जो जीवन है, वह दोनों एक साथ होती है। यह बहुत पुराना भी है और एकदम नया भी। एक ही समय होने वाला यह दोनों एक साथ है।

सूफ़ी धर्म, इस्लाम के पूर्व का भी है और फिर भी यह एक अनूठी और नूतन घटना है। यह इस्लाम का सारभूत केंद्र है और फिर भी इस्लाम धर्म की व्यवस्था के विरुद्ध एक विद्रोह भी है। इस तरह से यह हमेशा ही बना रहता है। ज़ेन भी इसी तरह दोनों एक साथ हैं, वह बौद्ध धर्म का सारभूत केंद्र भी है और उसकी व्यवस्था के विरुद्ध एक विद्रोह भी।

यह समझने जैसा है। जब भी एक बुद्ध अथवा मुहम्मद जैसा व्यक्ति यहाँ आता है, तब जो भी सारभूत है, उसकी खिलावट होती है। लेकिन देर—सबेर, मनुष्य उसके बाहर एक व्यवस्था बना लेगा। वह भी स्वाभाविक है, क्योंकि मनुष्य को कुछ चीज़ सहारे के लिए ऐसी चाहिए, जिससे वह लिपट सके। और मनुष्य को जरूरत होती है किसी नकली चीज़ की, क्योंकि असली चीज़ उसे बदल देती है। असली चीज़ खतरनाक होती है। उसे किसी ऐसी चीज़ की जरूरत होती है, जो केवल असली जैसी दिखाई दे, लेकिन असली न हो। उसे खेलने के लिए एक खिलौने की जरूरत होती है। इसी वजह से पूजाघर हैं, व्यवस्था है, जो उसे असली चीज़ करने जैसा आभास दिलाती है। इसलिए उन कर्मकांडों को करने के बाद तुम प्रसन्न हो सकते हो, और तुम इस अहंकार यात्रा का मज़ा लेते हुए ज्यों—के—त्यों बने रहते हो। वह तुम्हारे अंदर गहरे प्रविष्ट नहीं होता, वह तुम्हें जरा भी नहीं बदलता। कुछ भी दाँव पर नहीं लगा होता।

यदि एक व्यक्ति प्रामाणिकता से प्रार्थना में जाता है, तो वह जैसे मर ही जाएगा। वह कभी भी फिर वैसा ही वापस लौटकर न आ सकेगा। वह वापस तो लौटेगा, लेकिन पूरी तरह से एक भिन्न व्यक्ति की भाँति। जो व्यक्ति प्रार्थना में गया था, वह व्यक्ति कभी वापस लौटकर नहीं आएगा। उसमें कुछ ऐसी नई चीज़, जो पहिले कभी भी न थी, जो उसके अतीत से असंबंधित है, उत्पन्न होगी। तुम पूरी तरह खो जाओगे, और तब तुम अपने को प्रामाणिक रूप से पाओगे। प्रामाणिक प्रार्थना खतरनाक होती है, वह मृत्यु होती है और एक पुनर्जन्म भी।

इसलिए मनुष्य बहुत चालबाज है—उसने नकली या झूठी प्रार्थना उत्पन्न की है। उसने प्रार्थना को एक कर्मकाण्ड बना दिया है, वह प्रार्थना करने का बहाना बनाता है। वह प्रार्थना में केवल मुद्राओं के द्वारा ही प्रवेश करता है, लेकिन वे मुद्राएँ खाली और खोखली होती हैं, उनमें उसका हृदय नहीं धड़कता।

वह मंदिर, मस्जिद अथवा चर्च जाता है, और वहाँ जाकर प्रार्थना भी करता है। और वह जानता है कि धोखा दे रहा है, वह जानता है कि वह वहाँ उपस्थित है ही नहीं। फिर भी वह प्रार्थना उसे एक विशिष्ट सम्मान दिलाती है। लोग सोचने लगते हैं कि वह एक धार्मिक मनुष्य है। इससे उसे एक निश्चित विश्वनीयता मिलती है। यह औपचारिक भावाभिव्यक्तियुक्त मुद्रा उसके सामाजिक जीवन को सरलता से पटरी पर दौड़ने के लिए स्निग्ध बनाती है—लेकिन उसे बदलती नहीं।

इसलिए जब कभी एक मुहम्मद अथवा एक बुद्ध के होने की दुर्लभ घटना घटती है, तो संसार में सत्य प्रकट होता है। लेकिन यह सत्य तुम्हें पागल बना देता है, यह सत्य तुम्हें समाप्त कर देना शुरू कर देता है। केवल कुछ थोड़े-से साहसी लोग ही उस सत्य का साक्षात्कार कर सकते हैं। और इस बारे में कायर लोग? ये लोग भी यह सोचकर प्रसन्न होना चाहते हैं। कि कम-से-कम विचारों में तो उन्होंने सत्य अथवा परमात्मा को देखने की कल्पना कर ली, कम-से-कम अपने ख्यालों में तो वे प्रार्थना में भी सम्मलित हुए और कम-से-कम विचारों से तो वे धार्मिक मनुष्य हैं ही। इन कायर लोगों के बारे में क्या किया जाए? इनकी संख्या बहुत अधिक है। मनुष्यता

का बहुसंख्यक भाग इन्हीं कायरों का ही है। देर–सबेर यही कायर लोग एक झूठा उधार धर्म खड़ा कर देते हैं। जीसस का होना एक प्रामाणिक धर्म है और ईसाइयत एक नकली धर्म। मुहम्मद प्रामाणिक हैं, और इस्लाम नकली है। जब यह नकली धर्म, यह संगठित धर्म, बहुत अधिक ग़लत हो जाते हैं, तो बार-बार कुछ साहसी लोग यहाँ आएँगे, जो जोर देकर कहेंगे कि सभी कुछ ग़लत हो रहा है। इसलिए ये लोग विद्रोही दिखाई देंगे। वास्तव में वे लोग उसी प्रामाणिक आत्मा और सत्य पर फिर से जोर दे रहे हैं। मुहम्मद जैसी ही पवित्रता और प्रामाणिकता, मंसूर में प्रकट हुई, मुहम्मद की यही पवित्र प्रामाणिकता उमर खैय्याम में कविताओं के द्वारा अभिव्यक्त हुई, और मुहम्मद की यही पावन प्रामाणिकता हजारों सूफ़ी रहस्यदर्शियों के वक्तव्यों में प्रकट हुई।

लेकिन अब तुम समझ सकते हो कि यह समस्या है क्या? जब भी कोई व्यक्ति उसी प्रामाणिक सत्य पर जोर देता है, वह उसी सारभूत धर्म को वापस लाता है, लेकिन उसे नकली धर्म और उसकी संगठित व्यवस्था के विरुद्ध जाना होता है। और इस छद्म धर्म के पास बहुत बड़ी शक्ति है–उसके पीछे भीड़ का पागलपन है। मानसिक रूप से विक्षिप्त भीड़ उसका समर्थन करती है। वह हत्या कर सकती है, वह सब कुछ नष्ट-भ्रष्ट कर सकती है। वह कुछ भी सृजित नहीं कर सकती, लेकिन वह एक जीसस को, एक सुकरात को और एक मंसूर को मार जरूर सकती है। यह उसके लिए बहुत आसान है।

ये थोड़े-से लोग फूलों की भाँति बहुत नाजुक हैं, और पागल भीड़ है एक चट्टान की तरह। यदि तुम चट्टान को फूल की ओर फेंकों, तो चट्टान का तो कुछ भी नहीं बिगड़ेगा, केवल फूल ही नष्ट हो जाएगा। जब भी उच्चतम की निम्नतम से टकराहट होती है तो स्मरण रहे, हमेशा उच्चतम ही नष्ट होता है। यदि गद्य और पद्य के मध्य टकराहट हो, तो कविता ही नष्ट होगी, गद्य नहीं। यदि परमात्मा और संसार के बीच टकराहट हो तो परमात्मा ही विलुप्त हो जाएगा, संसार नहीं! यदि वासना और प्रेम के बीच संघर्ष हो तो वासना नहीं, प्रेम ही विषैला हो जाएगा।

जब भी कोई श्रेष्ठ चेतना इस संसार में आती है, जब भी किसी अज्ञात का अवतरण होता है, वह एक फूल की भाँति ही खिलता है।

हाँ, वह बहुत विद्रोही होता है। वह विद्रोही इसलिए होता है, क्योंकि वह ही सारभूत अस्तित्व है। जो सारभूत और आवश्यक अस्तित्व होता है, वह हमेशा विद्रोही होता है। मुहम्मद; विद्रोही व्यक्ति थे, और उनका पूरा जीवन शत्रुओं का पीछे करने में बीत गया। कई बार वह मृत्यु के कगार पर जा पहुंचे। उन्हें अपने पूरे जीवन भर युद्ध और संघर्ष करना पड़ा-एक रहस्यदर्शी को एक योद्धा बनना पड़ा, एक रहस्यदर्शी को अपना पूरा जीवन योद्धा बने हुए बरबाद करना पड़ा। उन्हें अपने साथ एक तलवार लेकर चलना पड़ता था। और तुम यह विरोधाभास देख सकते हो–उन्होंने अपनी तलवार पर शांति और प्रेम के शब्द अंकित करवाए थे। पागल भीड़ के कारण ही प्रेम को तलवार साथ लेकर चलना पड़ा। शांति को मानसिक रूग्णता के कारण, तलवार हाथ में थामनी पड़ी।

मुहम्मद को निरंतर युद्ध ही लड़ने पड़े, वह जीवन भर लड़ते ही रहे। उनका पूरा जीवन लड़ने में ही बरबाद हुआ। वह अज्ञात से कुछ और फूल पृथ्वी पर ला सकते थे, वह इस संसार में कहीं अधिक परमात्मा जैसी कुछ और दिव्यता ला सकते थे, लेकिन वहाँ इसका उन्हें अवसर ही न मिल सका।

और एक बार जब मुहम्मद व्यवस्थित हो गए, तो देर–सबेर शत्रु फिर से जीत गया...जिस शत्रु के विरुद्ध मुहम्मद संघर्ष कर रहे थे, वही शत्रु पुरोहित और मौलवी बन गया। जरा इसका निरीक्षण करें। मुहम्मद के विरुद्ध, पुराने कबीलों की धार्मिक व्यवस्था वाले पुरोहित ही युद्ध कर रहे थे। मुहम्मद सारभूत, शाश्वत तथा प्रामाणिक धर्म को फिर से वापस लाते हैं। जो पंडित पुरोहित पुरानी व्यवस्था के साथ थे, वे ही मुहम्मद से युद्ध करते हैं।

यदि मुहम्मद जीत जाते हैं, तो यह पंडित पुरोहित तुरंत अपना पक्ष छोड़कर उनके साथ आ जाते हैं। पंडित पुरोहित हमेशा विजयी पक्ष के साथ रहते हैं, और कायर लोग हमेशा हारे हुए लोगों के साथ। पंडित पुरोहित तुरंत अपना पक्ष बदल लेते हैं। वह कहते हैं–आपके द्वारा मेरा धर्मांतरण हो गया। ये लोग मुहम्मद के खेमे में आ गए।

लेकिन पंडित पुरोहित के पास पुराना मन, और वे ही पुरानी चालें होती हैं। वह फिर से वही खेल खेलना शुरू कर देता है। यह हो सकता है कि मुहम्मद के जीवित रहते हुए वह ऐसा करने में समर्थ न हो सका

हो, लेकिन जब एक बार मुहम्मद विदा हो गए, तो उसके लिए मुहम्मद के नाम पर उसी तरह की व्यवस्था को फिर से लागू करना बहुत आसान होगा। और जब कभी कोई सूफ़ी रहस्यदर्शी फिर परमात्मा को वापस इस जमीन पर लाता है, तो वह मुहम्मद का तो मित्र होगा, लेकिन मुसलमानों का दुश्मन। इस विरोधाभास का यही मुख्य कारण है।

धर्म हमेशा दोनों एक साथ होता है। मेरी ओर देखो! मैं जो कुछ तुमसे कह रहा हूँ, यही सारभूत धर्म है। यह बुद्ध, जीसस, मुहम्मद और मोज़ेज़ का धर्म है, और फिर भी सभी परोहित. पादरी मेरे विरुद्ध हैं। वे सभी लोग एक-दूसरे से किसी भी बात पर सहमत नहीं हो सकते, लेकिन मेरे विरोध में वे सभी लोग सहमत हैं। एक-दूसरे से सहमति रखते हैं। ईसाई पादरी भी, मेरे बारे में जैन मुनि से सहमत है। इन दोनों धर्म के सिद्धांतों में अणु मात्र भी समानता नहीं है, लेकिन एक बात पर वे दोनों सहमत हैं कि यदि उन लोगों को मेरी निंदा करनी पड़े, तो वे दोनों एक-दूसरे का साथ देंगे।

मैं जो कुछ तुमसे कह रहा हूँ, वह सभी धर्मों का सारभूत केंद्र है, लेकिन वे लोग फिर भी मेरे विरुद्ध हैं। वे बहाने बनाते हैं, कि वे अपने धर्म के रक्षक हैं, और उसी के लिए समर्पित हैं, लेकिन वास्तव में वे धर्म के दुश्मन हैं। संगठित व्यवस्था, धर्म की शत्रु होती है। लेकिन यह सभी कुछ चीज़ों के स्वाभाविक क्रम में घटता रहता है, क्योंकि मनुष्य मूढ़ है। इसीलिए संगठित व्यवस्था को भी बार-बार जन्म लेना होता है। और फिर हर बार व्यवस्था के विरुद्ध किसी को वक्तव्य देते हुए विद्रोह करना होता है।

दोस्तोवस्की की 'ब्रादर्स करामाजोव' पुस्तक में एक सुंदर बोध–कथा का उल्लेख है।

अठारह सौ वर्षों के बाद जीसस यह देखने के लिए कि संसार में सब कुछ कैसा चल रहा है, इस संसार में वापस लौटे। वह बहुत आशापूर्ण थे। वह सोचते थे कि "अब लगभग आधा संसार ईसाई होगा और वहाँ मेरा भव्य स्वागत और सत्कार किया जाएगा। पहिली बार जब मैं वहाँ पृथ्वी पर था, तो लोग मेरे विरुद्ध थे, क्योंकि उनमें कोई भी ईसाई न था, और ऐसा वहाँ कोई भी न था, जो मेरा स्वागत करता। वहाँ केवल यहूदी थे और इन्हीं लोगों ने मुझे मार डाला।"

अब वह एक महान आशा लेकर आए थे। वह रविवार की सुबह बेथलेहेम में अवतरित हुए। स्वाभाविक रूप से उन्होंने रविवार का ही दिन चुना, क्योंकि उस दिन अवकाश होने से ईसाई प्रार्थना के बाद चर्च से वापस लौट रहे होंगे और उनकी भेंट चर्च के सामने ही उन सभी लोगों से होगी।

लोग चर्च से बाहर निकल रहे थे और वह बहुत आशा से उनकी प्रतीक्षा कर रहे थे। तब लोगों ने उन्हें चारों ओर से घेर लिया और उनका उपहास उड़ाना शुरू कर दिया। उनके हास्यास्पद लिबास का मखौल उड़ाते हुए उन्होंने कहा–"तुमने वेशभूषा की ठीक तरह से नकल की है और तुम जीसस जैसे ही दिखाई देते हो।"

और वह बोले–"मैं जीसस ही हूँ।"

और उन लोगों ने हँसते हुए कहा–"जीसस तो केवल एक है। तुम्हारा अपने आपको जीसस पुकारना एक अधार्मिक कृत्य है। तुम उन जैसे लगते जरूर हो, फिर तुम 'वह कैसे हो सकते हो? अच्छा यही होगा कि इससे पहिले यहाँ पादरी साहब आए, तुम यहाँ से भाग जाओ। यदि उन्होंने तुम्हें पकड़ लिया, तो तुम मुसीबत में पड़ जाओगे।"

लेकिन जीसस ने कहा–"वह मेरा पुजारी है। यदि तुम लोग मुझे नहीं पहिचान सकते, तो ठीक है। तुम लोग साधारण व्यक्ति हो। लेकिन वह मेरा उपासक है। निरंतर मेरे ही वचन और मेरे शास्त्र पढ़ता रहता है, वह मेरे बारे में ही सोचते हुए मेरा ध्यान करता रहता है। और जो कुछ मैंने पहिले कहा था, वह निरंतर मेरे बारे में उसी सबकी चर्चा किया करते हैं। कम-से-कम वह तो मुझे पहिचान ही लेगा। तुम लोग प्रतीक्षा करो।"

और उन लोगों ने हँसते हुए फिर कहा–"तुम ग़लत सोच रहे हो। तुम यहाँ से कहीं दूर भाग जाओ अन्यथा तुम मुसीबत में पड़ जाओगे।"

और तभी वहाँ पादरी आ गया, और जो लोग जीसस के सामने झुके तक न थे, उन लोगों ने पादरी के पैर छूते हुए उन्हें बहुत आदर और श्रद्धा से रास्ता दिया। पादरी ने सामने आकर उस युवक की ओर देखा और कहा–"तुम नीचे उतरो और मेरे पीछे-पीछे चर्च के अंदर चलो। कहीं तुम पागल तो नहीं हो गए? तुमने अब तक क्या कहा है?"

जीसस ने कहा–"क्या तुम मुझे पहिचानते नहीं?"

तब कोई उत्तर न देकर पादरी उन्हें चर्च के अंदर ले गया और वहाँ उन्हें एक अंधेरी कोठरी में बंद कर, और उस पर ताला लगाकर गायब हो गया। वह आधी रात को फिर वापस लौटा। जीसस दिन भर सोचते रहे–आख़िर क्या होने जा रहा है? क्या मैं अपने ही ईसाई लोगों द्वारा फिर से सलीब पर चढ़ाया जाऊँगा? यह सब तो बहुत अधिक है। वह विश्वास ही नहीं कर पा रहे थे।

और आधी रात को अपने हाथों में जलता चिराग लेकर पादरी उनकी कोठरी में आया और जीसस के पैरों पर गिरते हुए बोला–"मैं आपको पहिले ही पहिचान गया था। लेकिन कृपया समझें। अब आपकी हमें कोई भी जरूरत नहीं है। आपने अपना काम पूरा कर दिया और हम लोग आपका ही शेष काम पूरी तरह से कर रहे हैं। आप इसमें सबसे बड़े अवरोधक हैं अब। यदि आप फिर से प्रकट होंगे तो सभी चीज़ों की व्यवस्था को नष्ट कर देंगे। वह हम लोगों के लिए बहुत बड़ी मुसीबत का सबब बन जाएगा। अट्ठारह सौ वर्षों तक संघर्ष करते हुए हम लोगों ने किसी तरह सभी चीज़ों को ठीक से व्यवस्थित बनाने का प्रयास किया है। लगभग आधी मनुष्यता तो ईसाई धर्म स्वीकार कर चुकी है और आधी अभी रास्ते में है। आप बस प्रतीक्षा करें। आपको आने की यहाँ कोई जरूरत नहीं, मेरे स्वामी। हम आपके सेवक लोग ही काफी हैं, आपकी कोई आवश्यकता ही नहीं। आप तो केवल वहीं से अपना संदेश भेज दिया करें।

जीसस ने कहा–"मैं खुश हूँ! कम-से-कम तुमने मुझे पहिचाना तो ।"

पादरी ने कहा–"जी हाँ! मैं आपको अकेले में पहिचान सकता हूँ। लेकिन भीड़ और लोगों के सामने मैं आपको नहीं पहिचान सकता। और यदि आप अपनी बात पर आग्रह करते हुए मुसीबतें खड़ी करेंगे, तब मुझे बहुत अफसोस है लेकिन मुझे फिर आपको ठीक उसी तरह सलीब पर चढ़ाना होगा, जैसा यहूदियों ने आपके साथ पहिले किया था–क्योंकि एक पुरोहित को व्यवस्था की भी देखभाल करनी होती है, यहूदी हों या ईसाई, इससे कोई फ़र्क नहीं पड़ता। मैं तो व्यवस्था का ही एक भाग हूँ। मुझे चर्च की रक्षा करनी है। यदि आपमें और चर्च में कुछ भी विवाद उत्पन्न होता है। तो मैं चर्च के ही साथ रहूँगा–मैं चर्च की ही सेवा करता हूँ। यह पूरी तौर से

ठीक होगा, कि आप आनंद से स्वर्ग में रहते हुए वहाँ के सुख भोगें। यहाँ सभी चीज़ें पूरी तरह से ठीक हैं। आपके यहां दूसरी बार आने की कोई जरूरत ही नहीं है, आपका यहाँ पहिली बार आगमन ही काफी था।"

प्रामाणिक और सच्चा धर्म हमेशा, संगठित धर्म के विरुद्ध होगा। सूफ़ी, प्रामाणिक रूप से हृदय है धर्म का, लेकिन हृदय का मन और बुद्धि के विरोध में होना एक बाध्यता है।

पंडित पुरोहित, सभी बुद्धि में रहते हैं और प्रार्थनापूर्ण मुनष्य ही हृदय में जीता है। ये दोनों दो विपरीत ध्रुव हैं; उन दोनों की भाषाएँ भिन्न हैं। उनकी भाषाओं में इतनी अधिक भिन्नता है कि पादरी पुरोहित हृदय की भाषा जरा भी नहीं समझ सकते। वे लोग सिद्धांतों का जाल बुन सकते हैं, और जहाँ तक उपदेशों और धार्मिक निर्देशों का प्रश्न है, ये लोग इसके विशेषज्ञ हैं। उनके पास जानकारियों से भरा हुआ एक कानूनी मन है। लेकिन जहाँ तक हृदय का सम्बन्ध है। उनके हृदय की भूमि बंजर है, न उसमें कुछ अंकुरित हो सकता है, न कुछ खिलावट हो सकती है और न उसमें रसधार प्रवाहित होती है।

बुद्धि, हृदय की बात नहीं समझ सकती। हृदय, बुद्धि की बात समझ सकता है, क्योंकि हृदय में बुद्धि की अपेक्षा कहीं अधिक गहराई है। हृदय रखने वाला मनुष्य, बुद्धि वाले मनुष्य की बात समझ सकता है, और उसके लिए करुणा भी कर सकता है, लेकिन बुद्धि वाला मनुष्य, हृदय वाले मनुष्य की बात नहीं समझ सकता। निम्नतम, उच्चतम को नहीं समझ सकता, उच्चतम तो निम्नतम को समझ सकता है। एक मनुष्य जो गहरी घाटी में बैठा हुआ है, वह पहाड़ी के शिखर पर बैठे हुए व्यक्ति को नहीं समझ सकता। लेकिन जो व्यक्ति पहाड़ी के शिखर पर बैठा हुआ है, वह घाटी में रहने वाले मनुष्य को भली–भांति समझ सकता है।

इसलिए हृदय में जीने वाले लोग बहुत प्रज्ञावान होते हैं। वे सब कुछ समझते हैं। वे भली-भाँति समझते हैं कि पादरी पुरोहित उनके विरुद्ध क्यों हैं, वे समझते हैं कि मनुष्यता का बहुत बड़ा भाग उनसे सम्बन्ध जोड़ने में समर्थ क्यों नहीं हो पाता।

इस बारे में मैं एक प्रसंग सुनाना चाहूँगा।

एक मनुष्य एक दीवार के किनारे–किनारे टहल रहा था और उसने एक

घोंघे को दीवार की तंग लंबी दरार में घुसते हुए देखा। बिना किसी विशेष कारण के उसने यूँ ही घोंघे से कहा–"हैलो! भाई घोंघे! तुम्हारे क्या हाल–चाल हैं?"

घोंघे को बड़ा अजीब-सा लगा। लेकिन घोंघा सुन भी सकता था और बोल भी सकता था। इसलिए उसने अपने खोल से अपनी आँखों को बाहर निकाल कर अपने चारों ओर वह जितनी दूर तक देख और समझ सकता था, कि उससे कौन बात कर रहा है, उसने उत्तर में–'हैलो!' कहा।

इसलिए मनुष्य ने उससे पूछा–"क्या तुम मेरी बात सुन सकते हो।'

और घोंघे ने उत्तर दिया–"हाँ! मैं निश्चित रूप से सुन रहा हूं। तुम किसी भी तरह के कोई जीव हो।"

और मनुष्य ने कहा–मैं एक मनुष्य हूँ।"

और घोंघे ने कहा–"यह क्या होता है?"

इसलिए मनुष्य ने समझाते हुए कहा–"हम लोग कुछ तुम्हारी ही तरह होते हैं। उदाहरण के लिए तुम्हारी आँखें सूँड के शीर्ष पर होती हैं, और हम लोगों का सूँड नुमा सिर दूसरे छोर पर होता है।"

घोंघे ने पूछा–"यह दूसरा छोर क्या होता है?"

और मनुष्य ने कहा–"हाँ! बस एक मिनट। जरा देखो, उस छोर तक जाने के लिए हम अपने पैर कैसे उठाते हैं?"

और घोंघे ने कहा–"ये किसी भी तरह के हों, पर ये हैं किसके लिए?"

और मनुष्य ने कहा–"यह पैर बहुत तेजी से चलने के लिए हैं।"

और घोंघे ने कहा–"वास्तव में, तुम मुझे आश्चर्य में डाल रहे हो। क्या तुम्हारे बारे में कोई और भी ख़ास चीज़ है?"

और मनुष्य ने कहा–"अच्छा! क्या तुम्हें मालूम है कि तुमने अपना घर अपनी पीठ पर कैसे बना लिया?"

घोंघे ने कहा–"हाँ! मुझे मालूम है।"

और मनुष्य ने कहा–"हम लोग ऐसा नहीं करते। तुम देख रहे हो। हम लोगों के बहुत से घर होते हैं और हम लोग उनमें अपनी मर्जी से अंदर जाते हैं और बाहर निकल आते हैं।"

घोंघे ने कहा–"तुम तो वास्तव सबसे अधिक आश्चर्यजनक प्राणी हो। तुम्हारे बारे में कोई और अजीब बात?"

और मनुष्य ने कहा–"हम लोग मनुष्य हैं, और एक मनुष्य कोई भी चीज़ उठा सकता है, जैसा यह एक पत्ता है–क्या तुम पत्ते को जानते हो?"

और घोंघे ने कहा–"हाँ, हाँ! मैं एक पत्ते को जानता हूँ।"

और मनुष्य ने कहा–"वह इस पत्ते पर कुछ भी निशान लगा सकता है और अपने हाथ से किसी दूसरे मनुष्य को दे सकता है, जो उसे किसी तीसरे मनुष्य को दे सकता है, जो पत्ते पर निशान देखकर बता सकता है। कि पहिला मनुष्य क्या सोच रहा था?"

उस घोंघे ने आह भरते हुए कहा–"तो तुम उन्हीं में से एक हो।"

मनुष्य ने पूछा–"आख़िर तुम्हारे कहने का मतलब क्या है?

घोंघे ने कहा–"तुम झूठे हो ।"

झूठ बोलने वालों के साथ मुसीबत यह है कि तुम एक झूठ बोलते हो और तब तुम उससे और बड़ा झूठ बोलते हो और तब अंतिम रूप से तुम स्वयं अपनी ही पहुँच के बाहर चले जाते हो।

यहाँ विभिन्न तलों पर भिन्न-भिन्न भाषाएँ हैं। एक सूफ़ी हृदय की भाषा बोलता है और पादरी पुरोहित बुद्धि की भाषा बोलते हैं। पुरोहित ज्ञान की भाषा में बात करता है और सूफ़ी प्रेम की भाषा बोलता है। वे दोनों कहीं भी नहीं मिलते, उन दोनों में कोई संवाद होता ही नहीं। संवाद होना ही असंभव है। पादरी पुरोहित अंधा होता है। उसने कभी प्रकाश देखा ही नहीं होता, वह केवल उस पर विश्वास करता है। सूफ़ी ने प्रकाश देखा है; वह उसका विश्वास नहीं है, वह उसे जानता है।

इस विरोधाभास को समझने का प्रयास करें। वे लोग जिनका ख्याल है कि वे जानते हैं, नहीं जानते; ज्ञानी व्यक्ति भी उसे नहीं जानते, क्योंकि वे उसे समझ नहीं पाते। और वे लोग जो प्रेम करते हैं, और जो उसके ज्ञान के बारे में कुछ बात ही नहीं करते, उसे जानते हैं, क्योंकि वे उसे देख और समझ सकते हैं। प्रेम हृदय की आँखें खोल देता है। और जब तुम उसे देख लेते हो, तो तुम निरंतर विद्रोही बने रहोगे। जब तुमने उसे देख लिया, तब कोई भी विश्वास तुम्हें संतुष्ट नहीं कर सकता। तब तुम्हारी द ृष्टि सभी तरह के विश्वासों के लिए विध्वंसक बन जाएगी। जब एक बार तुमने देख लिया, तब तुम उसे स्वीकार नहीं कर सकते और तुम प्रकाश

के बारे में मूर्खतापूर्ण विचारों से सहमत नहीं हो सकते। एक अंधे व्यक्ति के पास प्रकाश के बारे में मूढ़तापूर्ण विचार ही होते हैं। उसके पास ठीक विचार कैसे हो सकते हैं। उसके पास आँख ही नहीं है। वह प्रकाश के बारे में जो कुछ भी जानता है, वह ग़लत होने ही जा रहा है। उसने तो अभी तक अंधेरा भी नहीं देखा है–फिर प्रकाश के बारे में तो क्या कहा जाए? एक अंधा व्यक्ति अंधेरा भी नहीं देख सकता।

अंधे व्यक्तियों के मन में ऐसा कभी कोई विचार भी नहीं आता कि वे अंधकार में रह रहे हैं। नहीं, वे ऐसा सोच भी नहीं सकते। अंधकार को देखने के लिए भी एक व्यक्ति को आँखों की जरूरत होती है। किसी भी चीज़ को देखने के लिए एक को आँखें चाहिए। एक अंधे व्यक्ति को यह स्पष्ट करने का कि प्रकाश क्या होता है, कोई उपाय है ही नहीं। तुम अंधकार का भी प्रयोग नहीं कर सकते और यह भी नहीं कह सकते कि प्रकाश, अंधकार के विपरीत उसके विरोध में है। वह यह भी नहीं जानता कि अंधकार क्या होता है? एक अंधे व्यक्ति को यह भी स्पष्ट करने का या समझाने का कोई उपाय है ही नहीं। उसकी सहायता करने का केवल एक ही मार्ग है कि वह देख सके, उसे उसकी दृष्टि मिल सके। अथवा यदि उसकी आँखों को किसी उपचार की आवश्यकता है, तो उसे वह उपचार दिया जाए। चिकित्सक बनकर उसकी आँखों को दृष्टि दी जा सकती है। उसे दार्शनिक सिद्धांतों, शास्त्रों और स्पष्टीकरण से समझाने का सारा प्रयास व्यर्थ है। ये सभी उसे और भ्रमित कर कहीं अधिक उलझन में फंसा देंगें।

एक सूफ़ी विद्रोही होता है, क्योंकि सूफ़ी ने उसे देखा है। और स्वाभाविक रूप से लोगों को स्पष्ट करने में उसे हमेशा कठिनाई में पड़ना पड़ेगा। यही कारण है कि सूफ़ी स्पष्टीकरण देने में विश्वास नहीं करते। यदि तुम किसी सूफ़ी के पास जाओ वह तुम्हें सिद्धांत नहीं, विधियाँ देना शुरू कर देगा। इसी वजह से इन लोगों को 'उस पथ के पथिक' कहा जाता है। वे तुम्हें एक विधि देते हैं। वे कहते हैं–इस विधि पर काम करो।

यदि विधि में तुम गहरे उतरते हो, तो वह तुम्हारे हृदय को बदलती है, तुम्हारे बंद अस्तित्व के खिड़की–दरवाजे खोलती है, और तब तुम उसे स्वयं जान लोगे। वे लोग तुम्हें कोई भी मत, सिद्धांत या उपदेश नहीं देते ऐसा

कुछ उनके पास है ही नहीं। उनके पास केवल करने वाले कुछ उपाय हैं और यह बहुत ही वैज्ञानिक विधियाँ हैं। वे तुम्हें उनका स्वाद देंगें। यह कार्य बहुत कठिन और श्रमपूर्ण है।

यदि तुम मेरे पास आते हो और पूछते हो–'सत्य क्या होता है?' मैं तुम्हें कुछ बताता हूँ–और कुछ मिनटों में काम पूरा हो जाता है। मैंने तुम्हें बता दिया, तुमने उसे जान लिया और बात खत्म हो गई। मैंने तुमसे न तो कुछ कहा, और न तुमने कुछ भी समझा, लेकिन तुम्हारे अंदर यह विचार उत्पन्न हो गया कि तुम कुछ जानते हो। और अब तुम इस विचार को अपने साथ लेकर चलोगे। यदि तुम्हारी वास्तव में कुछ दिलचस्पी है, तो मुझे तुम्हें कोई सिद्धांत नहीं, कोई विधि देनी होगी, मुझे तुम्हें सिद्धांत नहीं, बल्कि ध्यान देना होगा। मुझे तुम्हें तुम्हारे ही अंदर की प्रयोगशाला में दीक्षा देनी होगी, मुझे तुम्हें ही धीमे-धीमे अस्तित्व–सागर की गहराइयों में ले जाना होगा। धीमे-धीमे तुम समझना और अनुभव करना शुरू कर दोगे; तुम अधिक संवेदनशील अधिक सजग, अधिक होशपूर्ण होना शुरू हो जाओगे और अब तुम्हारे अचेतन की मोटी परत को भेदती हुई, मेरी बातें, तुम्हारी आत्मा की अंधेरी रात में, प्रकाश किरणें बन कर उतरना शुरू हो जाएंगी और तब तुम उसे जानोगे।

एक सूफ़ी का कार्य पूरा होने में वर्षों लग जाते हैं। सूफ़ी लोग उपदेश नहीं देते। वे निश्चित रूप से सिखाते हैं, वे प्रवचन नहीं देते। और जब वे सिखाते हैं, तो सिद्धांत नहीं, विधियाँ को करने का ढंग बतलाते हैं। किसी विधि का अनुसरण करने के लिए एक व्यक्ति को प्रामाणिक खोज़ी होना आवश्यक है–क्योंकि कभी-कभी इसमें बारह वर्ष, कभी बीस वर्ष और कभी-कभी तो पूरा जीवन ही व्यतीत हो जाता है। और कभी तो कई जन्मों की आवश्यकता होती है। जिन लोगों को शीघ्र घटने वाले बुद्धत्व की खोज है, उनका सूफ़ियों के साथ संपर्क नहीं हो सकता। इसी कारण सूफ़ी दरवेश अपने को छिपाकर रखते हैं। वे स्वयं अपने सूफ़ी होने की घोषणा नहीं करते, और अदृश्य बनकर रहते हैं। वे केवल उन्हीं लोगों के लिए उपलब्ध होते हैं, जिनकी खोज प्रामाणिक है। एक सूफ़ी सद्‌गुरू को खोज पाना बहुत कठिन है, और हो सकता है, वह ठीक तुम्हारे पड़ोस में ही रहता हो। वह इतना साधारण काम करने वाला भी हो सकता है कि तुम उसे देखकर

विश्वास ही नहीं कर सकते। वह एक जुलाहा हो सकता है, अथवा वह एक मोची हो सकता है, अथवा वह कोई होटल चलाने वाला अथवा अन्य कोई भी कार्य करने वाला हो सकता है।

तुम्हें यह शक भी नहीं हो सकता कि एक सूफ़ी सद्‌गुरू सिर्फ एक कोने की झोपड़ी में रहता है। और हो सकता है कि तुम उसके सामने से प्रत्येक दिन गुजरते हो, और तुम्हें यह ख्याल तक नहीं हो सकता कि यह शख्स है कौन, जब तक कि तुम स्वयं एक खोजी ही न हो। यदि तुम एक खोजी हो, तो धीमे-धीमे तुम उस तक पहुँच ही जाओगे। वास्तव में यदि तुम एक खोजी हो, तो वह तुम्हें चुनना शुरू कर देगा। वह तुम्हारा चुपके से निरीक्षण करता रहेगा, पर वह तुम्हें अपना निरीक्षण करने की अनुमति नहीं देगा। वह तुम्हें निरंतर देखते हुए तुम्हारा निरीक्षण करता रहेगा और यदि उसे ऐसा लगता है कि यहाँ एक खोजी है, तो धीमे-धीमे वह इसे संभव बनाएगा कि तुम उसे देख सको। यदि वह चाहता है, तुम तभी उससे मिल सकोगे।

इस बारे में वहाँ एक प्रसिद्ध कहानी है।

एक बार ऐसा हुआ कि एक प्रसिद्ध सूफ़ी से यह पूछा गया कि अदृश्यता क्या होती है?

और उसने कहा–"जब उसे करके दिखाने का कोई अवसर आएगा, तो वह उसका उत्तर दे देगा?"

वे करके दिखाने पर विश्वास करते हैं, और उनका विश्वास अवसर आने पर होता है। जब तक वह अवसर नहीं आता, तब तक वे एक शब्द भी नहीं कहेंगे। तुम एक सूफ़ी सद्‌गुरू से प्रश्न तो पूछ सकते हो, लेकिन वह यह कहेगा–"प्रतीक्षा करो, जब ठीक अवसर आएगा, तब मैं तुम्हें उसे दिखलाऊँगा, क्योंकि वह कहने में नहीं, दिखाने में विश्वास करता है।

उसने कहा–"मैं उसका तभी उत्तर दूंगा, जब उसे दिखाने का अवसर आएगा।"

कुछ समय बाद, वह व्यक्ति और अन्य वह शख्स जिसने प्रश्न पूछा था, उन दोनों को सिपाहियों की एक टोली द्वारा रोक लिया गया। और सिपाहियों ने कहा–हम लोगों को हुक्म मिला है कि हम सभी दरवेश लोगों

को गिरफ्तार कर लें, क्योंकि इस देश के राजा का यह कहना है कि वे लोग उसकी आज्ञा का पालन नहीं करते और वे ऐसी बातें कहते हैं, जो जन-सामान्य के विचारों को शांत बनाने के लिए ठीक नहीं हैं।"

और सूफ़ी ने कहा-"और ऐसा तुम्हें करना ही चाहिए, क्योंकि तुम्हें अपना कर्त्तव्य निभाना जरूरी है।"

सिपाहियों ने कहा-"लेकिन तुम तो एक सूफ़ी दरवेश हो नहीं ।"

सिपाहियों के अफ़सर ने सूफियों की पुस्तक अपने हाथ में उठाई। सूफ़ियों में इस पुस्तक का अत्यधिक सम्मान किया जाता है, और इसे The Book of Books (सभी पुस्तकों की एक पुस्तक) के नाम से पुकारा जाता है। इसमें केवल थोड़े-से वाक्य लिखे होते हैं और शेष पुस्तक कोरी होती है।

सूफ़ी सदगरु ने उस पुस्तक को देखकर पूछा-"यह आपके हाथ में है क्या?" जैसे मानो पुस्तक को पहिचानता ही न हो।

सिपाही लोग उस पुस्तक को इसीलिए साथ लाए थे, क्योंकि जिस क्षण कोई सूफ़ी उस पुस्तक को देखेगा वह तुरंत उसके आगे जाएगा, और यही उसके सूफ़ी होने का संकेत होगा।

सूफ़ी सद्गुरू ने पूछा-"यह क्या चीज़ है?"

जैसे मानो उसने पुस्तक को पहिचाना ही न हो।

सूफ़ी सद्गुरू ने पुस्तक के कवर पृष्ठ को देखते हुए कहा-"यह एक ऐसी चीज़ है जिसे तुम्हारे सामने ही मुझे जला देना चाहिए, क्योंकि तुम लोगों ने ऐसा पहिले ही न जाने क्यों नहीं किया।

उसने पुस्तक को जला दिया और सिपाही संतुष्ट होकर वापस चले गये।

सूफ़ी के साथ वाले साथी ने पूछा-"आख़िर वैसा करने का उद्देश्य क्या था?

सूफ़ी ने कहा-"हम लोगों को अदृश्य रखने के लिए। सांसारिक लोगों के लिए, अपनी उपस्थिति दिखलाने का अर्थ है कि तुम भी किसी वस्तु अथवा व्यक्ति जैसे ही हो, जिससे मिलते-जुलते होने की वह तुमसे अपेक्षा कर रहा है। यदि तुम इससे भिन्न दिखाई देते हो, तो तुम्हारा प्रामाणिक स्वभाव उसके लिए अदृश्य बन जाता है।"

सूफ़ी सद्गुरु कह रहा है–"मैं इन सिपाहियों के लिए अदृश्य बन गया, क्योंकि वे इस बात का विश्वास नहीं कर सकते कि एक सूफ़ी उस पवित्र पुस्तक को जला सकता है। उन लोगों की एक विशिष्ट अपेक्षा है। कि सूफ़ी उस पुस्तक पर श्रद्धा रखते हैं। जिस क्षण मैंने उस पुस्तक को जलाया, हम लोग सूफ़ी नहीं रह गये थे। मैं उनके लिए अदृश्य बन गया।"

और इसी तरह से सूफ़ी सद्गुरु लोगों से अदृश्य बने रहते हैं। तुम उन चीज़ों की उनसे आशा नहीं कर सकते, जो वे करते रहते हैं। गुरुजिएफ ने अदृश्य बनकर रहने की विधि सूफ़ी सद्गुरुओं से ही सीखी। गुरुजिएफ पश्चिम में सर्वाधिक महत्वपूर्ण सूफ़ी सद्–गुरुओं में से एक था, जिसने पश्चिम चेतना को बहुत गहरे तक प्रभावित किया। वह जन सामान्य के लिए अदृश्य बन कर ही रहा, और उसके पास अदृश्य बनने की ऐसी विधियाँ थीं कि वह एक क्षण में अदृश्य बन जाता था और एक क्षण में ही वह अपने को प्रकट कर सकता था। कभी-कभी ऐसा भी हुआ करता था कि उससे दो व्यक्ति एक साथ मिलने के लिए आ जाते थे। यदि वह एक व्यक्ति के सामने अपने को प्रकट करना चाहता था और दूसरे व्यक्ति के लिए अदृश्य ही बना रहना, तो वह पहिले के सामने तो प्रकट हो जाता था और दूसरे व्यक्ति के लिए अदृश्य बना रहता था। और दोनों व्यक्ति ही एक साथ उससे बात कर रहे होते थे। उसका इतना अधिक अभ्यास हो गया था कि उसका एक ओर का चेहरा एक तरह का भाव प्रदर्शित करता था तो दूसरी ओर के चेहरे से ठीक दूसरी तरह का भाव प्रदर्शित होता था।

उदाहरण के लिए, यदि वह तुम्हारे लिए अदृश्य बना रहना चाहता था, तो वह अपने चेहरे को एक निर्दय हत्यारे जैसा भयानक बना लेता था। जिससे तुम्हें यह विश्वास ही न हो सके कि कोई भी सूफ़ी सद् गुरु अथवा किसी तरह का सद् गुरु इतना हत्यारा जैसा निर्दय हो सकता है। और यदि वह तुम्हारे सामने अपने को प्रकट करना चाहता था, तो उसका चेहरा बहुत करुणामय और प्रेमपूर्ण दिखाई देता था। और वह यह दोनों काम एक साथ, दो व्यक्तियों के लिए कर सकता था। उनमें से एक व्यक्ति तो अपने हृदय में यह सोचते हुए लौटता था कि यही है वह अद्भूत सद् गुरु; और दूसरा यह सोचता हुआ भाग खड़ा होता था कि अब भविष्य में

भी कभी इस व्यक्ति का चेहरा तक नहीं देखना चाहूँगा। यह शख्स तो एक हत्यारा मालूम होता है, और इस व्यक्ति के साथ तो बने रहना खतरनाक है।

सूफ़ी एक विशेष कारण से बहुत अधिक अपने को सभी से छिपाकर रखते हैं, क्योंकि वे केवल प्रामाणिक और सारभूत धर्म को जीना चाहते हैं। यदि तुम सभी के बीच प्रकट रूप से रहना चाहते हो, तो तुम्हें बहुत-सी । अन्य चीज़ें भी करनी होंगी। उदाहरण के लिए–मैं यहाँ हूँ लेकिन पूना वालों के लिए मैं अदृश्य हूँ। मैंने उनके लिए पूरी तरह से अपने को अदृश्य बना लिया है, यहाँ तक कि उन लोगों के लिए भी, जो ठीक पड़ोस में रहते हैं, मैं उनके लिए भी अदृश्य हूँ। वे मुझे नहीं देख सकते। मुझे देख पाना उनके लिए असंभव है। मैं केवल उन्हीं के लिए प्रकट हूँ, जो मेरी खोज कर रहे हैं। जो लोग खोज कर रहे हैं, वे लोग हजारों मील दूर से खोजते हुए आ जाते हैं, और जो लोग खोज नहीं कर कर रहे हैं, और वे लोग मेरे पड़ोस में रहते हुए यह समझते रहेंगे कि मैं एक ग़लत व्यक्ति हूँ।

यह अच्छा है। ऐसा इसलिए है, क्योंकि इससे मुझे केवल उन लोगों पर काम करने में सहायता मिलती है जिन्हें उसकी जरूरत है। ऊर्जा व्यर्थ नष्ट नहीं होती।

सूफ़ी लोगों की दिलचस्पी भीड़ में नहीं होती। किसी भी सद्‌गुरू की कभी भीड़ में कोई दिलचस्पी रही ही नहीं। सद्‌गुरूओं की दिलचस्पी केवल उन व्यैक्तिक लोगों में होती है, जो खोजी और प्रामाणिक हैं और जिनकी खोज सच्ची और प्रामाणिक है। यह सामान्य रूप से अनावश्यक लोगों को दूर रखने और जरूरी लोगों को आकर्षित करने के लिए है, जिन्हें सहायता की आवश्यकता है...केवल थोड़ी-सी बातों के लिए लोग इतने अधिक असंवदेनशील हैं–कि केवल किसी छोटी-सी चीज़ के साथ ही तुम उनके लिए अदृश्य बन सकते हो, क्योंकि वे लोग गहराई में न तो झांकते हैं और न समझते हैं। वे केवल सतह पर ही देखते हैं।

दूसरा प्रश्न भी ठीक वही है, जिसकी बाबत मैं तुमसे चर्चा कर रहा हूँ।

• दूसरा प्रश्न–सूफ़ी सद्‌गुरू जान–बूझकर विभिन्न वेशों में अपने को छिपाकर क्यों रखते हैं?

उत्तर–क्योंकि वे चाहते हैं कि उनकी ऊर्जाओं का ठीक तरह से उपयोग हो। चूंकि वे लोग सृजनात्मक हैं, उनकी दिलचस्पी नाम और प्रसिद्धि में नहीं है, उनकी किसी अन्य चीज़ में भी कोई दिलचस्पी नहीं है। उनकी दिलचस्पी उन लोगों को एक नया जीवन देने की है, जो परमात्मा को हृदय से चाहते हैं, जिनमें परमात्मा की प्यास है। उन्हें अपनी ऊर्जा और समय को व्यर्थ बरबाद क्यों करना चाहिए?

यहाँ संसार में बहुत तरह के लोग हैं। कुछ लोगों में कौतूहल है, वे लोग केवल उत्सुकतावश आते हैं और समय व्यर्थ नष्ट करते हैं। तब यहाँ थोड़े-से लोग ऐसे भी हैं, जो जिज्ञासा और खोज के साथ आते हैं। ये लोग उत्सुक लोगों से बेहतर हैं और इनमें विकसित होने की कुछ संभावना है, लेकिन केवल है संभावना मात्र ही। तब वहाँ तीसरी तरह के लोग हैं, जो उसके लिए कुछ खोजने को दाँव पर लगाने को तैयार हैं, जो उसके लिए कुछ खोने को तैयार हैं, जो उसकी कीमत चुकाने के लिए तैयार हैं।

सूफ़ी केवल तीसरी तरह के व्यक्ति के साथ ही काम करेगा, वह दूसरी तरह के व्यक्ति के लिए उपलब्ध रहेगा और वह पहिली तरह के कौतूहल रखने वाले व्यक्ति के लिए अदृश्य बना रहेगा।

सूफ़ी अपनी ऊर्जा के बाबत बहुत कृपण और हिसाब–किताबी होता है, क्योंकि वह जानता है कि वह यहाँ लंबी अवधि तक नहीं रह सकता और उसके पास गिने–चुने दिन शेष बचे हैं। इन्हीं थोडे-से दिनों में उसे यहीं पृथ्वी पर रहना होगा...एक बुद्धत्व को उपलब्ध व्यक्ति फिर वापस लौटकर नहीं आएगा, वह यहाँ केवल एक छोटी-सी अवधि के लिए ही है–यह अवधि तीस, चालीस और पचास वर्ष भी हो सकती है और यदि तम समय की शाश्वतता की ओर देखो तो यह समय बहुत छोटा और अल्प अवधि का है। शाश्वत समय की शोभायात्रा की तुलना में पचास वर्षों का मूल्य क्या है? वह यहाँ थोड़े-से दिन, थोड़े-से महीने अथवा थोड़े-से वर्ष रहेगा, और वह केवल थोड़े-से लोगों के साथ ही काम कर सकता है। यदि वह कौतूहल रखने वाले लोगों से ही घिरा रहता है, तो उसकी ऊर्जा कार्य नष्ट हो जाएगी। तब उसके लिए बीज को एक मरुस्थल में बोने जैसा होगा।

सूफ़ी, कोई मूर्ख व्यक्ति नहीं होते, वे बहुत ही बुद्धिमान लोग होते हैं, वे जानते हैं कि उन्हें अपनी ऊर्जाओं का किस तरह उपयोग करना है–इसी वजह

से वे जान–बूझकर विभिन्न वेशों में अपने को छिपाकर रखते हैं। ये छोटी-छोटी चीज़ें ही सहायक बन जाती हैं।

यह मेरी अपनी भी विधि है। जब कभी मैं यह देखता हूँ कि एक ख़ास तरह के लोग मेरे चारों ओर इकट्ठे हो गये हैं और मैं उन्हें अपने से दूर हटाना चाहता हूँ–तो केवल एक छोटे–से इशारे या संकेत से वे स्वयं गायब हो जाते हैं। एक बार ऐसा हुआ कि चूंकि मैं संयोगवश जन्म से ही एक जैन हूँ। मैं चारों ओर बहुत से जैनियों से घिर गया। क्योंकि मेरा जन्म एक जैन परिवार में हुआ था इसलिए स्वाभाविक रूप से जैनियों की मुझमें दिलचस्पी थी। और वास्तव में मुझमें नहीं, उनकी दिलचस्पी तो जैन धर्म में थी। वे बहुत प्रसन्न थे कि यहाँ एक जैन तो बुद्धत्व को उपलब्ध हुआ। उन लोगों की दिलचस्पी न तो मुझमें थी और न मेरे बुद्धत्व में, वे लोग एक तरह की अहंकार यात्रा पर चल पड़े थे। जब यह सब बहुत अधिक हो गया, और वे लोग मेरा समय और ऊर्जा नष्ट करने लगे, इसलिए मैंने 'संभोग से समाधि' पर एक प्रवचन दिया और वे सभी गायब हो गये। केवल एक चर्चा और वे सभी विलुप्त हो गये। तब से मैंने उन्हें देखा ही नहीं। उन्हें देखे पंद्रह वर्ष हो गये, वे फिर दिखाई ही नहीं दिए।

तब धीमे-धीमे बहुत से गांधीवादी मेरे चारों ओर घिरना शुरू हुए। और मैंने फिर अपने चारों ओर एक मरुस्थल उत्पन्न होते हुए देखा। ऐसे लोग व्यर्थ के खर–पतवार और घास-फूस जैसे होते हैं, जिन्हें तुम्हें निरंतर जड़ से उखाड़ कर फेंकना होता है। यदि वास्तव में तुम्हारी दिलचस्पी एक सुंदर उद्यान और गुलाब के फूलों में है–और गेरुवे वस्त्रों के संन्यासी ही मेरे गुलाब हैं, तो यह खर-पतवार तुम्हें चैन से बैठने न देगा। यदि वास्तव में तुम्हारी दिलचस्पी गुलाब के फूलों में है, तो तुम्हें निरंतर खर–पतवार को जड़ से उखाड़ते रहना होगा। वे बार-बार उग आयेंगी।

जब मेरे चारों ओर बहुत से गांधीवादी इकट्ठे हो गये, तो गांधी जी के विरुद्ध मेरे कुछ वक्तव्यों से ही वे भाग खड़े हुए। लोगों के सामने अपने को अदृश्य बनाना बहुत सरल है। अब उन लोगों के लिए मैं जैसे अस्तित्व में ही नहीं हूँ। वे लोग मेरे बारे में सब कुछ भूल गए। कँटीली झाड़ियों और घास-पतवार को हटाना ही होता है।

एक सद्‌गुरू को बार-बार कुछ ख़ास तरह के लोगों के लिए अदृश्य

होना ही पड़ता है, जिससे स्वयं वह और उसकी ऊर्जाएँ उन लोगों के लिए उपलब्ध रहें, जो प्रामाणिक खोजी हैं।

जब मैं प्रामाणिक खोजियों की बात कहता हूँ, तो मेरा उससे क्या अर्थ होता है? मेरा अर्थ उस एक से होता है जो हर उस चीज़ को, जिसकी जब भी जरूरत हो, दाँव पर लगाने के लिए तैयार रहे, जिसके मन में इसके लिए जरा भी हिचक न हो, जो न केवल उत्सुक हो, बल्कि उसके लिए वह जीने और मरने की समस्या बन जाए।

यदि मैं तुम्हारे जीवन की जरूरत की माँग करूँ, तो यदि तुम सच्चे खोजी हो तो तुम कहोगे–"मैं तैयार हूँ। आप यह जीवन ले लीजिए, लेकिन मुझे परमात्मा चाहिए। यदि मेरे जीवन के देने से परमात्मा उपलब्ध हो सकता है, तब मैं उसके लिए भी प्रसन्नता से तैयार हूँ।" एक सच्चे खोजी के लिए जीवन ही नहीं, सिवाए सत्य के, प्रत्येक चीज़ निर्मूल्य होती है।

यही कारण है कि सूफ़ी निरंतर अपने को छिपाकर रखते हैं। और स्मरण रहे कि यह केवल उनकी आधी कहानी है। एक ओर तो निरंतर उन्हें स्वयं को सभी से छिपाकर रखना होता है, तो दूसरी ओर वे स्वयं को उन लोगों के लिए, जो प्रामाणिक खोज में हैं, प्राप्य बनाये रहते हैं। इस दूसरे भाग पर अभी तक अधिक चर्चा नहीं हुई है। यह दूसरा भाग बहुत अधिक महत्वपूर्ण है। वास्तव में पहिला भाग, दूसरे भाग के लिए ही आवश्यक है, अन्यथा अदृश्य बनने का उपयोग ही क्या है? यदि तुम पूरी तरह से सभी लोगों के लिए अदृश्य बन जाओ, तब तुम लगभग मृतप्राय हो जाओगे, तब तुम अपनी कब्र में बंद हो जाओगे। इसलिए तुम्हें एक ओर तो उन लोगों के लिए जो ठीक लोग नहीं हैं, अदृश्य बन कर रहना होगा–और दूसरी ओर जो लोग सच्चे खोजी हैं, उनके लिए अधिक-से-अधिक अपने को प्रकट रखते हुए प्राप्य बनाना होगा। इन दोनों में साथ-साथ एक तरह का संतुलन बनाकर रखना होगा।

मैं पूना शहर में घूमने कभी जाता ही नहीं। तुम मुझे पूना की सड़कों पर कभी भी नहीं देखोगे। मैं किसी भी जगह कहीं जाता ही नहीं। मेरी भीड़ में ज़रा भी रुचि नहीं है। मैं इस संसार से पूरी तरह से जैसे अदृश्य हो गया हूँ। मैं अपना छोटा-सा संसार स्थापित कर लूँगा, जहाँ प्रत्येक व्यक्ति

सत्य का एक खोजी होगा–उसमें केवल एक खोजी को ही आने की अनुमति होगी, और तब वह छोटी-सी कम्यून पूरे संसार के लिए अदृश्य हो जाएगी, तब हम सभी स्वयं अपने आपमें सिमट जाएँगे, और फिर हम लोग अस्तित्व की गहनता और गूढ़ साम्राज्य में जाने के कार्य की शुरुआत करेंगे।

उसके अंदर जाने के लिए एक व्यक्ति को बहुत-सी चीज़ों को छोड़ना होगा। उसे अंदर जाने के लिए अपनी समग्र ऊर्जा को इकट्ठा और केंद्रित करना होगा।

• तीसरा प्रश्न–लोग उन बातों पर विश्वास क्यों नहीं करते, जिनको सभी रहस्यदर्शी हमेशा से सिखाते आये हैं?

उत्तर–वे न तो समझते हैं और न उन्हें समझना ही चाहते हैं। उनकी भाषा भिन्न है, उनकी पहुँच और रास्ता भिन्न है और उनकी कामनाएँ भिन्न हैं।

लोग केवल वही समझते हैं, जिसकी उन्हें चाह होती है। तुम्हारी भाषा की जड़ें बुनियादी रूप से तुम्हारी कामना में होती हैं। तुम्हारी कामना ही तुम्हारी भाषा बन जाती है।

एक मनुष्य जिसकी कामवासना दमित है, केवल सेक्स की ही भाषा समझता है। एक मनुष्य जिसकी कामवासना दमित, विकृत और मन पर अधिकार जमाये बैठी है, वह केवल अश्लील साहित्य को साहित्य समझता है। जिस मनुष्य की कामवासना संतुष्ट और तृप्त है, अश्लील साहित्य उसे निरर्थक दिखाई देगा; वह यह नहीं समझ सकेगा कि लोग आख़िर उसके पीछे इतने पागल क्यों हैं?

एक मनुष्य जो स्वयं को भूलना चाहता है, उसकी दिलचस्पी नशीले ड्रग्ज़ में होगी; लेकिन एक ऐसा व्यक्ति जो आत्मस्मरण के सौंदर्य को जानता है, वह यह समझने में समर्थ न हो सकेगा कि लोगों को नशीले ड्रग्ज़ का प्रयोग क्यों करना चाहिए और उन्हें अपने को भुलाने का प्रयास आख़िर क्यों करना चाहिए? आत्मस्मरण करना कितना अधिक आनंददायक है?

सूफ़ी कहते हैं कि यहाँ दो तरह के लोग हैं, अथवा मनुष्यता की दो स्थितियाँ हैं। एक स्थिति को वे 'गाफिल' कहकर पुकारते हैं। ऐसे लोग–जो

स्वयं को पूरी तरह भूले हुए हैं, जो मूर्च्छित, अचेत और सोये हुए हैं–और दूसरी स्थिति में वे लोग हैं जिन्हें स्व का स्मरण है, जिनके पास अपने अस्तित्व की कुछ विशिष्ट स्मृतियाँ हैं। अब वे लोग जो आत्मस्मरण की खोज में हैं, उनके पास एक भिन्न प्रकार की भाषा होगी। वह व्यक्ति, जो धन की खोज कर रहा है, केवल धन की भाषा ही जानता है, और जो व्यक्ति शांति की खोज कर रहा है, उसके पास दूसरी तरह की भाषा है। संसार में यहाँ बहुत-सी भाषाएँ हैं, वे तुम्हारी कामनाओं पर ही निर्भर हैं।

वह मनुष्य, जिसने परमात्मा और सत्य की खोज करना शुरू कर दी है, तथाकथित सांसारिक बुद्धिमान व्यक्ति की दृष्टि में एक पागल ही है। रहस्यदर्शी हमेशा से ही लोगों के द्वारा एक पागल ही समझे जाते हैं। तुम उन्हें अधिक-से-अधिक केवल बरदाश्त भर करते हो। और यदि वे बहत अधिक दृढ़ता से बने ही रहते हैं, तो तुम उनकी पूजा करना शुरू कर देते हो लेकिन या तो तुम उन्हें बरदाश्त करते हो अथवा तुम उनकी पूजा करते हो, तुम उनके द्वारा प्रभावित बन कर नहीं रहते हो। तुम उन्हें स्पर्श किए बिना उनसे अलग बने रहते हो। तुम उनसे एक दूरी बनाकर रखते हो।

एक उपदेशक के बारे में एक कहानी कही जाती है, जो उपदेश देने के लिए पहाड़ों पर चला गया, और वहाँ पहुँचने पर उसे जो पहिला वृद्ध व्यक्ति मिला, उससे उसकी निम्न बातचीत हुई।

उपदेशक ने उससे पूछा–"क्या आप ईसाई हैं?"

उस पहाड़ी व्यक्ति ने उत्तर दिया–"नहीं तो, मिस्टर क्रिश्चियन तो कहीं ऊपर रहते हैं।'

उपदेशक ने जोर देते हुए पूछा–"मेरे भाई! मेरे पूछने का अर्थ है कि क्या आप रास्ता भटक गए हैं?"

उस पहाड़ी न उत्तर दिया–"मैं कभी भटक ही नहीं सकता, मैं यहाँ पिछले तीस सालों से रह रहा हूँ और इन पहाड़ियों में गायों के आने–जाने तक के हर रास्ते को जानता हूँ।"

उपदेशक ने कहा–"आप मेरी बात समझे नहीं। मेरे कहने का मतलब यह है कि क्या आप आख़िरी निर्णय के दिन के लिए तैयार हैं?"

उस पहाड़ी बूढ़े ने पूछा–"वह आख़िर कब आ रहा है?"

उपदेशक ने उत्तर दिया—"वह आज भी आ सकता है अथवा कल भी।"

उस पहाड़ी ने उसे सावधान करते हुए कहा—"परमात्मा के लिए यह बात मेरी घरवाली को मत बतलाना। वह दोनों ही दिन जाना चाहती है।"

उनके मध्य कोई संवाद होना संभव ही नहीं है। उपदेशक एक भाषा में बात कर रहा है और वह पहाड़ी कोई दूसरी तरह की भाषा बोल रहा है, और वे दोनों सीधी स्पष्ट अंग्रेजी में ही बात करते दिखाई देते हैं।

तुम भले ही एक भाषा में बात कर रहे हो, लेकिन एक भाषा में ही यहाँ अनेक भाषाएँ हैं—एक भाषा के अंदर ही दूसरी भाषा, और उस दूसरी भाषा में भी एक अन्य भाषा। एक कवि जो भाषा बोलता है, वैज्ञानिक दूसरी और व्यापारी तीसरी तरह की भाषा बोलता है।

और एक रहस्यदर्शी? एक रहस्यदर्शी एक बेबूझ भाषा बोलता है, और इसी वजह से वह समझा नहीं जाता। वह अर्थहीन भाषा बोलता है, एकदम निरर्थक भाषा, क्योंकि वह ऐसी चीज़ों के बारे में बतला रहा है, जो इंद्रिय ज्ञान से नहीं समझी जा सकतीं। वह ऐसी बातें बतला रहा है, जिन्हें किसी तर्कपूर्ण ढांचे में रखना संभव नहीं है, जो किसी तर्कपूर्ण ढंग से नियम अथवा सिद्धांत नहीं बन सकतीं। वह कुछ अस्पष्ट धुंधले और बादलों से घिरे रहस्यों की बाबत असंगत ढंग से बात करता है, और उसकी बातचीत में विरोधाभास रहता है।

सभी प्रामाणिक धर्म विरोधाभासी हैं। वह इतने अधिक विरोधाभासों के संबंध में बात करता है कि अंत में तुम्हारे हाथों में कुछ भी नहीं बचता। यदि तुम किसी रहस्यदर्शी से पूछो कि परमात्मा दूर है अथवा पास, तो वह कहेगा—दोनों। वह पास-से-पास है और दूर-से-दूर है। अब तुम इससे क्या निष्कर्ष निकालोगे? यदि तुम उससे पूछो—'क्या परमात्मा इसी संसार में है अथवा इस संसार के बाहर है?' वह कहेगा—'दोनों, अथवा न यह और न वह।" तुम इससे क्या समझ पाओगे? अथवा वह हँस पड़ेगा, अथवा वह मौन बना रहेगा और यह भी हो सकता है—एक शब्द भी नहीं कहे वह।

एक रहस्यदर्शी को समझने के लिए तुम्हें स्वयं रहस्यदर्शी बनना होगा। एक रहस्यदर्शी को समझने के लिए तुम्हें स्वयं रहस्यवाद की दीक्षा लेनी होगी। एक रहस्यदर्शी को समझने के लिए तुम्हें अपने मन के पुराने ढांचे

को छोड़ना होगा, और अपने सोचने के पुराने ढंग को छोड़ना होगा। तुम्हें तर्कपूर्ण विचार प्रक्रिया गिरानी होगी, तुम्हें अतर्कपूर्ण बनना होगा। तुम्हें अतर्कपूर्ण बात को भी स्वीकार करने के लिए तैयार रहना होगा–क्योंकि जीवन अतर्कपूर्ण और रहस्यमय है, और तुम जीवन को किसी परम्परागत सिद्धांत के ढांचे में बांधकर नहीं रख सकते।

तुम यह नहीं कह सकते–'परमात्मा है,' तुम यह भी नहीं सकते कि 'परमात्मा नहीं है'–क्योंकि परमात्मा दोनों ही है। उसमें सभी कुछ इतना अधिक शामिल है कि उसमें 'है', और 'नहीं हैं,' दोनों ही सम्मलित हैं। उसका 'होना' अथवा उसकी उपस्थिति परिधि पर है, और उसका न होना अथवा अनुपस्थिति ही उसका केंद्र है। उसी अस्तित्वहीनता अथवा शून्यता से ही प्रत्येक चीज़ जन्मती है। पूरा संसार केवल परिधि पर ही है, केंद्र पर वहाँ कुछ भी नहीं हैं अथवा कहना चाहिए, वहाँ मात्र शून्यता है।

जब रहस्यदर्शी ऐसी बातें कहते हैं, तो तुम उन्हें सुन सकते हो, लेकिन तुम उन्हें समझोगे कैसे, यदि कुछ इसी तरह की चीज़, तुम्हें पहले ही से घटना शुरू नहीं हुई है?

तुम पूछ रहे हो–लोग उन बातों पर विश्वास क्यों नहीं करते, जिनको सभी रहस्यदर्शी हमेशा से सिखाते आये हैं?

एक दूसरा भी कारण है...तुम कैसे विश्वास कर सकते हो? तुम्हें उसे जानना होगा। विश्वास इसमें तुम्हारी कोई भी सहायता करने नहीं जा रहा। तुम यदि विश्वास भी करो, पर अपने गहरे में तुम संदेह ही करते रहोगे। प्रत्येक विश्वास, अपने अंदर गहरे में संदेह लिए हुए ही चलता है। विश्वास करने से कोई सहायता मिलने की नहीं।

और विश्वास ठीक अपना विपरीत निर्मित करेगा। उदाहरण के लिए जो लोग विश्वास करते हैं, वे बहुत गंभीर बन जाते हैं। तुम उन लोगों को मंदिरों, गिरजाघरों और मस्जिदों में पाओगे। जो लोग विश्वास करते हैं, वे बहुत गंभीर बन जाते हैं, और जो लोग 'उसे' जानते हैं, वे बहुत उत्सवपूर्ण बन जाते हैं।

रहस्यदर्शी विश्वास नहीं करते। वे जानते हैं। उन्होंने उसे देखा है। उन्होंने उसका अनुभव किया है। और क्योंकि उन्होंने परमात्मा का अनुभव

किया है, इसलिए एक तरह का खेलपूर्ण भाव, उत्सव आनंद उनके चारों ओर उमगता रहता है। वे प्रसन्न भाव से जीते हैं। तुम उनके चारों ओर एक नाच पाओगे। यदि तुम उनकी आँखों में झाँको, तो तुम उनमें अपार प्रसन्नता और परमानंद का सागर छलकता हुआ देखोगे। यदि तुम जाकर किसी ऐसे व्यक्ति की ओर देखो, जो विश्वास करता है, तो तुम हमेशा उसका लटका हुआ लंबा और उदास चेहरा ही पाओगे।

मैंने सुना है...

एक अत्यंत युवा भतीजी, देहात में गर्मियाँ बिताने अपनी परम कट्टर धार्मिक चाची के यहाँ गई। उसका पुरातनपंथी कट्टर व्यवहार, निरंतर उसकी गवाही देता था। हर बार जब वह छोटी-सी भतीजी कुछ भी काम करना चाहती थी, लंबूतरे लटके चेहरे वाली आंटी टोकते हुए कहती थीं–"यह मत करो, तुम वह कर सकती हो...।"

एक दिन उसकी छोटी भतीजी बहुत उदास बनी सड़क पर टहल रही थी, तभी उसने चहारदीवारी के पास एक लंबे लटके चेहरे वाले खच्चर को देखा। उसके निकट जाकर उसने उसके सिर को सहलाते हुए और दुलारते हुए कहा–"बुरा मत मानो मिस्टर खच्चर। मेरी आंटी का धर्म भी ठीक तुम्हारे जैसा ही है।"

धार्मिक लोग बहुत उदास होकर अपने चेहरे लटका लेते हैं। धार्मिक लोग इस संसार में तो जीना बंद कर देते हैं, और परमात्मा में जीने की शुरुआत कर नहीं पाते। वे यहीं जड़ बने रह जाते हैं, और इसीलिए उदास रहते हैं। ऐसे धार्मिक लोग केवल स्वयं ही उदास नहीं रहते, वे अन्य लोगों के अंदर भी सभी तरह की उदासी और दुःख सृजित करते हैं। वे किसी व्यक्ति का खुश होना, बरदाश्त नहीं कर सकते। जब भी वे कहीं किसी भी व्यक्ति या वस्तु को प्रसन्न पाते हैं, वे उसकी निंदा करते हुए उसे नष्ट करते दिखाई देंगे। ये लोग सभी तरह के आनंद के विरोध में हैं। ये लोग सभी तरह की निर्दोष प्रसन्नता के विरुद्ध हैं। इन्हीं लोगों ने मनुष्यता को विषाक्त बना दिया है।

विश्वास करने से कोई सहायता नहीं मिलने वाली। एक रहस्यदर्शी बनो, लेकिन रहस्यदर्शियों पर विश्वास मत करो। एक सूफ़ी बनो, लेकिन

सूफ़ियों पर विश्वास मत करो। मुझ जैसे बनो, लेकिन मुझमें विश्वास मत करो। यदि तुमने मुझमें विश्वास किया, तो तुम भटक जाओगे। विश्वास करने की जरूरत क्या है? जब तुम उसका स्वाद ले सकते हो, फिर उसमें विश्वास क्या करना? विश्वास करने का अर्थ है, कि तुम उसे आगे के लिए टाल रहे हो। तुम कह रहे हो–'हाँ, आज मैं इस पर विश्वास करूंगा, कल मैं इसका स्वाद लूँगा। लेकिन आज ही क्यों नहीं?'

यदि तुम आज मेरी तरंगों का अनुभव कर रहे हो, तो वस्तुतः विश्वास की भाषा में सोचने की अपेक्षा, उस विचार को जीने की शुरुआत क्यों नहीं करते? और किसी भी चीज़ पर तब तक विश्वास मत करो, जब तक कि तुम उसका अनुभव न कर लो, अन्यथा तुम एक दंभी बनकर रह जाओगे।

और इस बात का प्रयोग तो एक कसौटी की भाँति करना चाहिए–एक विश्वास करने वाला मनुष्य उदास होता है और एक जानने वाला व्यक्ति अत्यधिक प्रसन्न होता है। एक मनुष्य जो केवल विश्वास करता है, वह केवल बुझा–बुझा–सा, मृत, सिकुड़ा हुआ, कठोर और बर्फ-सा जमा हुआ होगा। और एक व्यक्ति जो जानता है, वह सरिता की भाँति प्रवाहमान होता है, वह फूल-सा खिला हुआ होता है और उसके अस्तित्व से एक सुवास आती। है। वह निरंतर धारा के साथ बहता है। वह कभी रूके जल का पोखर नहीं होता। वह हमेशा नूतन और ताजा बना रहता है।

धर्म पर विश्वास करना नहीं, उसे जीना सीखो।

• चौथा प्रश्न–एक बार मैंने एक स्त्री से प्रेम किया था, लेकिन उसने इंकार कर दिया, और तभी से मैं निरंतर दुखी और उदास रहने लगा। मैंने जीवन में सभी आशाएँ खो दी हैं। मुझे क्या करना चाहिए?

उत्तर–तुम इस कहानी पर ध्यान करो–

एक दर्शक ने एक पागलखाने में, एक वहीं रहने वाले पागल को अपनी कुर्सी पर आगे–पीछे झूलते हुए एक ही विषय पर निरंतर 'लू लू, लू लू' का प्रलाप करते हुए पाया।

दर्शक ने वहाँ के कर्मचारी से पूछा–"इस व्यक्ति के साथ आख़िर हुआ क्या?"

कर्मचारी ने स्पष्ट करते हुए कहा–"श्रीमान! जैसा कि आप देख रहे हैं, इस व्यक्ति के साथ लू लू नाम की स्त्री ने प्रेम में बेवफाई की थी।"

उसकी बर्बादी का कारण स्पष्ट हो जाने पर दर्शक और आगे बढ़ा।

अंत में वह एक उग्र उन्मादी की कोठरी के पास आया, जहाँ एक पागल निरंतर दीवार से अपना सिर फोड़ते हुए 'लू लू' कहते हुए उन्मादी बना चीख रहा था।

दर्शक ने पूछा–"अब यह आदमी लू लू कहते हुए क्यों चीख रहा है?"

कर्मचारी ने स्पष्ट करते हुए कहा–'श्रीमान! यह वह व्यक्ति है, जिसका प्रेम के बाद अंत में लू लू से विवाह हुआ था।"

इतने दुःखी मत हो। बस केवल उस व्यक्ति को तलाश लो, जिससे लू लू ने विवाह किया हो और तुम्हारी सारी वेदना और दुख मिट जायेंगे।

• **अंतिम प्रश्न–मैं धर्म में बहुत दृढ़ता से विश्वास करता हूँ। मैं नैतिकता के निर्धारित सभी नियमों का अनुसरण करता हूँ। मैंने सदा एक अनुशासनबद्ध जीवन जीया है, तब भी मैं हमेशा अप्रसन्न क्यों रहता हूँ?**

उत्तर–इसके अतिरिक्त तुम और क्या आशा कर सकते हो? क्या तुम किसी चमत्कार होने की आशा कर रहे हो? यदि तुम प्रसन्न होते, तो चमत्कार तब होता–और चमत्कार कभी होते नहीं हैं।

जो हो रहा है, वह स्वाभाविक परिणाम है। तुम स्वयं अपने प्रश्न का विश्लेषण करने का प्रयास करो। 'मैं' विश्वास करता हूँ–यह 'मैं' बहुत अधिक है। **मैं धर्म में बहुत दृढ़ता से विश्वास करता हूँ। मैं नैतिकता के निर्धारित सभी नियमों का अनुसरण करता हूँ। मैंने सदा एक अनुशासनबद्ध जीवन जीया है, तब भी मैं हमेशा अप्रसन्न क्यों बना रहता हूँ?**

यह तुम्हारा 'मैं' बहुत अधिक है। और 'मैं' ही तुम्हारे दुःख और वेदना का कारण है। जब 'मैं' मिट जाता है, तो दुःख भी मिट जाते हैं। अहंकार की अनुपस्थिति ही परमानंद है, और इसके अतिरिक्त अन्य कुछ भी नहीं है।

लेकिन यदि तुम धर्म में दृढ़ता से विश्वास करते हो, तो तुम्हारा 'मैं' बहुत मज़बूर हो जाएगा। यदि तुम बहुत अनुशासनबद्ध और नियंत्रित जीवन

जी रहे हो, तो तुम्हारा अहंकार बहुत सजावटी बन जाएगा। यदि तुम नैतिकता के सभी नियमों का अनुसरण करते हो तो स्वाभाविक रूप से तुम्हारा अहंकार बहुत पवित्र और धर्म पारायण बन जाएगा। और जब एक व्यक्ति बहुत अधिक धर्म पारायण बन जाता है तो वह बहुत खतरनाक हो जाता है।

पहिली बात तो यह कि इस 'मैं' को शिथिल करना होगा।

और दूसरी बात यह–धर्म में दृढ़ता से विश्वास करने की कोई भी जरूरत नहीं है। विश्वास से, सामान्य रूप से यही प्रदर्शित होता है कि तुम उसे जानते नहीं हो, और कहीं गहरे में वहाँ संदेह होना ही चाहिए। बिना जाने हुए तुम अपने संदेह को कैसे मिटा सकते हो? मनुष्योचित हरसंभव शक्ति से, तुम चाहे कितनी ही दृढ़ता से भले ही विश्वास किए चले जाओ, लेकिन तुम्हारी पूरी शक्ति उसी संदेह को दबाने में ही लगी रहेगी, और उसे मिटा न पाएगी।

यह स्मरण रहे कि कभी भी कोई संदेह, शक्ति से नहीं मिटाया जा सकता। शक्ति के द्वारा तुम उसे बलपूर्वक अचेतन में धकेल सकते हो, तुम उसे अपने अस्तित्व के गहनतम तलघर में बने रहने के लिए विवश कर सकते हो, और यह सोच सकते हो कि तुमने उसे पूरी तरह भुला दिया है–लेकिन वह वहाँ बना ही रहता है। और वह जितने गहरे में चला जाता है, वह वहाँ उतना ही खतरनाक हो जाता है। वह तुम्हारे पूरे अस्तित्व की ओर तुम्हारे सारी गुणात्मकता को अप्रत्यक्ष रूप से इतना अधिक प्रभावित करेगा, कि तुम उसे खोजने तक में समर्थ न हो सकोगे। वह तुम्हारी आत्मा में एक कैंसर बन जाएगा।

नहीं, जब तक तुम जान नहीं लेते, संदेह बना ही रहता है।

मैंने सुना है....

जब भूतपूर्व सम्राट जार्ज षष्ठम एक छोटे-से लड़के थे, तो एक दिन जाड़ों की सुबह वे अपने बड़े भाई एडवर्ड के साथ महल की खिड़की के शीशे से अपनी नाकों को घिसते हुए, महल के बाहर मैदान में लंदन के स्थानीय शैतान लड़कों को बर्फ की गेंदें बनाकर उनसे उन्हें ईर्षालु भाव से खेलते हुए देख रहे थे। अंतिम रूप से उनका प्रलोभन इतना अधिक बढ़ गया, कि जैसे ही उनकी गवर्नेस कमरे से बाहर गई, अवसर मिलते ही

वे अपने कोट और टोप पहिन कर उस आनंदित टोली में सम्मलित होने चुपके से बाहर आ गये।

शीघ्र ही ग़लत निशाने पर लगी बर्फ की एक गेंद ने महल की खिड़की के शीशे को तोड़ दिया। आवाज सुनते ही तेजी से दौड़ता हुआ गार्ड तथा पुलिस सार्जेंट वहाँ आ पहुंचे। तुरंत ही शर्मीले लड़कों का समूह, इलाके के पुलिस सार्जेंट की उपस्थिति में पंक्तिबद्ध खड़ा हो गया।

सार्जेंट ने पंक्ति में प्रथम खड़े लड़के से पूछा–"तुम्हारा क्या नाम है?"

सावधान मुद्रा में खड़े गर्वीले लड़के ने उत्तर दिया–"मेरा नाम एडवर्ड प्रिंस ऑफ वेल्स है।"

–"अहा! यह तो बहुत ही चुस्त–चालाक लड़का है।" यह कहते हुए सार्जेंट ने पंक्ति में खड़े हुए दुसरे से पूछा–"और तुम्हारा नाम क्या है?"

दूसरे लड़के ने उत्तर दिया–"मेरा नाम जार्ज ड्यूक ऑफ–विंडसर है।"

अब सार्जेंट के क्रोध का पैमाना छलक उठा। वह भड़कता और चीखता हुआ बोला–"मैंने अपनी पूरी जिंदगी में ऐसे झूठे लड़कों को आज तक नहीं देखा।"

–"और तुम्हारा नाम क्या है?" उसने पंक्ति में खड़े अगले छोटे-से लड़के से पूछा।

वह छोटा लड़का क्षण भर के लिए तो हिचका, फिर अपने कोट की आस्तीन से अपनी नाक पोंछता हुआ बोला–"मेरे भाई! मैं शैतान के विरोध में हूँ...और मैं कैंटरबरी का आर्कबिशप हूँ।"

हाँ! तुम कह सकते हो कि तुम ब्रिटेन के सबसे बड़े चर्च केंटरबरी के सबसे महान् पादरी या आर्कबिशप हो, लेकिन अपने गहरे में तो तुम जानते ही हो कि तुम वह नहीं हो।

और महत्वपूर्ण बात वह है, जिसे तुम अपनी गहराई में जानते हो। यदि तुम हो, तो तुम हो। तब वहाँ तुम समग्रता से हो, इसमें हिचक कैसी ? तब तुम उसमें पूर्ण रूप से हो।

लेकिन जब तुम केवल विश्वास करते हो, तो तुम जानते हो कि वह ऐसा नहीं है। वह एक विभाजन उत्पन्न कर देता है। तुम दो बन जाते हो। एक द्वैतता उत्पन्न हो जाती है। सभी विश्वास, मानसिक रोगों को जन्म

देते हैं। मानसिक रूप से उद्विग्न रहते हुए तुम कैसे प्रसन्न रह सकते हो? ऐसा होना संभव ही नहीं है।

और तुम कहते हो–मैं नैतिकता के सभी निर्धारित नियमों का अनुसरण करता हूँ। धर्म का नैतिकता से कोई लेना-देना नहीं है। एक धार्मिक मनुष्य नैतिक होता है, लेकिन उसका नैतिकता से कोई लेना-देना नहीं होता। एक धार्मिक मनुष्य स्वाभाविक रूप से नैतिक होता है–ऐसा नहीं है कि वह नैतिकता के निर्धारित नियमों का अनुसरण करता है। एक धार्मिक मनुष्य तो स्वाभाविक रूप से, अपनी स्वेच्छा से नैतिक होता है। उसके पास अच्छे और बुरे जैसा कोई विचार होता ही नहीं। वह कभी भी चुनाव नहीं करता। जो शुभ है, सामान्य रूप से वही होता है। वह उसकी धार्मिकता का ही एक भाग है।

जिस क्षण तुम यह समझते हो कि तुम परमात्मा के ही एक भाग हो, तब उसी क्षण सारी अनैतिकता विसर्जित हो जाती है। ऐसा नहीं कि तुम्हें उसे छोड़ना होता है, वह सामान्य रूप से होती ही नहीं। और जब वहाँ कोई अनैतिकता होती ही नहीं, फिर नैतिक नियमों के अनुसरण करने की जरूरत क्या है? केवल अनैतिक व्यक्तियों को ही नैतिक नियमों का अनुसरण करने की जरूरत होती है। एक सदाचारी व्यक्ति के पास अनुसरण करने के लिए नियम होते ही नहीं। उसकी नैतिकता, निर्दोष है। वह अच्छा है, क्योंकि वह यह अनुभव करता है कि अच्छा बने रहने से ही, अधिक-से-अधिक प्रसन्नता मिलती है। वह अच्छा है, क्योंकि वह प्रसन्न है। प्रसन्नता उसके जीवन में और अधिक अच्छाइयाँ लाती हैं, और अधिक अच्छाइयाँ, उसके जीवन को और अधिक खुशियों से भर देती हैं।

तुम अप्रसन्न ही बने रहोगे, क्योंकि वास्तव में तुम अनैतिक बनना चाहते थे, और तुम्हें अपने को बहुत-सी चीज़ों से काट कर अपने पर प्रतिबंध लगा कर नैतिक बनने के लिए हमेशा बल प्रयोग करना पड़ा। तुम सहज स्वाभाविक बनकर नहीं रहे और इसीलिए तुम अप्रसन्न ही बने रहोगे। और ये सभी नैतिक नियम और चीज़ें तुम्हें संतुष्ट न कर सकेंगी। ये सभी नकली हैं। ये तुम्हें अधिक प्रसन्न नहीं कर सकेंगीं।

यह ऐसे है, जैसे मानो कोई भोजन करने के स्थान पर भोज्य पदार्थ की

सूची का ही भोजन कर रहा हो...भोजन तुम्हें संतुष्ट करता है, लेकिन भोज्य पदार्थों की सूची...तुम उसे खाते–चबाते चले जाओ, वह तुम्हें तृप्ति न देगी, क्योंकि वह भोजन नहीं है। वे नियम जो तुम्हें, दूसरों के द्वारा दिए गए हैं, वे काग़ज़ पर बनी सूचियाँ हैं। वे असली भोजन न होकर काग़ज़ी भोजन हैं। सच्ची नैतिकता का जन्म तो तुम्हारे अस्तित्व में होता है। वस्तुतः कहीं अधिक नैतिक बनने की अपेक्षा, कहीं अधिक ध्यानी बनो। नैतिकता, स्वयं ध्यान का अनुसरण करती है। और तब तुम प्रसन्न रह सकोगे।

और तुम कहते हो–मैं **सदा से एक अनुशासनबद्ध जीवन जीता आया हूँ**। यह 'अनुशासन' शब्द बहुत सुंदर है, लेकिन यह शब्द, नियंत्रण के विचार के साथ बहुत-बहुत ग़लत रूप से जुड़ गया है। Discipline या अनुशासन शब्द उसी मूल से आया है जिससे, Disciple या शिष्य शब्द आता है। Discipline या अनुशासन का अर्थ है–एक Disciple अथवा शिष्य बनना। और शिष्य बनने का अर्थ और कुछ भी न होकर सीखने की क्षमता है। एक शिष्य वह होता है, जो सीखने को तैयार है। एक शिष्य वह होता है, जिसका मन खुला हुआ होता है। एक शिष्य वह होता है, जिसने अपने को चारों ओर से बंद करके नहीं रखा है और जो यह नहीं कहता, मैं जानता हूँ। वह कहता है–"मैं खुला हुआ हूँ, सीखने को तैयार हूँ, अधिक जानने के लिए आतुर हूँ। और जो कुछ मैं जानता हूँ, यदि उसके सिवा कुछ अन्य अज्ञात चीज़ भी जानी जा सकती है, तो मैं अपने को उसके लिए भी दाँव पर लगाने को तैयार हूँ।"

जो सीख रहा है, वही शिष्य है। और एक शिष्य ही अनुशासित होता है। तुम अनुशासन में रह ही नहीं सकते, जब तक कि तुम एक सद्‌गुरू के साथ न हो। और इसके विरोधाभास का भी स्मरण बना रहे; एक सद्‌गुरू कभी भी कोई अनुशासन तुम पर थोपता नहीं; एक सद्‌गुरू पूरी तरह से स्वयं तुम्हारे लिए उपलब्ध रहता है। उसे देखते हुए, उससे प्रेम करते हुए, और उसे अनुभव करते हुए, तुम्हारे अंदर एक अनुशासन स्वयं जन्मने लगता है।

और स्मरण रहे, प्रत्येक व्यक्ति के लिए कोई दृढ़ और स्थिर अनुशासन नहीं हो सकता। प्रत्येक व्यक्ति को अपना अनुशासन स्वयं खोजना होगा, क्योंकि प्रत्येक व्यक्ति अपने आपमें बहुत अधिक अनूठा और व्यैक्तिक है। जब तुम किसी मृत अनुशासन का अनुसरण करते हो, तो तुम अपने ऊपर एक

ढाँचा लाद लोगे, और तुम स्वाभाविक रूप से विकसित न हो सकोगे, और न स्वयं अपने आपमें भी विकसित हो सकोगे।

यदि तुम महावीर के अनुशासन का अनुसरण करते हो...यह तुम्हारे लिए अच्छा है, निश्चित रूप से शुभ है, लेकिन तुम दूसरे महावीर नहीं हो। यहाँ फिर कभी दूसरा महावीर होगा ही नहीं। परमात्मा कभी अपने को दोहराता नहीं। परमात्मा हमेशा एक अनूठे व्यक्ति का सृजन करता है। कोई भी दो व्यक्ति एक जैसे नहीं होते–वे कभी हुए भी नहीं, और न कभी होंगे ही। हाँ मुहम्मद के पास अपना स्वयं का अनुशासन है। वह उनके लिए बहुत सुंदर है। वह उनके लिए केवल इसीलिए सुंदर था, क्योंकि उससे उनका विकास हुआ; उन्होंने कभी किसी अन्य व्यक्ति के अनुशासन का अनुसरण नहीं किया। लेकिन तुम यदि उसका अनुसरण करते हो, तो वह केवल एक मृत ढाँचा ही होगा। एक मुर्दा ढाँचे के पिंजरे में बंद जीवन कैसे प्रसन्न हो सकता है?

इसीलिए सूफ़ी धर्म का आग्रह, एक जीवित सद्गुरू को खोज लेना है– क्योंकि एक जीवित सद्गुरू तुम्हें कोई मुर्दा ढाचा नहीं देगा। एक जीवित सद्गुरू तुम्हारे अस्तित्व को केवल एक अंतर्दष्टि देगा। एक जीवित सद्गुरू, जितना भी संभव हो सकेगा, तुम्हें केवल एक दृष्टि देगा, और तुम स्वयं तब उस पर काम करना शुरू कर सकते हो। प्रत्येक व्यक्ति को अपना अनुशासन स्वयं खोजना होगा।

इसके साथ ही दूसरी बात का भी स्मरण बना रहे। जब तुम अपना अनुशासन स्वयं खोज भी लो, वह तुम्हारे पास एक चरित्र की भाँति नहीं बना रहेगा। वह प्रत्येक दिन बदलेगा। नई परिस्थितियों में नये अनुशासनों का जन्म होगा। तुम्हें नई स्थितियों का नये तरीके से प्रत्युत्तर देना होगा। तुम अपने मन में कोई पथ–प्रदर्शन करने वाली पुस्तक लेकर नहीं चल सकते, और न तुम उस गाइड पुस्तक के अनुसार आचरण करते हुए आगे बढ़ सकते हो। तब तुम उसके लिए उत्तरदायी नहीं होंगे, तब तुम अपने सामने उत्पन्न परिस्थिति का उत्तर न दे रहे होंगे, क्योंकि तब तुम्हारे पास निर्धारित नियम होंगे, और तब प्रसन्नता मिलना संभव नहीं है।

प्रसन्नता तो, स्वतंत्रता का एक समारोह होता है। केवल स्वतंत्र व्यक्ति ही

प्रसन्न रहते हैं। हमेशा–हमेशा के लिए इसे अपना स्मरण बना लो–स्वतंत्रता परमानंद लाती है, स्वतंत्रता आशीर्वाद बरसाती है।

यदि तुम अप्रसन्न हो, तो यह एक सामान्य तर्कपूर्ण बात है कि तुमने ही इसे अर्जित किया है। अब अपना विश्वास छोड़ दो, अपने पर थोपा गया अनुशासन गिरा दो और तथाकथित नैतिक नियमों का बंधन तोड़ दो।

और जब मैं कह रहा हूँ–उसे छोड़ दो, गिरा दो, या तोड़ दो, तो मुझे ग़लत मत समझो–क्योंकि कभी-कभी लोग ग़लत समझ बैठते हैं। किसी व्यक्ति ने मुझसे पूछा है–**मैंने आपके कहने से ही यह समझा है कि ज्ञान एक अवरोध है। क्या मुझे उन सभी शास्त्रों को जला देना चाहिए, जिनकी मैं हमेशा पूजा करता रहा हूँ?**

मैंने ऐसा कभी नहीं कहा। शास्त्रों को जलाने की कोई आवश्यकता नहीं है। उससे कोई भी सहायता नहीं मिलेगी। शास्त्रों को जला देने से तुम्हारा मन बदलने नहीं जा रहा। तुम्हारा मन वैसा ही बना रहेगा और तुम दूसरी तरह के शास्त्र खोज लोगे। हो सकता है मैं ही तुम्हारा शास्त्र बन जाऊँ, लेकिन यह वैसा ही होगा। तुम्हें अपने को लिपटाने या बाँधने के लिए किसी चीज़ की जरूरत होगी। तुम्हारा मन शब्दों से बँधना चाहता है, वह सिद्धान्तों और उपदेशों से बँधना चाहता है। वस्तुतः मन को जलाने के स्थान पर तुम शास्त्रों को जलाने के बाबत पूछ रहे हो। तुम उनसे इतने अधिक नाराज़ क्यों हो?

तुम मुझे उस व्यक्ति की याद दिला रहे हो, जिस व्यक्ति ने घर लौटकर तीन अवसरों पर अपनी पत्नी को बिस्तरे पर दूसरे व्यक्ति के साथ लेटे हुए पाया और उसने निर्णय किया कि अब बस बहुत-बहुत अधिक हो चुका और उसने पलंग को उठाकर बाहर फेंक दिया।

लेकिन बेचारे पलंग का इससे क्या लेना–देना?

तुम शास्त्र जला सकते हो, तुम नैतिक नियमों को उठाकर फेंक सकते हो, लेकिन तुम फिर कोई दूसरी चीज़ ढूंढ़ लोगे। इतनी आसानी से परिस्थिति बदलने वाली नहीं। कुछ चीज़ तुम्हारे ही अंदर बदलनी है।

सदा स्मरण रहे कि मैं यहाँ जो कुछ भी कहता हूँ उसका संबंध तुम्हारी चेतना से है, उसका संबंध तुम्हारे गहरे में स्थित आंतरिक केंद्र से है। जो कुछ

भी करना है, वहीं करना है। बाहरी चीज़ों के बदलने से कोई भी फर्क नहीं पड़ता। शास्त्र इतने अधिक निर्मूल्य हैं कि उन्हें जलाकर कुछ भी प्राप्त न होगा। यदि शास्त्रों को जलाने पर कुछ चीज़ प्राप्त हो सकती, तब उनका कुछ मूल्य भी होता। उनका उतना भी मूल्य नहीं है।

लेकिन जलाना है उस मन को, जो शास्त्रों से बँधा हुआ है; जलाना है उस मन को जो किसी चीज़ पर आश्रित बन कर रहना चाहता है; जलाना है उस मन को, जो हमेशा दायित्व लेने से बचता रहता है, जलाना है उस मन को, जो मृत, निर्धारित और थिर नियमों के नियंत्रण में चीज़ों से बँधा हुआ मुक्त प्रवाह से भयभीत है और जिसे सक्रिय होने से डर लगता है।

तुम स्वतंत्र स्वतः प्रवाहित चेतना के साथ जीवंत जीवन क्यों नहीं जीते? तुम बिना नियमों को मुक्त जीवन क्यों नहीं जीते? तुमने नियमों के साथ जो जीवन व्यतीत किया है और तुमने उससे दुख और पीड़ाएँ ही पाईं हैं और यदि तुम वास्तव में दुःखी हो और इस दुःख से छुटकारा पाना चाहते हो, तो केवल जो कुछ किया जा सकता है, वह जड़ों से जुड़ा हुआ मौलिक परिवर्तन है। अब बिना नियमों के जीवन जीने की शुरूआत करो।

लोग नियमों से क्यों बंधे रहना चाहते हैं? क्योंकि स्वतंत्रता से रहने का अर्थ है कि उसे बहुत अधिक सजग बन कर रहना होगा।

वे नियम तुम्हें सजग न बनने का अवसर देते हैं। तुम उन पर आश्रित बनकर रह सकते हो और तुम्हें सजग रहने की जरूरत न होगी। यदि कोई व्यक्ति, किसी भी चीज़ के बारे में कुछ भी कहता है, तो तुम्हारे पास पहिले से ही तैयार उत्तर है, तुम्हें उसके प्रति, जो कुछ कहा जा सकता है, होशपूर्ण होने की जरूरत ही नहीं है। और न तुम्हें प्रत्युत्तर में सृजनात्मक होने की आवश्यकता है, तुम्हारे पास पहिले ही उसका उत्तर है। तुम उनींदे बने रह सकते हो, और फिर भी तुम उसका उत्तर दे सकते हो।

एक गिरजाघर में एक बार ऐसा हुआ...पादरी ने लोगों से कहा–"जो लोग स्वर्ग जाने के लिए तैयार हों अथवा स्वर्ग जाना चाहते हों, वे लोग खड़े हो जाएँ।"

सिवाए एक व्यक्ति के सभी लोग उठ कर खड़े हो गये। वह व्यक्ति गहरी नींद में खर्राटे भर रहा था।

तब पादरी ने उसे जगाने के लिए ही और अधिक तेज आवाज में कहा– "अब वे लोग खड़े हो जाएँ, जो नर्क जाना चाहते हैं"। और उसने यह बात इतनी अधिक चीखते हुए कही थी कि वह व्यक्ति उछल कर खड़ा हो गया। जो भी कुछ हुआ, उसने उसके बारे में एक शब्द भी न सुना था, लेकिन जब उसने अपने चारों ओर देखा तो स्वयं को और वहाँ पादरी को खड़े हुए पाया। उसने कहा–"श्रीमान! मैं यह नहीं जानता कि हम लोग किसके लिए मतदान कर रहे हैं, लेकिन हम दोनों एक ही बात के लिए वोट दे रहे हैं।"

हमारे चारों ओर ऐसी ही स्थिति है। लोग गहरी नींद में सोये हुए खर्राटे भर रहे हैं और जीवन चला जा रहा है।

बँधे हुए थिर नियमों के साथ एक सुरक्षा है, आराम और सुविधा है। उस आराम और सुविधा को छोड़ दो, उस सुरक्षा को छोड़ दो और जोखिम भरी जीवन जीने की शुरूआत करो। और एक जिंदगी केवल तभी ज़िदगी होती है, जब तुम उसे खतरों के बीच जीओ, जब वह एक महान साहसिक कार्य बन जाए। एक विस्फोट केवल अज्ञात में रहते हुए ही होता है।

अपने ऊपर नियमों का बोझ लादकर मत चलो–यही मेरा अर्थ है– शास्त्रों को जला देने से। और न किसी थोपे गये अनुशासन के अनुसार चलो। पूरी तरह उपस्थित बने रह कर कार्य करो। कुछ भी प्रतिक्रिया स्वरूप मत करो। जो भी करो पूरे होश से करो। एक दर्पण बन जाओ, और उस दर्पण जैसी चेतना से ही सारे कार्य उद्भव हों। और तुम प्रसन्न रहोगे, तुम अत्यधिक आनंदित बने रहोगे।

यह प्रसन्नता तुम्हारी अपनी है, और यह वचन केवल तुम्हें आमंत्रित करने क लिए हैं–"खटखटाओ, और द्वार तुम्हारे लिए खुल जाएंगे। मांगों, और वह तुम्हें दे दिया जाएगा। खोजो, और तुम उसे पा लोगे।"

यह सभी कुछ तुम्हारे ही लिए और तुम्हारा है और यह केवल तुम्हें आमंत्रित करने के लिए कहा जा रहा है।

तीसरा प्रवचन

तरीक़ा
एक विधि, एक मार्ग

13 अगस्त, 1977

शाह फीरोज, जिन्हें बहुत से सर्वाधिक प्रसिद्ध सूफ़ियों का शिक्षक होने के नाते याद किया जाता है, उनसे प्रायः यह प्रश्न किया जाता था कि आप हमें और अधिक तेजी से क्यों नहीं सिखाते?

वह कहते थे–"क्योंकि चाहे कितनी ही समर्पित चाह क्यों न हो, जब तक समझ एक खास बिंदु तक नहीं पहुंचती, कुछ भी नहीं सिखाया जा सकता। तुम यहाँ केवल हाड़–माँस के शरीर के साथ मौजूद हो, लेकिन प्रत्येक अन्य तरीके से तुम यहाँ अनुपस्थित हो।

फिर उन्होंने यह कहानी सुनाई।

एक बार वहाँ एक सम्राट था, जो सूफ़ी बनना चाहता था। इस बारे में वह जिस सूफ़ी सद् गुरू के पास पहुँचा, उसने उससे कहा–"श्रीमान! इस ख्याल के साथ कि आप परमात्मा द्वारा चुने गये सम्राट हैं, इसे भुला न दें और जब तक आपकी होशपूर्ण न होने और ध्यान न देने की आदत छूट न जाए, तब तक आप कुछ भी नहीं सीख सकते।"

–"होशपूर्ण न होने तथा ध्यान न देने की आदत?" सम्राट ने कहा–क्या मैं अपने सभी धार्मिक दायित्वों की ओर ध्यान नहीं देता हूँ? क्या मैं अपनी प्रजा की ठीक से देख–भाल नहीं करता हूँ? क्या आप मेरे पूरे राज्य में ऐसा एक भी व्यक्ति खोज सकते हैं, जिसे मेरे ध्यान न देने के आधार पर मुझसे कोई भी शिकायत हो।" सूफ़ी सद्गुरू ने उत्तर दिया–"यही तो असली कठिनाई है। क्योंकि कुछ चीज़ों की ओर होशपूर्ण न होना इतना अधिक असंगत हो जाता है कि लोग यह सोचने लगते हैं कि वह उनकी शरीर संरचना का एक भाग है।"

सम्राट ने कहा–"आपकी यह आलोचना किस किस्म की है, मैं इसे समझ नहीं पा रहा हूँ। और चूंकि मैं आपके पहेलीनुमा कथन की थाह नहीं पा सकता, इसीलिए संभवतः आप मुझे इस योग्य नहीं पाते।"

सूफ़ी सद्गुरू ने कहा–"यह बात नहीं है, लेकिन वास्तव में एक होने

वाला शिष्य, अपने भावी सद्‌गुरू के साथ तर्क नहीं कर सकता। लेकिन मैं आपकी होशपूर्ण न होने की आदत की बात, आपको एक प्रदर्शन देते हुए बतलाऊँगा। और आपको एक परीक्षा से गुजरना होगा तथा आपको वही करना होगा, जिनके बाबत मैं आपसे कहूँ।" सूफ़ी ज्ञान देते हैं, कोई भी तर्क-वितर्क नहीं करते।

सम्राट यह परीक्षा देने को तैयार हो गया। सूफ़ी सद्‌गुरू ने उससे कहा– "परिणाम प्राप्त करने के लिए कुछ मिनटों तक आपको मेरी प्रत्येक बात पर, जो आपसे कही जाए–'मैं आपका यकीन करता हूँ', कहना पड़ेगा।

सम्राट ने कहा–"यदि यही आपकी परीक्षा है, तो एक सूफ़ी बनने के लिए, इस परीक्षा की शुरुआत बहुत आसान है।

अब सूफ़ी सद्‌गुरू ने परीक्षा लेने की शुरुआत की । उसने कहा–"मैं आसमानों के पार से आया हुआ एक व्यक्ति हूँ।"

सम्राट ने कहा–"मैं आपकी बात पर यकीन करता हूँ।" सूफ़ी ने कहना जारी रखा–"साधारण लोग तो ज्ञान प्राप्त करने की कोशिश करते हैं, लेकिन सूफ़ियों के पास इतना अधिक होता है कि वे उसे प्रयोग करने का प्रयास ही नहीं करते।"

सम्राट ने कहा–"मैं आपकी बात पर यकीन करता हूँ।" तब सूफ़ी सद्‌गुरू ने कहा–"मैं एक झूठा व्यक्ति हूँ।" सम्राट ने कहा–"मैं आपकी बात पर यकीन करता हूँ।" सूफ़ी सद्‌गुरू ने कहना जारी रखा–"जब आप पैदा हुए, मैं वहाँ मौजदू था।"

सम्राट ने कहा–"मैं आपकी बात पर यकीन करता हूँ।" सूफ़ी सद्‌गुरू ने कहा–"और आपके पिताजी एक किसान थे।" सम्राट चिल्लाते हुए बोला–"यह बात झूठ है।"

सूफ़ी सद्‌गुरू ने अफसोस प्रकट करते हुए उसकी ओर देखते हुए कहा– "चूंकि आप ध्यान और होशपूर्ण न होने के इतने अधिक अभ्यस्त हो गये हैं कि आप एक मिनट के लिए भी यह कहने की बात याद नहीं रख सकते कि मैं आपकी बात पर यकीन करता हूँ, इसलिए बिना पूर्वधारणा और पूर्वाग्रह से मुक्त हुए बिना, आपको कोई भी सूफ़ी कोई भी चीज़ सिखाने में समर्थ न हो सकेगा।"

धर्म के अस्तित्व के तीन आयाम हैं। तीन के समूह की धारणा का यही मौलिक स्रोत है, अथवा हिंदुओं की धारणा त्रिमूर्ति की है–जिसमें परमात्मा के तीन चेहरे हैं। अथवा हम कह सकते हैं कि धर्म तीन तलों पर होता है–क्योंकि मनुष्य तीन धरातलों पर जीवित रहता है। मनुष्य का अस्तित्व, शरीर में, मन में और आत्मा में होता है। यदि तुम केवल शरीर में ही जीते हो, तो सिवाय बाह्य रूप के तुम किसी भी अन्य धर्म से संबंध नहीं जोड़ सकते। यदि तुम मनोविज्ञान की भाँति, मन और आत्मा की तरह जीते हो, तब तुम धर्म के दूसरे तल से रिश्ता जोड़ सकते हो, अन्यथा नहीं। और जब तक तुम एक आत्मा की भाँति ही जीना शुरू न कर दो, तब तक इस बात की कोई संभावना नहीं है कि तुम धर्म के आंतरिक केंद्र का साक्षात्कार कर सको–यही है वह सर्वोच्च या अंतिम सत्य, अर्थात '**तसुब्बुर**', जिसकी खोज सूफ़ी करते हैं।

इन तीन धरातलों के लिए, सूफ़ियों के पास तीन नाम हैं। ये तीनों बहुत अधिक महत्वपूर्ण हैं, और इन्हें समझने की जरूरत है।

पहिले तल को वे '**शरिया**' कहकर पुकारते हैं। '**शरिया**' का अर्थ है–शरीर का धर्म। यह जीवन्त भी हो सकता है और मुर्दा भी–इसकी दोनों ही संभावनाएँ हैं। जब एक बुद्ध जीवित होता है, 'शरिया' जीवंत होता है। जब एक मुहम्मद जीवित रहते हैं, '**शरिया**' भी जीवंत होता है–क्योंकि मुहम्मद उसमें ही जीवन को श्वाँस द्वारा लेते हैं। लेकिन जब मुहम्मद बिदा हो जाते हैं, तो वहाँ केवल एक लाश रह जाएगी। लाश, ठीक असली शरीर से मिलती–जुलती हुई होगी, लेकिन वह जीवंत नहीं है, वह केवल उस जैसी है। जब जीवन तुम्हें छोड़ देता है, तो तुम्हारा मुर्दा सिर्फ तुम्हारे जैसा दिखाई देगा–लेकिन वह होता नहीं है। जो असली और प्रामाणिक तत्व था, जो सूक्ष्म था, वह तुम्हें छोड़ कर चला गया। केवल स्थूल ही वहाँ जमीन पर

पड़ा रह गया। यह मुसीबत उत्पन्न करता है, क्योंकि लोगों ने चेहरे के साथ इतनी अधिक पहिचान बना ली है कि वे यह विश्वास किए चले जाते हैं कि मुर्दा अभी तक जीवित है।

इस्लाम एक मृत धर्म है। जब मुहम्मद वहाँ थे, उसमें जीवन की श्वाँस ले रहे थे, तो वह पूरी तरह एक अलग किस्म का धर्म था। उसी को '**शरिया**' कहते हैं। शरिया का अर्थ है–बाहर वालों के लिए समझने वाला सामान्य धर्म, जो औपचारिक हो, जिसमें संस्कार हों, कर्म–कांड हों, जो रविवार की प्रार्थना तक सीमित धर्म हो। यह तुम्हें समाज में एक विशिष्ट सम्मान देता है। यह आध्यात्मिक होने की अपेक्षा सामाजिक अधिक होता है। यह धार्मिक होने की अपेक्षा राजनीतिक अधिक होता है। बिना मुहम्मद के इस्लाम, बिना कृष्ण के हिंदू धर्म और बिना बुद्ध के बौद्ध धर्म और कुछ भी नहीं, बल्कि राजनीतिक दृष्टिकोण का एक लिबास है। धर्म के नाम पर वहाँ राजनीति चलती रहती है।

जब वहाँ शरीर में साँस लेने को परमात्मा नहीं रहता, तब उसमें शैतान सांस लेना शुरू कर देता है। इसलिए एक मुर्दा शरीर केवल एक मृत शरीर ही नहीं होता, वह बहुत खतरनाक बन जाता है। वह शैतान के द्वारा नियंत्रण में लिया जा सकता है। राजनेता ही शैतान है। जब संत शरीर छोड़कर चला जाता है, तो कोई भी व्यक्ति उसमें प्रवेश कर सकता है, कोई भी व्यक्ति उस शरीर के साथ रहना शुरू कर देता है। वह असली शरीर जैसा ही होता है। संत के चले जाने के बाद उसका उपयोग पुजारी और पुरोहित करेंगें, उसका प्रयोग राजनीतिक लोग करेंगें, और बहुत से लोग उससे धोखा खायेंगे, क्योंकि वे लोग केवल चेहरे को जानते हैं।

इसे इस तरह से सोचो। जब तुम किसी दूसरे मनुष्य की ओर देखते हो, क्या तुम उसके चेहरे से अधिक कोई और भी चीज़ जानते हो? भले ही वह तुम्हारी प्रेमिका हो, या तुम्हारा अपना ही बच्चा हो–क्या तुम उसके चेहरे से अधिक कोई अन्य चीज़ भी जानते हो? क्या तुमने कभी उसके चेहरे की अपेक्षा उसके पार कभी उसके अंतर्तम में प्रवेश किया है? तुम्हारी पहिचान बहुत उथली बनी रहती है, वह कभी भी चमड़ी के पार नहीं जाती। वह आकृति तक सीमित, औपचारिक बनी रहती है। लेकिन एक व्यक्ति मात्र

एक चेहरा भर नहीं होता, वह केवल एक व्यक्तित्व ही नहीं होता। बाह्य आकृति ही आंतरिक प्रामाणिकता नहीं है। क्या तुम अपनी स्त्री को, यदि वह आत्मा की भाँति तुम्हारे सामने प्रकट हो, उसे पहिचानने में समर्थ हो सकोगे? तुम कभी भी समर्थ न हो सकोगे। यदि तुम्हारा ही बच्चा एक शरीर के रूप में न आकर तुम्हारे सामने एक आत्मा के रूप में प्रकट हो, तो क्या तुम उसे पहिचानने में समर्थ हो सकोगे? तुम उसे बिल्कुल पहिचान ही न पाओगे। तुम उससे इतना अधिक डर जाओगे और सोचने लगोगे कि कोई भूत प्रकट हो गया है।

एक बार एक स्त्री को मेरे पास लाया गया। उसके पति की मृत्यु हो चुकी थी। तीन महीने गुजर चुके थे, लेकिन वह अभी भी गहरे दुःख की यातना भुगतती हुई रुदन करती चीख रही थी। न वह खाती–पीती थी और न ही सो पाती थी। वह सब कुछ, थोड़े-से दिनों के लिए तो ठीक था, उसके रिश्तेदार उसे बरदाश्त करते रहे, लेकिन जब वह बहुत अधिक हो गया और वह परिवार के लोगों को भी पागल बनाने लगी, तब वे लोग उसे मेरे पास लाए।

मैंने उससे पूछा–"आख़िर वह क्या चाहती है?" उसने कहा–"मैं अपने पति को वापस पाना चाहती हूँ। मैं उनके बिना नहीं रह सकती। उनके बिना तो पूरा जीवन ही अर्थहीन है।"

मैंने कहा–"ठीक है। मैं तुम्हारे पति के साथ तुम्हारी मुलाकात का प्रबंध कर दूंगा।"

मैं जो कुछ कह रहा था, वह विश्वास ही न कर सकी उसका, क्योंकि उसने यही बात बहुत से लोगों को बतलाई थी और उन सभी ने उसे सांत्वना दी थी, जैसे कि लोग दिया करते हैं। लेकिन मैंने कहा–"हाँ! मैं तुम्हारी उनसे मुलाकात की व्यवस्था कर दूँगा। तुम कमरे के अंदर चली जाओ। और दरवाज़े को बंद कर वहाँ शांत बैठी रहो; और आधे घंटे के बाद ही तुम्हारे पति तुम्हारे सामने खड़े होंगे, लेकिन याद रहे, उनकी आत्मा तुम्हारे सामने आएगी।

उसने पूछा–"एक आत्मा की तरह। आख़िर आपके कहने का मतलब क्या है?"

मैंने कहा–वहाँ उनका शरीर तो न होगा। तुमने उनका शरीर तो पहिले ही जला दिया है। वह एक भूत की तरह तुम्हारे सामने आएंगें।"

उसने कहा–"मैं कमरे के अंदर नहीं जा सकती। यदि वह भूत बनकर मेरें सामने आए तो मैं बहुत अधिक डर जाऊँगी। जैसा भी है, मैं उसे पहिले ही भुगत रही हूँ, अब मैं और अधिक यातना न सह सकूँगी। कृपया आप मेरे लिए ऐसी व्यवस्था मत कीजिए।"

मैंने कहा–"लेकिन तुम तो अपने पति से इतना अधिक प्रेम करती हो...।

उसने कहा–"हाँ! मैं उन्हें प्रेम तो करती हूँ, पर एक भूत के रूप में नहीं।"

कोई भी व्यक्ति, एक आत्मा के रूप में तुम्हें प्रेम नहीं करता। यही कारण है कि प्रेम कभी संतोष नहीं देता।

उसी दिन से वह स्त्री शांत होने लगी। तब मैंने उससे कहा–तीन दिनों के अंदर या तो पूरी तरह शांत हो जाओ, अन्यथा मैं तुम्हारे पति की आत्मा का पीछा कर, उसे तुमसे भेंट करने तुम्हारे पास भेज दूँगा।" और मैं प्रत्येक दिन उसके घर जाकर पूछता कि वह अभी तक शांत हुई अथवा नहीं? तीसरे दिन उसने मुझसे कहा–"अब आपके यहाँ आने की कोई भी जरूरत नहीं है। मैं अब पूरे जीवन भर के लिए शांत हो गई हूँ। आपने मुझे इतना अधिक डरा दिया है कि मैं रात में भी ठीक से सो नहीं पाती। बाहर थोड़ी-सी आवाज आती है–किसी भी व्यक्ति के चलने या पुलिस के सिपाही के गुजरने की, तो मैं यह सोचकर ही डर जाती हूँ कि हो सकता है, वे ही आ रहे हों....

और इसी पति के लिए रोती, चीखती हुई उसे पुकारती थी और मरने तक को तैयार थी। लेकिन वह बिना उनके शरीर के उनसे आमना–सामना करने के लिए तैयार न थी।

लेकिन उस स्त्री पर हँसो मत, तुम भी वैसा ही करने में समर्थ न हो सकोगे। हम लोगों को केवल उनके चेहरों से जानते हैं। क्यों? क्योंकि हम स्वयं को भी केवल अपने चेहरे से, जो हमने दर्पण में देखा है, जानते हैं। तुम अपने ही सिर को नहीं पहिचान सकोगे, यदि तुमने उसे पहिले दर्पण

में न देखा हो—अथवा पहिचान सकोगे? यदि तुमने अपने चेहरे को कभी दर्पण में न देखा हो, और किसी दिन कोई व्यक्ति तुम्हारे सामने तुम्हारा सिर ले आए, तो क्या तुम उसे पहिचानने में समर्थ हो सकोगे? तुम उसे जरा भी नहीं पहिचान सकोगे। तुम्हारी स्वयं के साथ भी पहिचान बहुत उथली है, यह दूसरों के लिए तो ठीक है, क्योंकि तुम उन्हें बाहर देखते हो, लेकिन कम-से-कम तुम स्वयं के साथ बाहर नहीं हो, तुम अंदर हो—क्या तुम अंदर से स्वयं अपने को नहीं देख सकते? नहीं, यहाँ तक कि तुम्हें स्वयं को देखने के लिए भी बाहर एक दर्पण की सहायता चाहिए। इसलिए दर्पण प्रतिबिम्बित करता है, और तुम स्वयं के लिए एक बाहरी व्यक्ति बन जाते हो—तभी तुम देख सकते हो। और तब तुम उस चेहरे को उस शरीर को और उस आकृति को जानते हो।

हमारी स्वयं और दूसरों के बारे में सारी जानकारी की बहुत अधिक जड़ें, शरीर में ही हैं। इसलिए हम कभी भी, शरीर की अपेक्षा दूसरे आयाम की गहराई तक में प्रविष्ट नहीं हो पाते। इसी आयाम को '**शरिया**' कहकर पुकारते हैं। यह धर्म का बाहरी आयाम है। जब मुहम्मद, अथवा बुद्ध, अथवा महावीर इस पृथ्वी पर चलते हैं, तुम सामान्य रूप से उनके शरीर का निरीक्षण करते हो। तुम उनके व्यवहार का निरीक्षण करते हो। तुम इस बात का निरीक्षण करते हो कि वह कैसे बैठते हैं, वह क्या भोजन करते हैं, वह क्या पहिनते हैं, वह कैसे बात करते हैं और कैसी मुद्राएँ बनाते हैं—तुम केवल इन्हीं चीज़ों का निरीक्षण करते हो। और इन्हीं चीज़ों के साथ तुम एक विशिष्ट अनुशासन सृजित करते हो, और उस अनुशासन का अनुसरण करना शुरू कर देते हो। यह मृत धर्म है, यह एक मुर्दा धर्म है।

इसी बिंदु पर इस्लाम जीवित है, हिंदू धर्म, ईसाइयत, बौद्ध और यहूदियों के धर्म जीवित हैं—सभी वाद और सभी धर्म इसी बिंदु पर जीवित हैं। भीड़ 'शरिया' पर ही विश्वास करती है, और यही कारण है कि भीड़ हमेशा अधार्मिक ही बनी रहती है। भीड़ का होना ही अधार्मिकता है। तुम केवल व्यक्तिक लोगों का ही धर्मिक होना पा सकते हो, कभी भी एक भीड़ को नहीं। भीड़ की अपनी प्रकृति ही एक पागलपन है, भीड़ का अपना स्वभाव ही कभी भी धार्मिक न होकर राजनैतिक ही होता है। वास्तव में यदि तुम अकेले हो, तो

तुम राजनैतिक नहीं हो सकते। क्या तुमने कभी इस बारे में विचार किया है?

यदि तुम्हें पृथ्वी पर अकेला छोड़ दिया जाए, तो तुम राजनैतिक नहीं बन सकते। राजनैतिक होने के लिए दूसरों की उपस्थिति होना जरूरी है। यदि तुम्हें पृथ्वी पर अकेला छोड़ दिया जाए तो तुम धार्मिक बन सकते हो, उसमें कोई बाधा या अवरोध होगा ही नहीं, और तुम राजनैतिक बन ही नहीं सकते। राजनीति को भीड़ की, सामूहिक मन की जरूरत होती है। धर्म को केवल तुम्हारी जरूरत है, तुम्हारा स्वयं तक बने रहना ही पर्याप्त है। पूरी तरह से तुम्हारा अकेला होना ही, धर्म की दिशा में एक मार्ग बन जाता है। यही कारण है, कि जब एक व्यक्ति धार्मिक बनना चाहता है, वह अपने अकेलेपन में चला जाता है, वह पूर्ण एकांत खोज लेता है। वह पहाड़ों में अथवा निर्जन रेगिस्तान में चला जाता है। वह भीड़ से बचकर दूर भाग जाना चाहता है, क्योंकि बुनियादी रूप से भीड़ पागल है।

पश्चिमी के सर्वाधिक समझदार विचारकों में से एक सोरेन क्रेकगार्ड ने कहा है–"एक भीड़ सबसे बड़ा झूठ है।"

सत्य सदा व्यैक्तिक होता है, वह एक बुद्ध के पास है, वह एक मुहम्मद के पास है, वह एक जीसस के पास है। सत्य हमेशा ही व्यक्तिगत चेतना की एक खिलावट होती है, लेकिन वह भीड़ के पास कभी भी नहीं होता। भीड़ के पास हमेशा असत्य होता है। यहाँ तक कि भीड़, एक बुद्ध अथवा मुहम्मद अथवा जीसस से भी उनके बाह्य आचरण को ही बटोर पाती है; कि वह क्या भोजन करते हैं और वह कब विश्राम करते हैं। लोग मेरे पास आकर भी मुझसे पूछते हैं–"भगवान! आप सोने के लिए कब जाते हैं? आपके सोने का ठीक-ठीक क्या समय है? क्योंकि हम लोग भी उसका अनुसरण करना चाहते हैं। पर यह आख़िर क्यों? "आप भोजन में क्या लेते हैं–कौन-सी तरकारियाँ, कौन-से फल?–क्योंकि हम लोग भी उसी तरह से वही भोजन करना चाहते हैं?" लेकिन आख़िर क्यों और किसके लिए?

लेकिन भीड़ का मन इसी तरह से कार्य करता है; वह हमेशा अनावश्यक और असार चीज़ों के पीछे भागता है। मैं क्या खाता हूँ, यह अर्थहीन है, मैं क्या हूँ, यही अर्थपूर्ण है। मैं क्या करता हूँ, यह असंगत है, मैं क्या हूं यही सार्थक है। मनुष्य अपने आचरण के ही समकक्ष नहीं होता, वह इससे कहीं

अधिक होता है। और मनुष्य की महानता जितनी अधिक होती है, उतना ही बड़ा अंतर होता है। सामान्य रूप से मनुष्य ठीक वैसा ही होता है, जैसा उसका आचरण और व्यवहार होता है। तुम जो कुछ करते हो, तुम वही होते हो। लेकिन जब एक बुद्ध होता है वहाँ, तब यह अंतर बहुत अधिक हो जाता है। यह अंतर बहुत विराट हो जाता है। वह जो कुछ भी कर रहा है, वह बहुत-बहुत साधारण और सामान्य होता है, और वह क्या है, वह अत्यधिक महत्वपूर्ण होता है। यह अंतर इतना अधिक असीम होता है कि तम उसके अस्तित्व के सागर जैसी गहराई को उसके आचरण और व्यवहार के द्वारा नाप नहीं सकते।

लेकिन आधुनिक मन इस बीमारी से बहुत अधिक ग्रस्त है। तुम उसे बाहर जाकर भली-भाँति देख सकते हो। बी. एफ. स्किनर और दूसरे मनोवैज्ञानिक, पावलोव और अन्य दूसरे लोग लोग केवल चूहों के व्यवहार का निरीक्षण करते हुए मनुष्य का मन कैसा है, इस बात का निर्णय ले रहे हैं। चूहे के आचरण और व्यवहार का निरीक्षण करते हुए, मनुष्य के मन के बारे में निर्णय लेना...।

एक चूहा केवल अपना आचरण भर है। उसके अंदर अभी व्यक्तिकता विकसित नहीं हुई है, उसके अंदर अभी आत्मा उत्पन्न नहीं हुई है। लेकिन स्किनर तथा दूसरे इसी किस्म के अन्य लोगों के पक्ष में एक बात कही जा सकती है कि उनके निष्कर्ष भीड़ अथवा समूह के संबंध में ठीक हैं। भीड़ की स्थिति भी चूहों जैसी ही है। लेकिन जो अपवाद है, वे लोग उससे चूके जा रहे हैं, और जो लोग अपवाद हैं, वे ही मनुष्यता के सारभूत लोग हैं। वे लोग चूहों के अध्ययन के द्वारा तुम्हारे आचरण को तो स्पष्ट कर सकते हैं, लेकिन वे लोग एक बुद्ध और एक मुहम्मद को स्पष्ट नहीं कर सकते। लेकिन वे प्रयास करते हैं, और वहाँ वे लोग पागलों की तरह आपस में संघर्ष किए जाते हैं।

एक बुद्ध पुरुष के आचरण का निरीक्षण करते हुए **शरिया** का जन्म होता है। जब तक बुद्धत्व को उपलब्ध व्यक्ति शरीर में रहता है, यह ठीक है, लेकिन जब वह शरीर से नहीं रहता तब तुम क्या करोगे? तुम उसके शरीर को, अस्थियों और वस्त्रों को पूजना शुरू कर दोगे। और कभी ऐसा भी होता

है कि जब कोई महान व्यक्ति, जैसे मुहम्मद अथवा बुद्ध अपना शरीर छोड़ते हैं–तो कुछ चीज़ें उनके चारों ओर मंडराती रहती हैं, जैसे मानो वह अभी भी जीवित हों। यह भी उलझन और मुसीबत उत्पन्न करती है। तुमने उस प्रसिद्ध ग्रीक कथा के बारे में अवश्य सुना होगा...वह कहानी एक मैराथन दौड़ करने वाले धावक के बारे में कही जाती है कि वह अपने लक्ष्य एथेन्स तक पहुंचने के एक घंटे पूर्व ही मर चुका था। वह मृत था, लेकिन फिर भी दौड़ रहा था। और यूनानियों ने उस मृत व्यक्ति को ही विजेता घोषित किया।

यह एक सुंदर पौराणिक कथा है। यह प्रदर्शित करती है कि एक सद्‌गुरू मरने के कुछ समय बाद तक सभी कृत्य करता रहता है, जैसे मानो वह अभी भी जीवित हो। लेकिन केवल कुछ ही समय के लिए–एक वर्ष, दस वर्ष, पंद्रह वर्ष और संभवतः प्रत्येक स्थिति में एक निश्चित अवधि तक ही। हाँ! ऐसा घटता है।

जब एक मुहम्मद शरीर से मुक्त हो जाता है, तो उनके जिस शरीर ने इतने अधिक आनंद का स्वाद लिया है, जिस शरीर ने इतना अधिक उत्सव आनंद मनाया है, वह नाचता ही चला जाता है, जैसे एक धावक मृत होने पर भी दौड़ता चला जाता है। यह पौराणिक कहानी वास्तव में बहुत सुंदर और अर्थपूर्ण है। कम-से-कम महान सद् गुरूओं के बारे में तो यह सत्य है–कुछ वर्षों तक चीज़ें उसी तरह घटती रहती हैं, जैसे मानो वह अभी भी जीवित हों।

ऐसा इसलिए होता है, क्योंकि एक सद् गुरू अपने शरीर को छोड़ते हुए अत्यधिक ऊर्जा को निष्कासित करता है। उसके शरीर छोड़ने का वह स्थान ही एक पवित्र स्थान अथवा तीर्थ बन जाता है। इसी तरह से मक्का सृजित हुई, इसी तरह कैलाश पर्वत, महान महत्वपूर्ण तीर्थ बन गया; इसी तरह जैनियों के गिरनार और शिखर जी तीर्थ बन गये। शिखर जी की छोटी-सी पहाड़ी पर चौबीस जैन तीर्थंकरों में से तेईस तीर्थंकरों ने अपने शरीर छोड़े। पूरी पहाड़ी ही उस पार की तरंगों के साथ दिव्य और मूल्यवान हो उठी।

लेकिन ऐसा कुछ ही अवधि होना जारी रहता है–और इससे ही समस्या उत्पंन्न हो जाती है। तब शिष्य यह सोचने लगते हैं कि मृत शरीर या अस्थियाँ अभी भी जीवित हैं, क्योंकि घटनाएँ निरंतर घट रही हैं। जब मैं चला जाऊँगा तो कुछ वर्षों तक बहुत-सी चीज़ें घटती रहेंगी, और उन लोगों के लिए जो मेरे

गहरे प्रेम में हैं, सब कुछ वैसा ही होता रहेगा, जैसे मानो मैं अभी–भी जीवित हूँ। स्वाभाविक रूप से वे लोग सोचेंगे कि प्रत्येक चीज़ वैसी ही है, जैसे वह पहिले थी।

लेकिन यही बात भटकाने वाली है। एक बार जब व्यक्ति जाता है, तो कुछ वर्षों की अवधि के बाद वे तरंगें जो उत्पन्न हुई थीं, और उन तरंगों की जो प्रतिध्वनि अथवा गूंज सृजित हुई थी, वह धीमे-धीमे मिटती हुई शून्य में खोती जाती हैं।

'**शरिया**' धर्म का बाहरी केंद्र है, उसका केवल शरीर है। इसलिए शरिया से सावधान रहो।

दूसरे तह को '**हक़ीक**' कहते हैं। शरीर, वृत्त अथवा हक़ीक की परिधि है। **हक़ीक** शब्द, '**हक**' से आया हैं। '**हक**' का अर्थ होता है–सत्य–**शुद्ध सत्य, हकीकत**। इसी कारण मंसूर ने घोषणा की थी–'**अन–एल–हक**', मैं ही सत्य हूँ। हक़ीक का अर्थ होता है युद्ध और प्रामाणिक–सत्य, किसी भी चीज़ के प्रदूषण से मुक्त । **हक़ीक** का अर्थ होता है–परिधि का केंद्र, अर्थात धर्म की प्रामाणिक आत्मा।

'**शरिया**' के बिंदु तक ही वहाँ इस्लाम, हिंदू धर्म, जैन धर्म और बौद्ध धर्म हैं, और **हक़ीक** के बिंदु पर वहाँ सूफ़ी धर्म, जैन, हसीदी धर्म और योग हैं। इसे सदा स्मरण रखना है। एक मुसलमान होना अधिक उपयोगी नहीं है, लेकिन एक सूफ़ी बनना बहुत अधिक मूल्यवान चीज़ है। बौद्ध बनना केवल ऐसा है जैसे तुम अपने वस्त्र बदलते हो, लेकिन एक ज़ेन बनना वास्तव में एक रूपातंरण की ओर गतिशील होना है। एक यहूदी बने रहना कुछ भी नहीं है। बल्कि एक हसीद बनना एक महान गरिमा की बात है।

यह दूसरी परम आवश्यक बात है, अपने अंदर सबसे अधिक आंतरिक केंद्र तक पहुंचने की।

प्रथम बिंदु पर शरिया है, जहाँ राजनीति है, समाज है, नैतिकता है। और अन्य हजारों चीज़ें हैं। शरिया के कारण ही, कुरान इतने अधिक सामाजिक नियमों से भरा पड़ा है। **शरिया** के कारण ही पुराणों में इतना अधिक कूड़ा कर्कट है। **शरिया** के कारण ही मनुस्मृति कहती है कि जैसे मानो केवल यही अंतिम कानून है। समय और स्थान के पार के, केवल तुम वहाँ धर्म के बारे

में थोड़े-से ही वक्तव्य पाओगे। ऐसे वक्तव्य वहाँ मनुस्मृति में, वेदों में और कुरान में भी हैं, लेकिन वे केवल बहुत थोड़े-से वक्तव्य हैं, जो समाज और स्थान के पार के हों। यदि तुम वास्तव में उनकी खोज कर रहे हो, केवल तभी उन्हें ढूंढ़ने में समर्थ हो सकोगे, अन्यथा वे हीरे, कीचड़ में जैसे खो गये हैं–क्योंकि उनमें कीचड़ अत्यधिक है। वह कीचड़ है–**शरिया** और हीरा है सूफ़ी धर्म।

हमेशा केंद्र की ओर ही तेजी से गतिशील बने रहना है, और कभी भी शरीर के साथ बहुत अधिक नहीं बँधना है। इसी निरंतर बनी रहने वाली सजगता को सृजित करना है जो अपनी गहराई में झाँक सके, जो अपनी परिधि के केंद्र को देख सके। और यह परिधि बहुत बड़ी है; केंद्र है बहुत छोटा-सा बिंदु। इस्लाम में बहुत बड़ी भीड़ है, ऐसा ही हिंदू और ईसाई धर्म में भी है। सूफ़ियों को तो अपनी उंगुलियों पर गिन सकते हो। हसीदी और ज़ेन सद्गुरुओं को भी तो उंगुलियों पर गिन सकते हो।

वे एक भीड़ की तरह नहीं पाये जाते, उनकी तो तुम्हें खोज करनी होगी। और यदि तुम्हारी उन्हें खोजने की सच्ची चाह है, केवल तभी तुम उन्हें खोज सकोगे, अन्यथा तुम उनसे चूक जाओगे।

शरिया के लिए तुम्हें कहीं भी खोज करने की ओर जाने की भी जरूरत नहीं है, शरिया स्वयं तुम्हें खोजते आ जाती है। मौलवी तुम्हें इस्लाम धर्म में और बौद्ध भिक्षु तुम्हें बौद्ध धर्म में धर्मांतरण करने के लिए स्वयं तुम्हारे पास आ जाता है। लेकिन तुम यदि किसी सूफ़ी या हसीद को खोजना चाहते हो, तो तुम्हें गतिशील होना होगा, तुम्हें एक निष्ठावान खोजी बनना होगा। और तुम्हें इस रास्ते में बहुत-सी चीज़ें सीखनी होंगी–क्योंकि एक प्रामाणिक सद् गुरू के लिए, वहाँ निन्नानवे नकली सद्गुरू हैं। और तुम्हें नकली सद्गुरू कहीं अधिक ठीक लगेगा, क्योंकि तुम नकली हो। नकली सद्गुरू तुम्हें कहीं अधिक 'अपील करेगा, क्योंकि तुम नकली की भाषा अच्छी तरह समझते हो। असली तुम्हें बिल्कुल भी अपील करेगा ही नहीं, क्योंकि असली कभी-कभी तुम्हारे अंदर भय उत्पन्न कर सकता है।

तुम प्रामाणिक सद्गुरू को आगे बढ़ने से रोक दोगे और तुम नीचे गिरकर नकली गुरु के शिकार बन जाओगे। इससे सावधान रहो। तुम स्वयं

नकली हो, इसलिए स्वाभाविक रूप से तुम नकली की ओर ही आकर्षित होंगे। नकली तुमसे उन चीज़ों का वायदा करता है, जिन्हें तुम चाहते हो। वह कहेगा–यदि तुम मेरा अनुसरण करोगे, तो तुम्हारे पास और अधिक धन होगा। तुम्हारे पास कहीं अधिक शक्ति और प्रतिष्ठा होगी, यह और वह होगा...जिसके लिए तुम खोज कर रहे हो, वह सभी कुछ होगा।

प्रामाणिक सद्‌गुरू तो केवल एक ही चीज़ का वायदा कर सकता है–यदि तुम मेरे निकट आये तो तुम्हें मरना पड़ेगा। प्रामाणिक सद्‌गुरू तो केवल मृत्यु का ही वायदा कर सकता है। प्रामाणिक या असली सद्‌गुरू तो केवल एक चीज़ का वायदा कर सकता है; 'मैं तुम्हें पूरी तरह बरबाद करने जा रहा हूँ–क्योंकि केवल इस मृत्यु के बाद ही पुनर्जन्म होगा। एक प्रामाणिक सद्‌गुरू तो एक सलीब है, एक प्रामाणिक सद्‌गुरू तो मृत्यु का एक द्वार है। तुम उसमें जाकर खो जाओगे। हाँ, तुम उसमें से निकल कर बाहर भी आओगे। एक प्रामाणिक सद्‌गुरू तो एक आग की ज्वाला होता है–कोई भी उससे डर जाता है, बहुत अधिक भय का अनुभव करता है, कोई भी सभी से कटकर अलग और अकेला हो जाता है। कोई भी बस दूर से ही एक प्रामाणिक सद्‌गुरू का निरीक्षण करता है।

ठीक दूसरे ही दिन मेरे पास एक युवक आया–वह बहुत युवा है, जिसने मुझे बताया कि उसने पाँच या सात वर्षों पूर्व गुरु महाराज से यह वायदा किया था कि वह अपना पूरा जीवन उनका कार्य करने में ही अर्पित कर देगा। अब वह कठिनाई में पड़ गया है। वह यह अनुभव नहीं करता कि वह किसी भी तरह से विकसित हो रहा है। उसने उनके संपर्क और निकट सान्निध्य में एक छोटी-सी भी अतर्दृष्टि की कोई झलक तक नहीं पाई। लेकिन अब वह वायदा...जो उसने किया था। अब वह सोचता है। कि धार्मिक बने रहने के लिए उस वायदे से बंधे रहना बहुत जरूरी है। यह धर्म नहीं है, यह अहंकार है। अब वह वायदा तोड़ देने के विचार को स्वीकार नहीं कर पा रहा है, क्योंकि उससे उसका अहंकार आहत होता है। तुम अपने वचन के एक पक्के इंसान हो। एक बार तुमने वचन दे दिया, तो तुम्हें उसका अनुसरण करना ही है।

लेकिन यह बात ही मूढ़तापूर्ण है। यदि तुम्हें अच्छा नहीं लग रहा है, यदि

तुम्हारी चेतना का एकीकरण नहीं हो रहा है, यदि तुम विकसित नहीं हो रहे हो तब किसी को भी उसे छोड़ देने का साहस होना चाहिए। और इन पाँच वर्षों में तुमने जब वह वायदा किया था, तब से अब तुम कहीं अधिक बुद्धिमान हो गये हो। एक मूढ़ मन ही कोई वायदा करता है, और पाँच, दस अथवा पंद्रह वर्षों से तुम उसी वायदे को, जिससे तुम भली-भाँति जानते हो कि उससे कुछ भी तो नहीं हुआ, तुम उसका आँखें मूंदकर अनुसरण किये चले जा रहे हो; क्या यह आत्महत्या करने जैसा नहीं है? अतीत तुम्हें कैसे बाँध सकता है? मैं यह नहीं कह रहा हूँ कि तुम वायदे मत करो और मैं यह भी नहीं कह रहा हूँ कि तुम उन वायदों को पूरा मत करो। वायदे करो, और उन्हें पूरा भी करो, लेकिन जब तुम्हारी समझ में यह आ जाए कि उससे कुछ भी नहीं हो रहा है, तब तुम्हें अपने अहंकार को छोड़ने के लिए साहसी बनना चाहिए। यह केवल तुम्हारा अहंकार ही है।

मैं एक कहानी पढ़ रहा था...

एक व्यक्ति बहुत धार्मिक जीवन जी रहा था–धार्मिक, शरिया के अर्थ में। वह धर्म के सभी संस्कारों का अनुसरण कर रहा था, वह धर्म के द्वारा निर्धारित सभी नैतिक नियमों का अनुगमन कर रहा था, वह एक सद्गुरू का भी अनुसरण कर रहा था–और फिर भी वे दोनों एक ही नाव में सवार थे। वह अपने सद्गुरू का अनुसरण करता था, क्योंकि सद्गुरू भी उन्हीं नियमों और सिद्धांतों का बहुत कुशलता से पालन करता था, वह इसमें सभी से बहुत अग्रगण्य था। वह सद्गुरू पराकाष्ठा की सीमा तक उन मृत शब्दों और मृत संदेश के प्रति पूरी तरह समर्पित था। शास्त्रों के वचन ही उसकी आत्मा थे। वह अपनी ओर से एक इंच भी आगे नहीं बढ़ता था। वह पहले से ही एक मृत व्यक्ति था। लेकिन जहाँ तक कर्मकांडों और संस्कारों का प्रश्न था, वह उनमें बहुत निष्ठावान था, तुम उससे कोई भी त्रुटि नहीं खोज सकते थे, वह पूरी तरह त्रुटिविहीन था। और यह व्यक्ति उसका अनुसरण कर रहा था।

तब एक रात उसने अपने सपने में एक स्वप्न देखा। उसने सपने में देखा कि वह मर गया है और वहां वह सेंट पीटर से मिला और पूछा–क्या मैं स्वर्ग में आ सकता हूँ? वह इस बारे में पूरी तरह आश्वस्त था क्योंकि वह उन सभी बातों का निष्ठापूर्वक अनुसरण करता था, जिन्हें करने के

लिए कहा जाता था। उसने परमात्मा की सभी दसों आज्ञाओं का यंत्रवत पालन किया था, और कभी एक भी ग़लती न की थी। इसलिए वह इस संबंध में निश्चित था।

इसीलिए उसने पूछा–"क्या मैं स्वर्ग में प्रवेश कर सकता हूँ?" यह कहते हुए उसने अपनी विनम्रता प्रदर्शित की।

सेंट पीटर ने उत्तर दिया–"हे मेरे परमात्मा! यह स्वर्ग नहीं है।" तब उन्होंने उसे स्पष्ट करते हुए बताया–"उसके मूल्यवान द्वार बहुत-बहुत ऊंचाई पर स्थित हैं, जहाँ केवल एक बहुत लंबी सीढ़ी से पहुँचा जा सकता है।"

उन्होंने वह सीढ़ी भी दिखलाई जो ऊपर की ओर जाते हुए कहीं बादलों के बीच जाकर विलुप्त हो गई थी।

उस व्यक्ति ने उस सीढ़ी की ओर देखा और भयभीत हो गया। उस सीढ़ी का कहीं कोई अंत ही न दिखाई देता था। उस व्यक्ति ने पूछा–"मैं वहाँ कब पहुँचूगा? इस सीढ़ी का तो कोई भी अंत दिखाई ही नहीं देता।"

सेंट पीटर ने उत्तर दिया–"डरो मत! यह इस बात पर निर्भर करता है कि यह तुम्हारे लिए कितनी लंबी है। प्रत्येक व्यक्ति के लिए यह अलग से कार्य करती है। मैं तुम्हें रास्ता दिखलाऊँगा। तुम अपने साथ यह चाक ले लो और चढ़ना शुरू कर दो। अपने अवैध संबंधों के प्रत्येक पाप, अपने हर समलैंगिक संभोग, और चरित्र को भ्रष्ट करने वाले प्रत्येक पाप के लिए, जो तुमने किए हों, अथवा जिन्हें करने की बाबत तुमने कभी विचार भी किया हो, तुम इस चाक से निशान लगाते जाओ। प्रत्येक पाप के लिए तुम्हें सीढ़ी के एक डंड पर निशान लगा देना है। जब तुम यह काम पूरा कर लोगे और अपने द्वारा किए गए अथवा सोचे गए प्रत्येक पाप के लिए सीढ़ी के डंडे पर निशान लगा दोगे, तुम सीढ़ी के सिरे तक पहुँच जाओगे और स्वर्ग का द्वार तुम्हारे सामने होगा। इसलिए यह तुम्हारे ऊपर निर्भर करता है। यदि तुमने बहुत-बहुत अधिक पाप किए अथवा सोचे हैं तो यह सीढ़ी बहुत लंबी होगी, और यदि तुमने बहुत थोड़े-से ही पाप किए होंगे, तो यह उतनी अधिक लंबी न होगी। इस सीढ़ी में बहुत लचीलापन है, और यह प्रत्येक उस व्यक्ति के साथ, जो उस पर चढ़ रहा है, बदल जाती है।"

वह व्यक्ति बहुत प्रसन्न था। उसने चाक लेकर सीढ़ी पर चढ़ना शुरू

किया। उसे चढ़ते हुए सदियाँ गुजर गईं। उसके पैर दुखने लगे, उसके हाथों में दर्द होने लगा, फिर भी उसे कोई भी व्यक्ति चढ़ते उतरते न मिला। न स्वर्ग के द्वार का कहीं कोई चिन्ह ही दिखाई दिया। और वह सीढ़ी ज्यों-की-त्यों, बादलों के पार कहीं अनंत में जा रही थी जैसे।

तब एक दिन वह इस पूरे सफर से बहुत अधिक थक गया। लेकिन अब वह रूक कर सोचने लगा कि नीचे वापस लौटने में तो फिर कई सदियाँ लग जाएँगी, इसलिए अच्छा यही है कि ऊपर ही चढ़ा जाए। किसी-न-किसी दिन...शायद...। वहाँ एक संभावना है, एक आशा तो है। और वह स्वयं आश्चर्यचकित था–क्योंकि उसने आज तक कोई भी पाप किया ही नहीं था, हाँ, उसने सभी तरह के पापों को करने के बाबत सोचा जरूर था, इतनी अधिक बार सोचा था कि कहीं उसका कोई अंत ही न था।

संस्कारों और कर्मकांडों वाला धर्म एक व्यक्ति को दमन करना सिखलाता है। यह धर्म का शरीर है, मृत शरीर अथवा शरिया–यह तुम्हारे शरीर को तो अपंग बना देता है, लेकिन तुम्हारा मन, सभी तरह के ग़लत कार्यों के लिए बहुत-बहुत अधिक कल्पनाशील हो जाता है। तुम उन अपराधों को कल्पना में, अपने ख्यालों में करते हो। जिन चीज़ों अथवा कृत्यों को जब तुम वास्तव में करते हो, उनकी अपेक्षा वे चीज़ें या कृत्य तुम्हारे मन में उमड़-घुमड़ कर घूमते हुए तुम्हारी चेतना को कहीं अधिक प्रदूषित कर देते हैं। जब तुम वास्तव में कुछ भी ग़लत करते हो, तो उस ग़लती को समझकर उससे मुक्त होने की भी, उसकी व्यर्थता समझने की भी संभावना होती है।

यदि तुम क्रोधित हो तो देर-सबेर क्रोध स्वयं तुम्हें सचेत कर देगा कि क्रोध करना व्यर्थ है–वह न केवल व्यर्थ है बल्कि वह विषैला है, वह न केवल जहरीला है, वह बहुत बरबाद करने वाला आत्मघाती भी है। लेकिन यदि तुम क्रोध करने के बारे में, किसी व्यक्ति की हत्या करने अथवा उसे बरबाद करने के बारे में सोचते ही रहो, तो तुम्हारी समझ कभी भी विकसित नहीं होगी। तुम कभी भी क्रोध से छुटकारा पाने में समर्थ न हो सकोगे।

यदि तुम सेक्स में जाते हो, तो देर-सबेर तुम्हारी वे सभी कल्पनाएँ जो उसके बारे में तुमने अपने मन में सृजित की थीं, नष्ट हो जाएँगी। देर-सबेर वह एक बहुत साधारण और सामान्य चीज़ बन जाएगी। देर-सबेर तुम उससे ऊबना शुरू कर दोगे। लेकिन यदि तुम पूरी तरह से उसकी कल्पना ही किए

जाओ, तो तुम उससे कभी भी नहीं ऊबोगे। तब तुम्हारी दिलचस्पी उसमें कभी-कभी समाप्त न होगी। एक-न-एक दिन पापी तो उसे छोड़ भी सकते हैं, लेकिन संत, तथाकथित संत उसे कभी नहीं छोड़ सकते। वे दमित वासना के ज्वालामुखी पर बैठे हुए हैं।

यह मनुष्य आश्चर्यचकित था, क्योंकि उन सीढ़ियों पर निशान लगाते हुए उसे युगों बीत चुके थे और वे सोचे गये पाप उसे याद आते ही जा रहे थे। यह ठीक ऐसा था जैसे मानो उसने कभी कुछ भी ग़लत किया ही नहीं था, सिवाय इसके मन में सभी पापों के बारे में सोचता रहा था।

तब एक दिन, अचानक उसने सीढ़ियाँ उतरते हुए अपने गुरु को देखा। वह अपने सद्‌गुरू को देखकर बहुत अधिक प्रसन्न हुआ।

उसने कहा–"ओह मेरे प्यारे सद्‌गुरू! क्या आप स्वर्ग में अपने और अधिक शिष्यों को ले जाने के लिए ही अवसर पाकर नीचे उतर रहे हैं!

गुरु ने उत्तर दिया–"नहीं! मूर्ख! मैं तो अधिक चाक लेने के लिए नीचे उतर रहा हूँ।"

नकली गुरुओं से सावधान रहो–वे बहुत से हैं। नकली गुरु तुम्हें इसी संसार की सारी चीज़ों को देने का वायदा करेगा, और यदि वह तुम्हें दूसरे संसार में ले जाने का भी वायदा कर रहा है, तो यह वायदा है उन्हीं सभी । चीज़ों के लिए। वह स्वर्ग या फिरदौस में तुमसे सुंदर स्त्रियों का वायदा कर रहा है, वह स्वर्ग में बहते शराब के झरनों का वायदा कर रहा है, लेकिन वह सभी इन्हीं सांसारिक वस्तुओं के मिलने का ही वायदा कर रहा है। वह तुमसे सोने से बने ऐसे किलों और महलों का वायदा कर सकता है, जिनमें हीरे और जवाहरात जड़े हों, लेकिन स्वर्ग में मिलने वाले सभी हीरे–जवाहरात, सोना, चांदी, सुंदर स्त्रियाँ और शराब–ये सभी चीज़ें हैं इसी संसार की। वह पूरी तरह से तुम्हारी उत्तेजना को बढ़ाते हुए तुम्हें बेवकूफ बना रहा है।

प्रामाणिक सद्‌गुरू केवल एक ही चीज़ का वायदा करता है, और वह है तुम्हारी मृत्यु । इसलिए तुम जब भी प्रतीक्षारत अपनी मृत्यु से मिलो, तब साहस बटोर कर, परमात्मा होने के लिए तुम्हें मिटना ही होगा।

यह धर्म का दूसरा तल अथवा दूसरा आयाम है–जिसे**हकीक** कहते हैं।

तीसरे तल अथवा आयाम को '**तरीक़ा**' कहते हैं। **तरीक़ा** का अर्थ है–मार्ग, विधि...बाहर से अंदर की ओर जाने का तरीक़ा।

बाहर, परिधि है, अंदर केंद्र है, और तरीक़ा है वह त्रिज्या, जो परिधि से केंद्र पर ले जाती है–यह वह प्रवेश पथ है जो बाह्य संस्कारों और धार्मिक कर्मकांडों से आंतरिक श्रद्धा तक ले जाता है, जो विश्वास से अंतर्दृष्टि तक, जो स्वप्न से सत्य तक और शक्ति से कृत्य तक ले जाता है।

यह **तरीक़ा**–विधि, ढंग, पथ, मार्ग, ताओ अथवा धम्म–यही धर्म का पूरा विज्ञान है। वहाँ परिधि भी है, वहां केंद्र भी है, लेकिन किसी भी व्यक्ति को परिधि से केंद्र की ओर गतिशील होना होता है, क्योंकि हम जहाँ हैं, वहाँ हमको एक विशिष्ट त्रिज्या का प्रयोग करना पड़ेगा। केवल एक त्रिज्या ही परिधि को केंद्र से जोड़ सकती है। क्या है वह त्रिज्या, सूफ़ी जिसे प्रस्तावित करते हैं, वे उसे-'उस पथ के पथिक' कहकर पुकारते हैं, क्योंकि उन्होंने बहुत-सी विधियाँ और तरीके खोजे हैं।

उनके पास सबसे अधिक संभावित शक्ति है–**तरीक़ा**–वह तुम्हारा रूपातंरण कर सकता है, वह तुम्हें पूरी तरह रूपातंरित कर सकता है। उनकी धर्मशास्त्र में ज़रा भी दिलचस्पी नहीं है, उनकी दिलचस्पी केवल विधि या कार्यप्रणाली में है। वे इस बारे में फिक्र नहीं करते कि परमात्मा है अथवा नहीं, वे कहते हैं–"व्यर्थ की बात मत करो। यहाँ एक **तरीक़ा** अथवा एक मार्ग है। उससे होकर गुजरो और स्वयं उसे समझो। यह **तरीक़ा**, तुम्हारी दृष्टि को विकसित करेगा और तब देखना कि परमात्मा है अथवा नहीं।

वे तर्क-वितर्क नहीं करते, वे समझाते हुए तुम्हें घायल करने की कोशिश नहीं करते, वे करके दिखलाते हैं। वे कहते हैं–मेरे साथ आओ। मैं एक खिड़की जानता हूँ जिससे तुम खुला हुआ आकाश देख सकते हो। अंधेरे कमरे में बंद रहते हुए मैं तुम्हें कैसे समझा सकता हूँ कि वहाँ खुला हुआ आकाश है जो असीम और अनंत है। वह उतना ही कठिन होगा, जैसे वह उस मेढ़क के लिए था, जिसके बारे में तुमने सुना होगा कि वह एक छोटे-से कुएँ में रहता था। और एक दिन ऐसा हुआ कि एक समुद्र का मेढ़क उस कुएँ में आकर, कुएँ के मेढ़क को अपना परिचय देते हुए कहा–"मैं समुद्र से आया हूँ।"

स्वाभाविक रूप से कुएँ के मेढ़क ने पूछा–"समुद्र ? समुद्र से आख़िर तुम्हारा क्या मतलब है? यह होता क्या है?"

और समुद्र के मेढ़क ने कहा–"उसका वर्णन करना बहुत कठिन

है, क्योंकि श्रीमान! ऐसा लगता है कि आप कभी भी इस कुएँ के बाहर नहीं गये। यह कुआँ इतना अधिक छोटा है, लेकिन फिर भी मैं कोशिश करता हूँ।

कुएँ का मेढ़क हँसा और उसने कहा–"किसी ने भी आज तक इस कुएँ से बड़ी किसी भी चीज़ के बारे में अभी तक नहीं सुना। आख़िर तुम्हारा समुद्र कितना बड़ा है?" और यह कहते हुए कुएँ का मेढ़क उछला और उसने कुएँ के तिहाई भाग पर छलाँग लगाने के बाद पूछा–"क्या इतना बड़ा?"

और समुद्र का मेढ़क हँसा। उसे कहा–"जी नहीं श्रीमान।" इसलिए अब कुएँ के मेढ़क ने कुएँ के दो तिहाई भाग पर छलांग लगाकर पूछा–"क्या इतना बड़ा?"

तब वह फिर उछला और उसने कुएँ के पूरे स्थान पर छलाँग लगाकर कहा–"अब उसे ठीक इस कुएँ जितना विशाल होना चाहिए।"

लेकिन समुद्र के मेढ़क ने कहा–"उसका वर्णन करना असंभव है। अंतर मात्रा का ही नहीं है, वह गुणात्मक है। वह अत्यंत विराट है। उसकी कोई भी सीमा नहीं है।'

कुएँ के मेढ़क ने कहा–"तुम या तो एक पागल हो, अथवा एक दार्शनिक हो, अथवा एक झूठे हो। तुम यहाँ से फौरन बाहर निकल जाओ और व्यर्थ की बातें मत करो।"

संसारी मनुष्य ने हमेशा यही बात एक रहस्यदर्शी से कही है–"व्यर्थ की बकवास मत करो। व्यावहारिक बनो, और उस भाषा में बात करो, जिसे हम समझते हैं।

सूफ़ी लोग परमात्मा के बारे में कुछ भी कहते ही नहीं, वे केवल '**तरीक़ा**' के बारे में बात करते हैं। वे कहते हैं–"जानने की यह विधि अथवा एक तरीक़ा है। तुम्हें उसे स्वयं जानकर ही जानना होगा। हम तुम्हें उसे स्पष्ट नहीं कर सकते। वह इतना अधिक रहस्यमय है कि उसे तुम्हारे समतल लाना लगभग व्यर्थ होगा। सत्य को तुम्हारे समतल नहीं लाया जा सकता, केवल एक ही रास्ता संभव है, केवल एक उपाय ही बचता है कि तुम्हें ही सत्य के समतल लाया जा सकता है। यही है वह **तरीक़ा**। दर्शनशास्त्र, सत्य के तुम्हारे समतल लाने का एक प्रयास है, जिससे तुम उसे समझ सको। 'तरीक़ा', तुम्हें सत्य तक

ले जाएगा, जिससे तुम उसे देख सको, जिससे तुम स्वयं उसे समझ सको।

इन तीन शब्दों का सदा स्मरण बना रहे।

प्रत्येक व्यक्ति '**शरिया**' में रहता है, और **शरिया** में रहते हुए तुम हमेशा दुःखी बने रहोगे, क्योंकि तुम एक मुर्दा शरीर के साथ रह रहे हो। प्रत्येक को '**हकीक**' की ओर जाने की जरूरत है, केवल हकीक तक जाकर ही तुम परिपूर्ण अथवा समृद्ध हो सकते हो। और **हकीक** तक पहुंचने के लिए, तुम्हें **तरीक़ा** का अनुसरण करना होगा, तुम्हें एक विधि, एक अनुशासन और एक सद्‌गुरू का अनुगमन करना होगा।

और छद्म सद्‌गुरूओं से सावधान रहो। वे यहीं हैं और वे तुम्हारी ही भाषा में ही बात करते हैं। वे तुम्हें बहुत अधिक घायल कर सकते हैं। थोड़ा-सा अधिक साहसिक और हिम्मती बनो–किसी ऐसे व्यक्ति की तलाश करो जो तुम्हें अपने में जज़्ब कर सके, जो तुम्हें पूरी तरह बदल सके, जो एक जलती लौ की भाँति हो, जो तुम्हारा पूरा उपयोग कर सके। ऐसा ही होता है एक शिष्य। वह एक सद्‌गुरू के निकट आता है। और उसका पूरा उपयोग कर लिया जाता है।

और स्मरण रहे, एक प्रामाणिक सद्‌गुरू और असली सद्‌गुरू के निकट पहुँचने से पूर्व, तुम्हें बहुत से नकली सद्‌गुरू से होकर गुजरना होगा। इसलिए अपने को कहीं अटकाओ मत। यदि तुम किसी से कोई वायदा भी करते हो तो तुम्हें सजग बनना होगा कि कोई भी वायदा तुम्हें तब तक बाँध न सके, जब तक कि तुमसे किया गया वायदा पूरा नहीं हो जाता। यदि वह वायदा तुम्हें परिपूर्ण बना रहा है, तो फिर किसी की कोई जरूरत ही नहीं है। इसी वजह से मैं उस युवक से यह कहना चाहता हूँ जिसने कहा था कि उसने अपने गुरु महाराज से वायदा किया है...तब फिर तम यहाँ क्यों आए हो? यहाँ आने की जरूरत नहीं थी। यदि तुम वहाँ वास्तव में विकसित हो रहे हो, तो फिर यहाँ आने की कोई जरूरत ही नहीं है। तुम्हारा यहाँ आना ही प्रामाणिक रूप से यह प्रकट कर रहा है कि तुम कुछ खोज। रहे हो। और यदि तुम अभी भी अपने उन तथाकथित गुरु महाराज से बँधे रहना चाहते हो, तो फिर तुम्हारे लिए कोई भी संभावना नहीं है। तब मैं तुम्हारे लिए सहायक नहीं बन सकता, क्योंकि तुम कोई भी

सहायता लेने में समर्थ नहीं हो सकोगे; क्योंकि तुम्हारे हृदय के द्वार खुले हुए नहीं होंगे, क्योंकि तुम मेरे निकट न आ सकोगे, और तुम मेरे भाग न बन सकोगे।

और दूसरे व्यक्ति ने मुझे पत्र में लिखा है कि वह कुछ वर्षों से जार्ज गुरुजिएफ का अनुसरण कर रहा है। अब गुरु महाराज तो नकली सद् गुरू हैं, उनका अनुसरण करना तो पूरी तरह मूर्खता है, लेकिन गुरुजिएफ एक प्रामाणिक सद् गुरू था, एक सच्चा सूफ़ी सद् गुरू। यदि तुम गुरुजिएफ का अनुसरण कर रहे हो तो यह पूरी तरह से ठीक है...लेकिन अब गुरुजिएफ जीवित नहीं हैं। यदि गुरुजिएफ जीवित नहीं हैं, फिर भी एक भरा हुआ प्रामाणिक सद् गुरू, एक जीवित नकली सद् गुरू की अपेक्षा कहीं अधिक ऊर्जावान है।

लेकिन स्मरण रहे, यदि तुम एक जीवित प्रामाणिक सद्‌गुरू खोज सकते हो, तो तुम गुरुजिएफ के विरुद्ध नहीं जा रहे हो। दो प्रामाणिक सद्‌गुरू एक-दूसरे के शत्रु नहीं होते, वे हो भी नहीं सकते। यदि तुमने वास्तव में आठ वर्षों तक गुरुजिएफ का अनुसरण किया है–जैसा कि उन खोजी ने मुझे लिखा है, तो उसने ही तुम्हें मेरे पास यहाँ भेजा है। अब यदि तुम अपने और मेरे बीच, गुरुजिएफ के नाम पर कोई अवरोध खड़ा करना चाहते हो, तो चुनाव करना तुम्हारे ऊपर है। लेकिन फिर यह तुम्हारी ही जिम्मेदारी होगी, गुरुजिएफ को दोष मत देना। वह ही तुम्हें यहाँ लाया है। उसने तुम्हारें लिए पहिले ही बहुत किया है।

मैं ठीक कह रहा हूँ, जिसे गुरुजिएफ करने के लिए कहता। यह ठीक है कि मैं एक भिन्न भाषा में बोल रहा हूँ, क्योंकि मैं एक अलग तरह का व्यक्ति हूँ। लेकिन केवल हम दोनों की अंगुलियाँ एक-दूसरे से भिन्न हैं, लेकिन वह चंद्रमा वही है, जिसकी ओर हम दोनों इशारा कर रहे हैं।

यदि तुम एक प्रामाणिक सद्‌गुरू का अनुसरण कर रहे हो, और वह सद्‌गुरू अब जीवित नहीं है, तो यह उस सद्‌गुरू का ही दायित्व है, कि वह तुम्हें किसी दूसरे प्रामाणिक सद्‌गुरू के पास भेज दे, जिससे तुम्हारा निकास होना जारी रहे। अब अतीत मन को नियंत्रित न करें। गुरुजिएफ अब शरीर में नहीं हैं, लेकिन मैं हूँ।

शीघ्र ही मैं भी यहां नहीं रहूंगा। और स्मरण रहे, मैं विशेष रूप से

अपने शिष्यों को यह याद दिलाना चाहता हूं–यदि तुमने सचमुच मुझे प्रेम किया है, तो जब मैं चला जाऊँगा, तो मैं तुम्हें किसी ऐसे व्यक्ति के पास जाने को निर्देशित कर दूँगा जो जीवंत और प्रामाणिक हो। इसलिए डरो मत। यदि मैं तुम्हें तिब्बत भेजता हूं, अथवा मैं तुम्हें चीन, अथवा जापान या ईरान भेजता हूँ, तो वहाँ चले जाना। और यह मत कहना कि क्योंकि तुम मुझसे जुड़े थे, इसलिए तुम किसी दूसरे प्रामाणिक सद्‌गुरू से नहीं जुड़ सकते। जरा उसकी आँखों में झाँकना और वहाँ फिर मेरी ही आँखें पाओगे। उसका शरीर मेरे जैसा नहीं होगा, लेकिन आँखें वही होंगी।

यदि मेरे साथ तुम्हारी यात्रा पूरी नहीं होती, तो जब तक मैं यहाँ हूँ, और यदि कुछ अभी भी किया जाना शेष है, तो उसे पूरा कर लो, तब फिर भयभीत होने की कोई आवश्यकता नहीं है। मुझे छोड़कर तुम मुझे धोखा नहीं दे रहे हो। वास्तव में मुझे छोड़कर और दूसरे जीवंत प्रामाणिक सद्‌गुरू का अनुसरण न करके ही तुम मुझे धोखा दोगे। इसे हमेशा अपने मन में याद रखना।

जीनपॉल सात्र ने कुछ ऐसी चीज़ लिखी हैं, जिसे मैं बहुत पसंद करता हूँ–"लोग मुझसे प्रायः खजूर और केलों के बाबत यह कहते हैं कि तुम उनके बारे में ठीक निर्णय नहीं ले सकते। यह जानने के लिए कि वे वास्तव में कैसे हैं, तुम्हें उन्हें उसी स्थान पर जहाँ से तुम उन्हें उठाओ, तुरंत खाना चाहिए। और मैं हमेशा केलों को एक मृत फल मानता हूँ, जिनका वास्तविक स्वाद मुझसे बच कर दूर चला गया है, जो पुस्तकें एक काल से गुजर कर दूसरे समय में चली जाती हैं, वे भी इन मृत फलों की ही भाँति होती हैं। किसी दूसरे समय में उनका एक भिन्न स्वाद था, उनमें एक तीव्र गंध थी। हमें 'ऐमाइल' अथवा 'परशिएन लेटर्स को ठीक उसी समय पढ़ना चाहिए, जब उन्हें छाँटकर निकाला जाए।"

मैं जीनपॉल सार्च के उक्त अंश को बहुत पसंद करता हूँ। ठीक यही बात सद्‌गुरूओं के साथ भी है। जब वे जीवित होते हैं, उनमें एक मधुर स्वाद और तीव्र सुवास होती है। जब पका हुआ फल वृक्ष में लगा होता है, तो उसमें एक भिन्न गुणात्मक होते हैं। एक मृत सद्‌गुरू एक डिब्बे में बंद पैक किए फल की भाँति होता है। तुम डिब्बे को खोलकर उसे खा

सकते हो, लेकिन उसमें किसी चीज़ की कमी होगी। साहसी बनो और हमेशा जीवन पर श्रद्धा करो। मेरा तुम्हारे प्रति प्रेम अथवा तुम्हारा मेरे प्रति प्रेम कभी भी एक बाधा या अवरोध नहीं बनना चाहिए। प्रेम मुक्त करता है। प्रेम तुम्हें स्वतंत्र बनाता है।

इसलिए चिंता मत करो। यदि तुम कई वर्षों से गुरुजिएफ का अनुसरण करते आए हो और अब यहाँ आए हो, और अब तुम्हारा हृदय मेरे साथ। स्पंदित होने लगा है, तो जरा भी फिक्र मत करो। गुरुजिएफ एक ही विवाह प्रथा का हामी नहीं था। मैं उसे बहुत अच्छी तरह से जानता हूँ। और वह नाराज होता है अथवा अन्य कुछ भी होता है, तो यह मेरी अपनी समस्या है। मैं उसकी फिक्र स्वयं करूंगा। लेकिन बहाने मत गढ़ो। जब एक सद्‌गुरू जीवित है, उसकी '**तरीक़ा**' भी जीवित है। तभी उसका मुधर स्वाद और सुवास भी जीवित है।

जब तक एक सद्गुरू जीवित है, उसका स्वाद लो। मूर्ख लोग ही मृत्यु की पूजा करते हैं, बुद्धिमान लोग जीवन को पूजते हैं।

और अब यह बोध कथा।

"शाह फीरोज, जिन्हें बहुत-से प्रसिद्ध सूफ़ियों का शिक्षक होने के नाते याद किया जाता है, उनसे प्रायः यह पूछा जाता था कि आप हमें और अधिक शीघ्रता से क्यों नहीं सिखलाते?"

यही प्रश्न बार-बार मुझसे भी पूछा जाता है। बहुत से लोग मेरे पास आते हैं और कहते हैं–"भगवान! कुछ चीज़ें शीघ्रता से कीजिए।" मैं तुम्हारी इच्छा से समझ सकता हूँ, मैं तुम्हारी प्यास और अभीप्सा को समझ सकता हूं। लेकिन तेजी से कुछ भी नहीं किया जा सकता। वहाँ कोई पगडंडी या छोटा रास्ता है ही नहीं। केवल नकली सद्गुरू ही छोटे रास्ते अथवा पगडंडियों का वायदा करते हैं। वहां कोई भी छोटा रास्ता है ही नहीं। विकास में बहुत शक्ति और श्रम लगता है और तुम जितना भी अवशोषित कर सकते हो, उसकी अपेक्षा तेजी से कुछ भी नहीं किया जा सकता। तुम्हारे जज़्ब अथवा अवशेषित करने की भी एक निश्चित सीमा है और तुम्हारी बुद्धि की भी एक निश्चित सीमा है। एक बार तुमने किसी चीज़ को अवशेषित कर लिया तो तुम्हारी क्षमताएँ बढ़ जाती हैं और तब कुछ चीज़ अधिक होना संभव

हो जाता है। जब तुमने उसे अपने में जज़्ब कर लिया तब तुम्हारी क्षमताएँ फिर और बढ़ जाती हैं और तब फिर कुछ और किया जा सकता है। और यह इसी तरह से चलता चला जाता है। वृद्धि अथवा विकास बहुत धीमे-धीमे होता है।

विकास, मौसमी फूलों की तरह नहीं होता, वह धीमे-धीमे होता है। वह बड़े वृक्षों के समान है, जिनकी वृद्धि में सैकड़ों वर्ष लग जाते हैं। लेकिन तब वे सितारों से गुफ्तगू कर सकते हैं। मौसमी फूल तो केवल कुछ सप्ताह तक ही रहते हैं। वे तेजी से आते हैं और तेजी से चले जाते हैं। वे सपनों की तरह हैं, वे वास्तव में असली नहीं हैं। उनका यहाँ आने का बहाना–भर होता है। एक असली देवदार का वृक्ष बनो। उसे विकसित होने में बहुत समय लगता है, उसे पूरी शक्ति लगानी होती है। जब तुम आकाश की ओर, बादलों और चाँद सितारों की ओर ऊपर उठना शुरू करते हो, तो यह बहुत श्रमपूर्ण होता है। यह श्रमपूर्ण इसलिए होता है, क्योंकि तुम्हें जड़ों का विकास और वृद्धि करनी होती है जिससे वह पृथ्वी में बहुत गहराई से अपने को जमा सकें। वृक्ष भी उसी अनुपात में विकसित होता है–यदि उसे विकसित होकर आकाश में सौ फीट ऊपर उठना है, तो उसे पृथ्वी में सौ फीट नीचे गहराई तक अपनी जड़ों को विकसित कर ले जाना होता है। वे जड़ें विकसित होने में समय लेती हैं। तुम जड़ों को नहीं देख सकते। जड़े अदृश्य हैं। जब तुम एक सद्गुरू के पास आते हो, सद्गुरू तुम्हारी जड़ों को देखता है। वह देखता है कि तुम्हारी जड़ें कितनी गहरी हैं। यदि तुम तेजी से अचानक बढ़ गये और तुम्हें संभालने को जड़ें तैयार नहीं हैं, तो तुम गिर पड़ोगे, आगे की ओर नीचे लुढ़क जाओगे।

फिर तुम विकसित होने में समर्थ न हो सकोगे। और एक बार तुम नीचे गिर गये, तुम्हारे लिए फिर से जड़े जमाना बहुत कठिन होगा।

इसलिए कोई भी सद्गुरू तेजी से तुम्हारी कोई भी सहायता नहीं कर सकता।

इस तेज रफ्तार के पागलपन को छोड़ना होगा। उसकी कोई आवश्यकता ही नहीं है वहाँ। प्रत्येक कदम का आनंद लेते हुए, उत्सव आनंद से धीमे-धीमे आगे बढ़ना है।

पिछली ही रात एक संन्यासिन आई मेरे पास। उसने अपने ही देश में संन्यास लिया था। मैंने उसका नाम लिख भेजा था–'यात्रा'। यात्रा का अर्थ अंतर्यात्रा से है। पिछली ही रात वह मेरे पास आई और वह थोड़ी-सी परेशान और उलझन में थी। उसने कहा–"मैं अपने संन्यास के नाम का आनंद नहीं ले पा रही हूँ। केवल यात्रा? कहीं कोई लक्ष्य ही नहीं।

वह पश्चिमी मन का प्रतिनिधित्व करती है–जहाँ यात्रा नहीं, केवल लक्ष्य ही महत्वपूर्ण है। यहाँ पूरब में हमारी धारणाएँ ही पूरी तरह भिन्न हैं। यहाँ अंतर्यात्रा अथवा तीर्थयात्रा महत्वपूर्ण है, और लक्ष्य केवल एक बहाना भर है। लक्ष्य के बारे में फिक्र ही कौन करता है? रास्ते में या यात्रा में चलते हुए गुजरने वाला प्रत्येक क्षण कितना अधिक सुंदर और कितना अधिक गौरवमय होता है, प्रत्येक वृक्ष और प्रत्येक पक्षी, जिसे तुम देखते और महसूस करते हुए गुजर रहे हो, इतना अधिक असीम सुंदर और मनोहारी होता है कि लक्ष्य अथवा मंजिल की फिक्र ही कौन करता है? प्रत्येक क्षण ही अपने आप में एक मंजिल होता है।

लेकिन मैं उसकी चिंता को समझ सकता हूँ। उसने अपने मन में जरूर ही यह सोचना शुरू कर दिया होगा...यात्रा, अंतर्यात्रा, अथवा तीर्थयात्रा ...आख़िर कब और कहाँ इसका अंत होगा? इसका कहीं अंत होता ही नहीं। वास्तव में यदि इसका कहीं अंत हो जाता है, तो यह बहुत दुःखद होगा। तब फिर तुम आख़िर करोगे क्या? तब उसके बाद क्या होगा? तब तुम परमात्मा के साथ उसके सामने मूर्ति बने बैठे होंगे, अथवा परमात्मा तुम्हारे सामने मूर्तिवत बैठा होगा, तुम पति और पत्नी की तरह, क्या? वहाँ न तो कोई दूसरा परमात्मा है और वहाँ से न कहीं और जाना ही है।

नहीं, परमात्मा कोई लक्ष्य नहीं है; परमात्मा एक तीर्थ यात्रा अथवा एक अंतर्यात्रा है। इसे भली-भांति समझ लेना है।

लक्ष्य का विचार, एक लालच मेरे मन की धारणा है। और जब तुम मंजिल के बारे में विचार करने लगते हो, तो स्वाभाविक रूप से तुम तेज चलने के बाबत सोचने लगते हो। आख़िर इसकी जरूरत क्या है? बैलगाड़ी से ही यात्रा क्यों की जाए? क्यों न जेट विमान की रफ्तार से चला जाए?

और यहाँ महर्षि महेश योगी जैसे भी नकली सद्‌गुरू हैं, जो कहते

हैं कि उनकी विधि, जेट विमान की गति जैसी ही तीव्र है। जेट विमान की गति जैसी विधि, कोई विधि अथवा तरीक़ा है ही नहीं; न वह कोई तरीक़ा हो ही सकता है। लेकिन वह लोगों को आकर्षित करेगा, क्योंकि लोग तेज गति चाहते हैं। वे चाहते हैं कि कुछ चीज़ तुरंत घट जाए। इसलिए उनसे वायदा करो कि सुबह दस अथवा बीस मिनटों तक और शाम भी दस या बीस मिनट तक दो अथवा तीन सप्ताह तक भावातीत ध्यान या मंत्रजाप करते हुए तुम बुद्धत्व को उपलब्ध हो जाओगे। वे कभी भी बोध को उपलब्ध न हो सकेंगे, लेकिन उनके बुद्धत्व के बारे में फिक्र कौन करता है? उन्होंने उनकी फीस अदा कर दी है, अब वे जहाँ जाना चाहें, जा सकते हैं–वे नर्क में जा सकते हैं। उन्होंने तो उनकी फीस अदा कर दी है...और दूसरे बहुत-से मूर्ख हैं वहाँ, वे आएंगे। तुम हमेशा मूर्खों पर निर्भर रह सकते हो, वे बहुत विश्वसनीय लोग हैं।

तेज गति, अधार्मिकता है। गति का विचार मात्र ही अधार्मिक है। जीवन के प्रत्येक क्षण का आनंद क्यों नहीं लेते? तब प्रत्येक क्षण ही अपने आप में एक मंज़िल बन जाता है। तब प्रत्येक क्षण सहज स्वाभाविक रूप से मूल्यवान है, उसका किसी भी अन्य चीज़ के लिए बलिदान नहीं किया जा सकता। जब तुम किसी लक्ष्य की ओर जा रहे होते हो, तो अपने अलग-बगल देखते तक नहीं, वहाँ वृक्ष अपनी बाँहें फैलाए तुमसे थोड़ा-सा प्यार और दुलार पाने की प्रतीक्षा में खड़े हैं, और पक्षी तुम्हारे लिए ही गीत गुनगुना रहे हैं। और तुम बहुत जल्दी में हो। तुम यहाँ और वहाँ कैसे देख सकते हो? और एक छोटा-सा बच्चा तुम्हारी ओर देखकर मुस्करा रहा है और तुम उसे चूके जा रहे हो। और एक स्त्री रो रही है और तुम उसके मोती जैसे अश्रुओं की लड़ी देखने से चूके जा रहे हो। और एक गुलाब का फूल खिलते हुए मुस्करा रहा है, और तुम अपनी शीघ्रता में थे कि तुम उसे देख ही नहीं सके।

हाँ! तुम जेट की गति से जा सकते हो। लेकिन तुम जा कहाँ रहे हो? तुम पूरी यात्रा से ही चूक जाओगे। और यदि तुम अपनी यात्रा से ही चूक गये तो वहाँ कोई दूसरा लक्ष्य है ही नहीं। जीवन ही अपने आप में एक लक्ष्य है।

शाह फीरोज, जिन्हें बहुत-से प्रसद्धि सूफ़ियों का शिक्षक होने के नाते याद किया जाता है, उनसे प्रायः यह प्रश्न किया जाता था कि आप हमें और अधिक तेजी से क्यों नहीं सिखलाते?

वह कहते थे–क्योंकि चाहे कितनी ही समर्पित चाह क्यों न हो, जब तक समझ एक ख़ास बिंदु तक नहीं पहुंचती, कुछ भी नहीं सिखाया जा सकता।

तुम कितनी दूर तक सिखला सकते हो–तब तुम्हें यह प्रतीक्षा करनी ही होगी कि अभी तक जो भी सिखलाया गया है तुम्हें, उसे तुम अपने में जज़्ब कर लो, उसे अवशोषित कर लो। यदि कोई व्यक्ति बीमार है, तो तुम उसे एक निश्चित मात्रा में दवा देते हो। तुम तुरंत दवा का पूरा कोर्स उसके गले में नहीं उड़ेल सकते। वह उसे मार देगा। इसकी बजाय वह उसे स्वस्थ करे, वह उसे और अधिक बीमार बना देगा। तुम केवल एक निश्चित मात्रा में ही उसे दवा दे सकते हो। जितनी मात्रा वह पचा सके, जज़्ब कर सके, यह उस व्यक्ति की क्षमता पर निर्भर करेगा। जब उसने वह दवा पचा ली, तो वह कुछ अधिक स्वस्थ हो जाएगा और तब वह थोड़ी-सी दवा और हज़म कर सकता है, और इसी तरह करते हुए वह ठीक हो जाता है। ठीक यही चीज़ अध्यात्म के क्षेत्र में भी है।

...क्योंकि चाहे कितनी भी समर्पित और शुभ चाह ही क्यों न हो, जब तक समझ एक खास बिंदु तक नहीं पहुंचती, कुछ भी नहीं सिखलाया जा सकता।

इसलिए किसी एक को तब तक प्रतीक्षा करनी होती है, जब तक कि वह फिर और विकसित न हो जाए। वह थोड़ा-सा अपने हृदय का द्वार कुछ और खोल सके, थोड़ा-सा और अधिक स्थान खाली कर सके और स्वयं को तैयार कर सके, तब तक उसे फिर और नहीं सिखलाया जा सकता।

वह यहाँ केवल हाड़-माँस के शरीर के साथ ही मौजूद है, लेकिन प्रत्येक अन्य तरीक़े से वह यहाँ अनुपस्थित है।

जब खोजी पहिली बार सद्‌गुरू के निकट आता है, वह केवल एक शरीर की ही भांति आता है। वह केवल यहाँ हाड़–माँस के शरीर के साथ ही उपस्थित होता है, लेकिन प्रत्येक अन्य तरीके से अनुपस्थिति रहता है।

इसलिए किसी एक को 'शरिया' से ही शुरुआत करनी होती है, क्योंकि तुम अभी केवल शरीर में ही हो। लोग मेरे पास आते हैं, और कहते हैं–अब हमें वस्त्र बदलने की क्या आवश्यकता है? भगवा या मेरून वस्त्रों, माला और नये नाम की आवश्यकता क्या है? क्या हम लोग अंदर से ही संन्यासी नहीं बन सकते? निश्चित रूप से बन सकते हो, लेकिन तुम्हें उसके लिए प्रतीक्षा करनी होगी। तुम अपने अंदर' शब्द का प्रयोग, बिना उसका अर्थ जाने हुए ही कर रहे हो। तुम कभी अपने अंदर उतरे ही नहीं। तुम अपने शरीर में ही, शरीर के ही साथ रहे हो। ये वही लोग हैं, जो अपने वस्त्रों की ओर बहुत अधिक ध्यान देते हैं। वास्तव में अपने पुराने वस्त्रों को बचाने के लिए ही, वे लोग यह तर्क दे रहे हैं–कपड़ों को बदलने की ही क्या आवश्यकता है? ये लोग एक ही जैसे हैं।

एक भारतीय स्त्री संन्यास लेना चाहती थी, लेकिन उसने कहा–"मैं प्रत्येक चीज़ के लिए तैयार हूँ, लेकिन मेरे पास तीन सौ साड़ियाँ हैं, और मैं उन्हें बहुत प्रेम करती हूँ और केवल इनसे ही मेरा आत्यान्तिक प्रेम है। यदि आप कहें तो मैं अपने पति को छोड़ सकती हूँ, मैं अपने बच्चों को भी छोड़ सकती हूँ–मैं इन सभी से बहुत ऊब और थक चुकी हूँ–'लेकिन तीन सौ साड़ियाँ?' जरा आप विचार कीजिए। मैं इस स्त्री को जानता हूँ। बहुत पहिले–पहिले मैं कभी उसके घर एक बार ठहरा था, और मैं जानता हूँ कि उसके पास वास्तव में सुंदर साड़ियों का बेजोड़ संग्रह है, बहुत ही कीमती साड़ियों का संग्रह। और उनमें से एक चुनने के लिए उसे घंटों लग जाते हैं, कि उस दिन किस साड़ी का प्रयोग किया जाए।

यह बात वास्तव में मेरे लिए भी एक समस्या बन गई–क्योंकि मुझे प्रवचन देने के लिए जाना था, और उसके पति के साथ मैं कार में बैठा हुआ, उसके आने की प्रतीक्षा कर रहा था। उसके पति हार्न पर हार्न बजा रहे थे...और वह नहीं आ रही थी। और वह यही कहलवा देती थी कि वह साड़ी का चुनाव कर रही है। अब वह कहती है वस्त्रों को बदलने की क्या आवश्यकता है? क्या कोई अन्य रंग के वस्त्रों में बुद्धत्व को उपलब्ध नहीं हो सकता? अब उसका यही तर्क है। और मैं इस स्त्री को जानता हूँ, वह केवल मात्र एक साड़ी है–अन्य और कुछ भी नहीं। साड़ी के अंदर

तुम वहाँ किसी अन्य को नहीं पाओगे, वह केवल वहाँ अपना शरीर भर ही है। वह घंटों तक दर्पण के आगे ही खड़ी रहती है–वे लोग बहुत अधिक धनी और समृद्ध हैं, इसलिए उसे कोई भी कार्य करने की आवश्यकता ही नहीं है। उसके करने के लिए केवल एक ही कार्य है–दर्पण के सामने खड़े रहना। मैंने एक बार उससे कहा–"यह दर्पण भी तुम्हें देखते हुए थक गया होगा।"

एक दिन मुल्ला नसरुद्दीन मक्खियाँ पकड़ रहा था, और उसने तीन मक्खियाँ पकड़ीं। उसने अपनी पत्नी से कहा–"मैंने तीन मक्खियाँ पकड़ी हैं, उनमें एक नर और दो मादा हैं।"

उसकी पत्नी को आश्चर्य हुआ। उसने कहा–"तुम्हें यह कैसे मालूम हुआ कि उनमें से एक नर और दो मादाएँ हैं?"

उसने कहा–"उनमें से दो दर्पण पर बैठी हुई थीं और एक अखबार पर।"

चीज़ें इसी तरह से चली जा रही हैं। तुम मुझसे पूछ रहे हो–'वस्त्रों को बदलने की क्या जरूरत है? क्योंकि तुम केवल वस्त्र मात्र हो और अन्य और कुछ भी नहीं इसीलिए मुझे उन्हें बदलना है।"

चीज़ों का प्रारंभ '**शरिया**' से ही होता है। तब धीमे-धीमे '**तरीक़ा**' के द्वारा तुम्हें मन और आत्मा का विज्ञान विकसित करना होता है। लोगों की यह धारणा ग़लत है कि उसके पास पहिले ही से यह विज्ञान है। वह नहीं है उनके पास। तुम्हारे पास आत्मा जैसी कोई भी चीज़ नहीं है, तुमने केवल इस शब्द को सुना भर है। तुम्हारे पास केवल आचरण है, तुम्हारे पास अभी मन और आत्मा का विज्ञान नहीं है। इसी वजह से गुरुजिएफ कहा करता था कि आत्मा के विज्ञान को उत्पन्न करना है, यह विज्ञान अभी तक जन्मा ही नहीं है। आत्मा का यह विज्ञान भी जन्म लेने की प्रतीक्षा कर रहा है। मनुष्य के पास अभी भी वह सजग मन नहीं है–फिर मन और आत्मा का विज्ञान वहाँ कैसे हो सकता है? अधिक-से-अधिक वहाँ किसी काम की योजना यांत्रिकता और कार्य–व्यवहार का विज्ञान तो हो सकता है, लेकिन वहाँ मन और आत्मा के विज्ञान जैसी कोई भी चीज़ नहीं हो सकती। केवल एक बुद्ध के पास ही मन और आत्मा का विज्ञान हो

सकता है। हाँ! शाह फीरोज के पास यह आत्मा और मन का विज्ञान हो सकता है। तुम्हारे पास यह मन और आत्मा का विज्ञान हो ही नहीं सकता। अभी तो ठीक तुम्हारे पास आचरण और व्यवहार का एक ढांचा भर है।

वह कहता है–**शिष्य तो यहाँ है, पर केवल शरीर के रूप में ही, लेकिन वह अन्य दूसरे तरीक़ों से अनुपस्थित है।** इसलिए उसे अन्य दूसरे तरीक़ों से भी उपस्थित बने रहना होगा। केवल तभी धीमे-धीमे सिखावन उसके अंदर गहरे तक जाएगी। पहिले तो वह पथ अथवा तरीक़ा निर्मित करना होगा, वह आत्मा उत्पन्न करनी होगी, एक भावपूर्ण मन निर्मित करना होगा। अब यह एक सदगरु से सर्वाधिक विरोधाभासी प्रयासों में से एक है। पहिले उसे मन निर्मित करना होगा और तब उसे नष्ट करना होगा। पहिले उसे परिधि से केंद्र तक एक सेतु निर्मित करना होगा और तब उसे उस सेतु को तोड़ देना होगा–अन्यथा तुम फिर से परिधि पर घूमना शुरू कर दोगे। पहिले सेतु निर्मित करना और तब तुम्हारे पीछे उस सेतु को नष्ट कर देना। तभी कोई अपने केंद्र पर स्थाई रूप से थिर हो पाता है; वह एक दूसरा सूफ़ी बन पाता है, वह '**तसुव्वर**' पर आ पाता है।

उन्होंने फिर यह कहानी सुनाई।

एक बार वहाँ एक सम्राट था, जो सूफ़ी बनना चाहता था। इस बारे में वह जिस सूफ़ी सद्‌गुरू के पास पहुँचा, उसने उससे कहा–"श्रीमान। इस ख्याल के साथ कि आप परमात्मा के द्वारा चुने गए व्यक्ति हैं इस गफलत को भुला न दें और जब तक आपकी ध्यान न देने की आदत छूट न जाए तब तक आप नहीं सीख सकते।

होशपूर्ण न बने रहने का अर्थ है मन का उपस्थित बने रहना, होश, सजगता और चेतना की कमी होना।

"क्या मैं होशपूर्ण नहीं रहता? क्या मैं सभी ओर पूरा ध्यान नहीं देता?"–सम्राट ने कहा–"क्या मैं अपने धार्मिक दायित्वों का पूरा निर्वाह नहीं करता? क्या मैं अपनी प्रजा की ओर ध्यान देते हुए उनकी ठीक से देखभाल नहीं करता? क्या आप मेरे पूरे राज्य में ऐसा एक भी व्यक्ति खोज सकते हैं, जिसे मेरे ध्यान न देने के बाबत मुझसे कोई भी शिकायत हो?"

अब यह व्यक्ति शरिया पर है। वह कह रहा है–"मैं अपने सभी

दायित्वों का, सभी कर्त्तव्यों का और सभी धार्मिक औपचारिकताओं का पूरी तरह पालन करता हूँ। मैं अपनी पत्नी, अपने बच्चों, अपनी प्रजा और अपने देश के प्रति कर्त्तव्यनिष्ठ हूँ। किसी को मुझसे कोई भी शिकायत नहीं है। क्या आपने किसी भी व्यक्ति से कभी भी मेरे विरुद्ध मेरे होशपूर्ण और सजग न रहने और दायित्व न निभाने की कभी कोई शिकायत सुनी है? आपसे किसने कहा, मैं होशपूर्ण नहीं हूँ?

प्रति रविवार को गिरजाघर जाने वाला व्यक्ति भी यही कहता है–'मैं एक धार्मिक व्यक्ति हूँ।' यही बात एक हिंदू भी कहता है, क्योंकि वह हर सुबह नियमित रूप से पूजा-पाठ करता है। यही सभी कुछ तो वे लोग भी कहते हैं, जो अपने संस्कारों और कर्मकांडों का अनुसरण कर रहे हैं। एक मुसलमान सोचता है कि वह एक सच्चा मुस्लिम है, क्योंकि वह प्रतिदिन पाँचों वक्त नमाज़ पढ़ता है। तुम दिन में पचास बार भी नमाज़ पढ़ सकते हो–लेकिन यह तुम्हें एक सच्चा मुस्लिम न बनाएगा। यह एक संस्कार ही बना रहेगा। तुम इसे बहुत कुशलता और निष्ठा से पूरा कर सकते हो, तुम कुरान के शब्दों को ठीक-ठीक ढंग से दोहरा सकते हो, और यह करते हुए भी तुम अनुपस्थित बने रह सकते हो। यह कार्य ग्रामोफोन की रिकार्ड की तरह होगा, जब तक कि तुम्हारा हृदय उसमें डूबा न हो, जब तक उसे याद करते हुए उसे होशपूर्वक न कर रहे हो।

केवल किसी दिन मैंने तुमसे कहा था कि सूफ़ी लोग '**गफलत**' अर्थात '**घफला**' की स्थिति की बारे में बात करते हैं, जो एक मूर्च्छा अथवा अचेतन स्थिति है। मनुष्य के सोए रहने की, 'गफलत' की धारणा, गुरुजिएफ ने सूफ़ियों से ही ही ली। गुरुजिएफ कहा करता था कि मनुष्य एक मशीन है। सोया हुआ मनुष्य है ही नहीं–क्योंकि वह सचेतन या होशपूर्ण नहीं है। सूफ़ियों का यह विचार बहुत अधिक मूल्यवान है।

यह 'गफलत' अर्थात मूर्च्छा की स्थिति को ही, जिक्र यानी 'स्मरण' की स्थिति में बदलना है। यही अर्थ था उस सूफ़ी का, जब उसने कहा–"**श्रीमान! आप इस ख्याल के साथ कि आप परमात्मा द्वारा चुने गये सम्राट हैं, कुछ भी नहीं सीख सकते, जब तक कि आप अपनी मूर्च्छा अथवा गफलत को दूर न कर दें।**

–'होशपूर्ण न होने और ध्यान न देने की आदत?' सम्राट ने चौंक कर कहा।

उसे क्रोध जरूर आया होगा। उसने अपने विरुद्ध से एक शिकायत अथवा अपराध के रूप में जरूर महसूस किया होगा।

सूफ़ी ने कहा–"यही तो असली कठिनाई है।"

क्योंकि तुम सोचते हो, कि तुम अपने सभी दायित्व पूरी तरह निबाहते हुए सभी कर्त्तव्यों का पालन करते हो, इसलिए तुम सजग और होशपूर्ण हो?

यही तो असली कठिनाई है। क्योंकि कुछ चीज़ों की ओर होशपूर्ण न होना इतना अधिक असंगत हो जाता है कि लोग यह सोचने लगते हैं। कि वह उनकी शरीर संरचना का एक भाग है।

और सजगता तथा होश, जब तक कि तुम्हारी शरीर संरचना का एक भाग ही न बन जाए, जब तक होश इतनी गहराई तक न जाए कि सोते हुए भी होशपूर्ण रहे तुम, तब तक यह कोई बहुत अधिक उपयोगी नहीं है। सामान्य रूप से लोग सजग दिखाई देते हैं, लेकिन वे होते मुर्च्छित ही हैं। वे सड़कों पर चलते भी हैं, अपने धंधे और रोजगार पर भी जाते हैं, और वहाँ काम भी करते हैं, वे घर वापस भी लौटते हैं, उनके पत्नी और बच्चे भी होते हैं, पूरा परिवार फैल जाता है और फिर वे मर जाते हैं। लेकिन वे रहते '**गफलत**' की ही स्थिति में हैं, वे सोये–सोये, मूर्च्छित ही बने रहते हैं।

एक होशपूर्ण व्यक्ति उसे कहते हैं, जब वह गहरी नींद में सोते हुए भी अपने गहरे में पारदर्शिता से सजग बना रहे, केवल तभी कहते हैं कि यह शख्स '**जिक्र**' को उपलब्ध हुआ–इसकी याददाश्त बनी रही। और इसी याददाश्त में उस व्यक्ति को परमात्मा का अनुभव होना शुरू हो जाता है–परमात्मा का अनुभव करते ही खिड़की खुल जाती है, और अब द्वार भी बंद नहीं रह जाते।

लेकिन वे लोग जो अपने कर्त्तव्यों और दायित्वों का निर्वाह कर रहे हैं, नियमित रूप से मस्जिद, मंदिर अथवा गिरजा में जाते हैं, वे यह सोचना शुरू कर देते हैं कि वे धार्मिक लोग हैं। यही तो असली कठिनाई है।

मैंने सुना है...

एक किसान के पास एक बहुत बीमार खच्चर था, इसलिए उसने पशु चिकित्सक को बुलाया। वह डॉक्टर अपने साथ एक छोटा काला थैला लाया था और उसने आते ही खच्चर की नब्ज़ देखी, उसका तापक्रम लिया और वे सभी परीक्षण किए, जिन्हें तुम एक बीमार खच्चर को देखते हुए करते हो।

उस डॉक्टर ने कहा–"यह खच्चर बहुत अधिक रुग्ण है और मैं तुरंत उसे देने के लिए ये छोटी सफेद गोलियाँ दे रहा हूँ। यह सफेद गोलियां बहुत शक्तिवर्द्धक हैं और इनसे बीमार खच्चर की प्रत्येक बीमारी पूरी तरह ठीक हो जाएगी। लेकिन केवल पूरी तरह सुनिश्चित होने के लिए चार घंटे प्रतीक्षा करने के बाद तुम खच्चर को इन लाल गोलियों में से एक गोली खिला देना। यह इतनी अधिक शक्तिवर्द्धक हैं कि ये किसी भी रोग को ठीक कर देंगी।

उस किसान और डाक्टर की भेंट लगभग दो सप्ताह बाद हुई और डाक्टर ने किसान से पूछा कि उसके खच्चर के साथ दवा लेने के बाद क्या हुआ?

किसान ने कहा–"डाक्टर साहब! जैसा आपने कहा था मैंने उसे वे सफेद गोलियाँ तुरंत दे दीं। और मैंने अपनी पूरी जिंदगी में एक खच्चर के ऊपर दवा की ऐसी प्रतिक्रिया कभी भी नहीं देखी। उसने एक ठोकर से बाड़े के दरवाजे को तोड़ दिया और बाड़ा फलांग कर गांव के बाहर भागा। मैंने सोचा कि मैंने अपना खच्चर खो दिया।

डॉक्टर ने पूछा–"क्या तुमने उसे खो दिया?"

"आप जानते हैं डाक्टर साहब, यदि मैंने तुरंत अपनी बुद्धि का प्रयोग करते हुए वे लाल गोलियाँ स्वयं न ली होतीं, तो मैं हमेशा के लिए खच्चर से हाथ धो बैठता।"

लेकिन यह व्यक्ति यह सोचना शुरू कर देगा कि उसके पास तुरंत कार्य करने वाली बुद्धि है, यह व्यक्ति यह सोचना शुरू कर देगा कि वह कितना होशपूर्ण है।

जब खतरे के क्षण या विषय स्थिति उत्पन्न हो जाती है, तो प्रत्येक व्यक्ति इसी तरह क़ार्य करने लगता है, जैसे मानो वह बहुत सजग हो, और इसके बाद वह फिर सो जाता है। ऐसा ही तब होता है जब कोई व्यक्ति

अचानक तलवार लेकर तुम पर झपट पड़े, एक क्षण के लिए तुम सजग हो जाओगे–वह आघात तुम्हें धुंधली मूर्च्छा की रात से बाहर ले जाएगा। एक क्षण के लिए तुम आँखे खोलोगे, एक क्षण के लिए तुम अपनी सारी लापरवाही भूल जाओगे, एक क्षण के लिए तुम यह भी भूल जाओगे कि तुम एक मुर्च्छित व्यक्ति हो, एक क्षण के लिए तुम तलवार के द्वारा, मृत्यु के खतरे से होश की ओर खींच लिए जाओगे, लेकिन केवल एक क्षण के लिए ही। तब वह होश मिट जाएगा।

ऐसा कभी-कभी पहाड़ पर चढ़ते हुए पर्वतारोहियों के साथ भी घटता है। जब असली खतरा उनके सामने आता है, जब जीवन और मृत्यु दोनों एक साथ एक-दूसरे को आमने–सामने होती हैं–एक भी ग़लत कदम उठा नहीं, कि वे हमेशा के लिए खो जाएंगे–तभी उन्हें अपने अंदर एक नई किस्म की चेतना या होश के उत्पन्न होने का अनुभव होता है। इसी वजह से बहुत से लोग पर्वतारोहण की ओर आकर्षित हुए हैं। पर्वतारोहण, कभी-कभी एक अद्भुत प्रसन्नता लाता है। इसी कारण बहुत से लोग जुआ खेलने की ओर आकर्षित होते हैं। जब तुम सभी तरह के जोखिम उठाते हो, तो एक क्षण के लिए तुम होशपूर्ण हो जाते हो। इसी वजह से लोग खतरे से भरे खेलों की ओर आकर्षित होते हैं, जैसे कारों की दौड़ या 'कार–रेस'। जब तुम वास्तव में खतरे में होते हो, तुम्हें उस खतरे के कारण पूरी तरह सजग बनना होता है।

लेकिन वह कारण, जिससे लोग इन खतरनाक खेलों, जैसे पर्वतारोहण, कार–रेस अथवा जुए की ओर आकर्षित होते हैं, वह है–होश तथा सजगता के छोटे-से क्षणों में मिलने वाला आनंद। वह व्यक्ति, जो होशपूर्ण बनने के लिए 'तरीक़ा' का अभ्यास कर रहा है, उसे न तो पर्वतों पर चढ़ने की आवश्यकता है, न कार–रेस में एक प्रतियोगी बनने की और न जुआ खेलने की। वह बिना किसी बाह्य स्थिति के, जो उसे सजग बनने के लिए बलात विवश करे, स्वयं ही सजग बन सकता है। और तब उसका आनंद भी असीम होता है। यह वैसा ही होता है, जिसे हिंदू '**सच्चिदानंद**' कहते हैं–पूर्ण परमानंद।

लेकिन चेतना और होश तुम्हारे अस्तित्व की संरचना बन जाए।

"सम्राट ने कहा–आपकी यह किस तरह की आलोचना है, मैं उसे समझ नहीं पा रहा हूँ।

और चूँकि मैं आपके पहेलीनुमा वक्तव्य की थाह नहीं पा सकता, इसीलिए संभवतः आप मुझे इस योग्य नहीं समझते। सूफ़ी सद्गुरू ने कहा–ऐसी कोई भी बात नहीं है, लेकिन एक होने वाला शिष्य अपने भावी शिक्षक के साथ, कोई भी तर्क-वितर्क नहीं कर सकता।

स्मरण रहे, तम अपने सदगरु के साथ संवाद तो कर सकते हो, लेकिन तुम वाद-विवाद नहीं कर सकते। एकदम शुरुआत में ही वाद-विवाद करना, शुरुआत ही तर्क-वितर्क से करना शिष्यत्व के लिए एक अवरोध है। तुम्हारा उससे संवाद तो हो सकता है; एक संवाद का अपना एक अलग गुण होता है।

एक वाद-विवाद और एक संवाद में आख़िर अंतर क्या है? अंतर यह है कि संवाद में तुम अपने साथ कोई पूर्वाग्रह लिए हुए नहीं होते, तुम्हारी अपनी ओर से अंदर घुमड़ती कोई भावना नहीं होती। तुम अपनी धारणाओं को उठाकर एक ओर रख देते हो। संवाद में तुम तर्क-वितर्क न कर समझना चाहते हो। तुम अपनी कोई अहंकारपूर्ण सुरक्षा नहीं करते। संवाद में तुम खुले हुए होते हो, तुम सुनने और सीखने के लिए तैयार होते हो, तुम अपने रूपांतरण के लिए हर तरह से तैयार होते हो।

वाद-विवाद अथवा तर्क-वितर्क में तुम प्रतिरोध करते हो। तुम संघर्ष करने की चित्त-दशा में, सुरक्षा-कवच से लैस होते हो। एक शिष्य, अपने सद् गुरू से लड़ नहीं सकता–यदि तुम ऐसा करते हो, तो तुम शिष्य हो ही नहीं, और वह सदगुरु भी तुम्हारा सद्गुरू नहीं है।

एक होने वाला शिष्य, अपने भावी सद्गुरू के साथ कोई भी तर्क-वितर्क नहीं कर सकता। सूफ़ी ज्ञान देते हैं, तर्क-वितर्क नहीं करते।

एक अत्यधिक शक्तिशाली वक्तव्य है यह–सूफ़ी लोग ज्ञान देते हैं, बोध देते हैं...हाँ, वे तुम्हें जानने का मार्ग दिखा सकते हैं, लेकिन वे तर्क-वितर्क नहीं करते, क्योंकि वे कोई भी दार्शनिक विचारधारा प्रस्तावित नहीं करते। वह उनके पास है भी नहीं। वे बहुत अदार्शनिक लोग हैं, लगभग दार्शनिकता के धुर–विरोधी। वे तुम्हें कोई भी संस्कार या कर्मकांड नहीं देते, एक भी सिद्धांत तुम्हें प्रस्तावित नहीं करते। वे चिकित्सक हैं। वे तुम्हें दवा देते हैं,

और वही '**तरीक़ा**' तुम्हें बदलेगा, तुम्हारा पूरा रसायन बदलेगा। और तब तुम कुछ ऐसी चीज़ देखने में समर्थ हो सकोगे, जिसे तुमने पहिले कभी भी नहीं देखा।

तर्क–वितर्क करने से तुम्हारा रासायनिक–परिवर्तन नहीं हो सकता, और बिना तुम्हारा रसायन बदले हुए, तुम कोई भी ऐसी चीज़ के प्रति आश्वस्त नहीं हो सकते, जिसे तुमने पहिले से न जाना हो। परमात्मा अज्ञात है। उसे जानने के लिए तुम्हें एक भिन्न रसायन की जरूरत होगी। सूफ़ी तुम्हें वह जानकारी उपलब्ध कराते हैं कि ऐसा कैसे किया जाए– जानकारी के बारे में, विधियों के बारे में वे '**तरीक़ा**' देते हैं तुम्हें। लेकिन वह किन्हीं भी सिद्धांतों के बारे में कोई भी जानकारी नहीं देते।

लेकिन मैं आपकी होशपूर्ण न होने, ध्यान न देने की आदत को, प्रदर्शित करते हुए बतलाऊँगा।

सूफ़ी लोग हमेशा प्रदर्शन देते हैं, वे लोग बहुत व्यावहारिक और वैज्ञानिक हैं। वे कहते हैं–यह अभी तो समझना कठिन होगा, मैं तर्क द्वारा समझ सकता हूँ, पर उससे कुछ सहायता मिलेगी नहीं, मैं आपको एक प्रदर्शन दूँगा, जिसके द्वारा आप स्वयं देख सकेंगें, कि आप होशपूर्ण व्यक्ति हैं अथवा गफलत में रहने वाले मुर्च्छित व्यक्ति?

'आपको एक परीक्षा से होकर गुजरना होगा और आपको वही करना होगा, जिसके बाबत मैं आपसे कहूँ।' सम्राट, यह परीक्षा देने को तैयार हो गया। और सूफ़ी सद्‌गुरू ने उससे कहा–"परिणाम प्राप्त करने के लिए, आपको मेरी हर बात पर जो भी मैं आपसे कहूँ, कुछ मिनटों तक, 'मैं आपका यकीन करता हूँ,' कहना पड़ेगा।"

अब यह 'जिक्र', अथवा याददाशत में बने रहने का एक छोटा-सा प्रयोग है। सम्राट को निरंतर स्मरण रखते हुए, भले ही सूफ़ी सद्‌गुरू का वक्तव्य कितना भी असंगत क्यों न हो, यह कहना ही होगा–'मैं आप की बात का यकीन करता हूँ।

सम्राट से सोचा–"यह तो बहुत साधारण बात है। यह शख्स तो थोड़ा-सा सनकी दिखाई देता है। क्या एक व्यक्ति इतनी आसानी से सूफ़ी

बन सकता है, क्या वह इतनी आसानी से पथ पर चलने की शुरुआत कर सकता है...?

सम्राट शंकाग्रस्त था।

सम्राट ने कहा–"यदि यही आपकी परीक्षा है, तो एक सूफ़ी बनने की शुरुआत करने के लिए यह परीक्षा बहुत आसान है।

उसने जरूर ही ऐसा सूफ़ी सद्गुरू का उपहास करने के लिए ही कहा होगा, लेकिन सदगरु ने उसका कोई उत्तर नहीं दिया।

अब सूफ़ी सद्गुरू ने परीक्षा लेने की शुरुआत की। उसने कहा–"मैं आसमानों के पार से आया हुआ एक व्यक्ति हूँ।" सम्राट ने कहा–"मैं आपकी बात पर यकीन करता हूँ।"

जरा सुनें...प्रत्येक वक्तव्य अत्यंत महत्वपूर्ण है।

पहिले तो सूफ़ी सद्गुरू कहता है–**"मैं आसमानों के पार से आया हुआ एक व्यक्ति हूँ।"** अब यह पूरी तरह से सामान्य बुद्धि से हटकर एक बहुत दार्शनिक वक्तव्य है। वहाँ इसे सिद्ध अथवा असिद्ध करने का कोई भी उपाय नहीं है। वह व्यर्थ की असंगत बात कह रहा है, लेकिन इसे सुनकर सम्राट यह कहने की याद रख सकता है, कि मैं आपकी बात पर यकीन करता हूँ, क्योंकि कुछ भी दाँव पर नहीं लगा हुआ है। यही कारण है कि लोग आत्मज्ञान के दार्शनिक तर्क-वितर्क को पसंद करते हैं। वे प्रसन्न रहते हैं, क्योंकि कुछ भी दाँव पर नहीं लगा हुआ है। इससे क्या फर्क पड़ता है, यदि वह कहता है कि मैं आसमानों के पार से आया हूँ–ठीक है, यह पूरी तरह से ठीक है। सम्राट का इससे कुछ भी परिवर्तन होने नहीं जा रहा है, सम्राट के लिए इसमें जोखिम की कोई भी बात नहीं है।

इसी वजह से लोग परमात्मा, आत्मा, रहस्यमय सिद्धांतों, आकाश शरीरों और सूक्ष्म शरीरों की चर्चा वाले व्याख्यानों का बहुत अधिक आनंद लेते हैं। इस तरह के लोगों के लिए ब्रह्मविज्ञान के संबंध में महान साहित्य उपलब्ध है। वे लोग हमेशा उन चीज़ों के बारे में बात करते रहते हैं, जिनमें कुछ भी महत्वपूर्ण नहीं है।

एक दिन मुल्ला नसरूद्दीन मुझसे कह रहा था–मैं और मेरी पत्नी के मध्य कभी भी कोई वाद-विवाद नहीं होता। मैं इस पर विश्वास ही नहीं

कर सका। ऐसा होना असंभव प्रतीत होता है कि एक पति और पत्नी में कोई भी वाद-विवाद न हो। मैंने पूछा–"मुल्ला! तुम ऐसी व्यवस्था कैसे कर पाते हो?"

उसने कहा–"जिस दिन हम लोगों का विवाह हुआ, हम लोगों ने एक बात का निर्णय ले लिया–मैं महान और ऊँचे महत्व के विषयों पर बात करूंगा और वह छोटी तथा महत्वहीन चीज़ों की देखभाल करेगी।"

मैंने पूछा–"उदाहरण के लिए?"

उसने कहा–"उदाहरण के लिए कैसा मकान खरीदना है, कौन-सी कार लेनी है, बच्चों को किस स्कूल में भेजना है, मुझे किस तरह के कपड़े पहिनने चाहिए, किस तरह का मुझे व्यापार करना चाहिए, ये सभी छोटी-छोटी महत्वहीन चीज़ें हैं। मेरी पत्नी ही इस सभी बातों का निर्णय लेती है।

और मैंने पूछा–"वे ऊंचे महत्व के महान विषय कौन-से हैं?" उसने कहा–"उदाहरण के लिए–परमात्मा का अस्तित्व है अथवा नहीं, कोरिया में युद्ध जारी रहना चाहिए अथवा नहीं, इसी तरह की चीज़ें, महान चीज़ें हैं। मैं सभी बड़ी और महान चीज़ों के बारे में निर्णय लेता हूँ, और वह सभी छोटी-छोटी चीज़ों को तो करती है।"

सम्राट को इससे कोई भी समस्या न थी। यह ऐसी ही एक महान चीज़ है, इस सूफ़ी को ऐसा कहने दो।

सूफ़ी सद्गुरू ने कहा–"मैं आसमानों के पार से आया हुआ एक व्यक्ति हूँ।"

सम्राट ने कहा–"मैं आपकी बात पर यकीन करता हूँ।" सूफ़ी ने कहना जारी रखा।

–"सामान्य लोग ज्ञान प्राप्त करने का प्रयास करते हैं, और सूफ़ियों के पास इतना अधिक है कि वे उसका प्रयोग करने का भी प्रयास नहीं करते।"

अब वह धीमे-धीमे नीचे की ओर आ रहा है। यह फिर भी एक महान वक्तव्य है, लेकिन फिर भी इसने सम्राट को छुआ तक नहीं। यह वक्तव्य भी सम्राट के क्रीड़ाक्षेत्र के बाहर ही बना रहा।

सम्राट ने कहा–"मैं आपकी बात का यकीन करता हूँ।" तब सूफ़ी ने कहा–"मैं एक झूठा व्यक्ति हूँ।" –"मैं आपकी बात पर यकीन करता हूँ।" सम्राट ने कहा।

उसने जरूर ही इसे बहुत प्रसन्नता से कहा होगा, क्योंकि ऐसा वह तभी कहना चाहता था, जब सद्गुरू कह रहा था कि मैं आसमानों के पार से आया हूँ। और जब उसने कहा था सूफ़ियों के पास इतना अधिक ज्ञान होता है, कि जब सामान्य लोग ज्ञान की खोज करते हैं, सूफ़ी उसे प्रयोग न करने के मार्ग खोजने का प्रयास करते हैं, अपने अंदर गहरे में सम्राट यह जरूरी सोच रहा होगा कि यह शख्स झूठा है। और सूफ़ी सद्गुरू को एक संकेत मिल गया।

–"मैं आपकी बात पर यकीन करता हूँ।" सम्राट ने कहा। उसने कहा–"मैं झूठा व्यक्ति हूँ।"

मन का अध्ययन करने के लिए यह एक महान प्रयोग है। यही तो वह बात थी जो सम्राट अपने मन-ही-मन में कह रहा था–कि वह एक झूठा व्यक्ति है। लेकिन सम्राट फिर भी चूक गया, वह इस आवश्यक बात को समझ न सका।

–"मैं आपकी बात पर यकीन करता हूँ।" सम्राट ने कहा। वह सूफ़ी कहता ही गया–"मैं तब भी मौजूद था, जब आप पैदा हुए थे।"

अब वह धीरे–धीरे निकट आ रहा है, लेकिन वह बिल्कुल प्रारंभिक स्थिति से, जन्म के समय निकलने वाला आदिम चीख से प्रारंभ कर रहा है। वह कहता है–"मैं तब भी मौजूद था, जब आपका जन्म हुआ था।" अब वह सम्राट तक आ रहा है, लेकिन वह बिल्कुल प्रारंभ से शुरुआत करता है–क, ख, ग से-जब आप पैदा हुए थे। अभी भी हो सकता है, कुछ अधिक दाँव पर न लगा हो। यदि वह तब मौजूद भी था, तो उससे क्या फ़र्क पड़ता है?

–"मैं तब भी मौजूद था, जब आपका जन्म हुआ था।" सम्राट ने कहा–"मैं आपकी बात का यकीन करता हूँ।" सूफ़ी ने कहा–"और आपके पिता एक किसान थे।" –"यह बात झूठ है।" सम्राट चीखता हुआ बोला।

अब वह पूरी तरह भूल ही गया। वास्तव में उसके संबंध में कहा गया

यह प्रथम वक्तव्य था–वह भी वास्तव में उसके बारे में नहीं, उसके पिता के बारे में–लेकिन उसने सम्राट को बहुत निकट से स्पर्श किया। अब वह भूल ही गया। एक ही मिनट में वह भूल ही गया कि उसे याद रखते हुए कहना था–'मैं आपकी बात पर विश्वास करता हूँ।" और कुछ अधिक दाँव पर भी नहीं लगा हुआ था, केवल थोड़ी-सी पूर्व धारणा। यदि तुम्हारे पिता एक किसान थे, तो इसमें ग़लत क्या है? केवल एक छोटी-सी पूर्व धारणा–कि मैं सम्राटों की महान परंपरा और परिवार से हूँ। मेरे पिता भी एक सम्राट थे और मेरे पिता के पिता भी सम्राट थे–हम लोग हमेशा से ही सम्राट रहे हैं।

–और आपके पिता एक किसान थे।

उसने अभी तक सम्राट के बारे में कुछ भी नहीं कहा था। यदि उससे सूफ़ी ने यह कहा होता कि आप एक चोर हैं, तो सम्राट ने अपनी तलवार म्यान के बाहर खींच ली होती, और हो सकता है वह सूफ़ी पर झपट पड़ा होता।

चीखते हुए सम्राट बोला–'यह बात झूठ है।' सूफ़ी ने उसकी ओर देखते हुए अफसोस प्रकट करते हुए कहा–चूँकि आप होशपूर्ण न रहने और न देने के इतने अधिक अभ्यस्त हो गये हैं, कि आप एक मिनट के लिए भी, यह कहने की बात याद नहीं रख सकते कि मैं आपकी बात पर यकीन करता हूँ, इसलिए बिना पूर्व धारणाओं से मुक्त हुए बिना और होशपूर्ण बने बिना कोई भी सूफ़ी आपको कोई भी चीज़ सिखाने में समर्थ न हो सकेगा।

यह एक बहुत सुंदर बोध कथा है। इस पर ध्यान करो।

हाँ! मनुष्यता के एक बहुत बड़े भाग की भी ठीक यही स्थिति है। तुम एक मिनट के लिए भी याद नहीं रख सकते। किसी दिन एक छोटा-सा प्रयोग करने की कोशिश करो। गुरुजिएफ अपने शिष्यों को इसी तरह के प्रयोग करने को दिया करता था, यह प्रयोग भी उसका आधुनिक संस्करण है। अपनी घड़ी अपने सामने रखकर बैठ जाओ और सेकिंड प्रदर्शित करने वाली सुई का एक मिनट तक निरीक्षण करो। निरीक्षण करते हुए केवल एक ही बात का स्मरण रहे–मैं इस सेकिंड की सुई को देख रहा हूँ, मैं इस सेकिंड की सुई को देख रहा हूँ। इसी एक बात का स्मरण किए जाना है। और तुम आश्चर्यचकित हो जाओगे कि सात-आठ या दस सेकिंड भी

नहीं गुजर पाएंगे कि तुम यह बात भूल जाओगे तुम फिर अपनी मुर्च्छित से बाहर आकर कुछ क्षणों तक उसे याद रखोगे और फिर उसे भूल जाओगे। एक अकेले मिनट में तुम कम-से-कम तीन या चार बार इसे भूल जाओगे। तुम एक साधारण सरल-सी बात भी याद रखने में समर्थ न हो सकोगे।

और इस कथन में किसी पूर्वाग्रह या पूर्वधारणा में भी फँसने जैसी कोई बात नहीं है। कोई व्यक्ति यह नहीं कह रहा है कि तुम्हारे पिता एक भिखारी अथवा एक चोर थे। कोई यह भी नहीं कह रहा है कि तुम्हारी माँ एक वेश्या थी, कोई यह भी नहीं कह रहा है कि तम हरामी हो. इस तरह की कोई बात कही ही नहीं गई। इसमें बुरा लगने जैसी कोई बात या उलझन थी ही नहीं। केवल एक साधारण-सा तथ्यात्मक वक्तव्य था वह।

'मैं सेकिंड की सुई की ओर देख रहा हूँ, और बार-बार तुम जैसे सो जाओगे। बार-बार तुम किसी अन्य चीज़ के बारे में सोचने लगोगे और तुम होशपूर्ण न रह सकोगे।'

अब सूफ़ी कहते हैं कि यदि एक व्यक्ति होशपूर्ण नहीं है, तो उसे कुछ भी नहीं सिखाया जा सकता। इसलिए सीखने की पहिली चीज़ होगी–होशपूर्ण रहना, सचेत बनाना। और होशपूर्ण होने के लिए एक लंबा समय लगेगा, क्योंकि तुम जन्म जन्मों से मूर्च्छा ही में जीते आये हो। यह तुम्हारे रक्त में बहुत गहराई से घुल–मिल गई है, यह तुम्हारी पूरी शरीर संरचना में और तुम्हारे शरीर के प्रत्येक कोष में प्रविष्ट हो चुकी है–तुम्हारे मन का प्रत्येक रेशा मूर्च्छा से भरा हुआ है।

इसी नींद अथवा मूर्च्छा को तोड़ना है। एक बार यह नींद टूट जाए, तभी शिष्य सीखने के लिए तैयार होता है। यह इस बात पर निर्भर करेगा कि तुम कितने होशपूर्ण हो। तभी सद्‌गुरू तुममें अपना बहुत कुछ उड़ेल सकता है।

एक छोटी-सी बोध–कथा...

पूरब के एक छोटे-से गाँव में वहाँ एक व्यापारी था, जो अपनी छोटी-सी दूकान पर घुटनों के बल बैठा रहता था, और अपने सिर के ऊपर की ओर रखे ऊन के ढेर में से अपने बाएँ हाथ से पोनी खींचकर उसे बँटकर उस मोटे धागे को, जैसे ही वह उसके शरीर के सामने आता था, अपने दाहिने

हाथ से थाम लेता था, फिर उस ऊन को दाहिने हाथ से वह एक बड़े तकुए के चारों ओर लपेटता था। उस वृद्ध व्यक्ति के लिए वह निरंतर चलने वाली एक प्रक्रिया बन चुकी थी। उसका दाहिना हाथ तकुवे में ऊन लपेटते हुए न सुनाई देने वाली धीमी आवाज में 'ला इल्लाह इल्लिाहा' कहता था। ऐसे क्षण कभी आते ही नहीं थे, जब ऊन का धागा टूट जाए और उसे उसमें गाँठ लगाकर फिर से बँटना शुरू करना पड़े। उस वृद्ध को प्रत्येक क्षण मौजूद रहना होता था, अन्यथा ऊन का धागा टूट जाता। इसी को होश कहते हैं, यही **'ज़िक्र'** है, यही जीवन है।

सूफ़ी होने का अर्थ है–जीवन में होश या चेतना का होना, सामान्य रूप से हम जिस चेतना में जीते हैं, उससे ऊँचे तल की चेतना।

यह वृद्ध व्यक्ति एक सामान्य मनुष्य था, लेकिन उसने अपने लड़कों को इस धंधे का राज सिखलाया, और उसके लड़कों ने फिर अपने बच्चों को इस धंधे के राज़ सिखलाए और एक सिलसिला निर्मित हो गया–गुरु और शिष्य की एक परंपरा चल पड़ी।

इतनी छोटी-सी चीज़ से उसने होशपूर्ण बने रहने की एक विधि-निर्मित की। तुम जो कुछ भी कर रहे हो, तुम उसमें ही होश उत्पन्न कर सकते हो। केवल बात इतनी-सी है कि उसको एक विधि बना लो, इसे एक प्रयोग एक 'तरीक़ा' बना लो। तुम चल रहे हो–लेकिन चलते हुए पूर्ण सजग बने रहो, तुम्हें निरंतर यह याद रहे कि तुम चल रहे हो। तुम भोजन कर रहे। हो, भोजन करो–लेकिन, 'तुम खाना खा रहे हो', इस तथ्य के प्रति पूरी तरह सजग बने रहो। शॉवर के नीचे स्नान कर रहे हो, अपने ऊपर पानी की प्रत्येक गिरती हुई बूंद के प्रति पूरी तरह सजग बने हुए निरीक्षण कर्ता बने रहो।

हिंदू इसी को **'साक्षी होना'** कहते हैं। बौद्ध इसे **'सम्यक स्मृति'** अथवा ठीक तरह से होशपूर्ण होना कहते हैं। कबीर और नानक इसे **'सुरति**, या **आत्म स्मरण** कहते हैं, और सूफ़ी इसी को **'ज़िक्र'** कहते हैं। लेकिन यह है वही **'तरीक़ा'**।

चौथा प्रवचन

प्रेम वस्तुओं को भेंट नहीं कर सकता

14 अगस्त, 1977

पहिला प्रश्न–मैं जब भी गहरे प्रेम का अनुभव करता हूँ तो उसी के साथ-साथ उदासी की भी अनुभूति होती है। ऐसा क्यों होता है?

उत्तर: सच्चा प्रेम अपने साथ सदा उदासी लाता ही है। ऐसा होना अनिवार्यता है, क्योंकि प्रेम एक अंतराल उत्पन्न करता है, जिससे तुम्हारे अस्तित्व के नये द्वार खुलते हैं। प्रेम अपने साथ मद्धिम उजास लाता है। संध्या काल जैसा झुटपुटा प्रकाश।

प्रेम के क्षण में तुम देख सकते हो कि क्या असली है और क्या नकली? प्रेम के क्षण में तुम देख सकते हो कि क्या सार्थक है और क्या निरर्थक, और उसी समय तुम देखते हो कि तुम्हारी जड़े निरर्थक और अर्थहीन भूमि में धँसी हैं–और इसीलिए उदासी का अनुभव होने लगता है। प्रामाणिक प्रेम के क्षणों में तुम अपनी सर्वोच्च संभावना के प्रति सजग बन जाते हो, तुम उस सुदूर शिखर के प्रति सचेत हो जाते हो। लेकिन अभी तुम वहाँ हो नहीं, इसलिए उदासी घेर लेती है तुम्हें।

तुम एक दृश्य देखते हो, लेकिन है वह एक झलक ही, और एक क्षण में ही वह चली जाती है। वह कुछ ऐसी होती है, जैसे मानो परमात्मा ने स्वप्न में तुमसे कुछ कहा हो और जब तुम जागते हो तो तुम्हें लगता है, जैसे तुम उससे चूक गये। तुम जानते हो कि कुछ चीज़ घटी जरूर है, लेकिन वह यथार्थ नहीं बन पाती। वह केवल गुजर जाने वाले एक हवा के झोंके जैसी होती है।

यदि प्रेम, उदासी उत्पन्न नहीं करता, तब अच्छी तरह जान लेना कि वह प्रेम नहीं है। प्रेम की बाध्यता है कि वह उदासी या विषाद उत्पन्न करे–प्रेम जितना अधिक महान होगा, उसके उत्पन्न होने के साथ उतनी ही बड़ी उदासी भी होगी।

प्रेम परमात्मा के लिए द्वार खोलता है। दो हृदय एक-दूसरे के निकट

आते हैं। बहुत-बहुत निकट, लेकिन इस पूरी निकटता में भी वे दोनों एक पृथकता देख सकते हैं–यही विषाद या उदासी का कारण होता है। जब दोनों एक-दूसरे से दूर होते हैं, तब तुम इसे इतनी स्पष्टता से नहीं देख सकते। तुम जानते हो कि तुम एक-दूसरे से अलग हो, लेकिन जब तुम किसी व्यक्ति के साथ एक हो जाना चाहते हो, उसके लिए एक गहरी कामना करते हो, उसके लिए तुम्हारी गहरी उत्कंठा होती है, तो तुम उसके निकट बहुत अधिक निकट आते हो, तब एक क्षण ऐसा आता है, जब उस अत्यंत निकटता के क्षण के तुम पार नहीं जा पाते, तुम वहीं रूक कर जड़ हो जाते हो–और तभी अचानक तुम उदास हो जाते हो। मंजिल इतनी अधिक निकट होते हुए भी, फिर भी तुम्हारी पहुँच के पार होती है।

कभी-कभी प्रेम करने के बाद तुम गहरी निराशा के अंधेरे में गिर पड़ते हो। जिन्होंने प्रेम को ठीक से नहीं जाना है, वे इस असली पीड़ा को भी नहीं जानते, वे इसकी वास्तविक पीड़ा को नहीं समझते।

वे एक तरह का सीधा सपाट जीवन जी रहे हैं। उन्होंने अभी तक प्रेम के शिखरों को भी नहीं छुआ है, इसलिए वे उनके साथ की घाटियों से भी परिचित नहीं हैं। वे कभी भी प्रेम के सर्वोच्च शिखर-आनंद तक पहुंचे ही नहीं हैं, इसलिए वे सोचते हैं कि जीवन में जिस तरह का बनकर रहने की कल्पना की जाती है, वह उसके लिए वैसा ही कर रहे हैं। प्रेम में एक क्षण के लिए तुम वैसे ही हो जाते हो, जैसा तुम्हें होना चाहिए। लेकिन यह केवल क्षणिक होता है।

यदि तुम वह शाश्वत सत्य ही हो जाना चाहते हो, तब तुम्हारे लिए प्रेम स्वयं अपने आप में पर्याप्त नहीं है–तब प्रार्थना की आवश्यकता होगी। प्रेम तुम्हें इस आवश्यकता के प्रति सजग बनाता है–और जब तक तुम प्रार्थना की ओर बढ़ना शुरू न हो जाओ, प्रेम अधिक-से-अधिक उदासी उत्पन्न करेगा।

तुम प्रेम में एक नहीं बन सकते। तुम्हें एक होने का केवल एक भ्रम हो सकता है। और वह सबसे बड़ी कामना है–कैसे एक हुआ जाए, कैसे उस अखंड के साथ एक हुआ जाए, कैसे सत्य के साथ संबंध जोड़ कर, कैसे पूरी तरह मिटा जाए? क्योंकि तुम हो, यही पीड़ा है वहाँ; यदि तुम

हो, तो वहाँ यही वेदना है, और यदि तुम हो, तो वहाँ उत्कंठा है, व्यग्रता है। यह वही अहंकार है, जो समस्या उत्पन्न करता है–जब तुम पिघल कर मिट जाते हो, जब तुम दो से एक हो जाते हो, फिर पीछे कोई भी नहीं रह जाता। तुम अस्तित्व के इस शाश्वत सागर की केवल मात्र एक लहर हो। तुम्हारे पास स्वयं का अपना कोई भी केंद्र नहीं है, अखंड अस्तित्व का केंद्र ही तुम्हारा अपना केंद्र बन गया है। तब व्यग्रता मिट जाती है, तब वेदना तिरोहित हो जाती है, और तब संभावित शक्ति, वास्तविक यथार्थ बन जाती है। इसी को बुद्धत्व कहते हैं, इसी को 'निर्वाण' अथवा परमात्मा का अनुभव होना कहा जाता है।

प्रेम इसी दिशा की ओर गतिशील है, लेकिन वह केवल वायदा कर सकता है, उसे पूरा नहीं कर सकता। वह वस्तुओं को भेंट नहीं कर सकता–इसीलिए यह उदासी है। तुम्हें लगता है कि तुम उस बिंदु के बहुत निकट आ रहे हो, जहाँ तुम मिट सकते हो, लेकिन फिर भी तुम मिट नहीं पाते। तुम फिर से अपने प्रिय पात्र के प्रेम में डूबना शुरू करते हो। तुम बार-बार एक-दूसरे के निकट आओगे और बार-बार तुम अपने अकेलेपन में वापस लौट जाओगे। लेकिन तुम कभी भी एक न हो पाओगे। और जब तक तुम एक न हो जाओ, परमानंद मिलना संभव नहीं है।

एक बहुत प्रसिद्ध अस्तित्ववादी निकोलाई बर्दयेव ने इसी प्रश्न से संबंधित कुछ प्रसंगानुकूल चीज़ें लिखी हैं। वह लिखता है–'मैं हमेशा आनंदपूर्ण अनुभवों और प्रसन्नता से डरता रहा हूँ, क्योंकि वे हमेशा ही मेरे लिए जीवन के दुःखों की सर्वाधिक जीवंत स्मृतियों को अपने साथ लाते हैं।"

निश्चित रूप से यह ऐसा ही है। यही कारण है कि वास्तव में दुःखी लोग कभी भी विद्रोह नहीं करता। निम्न वर्ग के किसान–मजदूर कभी भी विद्रोह नहीं करते। मार्क्स मध्य वर्ग से आता है, ऐसे ही माओ, लेनिन और ऐंजिल्स में भी सभी लोग मध्य वर्ग से ही आते हैं। सभी क्रांतिकारी और विद्रोही मध्यम वर्ग से ही आते हैं, वे समाज के निम्न वर्ग से नहीं आते। वे वहाँ से आ भी नहीं सकते। वहाँ लोग इतने अधिक दुखी हैं कि वे यह विश्वास ही नहीं कर पाते कि इसके अलावा कहीं कुछ और भी है। उन्होंने

कभी भी प्रसन्नता को आज तक चखा नहीं। क्योंकि उन्होंने प्रसन्नता जैसी किसी भी चीज़ का अभी तक स्वाद नहीं लिया, वे अपने जीवन में दुखी होने के अतिरिक्त जीवन में और कुछ सोच ही नहीं सकते। उनके सामने तुलना करने जैसी कोई चीज़ है ही नहीं।

जब तक तुम यह न जान लो कि रुग्णता क्या है, तुम कभी भी अनुभव न कर सकोगे कि स्वास्थ्य होता क्या है? यदि तुम अपने प्रारंभ ही से, जिस दिन तुमने जन्म लिया, उसी घड़ी से बीमार ही जन्मे हो, और तुमने जिसे स्वास्थ्य अथवा अच्छा लगना कहते हो, उसका कभी अनुभव ही नहीं किया है, तो तुम अपनी रुग्णता से बहुत अधिक दुःखी नहीं रहोगे। तुम उसके साथ पूरी तरह संतुष्ट होकर रहोगे। तुम जानोगे कि यह वही है, जिसे जीवन कहते हैं।

यही कारण है कि क्रांति कभी भी निम्नतम वर्ग से उत्पन्न नहीं होती। वह कभी भी उच्चतम वर्ग से भी प्रारंभ नहीं होती, क्योंकि उन लोगों के पास खोने को बहुत कुछ है। वे क्रांतिकारी बन ही नहीं सकते। उनके पास दाँव पर लगाने को बहुत कुछ है। गरीब लोगों के पास खोने के लिए कुछ भी नहीं है, लेकिन वे अपने दुःखों को अनुभव नहीं कर सकते। धनी और समृद्ध लोग उस पीड़ा का अनुभव कर सकते हैं, लेकिन उनके पास खोने के लिए बहुत कुछ है। इसीलिए सभी क्रांतिकारियों का जन्म मध्यम वर्ग से होता है–क्योंकि वे लोग दोनों को ही जानते हैं, थोड़े बहुत दुःखों को और थोड़ी बहुत प्रसन्नता को भी। उनके सामने पूरा दृश्य स्पष्ट होता है। वे जानते हैं कि प्रसन्नता मिलना संभव है और क्योंकि वे यह जानते हैं। कि उनके दुःख और पीड़ा असहनीय हैं, वे प्रसन्नता की संभावना को भी जानते हैं।

बर्दयेव कहता है–"बड़ी–बड़ी दावतों के दिनों में मैं लगभग लगातार दुःखी ही रहता था, शायद इसलिए क्योंकि मैं साधारण कामकाजी जीवन में किसी रूपांतरणकारी चमत्कार की प्रतीक्षा कर रहा था। लेकिन वह कभी भी नहीं हुआ।" हाँ! दावत वाले दिन कोई भी व्यक्ति अधिक पीड़ा का अनुभव इसलिए करता है, क्योंकि वह बहुत अधिक आशाएँ करता है। जब तुम अधिक आशा रखते हो, तो स्वाभाविक रूप से यदि वह आशा पूरी नहीं होती है, तो तुम्हें अधिक पीड़ा का अनुभव होगा।

प्रेम के क्षण में वहाँ बहुत बड़ी आशा होती है। तुम शिखर आनंद पर पहुँच भी जाते हो–और फिर भी कभी नहीं पहुँचते। तुम्हें अनुभव होता है कि वह लगभग घटने ही जा रहा है–और यही वह क्षण है–और वह क्षण आता है और गुजर जाता है और तुम फिर से उसी बंजर भूमि पर पड़े रह जाते हो, जैसे कि सदा से ही तुम वहाँ थे। बादल उमड़–घुमड़ कर आते हैं और बिना बरसे चले जाते हैं और मरूथल वैसा ही मरूस्थल बना रहता है। यदि वे बादल उमड़–घुमड़ कर इकट्ठे होते ही नहीं, तो तुम इतनी अधिक आशा भी नहीं करोगे। तुम जानते हो कि यह तो एक मरूस्थल है। तुमने उसे स्वीकार कर लिया था, तुमने समायोजन कर लिया था। लेकिन अचानक एक दिन तुम बहुत से बादलों को उमड़–घुमड़ कर इकट्ठा हुए देखते हो, तुम्हें हवाओं के साथ ऐसा लगता है कि बस अब वे बरसने जा रहा है, तुम्हें चारों ओर से ऐसा महसूस होता है कि बस अब मेह बरसने ही जा रहे हैं, तुम्हारा हृदय धड़कना शुरू कर देता है कि अब यह मरूस्थल, अब और मरूस्थल रहने वाला नहीं है, अब हरे–हरे वृक्ष उगेंगे और पक्षी गीत गाते हुए समारोह मनाएंगे...और वे बादल उड़ते हुए गायब होने लगते हैं।

क्या तुमने यह नहीं देखा है? किसी दिन अंधेरी रात में अंधेरी सड़क पर टहलते हुए अचानक रोशनी की एक बाढ़ के साथ एक कार गुजर जाती है। और कार के गुजर जाने के बाद अंधेरा पहिले से भी कहीं अधिक घना हो जाता है। हुआ क्या? तुम उसी अंधेरी रात में उसी अंधेरी सड़क पर टहल रहे थे, कार के हेड लाइट्स के प्रकाश ने अचानक एक क्षण के लिए तुम्हारी आँखों को प्रकाश से भर दिया। अब इस तेज प्रकाश की तुलना में अंधेरा भी कहीं अधिक बढ़ गया। अब कुछ क्षणों के लिए तुम कुछ भी देखने में समर्थ न हो सकोगे। तुम पूरी तरह से अंधे बनकर रह जाओगे।

ठीक ऐसी ही स्थिति होती है...जब तुम प्रेम कर रहे होते हो, तुम एक क्षण के लिए आनंद रूपी प्रकाश की बाढ़ का अनुभव करते हो, लेकिन तब वह चला जाता है–वह आता है और चला जाता है, वह क्षणिक या क्षणभंगुर होता है। और जागने पर तब एक बड़ी उदासी का अनुभव होता है।

और उस छोटी-सी अवधि में, जब प्रेम वहाँ है, तब वे लोग, जिन्हें वस्तुओं के स्वरूप का तुलनात्मक तथा सापेक्ष ज्ञान है, यह जानते हैं कि यह अनुभव सदा रहने वाला नहीं है, वह क्षणिक है। वे अभी भी काँप रहे हैं। प्रेम वहाँ है, लेकिन वे जानते हैं कि शीघ्र ही वह चले जाने वाला है–इसीलिए उन्हें एक उदासी अथवा विषाद घेर लेता है।

यह प्रश्न आया है–माँ प्रेम अभिनव की ओर से। उसकी जरूर ही बहुत अधिक गहरी अंतर्दृष्टि है, वह वस्तुओं को निकट और दूर से तुलनात्मक और सापेक्ष दृष्टि से समझ सकती है। उसके पास जरूर ही ऐसा संवदेनशील हृदय है, जो उन चीज़ों को भी महसूस कर सकता है, जिनका अनुभव सामान्य मनुष्य नहीं कर पाते।

जब वहाँ प्रेम होता है, तुम उसका मजा लेते हो, जब वह चला जाता है, तुम उदास हो जाते हो। लेकिन यदि तुम पूरी तरह से दृश्यमान वस्तुओं का निकट तथा दूर से तुलनात्मक तथा सापेक्षिक ज्ञान रखते हो, तो ठीक उस क्षण में, जब प्रेम वहाँ है, तुम सजग हो जाओगे, कि उसी के साथ ठीक कोने में उदासी भी छिपी हुई है।

बर्दयेव कहता है–"व्यक्तिगत रूप से मुझे ऐसा लगता है कि प्रेम स्वयं अपने अंदर ही वेदना का बीज साथ लिए हुए होता है, और मैं यह देखकर परम आश्चर्य में पड़ जाता हूँ कि वे लोग प्रेम की प्रगाढ़ता का अनुभव केवल मात्र प्रसन्नता और आनंद के रूप में ही कर सकते हैं।" वह उलझन में पड़ गया लगता है।

यह व्यक्ति, निकोलाई बर्दयेव, इस सदी के महानतम अस्तित्ववादियों में से एक है। और अस्तित्ववाद, जीवन के रहस्यों में बहुत गहराई तक जाता है–निश्चित रूप से वह उसके अंतिम छोर तक तो नहीं जाता, लेकिन फिर भी अस्तित्ववाद एक अच्छी शुरुआत है। किसी भी व्यक्ति को उसमें जाकर रूक नहीं जाना है, क्योंकि उसका प्रारंभ ही नकारात्मक रहेगा। वह विधायक गुण की ओर केवल तभी मुड़ना शुरू करती है, तुम प्रामाणिक रूप उसके अंदर पूरी गहराई में जाओ।

बुद्ध भी एक अस्तित्ववादी हैं, लेकिन वह अंतिम छोर तक, अंत तक गये हैं। सार्त्र, हेडगर, जेस्पर, मार्सेल और बर्दयेव, ये सभी अस्तित्ववादी

हैं, लेकिन यह लोग कहीं बीच ही में जाकर रूक जाते हैं, वे अंतिम छोर तक कभी गये ही नहीं, और इसीलिए नकारात्मक बने रहे। लेकिन उनकी अंतर्दृष्टि ठीक है, वे ठीक दिशा और ठीक रास्ते पर हैं। अस्तित्ववादी, निराशा, पीड़ा, उत्कंठा, अवसाद, उदासी और दुःखों की, और उस सभी की जो अंधकार निराशापूर्ण है केवल उसी की बात करते हैं। वे कभी भी आनंद और प्रसन्नता की बात ही नहीं करते, वे कभी भी उत्सव और समारोह की चर्चा ही नहीं करते। इसके बावजूद भी मैं तुमसे यह कहना चाहता हूँ कि वे ठीक दिशा की ओर बढ़ रहे हैं। यदि वे थोड़ा-सा कुछ और आगे बढ़े तो शीघ्र ही वे प्रसन्नता और आनंद का भी अनुभव करेंगे।

मैंने एक बहुत प्रसिद्ध और सम्मानित महिला के बारे में सुना है जो समाज के भिन्न-भिन्न उच्चतम दायरों में बहुत ख्यातिप्राप्त थी, एक दिन एक बहुत बड़ी दावत में, जहाँ देश के सभी प्रमुख और ख्यातिप्राप्त व्यक्ति उपस्थित थे, उसने बहुत अधिक शराब पी ली। और किसी व्यक्ति ने कुछ कहकर उसे इतना अधिक उत्तेजित कर दिया कि वह क्रोधित होकर अपना सामान्य नियंत्रण खो बैठी। वह इतने अधिक अपने आपे के बाहर हो गई कि उसने कुछ भद्दे और असंगत शब्द कह दिये। लोगों को बहुत गहरा आघात लगा। वे कभी यह विश्वास ही न कर सके कि एक अति सम्मानित महिला द्वारा इतने फूहड़ शब्दों का भी उच्चारण किया जा सकता है। उन्होंने इस बारे में कभी सोचा तक न था। उन सभी को इतना गहरा धक्का लगा कि चारों ओर खामोशी छा गई और तब सभी को लगे आघात का अनुभव कर उस महिला को भी चोट लगी।

तब जो कुछ ग़लती उससे हुई थी वह उसे भली-भाँति समझ गई। वह मुस्कराई–एक बहुत मीठी मधुर मुस्कान, जिसे केवल महिलाएँ ही जानती हैं कि उसे कैसे लाया जाए–और उसने कहा–"मुझे बहुत खेद है। ऐसा लगता है, जैसे मैं बदल कर एक अस्तित्ववादी बन गई थी।"

ठीक अभी भी यही स्थिति है। अस्तित्ववाद, अभी तक केवल रुग्ण, नकारात्मक, व्याधिग्रस्त भद्दी चीज़ों–और जीवन के अंधेरे पक्ष के बारे में बात करता रहा है।

ऐसा प्रतीत होता है जैसे मानो ध्यान का लक्ष्य, मृत्यु ही है। लेकिन यदि तुम एक लंबी अवधि तक मृत्यु ही पर ध्यान करते रहो, तो तुम आश्चर्य में पड़ जाओगे कि मृत्यु के उसी केंद्र से जीवन की उत्पत्ति हो रही है।

बर्दयेव कहता है–"व्यक्तिगत रूप से मुझे ऐसा लगता है कि प्रेम स्वयं अपने अंदर ही वेदना का बीज भी अपने साथ लिए चलता है, और मैं यह देखकर प्रायः आश्चर्य में पड़ जाता हूँ कि लोग प्रेम की प्रगाढ़ता का अनुभव केवल मात्र प्रसन्नता और आनंद के रूप में कर सके हैं। यूनान का प्रेम का देवता क्यूपिड भी इस कारण विषाद में है, क्योंकि उसका संबंध गहरे में जड़े जमाए, समय और शाश्वतता के रहस्य के साथ है। उसका संबंध समय से है, जिसे शाश्वत तृप्ति के लिए गहरी प्यास है और फिर भी कभी वह बुझती नहीं।

ठीक इसी तरह से सेक्स में भी वहाँ एक विषाद या पीड़ा है। सेक्स से प्रदर्शित होता है कि मनुष्य घायल है, दोनों ही एक-दूसरे से अलग हैं, वे मिलकर भी प्रामाणिक एकता को कभी भी प्राप्त करने में समर्थ नहीं हो पाते। वह मनुष्य को किसी दसरे के पास जाने को कहती है, लेकिन वह एक बार फिर स्वयं में ही वापस लौटता है, और उसकी दो से एक होने की कामना निरंतर एक दर्द और विषाद ही बनी रहती है। सेक्स के द्वारा पूर्ण होने की कामना कभी भी तृप्त नहीं हो सकती, इसके विपरीत वह दो से एक न हो पाने के जख्मों को केवल और गहरा बना देती है।

सेक्स शब्द का मूल लेटिन भाषा के 'सेक्सस' से आया है जिसका अर्थ होता है–विभाजन। सेक्स, विभाजित करता है। वह दो से एक होने का वायदा करता है लेकिन वह कभी भी पूरा नहीं होता। वास्तव में वह विभाजित ही करता है। लेकिन मनुष्य में एक होने की तीव्र चाह होती है। बच्चा, माँ के गर्भ में अस्तित्व के साथ जुड़ा होता है। उसका कोई भी अलग अस्तित्व नहीं होता। उसकी कोई पृथक वास्तविकता नहीं होती। वह अखंड का एक भाग होता है। उसके पास कोई उच्चतम चेतना, अथवा आत्मा नहीं होती। वह होता तो है, लेकिन अभी तक उसमें अहंकार उत्पन्न नहीं हुआ है, और यही हमारी सबसे गहरी कामना होती है कि अस्तित्व के गर्भ में फिर से कैसे प्रवेश किया जाए?

मनोविश्लेषक कहते हैं कि संभोग करते हुए पुरुष का प्रयास वस्तुतः फिर से स्त्री के गर्भ में प्रवेश करना ही होता है। और इसमें कुछ सत्य है भी। कैसे उस पूर्ण शांत स्थिति में प्रवेश किया जाए, जहाँ अहंकार का अभी जन्म ही नहीं हुआ है, जहाँ प्रत्येक वस्तु परम शांति में अस्तित्व के साथ लयबद्ध है?

जब प्रेम में स्त्री और पुरुष एक साथ जुड़कर एक एक्य उत्पन्न करने का प्रयास करते हैं, तो यही प्रेम का आकर्षण है और इसीलिए ही सेक्स में जाना अच्छा लगता है। लेकिन ऐसा होता कभी भी नहीं है। अथवा यदि वह होता है, तो एक क्षण के केवल एक छोटे-से भाग में होता है, और इससे कुछ भी फर्क नहीं पड़ता, और ऐसा लगता है कि वास्तव में वह कभी घटा भी था अथवा नहीं। वास्तव में इसके विपरीत वह एक होने की और अधिक कामना सृजित करता है–वह सर्वोच्च एक्य के लिए और अधिक कामना और प्यार उत्पन्न करता है। और हर बार हाथ में निराशा ही आती है। यदि तुम्हारे पास देखने और समझने के लिए आँखें हैं, और अनुभव करने को हृदय है, तो तुम उदास ही हो जाओगे, तुम जब भी प्रेम में होंगे तुम उदास ही होंगे। तुम फिर से वही वायदा करोगे और तुम जानते हो कि वह पूरा होने वाला नहीं है।

तब किया क्या जाए? तुम्हें प्रेम में मिले विषाद को प्रार्थना में जाने की तीर्थ यात्रा बना लेना चाहिए। पहिले तो तुम्हें अपने अहंकार को पिघला कर अपने आंतरिक अस्तित्व में जज्ब कर लेना है, तुम उसे पिघला कर किसी दूसरे में उसे ज़ज़्ब नहीं कर सकते, वह लौट कर वापस आ जाएगा। केवल एक क्षण के लिए ही तुम उस विस्मरण की स्थिति को सृजित कर सकते हो।

इसलिए सेक्स एक शराब एक प्राकृतिक शराब की भाँति कार्य करता है। शरीर के रसायन में यह पहिले ही से दिया गया है। लेकिन यह एक नशीले पदार्थ अथवा नशीली दवा जैसा है।

यह रसायन पर निर्भर करता है। यह एल. एस. डी. और मारिज़ुआना के नशे जैसा ही है, अंतर केवल इतना ही है कि यह एक जैविक-रसायन

है, यह प्रकृति के द्वारा शरीर को पहिले ही से प्रदान किया गया है। लेकिन यह एक रासायनिक चीज़ है। इस रसायन के द्वारा तुम्हें एक झलक मिलती है। यह तब भी घटती और मिलती है, जब तुम एल. एस. डी. लेते हो–तुम रसायन के प्रभाव से ही उस झलक को प्राप्त करते हो। सभी तरह के नशीले पदार्थों के द्वारा ऐसा ही घटता है–कि एक क्षण के लिए तुम अपने आपको भूल जाते हो। उस क्षणिक विस्मरण से ही एक खिड़की खुल जाती है।

लेकिन विस्मरण से अहंकार पूरी तरह पिघलता नहीं है। तुम मिटते नहीं हो। तुम वहाँ होते हुए प्रतीक्षा करते हो। जब एक बार नशीली दवा का असर समाप्त हो जाता है, अहंकार झपट कर तुम्हें फिर पकड़ लेता है। अहंकार को मिटाना होता है, भुलाना नहीं। यही विषाद है प्रेम का–अहंकार का केवल विस्मरण हो जाता है और वह भी क्षण भर के लिए। तब वह वापस लौटकर आ जाता है। और वह जख्मी होकर वापस लौटता है। तुम इसीलिए प्रेमियों को निरंतर लड़ते–झगड़ते हुए पाओगे। अहंकार पहिले से कहीं अधिक ठोस, और सघन बन जाता है।

और यही कारण है कि तुम हमेशा प्रेमियों को यह सोचते हुए पाओगे कि दूसरे साथी ने उन्हें धोखा दिया है। धोखा कोई भी नहीं दे रहा है। लेकिन तुमने जो चाहा था, तुमने जो आशा की थी, तुमने एक्य होने की जिस स्थिति की कल्पना की थी, और तुम जिस महान परमानंद को घटने के बाबत सोच रहे थे, और वह घटता ही नहीं है, और तुम्हें लगता है कि दूसरे ने तुम्हारे साथ छल किया। वास्तव में, स्वाभाविक रूप से दूसरा एक वस्तु बन जाता है। और दूसरा भी इसी तरह से यही सोचता है कि तुमने उसके साथ छल किया अथवा उसे धोखा दिया। कोई भी किसी को धोखा नहीं दे रहा है। प्रेम ने ही तुम दोनों को धोखा दिया है। सेक्स के रसायन ने ही तुम्हें धोखा दिया है। तुम दोनों की मूर्च्छा ने ही तुम दोनों के साथ छल किया है। अहंकार ने ही तुम दोनों को धोखा दिया है। यदि तुम इसे समझ जाओ, तो फिर तुम दोनों एक दूसरे से लड़ोगे नहीं।

प्रेम के द्वारा, उदासी अथवा विषाद के उत्पन्न होने का रहस्योद्घाटन, एक क्रांति ला सकेगा तुम्हारे जीवन में, एक मौलिक परिवर्तन कर सकेगा

वह। तुम एक नई दिशा की ओर बढ़ सकोगे, जहाँ अहंकार मिट सकेगा।

सूफ़ी धर्म में सब कुछ इसी बारे में ही है–कि कैसे अहंकार को विसर्जित किया जाए?

और प्रेम एक महान अंतर्दृष्टि देता है, इसीलिए मैं पूरी तरह प्रेम के पक्ष में हूँ। लेकिन स्मरण रहे, तुम्हें उसके पार जाना है। मैं केवल इसीलिए यहाँ हूँ, जिससे तुम उसके पार जा सको। इसे सीढ़ी का एक पत्थर बना लेना है।

मैं इसके विरोध में नहीं हूँ, क्योंकि जो लोग इसके विरुद्ध हैं, वे इसके नीचे ही बने रहेंगे, वे कभी भी उसके पार न जा सकेंगे। जो लोग प्रेम के शिखर आनंद के क्षणों को नहीं जानते हैं, वे उसके होने वाले विषाद अथवा उदासी को भी नहीं जान सकेंगे–वे कैसे जान सकते हैं उसे ?

कैथोलिक मठ में रहने वाला एक साधु अथवा संन्यासी का जीवन जीने वाला एक जैन मुनि, वे प्रेम से उत्पन्न विषाद को कैसे जान सकेंगे? उन्होंने तो प्रेम का परित्याग कर दिया है। उस त्याग के साथ ही उन्होंने उस विषाद को भी त्याग दिया है। और प्रेम उदासी या पीड़ा को जाने बिना तुम प्रार्थना अथवा ध्यान के संसार में उतर ही नहीं सकते। इस अनुभव का होना आवश्यक है।

कुछ थोड़ी-सी चीज़ें और...यह पीड़ा या दुःख, जो प्रेम अपने साथ लाता है, बहुत बड़ी संभावित शक्ति है, यह बहुत गहरी, बहुत स्वस्थ और बहुत सहायक है। यह तुम्हें परमात्मा तक ले जाएगी। इसलिए इसे नकारात्मक रूप से मत लो, इसका प्रयोग करो। प्रेम में जो जिस पीड़ा या दुख का अनुभव होता है, वह एक महान वरदान है। यह प्रामाणिक रूप से यह प्रदर्शित करता है कि तुम्हारी आकांक्षा प्रेम की क्षमता के पार है, तुम्हारी आकांक्षा उस सर्वोच्च सत्य के लिए है। प्रेम तुम्हें केवल एक क्षणिक संतोष दे सकता है, लेकिन शाश्वत–संतुष्टि या तृप्ति नहीं । कृतज्ञता का अनुभव करो कि प्रेम ने तुम्हें तुम्हारे अंदर उस तीव्र पीड़ा या उदासी के प्रति तुम्हें सचेत बनाया।

जब लोग एक-दूसरे के प्रेम में होते हैं, वे बहुत अकेलेपन का अनुभव करते हैं। कोई दूसरा अन्य व्यक्ति इतने अकेलेपन को अनुभव नहीं करता,

जितना अनुभव प्रेमी करते हैं। क्या तुम इसका स्मरण नहीं कर सकते ? जब तुम पूर्णमासी की चाँदनी में अपनी प्रेमिका का हाथ अपने हाथ में लिए बैठे थे, क्या तब तुमने उसका अनुभव नहीं किया था? पूरी तरह से अकेलेपन का। दूसरा वहाँ मौजूद था, तुम भी वहीं थे और दोनों ही एक-दूसरे के लिए ही थे, वहाँ कोई संघर्ष भी नहीं था, फिर भी वहाँ कोई सेतु न था। तुम न अकेले थे, और वह भी अकेली थी...दो अकेलेपन, साथ-साथ बैठे हुए थे। और दोनों में से प्रत्येक, अपने अकेलेपन के प्रति एक-दूसरे को कहीं अधिक सचेत बना रहा था।

प्रेम एक महान अनुभव है। यह तुम्हें इस पूर्ण सत्य का अनुभव कराता है–कि तुम अकेले ही जन्मे हो, अकेले ही रहते हो और तुम अकेले ही मर जाओगे। और इस अकेलेपन को नशीले रसायनों में डुबो देने का कोई उपाय नहीं है, चाहे यह रसायन प्रकृति द्वारा बनाये गये हों, अथवा वे वृक्षों से अथवा कारखानों द्वारा अथवा शरीर में ही बने हों। इस अकेलेपन को डुबो कर मिटाने का कोई उपाय है ही नहीं। प्रत्येक व्यक्ति को इस अकेलेपन को समझना है, प्रत्येक को इस अकेलेपन में गहरे उतरना है और प्रत्येक को उसके केंद्र तक जाना है।

और जब तुम अपने अकेलेपन के प्रामाणिक केंद्र पर पहुँचते हो, अचानक वह अकेलापन फिर और रह ही नहीं जाता, वह परमात्मा की प्रामाणिक उपस्थिति बन जाता है, तुम अकेले हो, क्योंकि परमात्मा भी अकेला ही है।

मुहम्मद बार-बार कहते हैं–वहाँ परमात्मा के सिवा और कोई भी परमात्मा नहीं है। परमात्मा एक है। मुहम्मद का अनुसरण करते हुए एक महान सूफ़ी रहस्यदर्शी शापिस्तारी कहता है–'उसी एक को जानो, उसी एक को समझो, उसी एक से प्रेम करो, और एक ही बन जाओ।' तुम पहिले ही से वही एक हो, लेकिन तुम्हें स्वयं अपने ही अंदर गहरे उतरना होगा।

तुम्हारा प्रेमी अथवा प्रेमिका ही तुम्हें सचेत बनाएगी कि बाहर जाकर एक बनने का कोई रास्ता है ही नहीं। रास्ता है अपने ही अंदर उतरने का।

अपने ही अंदर जाओ। स्वाभाविक रूप से प्रेम लोगों को ध्यान में जाने का पथ प्रदर्शित करता है। प्रेमी ही ध्यानी बन जाते हैं। केवल प्रेमी ही ध्यानी बन पाते हैं।

इसलिए अभिनव! तुमने प्रेम के उस सुंदर क्षणों में जिस पीड़ा अथवा उदासी को अनुभव किया, वह तुम्हारे लिए एक वरदान और आशीर्वाद है। इस इशारे को और इस संदेश को ठीक से समझो। तुम्हारे अचेतन ने तुम्हें संदेश दिया है कि अब तुम अपने अंदर की ओर मुड़ जाओ। तुम्हारा प्रेमी तुम्हारे ही अंदर रहता है, वह कहीं बाहर नहीं है। वह प्रेमी तो तुम्हारे अपने हृदय ही में निवास करता है। कोई भी दूसरा प्रेम और सिवा परमात्मा के कोई दूसरा प्रेमी तुम्हें संतुष्ट करने न ही जा रहा है–यह उदासी और पीड़ा इसीलिए है।

• दूसरा प्रश्न–ऐसा क्यों सोचा जाता है, कि विचार सत्य को जानने में बाधा उत्पन्न करते हैं?

उत्तर–क्योंकि वे बाधा ही उत्पन्न करते हैं। तुम्हारे मन में निरंतर चलता हुआ विचारों का जुलूस तुम्हें अंधा बना देता है। तुम उनके पार कुछ देख ही नहीं सकते। वे एक कुहासा उत्पन्न कर देते हैं। तुम जैसे बादलों में घिर जाते हो। यह ठीक ऐसे ही है, जैसे एक दर्पण पर धूल इकट्ठी हो जाए, तब दर्पण, जो उसके सामने है, उसे प्रतिबिम्बित नहीं कर सकता। उस धूल को पोंछना होगा, उसे साफ़ करना होगा, दर्पण को स्वच्छ बनाना होगा–वह तब प्रतिबिम्बित करता है। अन्यथा वह उसे कैसे प्रतिबिम्बित कर सकता है? धूल उसे विकृत कर देगी।

विचार भी ठीक धूल की ही तरह है। विचार निरंतर पहिले ही से अधिकार जमाए बैठे रहते हैं।

उदाहरण के लिए, तुम एक वृक्ष के नीचे बैठे हुए हो, तभी अचानक एक कोयल कूकना शुरू कर देती है–लेकिन तुम अपने ख्यालों में खोये हुए हो, तुम कोयल के कूकने को सुनोगे ही नहीं। उसका सुंदर गीत तुम्हारे अंदर प्रवेश ही नहीं करेगा। तुम अपने ही विचारों से इतने अधिक भरे हुए हो, कि तुम्हारे पास कोई स्थान खाली ही नहीं है, जहाँ वह प्रविष्ट हो सके।

यह एक सामान्य गणित है—यदि तुम चाहते हो कि कोई चीज़ तुम्हारे अंदर प्रवेश करे, तो तुम्हें उसे थोड़ा-सा स्थान तो देना ही पड़ेगा। तुम्हारे विचार तुम्हारे मन में इतने अधिक भरे हुए हैं, कि उसमें कुछ भी प्रविष्ट नहीं हो सकता।

एक दर्शनशास्त्र के प्रोफ़ेसर एक ज़ेन सद्‌गुरू के पास भेंट करने के लिए पहुँचे और आते ही उन्होंने कहा—"मैं आपके पास यह समझने के लिए आया हूँ कि सत्य क्या है? आपको इस संबंध में क्या कहना है?"

प्रोफ़ेसर बहुत थके लग रहे थे, पसीने से नहा रहे थे, और एक पहाड़ी पर चढ़ते हुए आ रहे थे। ज़ेन—सद्‌गुरू ने कहा—"आप बैठिए, थोड़ा-सा विश्राम कीजिए और मैं आपके लिए एक प्याला चाय बनाता हूँ। पहिली चीज़ें, पहिले पूरी होने दीजिए। तब बाद में हम इत्मीनान से बात कर सकते हैं। और वह बात इतनी ज़रूरी नहीं है, सत्य की अपेक्षा चाय कहीं अधिक जरूरी है।"

प्रोफ़ेसर विश्वास ही नहीं कर सका। क्या यह व्यक्ति पागल है? सत्य की अपेक्षा चाय कहीं अधिक महत्वपूर्ण है?

लेकिन ज़ेन सद्‌गुरू बिल्कुल ठीक कह रहा था। जो उसने कहा था, उसका अर्थ है—"आप बहुत अधिक थके हुए हैं और विचारों से बहुत अधिक भरे हुए हैं। आपको थोड़ा-सा विश्राममय बनाने के लिए मुझे कुछ सहायता करने दीजिए। कृपया बैठकर जरा ठंडे हो जाएँ।"

यही सब कुछ वह कह रहा है। वह कह रहा है—"सत्य के संबंध में इतनी अधिक दिलचस्पी मत लें, अन्यथा आप उससे चूक जाएंगे।"

और तब वह चाय तैयार करता है, तब उसे लाकर वह चाय प्याले में उड़ेलता है, और उड़ेलता ही जाता है। प्रोफ़ेसर अपना प्याला और तश्तरी हाथों में थामे हुए हैं, प्याला पूरा भर गया है और प्याला लबालब भर जाने से, चाय तश्तरी में गिरना शुरू हो गई है, लेकिन वह ख़ामोश है। लेकिन जब वह यह महसूस करता है कि अब चाय जमीन पर गिरने वाली है, इसलिए वह कहता है—"रुकिए! आप क्या कर रहे हैं? आप चाय उड़ेलते ही क्यों जा रहे हैं? मेरा प्याला तो पूरा भर चुका है और अब इसमें और अधिक चाय नहीं आ सकती।"

और सद्‌गुरू ने कहा–"आप अपने प्याले के बारे में तो इतनी अधिक दिलचस्पी लेते हैं, लेकिन आप अपने मन के संबंध में इतने अधिक सावधान क्यों नहीं हैं? आपका मन विचारों से इतना अधिक भरा हुआ है। मैं आपके मन में केवल टूटाफूटा फर्नीचर और जंग लगा हुआ कबाड़ देख रहा हूं, और आप सत्य को आमंत्रित करना चाहते हैं? आपको वहाँ सत्य को आने देने के लिए थोड़ा-सा स्थान खाली बनाना होगा।"

सत्य तो आने वाला अंतिम और सबसे अधिक सम्मानित अतिथि है। आपको पूरी तरह से अपने मन को खाली करना होगा, केवल तभी सत्य उसमें आ सकता है। उसमें विचार पहिले से ही कब्जा जमाए बैठे हैं। जो लोग बहुत अधिक विचारों में डूबे रहते हैं, उनका अपना एक निजी किस्म का संसार होता है। उनका अपना विचारों, सपनों, प्रक्षेपणों और कामनाओं का एक व्यक्तिगत संसार होता है। वे यहां से और वहाँ से उसमें बहुत कुछ ठूँसते ही चले जाते हैं, लेकिन वे वृक्षों, हरियाली, पुष्पों, पक्षियों, बच्चों और मनुष्यों की ओर देखते तक नहीं; वे कोई भी वस्तु देख ही नहीं सकते।

मैंने एक बहुत पुराना चुटकुला सुना है, लेकिन वह अत्यधिक महत्वपूर्णहै।

माइकल एंजिलो सिस्टीन गिरजाघर की छत में अपनी प्रसिद्धतम मूर्तियाँ तराश रहा था। वह पीठ के बल स्टूल पर लेटा हुआ पूरे दिन भर छत पर काम करता रहता था। दोपहर बाद कई बार उसने देखा कि जब गिरजाघर में कोई भी व्यक्ति नहीं होता था, तब एक अंधी वृद्ध महिला वहाँ प्रार्थना करने के लिए आया करती थी। कोई उसे अपने साथ लाता था और वहाँ छोड़ जाता था और वह वहाँ बैठी घंटों प्रार्थना करती रहती थी।

एक दिन गर्मियों की दोपहर बाद, उसका काम करने का मन नहीं हो रहा था इसलिए वह छाती के बल उल्टा लेट कर नीचे की ओर देखने लगा। वहाँ बूढ़ी महिला के अतिरिक्त अन्य कोई भी दूसरा व्यक्ति नहीं था। चर्च पूरी तरह खाली और सुनसान था। और वह बूढ़ी महिला अपनी प्रतिदिन की प्रार्थना में डूबी हुई थी और उसकी आँखों में झर–झर आँसू बह रहे थे।

और माइकल एंजिलो मज़ाक़िया मूड में था, और उसे मज़ाक़ करने की बात सूझी।

वह छत के शीर्ष पर लेटे हुए जोर से बोला–"मैं जीसस क्राइस्ट हूँ। आख़िर तुम क्या चाहती हो? सिर्फ़ मुझे बताओ, और मैं तुम्हारी चाह पूरी कर दूंगा।"

वह यह आशा कर रहा था कि वह वृद्ध स्त्री कहेगी कि वह यह चाहती है। और उस अंधी महिला ने अपनी अंधी आँखें और चेहरा ऊपर की उठाकर डपट कर कहा–"शटअप। मैं तुमसे बात ही नहीं कर रही हूँ। मैं तो इस वक्त तुम्हारी माँ मेरी से बात कर रही हूँ।"

यह पहिले से मन में अधिकार जमाए हुए विचार हैं। कौन फिक्र करता है जीसस क्राइस्ट की? उसने कहा–"तुम अपना मुँह बंद रखो। यू शटअप"।

जब तुम किसी विशिष्ट विचार में उलझे हो, अथवा कोई ख़ास विचार–प्रक्रिया चल रही है, तो उस समय तुम बंद हो जाते हो। केवल उतनी सी ही तंग दरार खुली रह जाती है जिससे होकर तुम गतिशील बने रहो। और तुम्हारे विचारों की उस तंग दरार का प्रामाणिक सत्य से कुछ लेना-देना ही नहीं है। वह तुम्हारा अपना विचार है। वह तुम्हारे मन में ठीक एक तरंग की भाँति है, केवल एक तरंग मात्र।

इसी वजह से यह कहा जाता है कि यदि तुम बहुत अधिक अपने विचारों में उलझे हो, तो तुम सत्य को नहीं जान सकते।

सभी तरह के ध्यान प्रयोग एक ही चीज़ की पूर्वधारणा करते हैं और वह है निर्विचार की। और सूफ़ी धर्म के संदर्भ में तो यह आवश्यक बात ठीक से समझ लेनी है। जैसे कि मन में वहाँ विचार होते हैं, ठीक इसी तरह से हृदय में भाव होते हैं। विचारों को बिदा होना होगा यदि तुम चाहते हो कि तुम्हारे अंदर जागरण हो, और यदि तुम चाहते हो कि तुम्हारे हृदय में एक प्रेमी का जन्म हो तो तुम्हारी भावुकता और भावों को बिदा होना होगा।

लोग यह स्वीकार करने को तैयार हैं कि विचारों को जाना होगा ...तभी तुम्हारी बुद्धि शुद्ध होगी–लेकिन उन्होंने दूसरी चीज़ पर ध्यान नहीं दिया है कि तुम्हारा हृदय केवल तभी शुद्ध होता है, जब तुम्हारी भावनाएँ और तुम्हारे तथाकथित मनोभाव भी बिदा हो जाते हैं। बहुत-से लोग सोचते हैं कि भावुक होना ही, भावमय होना ही सच्चा अनुभव है, पर ऐसा है नहीं। विचारपूर्ण होना ज्ञान नहीं है और न भावुक होना प्रेम है। और

वहाँ दो ही रास्ते हैं। सूफ़ियों के पास इसके लिए दो नाम अथवा दो मार्ग हैं। सभी धर्म दो मार्गों की ही बात करते हैं। सूफ़ी कहते हैं–पहिला मार्ग है–'**मरीफा**', **मरीफा** का अर्थ है–जागने और जानने का मार्ग। और दूसरा मार्ग है–'**महाबा**', '**महाबा**' का अर्थ है–प्रेम का मार्ग। इन्हीं मार्गों को हिंद लोग, ज्ञान मार्ग और भक्ति मार्ग कहते हैं–वह मार्ग जो ज्ञान के द्वारा पहुँचाता है, अथवा वह मार्ग जो प्रेम के द्वारा पहुँचाता है।

लेकिन दोनों मार्गों में एक चीज़ की जरूरत है–यदि तुम 'ज्ञान मार्ग के द्वारा खोज कर रहे हो, तो तुम्हें विचारों को गिराना होगा, जिससे बिना बाधा के ज्ञान अथवा बोध, कार्य कर सके; और यदि तुम प्रेम के पथ के द्वारा आगे बढ़ रहे हो, तो तुम्हें भावुकता और भावों को छोड़ना होगा, जिससे प्रेम बिना बाधा के कार्य कर सके। या तो तुम हृदय के द्वारा, हृदय के दर्पण में परमात्मा को देख सकोगे अथवा तुम अपने ज्ञान अथवा बोध के दर्पण द्वारा परमात्मा को समझ सकोगे। दोनों ही पूरी तरह ठीक हैं–तुम चाहे किसी का भी चुनाव करो अथवा जो भी तुम्हें अपने स्वभाव के अनुसार, अनुभूति करा सके।

संसार में आधे लोग '**मरीफा**' का अनुभव करेंगे और आधे लोग '**महाबा**' का। यह ठीक वैसा ही अनुपात है, जैसे संसार में आधे पुरुष हैं और आधी स्त्रियाँ। यिन और यांग ही इस तरह से कई आयामों में विभाजित हैं। हृदय का मार्ग स्त्रैण मार्ग है और ज्ञान का मार्ग ध्यान का, बोध का पुरुष मार्ग है। लेकिन एक बात का स्मरण रहे–तुम शरीर विज्ञान की दृष्टि से तो पुरुष हो सकते हो, और मनोवैज्ञानिक रूप से स्त्रैण चित्त हो सकते हो, तुम शरीर विज्ञान की दृष्टि से एक स्त्री हो सकती है, पर मनोवैज्ञानिक रूप से तुम्हारा चित्त एक पुरुष का हो सकता है।

तुम्हें स्वयं अपने आपको ही मनोवैज्ञानिक दृष्टि से समझना होगा। शरीर विज्ञान से यह तय नहीं होगा, इस बारे में शरीर विज्ञान निर्णायक नहीं होगा। बहुत-सी स्त्रियाँ ज्ञान मार्ग के द्वारा खोज करेंगी और बहुत से पुरुष प्रेम मार्ग के द्वारा 'उसकी' खोज करेंगें। इसलिए केवल ऐसा मानकर मत चलो, क्योंकि तुम्हारा शरीर एक पुरुष का है, तब तुम्हारा मार्ग ज्ञान का होगा, नहीं।

एक पुरुष, स्त्री और पुरुष दोनों साथ-साथ है, और एक स्त्री, भी, स्त्री और पुरुष दोनों एक साथ है। कई तरह से यह दोनों बिंदु मिलते हैं। अंतर केवल शक्ति और महत्व का है। और यदि तुम एक तरह से पुरुष हो, तो तुम्हें इसकी प्रतिपूर्ति करने के लिए दूसरे ढंग से एक स्त्री भी होना होगा। यदि तुम एक तरह से एक स्त्री हो, तो उसकी प्रतिपूर्ति करने के लिए तुम्हें दूसरे ढंग से पुरुष भी होना होगा क्योंकि अस्तित्व की पूरी इकाई में पूरी तरह से संतुलन बनाए रखना है। तुम्हारे सभी पुरुषों और स्त्रियों को अंदर से एक जैविक, मनोवैज्ञानिक, और शारीरिक संश्लेषण तक जाना होगा, अन्यथा तुम जीवित नहीं रह सकते। उन सभी को पूरी तरह से संतुलित होना होगा।

इसलिए तुम स्वयं अपने ही अंदर देखो और खोजो कि तुम कौन हो? तुम्हें उत्साह और रुचि कौन देता है–ज्ञान मार्ग अथवा प्रेम मार्ग? तुम्हें कौन परमानंद में ले जाता है–ज्ञान अथवा प्रेम? तुम्हारे अस्तित्व को कौन संगीतमय बनाता है?

अब अल्बर्ट आइन्सटीन 'महाबा' के मार्ग द्वारा नहीं जा सकता, उसका आनंद है उसका ज्ञान। और तुम परमात्मा को भेंट में केवल अपनी प्रसन्नता दे सकते हो, और कुछ भी नहीं। केवल यही एक भेंट है। तुम भेंट में वृक्षों से तोड़कर फूल नहीं दे सकते, तुम तो केवल अपनी खिलावट ही भेंट कर सकते हो। आइन्सटीन की खिलावट पूरी तरह से उसके पूर्ण बौद्धिक ज्ञान में हुई है–और यही वह पुष्प है जो वह परमात्मा को भेंट कर सकता है। यह उसका पुष्प है, जो उसके ही शरीर रूपी वृक्ष पर खिला है।

एक चैतन्य महाप्रभु अथवा एक जीसस, यह दोनों अलग तरह के व्यक्ति हैं। उनके हृदय के द्वार खुले हैं। उनकी खिलावट प्रेम में हुई है। वे अपने फूल भेंट कर सकते हैं और तुम अपनी खिलावट का उपहार दे सकते हो। और तुम्हें स्मरण रखना है कि खिलावट के लिए तुम्हें मार्ग में आने वाले अवरोधों को दूर करना होगा। एक प्रामाणिक ज्ञान वही होता है, जहाँ विचार पहिले ही से मन पर अधिकार जमाए हुए न बैठे हों। इसी कारण सभी महान वैज्ञानिक यही कहते हैं कि उन्होंने जब भी किसी चीज़ की खोज की, तो उन्होंने उसे विचारों के द्वारा नहीं खोजा, बल्कि जब विचार

प्रक्रिया रुक गई थी, और वहाँ एक अंतराल और खाली स्थान उत्पन्न हो गया था, उन्होंने उसे उस स्थिति में खोजा। उसी अंतराल में उन्हें अंतर्दृष्टि मिली–बिजली की कौंध की तरह अंतर्ज्ञान या बोध हुआ उन्हें। जब विचार रूक जाते हैं तो विचार प्रक्रिया अथवा सोच, पूर्ण शुद्ध हो जाती है।

प्रत्येक खोजी को इसे खोजना होता है। यदि तुम उसे नहीं खोज सकते तो अपने सद्गुरू से पूछो–क्योंकि कभी-कभी वह तुम्हारे लिए बहुत उलझन पूर्ण हो जाएगा और तुम निर्णय न कर सकोगे। वहाँ कोई स्थितियाँ बिल्कुल सीमांत पर होती हैं, तुममें उन्नचास प्रतिशत स्त्रैण ऊर्जा और इक्यावन प्रतिशत पुरुष ऊर्जा होती है अथवा इसके ठीक विपरीत भी होती है और उनके लिए यह तय करना बहुत कठिन हो जाता है कि वे कौन हैं? और प्रातःकाल, यह अनुपात इक्यावन प्रतिशत पुरुष ऊर्जा का होता है। तुम विचारों की उफनती हुई एक सरिता सदृश्य हो। सुबह के समय तुम निर्णय करते हो कि तुम प्रेम के पथ पर हो और शाम होते-होते तुम तय करते हो कि तुम्हारा मार्ग ज्ञान है। सुबह के समय प्रत्येक व्यक्ति अधिक प्रेममय होता है। शाम होते-होते किसी का भी प्रेमपूर्ण बने रहना बहुत कठिन हो जाता है–संसार उसमें बहुत अधिक प्रविष्ट हो जाता है। शाम होने के समय तक प्रत्येक व्यक्ति कठोर हो जाता है, प्रत्येक व्यक्ति एक ठोस चट्टान से भी अधिक कठोर हो जाता है।

इसी वजह से भिखारी शाम को नहीं, सुबह भीख माँगते हैं। वे भीख माँगने द्वार पर शाम के समय नहीं जाते, क्योंकि वे जानते हैं कि शाम को उन्हें प्रत्येक द्वार बंद मिलेगा और प्रत्येक जगह से चिल्लाते हुए बाहर से ही उन्हें हटा दिया जाएगा। सुबह के समय वे आशा कर सकते हैं। रात में लोग विश्राम कर चुके हैं, सुंदर स्वप्न देख चुके हैं, और अब एक स्वप्नरहित स्थिति में फिर से बच्चों जैसे बन गये हैं। वे अपने अहंकार का विस्मरण कर चुके हैं। सुबह के समय वे अधिक ताज़े, निर्दोष और युवा होते हैं। वे आस्थावान हो सकते हैं। वे कुछ अधिक करुणावान होंगे। वे भले ही तुम्हें कुछ न भी दें, लेकिन वे तुम पर चीखते हुए तुम्हें बाहर-ही-बाहर दुत्कारेंगे नहीं, अथवा वे कुछ दे भी सकते हैं।

इसीलिए सभी धर्मों ने प्रार्थना के लिए सुबह का समय निर्धारित किया है। भारत में हम इस विशिष्ट क्षण को ब्रह्ममुहूर्त कह कर पुकारते हैं–ब्रह्म के साथ रहने का क्षण, जो सूर्योदय के ठीक पूर्व होता है। यह प्रार्थना में जाने का सर्वश्रेष्ठ समय है। क्यों? क्योंकि पूरी रात तुम संसार से बाहर, प्रतियोगिता, ईर्ष्या, परिग्रह, घृणा, क्रोध और मन के द्वारा लगाने वाले गणित के बाहर, उससे दूर रहे हो। तुम उन सात-आठ घंटों में प्रकृति का एक भाग बनकर रहे हो। तुम्हारी आँखें अब कहीं अधिक निर्मल होंगी और तुम्हारे हृदय में अब कहीं अधिक ताज़गी होगी–और अब प्रार्थना करना सरल और संभव होगा। शाम होते-होते यह अधिक-से-अधिक कठोर बनता जाएगा।

लोगों और उनकी बेईमानियों को देखते हुए, गले-काट प्रतियोगिता को चारों ओर देखते हुए और प्रत्येक व्यक्ति के द्वारा प्रत्येक दूसरे व्यक्ति के लिए जो हिंसा, आक्रामकता, संघर्ष, शोषण और दुःख निर्मित किए जा रहे हैं, वह प्रत्येक व्यक्ति को कठोर बना देते हैं और प्रत्येक व्यक्ति अपना हृदय खोकर हृदयहीन बन जाता है।

यदि तुम निर्णय नहीं ले सकते, तो अपने सद्‌गुरू से पूछो। एक सद्‌गुरू के पास बहुत से कार्य होते हैं–पहिला कार्य, जो करने की प्रारंभिक चीज़ होती है, वह है–तुम्हारे लिए मार्ग का तय करना, क्योंकि वह तुम्हारे अंदर गहरे जाकर तुम्हें देख और समझ सकता है। वह तुम्हारी संभावित शक्ति और ऊर्जा को देख सकता है। और कभी-कभी ऐसा भी होता है कि परिधि पर तुम कुछ और होते हो और तुम्हारी संभावित शक्ति कुछ दूसरी होती है। कभी-कभी ऐसा भी होता है कि एक पुरुष बाहर से बहुत अधिक पौरुष युक्त और कठोर दिखाई देता है, लेकिन अंदर से उसका हृदय बहुत अधिक कोमल होता है। यह हो सकता है कि एक कोमल हृदय होने के कारण ही उसने बाहर चारों ओर से आक्रामकता और शक्ति का एक कवच निर्मित कर लिया हो, क्योंकि वह स्वयं अपनी ही कोमलता से भयभीत हो । उसे भय इस बात का है कि कहीं अपनी कोमलता के कारण ही वह जख्मी न हो जाए। वह इसलिए डर रहा है कि यदि कहीं वह अपना हृदय खोलता है, तो प्रत्येक व्यक्ति उसे धोखा देकर उसका शोषण करेगा और इस

प्रतियोगिता भरे हुए संसार में वह कहीं का नहीं रह जाएगा। अपनी कोमलता से ही डर कर उसने अपने को चारों ओर से बंद बना लिया है, उसने अपने हृदय के चारों ओर एक चीन की दीवार बना ली है। वह बहुत अधिक आक्रामक बन गया है। वह उसी अनुपात में आक्रामक बन गया है, जितना वह अंदर से अपने को कोमल और घायल पाता है।

इसलिए यदि वह सोचता है कि वह अपने विचार से एक बहुत कठोर, योद्धा टाइप एक नपा-तुला व्यक्ति है, तो वह अपने ही सुरक्षाकवच द्वारा रास्ता भटक जाएगा, वह अपने छल से ही धोखा खा सकता है। उसने धोखे का जाल दूसरों से लिए बुना है, लेकिन एक चीज़ समझ लेने जैसी है–यदि तुम दूसरों के लिए खाई खोदते हो तो स्वयं ही एक खंदक में गिर पड़ते हो।

अथवा वहाँ कोई व्यक्ति ऐसा भी हो सकता है, जो बहुत कोमल, गरिमामय, परिष्कृत और स्त्रैण हो–और अपने गहरे में वह एडोल्फ हिटलर, बेनिटो मुसोलिनी अथवा चंगेज़ खां जैसा खतरनाक भी हो सकता है। ऐसा भी होना संभव है और ऐसा होता है। जब एक व्यक्ति अपनी ही हिंसा और आक्रामकता से इतना अधिक भयभीत हो जाता है, तो स्वयं अपने चारों ओर एक कोमलता का कवच निर्मित करता है, अन्यथा उससे कोई भी व्यक्ति संबंध न जोड़ेगा। वह भयभीत रहता है कि उससे कोई भी व्यक्ति संबंध स्थापित नहीं करेगा, इसलिए वह विनम्र बन जाता है, वह बहुत से शिष्टाचार सीख लेता है, वह हमेशा लोगों को देखकर मुस्कराता है, उनके सामने हमेशा अपना सिर झुकाता है जिससे कोई भी व्यक्ति उसकी हिंसा को न देख सके, जिसे वह एक विष भरे खंजर के साथ लिए हुए चलता है। यदि तुम्हारे पास कोई खंजर है, तो तुम्हें उसे छिपाकर रखना होगा, अन्यथा तुमसे कौन संबंध जोड़ने जा रहा है? ।

तुम उसे निरंतर साथ लेकर नहीं चल सकते, तुम्हें उसे कहीं-न-कहीं छिपाना ही होगा। और एक बार तुमने उसे कहीं छिपा लिया, तो धीमे-धीमे तुम स्वयं उसके बारे में भूल जाओगे।

एक सद्‌गुरू का पहिला कार्य यही है कि वह तुम्हारे अंदर की संभावित शक्ति को समझे, क्योंकि यही निर्णायक है–निर्णायक तुम्हारा रक्षाकवच

और तुम्हारा चरित्र नहीं है और न यह, तुम जो परिधि पर हो लेकिन निर्णायक है तुम्हारा अपने अस्तित्व के गहरे केंद्र पर होना। तुम वह हो, जैसा कि परमात्मा ने तुम्हारा सृजन किया है, और तुम वह नहीं हो जिस समाज ने अथवा तुमने स्वयं ही बनाया है। केवल इसी आवश्यक बात को समझ लेने से ही चीज़ विकसित होने लगती है।

यदि तुम अपने कवच के साथ स्वयं अपने पर कार्य करने की शुरुआत करो, तो तुम कभी भी विकसित न हो सकोगे–क्योंकि वे रक्षा कवच मृत चीज़ें हैं, वे कवच विकसित नहीं हो सकते। केवल तुम्हारा अस्तित्व ही विकसित हो सकता है। ढाँचे विकसित नहीं होते, वे जीवंत नहीं होते। केवल तुम्हारे अंदर का जीवन ही विकसित हो सकता है–वह जीवन जो परमात्मा द्वारा दी गई एक अनुपम भेंट है। लेकिन तुम उसे कैसे देख सकोगे?

तुम्हें किसी ऐसे व्यक्ति की जरूरत होगी, जो तुम्हें तुम्हारे अस्तित्व के प्रामाणिक गहराई तक देख सके; और तुम्हें किसी ऐसे ही व्यक्ति को अपने अंदर गहराई में उतरने की अनुमति देनी होगी, इसी वजह से समर्पण करने की आवश्यकता होती है। एक सद्‌गुरू कार्य करने में समर्थ न हो सकेगा, यदि तुम उसे समर्पण नहीं करते हो। यदि तुम उसके लिए अपने हृदय के द्वार नहीं खोलते, उसे अपने अंदर जाने के लिए रास्ता देने को राजी नहीं होते, यदि तुम उसके विरुद्ध स्वयं अपनी सुरक्षा करते रहोगे, तुम उससे दूरी रखते हुए उसके विरुद्ध सुरक्षात्मक बने रहोगे, और यदि तुम उसे अपने बहुत निकट आने की अनुमति नहीं दोगे, तो वहाँ रूपांतरण की कोई संभावना ही नहीं है।

समर्पण क्या होता है? समर्पण वह श्रद्धा होती है, जिससे तुम अपने हृदय के द्वार खोलने को तैयार रहते हो। यह बहुत बड़ा जोखिम है। कौन जानता है कि सद्‌गुरू तुम्हारे साथ कैसा बर्ताव करेंगे? निश्चित ही यह बहुत बड़ा जोखिम उठाना है। इसी कारण जो लोग कायर हैं, धर्म में उन लोगों को प्रवेश की अनुमति नहीं है। कायर लोग बहुत चालाक होते हैं–वे लोग तर्क-वितर्क किए चले जाते हैं। वे कहते हैं–'मुझे समर्पण क्यों करना चाहिए? वे सोचते हैं कि समर्पण करना एक किस्म की कमजोरी है।' वे पूरी तरह गलती पर हैं। समर्पण करना तभी संभव होता है, जब तुम बहुत शक्तिशाली

होते हो। समर्पण करने के लिए बहुत बड़ी शक्ति चाहिए, महान साहस चाहिए खतरा उठाने का। कमजोर व्यक्ति समर्पण कर ही नहीं सकते। वे स्वयं पर भी इतना विश्वास नहीं कर सकते और न इतने अधिक साहसी हो सकते हैं कि वे दूसरे व्यक्ति के सामने अपना हृदय खोल सकें।

स्मरण रहे, दुर्बल व्यक्ति कभी भी समर्पण नहीं कर सकते। कमजोर लोग तो निरंतर लड़े चले जाते हैं, वे अपनी निर्बलता से डरे हुए हैं। वे जानते हैं कि वे कमजोर हैं। वे समर्पण करना गवारा नहीं कर सकते–केवल शक्तिशाली व्यक्ति ही ऐसा कर सकते हैं। मेरा यहाँ यही अनुभव है। जब भी कोई शक्तिशाली व्यक्ति मेरे पास आता है, वह पहले ही से छलाँग लगाने को तैयार रहता है, और जब भी कोई दुर्बल और कायर मेरे सामने आता है वह सोचता और सोचता ही चला जाता है, वह चिंतन करता है, तर्क-वितर्क और स्पष्टीकरण खोजता रहता है। और तुम स्पष्टीकरण हमेशा खोज सकते हो, क्योंकि इसके लिए तुम्हारा मन बहुत उर्वर है। झूठ के लिए मन बहुत उर्वर है और सत्य के लिए वह शक्तिहीन और बंजर है।

यह तो शुरुआत है–सद्‌गुरू को तुम्हें देख कर यह तय करना पड़ता है कि तुम्हारा क्या मार्ग है, उसे यह निर्णय लेना होता है कि तुम्हारे लिए कौन-सा 'तरीक़ा' या विधि ठीक है, और उसे यह भी तय करना होता है कि किस स्थान पर कार्य करना है। और तब वहाँ करने को अनेक काम होते हैं। यात्रा के प्रत्येक कदम पर वहाँ समस्याएं होती हैं–क्योंकि यह यात्रा सीधे सपाट राजमार्ग की भाँति नहीं है। यहाँ प्रत्येक स्थान पर मोड़ आते हैं, और हर जगह से कई छोटे-छोटे रास्ते निकलते हैं। यह बहुत टेढ़ी-मेढ़ी सर्पिल यात्रा है, यह लगभग एक पहेली जैसी है। यह एक 'भूल-भूलइया–जैसी है। जब तक वहाँ कोई ऐसा व्यक्ति न हो जो उस रास्ते से होकर गुजरा हो और उसे भली-भाँति जानता हो, तो अधिक संभावना यही है कि तुम कहीं-न-कहीं रास्ते से भटक कर ग़लत मार्ग पकड़ लोगे। प्रत्येक कदम पर यहाँ ग़लत रास्ते उपलब्ध हैं, और एक नहीं, वहाँ सौ मार्ग हैं, जिनमें से निन्नयानवें रास्ते ग़लत हैं और केंवल ठीक रास्ता एक है। यही वह स्थिति है, जिसमें तुम्हें यात्रा के प्रत्येक स्थान पर किसी पथ प्रदर्शक की जरूरत होगी।

लेकिन जैसे-जैसे तुम विकसित होंगे, तुम्हारी श्रद्धा भी बढ़ती जाएगी। जब तुम सद्गुरू के साथ पहिला ही कदम उठाओगे, तुम देखोगे कि कुछ-न-कुछ घटा है। तब स्वाभाविक रूप से अधिक श्रद्धा होगी और कुछ अधिक होना संभव दिखाई देता है। तब कुछ और अधिक घटता है, और तब श्रद्धा भी और अधिक बढ़ती है...धीमे–धीमे जब श्रद्धा परिपूर्ण हो जाती है, तो अनुसरणकर्ता विसर्जित हो जाता है। और जिस क्षण अनुसरणकर्ता विसर्जित होता है, शिष्य का जन्म होता है। अब फिर वहाँ कोई भी अन्य कठिनाई नहीं आती। अब सभी चीज़ें सुगम बन जाएँगी। और अब यात्रा में भी आनंद होगा, उसमें कोई भी व्यग्रता नहीं होगी। अकेले यह यात्रा पीड़ाजनक होगी।

और तब अंतिम बिंदु पर सद्गुरू की आवश्यकता तुम्हें अज्ञात में धकेलने की होती है, क्योंकि अंतिम अथवा सर्वोच्च बिंदु पर पहुँच कर प्रत्येक साधक हिचकता है। सामने मृत्यु है। सूफ़ी इसे 'महान मृत्यु' कहते हैं। यह कोई सामान्य मृत्यु नहीं है–सामान्य मृत्यु में तो केवल शरीर मरता है। यह महान मृत्यु है। इस मृत्यु में, 'मैं', अथवा 'आत्मा' मरता है, तुम पूरी तरह शून्य अस्तित्व में खो जाते हो। इसी कारण बुद्ध इस स्थिति को निर्णय कहते हैं–जैसे दीपक की ज्योति का बुझ जाना। तुम पूरी तरह से शून्य में समाहित हो गये। लेकिन इस शून्य में समाहित हो जाने से ही कुछ नई चीज़ उत्पन्न होती है।

एक महान सूफ़ी सद्गुरू, फरीद-अल-दीन-अत्तार फोनिक्स पक्षी की एक कहानी द्वारा इसका उल्लेख करते हैं। यह एक पौराणिक और प्रतीकात्मक कथा है, जो एक शिष्य की सर्वोच्च और अंतिम मृत्यु को दर्शाती है।

फोनिक्स एक अद्भुत पक्षी है। इसका कोई जीवन साथी नहीं होता और यह एकांत में रहता है। इसकी चोंच बहुत लंबी और सख्त एक बांसुरी की तरह होती है जिसमें लगभग एक सौ छिद्र होते हैं। प्रत्येक छेद से एक भिन्न ध्वनि और लय निकलती है, और प्रत्येक संगीत जैसी ध्वनि एक रहस्य प्रकट करती है। इस पक्षी का एक रहस्यमय मित्र ही इसे संगीत की यह कला सिखलाता है।

जब फोनिक्स पक्षी संगीतमय ध्वनि से गाता है तो आकाश में उड़ते सभी पक्षी और समुद्र की मछलियाँ उससे प्रभावित होती हैं। सभी हिंसक पक्षी भी इस संगीत को सुनकर खामोश हो जाते हैं और परमानंद का अनुभव करते हैं।

फोनिक्स पक्षी लगभग एक हजार वर्ष तक जीता है। वह अपनी मृत्यु का समय जानता है, और इस ज्ञान से उसका हृदय विह्वल हो जाता है। तो वह एक स्थान पर सौ वृक्षों को आग जलाने के लिए इकट्ठा करता है। फिर स्वयं उस चिता के मध्य में बैठ जाता है, और अपनी चोंच के प्रत्येक छिद्र से, अपनी आत्मा की गहराइयों से मरने से पूर्व आवेगपूर्ण शोक संगीत की ध्वनियाँ निकालता है, और फिर काँपना शुरू कर देता है।

उसके संगीत की ध्वनि को सुनकर सभी पक्षी वहाँ इकट्ठे हो जाते हैं। फोनिक्स की मृत्यु के अवसर पर सभी उग्र–जंगली पक्षी भी वहाँ इकट्टे हो जाते हैं। इस अवसर पर वे सभी अपनी मृत्यु के प्रति सचेत हो जाते हैं। जब फोनिक्स पक्षी के अंतिम श्वास लेने की घड़ी आ पहुँचती है, तो वह अपने पंखों और पूँछ को फैलाते और फड़फड़ाते हुए अति प्रज्ज्वलित करता है, जो धीमे-धीमे लकड़ियों के ढेर में फैल जाती है और तीव्र होने लगती है। शीघ्र ही सभी पक्षी आग से मिलकर एक दहकती गर्म ज्वाला बन जाते हैं। जब सभी अंगारे कोयला और राख बन जाते हैं, तो वहाँ एक शानदार, नूतन फोनिक्स पक्षी का जन्म होता है।

लेकिन तुम एक नूतन पक्षी के अस्तित्व में आने का विश्वास कैसे कर सकते हो? तुम तो चले ही जाओगे, तुम तो पूरी तरह अंतिम रूप से बिदा ही हो जाओगे। बौद्ध कहते हैं–'गते गते परासमगते' । तुम चले जाओगे, सदा के लिए ही चले जाओगे। लेकिन उस जाने में कुछ चीज़ नूतन है। पुराने शरीर का ढांचा विसर्जित होता है, तुम अपनी ऊर्जा को मुक्त करते हो, और शाश्वत ऊर्जा, एक नई आकृति ग्रहण करती है, एक नया जन्म होता है, यह पुनर्जन्म है। यही अंतिम चीज़ है, जो सद्‌गुरू को करनी होती है–तुम्हारे मरने में तुम्हारी सहायता करनी होती है, तुम्हें शून्य में समाहित होने के लिए तुम्हारी मदद करनी होती है।

सूफ़ी कहते हैं–बिना सद्‌गुरू के वहाँ अन्य कोई दूसरा उपाय है ही नहीं, क्योंकि बिना सद्‌गुरू के एक खोजी का वहाँ पहुँचना लगभग असंभव है।

• तीसरा प्रश्न–आप कहते हैं–जीवन बिना किसी लक्ष्य के एक यात्रा है। क्या यह उन लोगों के लिए है, जो बुद्धत्व को अभी उपलब्ध नहीं हुए हैं? जब एक बुद्ध अपने शरीर को छोड़ता है, तो क्या उसके बाद भी उसकी यात्रा जारी ही रहती है?

उत्तर–हाँ! भविष्य के शाश्वत जीवन की यात्रा जारी ही रहती है, लेकिन यात्री नहीं होता है। यात्री मिट जाता है, लेकिन शाश्वत जीवन की यात्रा जारी रहती है।

तुम्हारे लिए स्थिति ठीक इसके विपरीत है–यात्री तो वहाँ है, और अभी भी शाश्वत जीवन की यात्रा नहीं है वहाँ। यात्री तो बहुत अधिक हैं वहाँ, और उसका बहुत अधिक मौजूद होना ही अवरोध उत्पन्न करता है।

नर्तक मिट जाता है लेकिन नृत्य चलता रहता है, गायक खो जाता है, लेकिन गीत गाना जारी रहता है। गीत नहीं मर सकता, क्योंकि वह गीत तो परमात्मा गा रहा है। नर्तक शाश्वत रूप से जीवित नहीं रह सकता; क्योंकि नाचने वाला तुम्हारा पुराना मन है, केवल वह एक कल्पना है। नृत्य एक यथार्थ सत्य है, वास्तविकता है, और नर्तक केवल एक कल्पना है–इसलिए सूफ़ियों ने नृत्य के द्वारा बहुत से तरीके विकसित किए हैं–चारों ओर घूमने वाला दरवेश नृत्य भी है।

घूमने में होता क्या है? तेज़ी से गोल–गोल घूमते हुए दरवेश के साथ क्या घटता है, जब वह तेजी से चक्कर और चक्कर लगाता हुआ घूमता है? क्या होता है? एक क्षण ऐसा आता है कि घूमने वाला मिट जाता है, और केवल घूमना रह जाता है, चक्कर लगाने वाला बचता ही नहीं, केवल वहाँ चक्कर रह जाते हैं। वहाँ केवल ऊर्जा रहती है, लेकिन उस ऊर्जा का कोई केंद्र नहीं रहता। उसी प्रामाणिक क्षण में वहां ध्यान घटता है।

नृत्य, सबसे अधिक पुरानी विधियों में एक '**तरीक़ा**' है–इसीलिए मेरा आग्रह नृत्य पर सबसे अधिक है। मेरे पास बहुत से लोग आते हैं–कट्टर

जैन, कैथोलिक ईसाई और बौद्ध–और वे कहते हैं–इतना अधिक जोर नृत्य पर क्यों?

क्योंकि वे सोचते हैं कि जब तुम केवल वृक्ष के नीचे शांत और शरीर को हिलाए–डुलाए बिना पूरी तरह से थिर होकर बैठ जाते हो, तो ध्यान घट सकता है।

ध्यान दो तरह से घट सकता है। पहिला तरीक़ा है–सभी गतिविधियाँ और हिलना-डुलना मिट जाए–तब तुम पत्थर की एक मूर्ति की भाँति, बुद्ध की तरह बैठ जाओ। जब सारी क्रियाएँ और कार्य मिट जाते हैं, तो कर्ता भी मिट जाता है, क्योंकि क्रियाएँ करने वाला बिना कार्य और क्रिया के अस्तित्व में नहीं रह सकता। तब वहाँ ध्यान होता है। अथवा दूसरी विधि है, तुम नाचो। तुम नाचते चले जाओ, नृत्य और नृत्य ही करते जाओ और तब एक ऐसी ऊर्जा की पराकाष्ठा का क्षण आता है, तब एक ऐसे परमानंद का क्षण आता है कि घूमने की उस क्रिया में चट्टान जैसा अहंकार पिघल कर अस्तित्व में नहीं रह जाती। वह जैसे एक चक्रवात बन जाता है। शरीर की चट्टान विसर्जित हो जाती है और केवल नृत्य रह जाता है। वहाँ घूमने की क्रिया बनी रहती है लेकिन वहाँ घूमने वाला नहीं बचता। फिर से वही ध्यान घट जाता है।

वे लोग जो प्रेम के पथ '**महाबा**' का अनुसरण कर रहे हैं, उनके लिए नृत्य पूरी तरह से ठीक होगा, वह उनके अनुकूल होगा। वे लोग जो ज्ञान पथ का अनुसरण कर रहे हैं, उनके लिए योग मुद्रा में बिना हिले-डुले बुद्ध की तरह थिर बैठना सहायक होगा।

• चौथा प्रश्न–प्रायः ऐसा लगता है कि एक सफल मनोचिकित्सक के साथ जोड़ा गया संबंध आत्मिक विकास में, उपचारक और उपचार कराने वाले दोनों के लिए अच्छा परिणाम देता है। कृपया इसे स्पष्ट करें–कि उपचारक और उपचार लेने वाले व्यक्ति के मध्य संबंधों की प्रगाढ़ता किसी सीमा तक, एक सद्गुरू और शिष्य के संबंधों के समान होती है?

उत्तर–वह बिल्कुल भी समान नहीं होती–इसके कई कारण हैं। लेकिन सबसे बुनियादी बात यह है कि उपचार लेने वाले व्यक्ति और मनोचिकित्सक

के मध्य संबंध तो एक रिश्ता होता है, जबकि शिष्य और सद्‌गुरू के मध्य संबंध, कोई भी संबंध अथवा रिश्ता है ही नहीं–क्योंकि इसमें तो शिष्य को मिटना होता है। उपचार कराने वाले रोगी को उपचारक में विसर्जित नहीं होना पड़ता। दोनों की ही अलग पहिचान बनी रहती है। वे दो बने रहते हैं। सद्‌गुरू के साथ संबंध में शिष्य को मिटना होता है और जब वहाँ शिष्य ही नहीं रह जाता, तो स्वाभाविक रूप से सद्‌गुरू भी विसर्जित हो जाता है क्योंकि बिना शिष्य के फिर वहाँ सद्‌गुरू भी नहीं हो सकता। सद्‌गुरू, शिष्य की ही धारणा है। जब शिष्य विसर्जित हो गया, तो सद्‌गुरू भी मिट गया और वहाँ केवल परमात्मा ही रह गया। केवल एक परमात्मा ही।

यह बहुत महत्वपूर्ण है। स्मरण रहे, यदि तुम मिटने के लिए पहिले ही से तैयार हो, तो मैं पहले ही से वहाँ हूँ ही नहीं। मेरा अस्तित्व केवल तुम्हारे मन में है। जहाँ तक स्वयं मेरे अस्तित्व का संबंध है, वह वहाँ है ही नहीं। यदि तुम मिटने के लिए तैयार हो, तो अचानक तुम सचेत हो जाओगे कि तुम शून्यता में पिघल कर खो गये, और वहाँ न सद्‌गुरू रहा और न शिष्य ही। फिर वहाँ कोई संबंध कैसे रह सकता है?

शिक्षक और छात्र के मध्य ही संबंध होना संभव है, यह हो सकता है, लेकिन एक सद्‌गुरू और शिष्य के मध्य नहीं। यहाँ दो तरह के लोग हैं। वे लोग जो शिष्य हैं...उनके लिए मेरे साथ वहाँ कोई रिश्ता है ही नहीं–मैं उनके लिए हूँ, और वे मेरे लिए हैं। लेकिन यहाँ कुछ ऐसे भी हैं, जो अभी छात्र हैं। तब वहाँ एक संबंध है। मैं उनका शिक्षक हूँ और वे मेरे छात्र। यहाँ कुछ ऐसे भी लोग भी हैं जो रोगी भी हैं–तब मैं उनके लिए उपचारक हूं और वे लोग मेरे मरीज हैं। यह तुम पर निर्भर करता है। लेकिन एक मरीज और उपचारक के मध्य संबंध एक रिश्ता है।

याद रखने योग्य दूसरी बात यह, मरीज और मनोचिकित्सक जहाँ तक उनके होने का संबंध है, भिन्न-भिन्न नहीं हैं। उपचारक भी उसी व्याधि या रोग से पीड़ित हो सकता है, जिससे मरीज है, उसकी भी वैसी ही समस्याएँ हो सकती हैं। लेकिन वह विशेषज्ञ है, जानकारी रखने वाला व्यक्ति है।

वह मरीज से कहीं अधिक जानता है। वह मरीज की तुलना में उससे अधिक नहीं है, लेकिन वह मरीज से अधिक जानता है। वह सहायक हो सकता है।

वह एक नल के मिस्त्री की भाँति है। तुम्हारे स्नानघर के बारे में, मिस्त्री तुमसे कहीं अधिक जानता है। यदि वहाँ कोई चीज़ बिगड़ी हुई है–जैसे गीजर ठीक से काम नहीं कर रहा और उसमें से पानी नहीं आ रहा है–तो तुम नल के मिस्त्री अथवा प्लंबर को बुलाते हो। वह तुमसे अधिक जानता है। वह सहायक होगा, वह उसका विशेषज्ञ है।

एक मनोचिकित्सक, मनो का प्लम्बर है। यदि वहाँ कोई अवरोध है–तो वह उसे जानता है। वह तुम्हारी सहायता करेगा। मेरे चारों ओर यहाँ ऐसे बहुत से प्लंबर हैं, और वे अच्छी तरह से अपना कार्य कर रहे हैं, वे वास्तव में जानते हैं कि वे क्या कर रहे हैं–लेकिन स्मरण रहे, एक प्लंबर केवल प्लंबर ही है।

एक सद्‌गुरू, प्लंबर नहीं होता। एक सद्‌गुरू गुणात्मक रूप से तुमसे भिन्न होता है, यद्यपि मात्रात्मक रूप से शरीर की नाप-तौल की दृष्टि से वह तुमसे भिन्न नहीं होता। कभी-कभी ऐसा भी हो सकता है कि शिष्य, सद्‌गुरू की अपेक्षा कहीं अधिक जानता हो। ऐसा होना संभव है, इससे वहाँ कोई समस्या उत्पन्न नहीं होती। लेकिन शिष्य सद्‌गुरू से अधिक नहीं होता। और यही अंतर होता है।

सद्‌गुरू एक अखंड अस्तित्व होता है। वह पहुँच चुका है। उसके पास कोई भी समस्याएँ नहीं हैं। उसकी समस्याएँ मिट चुकी हैं–क्योंकि वह स्वयं मिट चुका है, इसलिए बुनियादी समस्या ही समाप्त हो चुकी है। समस्याएँ उत्पन्न करने वाला उसका मन ही विसर्जित हो गया, इसीलिए उसके पास अब समस्याएँ है ही नहीं। वह पूरी तरह शांत है। अब वहाँ परिपूर्ण मौन है।

न कोई प्रश्न रहा, न कोई भी समस्या रही। न कुछ सुलझाने को रहा, न कहीं जाना है, न कुछ करना है...सब कुछ पहिले ही हो चुका है। अब वहाँ घटने को और अधिक कुछ बचा ही नहीं। कुछ होना या घटना ही मिट गया। वह प्रामाणिक रूप से केवल है। यह एक शुद्धतम 'होने की' स्थिति है, वह एक शुद्ध अस्तित्व भर है।

एक मनोचिकित्सक ठीक तुम्हारे जैसा एक मनुष्य है, लेकिन उसके पास एक विशिष्ट कुशलता है। वह तुम्हारी कुछ दूर तक सहायता कर सकता है।

मैंने सुना है–

एक व्यक्ति के पास दो तोते थे और वह यह जानना चाहता था कि उनमें कौन नर है और कौन मादा है। एक व्यक्ति उसके निकट ही खड़ा हुआ था, उसने कहा–"मैं एक पक्षी–विशेषज्ञ हूँ और यह बात तुम्हें मैं बता सकता हूँ। यदि तुम गौर से देखो तो पाओगे कि नर पक्षी हमेशा नर–कीड़ा खाता है और मादा पक्षी हमेशा मादा–कीड़ों को खाती है।'

उस व्यक्ति ने कहा–"यह बात तो ठीक है, लेकिन तुम यह कैसे जान पाते हो कि कौन नर है और कौन-सा मादा?"

उसने उत्तर दिया–"इसे तो मैं भी नहीं जानता। मैं तो केवल पक्षियों का ही विशेषज्ञ हूँ।

एक मनोचिकित्सक कुछ दूर तक तो ले जा सकता है, लेकिन उसे बहुत अधिक धकेलो मत। उससे सहायता लो। वह इस बारे में काफ़ी अधिक जानता है कि मनुष्य का मन किस तरह से कार्य करता है, और तुम्हारी अपेक्षा वह मनुष्य के व्यवहार के बारे में कहीं अधिक जानता है। उसने उसका अध्ययन किया है। वह सहायक हो सकता है। यदि तुम्हारा मन ठीक तरह से कार्य नहीं कर रहा है, तो वह सभी चीज़ों को व्यवस्थित कर सकता है। वह उसे फिर से सुधार सकता है।

एक सद्‍गुरू तुम्हारे मन को सुधारता नहीं, वह उसे विसर्जित करने में तुम्हारी सहायता करता है। उसकी दिलचस्पी समाज के लिए तुम्हारा सुधार कर तुम्हें विशिष्ट सिद्धांतों और आदर्शों के ढाँचे में ढालना नहीं है, उसकी दिलचस्पी तुम्हारा सुधार करने की है ही नहीं, क्योंकि यह समाज रुग्ण है। वह उतना ही बीमार है जितना कि वह हो सकता है। समाज के लिए तुम्हें अनुकूल बनाना, तुम्हें इस बड़ी बीमारी के लिए अनुकूल बनाना है। यह समाज पागल है, एक मानसिक रोगी है, और तुम्हारे सभी मनोचिकित्सक, इस मानसिक रूप से रुग्ण समाज की सेवा के लिए हैं। जब कोई भी व्यक्ति सामान्य रूप से स्वीकृत इस मानसिक रुग्णता की सीमाओं के पार जाना

शुरू करता है, तो मानसिक चिकित्सक को लाकर यह बताना होता है कि तुम बहुत आगे दूर तक चले गये हो, वापस लौट आओ। वह स्वीकृत सीमाओं में वापस लौटने में तुम्हारी सहायता करता है। वह तुम्हें असामान्य से सामान्य बनाता है, क्योंकि वह समाज की सेवा करने के लिए है। वह इतना ही सब कुछ करता है।

यही कारण है कि मनोपचार बहुत ही क्रांति विरोधी विधि है। यह एक पूंजीवादी समाज है, तो मनोचिकित्सक तुम्हें पूंजीवादी समाज के लिए अनुकूल बनाएगा।

यदि तुम अमेरिका में रहते हो, तो वह तुम्हें अमेरिकन समाज और अमेरिकन जीवन-शैली के अनुकूल बनाएगा। यदि तुम सोवियत रूस में रहते हो तो वह तुम्हें साम्यवादी समाज और साम्यवादी जीवन-शैली के अनुकूल बनाएगा। वह राज्य की सेवा करता है। वह उसी की सेवा करता है, जो समाज में पदारूढ़ होता है। वह जहाँ कहीं भी होता है वह उसी की सेवा करता है, जो सत्ता पर पदारूढ़ हो, वह चाहे कोई भी हो।

एक सद्‌गुरू, किसी सत्ता या शक्ति की सेवा के लिए नहीं होता। वह किसी भी समाज की आवश्यकता को पूरा अथवा उसे संतुष्ट नहीं करता। एक सद्‌गुरू बुनियादी रूप से विद्रोही होता है। एक अहिंसात्मक विद्रोह उसकी प्रामाणिक सुवास होती है। वह किसी के लिए कोई कारागार निर्मित नहीं करता, वह नियमों, और अनुशासन का कोई ढांचा नहीं थोपता तुम्हारे ऊपर। वह तुम्हें पूरी तरह से स्वतंत्र करता है, पुरानी आदतों के ढांचे से मुक्त, समाज के बंधनों और मनुष्य द्वारा निर्मित सभी नियमों और अनुशासन से मुक्त।

एक मनोपचारक तुम्हें एक मनोवैज्ञानिक नूतन रूप से व्यवस्थित करता है, जिससे तुम पहिले की अपेक्षा बेहतर ढंग से कार्य कर सको। मनोपचारक तुम्हें समाज में कार्य करते हुए देखना चाहता है। उदाहरण के लिए तुम एक डाक्टर हो, तुम पूरी तरह ठीक से कार्य कर रहे थे, तब एक दिन तुम सनक जाते हो। अब मनोपचारक आकर तुम्हारी सहायता करता है, जिससे तुम सभी कार्यों को ठीक पहले की ही भाँति करने लगो। तुम समाज की सेवा इतने अच्छे तरीक़े से कर रहे थे, तुम इतने अच्छे चिकित्सक थे,

तुम इतने अच्छे प्रोफ़ेसर थे...और तब तुम्हारे साथ कुछ चीज़ ग़लत हो गई। तुम समाज के लिए इतने अधिक उपयोगी चीज़ थे, तुम इतने अधिक सुंदर एक वस्तु अथवा एक सामग्री थे।

एक दर्शन शास्त्र के प्रोफ़ेसर ने अपनी कक्षा के छात्रों से कहा, 'यदि तुममें से कोई भी मेरे एक प्रश्न का ठीक उत्तर दे, तो उसे व्यक्तिगत रूप से नियमित परीक्षा देने से मुक्त कर दिया जाएगा।' वह प्रश्न था–"यदि एक नाव नदी के प्रवाह के साथ नीचे की ओर पाँच मील चले, और उसी समय खुले मैदान के आठ मील पार से एक कौआ उड़े, और ठीक उसी समय विपरीत दिशा से निरंतर एक गौरैय्या साढ़े दस मील की उड़ान भरे, तब बतलाओ मेरी उम्र कितनी है?"

एक छात्र ने उत्तर दिया–"श्रीमान! आपकी आयु बयालीस वर्ष है।"

–"बहुत खूब!" प्रोफेसर ने आश्चर्यचकित होकर पूछा–"तुम बिल्कुल ठीक वर्षों के आकड़े पर पहुँचे किस तरह?"

–"श्रीमान! यह बहुत आसान बात थी, उस छात्र ने कुछ संकोच लेकिन सरलता से उत्तर दिया–"मेरा एक भतीजा है, जिसकी आयु बाईस वर्ष है और वह केवल आधा पागल है।'

अब इस प्रोफ़ेसर को सामान्य स्थिति में वापस लाने के लिए एक मनोचिकित्सक की आवश्यकता होगी। वह मन के बाहर बहुत दूर तक चला गया है।

एक मनोचिकित्सक, जैसा समाज है, उसे वैसा ही बने रहने में सहायता करता है। फ्रॉयड, जुंग और एडलर के सभी अनुयायी प्रति क्रांतिकारी हैं, क्योंकि वे सभी समाज की सेवा और सहायता करते हैं। वे चाहे कुछ भी कहें, वे अपने सिद्धांतों का बचाव करते हुए बुनियादी रूप से समाज की यथास्थिति बनाये रखने में सहायता करते हैं।

ये भी लोग पुरोहितों के आधुनिक संस्करण हैं। पुराने समय में पुरोहित और पुजारी ठीक इसी तरह से कार्य करते हुए लोगों को नियमों के अंतर्गत नियंत्रित किया करते थे। वे राजा की सेवा करते थे। पुरोहित और शासक वर्ग के मध्य वहाँ एक दुरभिसंधि थी। राजनेता और शासक वर्ग पुरोहितों और पुजारियों के चरण छूता था, क्योंकि वे परमात्मा के नाम पर व्यक्ति

को एक विशेष तरह के सामाजिक ढांचे में रहने के लिए बाध्य बात बना रहे थे। तब धीमे-धीमे परमात्मा मर गया। स्वाभाविक रूप से पुरोहित बेरोजगार हो गये। सभी राजा महाराजा मिट गये अब वहाँ इग्लैंड में केवल पाँच सम्राट हैं। उनमें से चार तो ताश के पत्तों के बादशाह हैं और पाँचवाँ है इंग्लैंड का सम्राट। शेष सभी विलुप्त हो गये। राजा समाप्त हुए, पुरोहित समाप्त हुए, परमात्मा समाप्त हुए और प्रजातांत्रिक समाज का जन्म हुआ।

लेकिन समाज को पुरोहितों और पुजोरियों की जरूरत है। बिना धर्माचार्यों के राजनेता कार्य नहीं कर सकते। अब पुजारी पुरोहित नये नामों के साथ वापस लौट आये–अब मनोविश्लेषक नया पुरोहित है और मनोचिकित्सा बन गया है एक नया धर्म। धर्म इस अर्थ में, क्योंकि उसमें सभी तथाकथित धर्म समाहित हैं। लेकिन इनमें सूफ़ियों, ज़ेन और हसीदी के प्रामाणिक धर्म नहीं हैं, उनमें इस्लाम, हिंदू धर्म, बौद्ध धर्म और यहूदियों का धर्म सम्मलित है। यह एक नयी बोतलों में पुरानी शराब है।

एक सद्‌गुरू सदा पुरोहित और पुजारियों के विरुद्ध होता है, और सद्‌गुरू सभी तरह के धर्माचार्यों, उनके चाहे कुछ भी नाम हों, विरुद्ध ही बना रहेगा।

एक सद्‌गुरू और एक शिष्य के मध्य संबंध पूरी तरह से कुछ अलग तरह का होता है। पहिले तो यह कोई रिश्ता ही नहीं होता, और दूसरी बात यह, कि उसका समाज के साथ लोगों को सामान्य और अनुकूल बनाने से कुछ भी लेना-देना होता ही नहीं। वास्तव में सद्‌गुरू शिष्य की मन के पार जाने में सहायता करता है। मनोचिकित्सक व्यक्ति को मन के नीचे, मन में ही बनाये रखता है। उन लोगों के कार्य लगभग एक-दूसरे के विपरीत हैं।

• और अब अंतिम प्रश्न–गुरुजिएफ यह क्यों कहा करता था कि यदि तुम धर्म से छुटकारा पाना चाहते हो, तो किसी पुजारी या पादरी के निकट बने रहो?

उत्तर–यह एक सरल-सी चीज़ है। पुरोहित केवल तभी तक महत्वपूर्ण रहता है, जब तक तुम उसके हृदय की बात और उसकी वास्तविकता को

नहीं जानते। यदि तुम उसकी वास्तविकता जानना शुरू कर दो, तो तुम आश्चर्यचकित रह जाओगे–वह सबसे आख़िरी व्यक्ति होता है, जो धर्म में विश्वास रखता हो। वह कभी भी उस पर विश्वास नहीं करता, वह केवल बहाने बनाता है। वह उसका धंधा है कि वह विश्वास करे। पुजारी ही केवल वह व्यक्ति है, जो जानता है कि परमात्मा का कहीं कोई अस्तित्व है ही नहीं, पर वह इस बात को कह नहीं सकता, क्योंकि उसका पूरा धंधा इसी पर निर्भर है। यही उसके धंधे का रहस्य है। गुरुजिएफ बिल्कुल ठीक कहता है।

तुम इस बाबत कुछ कहानियाँ सुन लो, उससे तुम इसे पूरी तरह समझ जाओगे।

कैथोलिक चर्च की एक सदस्य अपने पादरी के पास पहुँची और उसने कहा–"धर्म पिता! मेरे कुत्ते की मृत्यु हो चुकी है, और मैं यह जानना चाहती हूँ कि आपके ख्याल में क्या उसका मृतक संस्कार कर उसे दफनाया जाना ठीक होगा?"

पादरी ने कहा–"हाँ! मेरे ख्यालों में, यदि आप ऐसा चाहती हैं, तो ऐसा करना ठीक होगा।"

–और आपके ख्याल में इस संस्कारों को कराये जाने के लिए कौन-सा धार्मिक व्यक्ति ठीक रहेगा?"

पादरी कुत्ते के मृतक संस्कार के ख्याल से बहुत प्रसन्न न था, इसलिए उसने कहा–"मैं एक बेपेटिस्ट चर्च के एक पादरी को जानता हूँ; इस सड़क से नीचे उतरते ही उसका घर है। मुझे पूरा विश्वास है, वह आपके लिए सभी संस्कार पूरे कर देगा।"

–"ओह! धन्यवाद फादर! पर एक प्रश्न और। आपके विचार में मुझे इसके लिए उसे कितना धन देना चाहिए–दो सौ डालर अथवा तीन सौ डालर?"

पादरी की आँखों में जैसे एक रौशनी चमक उठी और अपने सभी संस्कारों को संपन्न कराने वाली पुस्तक को कसकर थामते हुए कहा–"मेरे मित्र! आपने पहिले मुझे यह क्यों नहीं बतलाया कि आपका कुत्ता कैथोलिक था?"

और अब एक दूसरी कहानी...

एक बेपेटिस्ट पादरी ने अपनी गाय को बेचने का एक विज्ञापन दिया।

एक संभावित खरीददार ने उससे पूछा—"आप इस गाय के लिए कितनी धनराशि चाहते हैं?"

विज्ञापन करने वाले पादरी ने उत्तर दिया—"डेढ़ सौ डालर।"

—"और यह कितना दूध रोज देती है?" उसने उत्तर दिया—"रोज़ाना चार गैलन।"

खरीददार ने पूछा—"लेकिन मैं यह कैसे जान सकता हूँ कि यह वास्तव में इतना ही दूध रोज देती है?

विज्ञापनकर्ता ने उसे आश्वस्त करते हुए कहा—"आप मेरी बात पर पूरा विश्वास कर सकते हैं, क्योंकि मैं बेपेटिस्ट चर्च का संस्कार कराने वाला एक पादरी हूँ।

खरीददार ने कहा—"मैं इसे फिर ज़रूर खरीदूँगा। मैं इस गाय को अपने साथ अपने घर ले जाऊँगा और आपको धनराशि इसके बाद चुका दूँगा। आप मेरा विश्वास कर सकते हैं, क्योंकि मैं भी एक 'प्रेस्बाइटीरियन एल्डर' हूँ।"

जब बेपेटिस्ट पादरी घर पहुँचा तो उसने अपनी पत्नी से पूछा—"यह प्रेस्बाइटीरियन एल्डर" क्या होता है?

'ओह!" पत्नी ने उत्तर दिया—"प्रेस्बाइटीरियन एल्डर स्काटलैंड चर्च द्वारा नियुक्त ठीक आपके जैसा 'बेपेटिस्ट टेकन' ही होता है।

बेपेटिस्ट पादरी कराहते हुए बोला—"ओह डार्लिंग! तो मैंने अपनी गाय खो दी आज।"

गुरुजिएफ बिल्कुल ठीक कहता है। यदि पुराने अर्थों में तुम धार्मिक बने रहना चाहते हो कभी भी किसी पादरी या पुरोहित के निकट मत जाओ, अच्छा यही है कि उससे दूर रहो। और यदि तुम वास्तव में धार्मिक बनना चाहते हो, तब अच्छा यही है कि पादरी या पुरोहित के जितना भी निकट जाना संभव हो, उतने निकट जाकर उसका निरीक्षण करो। तब तुम्हें तथाकथित पादरियों—पुजारियों के तथाकथित धर्मों की वास्तविकता प्रकट

हो जाएगी। उससे तुम्हारे दिमाग़ में इस्लाम, ईसाइयत, जूडिज्म और हिंदुत्व का जो नशा है, वह काफूर की तरह उड़ जाएगा।

और तब पहिली बार तुम स्वयं खोज पर निकलोगे, सच्चा धर्म क्या है, तभी उसकी सच्ची खोज शुरू होगी, जो सभी पंथों और पूजाघरों के संस्कारों के पार, सभी धर्मशास्त्रों और संघर्षों के पार होगी। सच्चा परमात्मा क्या होता है, तुम तभी उसे खोजना शुरू करोगे।

और यही खोज एक मनुष्य को एक सूफ़ी, एक ज़ेन अथवा हसीद का सच्चा अन्वेषक बनाती है।

पाँचवाँ प्रवचन

गाता और गुनगुनाता हुआ मौन

15 अगस्त, 1977

एक व्यक्ति सूफ़ी सद्‌गुरू बहाउद्दीन शाह के पास आया, और उसने कहा–"पहिले मैंने एक गुरु का अनुसरण किया और फिर दूसरे का।

इसके बाद मैंने इसे सभी धर्मशास्त्रों को पढ़ा और तब उनसे मैंने कुछ जाना। यद्यपि मैं आपके और आपकी शिक्षाओं के बारे में कुछ भी नहीं जानता हूं, लेकिन मेरा यह अनुभव ही मुझे आपसे सीखने के लिए धीमे-धीमे जैसे तैयार कर रहा है।

शाह ने उत्तर दिया–"तुमने अतीत में जो कुछ भी सीखा है, यहाँ उससे तुम्हें कोई भी सहायता नहीं मिलेगी। यदि तुम यहाँ मेरे पास ठहरना या रूकना चाहते हो, तो तुम्हें अतीत में सीखे सभी ज्ञान का अहंकार और गर्व छोड़ना होगा। तुम्हारी यह एक तरह की खुशफहमी है।"

उस व्यक्ति ने हर्ष और आश्चर्य से उल्लसित होकर कहा–"मेरे देखे यही तो आपके इतने अधिक महान होने का प्रमाण है, यही कारण है आपके इतने और प्रामाणिक सद्‌गुरू होने का। पहिले मैं जिन भी शिक्षकों और गुरुओं से मिला, उनमें से किसी ने भी, जो कुछ मैंने अतीत में पढ़ा और सीखा था, उसके मूल्यों को नकारने का साहस नहीं किया था।"

बहाउद्दीन ने कहा–"तुम्हारा यह अनुभव करना ही अपने आपमें एक अयोग्यता है। बिना मुझे समझे हुए, मुझे स्वीकारने में तुम जो इतना अधिक उत्साह और जोश दिखला कर तुम स्वयं अपनी ही चापलूसी कर रहे हो कि ज्ञानी हो और वास्तव में तुम्हारे अंदर चीज़ की कमी है।

एक युवक ने मुझसे पूछा है, कि जीवन में कुछ भी महत्वपूर्ण अथवा कोई भी सार या अर्थ क्यों नहीं दिखाई देता? जो कुछ भी महत्वपूर्ण है, उसका पहिले ही से अस्तित्व नहीं होता। जीवन में जो भी सारयुक्त है, उसका कोई अस्तित्व नहीं होता–प्रत्येक व्यक्ति को वह सृजित करना होता है। केवल यदि तुम उसे सृजित कर रहे हो, तो तुम उसे खोज लोगे। पहिले उसे खोजना होता है। वह किसी चट्टान की तरह वहाँ पड़ा हुआ नहीं हैं, एक गीत की तरह उसका सृजन करना होता है। वह कोई वस्तु नहीं है, वह बहुत महत्वपूर्ण और प्रभावी है, जिसे तुम अपनी चेतना के द्वारा लाये हो। उसके लिए प्रतीक्षा मत करो। वह कभी भी प्रतीक्षा करने से नहीं आती। एक व्यक्ति को स्वयं प्रयोगशाला बनना होता है, एक को उसके लिए गर्भ बनना होता है और एक व्यक्ति को उसे जन्म देना होता है।

यह बात सबसे अधिक महत्वपूर्ण चीज़ों में से एक है, जो समझ लेने जैसी है–अन्यथा तुम उसके महत्व से चूकते रहोगे। लोगों की इस बारे में ग़लत धारणा है। वे लोग सोचते हैं कि अर्थ तो वहाँ पहिले ही से कहीं मौजूद है। लेकिन ऐसा है नहीं। बुद्ध कुछ महत्वपूर्ण उत्पन्न करते हैं और तब उसकी खोज करते हैं। यही कारण है कि उनका निकाला गया सार, कभी भी तुम्हारा सारतत्व नहीं बन सकता। सार सदा व्यैक्तिक होता है। प्रत्येक व्यक्ति को उसे स्वयं के लिए सृजित करना होता है, उसे उधार नहीं लिया जा सकता।

एक वैज्ञानिक सत्य और धार्मिक रूप के मध्य यही अंतर है। वैज्ञानिक सत्य एक मुर्दा चीज़ है। एक बार, किसी एक के द्वारा वह खोज लिया गया तो वह खोज सभी के लिए हो जाती है। एक बार न्यूटन ने किसी चीज़ की खोज कर ली–उदाहरण के लिए, गुरुत्वाकर्षण का सिद्धांत खोज

लिया–तब फिर तुम्हें उसे बार-बार खोजने की कोई जरूरत न होगी। तब वह एक सामूहिक संपत्ति बन जाती है। न्यूटन को उसे खोजने में कई वर्ष लगे होंगे, हो सकता है इसमें उसने अपना पूरा जीवन लगा दिया हो, लेकिन अब एक स्कूल का बच्चा भी इसे मिनटों में ही सीख सकता है। उसे उन सभी परेशानियों से होकर न गुजरना होगा। वैज्ञानिक सत्य एक मृत वस्तु है–वह एक चीज़ है। इसलिए एक बार वह खोज ली गई, तो हमेशा के लिए खोज ली गई। जब कोई व्यक्ति उसे खोज लेता है, तो वह सभी की संपत्ति बन जाती है।

धार्मिक सत्य कोई वस्तु नहीं होता। वह प्रभावी होता है, उसमें कुछ सारत्व होता है। प्रत्येक व्यक्ति को उसे खोजना होता है, प्रत्येक व्यक्ति को उस खोज के अभियान पर स्वयं जाना होता है। बुद्ध का खोजा गया सत्य बुद्ध के साथ चला गया और मुहम्मद के द्वारा खोजा गया सत्य मुहम्मद के साथ चला गया। वह एक फूल की सुवास की तरह मुहम्मद के हृदय में खिला महका और जब वह फूल ही चला गया, तो उसकी सुवास कैसे रह सकती है? अब कुरान मृत है, और इसी तरह धम्मपद, गीता और अन्य सारे शास्त्र भी मृत हैं। एक शास्त्र तभी जीवित होता है, केवल एक पुष्प और पुष्प की खिलावट वहाँ होती है। एक फूल के साथ ही सुवास भी जीवंत होता है, और जब फूल चला जाता है, तो उसके साथ सभी कुछ चला जाता है।

वैज्ञानिक सत्य सीखा जा सकता है। तुम इसके लिए स्कूल जा सकते हो, और वहाँ इसे एक शिक्षक से सीख सकते हो। धार्मिक सत्य को सिखाया नहीं जा सकता, उसे तो स्वयं सृजित करना होता है, वह सीखा नहीं जा सकता। तुम इसके लिए एक शिक्षक के पास नहीं जा सकते, क्योंकि वह सिखाया ही नहीं जा सकता। उसे सिखाने का कोई उपाय है ही नहीं। तुम्हें इसके लिए एक शिक्षक के पास नहीं, एक सद्‌गुरू के पास जाना होगा; और एक शिक्षक तथा एक सद्‌गुरू के मध्य अंतर यह है कि एक शिक्षक केवल मृत चीज़ों का व्यापार करता है, जबकि सद्‌गुरू अपने सत्य को जीता है।

जब तुम एक सद्‌गुरू की उपस्थिति में उसके सानिध्य में होते हो, तभी तुम तरंगित होने लगते हो, रोम–रोम उमंग से धड़कने लगता है। सत्य

तुम्हें दिया नहीं जा सकता, लेकिन तुम उसकी सुवास में महक सकते हो। तब तुम उसके लिए अपने स्वयं के अस्तित्व की गहराइयों में स्थित केंद्र में उसकी खोज शुरू कर सकते हो। उसी के बंद द्वार खोलने होते हैं। वह एक विकास है। उसका अर्थ ही उसके विकास से है। तुम्हें अपना पूरा जीवन उसके लिए लगाना होगा।

इसलिए यह मत पूछो कि यहाँ जीवन में कोई भी सार क्यों नहीं है। वह इसीलिए नहीं है, क्योंकि तुमने अभी तक उसे उत्पन्न नहीं किया है। वह वहाँ मेरे लिए है, क्योंकि मैंने उसे सृजित किया है। लेकिन मेरा सार, मेरा अनुभूत सत्य और अर्थ तुम्हारा सार नहीं बन सकता। यदि मैं तुम्हें दूँ भी, तो इस हस्तातंरण में वह शिशु मर जाएगा। तुम एक मरे बच्चे की लाश अपने साथ ढोते चलोगे। इसलिए उसे हस्तांतरित करने का कोई उपाय है ही नहीं।

सूफ़ी इस बारे में एकदम ठीक हैं–इसी वजह से वे ज्ञान से इंकार किए जाते हैं। वे कहते हैं कि ज्ञान देना संभव नहीं है। जानना संभव है, लेकिन ज्ञान संभव नहीं है। ज्ञान और जानने के मध्य अंतर क्या है? शब्दकोष में इन शब्दों के मध्य कोई अंतर नहीं है, लेकिन अस्तित्वगत इनमें बहुत बड़ा अंतर है। ज्ञान एक सिद्धांत है, जानना एक अनुभव है। जानने का अर्थ है कि तुम स्वयं अपनी आँखें खोलकर देखते हो, और ज्ञान का अर्थ है कि किसी अन्य व्यक्ति ने अपनी आंखें खोलकर उन्हें देखा था, और वह उस बारे में तुमसे बातचीत कर रहा है और केवल सामान्य रूप से वे सूचनाएँ तुम इकट्ठी करते जा रहे हो। ज्ञान तब भी संभव है, भले ही तुम एक अंधे ही क्यों न हो। बिना आँखों के भी तुम प्रकाश के बारे में बहुत-सी चीज़ें सीख सकते हो, लेकिन जानना संभव नहीं है, यदि तुम एक नेत्रहीन हो। जानना केवल तभी संभव है, जब तुम्हारी आँखों का उपचार हो जाए, यदि तुम देख सकने में समर्थ हो सको। जानना प्रामाणिक रूप से तुम्हारा अनुभव है, और ज्ञान होता है–उधार लिया हुआ।

उधार लिए गये ज्ञान पर आश्रित मत रहो, अन्यथा तुम उसके अर्थ अथवा अभिप्राय से चूकते चले जाओगे। उधार ज्ञान तुम्हें केवल एक झूठा वायदा दे सकता है और वह कभी भी पूरा नहीं होगा। ज्ञान तुम्हें केवल

खोटे सिक्के ही दे सकता है, जो व्यर्थ हैं। उनसे सावधान रहो। ज्ञान तुम्हें बहुत-बहुत अच्छा लगने का अनुभव करायेगा, क्योंकि वह तुम्हारे अहंकार को बढ़ाता है। तुम यह महसूस करने लगते हो, जैसे मानो तुम जानते हो। लेकिन स्मरण रहे, यह 'जैसे मानो', वास्तविक स्थिति नहीं है। और जब तुम अनुभव करते हो–'मैं जानता हूँ', तो इसमें 'मैं' और मज़बूत होता है।

एक जानने वाला व्यक्ति बनने से पूर्व, उसे अपना सारा उधार ज्ञान छोड़ना पड़ेगा। यही असली त्याग है। मैंने लोगों को अपने बच्चों को छोड़ते हुए देखा है, जो मूर्खता है, क्योंकि बच्चे परमात्मा के मार्ग में अवरोध बनकर नहीं खड़े हैं। मैंने लोगों को अपनी पत्नियों और पतियों को त्यागते देखा है, जो एक मूढ़ता है, क्योंकि पति में और पत्नी में भी परमात्मा उपस्थित है। परमात्मा वहाँ जीवंत है। जब तुमने पत्नी का त्याग किया तो तुमने परमात्मा को ही त्याग दिया, परमात्मा ही वहाँ तुम्हारी पत्नी के रूप में उपस्थित था। जब तुमने अपने पति को छोड़ दिया, तो तुमने परमात्मा को ही छोड़ दिया, जो तुम्हारे पति के रूप में ही यहाँ आया है।

मैंने लोगों को अपने बच्चे, पत्नी और पति का त्याग करते हुए देखा है, लेकिन लोग अपने उधार ज्ञान का त्याग नहीं करते। वे अपने ज्ञान के बोझ को ढोये चले जा रहे हैं, जो वास्तविक अवरोध है, जो असली बाधा और केवल मात्र रूकावट है।

ज़रा देखें...एक व्यक्ति सांसारिक जीवन छोड़कर हिमालय जाता है, लेकिन यदि वह एक जैन होकर उत्पन्न हुआ था, तो वहाँ भी एक जैन बना रहता है, वह जैन होने का ज्ञान साथ लिए हुए है। यदि उसका जन्म एक हिंदू के रूप में हुआ था, तो वहाँ भी वह हिंदू बना रहता है। हिमालय की गहन गुफा में अकेला बैठा हुआ भी वह हिंदू ही बना रहता है। यदि तुम एक हिंदू हो, तुम फिर भी हिंदू समाज के एक अंग बने रहते हो, तुम हिमालय में होते ही नहीं। एक अकेला व्यक्ति, हिंदू कैसे बना रह सकता है? एक हिंदू बने रहने के लिए किसी को हिंदू समाज की जरूरत होती है, एक मुसलमान बने रहने के लिए एक व्यक्ति को संप्रदाय की, भीड़

की जरूरत होती है। हिंदुत्व, इस्लाम, ईसाइयत, जैन और बौद्ध धर्म यह सभी अलग-अलग तरह की भीड़ों के नाम हैं।

और तुम कहते हो कि तुमने संसार छोड़ दिया? तब तुम क्यों अपने साथ यह भीड़ और यह नाते-रिश्ते और संबंध लाये हो? तुम्हारा अभिप्राय है कि तुम अपने साथ एक विशिष्ट तरह का ज्ञान लिए हुए चल रहे हो, जो तुम्हें वेदों और गीता ने दिया है। अथवा यदि तुम सोचते हो कि तुम एक मुसलमान हो, तब वह कुरान के द्वारा दिया गया ज्ञान है। तुमने अभी ज्ञान का त्याग नहीं किया है।

सूफ़ी कहते हैं, यदि तुम पूरी तरह से प्रत्येक चीज़ का त्याग करना चाहते हो तो पहिले अपने ज्ञान का त्याग करो। यही सबसे महान साहस है, क्योंकि जब तुम ज्ञान छोड़ते हो, तो अहंकार मिटना शुरू हो जाता है। अहंकार अपने आप मरने लगता है। वह रह ही नहीं सकता। जिस क्षण तुम कहते हो-'मैं नहीं जानता', क्या तुमने उस क्षण की शुद्धतम शून्यता का कभी अनुभव किया है? क्या तुमने उस क्षण की निर्दोषता का कभी अनुभव किया है? क्या तुमने उस क्षण के मौन को महसूसा है? जब तुम इन शब्दों का उच्चारण करते हो-'मैं नहीं जानता', तो यह एक मनुष्य द्वारा दिये गये महानतम वक्तव्यों में से एक होता है-और यह तो बस शुरुआत है।

सूफ़ी धर्म में उठाये जाने वाला पहिला कदम यह जानना है कि तुम कुछ भी नहीं जानते। और यह केवल मात्र एक विचार ही नहीं होना चाहिए, यह एक जीवंत अनुभव होना चाहिए। तुम्हें इसे कहना ही नहीं चाहिए, यह तुम्हारे केवल होंठों पर ही नहीं होना चाहिए, वह गहरे में तुम्हारे हृदय में उतर जाना चाहिए। तुम्हें बहुत दृढ़ता से इसे अनुभव करना चाहिए-'मैं नहीं जानता'।

तुम क्या जानते हो? क्या तुम परमात्मा को जानते हो? क्या तुम सत्य को जानते हो? क्या तुम मृत्यु के बारे में कोई भी बात जानते हो? क्या तुम जीवन के बारे में कुछ भी नहीं जानते। हाँ! परमात्मा तुम्हारे अंदर है और वह बिल्कुल प्रारंभ ही से है-अनादि काल से है-लेकिन तुमने अभी तक उससे कोई भी पहिचान नहीं बनाई है। और सत्य तो हर जगह है।

तुम चारों ओर सत्य ही से घिरे हुए हो, तुम सत्य के सागर में ही रहते हो, लेकिन तुम उसके बारे में कुछ भी नहीं जानते। तुम सत्य के बारे में उतने ही अज्ञानी हो, जैसे मछली सागर में रहते हुए, उसके बारे में कुछ भी नहीं जानती।

लेकिन तुम यह सोचे चले जाते हो कि तुम जानते हो, क्योंकि तुमने एक पुस्तक पढ़ी है, क्योंकि तुम कुरान, गीता या बाइबिल का पाठ कर सकते हो। केवल इतना ही नहीं कि लोग सोचते हैं, कि उनका धर्मग्रंथ का पाठ करना और उनकी स्मृति ही ज्ञान है, लेकिन वे सोचते हैं कि यहाँ केवल इसी तरह का ज्ञान होता है। याददाश्त या स्मृति, यह ज्ञान नहीं है। तुम किसी चीज़ को याद रखने के द्वारा क्या जानते हो? यह तो एक तोता भी कर सकता है, एक मशीन भी यह कर सकती है, और तुम इसे जितनी कुशलता से करते हो, उससे कहीं अधिक कुशलता से यह कार्य एक मशीन कर सकती है? वहाँ है क्या? एक कंप्यूटर सभी वेदों, कुरान, बाइबिल और सभी धर्मशास्त्रों की स्मृति रख भी सकता है और उस सारे ज्ञान को, तुम उससे जब भी पूछो, प्रस्तुत भी कर सकता है। लेकिन कंप्यूटर के पास न तो कोई चेतना है, न कोई सजगता है और न कोई आत्मा है।

एक व्यक्ति, जो अपनी स्मृति पर बहुत अधिक विश्वास करता है। और यह सोचता है कि यह उसका जानना है, वह एक व्यक्ति की भाँति मिटना शुरू हो जाता है और अंतिम रूप से एक यांत्रिक प्रक्रिया बनकर रह जाता है। स्मृति एक यांत्रिक चीज़ है।

इसलिए सूफ़ी कहते हैं कि यदि तुम किसी भी चीज़ को छोड़ना चाहते हो, तो अपना ज्ञान को छोड़ों, जो तुमने स्मृति के रूप में इकट्ठा कर रखा है। वही असली अवरोध है। क्योंकि यह विचार ही कि 'तुम जानते हो', तुम एक बच्चे जैसे निर्दोष नहीं बन सकते। जब तुम एक हिंदू हो तो फिर तुम निर्दोष कैसे हो सकते हो? तुम पहले ही से भ्रष्ट हो चुके हो, तुमने पहिले ही से कोई सलाह या मत इकट्ठा कर रखा है। धर्मशास्त्र, आदर्श, धारणाएं और दार्शनिक विचारधाराएं पहले ही तुम्हारे मन में प्रविष्ट हो चुकी हैं। तुम पहले ही से चालाक और बेईमान बन गए हो। फिर तुम कैसे निर्दोष हो सकते हो?

जब एक बच्चा जन्म लेता है, और पहिली बार अपनी आँखें खोलता है, तो क्या वह एक ईसाई अथवा मुसलमान अथवा एक हिंदू होता है? वे आँखें प्रामाणिक आँखें होती हैं। शीघ्र ही धूल उन पर जमना शुरू हो जाती है। शीघ्र ही बच्चे के निर्दोष अचेतन में हम अपने विचार फेंकने शुरू कर देते हैं। शीघ्र ही दर्पण पर बहुत धूल और कूड़ा इकट्ठा हो जाएगा और वह सत्य को यथावत प्रतिबिम्बित न कर सकेगा।

इस कूड़े–कर्कट को साफ करना है। स्मृति का प्रयोग करना चाहिए, लेकिन किसी को उसके साथ तादात्म्य नहीं जोड़ना चाहिए। मैं यह नहीं कह रहा हूँ कि तुम अपनी स्मृति को मिटा दो, मैं तो केवल उसके साथ जोड़े गये तादात्म्य को छोड़ने के लिए कह रहा हूँ।

और तुम्हें आश्चर्य होगा, जब तुम उससे तादात्म्य मिटा देते हो, तुम अपनी स्मृति का पहिले से कहीं अधिक कुशलता से उसका प्रयोग कर सकते हो–क्योंकि तब वह ठीक एक यांत्रिकता रह जाती है, जब भी तुम्हें जरूरत होती है, तुम उसका प्रयोग कर लेते हो। लेकिन तुम उससे अलग, कुछ दूरी पर शुद्ध बने रहते हो। एक शिशुवत बने रहते हो।

जीसस कहे चले जाते हैं–"जब तक तुम एक छोटे बच्चे के समान न हो जाओ, तुम मेरे परमात्मा के राज्य में प्रवेश न कर सकोगे।" वह एक दिन भीड़ से भरे हुए बाजार में खड़े हुए थे कि किसी व्यक्ति ने उनसे पूछा–"वे योग्य लोग कौन होंगे, जो आपके परमात्मा के राज्य में प्रवेश कर सकेंगें? वे थोड़े से चुने हुए लोग कौन होंगे, जिन्हें परमात्मा द्वारा चुना गया हो?" जीसस ने चारों ओर देखा...स्वाभाविक रूप से उस छोटे से गाँव का रबी भी वहाँ मौजदू था, और उसने सोचा, "उन्हें मुझे ही दिखाना चाहिए कि मैं ही इस योग्य हूँगा।" लेकिन जीसस उसे छोड़कर आगे बढ़ गये। और वहाँ कस्बे का धनी व्यक्ति और एक प्रोफ़ेसर भी थे, वह उन्हें भी छोड़कर आगे बढ़ गये। और वहाँ एक साधू था, उन्होंने उसे भी दर गुजर कर दिया। और तभी उसकी आँखें एक छोटे-से बच्चे पर पड़ीं, जो भीड़ में एक ओर पूरी तरह निर्दोष और अनजान बना खड़ा था। उन्होंने बच्चे को गोद में लेकर उसे प्रत्येक व्यक्ति को दिखाते हुए कहा–"जो लोग इस बच्चे के समान ही भोले और दर्पण जैसे निर्मल होंगे, वे ही परमात्मा के राज्य में प्रवेश करने में समर्थ हो सकेंगे।"

इसी वजह से रबी लोग जीसस से बहुत अधिक नाराज रहते थे, तो इसमें कोई आश्चर्य नहीं होना चाहिए। यदि विद्वान लोग उनके विरुद्ध थे, तो आश्चर्य नहीं करना चाहिए। यदि धार्मिक पुरोहित और धनी लोग भी उनके विरुद्ध थे, तो आश्चर्य करना ही नहीं चाहिए। यदि वे सभी लोग इस निर्दोष व्यक्ति, इस सूफ़ी जीसस क्राइस्ट को नष्ट करने एक साथ इकट्ठे हो गये, तो यह बात तर्कपूर्ण है।

सूफ़ी लोग जीसस क्राइस्ट के बारे में काफ़ी कुछ बातचीत करते हैं, और ईसाइयों की तुलना में उनका लहजा उनसे कहीं अधिक प्रेमपूर्ण होता है–क्योंकि जीसस के बारे में उनकी समझ कहीं अधिक गहरी है। ईसाइयों की समझ, उनके संस्कारों के कारण बनती है, जबकि सूफ़ियों के पास एक अंतर्दृष्टि इसलिए है क्योंकि उन्होंने 'न जानने के क्षण' को समझ लिया है। इन 'न जानने के क्षण' के शब्दों का स्मरण रखो। उन्हें प्राप्त करो। उसी क्षण से अंतर्यात्रा का प्रारंभ होता है।

इसलिए एक सद्गुरू को तुम्हारा सारा ज्ञान तुमसे छीन लेना होता है। उसे तुम्हारे अहंकार को जो पंथों, मतों और दार्शनिक–विचारधाराओं का जोड़ है, नष्ट करना होता है। उसे बहुत कठोर होना होता है। उसे तुम पर चोट करनी होती है। एक बार ज्ञान मिट जाता है और उसके बादल वहाँ नहीं रह जाते, फिर चेतना का सूर्य दमकने लगता है और बहुत-सी चीज़ें स्वयं घटने लगती हैं, चमत्कार होना शुरू हो जाते हैं।

पहिला चमत्कार यह होता है कि जब तुम नहीं जानते, तो तुम जानना शुरू कर देते हो। जब तुम्हारी आँखों में विश्वास, मत और निर्णय नहीं होते, वे स्पष्ट और पारदर्शी हो जाती हैं। तुम अंतर्दृष्टि को उपलब्ध हो जाते हो।

महानतम सद्गुरूओं की सुंदर बोध कथाओं में से एक इस बोध कथा में प्रवेश करने से पूर्व, कुछ थोड़ी-सी और भी बातें समझ लेने जैसी हैं–विशेष रूप से इसी संदर्भ में आधुनिक चित्त के बारे में।

आज का मनुष्य मन, जैसी भी स्थिति अब तक नहीं रही है, उसकी तुलना में जीवन में कहीं अधिक अर्थहीनता का अनुभव कर रहा है, क्योंकि पिछली सदियों में लोग एक तरह की ग़फ़लत भरी नींद में सोते हुए जी

रहे थे। कट्टरता बहुत अधिक थी। परंपरा बहुत अधिक वजनी और मजबूत थी। धर्म का किला बहुत-बहुत शक्तिशाली, मजबूत और तानाशाही प्रवृत्ति का था। लोग सदियों तक विश्वासों में ही जीते रहे।

इस सदी ने उन विश्वासों को छोड़ने का साहस किया है। ये विश्वास लोगों को यह अहसास दिलाया करते थे कि यहाँ जीवन का कुछ अर्थ है। अब वे विश्वास मिट गये हैं। यह नास्तिकता का पहिला युग है। मनुष्य पहिली बार विकसित होकर परिपक्क बना है, परिपक्क इस अर्थ में कि अब वह विश्वासों और अंधविश्वासों पर निर्भर नहीं है। हम लोगों ने सभी अंधविश्वासों को छोड़ दिया है।

इसलिए अस्तित्व में एक तरह की शून्यता आ गई है। विश्वास मिट चुके हैं–और विश्वासों के साथ, जीवन को जो ग़लत अर्थ दिया गया था, वह भी मिट चुका है। एक खालीपना अथवा शून्यता जैसे स्थायी रूप से आ गई है। हम लोगों ने पुरानी इमारत को गिराकर, नकारात्मक भाग का काम तो पूरा कर दिया है, और अब विधायक भाग का काम किए जाना है–हमें एक नई इमारत का निर्माण करना है–अब पुराना मंदिर नहीं रहा, लेकिन नया मंदिर भी अभी बना कहाँ है? विश्वास तो नष्ट हो गये, लेकिन श्रद्धा का जन्म कहाँ हुआ? विश्वास चला गया–यह अच्छी बात है–लेकिन इतना ही पर्याप्त नहीं है। यह आवश्यकता है, लेकिन पर्याप्त नहीं है। अब तुम्हें इसे विकसित कर श्रद्धा बनाना होगा।

इन दो शब्दों को, मैं और स्पष्ट कर देना चाहता हूँ। विश्वास उधार लिए हुआ होता है, उसे कोई दूसरा व्यक्ति तुम्हें देता है–तुम्हारे माता-पिता, तुम्हारे समाज, तुम्हारे पुरोहित, तुम्हारे राजनीतिज्ञ वे देते हैं तुम्हें विश्वास। बच्चे के जन्म लेने के तुरंत बाद ही हम इसकी शुरुआत कर देते हैं, या तो हम बच्चे के लिए वैसी स्थितियाँ निर्मित करते हैं अथवा उस अपने धर्म में दीक्षित कर लेते हैं। हम कुछ-न-कुछ अवश्य करते हैं। हम तुरंत ही उसे नियमों, अनुशासन और आदतों के ढाँचे में ढालना शुरू कर देते हैं। इससे पहिले कि वह सजग बनता है, विश्वास बहुत गहरे में उसके रक्त उसकी अस्थियों, और यहाँ तक कि अस्थियों के जीवन ऊर्जा युक्त गूदे तक में व्याप्त हो चुका होता है। वह सजग बन सके, वह स्पष्ट रूप से

सोच सके, उससे पूर्व ही हम उसे पहिले ही विषैला बना चुके होते हैं। ये विश्वास ही अचेतन बन जाते हैं। वह पहले ही से नियमों, आदतों और अनुशासन के ढांचे में आबद्ध हो चुका होता है। वह स्वतंत्रता से विचार ही नहीं कर सकता।

इसी वजह से सभी धर्म, बच्चों को धर्म सिखलाने में इतनी अधिक दिलचस्पी लेते हैं। वे तुरंत दिलचस्पी लेते हैं बच्चों में और पहिला काम वे यही करते हैं, कि उन्हें धर्म सिखलाया जाए। मनोवैज्ञानिक कहते हैं कि बच्चे को धर्म सिखलाने के लिए केवल उसके सात वर्ष की आयु पूरी होने के पूर्व ही, संभावना होती है। एक बार वह सात वर्ष की आयु पार कर ले, फिर उसे शिक्षित करना अधिक-से-अधिक कठिन हो जाएगा, क्योंकि तब वह प्रश्न पूछना शुरू कर देगा, वह तर्क-वितर्क करना शुरू कर देगा। वह संदेहपूर्ण बन ज़ाएगा, वह नागरिक बन जाएगा। सामान्य रूप से बच्चा सात वर्ष की आयु तक ही अपने माता-पिता पर श्रद्धा रखता है। उससे जो कुछ भी करने को कहा जाए, वह ठीक मानकर उस पर विश्वास कर लेता है। उसके पास तब संदेह नहीं होते। ऐसा स्वाभाविक रूप से होता है। बच्चे को माँ का विश्वास करना ही होता है, क्योंकि बच्चा इतना अधिक असहाय होता है, कि वह अपने से जीवित रह ही नहीं सकता। वह उसके लिए एक अनिवार्यता होती है, अपने जीवित रहने के लिए, माता-पिता पर उसे श्रद्धा रखनी ही होती है।

सभी धर्म बच्चे के इस स्वाभाविक विश्वास का उपयोग उस पर नैतिक नियमों और अनुशासनों का ढांचा थोपने का करते हैं। माँ उसे मंदिर या गिरजाघर ले जाती है, पुरोहित या पादरी के पास ले जाती है और बच्चा वहाँ जाकर अपने माता-पिता तथा अपने परिवार का अनुसरण करता है। परिवार के इसी वातावरण में एक सूक्ष्म 'कंडीशनिंग' की शुरुआत हो जाती है।

वह समय आने तक, जब बच्चा नियमों और सिद्धांतों के बारे में विचार कर सके, वह पहले ही से 'कंडीशन्ड' हो जाता है, यानी उसे नैतिक नियमों और अनुशासनों के ढांचे में ढाल दिया जाता है। यह 'कंडीशनिंग' और

आदतें उसके गहरे अचेतन में चली जाती हैं, जिन्हें फिर वह आसानी से कभी भी छोड़ने में समर्थ न हो सकेगा।

उस पर चोट करने के लिए एक सद्गुरू की आवश्यकता होती है। तुम्हें किसी ऐसे व्यक्ति की आवश्यकता होगी, जिसे तुम अपने माता और पिता से भी कहीं अधिक प्रेम कर सको। तुम्हें एक सद्गुरू की आवश्यकता होगी–केवल तभी सद्गुरू तुम्हारे अस्तित्व के उन गहरी पर्तों में जा सके, जहाँ 'कंडीशनिंग' घटित हुई है, और वह उसे नष्ट कर सके। जब तक सद्गुरू तुम्हारें माता-पिता से बढ़कर तुम्हारे लिए महत्वपूर्ण न हो जाए, तब तक तुम्हारी 'कंडीशनिंग' का मिटना असंभव है। मनोवैज्ञानिक रूप से ऐसा होना संभव ही नहीं है।

इसी कारण बुद्ध कहते हैं–"जब तक तुम अपने माता-पिता की हत्या कर उन्हें नष्ट न कर दो, तुम मेरे पास नहीं आ सकते। तुम्हें मातृ और पितृ हंता बनना पड़ेगा।" बहुत ही अजीब वक्तव्य है। जीसस कहते हैं–"अगर तुम अपने माता और पिता से घृणा नहीं करते, तो तुम मेरा अनुसरण नहीं कर सकते।" यह वक्तव्य बिल्कुल भी ठीक नहीं दिखाई देता। जीसस जो प्रेम और शांति के संदेशवाहक हैं, बुद्ध, जो मनुष्य जाति के लिए इतने अधिक करुणामय हैं, कि उन जैसा पृथ्वी पर आज तक दूसरा हुआ ही नहीं; और वे घृणा करने की बात कह रहे हैं–और न केवल घृणा करने की बल्कि हत्या करने की भी।

उनके ऐसा कहने का आख़िर क्या अर्थ है? उनका अर्थ तुम्हारे वास्तविक माता-पिता से नहीं है, उनका अर्थ उन माता-पिता से है, जो गहरे में तुम्हारे अस्तित्व में जड़ें जमाकर तुम्हारा आधार बन गये हैं। उस आधार को नष्ट करना होगा। एक बार वह आधार नष्ट हो जाए, तुम फिर से एक बच्चे जैसे निर्दोष हो जाओगे। एक बार उनके द्वारा दिया गया नियमों, आदतों और अनुशासन का ढांचा अर्थात 'कंडीशनिंग' गिर जाए, तुम अचानक फिर से बच्चे की तरह भोले और निर्दोष बन जाओगे। और इस समय तुम कहीं अधिक अच्छी स्थिति में होंगे, क्योंकि तुम असहाय नहीं होंगे, तुम स्वयं अपने पैरों पर खड़े होंगे–और साथ ही एक बच्चे की तरह निर्दोष भी होंगे।

संन्यास का यही अर्थ है। यही अर्थ दीक्षा देने का भी है। यही अर्थ है सूफ़ियों का, जब वे कहते हैं जब कोई व्यक्ति साधक बन जाता है, तब वह व्यक्ति शिष्य बन जाता है।

आज के युग में, धीमे-धीमे विश्वास तो मिट गया है, लेकिन उसके स्थान पर कुछ भी और दिखाई नहीं देता।

तुमने एक जर्मन विचारक लुडविग फ्यूरबाश के बारे में जरूर सुना होगा। वह समकालीन मनुष्य के मन का जैसे उद्घोषक बन गया है। फ्यूरबाश अपनी बात स्पष्ट करते कहता है कि मनुष्य के हृदय की अनंत कामनाओं के कारण, परमात्मा कहीं दूर चला गया है। वह कहता है–कहीं कोई परमात्मा है ही नहीं। एक वस्तुगत यथार्थ के रूप में परमात्मा का कहीं कोई भी अस्तित्व है ही नहीं। वह केवल अपनी ही कामना की प्रतिपूर्ति करता है। मनुष्य स्वयं ही सर्वशक्तिमान और सर्वज्ञ होना चाहता है, और चारों ओर अपनी उपस्थिति का अहसास कराना चाहता है। मनुष्य स्वयं ही परमात्मा बनना चाहता है– मनुष्य की कामना है असीम बनने की, उसकी कामना है अमर होने की, और उसकी कामना है पूरी तरह से शक्तिशाली बनने की।"

यह परमात्मा के विश्वास पर की गई पहिली चोट थी–कि परमात्मा वास्तविक नहीं है, कि वहाँ कोई परमात्मा है ही नहीं, कि परमात्मा केवल मनुष्य के मन का ही एक प्रक्षेपण है, कि परमात्मा में कुछ भी सारत्व नहीं है, वह केवल मन के द्वारा देखा गया एक सपना है, और मनुष्य, परमात्मा के संबंध में केवल इसीलिए सोचता है, क्योंकि वह अपने आपको शक्तिहीन पाता है। उसे किसी ऐसी चीज़ की जरूरत है, जो उसे पूर्ण बना सके। उसे ऐसे विचार की आवश्यकता है, जो उसे यह अहसास कराता हो कि वह यहाँ एक अजनबी नहीं है, और इस संसार में वहाँ कोई ऐसा भी है, जो उसकी देख-भाल करता हो। परमात्मा कुछ भी नहीं है, वह केवल एक प्रक्षेपित पिता है। मनुष्य किसी चीज़ के आगे झुकना चाहता है। यह केवल एक शुद्धतम कामना है। यह कोई वास्तविक यथार्थ नहीं है।

तब कार्ल मार्क्स आया। मार्क्स ने स्पष्ट किया कि परमात्मा की एक पृथक सत्ता, दिये गये यथार्थ से ऊपर उठने का एक आदर्श प्रयास था।

मार्क्स ने कहा, क्योंकि लोग गरीब हैं, दुःखी हैं, पीड़ित हैं, उन्हें एक सपने की आवश्यकता है–एक ऐसा सपना जो उन्हें आशा दे सके। लोग एक ऐसी निराशा और इतने अधिक दुःखों में जी रहे हैं, कि यदि वे यह सपना नहीं देख सकते कि निकट भविष्य में कहीं-न-कहीं प्रत्येक चीज़ ठीक हो जाएगी, तो वे असहनीय यथार्थ को बरदाश्त करने में समर्थ न हो सकेंगे। इसलिए उसने कहा कि परमात्मा एक अफ़ीम के नशे की भाँति है।

धर्म, भीड़ के लिए अफ़ीम का काम करती है। यह नशा देने वाली एक दवा है। यह उन्हें सहायता करती है, सान्त्वना देती है। यह एक तरह की नींद लाने वाली औषधि है। तुम इतने अधिक दर्द सह रहे हो, कि तुम्हें दर्द निवारक एक दवा की जरूरत है, और तुम यह विचार कि हाँ! तुम्हारा आज तो दुःखों से भरा है, लेकिन कल हर चीज़ ठीक होने जा रही है, तुम्हें एक राहत देता है।

मार्क्स कहता है–"जीसस के 'धन्यवाद' क्यों इतने अधिक महत्वपूर्ण बन गये हैं–धन्यभागी हैं वे लोग, जो गरीब हैं। "क्यों? गरीब लोग धन्यभागी क्यों हैं? 'क्योंकि वे ही लोग उत्तराधिकार में परमात्मा का राज्य पाएंगे।' अब ग़रीब व्यक्ति आशा कर सकता है। यहाँ तो वह ग़रीब है, लेकिन वहां उसे परमात्मा का राज्य मिलेगा। इतना ही नहीं जीसस कहते हैं–"जो लोग यहाँ प्रथम हैं, वहाँ वे सबसे अंत में होंगे, और जो लोग यहाँ सबसे अंत में खड़े हैं, वे वहाँ जाकर प्रथम होंगे।" अब ग़रीब व्यक्ति वास्तव में प्रसन्नता का अनुभव करता है। वह अपनी ग़रीबी भूल जाता है। वह वहाँ प्रथम होने जा रहा है। जीसस के, उन्हें जीवन–ऊर्जा देने और प्रोत्साहित करने के लिए उनके अलग अर्थ हैं, लेकिन मार्क्स सोचता है कि यह केवल नशीली दवा की भाँति है।

और मार्क्स बहुत तर्कपूर्ण दिखाई भी देता है। जब लोग दुःखों में हैं, तो उनके पास केवल एक ही रास्ता है कि वे उसे बरदाश्त करें; समय बिताने और उससे दूर रहने के लिए वे एक बेहतर भविष्य की कल्पना करें। तुम एक अस्पताल के बेड पर लेटे हो, तुम यह कल्पना कर सकते हो कि कल तुम अस्पताल से बाहर आकर अपने घर वापस जा सकोगे

और प्रत्येक चीज़ ठीक हो जाएगी। बस, थोड़े से ही घंटे की बात है। तुम उसे बरदाश्त कर सकते हो। निसंदेह, यह संसार कुछ ही वर्षों के लिए है, उसके बारे में फिक्र करने की कोई जरूरत नहीं। शीघ्र ही तुम स्वर्ग में होंगे, जो तुम्हारी ही प्रतीक्षा कर रहा है। और तुम जितने अधिक ग़रीब हो, तुम उतने ही उच्च कोटि के स्वर्ग में जाओगे। और जिन सभी चीज़ों का तुम यहाँ अभाव अनुभव करते रहे हो, वहाँ वे सभी चीज़ें बहुतायत में मिलेंगी। तुम्हारे पास यहाँ एक सुंदर स्त्री नहीं है। फिक्र मत करो स्वर्ग में प्रत्येक व्यक्ति उतनी स्त्रियाँ पा सकता है जितनी वह चाहे–और वह भी सबसे अधिक सुंदर स्त्रियाँ, अप्सराएँ। वे इतनी अधिक सुंदर हैं कि वे कभी बुढ़ाती नहीं, वे सोलह वर्ष की आयु की ही हमेशा बनी रहती हैं। वे उस आयु के पार कभी जाती ही नहीं। यह एक मनुष्य के सपने होते हैं।

तुम्हें यहाँ शराब नहीं मिलती, अथवा यदि वह मिल भी सकती है, तो वह महँगी है, उसे लेना कठिन है, अथवा उसे लेने में यहाँ हज़ारों समस्याएँ हैं। और राजनीतिक हमेशा उनका निषेध करने के बारे में प्रायः सोचते रहते हैं। लेकिन फिरदौस, बहिश्त अथवा स्वर्ग में वहाँ हर तरह की शराब के चश्मे बह रहे हैं। तुम जितनी चाहो उतनी पी सकते हो, तुम उसमें तैर सकते हो, तुम स्वयं को उसमें पूरी तरह से मदमस्त बना सकते हो।

ये सभी सपने उन लोगों के लिए केवल झूठे आश्वासन हैं, जो पददलित और सताये हुए हैं। इसलिए मार्क्स कहता है–कि धर्म केवल एक फरेब है, धोखा देने की एक चाल है...लोगों का शोषण करने की एक तरकीब है, उनके साथ किया गया एक ऐसा छल है, जिससे उन पर सुगमता से शासन किया जा सके और वे विद्रोह न कर सकें। उसने पुराने विश्वासों पर बहुत सख्त चोट की।

और तब तीसरा प्रहार फ्रीड्रिक नीत्शे की ओर से किया गया। उसने कहा–"परमात्मा और कुछ भी नहीं, बल्कि वह प्रेम की चाह को कमजोर बनाने के लिए है। जब एक व्यक्ति बूढ़ा होने लगता है अथवा एक समाज पुराना, सुस्त, व्यर्थ और मृत बन जाता है, वह परमात्मा के बारे में सोचना शुरू कर देता है। क्यों? क्योंकि मृत्यु अब धीमे-धीमे निकट आ रही है।

प्रत्येक जीवन छोड़ने जा रहा है, जीवन उसके हाथों से फिसल जा रहा है, और कोई भी उस बारे में कुछ भी नहीं कर सकता, केवल बस उसे स्वीकार ही कर सकता है। मृत्यु को स्वीकार करने के लिए परमात्मा एक छल या चाल है और मृत्यु केवल उन्हीं लोगों के द्वारा स्वीकार की जाती है, जो दुर्बल मनुष्य हैं, जो कमजोर बन गये हैं।

नीत्शे कहा करता था कि परमात्मा का विचार स्त्रैण चित्त की उपज है। वह कहा करता था कि बुद्ध और जीसस दोनों स्त्रैण हैं। वे वास्तव में पुरुष जैसे कठोर नहीं हैं। वे बहुत अधिक कोमल हैं। वे ऐसे लोग हैं, जिन्होंने हार स्वीकार कर ली है। वे अब कोई संघर्ष नहीं कर रहे हैं। वे जीने के लिए भी संघर्ष नहीं कर रहे हैं। जब कोई भी व्यक्ति स्वयं जीने के लिए संघर्ष करना छोड़ देता है, वह धार्मिक बन जाता है। जब शक्ति पाने की और कुछ करने की चाह नहीं रह जाती, तो कोई भी व्यक्ति मरना और सिकुड़ना शुरू कर देता है, तब वह परमात्मा और अन्य दूसरी चीज़ों के बारे में सोचना शुरू कर देता है। परमात्मा, जीवन के विरोध में है। जीव है–शक्ति पाने की एक चाह। जीवन एक संघर्ष है, एक सतत संघर्ष। जीवन एक संघर्ष है, और प्रत्येक को उस पर विजय पानी है। जब लोग बहुत कमजोर हो जाते हैं और जीत नहीं सकते, तो उनके हारे हुए मन, धार्मिक बनना शुरू हो जाते हैं। धर्म है पराजय को स्वीकार कर लेना।

फ्यूरबाश, मार्क्स और नीत्शे इन तीनों ने एक साथ वह वातावरण तैयार किया, जहाँ यह घोषणा की जा सके कि अब परमात्मा मर चुका है और मनुष्य स्वतंत्र है।

यही वह स्थिति है, जिसमें तुमने जन्म लिया। यदि तुम पूरी तरह उनके समकालीन हो, तो यह स्थिति तुम्हारे लिए भी है। तुम पतंजलि, कपिल और कणाद की अपेक्षा फ्यूरबाश, मार्क्स और नीत्शे के साथ कहीं अधिक लयबद्ध हो। पतंजलि आदि तो बहुत दूर हैं तुमसे ! उनके चरित्रगत गुण हममें हैं ही नहीं, उन लोगों का हमसे कोई संबंध नहीं रह गया है। उनसे दूरी बहुत अधिक हो गई है। हमारे असली मसीहा तो फ्यूरबाश, मार्क्स, नीत्शे, फ्रॉयड और डार्विन हैं–और इन लोगों ने पूरे ताने–बाने को नष्ट कर दिया है, विश्वासों के पूरे ढाँचे और तौर–तरीकों को ध्वस्त कर दिया

है। और मैं तुमसे कहना चाहता हूँ कि इन लोगों ने मनुष्यता की बहुत बड़ी सेवा की है।

लेकिन मुझे ग़लत मत समझो। इन लोगों ने मनुष्य की चेतना से विश्वासों को पूरी तरह से मिटाकर मन को स्वच्छ कर दिया है, लेकिन यह आधा काम है। अब किसी और चीज़ की आवश्यकता है। यह ऐसा है, जैसे मानो तुम एक बाग की भूमि तैयार कर रहे हो और तुम खर–पतवार, और भूमि के सभी कंकड़–पत्थर उखाड़कर और बीनकर दूर फेंक देते हो और तुम भूमि तैयार कर देते हो–और तब केवल प्रतीक्षा करते हो तुम। तुम न तो गुलाब की नयी झाड़ियाँ लाते हो और न तुम नये बीज बोते हो। इन व्यक्तियों ने मनुष्यता की बहुत बड़ी सेवा की है। इन लोगों ने खर–पतवार और जंगली झाड़ियों को जड़ों से उखाड़ दिया है। लेकिन इन्हें जड़ों से उखाड़ देने भर से बाग तैयार नहीं हुआ है और न हो सकता है। जंगली झाड़ियों और खर–पतवार को जड़ों से उखाड़ देना, बाग को तैयार करने का एक भाग है, लेकिन यह अपने आपमें बाग नहीं है। अब तुम्हें गुलाबों को लगाना है। गुलाबों को तुम भूले हुए हो, इसलिए तुम जीवन के अर्थ से चूके जा रहे हो।

लोग जैसे एक जगह रूक कर जड़ हो गये हैं। या तो वे साम्यवादी बन गये हैं अथवा वे फ्रॉयड वादी हो गये हैं, अथवा वे साम्यवाद विरोधी कट्टर देशभक्ति के विचारों वाले तानाशाही संगठन के समर्थक, फासिस्ट बन गये हैं, और वे सोचते हैं कि उनके मन रूपी भूमिका साफ किया हुआ भाग, जहाँ अब कोई विश्वास नहीं जन्मते, जहाँ उस अज्ञात और सभी के पार परमात्मा के बारे में किसी चाह का कोई बसंत नहीं उगता, वही उनका उद्यान है। और तब तुम चारों ओर देखते हो, और पाते हो कहीं कुछ भी नहीं है, यह तो एक मरुस्थल है। इन लोगों ने भूमि तो साफ कर दी है, लेकिन उससे केवल एक मरुस्थल ही निर्मित हुआ है।

अब मनुष्य की उत्सुकता अत्यधिक बढ़ गई है। उसके अंदर उत्कंठा उत्पन्न हो गई है। अब उत्कंठा उत्पन्न हो गई। उस उत्कंठा को सदियों से इसलिए दबाया गया है, जिससे व्यक्ति अपने दल, धर्म, संप्रदाय और समाज के साथ उनके अनुसार बनकर ही चले। हज़ारों वर्षों से इस उत्कंठा

को दबाकर मुँह पर ताले डाल दिये गये और मनुष्य एक गुलाम की तरह काम करता रहा। अब वह ताला टूट गया है, मनुष्य अब गुलाम नहीं रह गया है और उसका हजारों वर्षों से किया गया दमन, और उत्कंठा, तालों को तोड़कर अब शिथिल हुई है। मनुष्य एक पागलपन की ओर बढ़ रहा है।

जो कुछ इन लोगों ने किया है, वह उन्हें एक महान मुक्ति की ओर मोड़ सकता है अथवा उन्हें बरबाद कर सकता है। यह उन पर ही निर्भर है। यदि तुम इस स्थिति का ठीक से प्रयोग करो, तो तुम अपने हृदयों के उद्यान में गुलाब उगा सकते हो, और शीघ्र ही तुम इसके लिए फ्यूरबाश, मार्क्स, नीत्शे, फ्रॉयड और उन सभी लोगों को धन्यवाद दोगे, जिन्होंने पुराने धर्मों और उनके द्वारा दिये गये विश्वासों को नष्ट किया। उन्होंने एक नये तरह के धर्म के लिए, जो अधिक परिपक्व, अधिक समझदार और अधिक विकसित हो, एक रास्ता तैयार किया।

मैं उन सभी के समर्थन में हूँ, लेकिन मैं उनके साथ वहीं रूक नहीं सकता। यदि तुम रूक जाते हो, तो अर्थहीनता ही तुम्हारा भाग्य बन जाएगी। हाँ! यह अच्छा है कि वहाँ परमात्मा का और परमात्मा के विश्वास का कोई अस्तित्व नहीं है, लेकिन तब यह खोजना शुरू करो कि तुम्हारे आंतरिक अस्तित्व में किसका निवास है? तब खोज पर निकल जाओ और तुम किसी परमात्मा से टकराओगे और यह परमात्मा तुम्हारा अनुभव किया हुआ परमात्मा होगा।

उन लोगों ने एक ऐसी स्थिति निर्मित कर दी है, जिसमें तुम कह सकते हो–'मैं नहीं जानता'–इस वस्तुगत जगत के पार जो कुछ अज्ञात है–मैं उसे नहीं मानता, और अब तुम इस नास्तिकता का प्रयोग, अज्ञात में छलांग लगाने के लिए एक 'बोर्ड' की तरह कर सकते हो। तुम अज्ञात में जाने के लिए पहले ही से तैयार हो। ज्ञान तुम्हें बाँध नहीं रहा है। कोई भी तुम्हारे पैरों में बेड़ी नहीं डाले हुए है। तुम पहिली बार स्वतंत्र हुए हो लेकिन तुम वहाँ खड़े हुए क्या कर रहे हो? तुम वहाँ इसलिए खड़े हुए थे क्योंकि तब तुम्हारे पैर जंजीरों से बँधे हुए थे और तुम वहाँ अभी भी खड़े

हुए हो, यद्यपि तुम जंजीरों से मुक्त हो चुके हो। अब आगे बढ़ो। अब खोज करो। यह पूरा अस्तित्व तुम्हारा ही है। बिना किसी धारणा, बिना किसी पूर्वाग्रह, बिना किसी दार्शनिक विचारधारा के खोज करो। खुले मन से खोज करो और खोजने के बाद तुम आश्चर्यचकित रह जाओगे कि वहाँ परमात्मा है।

लेकिन यह पूरी तरह नया परमात्मा होगा, पूरी तरह से नूतन और ताजा। यह वह परमात्मा होगा जो कोई भी स्वयं जानता है, वह परमात्मा नहीं, जिस पर कोई बिना जाने विश्वास करता है। यह एक जीवंत परमात्मा होगा, जो तुम्हारे हृदय में धड़क रहा है, जो तुम्हारे अंदर साँस ले रहा है, जो वृक्षों में फूल बनकर महक रहा है, जो पक्षियों में गीत बनकर गा रहा है। यह परमात्मा होगा पर्वतों, सरिताओं और सितारों का परमात्मा। यह जीवन का परमात्मा होगा। यह वह परमात्मा न होगा, जो कहीं स्वर्ग में रहता है, नहीं; यह वह परमात्मा होगा, जो अभी और यहीं रहता है, जो मुझसे, तुममें और प्रत्येक में निवास करता है। यह वह परमात्मा है, जो इस अस्तित्व के समतुल्य और समानार्थक है।

लेकिन यह परमात्मा, ज्ञान के द्वारा नहीं, केवल जानने के द्वारा अनुभव किया जा सकता है। ज्ञान और विश्वास को नष्ट कर दिया गया, यह अच्छा है। ये तीन व्यक्ति, फ्यूरबाश, मार्क्स ओर नीत्शे, इन लोगों ने सदियों के जमा कूड़े-कचरे को साफ करने का बहुत अच्छा काम किया, लेकिन स्मरण रहे, इससे स्वयं उन लोगों को कोई लाभ नहीं मिला। नीत्शे की मृत्यु एक पागलखाने में हुई, और यदि तुम भी नीत्शे के साथ रुक गये होते, तो तुम भी वैसे ही पागलपन की प्रतीक्षा कर रहे होते और अन्य कुछ भी नहीं हो सकता था। नीत्शे ने बहुत बड़ी सेवा की मनुष्यता की, वह एक शहीद था, लेकिन वह स्वयं अपनी ही नकारात्मकता के कारण शक्तिहीन होकर सब कुछ खो बैठा। उसने विश्वास को तो तोड़ा, लेकिन वह कभी भी खोज करने आगे नहीं बढ़ा कि वहाँ है क्या? बिना विश्वास के आख़िर वहाँ है क्या? बिना विश्वास के भी वहाँ कुछ और भी है। तुम यह नहीं कह सकते कि वहाँ कुछ भी नहीं है। वहाँ कुछ चीज़ है जरूर। वह है क्या आख़िर ? वह कभी भी ध्यान में नहीं गया। विचार करना, तर्कपूर्ण ढंग से सोचना,

एक चीज़ तो कर सकता है वह। वह विश्वास तोड़ सकता है। लेकिन वह तुम्हें सत्य तक नहीं ले जा सकता। तुम ध्यान के अथवा प्रेम के दरवाजे से-**मरीफा** अथवा **महाबा** से, अथवा जानने या प्रेम करने से, अथवा एक प्रेमी, आशिक, अथवा भक्त बनकर, अथवा एक योगी या ध्यानी बनकर ही सत्य तक पहुँच सकते हो। केवल यही दो मार्ग हैं–या तो जानने, समझ या बोध के द्वारा पहुंचों अथवा प्रेम के अनुभव द्वारा। परमात्मा तक पहुँचने के यही दो द्वार हैं।

अब मनुष्य को जीवन में कुछ महत्वपूर्ण सृजित करना है। उसके सार तक पहुँचने का अवसर न तो समाज ने दिया है और न किसी अन्य व्यक्ति ने।

मार्टिन हेडगर कहता है–एक बार जब कोई भी व्यक्ति अस्तित्व और जीवन की अर्थहीनता के प्रति सजग हो जाता है, तो एक बहुत बड़ी व्यग्रता और वेदना का जन्म होता है। यह समझ पर पड़े उस ताले के खुलने से घटता है, जो सदियों से थोपी गई 'कनडीशनिंग' के अनुसार हो जाने के कारण बुद्धि पर पड़ा हुआ था। एक बार यह मुक्ति घट जाती है, तो एक व्यक्ति कुछ कर सकता है–लेकिन उस ढाँचे के अनुसार नहीं, जो किसी व्यक्ति के द्वारा किसी चीज़ के लिए दिये जाते हैं। किसी को स्वयं ही से मुलाकात करनी होती है, स्वयं अपने ही अंदर गहरे में जाना होता है। हेडगर ठीक कहता है तुम्हें स्वयं अपने ही अंदर गहरे में जाना होगा। अब तुम किसी दूसरे व्यक्ति की ओर नहीं झुक सकते। कोई भी धार्मिक शास्त्र तुम्हारी सहायता न करेंगे। मसीहा कभी के जा चुके। परमात्मा के संदेश वाहक भी अब नहीं रहे। तुम्हें स्वयं अपने को अपनी ओर ही मुड़ना होगा। तुम्हें अपने पैरों पर स्वयं खड़ा होना होगा। तुम्हें स्वतंत्र होना होगा। हेडगर इसे 'रिजोल्व' अर्थात 'निश्चय को दृढ़ बनाना' कहते हैं। तुम्हें एक दृढ़ निश्चय पर पहुँचना होगा, एक संकल्प करना होगा कि मैं अकेला हूँ और और कहीं और से मुझे कोई सहायता मिलने वाली नहीं। अब मैं क्या करने जा रहा हूँ? और मैं कोई भी चीज़ जानता ही नहीं। अब वे विश्वास ही न रहे, जो मुझे रास्ते का बना–बनाया नक्शा देते थे। समुद्र में छिपी चट्टानों का

कोई भी नक्शा नहीं है मेरे पास और मेरे चारों ओर अज्ञात सागर फैला है। पूरा अस्तित्व ही फिर से एक रहस्य बन गया है।

जो लोग साहसी हैं, उनके लिए यह बहुत बड़ी प्रसन्नता की बात है, क्योंकि अब फिर से खोज करना संभव हो गया है।

यही वह है जिसे मार्टिन हेडगर 'दृढ़ निश्चय' करना कहता है, जिसे हिंदू 'संकल्प' कहते हैं। अब तुम्हें दृढ़ निश्चय करना है। वह इसे पक्का इरादा करना कहता है, क्योंकि इसके द्वारा ही व्यक्तिगत रूप से कोई भी व्यक्ति अकम्प, साहसी और ध्येय के प्रति दृढ़ प्रतिज्ञ बनता है; व्यक्तिगत रूप से कोई भी व्यक्ति वैयक्तिक बनता है। कोई परमात्मा नहीं, कोई समझौते नहीं, कोई नियम और कोई दैवी आदेश नहीं, कोई आदर्श नहीं, कोई ढांचा और सिद्धांत नहीं–प्रत्येक व्यक्ति को स्वयं ही निर्णय लेना है कि उसे कहाँ जाना है और क्या करना है और क्या बनना है। प्रसिद्ध अस्तित्ववाद के नारे का यही अर्थ है–"जीवन में पहिले ही से कोई सार नहीं है, मनुष्य की प्रकृति में कोई भी सारभूत तत्व नहीं है, वह नस है। मनुष्य वही सृजित करता है, जो वह स्वयं है, वह अपने आप ही को प्रक्षेपित करता है।

जो कुछ भी महत्वपूर्ण होता है, उसे तो प्रक्षेपित करना होता है, सार युक्त और अर्थपूर्ण का तो सृजन करना होता है। तुम्हें अपना सबसे अधिक प्रभावी गीत गाना है, तुम्हें सबसे अधिक प्रभावी रूप से अभी नाचना है, तुम्हें अपना सबसे अधिक महत्वपूर्ण अभी चित्र, चित्रित करना है, और तुम्हें अपना सारपूर्ण जीवन अभी जीना है। इस जीने के द्वारा ही, तुम्हारे प्रभावी नृत्य के द्वारा ही वह तुम्हारे अस्तित्व में गहरे उतरना शुरू हो जाएगा, तुम्हारे गीत गाने और गुनगुनाने के द्वारा ही वह तुम्हारे अस्तित्व में ही खिलना है। उसे तुम्हारा ही अंतर्कमल बनना है।

और अब यह सुंदर बोध कथा–

एक व्यक्ति सूफ़ी सद्‌गुरु बहाउद्दीन शाह के पास आया, और उसने कहा–"पहिले मैंने एक गुरु का अनुसरण किया, और फिर दूसरे का। इसके बाद मैंने सभी धर्म शास्त्रों को पढ़ा, और तब मैंने उनसे कुछ जाना।

यद्यपि मैं आपके और आपकी शिक्षाओं के बारे में कुछ भी नहीं जानता हूँ, लेकिन मेरा यह अनुभव ही मुझे आपसे सीखने के लिए धीमे-धीमे जैसे तैयार कर रहा है।

जब तुम एक बहाउद्दीन शाह जैसे व्यक्ति के निकट जाते हो, तो समझो, तुम जैसे एक खतरे के निकट आये हो, तुम जैसे एक आग के निकट, और अपनी मृत्यु के ही निकट आये हो।

यह व्यक्ति जरूर ही इस गुरु अथवा उस गुरु के पास गया होगा। और गुरु तो इस स्थान पर लाखों हैं, पर सद्गुरू दुर्लभ हैं। तुम बहुत आसानी से अपने आस–पास दर्जनों शिक्षक पा सकते हो, वे बहुत सस्ते हैं। एक सद्गुरू के निकट जाकर तुम बहुत बड़ी जोखिम उठा रहे हो।

यह व्यक्ति बहाउद्दीन से कह रहा है, जैसा कि उसने जरूर ही दूसरे शिक्षकों से भी कहा होगा–"पहिले मैंने इस गुरु का और फिर उस गुरु का अनुसरण किया।" लोग इसी तरह के हैं। वे सोचते हैं कि यह कोई बहुत गौरवपूर्ण बात है। लोग मेरे पास आते हैं और कहते हैं–'पहिले मैं गुरुजी महाराज के साथ रहा हूँ, और तब मैं मुक्तानंद जी के पास गया और उसके बाद मैं 'इसके और उसके' पास गया–'और अब मैं आपके पास आया हूँ।' वे लोग सोचते हैं कि वे बहुत बड़े खोजी हैं। उन सभी नामों को गिनाकर वे बहुत अच्छा महसूस करते हैं। लेकिन वे पूरी तरह से अभी भी अपनी मूढ़ता को ही प्रदर्शित कर रहे हैं।

एक सच्चा खोजी गुरुओं की फिक्र नहीं करेगा, वह उनसे संबंध जोड़ेगा ही नहीं। यदि वह किसी गुरु के पास जाता भी है, तो वह उससे गुजर कर देखेगा कि वह केवल मात्र एक शिक्षण भर है, और जितनी शीघ्र संभव होगा, वह उससे पलायन कर दूर चला जाएगा। फिर वह उसके बारे में शेखी नहीं हाँकेगा, क्योंकि उस बारे में वहाँ शेखी हाँकने जैसा कुछ है ही नहीं।

प्रत्येक को उसे स्वयं खोजना होता है, प्रत्येक को अंधेरे में जाकर उन्हें उसे टटोलना होता है। लेकिन जब तुम अंधेरे कमरे में दरवाजे को टटोल रहे होते हो तो तुम कमरे के किसी कोने में दीवार से टकरा कर नीचे गिर पड़ते हो और तुम्हारे सिर पर चोट लग जाती है और तब फिर दरवाजा टटोलते हुए तुम किसी फर्नीचर से, इस या उस चीज़ से टकरा जाते हो...और तब तुम दरवाजे तक आते हो...जब तुम दरवाजे तक आते हो, तो क्या तुम हिसाब लगाते हो कि पहिले तुमने कितनी बार ठोकरे खाई। किस कोने में और किस फर्नीचर से टकराये तुम? कितनी बार तुम्हारे सिर

में चोट लगी? तुम ऐसा करते ही नहीं। वह सभी कुछ महत्वहीन है। जब तुमने दरवाजे को पा लिया, तो अंधेरे में लगी वे सभी ठोकरें तुम भूल जाते हो। तब वहाँ उस बारे में शेखी हाँकने जैसा कुछ बचता ही नहीं। सब कुछ समाप्त हो चुका होता है।

वास्तव में जब तुम यह कह रहे हो कि तुम मुक्तानंद अथवा गुरु महाराज, अथवा साई बाबा अथवा इसके या उसके साथ रहे हो, तो तुम सामान्य रूप से यही बता रहे हो कि तुम्हारे पास देखने को आँखें थी ही नहीं। तुम पूरी तरह से अपनी बुद्धिहीनता का ही प्रदर्शन कर रहे हो । मेरा यही अनुभव रहा है। लोग मेरे पास आते हैं और इन चीज़ो का संबंध मुझसे जोड़ते हैं।

मूर्ख लोगों की भी तीन श्रेणियाँ हैं, जैसे कि प्रत्येक तरह के लोगों के तीन वर्ग हैं। एक, वे लोग, जो बुद्धि के द्वारा काम करते हैं। यद्यपि उनके पास अधिक बुद्धि नहीं है, लेकिन वे फिर भी उसके द्वारा कार्य करते हैं–इस प्रकार ये लोग 'मूर्ख–बुद्धिवादी' हैं। जब भी कोई व्यक्ति कहता है–मैं प्रभुपाद जी के साथ रहा हूँ, तब मैं जान लेता हूँ कि यह व्यक्ति, 'मूर्ख बुद्धिवादी' है। दूसरे तरह का व्यक्ति जो मूर्ख तो है ही पर साथ ही भावुक भी है। तब वह गुरु महाराज के पास जाएगा। वहाँ जाकर वह प्रेम करने वाला एक प्रेमी बनेगा। अथवा तीसरी संभावना ऐसे मूर्ख मनुष्य की है, जिसकी कोई कामना है, जो दुराग्रही अथवा वह कोई इच्छाशक्ति का चमत्कार खोज रहा है, तब वह चमत्कारों के लिए सत्य साई बाबा के पास जाएगा। उसकी दिलचस्पी जादू में होगी।

जब तुम मेरे पास आते हो और कहते हो कि तुम यहाँ अथवा वहाँ रहे हो, तो तुम पूरी तरह से अपनी उन व्यर्थ की चीज़ों का ही प्रदर्शन कर रहे हो, जिन्हें तुम अपने अतीत में करते रहे हो।

जो दूसरी किस्म, मध्यम दर्जे की बुद्धि वालों की है, उसके भी तीन विभाजन हैं। यदि औसत मन, बुद्धि का प्रयोग करता है, तो वह श्री अरबिंदो के पास जाएगा। अथवा यदि वह भावनाओं के द्वारा कार्य करता है तब वह मुक्तानंद के पास जाएगा। अथवा यदि वह संकल्प के द्वारा कार्य करता

है, तब वह किसी हठ–योगी का अनुसरण करेगा। वह कोई आसन, मुद्रा या व्यायाम खोज लेगा और अपने शरीर को सताना शुरू कर देगा। अथवा हो सकता है कि किसी जैन मुनि का अनुयायी हो। वह स्वयं की पीड़ा देकर सुख का अनुभव करने वाला होगा। वह अपने ही शरीर को सताने में प्रसन्नता लेने वाला होगा। शरीर को कष्ट देने के द्वारा वह अपने को शक्तिशाली होने का अनुभव करेगा।

और तब वहाँ बुद्धिमान लोग हैं, वास्तव में प्रज्ञावान लोग। इनमें भी तीन तरह की पहुँच के लोग हैं। यदि एक व्यक्ति वास्तव में शुद्ध बुद्धि अर्थात प्रज्ञा से कार्य करता है, तब वह या तो कृष्णमूर्ति के पास जाएगा अथवा महर्षि रमण के पास। अथवा यदि वह व्यक्ति संवेदनशील और भाव प्रधान है, तो वह कोई मेहर बाबा जैसा सद्‌गुरू खोज लेगा। अथवा यदि वह व्यक्ति संकल्पवान है, तो वह गुरुजिएफ जैसा सद्‌गुरू खोजेगा।

लेकिन यदि तुमने एक सद्‌गुरू खोज लिया है, तो तुम्हें मेरे पास आने की जरूरत ही नहीं है। एक बार जब तुमने एक सद्‌गुरू खोज लिया, तो फिर तुम कहीं और जाओगे ही नहीं। तुम्हारी यात्रा पूरी हुई। यदि तुमने अभी भी सद्‌गुरू को नहीं खोजा है, केवल तुम तभी इधर–उधर देखते रहोगे। इसलिए जब तुम कहते हो, मैं इसके साथ रहा अथवा उसके साथ रहा, तो यह केवल यही दिखला रहा है कि तुमने अभी तक उसे पाया नहीं है। इससे यह प्रकट नहीं होता है कि तुमने कुछ भी प्राप्त किया है। इससे केवल यही स्पष्ट होता है कि तुम उसे यहाँ और वहाँ टटोल रहे हो, लेकिन तुमने अभी तक उसे पाया नहीं है। यह पूरी तरह से यही प्रदर्शित करता है कि कहीं किसी चीज़ से तुम चूक रहे हो, और तुमने अभी तक उसे प्राप्त नहीं किया है। यह वास्तव में तुम्हारी अंतर्यात्रा की जीवनी नहीं है, क्योंकि इसका अभी तक प्रारंभ हुआ ही नहीं है।

जब तुमने अपने सद्‌गुरू को पा लिया, तो बात खत्म हो गई। पूर्ण विराम हो गया। तब तुम द्वार तक आ पहुँचे। तुम उसके द्वारा प्रवष्टि हो जाओ। तब तुम कहीं दूसरी जगह जाते हो नहीं। इसलिए यदि तुमने उसे अभी तक नहीं पाया है, तो तुम्हारा यह सोचना कि तुम इसके या उसके साथ रहे, अर्थहीन है।

यह व्यक्ति बहाउद्दीन के पास आया और कहा–"पहिले मैंने इस गुरु का अनुसरण किया और तब उसका।" वह क्या कह रहा है? वह कह रहा है–"मैं कोई साधारण व्यक्ति नहीं हूँ। मैं एक बहुत बड़ा खोजी हूँ।" वह स्वयं अपना परिचय दे रहा है और अपनी अंतर्यात्रा की जीवन गाथा का प्रदर्शन कर रहा है–"आप मुझे एक साधारण व्यक्ति के रूप में मत लीजिए। मैं एक महान खोजी और एक महान भक्त हूँ। मैं इस गुरु के निकट रहा हूँ और उस गुरु के निकट भी। उसका यही विचार है। लेकिन यह शख्स बहाउद्दीन इसके बारे में क्या सोचेगा।

फिर मैंने इन धर्मशास्त्रों का अध्ययन किया और तब उनसे मैंने थोड़ा बहुत जाना।

तब यहाँ ऐसे भी लोग हैं, जो उन पुस्तकों की गिनती बताएंगे, जिन्हें वे पढ़ते रहे हैं।

केवल कुछ ही दिनों पूर्व मुझे एक व्यक्ति से जो नेपाल में किसी बहुत ऊँचे पद पर आसीन है, पुस्तकों की एक लंबी सूची प्राप्त हुई। उसने पुस्तकों की एक सूची भेजी है। उसने लिखा है कि वह उन पुस्तकों का अध्ययन करता रहा है और पूछा है–"आपका इस बारे में क्या ख्याल है?" मुझे उन पुस्तकों के बारे में क्यों सोचना चाहिए, जिन्हें तुम पढ़ रहे हो। फिर उसने लिखा, "यदि आप सोचते हैं कि मैं किन्हीं अन्य पुस्तकों से चूक रहा हूँ, तो आप उन पुस्तक का सुझाव दे सकते हैं।" उसने मुझसे पूछा इसलिए मैंने उसे सुझाव दिया कि उसे उन सभी पुस्तकों को जला देना चाहिए। पुस्तकों से कोई भी सहायता मिलने वाली नहीं। इसके ही साथ चलते–चलते उसने अपने पत्र में यह भी लिखा–कि वह बहुत गौरवान्वित होने का अनुभव कर रहा है–जैसे मानो पुस्तकें पढ़कर वह कोई बहुत महान कार्य कर रहा हो, जैसे मानो ये तीन सौ पुस्तकें पढ़कर पूरे अस्तित्व को कृतज्ञ कर रहा हो। इन्हें पढ़कर उसने जरूर ही बहुत अधिक ज्ञान इकट्ठा किया होगा और इसी ज्ञान के द्वारा उसका अहंकार...

"यद्यपि मैं यह अनुभव करता हूँ कि मैं आपके बारे में और आपकी सिखावनों के बारे में कुछ भी नहीं जानता हूँ, लेकिन मेरा यह अनुभव ही मुझे आपसे सीखने के लिए धीमे-धीमे जैसे तैयार कर रहा है।"

जरा इस मूर्खता को तो देखो। वह कहता है–यद्यपि मैं यह अनुभव करता हूँ कि मैं आपके और आपकी शिक्षाओं के बारे में कुछ नहीं जानता हूँ, फिर भी मेरा इस गुरु से उस गुरु के पास जाने का अनुभव और धर्मशास्त्रों को पढ़ने के अनुभव ने मुझे धीमे-धीमे आप से सीखने के लिए तैयार किया है।

वह यह जानती ही नहीं कि बहाउद्दीन को उसे सिखाना क्या है–क्योंकि एक सद्गुरू के पास सिखाने को कुछ होता ही नहीं। एक सद्गुरू तो, जो कुछ सीखा है, उसे मिटा देता है। एक सद्गुरू तो तुमसे वह सभी कुछ छीन लेता है, जो तुमने सीखा था। एक सद्गुरू के पास न तो तुम्हें कोई चीज़ देने की होती है और न कुछ और सिखाना होता है। वह तुम्हें एक अलग तरह की प्रक्रिया से गुजारता है-सीखे को अनसीखा करने की प्रतिक्रिया से। एक गुरु तुम्हें सिखाता है। एक गुरु तुम्हें सीखने के लिए बहुत कुछ देता है। यदि तुम सीखना ही चाहते हो, तो किसी गुरु के पास जाओ, और तुम सीखे का अनसीखा करना चाहते हो, तो एक सद्गुरू के पास जाओ। एक सद्गुरू तुमसे वह सब कुछ ले लेता है, जो तुम जानते हो। उसे बहत विध्वंसात्मक बनना होता है, क्योंकि जो कुछ तुम्हारे अंदर व्यर्थ है, जब तक वह उसे नष्ट न कर दे, तुम्हारा फिर से नया जन्म लेने में समर्थ न हो सकोगे।

शाह ने उत्तर दिया–"अतीत में तुमने जो कुछ भी सीखा है, उससे तुम्हें यहाँ कोई भी सहायता नहीं मिलेगी।"

उस महान खोजी को जरूर इस बात से एक धक्का लगा होगा। बहाउद्दीन कह रहा है–"अतीत में तुमने जो कुछ भी सीखा है, उससे तुम्हें यहाँ कोई भी सहायता नहीं मिलेगी। वह कहता है–बेशर्त समर्पण। तुमने अतीत में जो भी सीखा है, उससे यहाँ तुम्हें कोई भी सहायता मिलने वाली नहीं, क्योंकि यहाँ हम सीखे लोगों की कोई भी सहायता नहीं करते। यहां हम अनसीखा करने में सहायता करते हैं। इसलिए वह सब कुछ जो तुम जानते हो, जो तुम्हारा ज्ञान है, तुम्हें उसे छोड़ना होगा, भले ही वह कुछ भी हो।

वह सब कुछ जो तुम जानते हो...यदि कोई हिंदू आता है मेरे पास, तो उसे अपने वेदों को छोड़ना होगा, यदि एक मुसलमान आता है मेरे पास, तो उसे अपनी कुरान को छोड़ना होगा, यदि कोई बौद्ध आता है मेरे पास, तो उसे अपने धम्मपद को छोड़ना होगा, और यदि कोई ईसाई आता है। मेरे पास, तो उसे अपनी बाइबिल को छोड़ना होगा। यह जानना असंगत है कि उसे क्या छोड़ना होगा–वह जो कुछ भी अपने साथ लिए चल रहा है, उसे वह सभी कुछ छोड़ना होगा।

उसे अपनी 'कंडीशनिंग' को, नियमों और अनुशासन के ढांचे को छोड़ना होगा। उसे यह कंडीशनिंग किसने दी, यह बात इतनी जरूरी नहीं है। मन को उस बिंदु तक आना होगा, जहाँ वह 'कंडीशनिंग' से मुझे होने का अनुभव कर सके–यही स्वतंत्रता एक नई अंतर्दष्टि लाती है, फिर आँखों में धारणाओं की धुंध और धुआँ नहीं रह जाता। जीवन में बहुत हरियाली है और सिद्धांत बहुत मटमैले हैं। जब तुम्हारी आँखें सिद्धांतों के मटमैलेपन से भरी होती हैं, तुम जीवन की हरियाली को नहीं देख सकते। जीवन बहुत शांत है, और सिद्धांतों में बहुत शोर–गुल है। सिद्धांत तुम्हारी खोपड़ी में एक भीड़ भरा बाजार निर्मित कर देते हैं और जीवन है बहुत अधिक ध्यान पूर्ण। सिद्धांतों के द्वारा तुम इस शाश्वत मौन से संपर्क बनाने में समर्थ न हो सकोगे।

और मैं तुमसे जो कहना चाहता हूँ–वह विरोधाभासी लग सकता है। तुम्हें, लेकिन वह ऐसा ही है–यदि तुम जीवन में ध्वनि की खोज करो, तो वह मौन की ध्वनि है। यह केवल मनुष्य ही है, जो ध्वनियाँ उत्पन्न करता है। ये पक्षी, मौन का ही गीत गाते हैं, यह वृक्ष, ये सभी मौन को ही गा रहे हैं, ये सभी नदियाँ, जो सागर की आरे दौड़ी जा रही हैं, वे मौन को ही गाती हैं। हाँ, वहाँ ध्वनि है, लेकिन वह ध्वनि, मौन से उत्पन्न हुई है। ध्वनि में कोई शोर नहीं होता। यह केवल मनुष्य ही है। जो शोर–गुल उत्पन्न करता है, वह चटर-पटर किए चले जाता है। वह मनुष्य ही है, जो इस अस्तित्व में भाषा लाया। वह मनुष्य ही है, जो अस्तित्व में शब्द लाया, और इन शब्दों के द्वारा उसने सभी कुछ खो दिया। वह भाषा के जंगल में खो गया है।

एक सद्गुरू भाषा के इस पूरे जंगल को जलाने में तुम्हारी सहायता करता है। वह तुम्हें एक बिना भाषा वाले स्थान में ले जाता है।

इसीलिए बहाउद्दीन कहता है–

तुमने अतीत में जो कुछ भी सीखा है, यहाँ उससे तुम्हें कोई भी सहायता नहीं मिलेगी। यदि तुम यहाँ मेरे पास ठहरना अथवा रूकना चाहते हो, तो तुम्हें अतीत में सीखे गये सभी ज्ञान का अहंकार और गर्व छोड़ना होगा। यह तुम्हारी एक खुशफहमी है।

बहाउद्दीन बहुत कठोर सद्गुरू दिखाई देता है। कोई भी यह महसूस कर सकता है कि उसे इस बेचारे खोजी के प्रति थोड़ा अधिक उदार होना चाहिए। लेकिन सद्गुरू कठोर होते ही हैं। वे तुम्हारे साथ उदार नहीं हो सकते। वे सामान्य शिष्टाचार का पालन नहीं कर सकते। उन्हें अभद्र होना ही होता है, क्योंकि केवल इसी अभद्रता से तुम्हें धक्का लगता है, तुम्हें चोट लगती है। और यदि तुम्हें चोट न लगे, तो तुम कभी सजग हो ही नहीं सकते। केवल इन चोटों के द्वारा ही तुम धीमे-धीमे सजग बनते हो।

गुरुजिएफ कहा करता था कि लोगों ने अपने चारों ओर आघातों को सीखने वाले, धक्का प्रूफ कवच निर्मित कर रखे हैं। शिष्टाचार उन्हीं आघात सोखने वाले कवचों में से एक है। यह स्प्रिंग जैसा होता है। तुम कार में बैठते हो, कार में बहुत से स्प्रिंग लगे होते हैं। यह स्प्रिंग, झटकों और दचकों को कम कर देता है। सड़क असमतल और खुरदरी हो सकती है, लेकिन तुम्हें असमतल होने का अधिक अनुभव नहीं होता। रेलगाड़ियों में भी दो डिब्बों के मध्य ऐसे ही स्प्रिंग वाले अवरोधक लगाये जाते हैं, यदि कोई भी झटका या आघात लगता है, यह अवरोधक उसे अपने में सोख लेते हैं।

मनुष्य ने ऐसे बहुत से अवरोध, बहुत से स्प्रिंग और बहुत से आघातों को सोखने वाले कवच निर्मित किए हैं। तुम किसी व्यक्ति को देखते हो, रास्ता चलते किसी व्यक्ति से मिलते हो, और कहते हो–"हलो! आपके कैसे मिजाज हैं? गुड मार्निग।" तो यह एक अवरोधक है। तुम भले ही ठीक न भी हो, तुम्हें सुबह–सुबह इस व्यक्ति को देखकर बुरा भी लग रहा

हो, लेकिन तुम्हें 'गुड मार्निंग' कहना ही पड़ता है; तुम्हें कहना ही पड़ता हैं–"आपसे मिलकर खुशी हुई।" यह एक अवरोधक है, जिससे तुम वास्तविक स्थिति को छिपा सको। और उत्तर में वह भी कहता है–"मैं भी आपसे मिलकर बहुत प्रसन्न हूँ।" दोनों ही एक-दूसरे को देखकर दुःखी हैं। वे एक-दूसरे को देखना भी नहीं चाहते, वे एक-दूसरे से बचना चाहते हैं। वे केवल इन शब्दों को इसीलिए उछाल रहे हैं, जिससे नागवार स्थिति को टाला जा सके, असुविधाजनक स्थिति से बचा जा सके, इसीलिए वे पालिश लगा रहे हैं।

लेकिन एक सद्गुरू को तुम पर चोट करनी ही होती है, जिससे तुम सजग और होशपूर्ण बन सको। इसके सिवा और कोई उपाय ही नहीं है। तुम्हें जगाने और होशपूर्ण बनाने के लिए, तुम पर चोट करनी ही होगी। इसलिए सद्गुरू, किसी भी अवसर पर कभी भी चूकता नहीं। तुम जब भी ऐसे अवसर उसे देते हो, यदि वह चोट कर सकता है, तो अवश्य ही चोट करता है। वह निश्चित रूप से आघात करता है। वह कभी भी किसी अवसर को चूकता नहीं।

अब इस व्यक्ति को अवश्य ही आघात लगा होगा। वह बहुत शिष्टाचार पूर्वक विनम्र बना हुआ था और न उसने सद्गुरू से कुछ भी ग़लत कहा था। वह केवल यही तो कह रहा था–"मैं इस सद्गुरू से उस सद्गुरू के पास गया और मैं इन–इन पुस्तकों को पढ़ता रहा।" वह साधारण रूप से यही तो कह रहा है–"कृपया, मुझे ध्यान देने योग्य समझिए। आप मुझे स्वीकार कीजिए। मैं पहिले ही से तैयार होकर आया हूँ। मेरा सभी अध्ययन और तैयारियाँ ही मुझे आप के निकट ले आई हैं।"

अब उसे ऐसे उत्तर की आशा ही नहीं थी। स्मरण रहे, चोट अनपेक्षित, आशा के प्रतिकूल ही होनी चाहिए। यदि तुम उसकी पहिले ही से आशा या अपेक्षा कर रहे हो, तो वह अर्थहीन होगी। यदि तुम आशा कर रहे हो, तो तुम उसे अवशोषित करने के लिए पहिले ही से तैयार होंगे। जब तुम ऐसी कोई आशा कर ही नहीं सकते। जब वह अचानक होती है, और जिस कोने या जिस ओर से होती है, जिसके बारे में तुमने कभी सोचा तक

न था, केवल तभी वह तुम्हारे अंदर प्रवेश कर प्रभावी होती है, अन्यथा तुम पहले ही से तैयार और सुरक्षात्मक बने रहते हो।

इसलिए सद्गुरू अपने को कभी दोहरा नहीं सकता। वह एक ही स्थिति का फिर से प्रयोग, उसी तरीके से नहीं कर सकता। प्रत्येक शिष्य के साथ वह अलग तरह से व्यवहार करता है–क्योंकि एक बार जब वह टेपरिकार्ड जैसी चीज़ बन जाती है, तब वह उस चोट को सृजित नहीं कर सकता, जो जरूरी थी।

"तुमने अतीत में जो कुछ भी सीखा है, यहाँ उससे तुम्हें कोई सहायता नहीं मिलेगी। यदि तुम यहाँ मेरे पास रूकना और ठहरना चाहते हो, तो तुम्हें अतीत में सीखे गये सभी ज्ञान का अहंकार और गर्व छोड़ना होगा।

तुम्हें अतीत में सीखे गये ज्ञान का अहंकार और गर्व छोड़ना होगा। सभी गर्व, अतीत ही से आता है। तुम एक बहुत धनी परिवार में उत्पन्न हुए हो, तुम्हारा जन्म एक अभिजात परिवार में हुआ है, तुम एक बहुत प्रसिद्ध परिवार में जन्मे हो, तुम्हारा जन्म एक बहुत कुलीन परिवार में हुआ है। तुमने हारवर्ड, अथवा आक्सफोर्ड अथवा बनारस विश्वविद्यालय में अध्ययन किया है। तुम एक ब्राह्मण हो, तुम्हारे पिता एक महान विद्वान थे, तुम्हारे पास बहुत-सी सनदें अथवा डिग्रियाँ हैं। यह सारा गर्व अतीत से आता है और एक शिष्य को अपना पूरा अतीत छोड़ना होता है। जब तुम अपना अतीत छोड़ते हो, तो भविष्य अपना द्वार खोलता है। यदि तुम अतीत से ही लिपटे रहते हो, तो तुम पीछे की ओर ही देखते रह जाते हो। और यही तुम्हारी स्थिति है–इसी कारण तुम निरंतर मुसीबतों से घिरे रहते हो और निरंतर दुर्घनाओं को आमंत्रित करते हो। तुम उस कार ड्राइवर की भांति हो, जो गाड़ी आगे की ओर चला रहा है, लेकिन देखता पीछे की ओर है। दुर्घटना होना तय बात है। यदि वह नहीं होती, तो यह एक चमत्कार है।

और जो लोग हैं, वे पीछे की ओर ही देखे चले जा रहे हैं। पीछे का दृश्य दिखलाने वाला शीशा हमेशा उनकी आँखों के आगे रहता है। वे उस रास्ते की ओर देखते हैं, जिसकी यात्रा वे पहिले ही कर चुके हैं और आगे

के मार्ग की ओर नहीं देखते। और उसी को देखना है। यदि तुम दुर्घटनाओं से बचना चाहते हो, तो आगे की ओर ही देखना है। प्रत्येक व्यक्ति को अतीत से मुक्त हो जाना है, केवल तभी आँखें भविष्य के लिए खुलती हैं। स्मरण रहे, तुम दोनों को एक साथ नहीं देख सकते।

एक सद्‌गुरू भविष्य को प्राप्य बनाता है और वह एक ही तरीक़े से प्राप्त किया जा सकता है–अतीत को पूरी तरह जला देना होगा। मैं जब भी अपने संन्यासियों से कहता हूँ–'अपना अतीत गिरा दो', वे पूछते हैं–"क्या सभी कुछ? परिपूर्ण? क्या आपके ख्याल में मेरा पूरा अतीत ग़लत है? वे कह रहे हैं कि कुछ अच्छी चीज़ें तो बचाई जा सकती हैं–और जो बुरी चीज़ें वहाँ बच जाए, उनको जलाया जा सकता है। लेकिन मुद्दा यह नहीं है। तुम अच्छी चीज़ें बचा सकते हो, लेकिन तुम फिर लौट कर देखोगे अतीत की ही ओर। स्मरण रहे–यह प्रश्न अतीत और भविष्य के मध्य चुनाव का नहीं है। यह प्रश्न तुम्हारे अच्छे को चुनने और बुरे को गिराने का भी नहीं है, तुम्हें इसे पूरी तरह गिरा देना है। केवल तभी आँखें भविष्य की ओर उन्मुख होंगी। और संभावित शक्ति भविष्य ही में है, क्योंकि भविष्य तो आख़िर भविष्य होता है।

तुम्हें अतीत में सीखे गये ज्ञान का सारा अहंकार और गर्व छोड़ना होगा। यह एक तरह की विमुग्धता अथवा तुम्हारी खुशफहमी है।

बहाउद्दीन कह रहा है कि तुम्हारा यह कहना कि मैं इस सद्‌गुरू से उस सद्‌गुरू के पास रहा और इस अथवा उस पुस्तक का अध्ययन करता रहा, कि मैं योगाभ्यास करता रहा, और ज़ेन करते हुए शून्य का अनुभव करता रहा, यह सभी कुछ आत्मा विमुग्धता और एक खुशफहमी है। उसने बहुत गहरी चोट की है।

उस व्यक्ति ने हर्ष और आश्चर्य से उल्लसित होकर कहा–"मेरे देखे यही तो आपके इतने अधिक महान होने का प्रमाण है, यही प्रमाण है आपके सच्चे और प्रामाणिक सद्‌गुरू होने का।

यह व्यक्ति भी असाधारण है। वह निश्चित रूप से बहुत-से सद्‌गुरूओं के निकट रहा होगा और जब कभी उनकी ही चोटों का प्रहार भी झेलता

रहा होगा। वह बहाउद्दीन को पराजित करने का प्रयास कर रहा है। उसके पास आघातों को अवशोषित करने वाला अवरोध भी है। वह कह रहा है–"ठीक है, आप मुझ पर चोट तो कर रहे हैं, लेकिन आप मुझे चोट पहुँचा नहीं सकते। मेरे पास उसकी सुरक्षा का पूरा प्रबंध है।"

वह अचानक एक नया मोड़ लेता है। वह बहुत ही सूक्ष्म रूप से सुरक्षात्मक है। वह कहता है–

"मेरे देखे यही तो आपके इतने अधिक महान होने का प्रमाण है, यही प्रमाण है–आपके सच्चे और प्रामाणिक सद्‌गुरू होने का। पहिले मैं जितने भी गुरुओं से मिला था, उनमें से किसी ने भी, जो कुछ मैंने अतीत में पढ़ा और सीखा था, उसके मूल्यों को नकारने का साहस नहीं किया था।"

वह वास्तव में एक चतुर और चुस्त व्यक्ति है, वास्तव में वह एक विद्वान व्यक्ति है। यदि वहाँ बहाउद्दीन जैसा महान सद्‌गुरू न हुआ होता तो वह धोखा देने में सफल हो जाता। यदि वहाँ बहाउद्दीन में अहंकार का एक सूक्ष्म अणु भी हुआ होता, तो इस व्यक्ति ने व्यवस्था कर उन्हें धोखा दे ही दिया होता।

अब वह पूरी तरह सत्य कहता दिखायी देता है। "निश्चित रूप से यही तो वह स्थिति है–अब मैं देख और समझ पा रहा हूँ कि आप ही सच्चे और प्रामाणिक सद्‌गुरू हैं क्योंकि आप ही ऐसी बात कहने का साहस कर सकते हैं।" अन्यथा दूसरे गुरु तो विश्वास दिलाते हैं, फुसलाते हैं। वे व्यापारी हैं। वे प्रयास करते हैं। यदि तुम उनसे कुछ भी कहो तो वे तुम्हें दुलारते हैं। वे कहते हैं–'बहुत अच्छा! तुमने जो कुछ भी किया, वह ठीक है, तुम्हें वही करना चाहिए था।' वे तुम पर कोई भी ऐसी गहरी चोट नहीं करेंगे, क्योंकि वे शिष्यों की तलाश में हैं। वे इतनी आसानी से एक ग्राहक से चूक नहीं सकते। तुम एक दूकानदार हो, और तुम्हारे पास कोई ग्राहक आता है–तो तुम कैसे उसको चोट पहुँचा सकते हो? तुम्हें उसे फुसलाना होता है, तुम्हें उसकी बकवास को बरदाश्त करना होता है, बल्कि उसकी निरर्थक बातों की प्रशंसा भी करनी होती है।

यदि तुम एक सामान्य, गुरु के पास जाते हो, और यदि तुम उससे

कहते हो कि तुमने यह और वह पढ़ा है, तो वह कहेगा–"बहुत अच्छा! तुम्हें ऐसा ही करना चाहिए था। तुम्हारे अंदर एक महान आत्मा है।" यदि तुम कहते हो–'मैं सभी वेदों का पाठ सुना सकता हूँ,' वह कहेगा–"यही तो करने की ठीक चीज़ है। अब तुम तैयार हो, इसलिए अब मुझे तुम पर अधिक श्रम न करना पड़ेगा। तुमने आधा काम तो पहिले ही से कर रखा है।" वह तुम्हें यह अनुभव करा देगा कि तुम बहुत अच्छे शिष्य हो।

स्मरण रहे, केवल वही व्यक्ति जो तुम्हारा शोषण करने का प्रयास नहीं कर रहा है, तुम पर चोट कर सकता है। यदि उसका विचार किसी तरह से तुम्हारा शोषण करने का है, तो वह तुम पर चोट नहीं कर सकता।

मेरे देखे यही तो आपके इतने अधिक महान होने का प्रमाण है। यही प्रमाण है, आपके एक सच्चे और प्रामाणिक सद्‌गुरू होने का।

अब उसने बहाउद्दीन की मुक्त भाव से प्रशंसा की।

"अतीत में मैं जिन गुरुओं से भी मिला था, उनमें से किसी ने भी। जो कुछ मैंने पहिले पढ़ा और सीखा था, उसके मूल्यों को नकारने का साहस नहीं किया था।"

बहाउद्दीन ने कहा–"तुम्हारा यह अनुभव करना ही अपने आपमें अयोग्यता है।"

वह फिर चोट करता है और पहिले से भी कहीं अधिक गहरी चोट।

"बिना मुझे समझे हुए, मुझे स्वीकार करने में, इतना अधिक उत्साह और जोश दिखला कर, तुम स्वयं अपनी ही चापलूसी कर रहे हो कि तुम कितने बड़े ज्ञानी हो, और वास्तव में तुम्हारे अंदर इसी चीज़ की कमी है।

बहाउद्दीन कह रहा है–"अब मुझे मूर्ख बनाने की कोशिश मत करो। तुम जो कुछ कर रहे हो, क्या तुमने उस बारे में कभी सोचा है? क्या तुम सोचते हो कि तुम मेरी प्रशंसा कर रहे हो? अप्रत्यक्ष रूप से तुम स्वयं अपनी ही प्रशंसा कर रहे हो। तुम स्वयं अपनी ही प्रशंसा करते हुए कह रहे हो कि तुम इतने बड़े ज्ञानी हो–और तुम वह हो नहीं। तुम यह सिद्ध करने का प्रयास कर रहे हो कि जब तुम्हारे सामने एक महान सद्‌गुरू हो, तुम उसे पहिचान सकते हो। कैसे पहिचान सकते हो तुम? तुम तो अंधे हो। सूर्य की तुम्हारी की गई सारी प्रशंसा व्यर्थ है।"

बहाउद्दीन देख सकता है कि यह व्यक्ति तो अंधा है, और इसके बावजूद भी वह कह रहा है–"आप ही सबसे महान प्रकाश हैं।" तुम कैसे देख सकते हो प्रकाश को? तुम बिना समझ के हो और तुम इतने अधिक उत्साह से मेरी समझ की प्रशंसा कर रहे हो? एक सद्गुरू की प्रशंसा करने की समझ विकसित करने में वर्षों लग जाते हैं। केवल समझ के द्वारा ही... यदि तुम एक सद्गुरू की प्रशंसा समझ के द्वारा करते हो, तो वह उसे स्वीकार कर लेगा। यदि तुम उसकी प्रशंसा केवल जोश और उत्साहपूर्वक करते हो, तो वह उसे स्वीकार नहीं करेगा। केवल तुम्हारी अंतर्दष्टि को ही स्वीकार नहीं करेगा। केवल तुम्हारी अंतर्दष्टि को ही स्वीकार किया जा सकता है, तुम्हारी चापलूसी को नहीं, क्योंकि चापलूसी करने वाला अप्रत्यक्ष रूप से अपनी ही चापलूसी करता है।

"तुम्हारा ऐसा अनुभव करना ही अपने आप में तुम्हारी अयोग्यता प्रदर्शित कर रहा है।" बहाउद्दीन ने कहा, "उत्साह और जोश दिखला कर, तुम स्वयं अपनी ही चापलूसी कर रहे हो कि जैसे तुम कितने बड़े ज्ञानी हो, और वास्तव में तुम्हारे अंदर इसी चीज़ की कमी है।"

तुम अभी भी अपने ज्ञान के प्रभाव से ऐसा कह रहे हो कि–मेरा भी कुछ मूल्य है, तभी तो मैंने बहाउद्दीन जैसे महान सद्गुरू को पहिचान लिया।

एक सद्गुरू का, और विशेष रूप से एक सूफ़ी–सद्गुरू का यही तो गुण होता है। एक सूफ़ी सदगुरु से अनुग्रह पाना बहुत कठिन होता है। उसकी कृपा प्राप्त करना, अथवा उसकी **'बर्क'** पाना बहुत कठिन होता है। अपने हृदय में उसको ग्रहण करने के योग्य बनना तो और भी अधिक कठिन होता है। लेकिन ऐसा हमेशा ही से होता रहा है–क्योंकि यदि तुम सद्गुरू को ग्रहण करने योग्य बन जाते हो, तो समझो, तुमने परमात्मा की ओर एक बहुत बड़ा कदम उठा लिया। तुम अब परमात्मा को भी ग्रहण करने योग्य बन गये। सद् गुरू तुम्हें पूरी तरह से नग्न बना देता है, क्योंकि परमात्मा के सामने तुम पूरी तरह से नग्न ही खड़े होंगे।

एक सद्गुरू को बहुत कठोर होना होता है। यह उसकी करुणा है। केवल अपनी करुणा के कारण ही वह कठोर है। स्मरण रहे–जब तुम एक

सद्‌गुरू के निकट आते हो, जो कठोर है, तो यह तथ्य तुम शीघ्र ही जान जाते हो कि वह तुम्हारे प्रति करुणामय है। यदि उसके पास करुणा न होगी तो वह विनम्र होगा। फिर फिक्र क्यों करते हो?

मैं तुम्हारे सिर पर केवल एक ही कारण से निर्दयता से प्रहार किए चले जाऊँगा, क्योंकि मैं तुम्हारी सहायता करना चाहता हूँ। ठीक कुछ ही दिनों पूर्व मैंने 'थियोसोफी' अर्थात ब्रह्मविद्या के बारे में कुछ कहा था, कि किसी स्त्री ने मुझे लिख कर भेजा–"आपकी आलोचना बहुत अपमानजनक थी। थियोसोफी ने बहुत से मनुष्यों की सहायता की है और थियोसोफी एक महान विज्ञान है। आप मैडम ब्लावटस्की के बारे में क्या कहेंगे? वह ठीक उन्हीं बातों को कहती है, जिनकी चर्चा आप कर रहे हैं।"

स्मरण रहे, मैंने 'थियोसोफी' या ब्रह्मविद्या की निंदा नहीं की थी, मैंने उस महिला की आलोचना की थी। मुझे थियोसोफी से क्या लेना–देना? मैडम ब्लावटस्की अब यहाँ है नहीं। अब उनकी आलोचना की आवश्यकता क्या? लेकिन जो लोग यहाँ हैं, और वे सोचते हैं कि वे ब्रह्मवादी हैं, तो उनकी सोच पर मैं चोट कर रहा हूँ।

जब मैं सत्य साई बाबा के विरुद्ध कुछ भी कहता हूँ, तो मैं सत्य साई बाबा के विरुद्ध कुछ भी नहीं कह रहा हूँ। मुझे सत्य साई बाबा से क्या लेना–देना? लेकिन मैं उन लोगों पर प्रहार कर रहा हूँ, जो सोचते हैं। कि वे सत्य साई बाबा से जुड़े हुए हैं। इसे कभी भूलना मत। मुझे मुक्तानंद से क्या लेना–देना? एक बेचारा सा व्यक्ति लेकिन जब मैं मुक्तानंद के बारे में कुछ कहता हूँ तो मैं तुम्हीं लोगों पर चोट करता हूँ। हमेशा इस बात का स्मरण रखना, अन्यथा तुम मुझे ग़लत समझोगे।

जब बहाउद्दीन ने उस व्यक्ति से कहा कि तुम्हें अपना अतीत छोड़ना होगा, तो वह कह रहा है–'वे सभी लोग, अतीत में तुम जिनके साथ रहे, वे ग़लत थे। वह यह नहीं कह रहा है कि तुम्हें सभी धर्मशास्त्रों को इसलिए भुला देना चाहिए क्योंकि वे ग़लत हैं–नहीं, ऐसी बात नहीं है। वह केवल एक ही बात कह रहा है, एक साधारण-सी बात–कि अतीत अहंकारपूर्ण है, अतीत के ज्ञान के गर्व के कारण, अहंकार के कारण, एक मनुष्य विकसित

नहीं हो सकता। यदि तुम विकसित होना चाहते हो, तो अतीत में बटोरे गये ज्ञान का अहंकार तुम्हें छोड़ना होगा।

यदि तुम यहाँ मेरे साथ हो, यदि तुम यहाँ मेरे साथ ठहरना चाहते हो, तो इस छोटी-सी बोध–कथा पर ध्यान करो। ये तुम्हें इस बात का संकेत और स्वाद देगी, कि मैं यहाँ तुम्हारे साथ क्या कर रहा हूँ और मैं बार-बार क्या करने जा रहा हूँ। मेरा हथौड़ा हजार तरह से तुम्हारी खोपड़ी कर चोट करता रहेगा। यदि मैं वास्तव में तुमसे प्रेम करता हूँ, तो मुझे तुम्हें सिरविहीन करना ही होगा, मुझे तुम्हारी बुद्धि या उधार ज्ञान को नष्ट करना ही होगा, मुझे तुम्हारे लिए सलीब बनना ही होगा, क्योंकि केवल सूली पर लटकने के बाद ही पुनर्जन्म होता है।

छठवाँ प्रवचन

असंभव को पाने की लालसा

16 अगस्त, 1977

पहिला प्रश्न–मैं स्पष्ट रूप से नहीं समझ पाता हूँ। क्या एक सूफ़ी बनने के लिए संकल्प का होना आवश्यक है? क्या यह केवल आशीर्वाद से ही संभव है? अथवा यह कुछ दूसरी ही चीज़ है?

सूफ़ियों में एक कहावत बहुत कही जाती है। वे कहते हैं–"परमात्मा कभी भी खोजने से नहीं मिलता, और वह कभी उन लोगों को भी नहीं मिलता, जो उसे नहीं खोजते।

पहिले तो एक व्यक्ति को उसे खोजना होगा, और तब अपनी खोज को भी छोड़ देना होगा–क्योंकि खोज करने में, खोजने वाला बना ही रहता है। खोजने वाला कर्ता ही अहंकार है। यह निश्चित है, कि यदि तुम कभी खोजने की शुरुआत नहीं करोगे, तो तुम उसे कभी न पा सकोगे। तुम्हें परमात्मा के प्रति फासा बनना ही होगा, तुम्हें आगे बढ़ते हुए अंधेरे में टटोलना ही होगा।

लेकिन तुम्हें टटोलने का आदी नहीं बनना है। एक क्षण ऐसा आता है, जब तुम्हें ऐसा लगने लगता है कि तुम्हारी इच्छा पूरी नहीं होगी। लेकिन ऐसा क्षण केवल संकल्प और कठोर श्रम के द्वारा ही आता है। एक क्षण ऐसा आता है, जब तुम्हें यह अनुभव होना शुरू हो जाता है, कि तुम्हारे संकल्प की हार हो गई और तुम पूरी तरह पराजित होने के क्षण में तुम समर्पण करते हो। उसी पूर्ण पराजय में तुम रोने, चीखने लगते हो और कहते हो–"अब मैं और अधिक कुछ भी नहीं कर सकता, मैं तो पूरी तरह समाप्त हो गया। मैं जो कुछ भी कर सकता था, वह सब कुछ मैंने किया।" उसी पूर्ण असफलता के क्षण में, उसी पूर्ण पराजय के क्षण में, तुम मिट जाते हो। तुम फिर और अधिक वहाँ होते ही नहीं। खोज करते–करते खोजने वाला ही खो जाता है।

परमात्मा की खोज करना, असंभव की खोज करना है। खोजने से तुम उसे पा नहीं सकते। यदि तुम खोजने से परमात्मा को प्राप्त कर सकते, तब परमात्मा भी कुछ ऐसी चीज़ होता जिस पर तुम अधिकार कर सकते, जो तुम्हारी मुट्ठी में होता। तब परमात्मा तुम्हारी एक संपत्ति होता–तब फिर परमात्मा तुमसे अधिक महान न होता। तुम जो कुछ भी खोज लेते, उसे तुम्हारी अपेक्षा छोटा होना ही चाहिए, वह किसी भी तरह तुमसे अधिक बड़ा नहीं हो सकता। नीचे का भाग ऊपर के भाग की खोज नहीं कर सकता और छोटा, अपने से बड़े की खोज नहीं कर सकता।

तुम अनंत और शाश्वत पर अधिकार नहीं जमा सकते–यह सोचना ही निरर्थक है। लेकिन यह समझने के लिए कि यह व्यर्थ है, एक को उसकी खोज शुरू करनी होती है।

तुम किसी अन्य उपाय से उसे जान ही नहीं सकते। जब किसी एक में परमात्मा के लिए यह शुरू होती है...तो उसका अर्थ है कि वह एक अब उस असंभव के लिए चाह कर रहा है, उसमें एक कामना उठ खड़ी हुई है और वह उसे खोजने चल पड़ा है।

यही कारण है कि मैं धर्म को असंभव पाने की एक लालसा अर्थात व्यग्रता कहता हूँ। एक-न-एक दिन हार पूरी तरह सुनिश्चित है। उसी पराजय के क्षण में किसी चीज़ का परिवर्तन होता है, कुछ रूपांतरण होता है। उसी पराजय में खोजने वाला मिट जाता है, संकल्प और चाह मिट जाती हैं, और समर्पण घटता है। बिना पराजित हुए तुम समर्पण नहीं कर सकते। तुम कैसे कर सकते हो समर्पण? अपने गहरे में तुम यह सोचते रहोगे–"मैं अपने प्रयास में सफल हो सकता था, अथवा तुम यह भी सोच सकते हो कि यह समर्पण करने वाले कर्ता हो। लेकिन तब यह समर्पण है ही नहीं। समर्पण तो केवल पूर्ण पराजय के बाद ही घट सकता है। केवल तुम्हारी पूरी तरह से हार ही तुम्हें समर्पण के लिए तैयार करती है–कोई भी आशा की एक छोटी-सी किरण भी, आत्मा की अंधेरी रात में न हो। तुम्हें प्रत्येक चीज़ दाँव पर लगा देनी होती है, अब कुछ भी करने को बचता नहीं। तुम पूरी तरह खाली हो जाते हो।

उसी खालीपन में...समर्पण। उस खालीपन की खिलावट ही समर्पण है। उसी खालीपन में तुम बचते ही नहीं कुछ नई चीज़ आ पहुँचती है। खोजने वाला वहाँ रहता ही नहीं, संकल्प समाप्त हो जाता है, लेकिन वहाँ खोज बनी रहती है, वहाँ चाह बनी रहती है, और-तो-और, जो ऊर्जा खोज में लगी थी, वह भी चाह बन जाती है। अब तुम पूरी तरह से प्यास से उतप्त हो जाते हो, यह भली-भाँति जानते हुए कि तुम कुछ भी कर नहीं सकते। परम निराशा का यह क्षण ही अनुग्रह लाता है, जिसे सूफ़ी '**बर्क**' कहकर पुकारते हैं, जिसे हिंदू '**प्रसाद**' कहते हैं।

जब तुम चारों खाने चित्त हो जाते हो, तुम अपनी ओर से प्रयास करने पर भी एक इंच आगे नहीं बढ़ सकते, जब तुम फिर से एक छोटे बच्चे बन जाते हो और तुम माँ के लिए रोने और चीखने लगते हो, तभी माँ आती है। लेकिन तुम्हें पूरी तरह असहाय बनना होगा।

तुम्हारा प्रश्न महत्वपूर्ण है। तुम पूछ रहे हो–मैं स्पष्ट रूप से नहीं समझ पा रहा हूँ। क्या सूफ़ी बनने के लिए संकल्प का होना जरूरी है। हाँ! शुरू में संकल्प का होना जरूरी है परमात्मा की ओर होने वाली प्रत्येक यात्रा संकल्प से ही शुरू होती है पर कभी भी संकल्प में समाप्त नहीं होती। उठाया गया पहिला कदम, संकल्प के कारण ही होता है और संकल्प ही तुम्हें उस लंबे रास्ते पर ले जाता है, जहाँ तुम्हारी पूरी पराजय होती है। आधी यात्रा तो संकल्प अथवा इच्छा शक्ति द्वारा ही की जाती है और आधी यात्रा समर्पण में घटती है। संकल्प ही समर्पण तक ले जाता है।

यह तुम्हें विरोधाभासी लगेगा। संकल्प की खिलावट ही अंतिम रूप से समर्पण में होती है, क्योंकि यह संकल्प ही है, जो तुम्हें स्वयं अपने से सजग बनाता है, कि तुम कुछ भी कार्य नहीं कर सकते। तुमने उसे पहिले ही कर लिया। तुमने उसकी असफलता देख ली। इसलिए पहिला कदम तो संकल्प ही में उठता है, आधी यात्रा संकल्प में ही पूरी होती है। और जब संकल्प मिट जाता है, फिर अनुग्रह, प्रसाद या बर्क बरसती है।

इसलिए यदि तुम मुझसे यह निश्चय करना चाहते हो कि संकल्प अथवा समर्पण, तो मैं कहूँगा कि वे दोनों ही और दोनों में से कोई भी नहीं। संकल्प और समर्पण, एक पक्षी के दो पंखों के समान हैं। वे दोनों ही सहायक

हैं, वे दोनों एक-दूसरे के पूरक हैं। जब वे एक-दूसरे के विरोधी लगते हैं, तब भी एक-दूसरे के अधूरेपन को पूरा कर रहे हैं। उनका आपस में विरोध ही गति उत्पन्न करता है। यही ठीक तुम्हारे दोनों पैरों की भाँति है–वे दोनों एक दूसरे के विरोधी हैं। इस विरोधी के कारण ही ऊर्जा उत्पन्न होती है। और तुम चलते हो। संकल्प और समर्पण विरोधी हैं, लेकिन गहरे में वे उस अखंड के ही भाग हैं।

प्रत्येक खोजी संकल्प में यात्रा का प्रारंभ करता है और उसका अंत समर्पण में होता है।

• दूसरा प्रश्न–महान दार्शनिक क्यों इतने सुंदर, आकर्षक और समय से आगे के विचार कहने के बावजूद भी इतने अधिक भ्रम और उलझन में क्यों बने रहते हैं?

उत्तर–दार्शनिक लोग, एक चहारदीवारी या बाड़े की भाँति होते हैं और वे उसके चारों ओर, बिना कहीं से निकले हुए निरंतर घूमते ही रहते हैं। हाँ! वे वास्तव में ठीक एक बाड़े की तरह होते हैं, जिसके चारों ओर वे गोल–गोल घूमते ही रहते हैं और कभी भी कहीं पहुँचते ही नहीं।

विचार प्रक्रिया एक दुष्चक्र है। एक विचार दूसरे विचार तक ले जाता है और इसी तरह वह प्रक्रिया चलती रहती है, और तुम एक घेरे में घूमते रहते हो। तुम बहुत अधिक दौड़ते हो, लेकिन तुम पहुँचते कहीं भी नहीं। विचार तुम्हें किसी परिणाम तक नहीं पहुँचाते। विचार तुम्हें कोई परिणाम दे ही नहीं सकते, लेकिन वे ऐसा बहाना जरूर बनाते हैं। ये बहुत बड़े बहानेबाज़ हैं। परिणाम या निष्कर्ष तो अनुभव के द्वारा आता है–इसी कारण वैज्ञानिक, प्रयोगों को करने के लिए प्रयोगशालाओं की ओर गतिशील हुए और धार्मिक रहस्यदर्शी अनुभव करने के लिए अपने ही अंदर की प्रयोगशाला की ओर गए। धर्म है अंतर्तम का विज्ञान और विज्ञान है बाहर का धर्म।

दर्शनशास्त्र एक गड़बड़झाला है। यह शुद्ध रूप से केवल एक अनुमान अथवा परिकल्पना है। कोई एक, बिना कोई प्रयोग किए, बिना किसी अनुभव के बस बैठ जाता है और विचार करने लगता है। और परिणाम तो केवल प्रयोग अथवा अनुभव से आता है। पदार्थगत संसार के बारे में प्रयोग अनुभव

से आता है। पदार्थगत संसार के बारे में प्रयोग से ही निष्कर्ष निकलता है। वह जो दूसरा अस्तित्व में होता है, वह तुम्हारे विरोध में होता है; और धर्म का अनुभव अपने अंदर का वैयक्तिक अनुभव होता है, वह जो तम स्वयं होते हो। दोनों ही परिणाम देते हैं, दोनों से ही कुछ निष्कर्ष निकलता है। दर्शनशास्त्र से कोई भी निष्कर्ष निकलता ही नहीं, वह एक कभी भी समाप्त न होने वाला खेल है।

लेकिन दार्शनिक बहुत आकर्षक विचार दे सकते हैं। वास्तव में वे केवल बौद्धिक वक्तव्य ही दे सकते हैं। दार्शनिक, बौद्धिक वक्तव्य दे सकते हैं, लेकिन वे केवल नीतिवाक्य, टिप्पणियाँ, या आकर्षण विचार होते हैं। उन वक्तव्यों में एक निश्चिता काव्य भी हो सकता है, लेकिन उनमें कोई वास्तविकता, और सत्य नहीं होता। हाँ! वे वक्तव्य आकर्षक हो सकते हैं, उनमें एक तार्किक संगति हो सकती है, एक तर्कपूर्ण लयबद्धता हो सकती है, लेकिन वास्तविक यथार्थ से अथवा सत्य से उनका कोई भी संबंध नहीं होता। वे सभी नकली होते हैं। एक अथवा दूसरी दार्शनिक विचारधाराओं के मध्य वहाँ कुछ भी चुनने जैसा होता ही नहीं–सभी दार्शनिक विचारधाराएँ झूठी और नकली होती हैं। एक दार्शनिक वह होता है, जो अपने मन में ही कहीं अटका रह गया है।

मनुष्य के पास तीन पर्तें होती हैं–पहिली है शरीर–दूसरी पर्त है मन और तीसरी है आत्मा। इसे ठीक से समझ लेना है। आत्मा एक वास्तविक यथार्थ है। मन और कुछ भी नहीं, बल्कि वह इन दोनों के मध्य एक सेतु है, यों अपने आपमें वह निर्मूल्य है। एक सेतु या पुल का अपने आप में कोई भी मूल्य नहीं होता। उसका केवल यही मूल्य है कि वह दो किनारों को जोड़ने वाला पुल है। उसके पास कोई अंतर्निहित मूल्य नहीं है। दोनों किनारे बिना पुल के भी बने रह सकते हैं; लेकिन बिना किनारों के पुल का कोई भी अस्तित्व नहीं है। इसकी केवल एक उपयोगिता है, यह एक साधन है। मन वहाँ होता है, जहाँ आत्मा और शरीर दोनों एक दूसरे को लगभग आच्छादित करते हैं। जहाँ शरीर और आत्मा किसी सीमा तक एक-दूसरे को आच्छादित करते हैं, वहाँ वास्तविकता का एक भ्रम उत्पन्न हो जाता है। यह भ्रम ही मन है।

विज्ञान की आस्था शरीर में होती है और धर्म की आस्था, आत्मा में होती है।

दर्शनशास्त्र, मन में विश्वास किए चले जाता है। वह मन का एक खेल है। और स्मरण रहे, जब तुम पूरी तरह से अपने शरीर में रहते हो, मन मिट जाता है। अथवा जब तुम समग्रता से आत्मा अथवा चेतना में होते हो, तब भी मन विसर्जित हो जाता है। यदि तुम प्रेम कर रहे हो और तुम समग्रता से शरीर में हो, तो कुछ क्षणों के लिए वहाँ मन होता ही नहीं। तुम शरीर की वास्तविकता में इतनी समग्रता से डूब जाते हो कि मन अस्तित्व में रह नहीं सकता अथवा यदि तुम गहरे ध्यान में हो, पूरी तरह उसमें डूबे हुए हो, तब भी मन विसर्जित हो जाता है। वास्तविकता अर्थात सत्य हमेशा अमन में होता है, तुम भले ही पूरी तरह शरीर में रहो अथवा आत्मा में इससे कोई भी फर्क नहीं पड़ता, सत्य सदा अमन ही में होता है। मन तो एक माया है, एक भ्रम है वह।

तुमने प्रायः दोहराये जाने वाला वेदांत का यह वक्तव्य अवश्य सुना होगा कि संसार एक माया है। यह पूरी तरह ठीक नहीं है–क्योंकि संसार से जो तुम समझते हो वह वस्तुओं का संसार है। जब वेदांत कहता है कि यह संसार एक भ्रम है तो उसके कहने का ठीक-ठीक अर्थ यह है कि यह मन ही माया अर्थात एक भ्रम है। यह वह संसार है, जिसमें तुम रहते हो। तुम वास्तविकता में, असली संसार में रहते ही नहीं, तुम विचारों, कामनाओं और कल्पनाओं में रहते हो। तुम मन के संसार में रहते हो।

यह मन ही माया है, यह एक जादू भरी चीज़ है। इसमें कुछ भी वास्तविक नहीं है। यह लगभग एक सपने जैसा हैं। प्रत्येक रात तुम सपना देखते हो, और जब तुम सपना देख रहे होते हो, तो तुम सोचते हो कि यह सपना सच्चा है। तुम कितनी बार सपने द्वारा छले गये हो? आख़िर तुम यह कब समझोगे कि सपना, सत्य नहीं होता। और प्रत्येक दिन, जब तुम सुबह जागते हो, तुम जान पाते हो कि वह सत्य नहीं था। और तुम फिर सोते हो, फिर सपना देखते हो, और वह फिर सच बन जाता है। जब तुम सो जाते हो तो सपना फिर सत्य लगने लगता है। सपना उसी अनुपात में सच लगता है, जिस अनुपात में तुम्हारी नींद या मूर्च्छा होती है। यदि

तुम थोड़े-से भी सजग हो जाओ, तब न तो और अधिक देर तक मन रह पाता है और न सपना ही सच रह पाता है।

जब कोई एक पूरी तरह जाग जाता है, जब कोई एक बुद्ध बन जाता है, तब मन और अधिक अस्तित्व में रह ही नहीं जाता। अब सबेरा आ चुका है, तुम पूरी तरह जाग गये हो। 'बुद्ध' शब्द का यही अर्थ है–एक ऐसा व्यक्ति जो पूरी तरह जाग गया है। अब शरीर सत्य है, अब आत्मा भी सत्य है, लेकिन मन विसर्जित हो चुका है। मन झुटपुटे प्रकाश और अंधकार जैसा है, जिसमें जो वस्तुएँ हैं नहीं वे वास्तविक जैसी दिखाई देती हैं।

निकोलाई बर्दयेव अपनी आत्मकथा में कहता है–"मैं भोर और सांझ के झुटपुट से बहुत डरता हूँ, जब न तो दिन होता है और न रात। यह झुटपुटा मुझे भयभीत कर देता है।" जब मैंने इसे पढ़ा तो मैं इस बारे में उलझन में पड़ गया कि इस धूमिल प्रकाश से उसे परेशान क्यों होना चाहिए? यह तो इतनी अधिक सुंदर बेला है, जब दिन पूरी तरह आया नहीं है और रात पूरी तरह बिदा नहीं हुई है। लेकिन वह ठीक है। उसका अर्थ केवल झुटपुटे प्रकाश से ही नहीं है, उसका अर्थ उन सभी वस्तुओं से है, जो न होकर भी धुंधली-सी दिखाई देती है।

मन एक धुंधली, अस्पष्ट-सी चीज़ है, न तो वह शरीर है और न आत्मा। जिसमें बहुत थोड़ा-सा रहस्यमय भाग आत्मा ने दिया है, और असली वास्तविक भाग शरीर ने दिया है। मन उधार ली हुई चीज़ जैसा है–उसमें थोड़ी-सी चीज़ आत्मा की है और थोड़ी-सी चीज़ शरीर की। वह ठीक मध्य में है, न यह और न वह।

और दर्शनशास्त्र, मन में ही निवास करता है, और इसीलिए दर्शनशास्त्र एक भ्रम अत्यधिक सुहाने और मधुर होते हैं।

तुम मुझसे पूछ रहे हो–"**महान दार्शनिक इतने सुंदर, आकर्षक और समय से आगे के भी विचार कहने के बावजूद भी इतने अधिक भ्रम और उलझन में क्यों बने रहते हैं?**

सुंदर और आकर्षक बातें कहने भर से तुम भ्रमों और उलझनों से अलग नहीं हो सकते। यह इतना आसान और सस्ता नहीं है। यदि तुम

अपने भ्रमों को छाँटकर अलग नहीं कर सकते, यदि तुम उन भ्रमों और उलझे विचारों के पार जाना चाहते हो, तो तुम्हें कुछ वास्तविक कार्य करना होगा–जिसके बारे में गुरुजिएफ इस व्यवस्था को 'दि वर्क', एक विशिष्ट उद्देश्य के लिए पूरे प्रयास करते हुए, उपलब्धि प्राप्त करना कहा करता था। वास्तविक कार्य करने के लिए प्रयास करने पड़ते हैं। काव्यात्मक ढंग से दिए सुंदर वक्तव्यों और दार्शनिक विचारधाराओं को अभिव्यक्त कर तुम सांत्वना दे सकते हो। लेकिन इससे कोई सहायता मिलने वाली नहीं। यह ऐसा ही होगा, जैसे मानो कोई भूखा हो, और तुम स्वादिष्ट भोजन की चर्चा किए जाओ। जैसे मानो कोई व्यक्ति भूखा हो, और तुम इसे बहुत सुंदर मुद्रित भोज्य पदार्थों की सूची या मीनू थमा दो; जैसे मानो कोई–कोई भूखा हो और तुम उसे भोजन तैयार करने की विविध विधियों की एक पुस्तक दे दो।

दर्शनशास्त्र, ठीक-ठीक ऐसा ही है। दर्शनशास्त्र एक 'मीनू' अर्थात भोज्य पकवानों की एक सूची है, जो स्वादिष्ट भोजन के बारे में खबर देती है और उसे देखकर लार भी टपक सकती है। फिर भी नींबू के बारे में सोचते ही, रस का स्राव आना भले ही शुरू हो जाए, लेकिन वह तुम्हें तृप्ति और संतोष देने वाला नहीं है। दर्शनशास्त्र लोगों को प्रभावित करता है, क्योंकि लोग मन में ही रहते हैं।

एक दार्शनिक, एक बस पकड़ने के लिए बस स्टेशन गया, लेकिन उसने देखा कि वह कुछ समय पूर्व जल्दी आ गया है। तभी उसने वहाँ भविष्य बताने वाली एक मशीन देखी और अपना भविष्य जानने के लिए एक सिक्का उसमें डाला और तभी उसमें एक कार्ड बाहर आया, जिसमें लिखा था–"आप जोन जोन्स हैं। आपकी आयु पैंसठ वर्ष है और आप एक महान दार्शनिक हैं और आप अपनी व्यावसायिक यात्रा पर शिकागो जा रहे हैं।"

उसने मन-ही-मन कहा–"मैं विश्वास कर ही नहीं सकता, इस मशीन को यह कैसे मालूम हुआ। जरूर ही इसके पीछे कोई व्यक्ति होना चाहिए। इसलिए उसने फिर मशीन में दूसरा सिक्का डाला, और तुरंत दूसरा कार्ड बाहर निकला, जिसमें लिखा था–"आप अभी भी जोन जोन्स हैं। आप

अभी भी एक महान दार्शनिक हैं, आपकी आयु अभी भी पैंसठ वर्ष है–और अभी भी व्यावसायिक यात्रा पर शिकागो जा रहे हैं।"

उसने मन-ही-मन भ्रमित होकर कहा–"मैं विश्वास करूँ तो कैसे करूँ?" उसने फिर मशीन में सिक्का डाला। इस बार जो कार्ड निकला, उसने भविष्य वाणी की–आप अभी भी जोन जोन्स हैं। आप अभी भी एक महान दार्शनिक हैं। आपकी आयु अभी भी पैंसठ वर्ष है। आप अभी भी शिकागो की यात्रा पर जा रहे हैं–लेकिन चारों ओर से मूर्ख बनकर आप अपनी बस पकड़ने से चूक गये हैं।"

दर्शनशास्त्र आपको मूर्ख बनाकर विचार के चक्र में घुमा रहा है, और ख्याल रखना, तुम बस पकड़ने से चूक जाओगे।

केवल विचार करने से कोई सहायता नहीं मिलने वाली। यह एक बौद्धिक-विलास है। तुम अशांत होकर विचार कर सकते हो, तुम सिद्धांतों का ताना-बाना बुन सकते हो, तुम हवा में किले खड़े कर सकते हो और तुम सुंदर सपने देख सकते हो। यह सभी बचकानी बातें हैं।

लेकिन यदि तुम तर्कपूर्ण बन सकते हो, यदि तुम शब्दों के साथ घुल-मिल सकते हो, यदि तुम्हारे पास शब्दों के साथ खेलने की विशिष्ट क्षमता और कुशलता है, तुम बहुत संतोष का अनुभव कर सकते हो। तुम्हें ऐसा अनुभव होना शुरू हो सकता है कि अब तुम्हारे पास कुंजी है और तुम जानते हो।

पालतू छोटे पशुओं की दूकान पर, खरीदे पशुओं को ग्राहकों के घर पहुँचाने वाला लड़का दुनियादारी की दृष्टि से बहुत अधिक बुद्धिमान तो न था, लेकिन वह विनोदी स्वभाव का था। एक दिन उससे पालतू खरगोश की डिलीवरी देने श्रीमती जोन्स के रूट नंबर दो और बाक्स नंबर चार के पते पर जाने को कहा गया।

लड़के ने कहा–"बेहतर यह होगा कि यह पता आप मुझे लिख कर दे दें, जिससे मैं कहीं भूल न जाऊँ।"

पते को अपनी जेब में खिसका कर वह अपनी यात्रा पर चल पड़ा। कुछ मिनटों के अंतर से वह हर बार जेब में रखे पते को देख कर बुदबुदाता था–मैं जानता हूँ कि मैं कहाँ जा रहा हूँ–मिसेज जोन्स के घर, रूट नं.

दो, बाक्स नंबर चार। हर चीज़ ठीक–ठाक ढंग से रही थी, तभी जिस ट्रक को वह चला रहा था, वह सड़क के एक गहरे में गड्ढे से टकराया और पहिया एक नाली में जा धँसा सा और इतने में खरगोश अपनी जान बचाकर खुले हुए मैदान की ओर भाग गया।

वह लड़का वहाँ खड़ा उसे देखता हुआ खिलखिला कर हँसने लगा। जब उधर से निकलते एक राहगीर ने उससे पूछा, "आख़िर इतनी मजेदार क्या चीज़ है जिस पर तुम हँस रहे हो?" उसने उत्तर दिया–"क्या आपने सड़क पार कर मैदान की ओर भागते हुए उस खरागोश को देखा? वह पागल यह नहीं जानता कि उसे कहाँ जाना है, क्योंकि जहाँ उसे जाना है, वह पता तो मेरी जेब में रखा है।"

सभी दर्शनशास्त्री ठीक इसी तरह के होते हैं। उनका वास्तविकता से कोई संबंध नहीं होता। दार्शनिक सोचते हैं कि उन्हें परमात्मा का पता मालूम है, जब कि वे उसे जानते ही नहीं। जितना सारा वे जातने हैं वह सभी कूड़ा-कर्कट है। वह सभी कुछ उनकी कल्पना है।

एक व्यक्ति को परमात्मा को जानने के लिए धार्मिक बनना होता है। और वास्तविक सत्य को जानने के वहाँ दो ही रास्ते हैं–यदि तुम्हारी दिलचस्पी पदार्थगत वास्तविकता को जानने की है, तो एक वैज्ञानिक बनो, और यदि तुम वैयक्तिक सत्य जानना चाहते हो, तो धार्मिक बनो। यही कारण है कि अब दर्शनशास्त्र धीमे-धीमे मिटता जा रहा है। भविष्य में अब ऐसी संभावना है, कि हो सकता है वहाँ दर्शनशास्त्र अब रहे ही नहीं, अथवा हो सकता है, वह केवल पागलखानों तक सीमित हो जाए, विज्ञान में इसका बहुत बड़ा भाग समाहित हो गया है बहुत से प्रश्न, जिनके बारे में यह सोचा जाता था कि वे दार्शनिक हैं, वे अब दार्शनिक रहे ही नहीं। विज्ञान ने उन्हें हल कर लिया है। अब उनके बारे में कोई दार्शनिकता रही ही नहीं। विज्ञान उनका ठीक-ठीक उत्तर जानता है। दर्शनशास्त्र तो केवल धुंधलके में, अस्पष्टता में ही रह सकता है, जहाँ ठीक उत्तर ज्ञात नहीं है। इसलिए उसका वस्तुगत, बड़ा भाग, विज्ञान ने अपने हाथों में ले लिया है और दूसरा आधा भाग सदा से ही रहस्यदर्शियों–सूफ़ियों, हसीदी फकीरों और ज़ेन के लोगों ने अपना रखा है।

दर्शनशास्त्र अब मर रहा है। उसके बारे में कुछ भी सोचने की अब आवश्यकता ही नहीं है। रहस्यदर्शी उसके व्यैक्तिक सत्य को जानते हैं और वैज्ञानिक उसके वस्तुगत यथार्थ को जानते हैं—और अब दार्शनिकों के लिए बचा क्या है? अब वहाँ अधिक कुछ बचा ही नहीं है। दर्शनशास्त्र का अब कोई भविष्य नहीं है। दर्शनशास्त्र से दो व्यवस्थाएँ जन्मीं, जिनका अधिक संबंध विज्ञान और धर्म से है।

दर्शनशास्त्र, किसी वस्तु को निकट से जानने की आदिम और आकर्षक पहुँच है। जब भी तुम किसी भी वस्तु के बारे में नहीं जानते हो, तुम्हें उस बारे में सोचने की जरूरत होती है। वह चिंतन तुम्हें उसके बदले में एक तरह की चीज़ देता है। यह अनुभव कर तुम्हें अच्छा लगता है कि कम-से-कम उसके बारे में कुछ तो जानते हो तुम। दर्शनशास्त्र से सभी कुछ या तो विज्ञान छीन लेगा अथवा धर्म, और दोनों ही निर्णायक हैं। अब भविष्य, विज्ञान और धर्म के साथ ही है, और अंतिम भविष्य तो एक नई किस्म की पहुँच का होगा, जो धार्मिक-विज्ञान है। अंतिम रूप से भविष्य वह होगा, जहाँ विज्ञान और धर्म दोनों मिलते हैं और एक-दूसरे में समाहित होकर मिट जाते हैं और एक नयी तरह की व्यवस्था, और एक नये तरह के संश्लेषण को जन्म देते हैं। मनुष्य चेतना के इतिहास में यह दिन एक महान दिन होगा।

कुछ ही दिनों पूर्व फ्रांस के एक वृद्ध कवि ने संन्यास लिया। मैंने उसे आनंद कवीश्वर का नया नाम दिया। जिसका अर्थ होता है—पूर्णानंद में डूबा एक महान कवि। वह मुझसे पूछ रहा था कि उसके जीवन में क्रांति कब आएगी? निश्चित रूप से वह फ्रांस का रहने वाला है, इसलिए वह क्रांति की भाषा में ही सोचता है। वह बहुत वृद्ध है, सत्तर से कुछ अधिक ही होगा, लेकिन फ्रांस का रहने वाला आख़िर एक फ्रेंच होगा ही—वे लोग कभी बूढ़े नहीं होते—"आख़िर उसके जीवन में क्रांति कब होने जा रही है?" मैं उसे बताना चाहूंगा कि यही वास्तविक क्रांति है—जिसे मैं असली क्रांति कहता हूँ—जहाँ विज्ञान और धर्म एक-दूसरे में आलिंगनबद्ध और एक होकर मिट जाते हैं और आत्मविज्ञान का एक नया संश्लेषण अस्तित्व में आता है। यह मनुष्यता को पूरी तरह से एक नया प्रकाश देगा। यही संसार में

एक नई लयबद्धता लायेगा। –यह सभी मानसिक रोगों को मिटाने में सहायक होगा क्योंकि शरीर और आत्मा दो वास्तविकताएँ हैं। मैं दो की बात इसलिए कह रहा हूँ,–क्योंकि विज्ञान और धर्म अभी दोनों अलग हैं। वास्तव में वे दो नहीं हैं! शरीर है दृश्यमान आत्मा और आत्मा है अदृश्य शरीर। वे वास्तव में दो नहीं हैं–वे दो दिखाई देते हैं, क्योंकि दोनों के बीच में मन खड़ा हुआ है। एक बार मन विसर्जित हो जाए तब सभी सीमाओं के निशान मिट जाएंगे, तब वहाँ यह तय करना संभव न होगा कि कहाँ शरीर का अंत होता है और कहाँ से आत्मा का प्रारंभ होता है। तब वे पिघल कर एक-दूसरे में समाहित हो जाएँगे। इस 'एक' होने को ही सूफ़ी परमात्मा कहते हैं। शरीर और आत्मा दोनों घुल–मिल कर एक हो गये, और किसी का पृथक कोई अस्तित्व नहीं रह गया। यह मन ही है, जो इन दोनों के बीच में खड़ा हुआ, उन दोनों को अलग रखता है, उनमें विभाजन उत्पन्न करता है और उनकी व्याख्याएँ करता है।

एक बार दार्शनिक बुद्धि या उधार ज्ञान चला जाए, एक बार मन विसर्जित हो जाए, फिर वहाँ रहेगा कौन, जो पदार्थगत सत्य और व्यैक्तिक सत्य में विभाजन करे। तब बाहर और अंदर एक हो जाएँगे। वे एक ही हैं। बाहर–अंदर है, और अंदर ही बाहर। विभाजन मिट जाता है, तो द्वैतता भी मिट जाती है। दर्शनशास्त्र में द्वैतता है। सर्वोच्च और अंतिम व्यवस्था, जिसके लिए अभी तक कोई भी नाम नहीं दिया गया है, यदि तुम मुझे अनुमति दो, तो मैं भारतीय शब्द '**दर्शन**' का प्रयोग कर सकता हूँ, जो इस अंतिम संश्लेषण का नया नाम बन सकता है।

'**दर्शन**' दर्शनशास्त्र नहीं है, जैसा कि सामान्य रूप से भारतीय–विश्व विद्यालयों में इसका अनुवाद किया जाता है। 'दर्शन' पर लिखी जाने वाली पुस्तकों को 'भारतीय–दर्शनशास्त्र' के नाम से पुकारा जाता है। यह सत्य नहीं है। यह बहुत-बहुत ग़लत और झूठ है। 'फिलासफी' का अर्थ है–ज्ञान के प्रति, चिंतन के प्रति प्रेम। '**सोफिया**' का अर्थ होता है–ज्ञान या बुद्धि और '**फिलो**' का अर्थ होता है–प्रेम। '**दर्शन**' का अर्थ 'फिलासफी' नहीं, बल्कि '**फिलोसिया**' –अर्थात 'देखने से प्रेम' है। ज्ञान के प्रति प्रेम नहीं–देख कर अनुभव के प्रति प्रेम, एक ऐसी 'दृष्टि' को पाने का प्रयास, जो सर्वोच्च

सत्य को जैसा वह है, उसे वैसा ही देख सके। उस अंतिम सत्य में वहां कोई विभाजन है ही नहीं। वह अखंड है, वह एक मधुर-संगीत है।

उस दृष्टि के साथ सभी मानसिक बीमारियाँ मिट जाती हैं–अन्यथा मनुष्य विभाजित बना रहता है। जब तुम अंदर और बाहर का विभाजन कर देते हो, तो मनुष्य को बाँट देते हो। जब तुम कहते हो–शरीर और आत्मा, तो तुम मनुष्य को विभाजित कर देते हो। और जब एक मनुष्य को तुम दो में बाँट देते हो, तो तुम संघर्ष सृजित कर देते हो, तुम तनाव उत्पन्न कर देते हो। और तब वहाँ निरंतर, अंदर और बाहर में एक संघर्ष होने लगता है।

मैं तुम्हें इसी संघर्ष को मिटाने के तरीक़ सिखाना चाहता हूँ, कि यह निरंतर चलने वाली लड़ाई कैसे मिटे। जो शरीर है, वही तुम हो, और जो तुम हो, वही शरीर है। अपने शरीर का सम्मान करो, अपने शरीर से प्रेम करो। अपनी आत्मा का आदर करो, अपनी आत्मा से प्रेम करो। और इन दो के मध्य कोई संघर्ष उत्पन्न मत करो। उन्हें पूरी खामोशी से सुनो और तुम पाओगे–स्वर एक ही है। उसी एक ध्वनि में वहाँ शांति है, आशीर्वाद है और है अनुग्रह।

• तीसरा प्रश्न–आपका अनुसरण करने और आपको समर्पित करने के मध्य क्या अंतर है, कृपया इसे स्पष्ट करने का कष्ट करें।

उत्तर–बहुत बड़ा अंतर है। मेरा अनुसरण करने का अर्थ है, कि तुम अभी भी संकल्प के मार्ग पर हो, मुझे समर्पण कर देने से संकल्प या इच्छाशक्ति समाप्त हो जाती है। मेरा अनुसरण करते हुए, 'तुम' महत्वपूर्ण हो। तुम हो। यह तुम्हारा निर्णय है कि तुम मेरा अनुसरण करो। तुम जब जिस क्षण चाहो, अपने मन को बदल सकते हो, तुम अपने निर्णय को निरस्त कर सकते हो।

मुझे समर्पण किया नहीं कि तुम मिट गये। अब इसे निरस्त नहीं किया जा सकता। उसे निरस्त करने वाला वहाँ अब कोई है ही नहीं। अब उसे उल्टने का कोई मार्ग बचा ही नहीं। अनुसरण करने में, वहाँ एक संभावना, मुड़कर वापस चले जाने की होती है। समर्पण करने के बाद तुम मुड़कर

कैसे वापस लौट सकते हो? इसे उल्टा नहीं जा सकता। अनुसरण करते हुए, तुम वहाँ हो, और मैं यहाँ हूँ। वहाँ संघर्ष होना एक बाध्यता है।

समर्पण करते ही तुम मिट जाते हो। और जब तुम मिट जाते हो, तब तुम यह समझने में समर्थ हो सकोगे, कि मैं कभी रहा ही नहीं। तुम अपनी अनुपस्थिति और समाप्त हो जाने में देखोगे कि सद्गुरू भी समाप्त हो गया। एक सद्गुरू केवल तभी सद्गुरू होता है, क्योंकि वह पहिले ही मिट चुका है। वह 'मैं' बनकर अहंकार द्वारा कोई कार्य करता ही नहीं। इसलिए सद्गुरू से वास्तविक संबंध जुड़ना केवल तभी संभव है, जब तुम अहंकार से कार्य करना बंद कर दो–यही अर्थ है समर्पण करने का। सद्गुरू बिना किसी अहंकार के होता है। यदि तुम उसके संपर्क में आना चाहते हो, यदि तुम उसके साथ अन्तर्संवाद स्थापित करना चाहते हो, यदि तुम उसके साथ गहन प्रेम में रहना चाहते हो, तो तुम्हें मिटना होगा। केवल जब तुम अंदर से खाली होकर एक शून्यता बन जाओ, तभी उससे मुलाकात हो सकेगी जब शिष्य बचता ही नहीं, अचानक तभी सारे अवरोध स्वतः मिट जाते हैं।

यदि तुम हो, तो तुम सुरक्षा किए जाओगे, यदि तुम हो, तो तुम चुनाव किए जाओगे, तब तुम अपने को बचाने के लिए, अपनी सुरक्षा के लिए, एक विशिष्ट स्थान बनाये रखोगे। तुम अपने चारों ओर एक चहारदीवारी खड़ी कर लोगे। तुम केवल उतनी ही दूर जा सकोगे। जिस क्षण तुम देखते हो कि तुम्हारी पहिचान खतरे में है, तुम मुड़ कर वापस लौट जाओगे। जिस क्षण तुम देखते हो कि तुमसे अब पूरी तरह सभी कुछ लिया जाने वाला है, तुम दूर भागना शुरू कर देते हो। तुम एक निश्चित सीमा तक ही, अपनी सुरक्षा करते हुए आगे बढ़ते हो, जिससे तुम अपने आपको बचा सको। यह शिष्य होने का कोई ढंग नहीं है।

एक अनुसरणकर्ता, एक शिष्य नहीं होता। एक अनुसरणकर्ता अपनी बुद्धि के द्वारा आश्वस्त होता है, कि जो कुछ भी गुरु कह रहा है, वह तार्किक दृष्टि से ठीक प्रतीत होता है। वह समझ में आ रहा है, बुद्धिगत रूप से वह संतुष्ट कर रहा है। एक अनुसरण करने वाला बस इतना भर ही होता है और केवल बुद्धि द्वारा ही संचालित होता है। और एक शिष्य? एक शिष्य

केवल बुद्धि द्वारा ही कायल नहीं होता कि सद्गुरू जो कुछ कह रहा है, ठीक कह रहा है, वह आश्वस्त होता है। सद्गुरू प्रत्येक दशा में ठीक है, न केवल वह जो कुछ कहता है, उसके प्रति बल्कि वह स्वयं सत्य ही है। यह हृदय-से-हृदय की निकटता होती है। यह बुद्धि से कहीं अधिक गहरा, दो आत्माओं का साथ होता है। एक शिष्य समर्पण करता है।

और इसमें एक सौंदर्य है–जो बहुत विरोधाभासी है–सौंदर्य यह है। कि जब तुम एक सद्गुरू को समर्पण करते हो, तो तुम पहिली बार स्वयं अपने होने का अनुभव करते हो, क्योंकि सद्गुरू के प्रति बाहर से समर्पित होना वास्तव में अपने ही अंदर के परमात्मा को समर्पण करना है। प्रत्येक व्यक्ति गहरे में अपने अस्तित्व के आंतरिक केंद्र पर परमात्मा को साथ लिए हुए ही चल रहा है। परमात्मा तुम्हारे अंदर ही मौजूद है, लेकिन तुम यह नहीं जानते कि उसके निकट कैसे पहुँचा जाए। तुम अपने आंतरिक सत्य तक जाने का मार्ग और साधन ही भूल गये हो। तुमने दरवाजा बंद कर उसकी कुंजी ही खो दी है। और सदियों से तुम कभी अपने अंदर गये ही नहीं हो। तुम यह भी नहीं जानते कि अंदर कैसे उतरा जाए। तुम लकवाग्रस्त हो गये हो। तुम केवल बाहर की ओर ही देख सकते हो, इसलिए तुम्हें बाह्य सद्गुरू ही तुम्हारे अंदर के सद्गुरू के पास जाने में तुम्हारी सहायता कर सकता है। बाहर स्थित सद्गुरू ही द्वार बनेगा। तुम्हें बाहर के सद्गुरू के माध्यम से ही जाना होगा, क्योंकि तुम प्रत्यक्ष रूप से वहाँ नहीं जा सकते। यदि तुम सीधे ही जा सकते, तो फिर एक सद्गुरू की जरूरत ही नहीं है।

बहुत थोड़े-से लोग–जिसका घटना दुर्लभ अथवा बहुत कम होता है, कभी अपने अंदर बिना सद्गुरू के भी जा सके हैं। हाँ! कभी-कभी ऐसा होता भी है। कभी-कभी ऐसा होता है कि एक व्यक्ति सीधे ही अपनी आत्मा तक पहुँच जाए–लेकिन ऐसा होना दुर्लभ है। यह एक ऐसा अपवाद है, जिसे गिना नहीं जा सकता, यह एक ऐसा अपवाद है, जो केवल नियम के होने को सिद्ध करता है। इसलिए ऐसी कोई परंपरा नहीं है, सूफ़ी, जैन, हसीद, कोई भी परंपरा इसके बारे में कोई जिक्र ही नहीं करती। वे सभी यही आग्रह करते हैं कि एक सदगुरु आवश्यक है।

वे इस बारे में क्यों नहीं करते बात? क्या वे इस बात को जानते

नहीं? वे जानते हैं। ऐसा हुआ भी है। बहुत कम ऐसा हुआ है कि शताब्दियाँ बीत जाने पर कभी किसी व्यक्ति ने बिना बाहर के सद्गुरू के आत्म-साक्षात्कार किया हो। और सीधे ही अपने आंतरिक केंद्र पर पहुँच गया हो, लेकिन वे इसके बाबत क्यों नहीं करते बात? लोगों का ख्याल है कि कृष्णमूर्ति ने इसके बारे में पहली बार बात की, लोग सोचते हैं कि इसके बाबत कृष्णमूर्ति परी तरह मौलिक हैं। ऐसी बात नहीं है। सभी सदगरु इस बारे में जानते हैं, लेकिन एक विशेष कारण से उन लोगों ने इस बारे में कोई बात नहीं की। कारण इतना ही है कि यदि उन्होंने तुम्हें यह बताया होता, कि तुम स्वयं ही अपने अंदर जा सकते हो, तो यह वक्तव्य ही तुम्हारे समर्पण में एक बाधा बन जाता।

लाखों करोड़ों में कोई एक व्यक्ति जा सकता है, फिर शेष लोगों के बारे में? वे लोग भी सोचेंगे कि वे भी जा सकते हैं, और क्या जरूरत है। समर्पण करने की? उनका अहंकार इस विचार का शोषण करेगा। उनका अहंकार उनसे कहेगा–तब यह बात पूरी तरह से ठीक है, मुझे किसी भी व्यक्ति को समर्पण क्यों करना चाहिए? मैं स्वयं ही जा सकता हूँ। इन्हीं मूर्खों को बचाने के लिए ही यह पहिले कभी भी नहीं बताया गया। कृष्णमूर्ति कोई नयी बात नहीं कह रहे हैं, इसे तो हमेशा से ही जाना जाता रहा है। यह तो सबसे अधिक प्राचीन सत्यों में से सबसे पुराना सत्य है कि कभी कोई दुर्लभ व्यक्ति स्वयं ही अपने अंदर प्रविष्ट हो जाता है, लेकिन यह एक संयोग है। इसे नियम नहीं बनाया जा सकता। और इसके बारे में बात करना खतरनाक है, क्योंकि अहंकारी लोग उछल कर तुरंत ही इसमें गिर पड़ेंगें।

यही कारण है कि कृष्णमूर्ति के चारों ओर तुम सभी तरह के अहंकारी व्यक्ति पाओगे। कोई भी व्यक्ति, जो समर्पण नहीं कर सकता। देर-सबेर कृष्णमूर्ति के पास पहुँचेगा। कोई भी व्यक्ति जो समर्पण करने में समर्थ नहीं है, जिसका अहंकार वास्तव में पर्वत जैसा कठोर है, जो समर्पण करना ही नहीं चाहता, वह कृष्णमूर्ति के साथ बहुत प्रसन्नता से रहेगा। पर यह तय बात है कि प्रसन्नता उसका रूपातंरण नहीं करेगी।

मेरे पास बहुत से लोग आते हैं। वे कहते हैं–"हम कृष्णमूर्ति के साथ

तीस या चालीस वर्षों से हैं। हम लोग उन्हें सुनते भी रहे हैं और उनकी पुस्तकें पढ़ते भी रहे हैं, और वह जो कुछ भी कहते हैं वह पूर्ण सत्य है भी, आपका इस बारे में क्या ख्याल है? मैंने कहा–"वह सत्य को अभिव्यक्त तो कर रहे हैं, लेकिन वे मूर्खा से बात कर रहे हैं। वह सत्य तो कह रहे हैं, लेकिन उन्हें तुमसे यह कहना नहीं चाहिए।" लोगों को बहुत बुरा लगा और वे कहने लगे–"आख़िर क्यों ? यदि वह सत्य है, तो उन्हें हम लोगों से वह क्यों नहीं कहना चाहिए?" मैंने उन लोगों से पूछा–"तुम लोगों ने चालीस वर्ष तो खो दिये, और हो सकता है चालीस जन्म भी खो दो। तुम लोगों ने आख़िर क्या पाया? क्या कोई सत्य को उपलब्ध हुआ?" वे लोग बेचैन और परेशान हो गये और उन लोगों ने स्वीकार करते हुए कहा–"हमें कोई चीज़ प्राप्त तो नहीं हुई, लेकिन क्या वह सत्य नहीं है?" मैंने कहा–"वह सत्य तो है, लेकिन तुम लोग उसे प्राप्त करने के लिए पहिले से तैयार नहीं हो।"

सत्य केवल तभी सत्य होता है, जब तुम उसका उपयोग कर सको। वह इस तरह का हो, जो तुम्हारे विकास में सहायक हो। बुद्ध ने कहा है–सत्य का केवल एक ही अर्थ होता है, कि वह काम करे। यदि वह कार्य करता है, तभी वह सत्य है, और यदि वह कारगर नहीं होता, तो उसे सत्य कहने का आख़िर क्या अर्थ है? वह अमानवीय है।

कृष्णमूर्ति के सत्य ने कार्य किया। वह कार्य कर ही नहीं सकता था। वह केवल एक दुर्लभ स्थिति में ही कार्य कर सकता था। और जिस व्यक्ति के लिए वह किसी काम का हो सकता था, वह व्यक्ति कृष्णमूर्ति के पास आने की फिक्र ही क्यों करेगा? वह चिंता करे भी क्यों ? वह सीधे ही जा सकता है। वह कृष्णमूर्ति के माध्यम से क्यों जाए? ये लोग जो कृष्णमूर्ति के चारों ओर घिरे हैं, इन्हें अभी भी किसी और की आवश्यकता है, लेकिन वे अभी भी इतने अहंकारी हैं कि वे समर्पण नहीं कर सकते। इसलिए उनके अहंकार के लिए यह एक अच्छा सहारा है...उन्हें समर्पण करने की भी जरूरत नहीं, और उनके पास एक सद्‌गुरू भी हैं। लेकिन बिना समर्पण के तुम्हारे पास कोई सद्‌गुरू हो ही नहीं सकता। कृष्णमूर्ति एक सद्‌गुरू हैं, लेकिन बिना शिष्यों के। वह बहुत सूना एकांत जीवन बिता रहे हैं और कभी-कभी

वह बहुत नाराज भी हो उठते हैं कि उनका पूरा जीवन व्यर्थ बरबाद हो गया।

बुद्ध ने हज़ारों की सहायता की। हज़ारों बुद्धत्व को उपलब्ध हुए। न केवल उनके जीवित रहते हुए ही, बल्कि उनके चले जाने के बाद भी यह श्रृंखला निरंतर जारी रही। '**सिलसिला**' चलता ही रहा। एक निरंतरता बनी ही रही। अभी भी, यहाँ अथवा वहाँ एक पुष्प खिल जाता है, और बुद्ध के प्रति गहन **कृतज्ञता** से ढाई हजार वर्ष बाद भी उनकी ओर झुक जाता है।

और कृष्णमूर्ति भी बुद्ध जैसी ही प्रतिभा और गरिमा के व्यक्ति हैं। उनकी प्रज्ञा भी बुद्ध जैसी ही है। उसमें कोई भी कमी नहीं है...बस केवल यह विचार कि शिष्य को किसी समर्पण की कोई आवश्यकता नहीं...यह भले ही एक सत्य है, लेकिन बहुत खतरनाक है। इसने केवल अपने चारों ओर अहंकारी व्यक्तियों को ही निकट आने की अनुमति दी, और जो लोग समर्पण करना भी चाहते हैं, वे उनके निकट नहीं आयेंगे, क्योंकि वे समर्पण करने की अनुमति देते ही नहीं। वे लोग समर्पण नहीं करना चाहते, लेकिन उन्हें अभी भी एक सद्गुरू की तलाश है, वे स्वयं अपने पर निर्भर भी नहीं रह सकते और समर्पण भी नहीं कर सकते–ऐसे ही लोग उनके चारों ओर घिरे हुए हैं।

अब ये लोग कठिनाई में पड़ गये हैं। कृष्णमूर्ति भी उनके साथ कठिनाई में पड़े हैं, और वे लोग कृष्णमूर्ति के साथ दुविधाग्रस्ता हैं। कृष्णमूर्ति, उनसे समर्पण के लिए कह नहीं सकते...जिस दिन कृष्णमूर्ति उनसे कहेंगे– 'समर्पण करो', वे उनसे दूर चले जाएंगे, क्योंकि वे वहाँ केवल इसीलिए हैं, क्योंकि वह कहे चले जाते हैं कि किसी भी व्यक्ति को समर्पण करने की कोई जरूरत ही नहीं है। वे इस विचार के साथ परम प्रसन्न हैं और उन्हें यह बड़ा अच्छा लगता है। उनका अहंकार किसी दाँव पर नहीं लगा है।

लेकिन कुछ भी तो नहीं घट रहा है। मैं इनमें से कई लोगों को जानता हूँ, उन्हें कुछ भी नहीं घटा। वे अत्यधिक बुद्धिमान और परिष्कृत रूप से बुद्धिवादी बन गए हैं। वे अध्यात्म पर ढेर सारी चर्चा कर सकते हैं, तर्क-वितर्क और व्याख्या कर सकते हैं, लेकिन उनका रूपांतरण नहीं हुआ है, उन्हें कुछ

भी घटा नहीं है। वे अभी सुवासित नहीं हुए, क्योंकि उनका अहंकार उन्हें इसकी अनुमति नहीं देता।

तुम मुझसे पूछ रहे हो–कृपया स्पष्ट कीजिए कि आपका अनुसरण करने में और आपको समर्पण करने में क्या अंतर है?

एक व्यक्ति जो मेरा अनुसरण कर रहा है, वह मेरे साथ नहीं है। स्मरण रहे, कि यह हो सकता है कि वह व्यक्ति मेरा अनुसरण कर रहा हो, पर वह मेरे साथ नहीं है। वह हो सकता है, मेरा उपयोग कर रहा हो, लेकिन वह मेरे साथ नहीं है। हो सकता है, उसने मेरी कुछ चीज़ों का चुनाव कर लिया हो, लेकिन निर्णायक खंड वही बना हुआ है। अपने अंदर गहरे में वह अभी भी अपना बचाव कर रहा है। वह प्रज्ञा के कुछ खंड, थोड़े से अंश जरूर खोज सकता है, लेकिन उससे उसे कोई सहायता मिलने वाली नहीं। वे उसकी दार्शनिक विचारधारा बन जाएँगे।

केवल वे ही लोग, जिन्होंने मुझे समर्पण किया है, मेरे साथ हैं। और मैं केवल उन्हीं के साथ हो सकता हूँ, जो मेरे साथ हैं। यदि तुम मेरे साथ नहीं हो तो, यदि मैं ऐसा चाहूँ भी, फिर भी तुम्हारे साथ मेरा रहना असंभव है। यह असंभव इसलिए है, क्योंकि ऐसा होना चीज़ों का स्वभाव नहीं है। केवल यदि तुमने समर्पण किया है, मैं तभी साथ हो सकता हूँ, केवल जब तुम वहाँ उपलब्ध और ग्रहणशील बने रहो।

यही सभी कुछ संन्यास के संबंध में है। अनुसरण करना छोड़ कर समर्पण करो। समर्पण करना ही संन्यास है। जिस दिन तुम संन्यास लेते हो, यदि वास्तव में तुमने उसे हृदय से लिया है, तो तुम फिर बचोगे ही नहीं। तब तुम मेरे ही एक भाग बन जाओगे अथवा मैं तुम्हारा एक भाग बन जाऊँगा। तब तुम मेरे लिए श्वाँस लोगे और मैं तुम्हारे लिए। तब तुम अपने बारे में एक स्वतंत्र इकाई की भाँति सोचोगे ही नहीं।

और विरोधाभास यह भी है कि तुम आश्रित भी नहीं बनते। पहिली बार ही व्यक्तिगत रूप से तुम स्वतंत्र बनते हो–क्योंकि अहंकार ही एक बाध्य है, जो तुम्हें स्वतंत्र नहीं होने देता। अहंकार एक बंदीगृह है, एक कुरूप बंदीगृह। जब अंहकार विसर्जित हो जाता है, तो पहिली बार तुम्हारी ज्योति में एक दीप्ति होती है।

• **चौथा प्रश्न-धर्म, क्यों इतने अधिक अपराध-बोध को जन्म देता है?**

उत्तर–धर्म, कोई भी अपराध-बोध सृजित नहीं करता–यदि वह, अपराध-बोध उत्पन्न करे, तो वह धर्म है ही नहीं। हाँ! मुसलमानों, ईसाइयों यहूदियों और हिंदुओं के धर्म ने, अपराध-बोध को उत्पन्न किया है। धर्म की तुम्हारे लिए तो यही परिभाषा बन जाए, कि यदि कोई धर्म, अपराध-बोध उत्पन्न करता है, तो वह धर्म है ही नहीं। वह धर्म का ढोंग करने वाली कोई चीज़ हो सकती है, जिसने धर्म के वस्त्र धारण कर लिए हों–लेकिन वह धर्म नहीं है। धर्म से उत्सव आनंद का जन्म होता है, किसी अपराध-बोध का नहीं।

बहुत-सी चीज़ें छिपी हुई हैं, जो अपने आप प्रकट नहीं होतीं। ये सभी तथाकथित धर्म, धार्मिक होने की अपेक्षा कहीं अधिक राजनीतिक हैं। उनके सभी विचार, कामनाएँ, और महत्वाकांक्षाएँ यही हैं, कि कैसे लोगों पर अधिकार कर उन्हें नियंत्रण में रखा जाए। और स्वाभाविक रूप से लोगों को नियंत्रित करने के लिए, उन पर अधिकार स्थापित करने के लिए, अभी तक जितने भी तरीक़ विकसित हुए हैं, उनमें अपराध-बोध सबसे अच्छा और प्रभावी तरीक़ा है। उन्हें अपराध-बोध से ग्रस्त करो। एक बार उन्हें अपराध-बोध का अनुभव होना शुरू हो जाए, वे तुम्हारे नियंत्रण में रहेंगे। सभी तानाशाही ऐसा करते रहे हैं और सभी राजनीतिज्ञ ऐसा ही करते हैं। और तुम्हारे पादरियों और पुरोहितों के मुखौटों के पीछे केवल एक राजनीतिज्ञ छिपा है। पोप, शंकराचार्य, यह सभी राजनीतिज्ञ हैं, ये लोग धार्मिक नहीं हैं। उनके पास एक बहुत छिपी हुई राजनीति है, कि कैसे मनुष्यता पर अधिकार स्थापित किया जाए, लोगों को कैसे नियंत्रित कर उन्हें गुलाम बनाया जाए। और निश्चित रूप से अपराध-बोध सृजित करने से बेहतर उनके पास कोई दूसरी तरकीब है भी नहीं। यह एक मनोवैज्ञानिक विधि है।

यह विधि कैसे कार्य करती है? अपराध-बोध उत्पन्न करने के लिए पहिले तुम्हें असंभव आदर्श सृजित करने होंगे। तुम्हें एक असंभव आदर्श देना होगा, जो पूरा हो ही नहीं सकता, जिसे पूरा करना अनिवार्य हो, और जो पूरी तरह से असंभव हो।

उदाहरण के लिए भारत में उन्होंने सेक्स के प्रति अपराध-बोध उत्पन्न किया। यदि तुम्हारे अंदर सेक्स की कोई कामना भी उत्पन्न हो, तुम अपने आपको एक बहुत बड़े पापी के रूप में अनुभव करना शुरू कर देते हो। भारत में सेक्स को निंदित किया गया।

अब सेक्स इतनी अधिक स्वाभाविक चीज़ है–ठीक साँस लेने और भोजन करने की तरह। सेक्स के बारे में केवल एक ही चीज़ भिन्न है–उसका अतिक्रमण कर उसके पार भी जाया जा सकता है, लेकिन उसके अंतर्विहित, ग़लत कुछ भी नहीं है। कोई भी उसके पार जा सकता है। और जब कोई उसके पार जाता है, तो वहाँ एक श्रेष्ठ आनंद और महान स्वतंत्रता का महान अनुभव होता है, जो आज तक कभी सेक्स से भी नहीं मिला था। सेक्स सुंदर है; आकर्षक है और स्वास्थ्यप्रद है; वह कोई पाप नहीं है। लेकिन यदि उसे निंदित किया जाता है, तब तम्हारे हाथों में एक बड़ी नायाब विधि है, तुम्हारे पास एक बहुत बड़ी तरकीब है। लाखों करोड़ों लोगों को उसके द्वारा नियंत्रित किया जा सकेगा, क्योंकि वे लोग उसके पार जाने में समर्थ न हो सकेंगे। वास्तव में वे जितना अधिक यह सोचते हैं कि यह एक पाप है, उसके पार जाने की संभावना इतनी ही कम हो जाती है–क्योंकि उसके पार जाने के लिए किसी को उससे होकर गुजरना होगा। इसलिए लोगों को कामवासना में लिए बनाये रखना, फिर उन्हें अपराध-बोध के अनुभव में जकड़ कर उन्हें निरंतर यह कहते हुए डराते रहना, कि तुम एक ग़लत कार्य कर रहे हो, एक बहुत बड़ी चालाकी भरी चाल है।

जब किसी व्यक्ति को यह अनुभव होता है कि वह कोई चीज़ ग़लत कर रहा है, तो वह अंदर से कांपने लगता है। वह एक विद्रोही नहीं बन सकता। वह अपने पैरों पर खड़ा नहीं हो सकता, क्योंकि वह जानता है। कि वह एक अपराधी है। वह सदाचारी नहीं है, वह किसी भी चीज़ के काबिल नहीं है। उससे प्रसन्न रहने की आशा नहीं की जा सकती। वह जानता है कि वह एक पापी है। नर्क उसकी प्रतीक्षा कर रहा है। अब तुम इस व्यक्ति पर अधिकार जमाकर उसे नियंत्रण में रख सकते हो, तुम उस व्यक्ति के साथ जो कुछ भी करना चाहो कर सकते हो, वह एक गुलाम बनने के लिए तैयार और उपलब्ध है। यह एक मनोवैज्ञानिक गुलामी है।

तुमने उससे उसका सम्मान छीन लिया, तुमने उससे उसका मूल्य लेकर उसे निर्मूल्य कर दिया, वह अपने आपको स्वयं गंदा समझने लगा–फिर वह स्वयं ही से कैसे प्रेम कर सकता है? वह स्वयं का सम्मान कैसे कर सकता है? वह किसी भी ऐसे व्यक्ति का शिकार हो जाएगा, जो उस पर अपना नियंत्रण करना चाहता है। उसके माता-पिता उसे नियंत्रित करेंगे, उसकी पत्नी अथवा उसका पति उसे नियंत्रित करेगा, बच्चे नियंत्रित करेंगे, समाज नियंत्रित करेगा। कोई भी व्यक्ति उसे अपने अधिकार में ले सकता है, क्योंकि कोई अत्यधिक मूल्यवान चीज़ उसके अंदर नष्ट कर दी गई है–उसके अंदर स्वयं के प्रति कोई सम्मान की भावना नहीं रही। वह नष्ट कर दी गई। और अब वह निरंतर दुखी रहेगा, कष्टों और मुसीबतों में रहेगा। तुम प्रसन्न कैसे रह सकते हो, यदि तुम्हारे पास स्वयं अपने लिए ही सम्मान नहीं रह गया है।

और इतनी अधिक स्वाभाविक चीज़, जैसे सेक्स–और उससे छुटकारा पाना इतना अधिक कठिन हो गया है। हाँ, लोग उसके पार तो जा सकते हैं, लेकिन कोई भी व्यक्ति उससे छुटकारा नहीं पा सकता।

इस बारे में मैं तुम्हें कुछ और भी बताना चाहता हूँ। कुछ दिन पूर्व मैं पढ़ रहा था। प्रसिद्ध मनोवैज्ञानिक डा. पाल केमोरेन ने अपने रिपोर्ट में लिखा है कि पुरुष अपना काफ़ी समय सेक्स के बारे में सोचने में लगाते हैं। चार हजार लोगों का सर्वेक्षण करते हुए उसने पाया कि बारह वर्ष से लेकर सत्रह वर्ष के लड़के, सेक्स के बारे में हर दो मिनट बाद सोचते हैं। युवावस्था में चालीस पैंतालीस वर्ष तक के पुरुष करते हैं और पैंसठ वर्ष से अधिक आयु के लोग प्रत्येक दस मिनट बाद, सेक्स के विचारों में डूब जाते हैं। स्त्रियों में, किशोरावस्था में सेक्स का विचार प्रत्येक दो–ढाई मिनट के बाद उठता है, वे थोड़ी अधिक दमित होती हैं और इसीलिए आधा मिनट का फर्क पड़ता है। युवा स्त्रियों में यह विचार प्रत्येक तीन मिनट बाद, चालीस पैंतालीस वर्ष की मध्य आयु की स्त्रियों में यह विचार प्रत्येक दस मिनट के बाद और पैंसठ वर्ष से अधिक आयु की स्त्रियों में एक विचार प्रत्येक बीस मिनट बाद उठता है। स्त्रियों में यह देरी मेरे देखे केवल उन पर थोपी गई 'कंडीशनिंग' के कारण है, क्योंकि सदियों से पुरुषों की अपेक्षा स्त्रियों

को सेक्स के विरुद्ध कहीं अधिक नीति, नियम और अनुशासन के नियंत्रण में रखा गया। उनसे आशा की जाती थी कि वे अक्षत योनि अर्थात कुँवारी बनी रहें। यह भी पुरुष अहंकार के कारण था।

क्यों ? आख़िर तुम क्यों विवाह के लिए एक कुँवारी अक्षत योनि लड़की को खोजने की कोशिश करते हो? केवल एक पुरुष के अहंकार के ही कारण। पुरुष का अहंकार हमेशा हर जगह प्रथम बनना चाहता है–इसीलिए एक लड़की को कुँवारी रहना होगा। और लड़के तो आख़िर लड़के हैं। कुँवारेपन की अपेक्षा लड़कों से नहीं की जाती, लेकिन लड़कियों को बहुत अधिक बचाकर रखा है। स्त्रियाँ कहीं अधिक दमित हैं। लेकिन हज़ारों वर्षों के दमन के कारण, केवल आधा मिनट का ही अंतर हुआ है। कुछ अधिक नहीं। इसलिए महिलाएँ, कृपया आप अपने आपको बहुत अधिक साध्वी होने का अनुभव मत करें।

लेकिन यह सर्वेक्षण बहुत अधिक महत्वपूर्ण है। इससे यह प्रदर्शित होता है कि सेक्स कितना अधिक प्राकृतिक है। अब यदि तुम अपराध-बोध निर्मित करते हो, यदि तुम लोगों को यह अहसास दिलाते हो कि यह एक पाप है, तो तुम उनके लिए उनके सम्मान को नष्ट कर रहे हो, और तुम उन्हें भयभीत बना रहे हो। और तथाकथित धर्मों ने तुम्हें पहले ही से भयभीत किया हुआ है, कि ऐसा कर तुम नर्क की यातनाएँ भुगतोगे। वे तुम्हें लालची भी बनाते हैं कि यदि तुम उनके निर्देशों का पालन करोगे, तो तुम स्वर्ग में इसका पुरस्कार पाओगे। इसलिए लालच और भय...और इन दो के बीच अपराध-बोध का जन्म होता है।

जब सीनेटर रोबर्ट कैनेडी के हत्यारे सिरहन के पिता से यह पूछा गया कि उसके पुत्र ने ऐसा क्यों किया, वह कैसे कर सका यह हत्या, तो उस वृद्ध व्यक्ति ने उत्तर दिया–"मैं इस बारे में कुछ भी नहीं जानता। मैं उस आघात से घायल स्वयं उलझन में पड़ा हूँ। मैंने तो अपने बच्चों को परमात्मा से डरना सिखाया था।"

उस व्यक्ति ने कहा–"मैंने तो अपने बच्चों को परमात्मा से डरना सिखाया था, इसलिए इस बारे में मैं स्वयं उलझन में हूँ कि वह इतना-इतना अधिक गर्हित, गंदा और भयानक कृत्य कैसे कर सका? लेकिन वह बूढ़ा

मनुष्य यह नहीं जानता कि परमात्मा से भयभीत होना कोई अच्छी चीज़ नहीं है। यह निश्चित है कि भय के कारण ही वह ऐसा कृत्य कर सका। यदि तुम बहुत अधिक डरे हुए हो–यदि तुम स्वयं अपने आप ही से डर रहे हो, तो वहाँ दो ही संभावनाएँ हैं–या तो तुम तथाकथित छद्म संत बन जाओ, तुम वह होने का बहाना बनाओ, जो वास्तव में तुम हो नहीं; अथवा तुम एक अपराधी बन जाओ–चाहे जो भी स्थिति हो, तुम अपने होने का अहसास कराओगे। लेकिन इन दोनों ही तरीक़ों से तुम असामान्य बन जाते हो। भय, असाधारणतया उत्पन्न करता है। या तो तुम एक नकली संत बन जाओ–तथाकथित संत, एक दम्भी और छली महात्मा–अथवा तुम एक अपराधी बन जाओ। यह निर्भर करता है तुम्हारी प्रतिक्रिया पर, कृत्यों पर। यदि तुम एक कायर मनुष्य हो तो तुम एक छली महात्मा बनोगे और यदि तुम साहसी और बहादुर हो तो तुम एक अपराधी बन जाओगे। लेकिन दोनों ही रास्ते ग़लत हैं। न तो कायर और छली संतों की जरूरत है और न बहादुर अपराधियों की।

जरूरत है साहसी संतों की, बहादुर संतों की–यह पूरी तरह कुछ अलग ही चीज़ है। इसे तुम भय से उत्पन्न नहीं कर सकते। छोटी-छोटी चीज़ों से मनुष्य को कितना अधिक भयभीत बना दिया गया है।

इस कहानी को जरा ध्यान से सुनें।

वहाँ उरी नाम का एक युवा अंग्रेज लड़का रहता था। वह एक ऐसे घर में रहता था, जहाँ अभाव-ही-अभाव थे। कई रातों में जब उनके पास दिन के अंत में खाने को पर्याप्त भोजन नहीं होता था, वे गौरैया पक्षी के माँस की डिश पर ही आश्रित रहते थे। तो एक दिन घर के पिछले दरवाजे पर वह लड़का अपनी माँ से मिला, तो उसकी माँ ने उसे गौरैया पक्षी के माँस की डिश तैयार करने के लिए, उसे गौरैया चिड़ियों का शिकार करने के लिए बाहर जाने को कहा। उनके शिकार करने का सबसे अच्छा स्थान कब्रिस्तान में पेड़ों का वह झुंड था, जहाँ शाम गौरैया चिड़ियां बहुतायत में होती थीं। वह सावधानी से सरकता हुआ ऊपर की ओर गया और वह अपनी छड़ी के साथ एक शक्तिशाली वार करने के लिए तैयार ही था,

कि वह फिसल कर एक ताज़ी खुदी हुई खाली कब्र में जा गिरा। उसने उससे बाहर निकलने की बहुत कोशिश की, लेकिन कुछ ही देर पहिले पानी बरस चुका था और उसके दोनों ओर की दीवारें शीशे की तरह चिकनी हो गई थीं।

वह जानता था कि उसकी माँ उसकी तलाश में किसी और को अवश्य भेजेंगी। और ऐसा उसकी माँ ने किया भी। उसने उसके बड़े भाई को भेजा। लेकिन जैसे ही उसका भाई उस कब्र के निकट पहुँचा कि दूसरी भयानक घटना घटी, और उसका भाई भी उसी कब्र में जा गिरा। वहाँ अंधेरा था और वह यह नहीं जान सका कि वह वहाँ अकेला नहीं है, इसलिए उसने जोर से धक्का देते हुए ऊपर आने का प्रयास किया, लेकिन चूंकि पानी बरस चुका था इसलिए कब्र का यह सिरा भी, दूसरे सिरा जितना ही चिकना और फिसलन भरा हो गया था। वह जितनी सख्ती से उछल कर बाहर आना चाहता था, वह उतनी ही तेजी से कब्र के नीचे भूमि पर आ गिरा। किशोर उरी को यह देख कर बड़ा मज़ा आ रहा था लेकिन वह जानता था कि सभी अच्छी चीज़ों का अंत भला ही होना चाहिए, इसलिए उसने तय किया कि इस स्थिति को जितना अधिक नाटकीय बनाना संभव हो सके, उतना ही नाटकीय बनाना चाहिए। वह कब्र के दूसरे किनारे पर सीधे बैठ गया और अपने गले से वह जितनी भी कर्कश, भयानक और अजीब आवाज निकाल सकता था, उस स्वर से उसने कहा–"मित्र! क्या तुम एक मृत इंसान को चैन से आराम भी नहीं करने देते?" कब्र के उस कोने में एक मुर्दा खामोशी फैली हुई थी, तभी दूसरे कोने से रॉकेट जैसी कोई चीज़ हवाई जहाज की तरह तेजी से उरी और उसके भाई के ऊपर से गुजरी, और वे लोग जो छः फीट गहरी कब्र से ऊपर आने में समर्थ नहीं हो पा रहे थे, बीस फीट ऊंची छलांग लगाकर बाहर आ गये।

भय से बहुत बड़ा कार्य हो सकता है। पुरोहितों और पादरियों ने बहुत पहिले ही इसे जान लिया था कि भय कार्य करता है। लोगों में भय उत्पन्न करो और तब तुम उनसे जो कुछ भी कराना चाहो, करा सकते हो। भय ऐसी प्रबल शक्ति उत्पन्न करता है कि कोई भी अपने पूरे जीवन को दाँव पर लगा देता है।

जरा मठों में जाकर देखो...लोग वहाँ भय के कारण ही हैं, वे सेक्स से कठिन संघर्ष कर रहे हैं, वे भोजन और नींद से भी लड़ रहे हैं। केवल भय के ही कारण, नर्क जाने के भय से अथवा लालच से-जो इसी चीज़ का दूसरा पहलू है। लालच और भय, यह एक ही सिक्के के दो पहलू हैं। एक लालची व्यक्ति, एक भयभीत मनुष्य है और एक डरा हुआ व्यक्ति लालची है। वास्तव में जो मनुष्य साहसी होता है, न तो उसे लालच होता है और न भय। वह अपने स्वभाव से सहजता में जीता है।

एक प्रसिद्ध राजनेता, एक महत्वपूर्ण नगर पालिका के चुनाव में खड़ा हो रहा था। उसने तीन नीग्रो युवकों से कहा कि उस व्यक्ति को एक मोटी बत्तख पुरस्कार में देगा, जो रिपब्लिकन बनने का सर्वश्रेष्ठ कारण बतलाएगा।

पहिले व्यक्ति ने कहा–"एक रिपब्लिकन होने का मकसद है, कि वह विस्थापित नीग्रोज़ को घरों में बसा कर उन्हें स्वतंत्रता देगा।"

उस राजनेता ने कहा–"पीटर! बहुत बढ़िया बात है यह। अब बिल! मैं तुमसे मैं वह कारण सुनना चाहता हूँ।"

उसने कहा–"रिपब्लिकन ही हम विस्थापित लोगों की सुरक्षा का कानून बना सकते हैं।"

"बहुत अच्छे!" उस राजनेता ने खुश होकर फिर सैम से पूछा–"तुम्हें क्या कहना है सैम?"

सैम ने अपना सिर खुजाते हुए और अपने एक पैर का भार दूसरे पैर पर डालते हुए कहा–"बॉस! मेरा तो रिपब्लिकन बनने का कारण उस मोटी बत्तख को पाना है।"

लोग धार्मिक हैं, या तो भय के कारण अथवा लालच के कारण। वे लोग अपने प्रेम और चेतना के कारण धार्मिक नहीं है। और ये सभी धर्म, जिन्होंने मनुष्य के अंदर अपराध-बोध उत्पन्न किया है, उन्होंने एक अधार्मिक संसार निर्मित किया है।

सावधान रहो, क्योंकि तुम भी अपने अंदर वैसी ही यांत्रिक व्यवस्था रखे हुए हो। प्रत्येक व्यक्ति अपने अंदर अपराध-बोध लिए हुए चल रहा है–जैसे मानो तुम स्वाभाविक रूप से ग़लत हो, जैसे प्राकृतिक और सहज

बनना ग़लत हो। क्रोध ग़लत है, सेक्स ग़लत है, स्वादिष्ट भोजन में रस लेना ग़लत है...सभी अच्छी चीज़ें ग़लत ही दिखाई देती हैं।

और तब प्रत्येक व्यक्ति उनका दमन किए चले जाता है। और जितना तुम दमन करते हो, प्रकृति अपने दावे का आग्रह किए चले जाती है। तुम उस वृत्ति का दमन करते हो, और वह वृत्ति अपने अधिकार की घोषणा करती है। जब वह अपने अधिकार की घोषणा करती है, तब तुम्हें अपने मन के साथ कुछ करना होता है, तभी वहाँ अपराध-बोध होता है–तब तुम जानते हो कि तुम उसमें गिर पड़े और तुमने फिर जैसे कोई पाप कर दिया।

अपराध–बोध से मुक्त हो जाओ। यदि तुम वास्तव में परमात्मा के निकट जाना चाहते हो, तो अपराध-बोध से मुक्त हो जाओ। अपने स्वभाव और प्रकृति को स्वीकार करो, उसका स्वागत करो। यह सभी कुछ पूरी तरह ठीक है। सेक्स भी अच्छा है, कभी-कभी क्रोध करना भी अच्छा और ठीक है। जब मैं कहता हूँ 'जब कभी', तो मेरे कहने का अर्थ है कि जब क्रोध, सहज और स्वाभाविक रूप से हो, वह तभी अच्छा है। और यदि तुम सहज स्वाभाविक रूप से आने वाले क्रोध से राजी हो जाओ तो फिर तुम कभी भी क्रोध को इकट्ठा नहीं करोगे। और न अनुपात के बाहर उसका विस्फोट होगा। तुम्हारी मानसिक व्यवस्था भी शुद्ध साफ बनी रहेगी, वह एक क्षणिक चीज़ जैसी होगी–कोई चीज़ होती है और तुम उसका प्रत्युतर दे देते हो।

यदि तुम्हारा क्रोध सहज स्वाभाविक है, तर्कसंगत है, उस क्षण के लिए यदि वह सत्य और दायित्वपूर्ण है, तो वह किसी प्रतिक्रिया–स्वरूप न होकर, अंदर से आने वाला एक उत्तर होगा–उसमें एक सौंदर्य होगा। तुम प्रामाणिक रूप से कह सकते हो कि तुम जीवंत हो, इसके अतिरिक्त अन्य कुछ भी नहीं।

लेकिन यदि तुम अपने क्रोध का, यह अनुभव करते हुए कि क्रोध ग़लत है, और उसे फिर नहीं करना है, और जब क्रोध आएगा, तब तुम मुस्कराओगे, मुस्कराते ही जाओगे, तो यह क्रोध का दमन करना होगा और तुम जैसे एक विष इकट्ठा करते जा रहे हो। और कुछ समय के बाद, जब

जहर बहुत अधिक इकट्ठा हो जाता है, और उसकी एक सीमा आ जाती है, तो उससे एक विस्फोट होगा। और वह विस्फोट एक ऐसी स्थिति में होगा, जहाँ तुम एक बेवकूफ़, मूर्ख और पागल दिखाई दोगे, क्योंकि उस स्थिति की वह माँग थी ही नहीं, क्या तुमने इसका निरीक्षण नहीं किया है? जब तुम दमित क्रोध से बाहर आकर नाराज होते हो, तुम सदा असंगत होते हो, तुम्हारा उत्तर उस स्थिति के उपयुक्त नहीं होता, क्योंकि वह उत्तर अतीत से आता है।

उदाहरण के लिए तुम बहुत दिनों से अपने क्रोध को दफ्तर, बाजार और कब्र में तथा मित्रों के साथ भी दबाये हुए ही रहते थे–तभी अचानक एक दिन वही क्रोध तुम अपने बच्चे पर उड़ेल देते हो। तुम उसे बुरी तरह पीट देते हो। और तुम बहाना बनाते हो कि तुम ऐसा उसकी भलाई के लिए कर रहे हो। और तुम जानते हो कि वह केवल एक बहाना है और बेचारा बच्चा तुम्हारे क्रोध का अनावश्यक रूप से शिकार हो गया है। और बच्चा भी इसे समझ सकता है कि उसने कोई भी ऐसी चीज़ न की थी और कम-से-कम उस अनुपात में नहीं थी कि तुमने उस पर इतना कठोर प्रहार किया, और तुम जानते हो कि बच्चे में चेहरे के स्थान पर तुमने अपने बॉस के चेहरे को प्रक्षेपित कर दिया था, तुमने उसके चेहरे पर अपनी पत्नी का चेहरा प्रक्षेपित कर दिया था, तुमने कई स्थितियों के कई चेहरे उस पर प्रक्षेपित कर दिये थे। अब वह बेचारा बच्चा उसका शिकार बन गया।

यह क्रोध कुरूप है। और यह इसलिए आ रहा है–क्योंकि तुमने सीखा है कि क्रोध करना ग़लत है, कभी भी क्रोध मत करना।

वह सभी कुछ जो सहज और स्वाभाविक है, वही सुंदर है। और मैं यह नहीं कह रहा हूँ कि वहाँ चेतना की भी ऐसी स्थितियाँ नहीं होती, जहाँ क्रोध विसर्जित हो जाता है–लेकिन वह तुम्हारे सहज स्वाभाविक बने रहने पर ही विसर्जित होता है। क्रोध, लालच, भय, और सेक्स सभी विसर्जित हो जाते हैं। धीमे-धीमे जब तुम जीवन में उसके सत्य में, उसकी वास्तविकता में, उसकी सभी संभावनाओं के साथ जीते हो, तो एक क्षण ऐसा आता है, जब तुम उसके पार विकसित होते हो। तब वे चीज़ें खिलौने बनकर पीछे छूट जाती हैं। वे बचकानी अपरिपक्व और बच्चों के पढ़ने की पुस्तकें

जैसी लगती हैं। ऐसा नहीं है कि तुम उसकी निंदा करते हो और ऐसा भी नहीं कि अब तुम यह आशा करते हो कि वे तुम्हें स्वर्ग में मिलेंगी–उसमें ऐसा कुछ भी नहीं है। तुमने किसी भी चीज़ को इसके लिए बलिदान नहीं किया है, वहाँ ऐसा कोई बलिदान है ही नहीं।

मि. ख़ुशचेव यह जानना चाहते थे कि वास्तव में लोग उनके बारे में क्या सोचते हैं स्वाभाविक रूप से वे यदि उन्हें पहिचान लेंगे तो वह उन्हें अपने असली विचार कभी नहीं बतलाएँगे, इसलिए उन्होंने बहुत परिश्रम से भेष बदलने वाले कपड़े पहिने, एक चश्मा लगाया और नकली मूंछे लगाई और यूराल के एक छोटे-से कस्बे में जा पहुँचे। वहाँ उनकी मुलाकात एक किसान से हुई और उन्होंने उससे पूछा–"आपका खुश्चेव के बारे में क्या ख्याल है? आप मुझे निसंकोच बतलाएँ।"

उस किसान ने होंठों पर उँगुली रखकर फुसफुसाते हुए कहा–"श. ..श... तुम पागल हो अथवा कुछ और चीज़ हो?"

उसने चोर दृष्टि अपने चारों ओर देखा, फिर उन्हें अपने फार्म हाउस के अंदर ले गया। उसने कमरे को अंदर से बोल्ट कर खिड़कियाँ बंद कर पर्दे डाल दिये और तब उनके कान में फुसफुसाते हुए कहा–"मैं उन्हें पसंद करता हूँ।"

मनुष्य की यही स्थिति है–इतना अधिक भय? तुम्हारी नियमित बनाने वाली व्यवस्था में, और तुम्हारे रक्त में इतना अधिक भय प्रविष्ट हो चुका है, वह जैसे तुम्हारी माँ के दूध के साथ तुम्हारे अंदर मौजूद है। तुम्हें भय में ही पाला–पोसा गया है।

यदि तुम वास्तव में मेरे साथ रहना चाहते हो, तो छोड़ों अपराध–बोध। और वही ऊर्जा जो अपराध-बोध की ग्रंथि बनने में खर्च होती है, वही मुक्त होकर उत्सव आनंद बन जाती है। उत्सव आनंद मनाना ही ठीक दृष्टिकोण है। तुम्हें परमात्मा ने जो कुछ भी दिया है, उस सभी के लिए उत्सव आनंद मनाओ। मैं तुमसे वायदा करता हूँ कि तुम्हें परमात्मा ने जो कुछ भी दिया है, यदि तुम उस सभी के लिए उत्सव आनंद मनाते हुए कृतज्ञता व्यक्त कर सके, तो तुम कुछ और पाने के योग्य बन जाओगे।

सेक्स एक दिन विसर्जित हो जाता है और तुम प्रेम करने में समर्थ

हो जाते हो। और एक दिन प्रेम भी विसर्जित हो जाता है और तुम प्रार्थना करने में समर्थ हो जाते हो। और एक दिन प्रार्थना भी विलुप्त हो जाती है और तुम स्वयं परमात्मा बन जाते हो। लेकिन इसके लिए प्रत्येक को वह जीवन फिर से उत्सवपूर्ण ढंग से जीना शुरू करना होगा, जो उसे अस्तित्व से मिला है।

मैंने सुना है...

सिस्टर एग्नेस, कान्वेंट के निकट बने पार्क में टहल रही थी, तभी उस पर आक्रमण हुआ तथा आक्रमणकारी ने उसके साथ कई बार बलात्कार किया।

उसकी भयंकर दुर्दशा की बात सुनकर मदर सुपीरियर शीघ्रता से अस्पताल पहुंची और ड्यूटी पर तैनात डॉक्टर से भेंट कर पूछा–"डॉक्टर साहब! बेचारी सिस्टर एग्नेस का क्या हाल है?"

"वह बहुत अच्छा महसूस कर रही है।" डाक्टर ने उत्तर दिया। "वे उसकी कुछ ही घंटों में प्लास्टिक सर्जरी करने जा रहे हैं।

दुःख से चीखते हुए मदर सुपीरियर ने कहा–"आप क्या कह रहे हैं। डॉक्टर? परमात्मा के नाम पर मुझे बताइए, उसकी प्लास्टिक सर्जरी की जरूरत क्यों है?"

"हम लोग कोशिश कर रहे हैं कि उसके चेहरे से मुस्कान मिटा दी जाए।"

तुम्हारे तथाकथित धर्मो ने मनुष्यों के साथ यही सब कुछ किया है। दमन, दमन और दमन । उन्होंने तुम्हें सहज स्वाभाविक बनने के लिए, तुम्हें स्वयं अपने होने देने के लिए कभी अनुमति ही नहीं दी। उन्होंने तुम्हें अपंग बना दिया। लकवाग्रस्त कर दिया।

निश्चित रूप से इन लकवाग्रस्त लोगों को नियंत्रित करना बहुत आसान है, अपंग लोगों पर अधिकार जमाना बहुत सरल है, इन मृत लोगों पर नियंत्रण करना बहुत आसान है। जो लोग जीवन का आनंद ले रहे हैं, उन्हें नियंत्रित करना कठिन है। ऐसे लोगों को युद्ध पर भेजना कठिन होगा, जो वास्तव में सेक्स जीवन को प्रामाणिक रूप से जी रहे हैं। यह असंभव होगा। आख़िर क्यों? क्योंकि एक व्यक्ति जो परिपूर्णता से तृप्त और संतुष्ट है, वह युद्ध

करने क्यों जाएगा? क्या केवल इसलिए, –क्योंकि कुछ मूढ़ राजनीतिज्ञ कुछ मूढ़तापूर्ण समस्याओं के लिए लड़ रहे हैं कि देश की सीमा कुछ मील इधर होनी चाहिए अथवा उधर? क्या इन मूढ़तापूर्ण चीज़ों के लिए तुम युद्ध में जाकर मर जाने के लिए लोगों को कायल कर सकते हो? तुम नहीं कर सकते। यदि वे वास्तव में अपने जीवन को प्रामाणिकता से जी रहे हैं, वे इस पूरी बेतुकी बात पर हँसेंगे–आख़िर क्यों ?

लेकिन ठीक अभी तो स्थिति पूरी उल्टी है। लोग युद्ध पर जाने के लिए इसलिए पहले ही से तैयार हैं, क्योंकि वे मृतप्राय हैं। युद्ध उन्हें जीवन का अहसास कराता है, कम-से-कम एक रोमांच और उत्तेजना देता है। वे लोग इतने अधिक अपनी पत्नी से, अपने पति से, अपने बच्चे से और उन सभी चीज़ों से जिसे जिंदगी कहा जाता है, बुरी तरह ऊबे हुए हैं। तो लोग खुश होते हैं। तुम युद्ध में जाने वाले सिपाहियों के चेहरे पर एक सूक्ष्म खुशी देखोगे। तुम उनके चारों ओर एक उत्साह, उमंग और साहसिक अभियान पर जाने का रोमांच देख सकते हो। क्यों? क्योंकि उनका जीवन इतना बुझा-बुझा-सा है कि उसकी तुलना में मृत्यु भी कहीं अधिक अच्छी दिखाई देती है।

यदि लोगों का जीवन उत्सवमय है, तो तुम उन्हें मूढ़तापूर्ण आदर्शों और धार्मिक मान्यताओं के कारण युद्ध करने को विवश नहीं कर सकते, तुम उन्हें बाध्य नहीं कर सकते। वे लोग पूरी निरर्थकता पर हँसेंगे। तुम लोगों को फौज में भर्ती होने के भद्दे काम को अपनाने के लिए विवश नहीं कर सकते, क्योंकि यह नौकरी, यह काम उनकी आत्मा को पूरी तरह नष्ट कर देती है।

लेकिन मृतप्राय लोगों को कहीं भी भेजने के लिए राजी किया जा सकता है। तुम एक व्यक्ति को क्लर्क बना सकते हो, और वह अपने पूरे जीवन भर फाइलों के साथ ही इधर-से-उधर घूमता रहेगा। उसका पूरा जीवन फाइलों पर ही केंद्रित हो जाएगा। उसके जीवन में वहाँ कोई प्रसन्नता नहीं होगी। एक अपराधबोध से ग्रस्त व्यक्ति से तुम कुछ अधिक आशा ही नहीं कर सकते हो। यह भी उसके लिए बहुत कुछ है, यह परमात्मा का आशीर्वाद है कि वह काम-धंधे से तो लगा है।

मृतप्राय लोग इसी तरह से जिए जाएंगें। एक पुरुष एक स्त्री के साथ, जिसे वह प्रेम नहीं करता, सोता ही रहेगा। वह इतना अधिक अपराध-बोध से ग्रस्त है कि वह यह अनुभव करता है कि यही क्या कम है कि उसके पास एक स्त्री तो है, और सब ठीक है। एक स्त्री, उस पुरुष के साथ, जिसे वह घृणा करती है, उसे अपने से दूर रखना चाहती है, उसके साथ रहती रहेगी। अपराध-बोध से ग्रस्त व्यक्ति किसी भी गर्त, किसी भी काल–कोठरी में रहने के लिए विवश किये जा सकते हैं।

लेकिन जब लोग प्रसन्न होते हैं, तो वे अपने जीवन को अपने अनुसार जिएंगे। जब वे प्रसन्न हैं, आनंदित हैं, वे लकड़हारे बनेंगे, माली, किसान अथवा मछुवारे बनेंगे, वे गायक, नर्तक, कवि अथवा चित्रकार बनेंगें। अथवा यदि कोई व्यक्ति क्लर्क बनकर भी खुश रहता है, तो यह दूसरी बात है। तब वह उस काम का स्वयं चुनाव करता है।

और लोग धन के पीछे इतने पागल नहीं बनेंगे। धन, एक प्रतिस्थापन है प्रेम का। जब तुम्हें प्रेम नहीं मिलता, तो तुम अधिक-से-अधिक धन कमाने में लग जाते हो। धन, और अधिक धन। धन, प्रेम की कमी को पूरी करने वाला एक विकल्प बन जाता है। यही कारण है कि जो लोग धन के बारे में बहुत कंजूस या कृपण हैं, वे लोग प्रेम वंचित व्यक्ति हैं। वे प्रेम करना गवारा नहीं कर सकते। यदि वे प्रेम करते हैं, तो फिर वे कृपण न रह सकेंगे–यह दोनों चीज़ें एक साथ नहीं हो सकती। एक प्रेमपूर्ण व्यक्ति कभी कंजूस या कृपण होगा ही नहीं और एक कृपण व्यक्ति कभी प्रेमपूर्ण नहीं हो सकता। उसे प्रेम की आवश्यकता होगी ही नहीं। धन ही उसका प्रेम है, धन ही उसके लिए परमात्मा है, और धन ही उसकी पूजा और आराधना है। इतना ही पर्याप्त है उसके लिए।

तब वहाँ सत्ता और शक्ति के नशे में डूबे लोग हैं, जो अपना पूरा जीवन अधिक-से-अधिक शक्तिशाली बनाने के प्रयास में लगा देते हैं–कि कैसे नई दिल्ली, अथवा वाशिंगटन अथवा मास्को तक पहुँचा जाए। ऐसा लगता है जैसे उनका पूरा जीवन केवल राजधानी तक पहुँचने का एक प्रयास है। आख़िर क्या पाने के लिए? लोग शक्ति और सत्ता में इतनी अधिक प्रसन्नता क्यों पाते हैं? आख़िर यह पागलपन क्यों, राजनीतिक पागलपन

की ऐसी अन्य कामना क्यों ? कारण एक ही है, कि उनके स्वयं के पास, अपनी अधिक शक्ति नहीं है। वे एक विकल्प चाहते हैं। वे तभी प्रसन्न हो सकते हैं यदि दूसरों पर वे अपनी शक्ति का प्रयोग कर सकेंगे। एक व्यक्ति जिसके पास स्वयं ही अधिक शक्ति होती है, उसे चिंता करने की आवश्यकता ही नहीं होती। फिर वह दूसरे व्यक्तियों पर अधिक शक्ति पाने की फिक्र करेगा क्यों? यह पर्याप्त है, यह आवश्यकता से अधिक है कि उसके स्वयं के पास इतनी अधिक शक्ति है।

यही कारण है कि हम भारत में संन्यासी को 'स्वामी' कहते हैं। 'स्वामी' का अर्थ होता है, एक ऐसा व्यक्ति, जिसका स्वयं के ऊपर अपना स्वामित्व होता है। उसकी पूरी खोज ही यही है कि मुझे वह होना चाहिए, जो मैं नहीं हूँ। यह पर्याप्त है, यह अत्यधिक तृप्तिपूर्ण है कि मैं स्वयं अपनी आत्मा का मालिक हूँ। यह पर्याप्त है। फिर मैं दूसरों का मालिक बनने की फिक्र क्यों करूं?

लेकिन लोग इसी बुनियादी स्वामित्व से चूक रहे हैं, इसीलिए वे, राजनीति, धन, शक्ति, सत्ता, प्रतिष्ठा और प्रसिद्धि पाने के पागल रास्तों की ओर अपनी जीवन गाड़ी को चलाये जा रहे हैं। यह सभी कुरूप और भद्दी चीज़ें हैं, ये मानसिक विक्षिप्तता उत्पन्न करने वाली चीज़ें हैं।

और तथाकथित धर्मों ने इन्हें न केवल निंदित किया, उन्होंने तुम्हारे अंदर एक ऐसी सूक्ष्म यांत्रिक व्यवस्था उत्पन्न कर दी, जिससे तुम स्वयं अपनी ही दृष्टि में निंदित हो जाओ। पुरोहित, पुजारी हर जगह तुम्हारा पीछा नहीं कर सकते, तम्हारे माता-पिता प्रत्येक स्थान पर तम्हारे साथ नहीं जा सकते, इसलिए उन्होंने तुम्हारे अंदर एक सूक्ष्म व्यवस्था सृजित की है– लगभग डेलगाडो के एलोक्ट्रोड के समान। उन्होंने तुम्हारे अंदर भले-बुरे का संज्ञान रखने वाला विवेक स्थापित कर दिया है, जो तुम्हें निंदित किए चले जाता है। यदि माता-पिता ने कहा है–'इस स्त्री से प्रेम मत करो, वह अभी तुम्हारी पत्नी नहीं बनी है और उससे प्रेम करना ग़लत हैं, तुम इस स्त्री के साथ एकांत में भी बैठे हो, हो सकता है कि वह पूर्णिमा की चाँदनी रात हो और तुम्हारे अंदर उससे प्रेम करने की हिलोरें उठ रही रही हों, और हो सकता है कि उस स्त्री के अंदर भी प्रेम उमड़ रहा हो, और तुम दोनों

के माता-पिता वहाँ न होकर तुम दोनों से मीलों दूर हों अथवा मर ही गये हों–लेकिन वह विवेक वहाँ है। वह तुम्हारे हृदय में गहरे में तुम दोनों से यह कहे जा रहा है–"ऐसा मत करो, यह ग़लत है, यह पाप है। यदि तुम प्रेम करोगे भी, तो तुम उसका आनंद न ले सकोगे, क्योंकि तुम्हारे माता-पिता का कहा हुआ आदर्श उसमें व्यवधान डालता रहेगा। यदि तुम वैसा नहीं करते हो तो तुम दुःखी और परेशान हो जाओगे, और यदि वैसा करते हो, तुम तब भी दुखी रहोगे, हर तरह से तुम मुसीबत में परेशान ही रहोगे।

मैंने सुना है...

आजकल माता-पिता, ख़ासतौर से अमेरिका में अपने बच्चों को दंड देने में अधिक व्यस्त हैं। उनकी मम्मी पपलू पोफर और ब्रिज खेलने के पीछे दौड़ रही है और उनके पापा गोल्फ के मैदानों में बॉल को तंग छेदों में डालने के पीछे पागल हैं। और उनकी मम्मियों के पुरुष मित्र हैं और पापाओं की भी अपनी महिला मित्र हैं। अपना घर छोड़ने से पहिले वे अपने बच्चों से कहते हैं–"हम दोनों तुम्हारे बिस्तरे पर एक बेल्ट छोड़े जा रहे हैं, यदि तुम पीछे से कोई भी ग़लत काम करो तो इस बेल्ट से अपने को छः बार पीट लेना।"

हो सकता है ऐसा वास्तव में न भी हो रहा हो, लेकिन तुम्हारे अंदर भले-बुरे का ज्ञान रखने वाला अथवा विवेक नाम का जो सूक्ष्म एलोक्ट्रोड पैबस्त कर दिया गया है, वह ऐसा ही करने का प्रयास करता है, कि तुम स्वयं अपने को पीटो, निंदित करो। जब भी तुम कोई ऐसा काम करते हो, जिसके बारे में तुम्हें यह सिखाया गया है कि वह ग़लत है, तो तुम स्वयं को पीटो, तुम स्वयं अपने को दंड दो। एक बच्चे के साथ ऐसा कुछ भी करना सबसे बड़ा अपराध है। स्वयं उसके ही विरुद्ध उसके अंदर एक अदृश्य पुलिसमैन या रक्षक तैनात कर देना है, जो विवेक है।

यहाँ मेरा पूरा प्रयास तुम्हारे अंदर के इसी पुलिसमैन को मार देने का है। मै तुमसे दायित्वहीन बनने के लिए नहीं कह रहा हूँ, मैं तुमसे पागल बनने को नहीं कह रहा हूँ। मैं तुमसे तुम्हारे अपने अंदर बैठे इस पुलिसमैन से स्वतंत्र होने के लिए कह रहा हूँ। वस्तुतः एक विवेक की अपेक्षा तुम्हारे

पास चेतना होनी चाहिए–जो एक प्रामाणिक वस्तु है। भले-बुरे की बात चेतना को तय करने दो, न कि विवेक को।

विवेक उधार लिए हुआ होता है, यह माता-पिता से मिलता है, जो आत्मघाती है, यह राजनीतिक है। एक मनुष्य जिसके पास विवेक होता है वह कभी भी एक स्वतंत्र व्यक्ति नहीं होता, वह एक गुलाम होता है। वह एक बंदीघर के अंदर बंद नहीं होता, बल्कि बंदीघर ही उसके अंदर होता है–वह जेल वहाँ उसके अपने ही अंदर होती है। उसका जेलर वहाँ उसके ठीक हृदय में ही बैठा रहता है और उसको रस्सियों से खींचता रहता है।

यह अंदर बैठे सिपाही को हटा दो। उससे हमेशा के लिए 'जै राम जी कर उसे बिदा कर दो। अधिक सजग बनो, अधिक प्रेमपूर्ण, अधिक सहज, स्वाभाविक और सामान्य बनो, थोपे गये आदर्शों को त्याग दो। असाधारण बनने का प्रयास मत करो–क्योंकि इसी के द्वारा तुम्हें बेवकूफ बनाया जाता रहा है। और किसी भी चीज़ की पूर्ण प्रतिमा की छवि बनने का, जिसका वास्तविक यथार्थ जीवन में कोई अस्तित्व ही नहीं है, प्रयास ही मत करो।

जीसस क्राइस्ट अथवा बुद्ध अथवा कृष्ण बनने का कभी प्रयास ही मत करो–स्वयं वही होने का प्रयास करो, जो तुम स्वयं हो, जो तुम्हारा स्वभाव है–जिसे होने को परमात्मा तुमसे चाहता है। यदि वह बहुत से बुद्ध बनाना चाहता तो उसने अधिक बुद्धों को उत्पन्न किया होता। वह एक ही सृजन को कभी दोहराता नहीं। एक बार उसका होना पर्याप्त है। उसने तुम्हें सभी से अनूठा एक मनुष्य बनाया है। इस अनूठे मनुष्य होने के अस्तित्व का सम्मान करो, और तुम जो भी हो, उसे प्रामाणिकता से जिओ।

सभी अपराध बोध, भय और लालच को छोड़ दो। जीवन के प्रत्येक क्षण को, परमात्मा से मिला एक महान आशीर्वाद, अनुग्रह और 'बर्क' स्वीकार कर उसका आनंद लो।

• अंतिम प्रश्न–धार्मिक शास्त्रों को पढ़ने में ग़लत क्या है?

उत्तर–उन्हें पढ़ेगा कौन? तुम्हीं तो पढ़ोगे उन्हें । जब तुम जीसस का कोई वक्तव्य पढ़ते हो, तो तुम्हारे लिए कौन करेगा उसकी व्याख्या? तुम्हीं

उसकी व्याख्या करोगे, तुम्हीं उसका अर्थ निकालोगे, तब वह वक्तव्य जीसस का न होकर, तुम्हारा ही बन जाएगा। तुम उसे खींच कर अपने तल तक नीचे ले आओगे। तुम तब तक वे धार्मिक शास्त्र कैसे पढ़ सकते हो, जब तक तम वह चेतना प्राप्त न कर लो, जो उन शास्त्रों में प्रवाहित हो रही है? यदि तुम कृष्ण और उनकी गीता को समझना चाहते हो, तो तुम्हें कृष्ण की ही चेतना को उपलब्ध होना होगा।

वहाँ अन्य कोई दूसरा उपाय नहीं है, अन्यथा तुम उस धर्म ग्रंथ को भ्रष्ट कर दोगे। जब मैं कहता हूँ–'कृपया धर्मशास्त्रों को जला दो', तो इसका यह अर्थ नहीं है कि मैं धर्मशास्त्रों के विरुद्ध हूँ, मैं उन्हें बचाने का प्रयास कर रहा हूँ, अन्यथा तुम उन्हें भ्रष्ट कर दोगे। यदि तुम जीसस को समझना चाहते हो, तो तुम्हें जीसस जैसी चेतना प्राप्त करनी होगी–कम-से-कम उन जैसी थोड़ी चेतना तो निश्चित रूप से। जब तुम्हारे हृदय में एक छोटी-सी खिड़की खुलती है, तो वह तुम्हें उस आकाश का उतना-सा ही छोटा दृश्य दिखलाती है, जो पूरा-का-पूरा जीसस को उपलब्ध है, केवल तभी तुम उसे समझ सकोगे, अन्यथा तुम अपने ही तरीक़े से उसकी व्याख्या किए जाओगे।

यही सब कुछ हमेशा से होता रहा है। वस्तुतः शब्द सीखने की अपेक्षा, अधिक होशपूर्ण या सचेत होने के तरीके सीखो।

एक युवा नया-नया ईसाई बना था, और वह एक स्टोर में, जो सख़्ती से ईसाई धर्म के सिद्धांतों के अनुरूप चलाया जा रहा था, एक सेल्समैन के रूप में कार्य कर रहा था।

एक दिन अत्यंत ही परिष्कृत रुचि की एक अभिजात्य महिला पर्दों का कपड़ा या टेपेस्ट्री खरीदने वहाँ आई। नीचे के खाने से टेपेस्ट्री का एक रोल, काउंटर पर फैलाते हुए उसने कहा–"यह 1.98 पौंड प्रति गज है।"

उस संभावित ग्राहक ने कहा–"मैं कहीं अधिक खर्च कर सकती हूँ, लेकिन मैं सर्वश्रेष्ठ टेपेस्ट्री चाहती हूँ।"

युवा सेल्समैन ने सबसे अधिक महँगी टेपिस्ट्री का रोल प्रस्तुत करते हुए कहा–"तो ठीक है मैडम, आप यह देखिए, यह 2.98 पौंड प्रति गज के रेट का है।"

–"नौजवान! मेरा ख्याल है, तुम मेरी बात समझे नहीं। मैं सर्वश्रेष्ठ चाहती हूँ।" ग्राहक ने अपनी बात का महत्व दर्शाते हुए आग्रहपूर्वक दर्पपूर्ण मुद्रा से कहा।

सेल्समैन का हाथ एक-दूसरे रोल तक पहुँचा, जो 2.98 पौंड प्रति गज के रेट का ही था। उसे प्रस्तुत करते हुए उसने कहा–"यह 9.98 पौंड प्रति गज रेट का है।"

ग्राहक ने प्रत्युत्तर में कहा–"बहुत सुंदर! ठीक यही तो मैं चाह रही थी।"

बाद में जब स्टोर का स्वामी वहाँ आया, तो उसे उस सौदे के बारे में बताया गया। उसने कहा–"लेकिन तुमने इस तरह के ग़लत सौदे को शास्त्रानुकूल पवित्र बनाने के लिए कौन-सी विशेष विधि का प्रयोग किया, क्योंकि यह स्टोर तो ईसाई नियमों के अनुसार सख्ती से संचालित किया जाता है।

अपना सिर खुजाते हुए उस युवक ने उत्तर दिया–"वह एक अजनबी थी और मैं उसे अंदर ले गया।"

वह यह वाक्य बाइबिल से उद्धृत कर रहा था। अथवा तुम इस चुटकुले के सौंदर्य का आनंद लो।

प्रोटेस्टेंट चर्च के एक पादरी की पत्नी, हर बार संभोग के शिखर पर पहुँचने के बाद अपने पति का हर्ष से चीखते हुए 'ओह जीसस, प्यारे मधुर जीसस' का वाक्य सुन कर, सारा आनंद भूलकर परेशान हो उठती थी और अंत में उसने इस बारे में अपने पति से पूछा।

उसने उत्तर दिया–"प्रिय! यह कहना पूरी तरह उचित और बाइबिल की आज्ञा के अनुसार ही है। क्या तुम्हें याद नहीं, जहाँ यह कहा गया है। कि "धन्यवाद है वह, जो परमात्मा के नाम पर आता है।"

सातवाँ प्रवचन

एक यांत्रिक मनुष्य से बुद्धत्व की ओर

17 अगस्त, 1977

सूफ़ी सद्‌गुरू नजरानी ने कहा–"यदि तुम यह कहते हो, कि तुम उसे करीब-करीब समझ सकते हो, तो तुम अर्थहीन बात कह रहे हो।"

एक धर्मशास्त्री, जो इस वाक्य खंड, 'करीब-करीब समझने' को बहुत अधिक पसंद करता था, उसने पूछा–"क्या आप सामान्य जीवन में, इस वाक्य खंड के समतुल्य, कोई अन्य शब्द–समूह हमें बतला सकते हैं?"

–"निश्चित रूप से" नजरानी ने कहा–"इसके समतुल्य है–यह कहना, कि कोई चीज़ करीब–करीब एक वृत्त अथवा संपूर्ण चक्र है।"

मनुष्य अभी भी मनुष्य नहीं है। वह बन सकता है, लेकिन है नहीं। वहाँ उसके अंदर संभावित शक्ति तो है, पर उस शक्ति को वास्तविकता में बदलना है। वह अभी भी प्रामाणिक अस्तित्व नहीं बनी है। हमारा जन्म ही केवल विकसित होने की संभावना से होता है। जन्म लेकर अपने आप में जीवन्त अस्तित्व होना नहीं है। और एक व्यक्ति, जो यह सोचता है कि वह पहिले ही से एक मनुष्य बनकर जन्मा है, वह व्यक्ति स्वयं को ही मूर्ख बना रहा है।

यही वही मौलिक भूल है। यह सोचना कि तुम पहिले ही से वह हो, जो हो सकते थे, केवल वहाँ यही एक भूल है।

जीवंत अस्तित्व की ही खोज करनी है, उसे सृजित करना है और उसका अनुभव करना है। यदि तुम उसे समझ कर उसका अनुभव नहीं करते, तो तुम अधिक अथवा कम एक मशीन ही बने रहोगे। सूफ़ी धर्म के मौलिक सिद्धांतों में एक यही है, कि मनुष्य जिस तरह से जी रहा है, वह एक मशीन है, एक यंत्र है।

यह यंत्र, अपने को चेतन होने का विश्वास दिलाते हुए स्वयं को ही धोखा देता रहा है। चैतन्य होना, एक वायदा है, लेकिन एक व्यक्ति को उसे खोजना है। यह अस्तित्व द्वारा सौंपा गया एक कार्य है। चैतन्य बनना, होशपूर्ण होना एक संभावना है, लेकिन उससे चूक सकते हो तुम। यह मानकर मत चलो कि तुम पहले ही से होशपूर्ण हो। यह अभी एक वास्तविकता नहीं है। तुम उसके लिए अभी एक बीज हो, लेकिन तुम विकसित हो सकते हो। एक बीज, एक बीज बना भी रह सकता है, और हो सकता है कि वह कभी भी एक वृक्ष न बने, यह हो सकता है कि वह कभी भी पल्लवित और पुष्पित न हो सके, यह हो सकता है कि वह कभी भी संसार को सुवासित

करने में समर्थ न हो सके, और यह भी हो सकता है कि वह कभी भी अपने आपको परमात्मा को अर्पित करने में समर्थ न हो सके। और उसकी संभावना भी अस्तित्व में है। और कभी यह भूलना मत, कि अधिकतर लोग इतने चूक जाते हैं और बहुत थोड़े-से लोग ही पहुँच पाते हैं।

मनुष्य होना एक आश्वासन या वायदा है, मनुष्य होना एक साहसिक कार्य है, जैसा होता है–मनुष्य, वैसा अभी भी है नहीं, यह बात उत्कंठा उत्पन्न करती है। ग़लत किस्म के लोगों में यह बात व्यग्रता उत्पन्न करती है, लेकिन ठीक और प्रामाणिक लोगों के अंदर यह प्रसन्नता उत्पन्न करती है। मैं किन लोगों को ठीक तरह का व्यक्ति और किन लोगों को ग़लत तरह का व्यक्ति कहता हूँ? कायर लोग ही ग़लत तरह के व्यक्ति हैं। कायर लोगों के अंदर ही व्यग्रता का जन्म होता है। साहसिक और अज्ञात यात्रा पर जाने के विचार मात्र से, कायर व्यक्ति काँपने लगता है, उसकी साँस रूक जाती है। उसका हृदय धड़कना बंद कर देता है। वह इस चुनौती और पुकार के प्रति बज्र बहरा बन जाता है। यह चुनौती उसके लिए एक दुश्मन बन जाती है। वह उसके विरुद्ध रक्षात्मक बन जाता है।

इस तरह के प्रामाणिक व्यक्ति को मैं साहसी कहता हूँ। उसके लिए कोई व्यग्रता नहीं होती, यह एक रोमांच होता है, एक चुनौती और एक साहसिक कृत्य होता है। परमात्मा ने उसे आगे बढ़ने के लिए पुकारा है। वह आगे बढ़ना शुरू करता है, वह खोजने और तलाश करने आगे कदम उठाता है। यदि तुम खोजते हो, तभी उसे पाने की संभावना है, और यदि तुम उसे नहीं खोजते हो, तो वहाँ कोई संभावना ही नहीं है, और यदि तुम उसे नहीं खोजते, तो वहाँ कोई संभावना ही नहीं है। यदि तुम आगे बढ़ना शुरू करते हो, तो किसी-न-किसी दिन तुम सागर तक पहुँच ही जाओगे, जैसे प्रत्येक नदी पहुँचती है। लेकिन तुम आगे बढ़ने, सक्रिय होने और जीवन में होने वाले परिवर्तन बन कर रह जाते हो। धीमे-धीमे तुम मरते जाते हो। तुम अधिक-से-अधिक सुस्त, बासी, गंदे और जड़ होते जाते हो। तब तुम्हारा पूरा जीवन रुग्ण बन जाता है। तब तुम्हारा पूरा जीवन व्याधिग्रस्त हो जाता है। और अधिकतर लोग इसी तरह का व्याधिग्रस्त जीवन जीते हैं।

एक आधुनिक विचारक लेविस यानलोंस्की ने इस व्याधि अर्थात

रोगग्रस्त जीवन जीने को एक नया शब्द 'रोबो पैथालोजी' का नाम दिया है– वह व्यक्ति जो इससे ग्रस्त होता है, वह उसे 'रोबोपाथ' कहकर पुकारता है। रोबो का अर्थ है–एक मशीन, स्वचालित ढंग से एक तरह का यांत्रिक जीवन जीने वाला व्यक्ति, जिसका जीवन रोज को जैसे दोहराना भर है, एक ऐसा व्यक्ति जिसमें साहसिकता नहीं है, जो पूरी तरह से अपने को घसीटे चले जा रहा है। वह दिन–प्रतिदिन की माँगों को तो पूरा करता है, लेकिन शाश्वत माँग और शाश्वत चुनौती को कभी पूरा नहीं करता।

वह आफ़िस या कारखाने जाएगा, वह घर वापस लौटेगा, वह पत्नी

और बच्चों की भी देखभाल करेगा, वह हज़ार तरह के अन्य सभी कार्य करेगा, और उन्हें पूरी कुशलता से करेगा, लेकिन वह कभी भी जीवंत नहीं होगा, वह अपने अंदर उत्साह, उल्लास और उमंग का अनुभव नहीं करेगा। वह ऐसे जिएगा, जैसे मानो वह पहिले ही मर चुका है।

'रोबो पाथ' अर्थात यांत्रिक पथ का एक सुंदर शब्द है। सूफ़ियों ने इस यांत्रिक ढंग से जीने वाले जीवन के बारे में हमेशा चर्चा की है। वे इसे कई नामों से पुकारते हैं। उदाहरण के लिए वे कहते हैं–मनुष्य एक मशीन है। सूफ़ियों के इस विचार से गुरुजिएफ ने पश्चिमी–चेतना को अवगत कराया। सूफ़ी कहते हैं–मनुष्य सोया हुआ है, वह मृतप्राय है। सूफ़ी कहते हैं वह अभी भी मनुष्य मनुष्य नहीं बना है। सूफ़ी कहते हैं कि मनुष्य केवल यह विश्वास करता है कि वह है, लेकिन उसका यह विश्वास एक तरह का सपना है।

कभी-कभी सपना देखते हुए तुम यह याद कर सकते हो कि तुम जागे हुए हो। हाँ, ऐसा सपने में कभी-कभी होता है। तुम अपने जागे होने का सपना देख सकते हो, तुम सोच सकते हो कि तुम जागे हुए हो–और जब तुम सपने में यह सपना देखते हो, कि तुम जागे हुए हो, तुम्हें सपने में ऐसा लगता है, जैसे मानो तुम जागे हुए हो। केवल सुबह होने पर जब तुम वास्तव में जागते हो, तुम दोनों के अंतर को समझने में समर्थ हो सकोगे। तब तुम इस बेतुके–पन पर हँसोगे। सपने में तुम्हें धोखा दिया है।

सूफ़ी कहते हैं कि लोग जागे हुए नहीं हैं; केवल उनका यह विश्वास है कि वे जागे हुए हैं। और उनका यह विश्वास ही उनके जागरण में एक

बाध्य है। यदि तुम्हें यह पहिले ही से यह विश्वास है कि तुम जागे हुए हो, तो इस बारे में फिर कुछ भी और करने की जरूरत क्या है? यह अनावश्यक है। यदि एक व्यक्ति अपने को स्वस्थ होने का अनुभव करता है, फिर एक चिकित्सक के पास जाने की आवश्यकता क्या है? तब किसी भी इलाज की अथवा कोई भी दवा लेने की फिर क्या आवश्यकता है? फिर अत्यधिक पीड़ायुक्त सर्जरी से गुजरने की जरूरत क्या है? वह विश्वास करता है कि वह पहिले ही से स्वस्थ है।

कायर लोग ही दवा लेने के डर से, चिकित्सक के पास जाने, आपरेशन और सर्जरी के भय से यह विश्वास करते हैं कि वे स्वस्थ हैं। वे प्रत्येक बात से डरते हैं, वे पूरी तरह से भय ही में जीते हैं और वे अपने अंदर गहरे में काँपते ही रहते हैं। वे केवल अपने आपको बचा रहे हैं। उनका पूरा जीवन, सुरक्षा और अपना बचाव करने की एक लंबी कहानी है। न तो उनके पास जीने का समय है और न उनके पास विकसित होने की ऊर्जा है।

मनुष्य की इस यांत्रिकता को ठीक से समझ लेना है। सूफ़ियों की बुनियादी बातों में एक है।

कुछ थोड़ी-सी बातें और...यात्रिंक ढंग से जीने वाला मनुष्य वह है–जिसे यंत्रवत् आचरण करना और विश्वास करना परिवार में विरासत में मिला है। वह केवल नाम भर का मनुष्य है। वह एक कंप्यूटर ही हआ होता, और हो सकता है वह ऐसा हो भी। यंत्रवत् जीने वाला मनुष्य वह है, जो संवेदनशील न होकर एक मशीन की तरह कार्य करता है–संक्षेप में कहा जाए तो वह व्यक्ति जैसे एक नशे में जी रहा है। एक यंत्रवत् जीने वाला व्यक्ति स्वचालित है। उसकी अस्तित्वगत स्थिति भले ही एक बर्बर की न हो, पर वह निश्चित रूप से एक मनुष्य नहीं है। वह अमानव भी नहीं है–क्योंकि अमानव होने से पूर्व तुम्हें एक मानव तो होना ही होगा। उसकी अस्तित्वगत स्थिति के बारे में केवल बताया जा सकता है और जैसा कि सूफ़ी कहते हैं–वह अमानुष है। उसके पास किसी भी तरह के कोई मानवीय मूल्य नहीं हैं। वह न तो मनुष्य है और न बर्बर जंगली ही, वह अमानुष है।

यह इस व्याधि के चरित्रगत लक्षण हैं। इन पर विचार करो–क्योंकि यह तुम्हारे और प्रत्येक व्यक्ति के चारित्रक लक्षण हैं। जब तक तुम बुद्धत्व को उपलब्ध नहीं हो जाते यह चरित्रगत लक्षण एक छाया की तरह तुम्हारा अनुसरण करते रहेंगे। हम बुद्धत्व को परिभाषित करते हुए यह कह सकते हैं, कि जो मनुष्य पहिली बार यांत्रिक जीवनशैली को छोड़कर, इस यंत्रवत जीवन से अपना तादात्म्य तोड़कर, एक जागा हुआ, सचेतन रूप से साक्षी बन जाता है, वही बुद्ध है।

इसका पहिला चरित्रगत लक्षण है नींद, मूर्च्छा। तुम इस यांत्रिक मनुष्य को हमेशा गफलत में सोया–सोया पाओगे। वह चलता है, तो सोये-सोये चलता है। वह बात करता है तो लगता है, जैसे गफलत में बोल रहा हो। वह बहुत से काम करता है, जीवन के सामान्य कार्यों को कुशलता के साथ करता है। लेकिन तुम स्वयं अपना और अन्य लोगों का निरीक्षण करो। तुम यदि एक ही काम को बार-बार करते ही रहो, तो धीमे-धीमे उस काम को करते हुए उस बारे में सजग होने की जरूरत नहीं रह जाती और फिर तुम उन्हें सामान्य रूप से कर देते हो। वहाँ तुम्हारे होने की फिर कोई जरूरत नहीं रह जाती।

जब तुम पहिली बार कोई कार चलाना सीखते हो तो कुछ दिनों तक तुम्हें वहाँ पूरी तरह से बने रहना होता है। यही कारण है कि कोई भी काम सीखना इतना कठिन होता है, क्योंकि कोई भी काम सीखने के लिए तुम्हें कम-से-कम अपनी नींद और गफलत से थोड़ा बाहर आना होगा, अन्यथा तुम उसे सीखोगे कैसे? यांत्रिक मनुष्य की दिलचस्पी कभी भी नई चीज़ों में नहीं होती। एक बार वे कुछ चीज़ें सीख लेते हैं, फिर वे उसी दुष्चक्र में निरंतर घूमते रहते हैं। प्रत्येक सुबह एक जैसी होती है और हर शाम भी पिछली शाम जैसी ही होती है। प्रत्येक बार जब वे भोजन करते हैं, अथवा बात करते हैं, अथवा प्रेम करते हैं वह सभी कुछ पहिले जैसा ही होता है। उन्हें वहाँ फिर बने रहने की कोई जरूरत ही नहीं होती। वे कोई भी काम अपनी चेतना से या होशपूर्वक नहीं करते, वे केवल उन्हें करने भर की मुद्राएँ बनाते हैं। यही कारण है कि जीवन में इतनी अधिक ऊब है। तुम कैसे रोमांचित बने रह सकते हो, यदि तुम निरंतर उसी पुराने काम को दोहराए जाओ। यह पहिला चरित्रगत लक्षण है–निद्रा और मूर्च्छा।

दूसरा चरित्रगत लक्षण है सपने देखना–जो नींद का ही एक भाग है। एक यांत्रिक मनुष्य निरंतर स्वप्न देखता रहता है–न केवल रात में, वह दिन में भी वह स्वप्न देखता, कल्पित, भ्रम जाल में पड़ा रहता है। जब वह कुछ भी कर रहा होता है, अपने अंदर गहरे में वह उस समय भी स्वप्न देखता रहता है। तुम किसी भी समय इसे खोज सकते हो। किसी भी समय अपनी आँखें बंद करो और अंदर झाँको, तुम वहाँ सपनों का विस्तार देखोगे। वे वहाँ निरंतर बने ही रहते हैं। यह उस सितारों की तरह हैं, जो दिन में विलप्त नहीं होते, केवल सूर्य के चमकीले प्रकाश के कारण अदश्य बने रहते हैं। सितारे वहीं होते हैं, पूरा आकाश भी रात जैसा ही वहाँ होता है। जब सूर्य छिप जाता है, तुम उन्हें देख सकोगे, वे फिर प्रकट हो जाते हैं। वे कहीं किसी अन्य स्थान पर नहीं चले गये थे, वे केवल सूरज के अस्त होने की प्रतीक्षा कर रहे थे।

रात में तुम फिर सपने देखना शुरू कर देते हो। वे सपने दिन में विलुप्त नहीं हुए थे, क्योंकि तुम अपनी दैनिक दिनचर्या के हज़ार कामों में उलझे हुए थे, वे गहरे अचेतन में जाकर दुबक गये थे। तुम उन्हें किसी भी क्षण खोज सकते हो। अपनी आँखें बंद करो, एक क्षण प्रतीक्षा करो और तुम पाओगे, सपना वहाँ मौजूद है। नींद भी वहाँ निरंतर बनी हुई है। तुम्हारी आँखों में नींद भरी हुई है और तुम्हारा मन सपनों से भरा हुआ है।

और तीसरा चरित्रगत लक्षण है–संस्कारग्रस्त होना। यह यांत्रिक मनुष्य संस्कारों में बने रहते हुए ही जीता है। वह कोई भी कार्य हृदय से नहीं करता। वह किसी को 'हैलो' भी कहेगा, तो इसलिए कहेगा, क्योंकि वह हमेशा से ही ऐसा कहता रहा है। उसके 'हैलो' कहने में वहाँ कहीं भी उसका हृदय न होगा। वह अपनी पत्नी का चुंबन लेगा, क्योंकि वह एक खोखली मुद्रा का दोहराना भर होगा। उसे चुंबन में प्रेम से चूमना न होगा। वह किसी को अपने बाहुपाश में बाँधेगा, लेकिन केवल हड्डियों और त्वचा ही स्पर्श करेगा, वह उतना ही दूर खड़ा रहेगा जितना पहिले खड़ा था। वह उस आलिंगन में मौजूद होता ही नहीं। तुम इस बारे में निश्चित हो सकते हो–कि वह वहाँ होता ही नहीं।

लेकिन यंत्रवत जीवन जीने वाले मनुष्य बहुत संस्कारित होते हैं। वे संस्कारों पर ही आश्रित रहते हैं। वे प्रत्येक कार्य ठीक उसी तरह करते हैं, जैसे कि उसे करना चाहिए।

एक संस्कार की वास्तविकता प्रकृति असृजनात्मक होती है। एक संस्कार–ग्रस्त व्यक्ति कभी भी सहज स्वाभाविक नहीं हो सकता। यदि तुम सहज स्वाभाविक होना चाहते हो, तो तुम्हें सजग बनना होगा। स्वाभाविकता का एक आवश्यक तत्व है, और वह है सजगता। यदि तुम सजग नहीं हो तो तुम सहज स्वाभाविक नहीं हो सकते।

और वास्तव में तुम सृजनात्मक कैसे हो सकते हो? तुम एक ही दिनचर्या को रोज–रोज दोहराने वाले लोग हो, तुम कैसे सृजनात्मक हो सकते हो? महान सर्जक भी बहुत कम सृजनात्मक होते हैं। महान चित्रकार भी अपने उन्हीं चित्रों को दोहराये चले जा रहे हैं और महान कवि भी उन्हीं कविताओं को बार-बार दोहराये चले जा रहे हैं।

केवल बहुत कम ऐसा होता है जब कभी कोई एक व्यक्ति किसी चीज़ का सृजन करता है, और वे क्षण जब वहाँ एक नया सृजन होता है, वे आत्मिक आनंद के परमानंद के क्षण होते हैं। यही वजह है कि सृजनात्मकता इतना अधिक आनंद लाती है। एक सृजनात्मक व्यक्ति परम प्रसन्न रहता है और एक असृजनात्मक व्यक्ति एक दुःखी मनुष्य होता है।

मेरे पास बहुत से लोग आते हैं, और पूछते हैं कैसे प्रसन्न रहा जाए, प्रसन्नता को कहाँ खोजा जाए? जब तक वे सृजनात्मक नहीं बनते, वे उसे नहीं पा सकते। उन्हें प्रसन्नता कहीं भी नहीं घट सकती, वह केवल घटती है सृजनात्मक आत्माओं में। किसी भी चीज़ का सृजन करो। अधिक-से-अधिक सहज स्वाभाविक बनो। अपने को दोहराना छोड़ो। प्रत्येक सुबह को एक नई सुबह होने दो और प्रत्येक अनुभव को एक नया अनुभव बनने दो। यह मत सोचो कि यह सब कुछ पुराना है। केवल यंत्रवत जीने वाले मनुष्य ही ऐसा सोचते हैं कि इस सूरज के नीचे कुछ भी नया नहीं है–सब कुछ वैसा ही है, इसलिए फिक्र क्यों की जाए?

वस्तुतः यंत्रवत जीवन जीने से ही एक संस्कार उत्पन्न होता है। उदाहरण के लिए यदि वह प्रार्थना करता है, वह प्रार्थना को एक संस्कार

समझ कर करता है। उसने एक निश्चित प्रार्थना सीख ली है, वह उसी को दोहराये चले जाता है। वह चर्च जाता है, क्योंकि उसने वहाँ जाने का एक संस्कार सीखा है। वहाँ चर्च की बगल में एक मंदिर भी हो सकता है, लेकिन वह कभी भी मंदिर नहीं जाएगा। और मंदिर में कहीं अधिक शांति हो सकती है। अथवा वहाँ कोई मस्जिद भी हो सकती है, और मस्जिद में अधिक शांति और मौन हो सकता है। यह इतवार है, सभी ईसाई चर्च में आये हैं–यदि तुम वास्तव में प्रार्थना करने ही आये हो, तो चर्च ही वह अंतिम स्थान है। यदि तुम वास्तव में प्रार्थना करना चाहते हो, तो तुम्हें कोई मंदिर या मस्जिद खोजनी चाहिए, जहाँ कुछ अधिक परमात्मा और कुछ अधिक मौन होगा। लेकिन एक ईसाई वहाँ नहीं जा सकता। उसकी दिलचस्पी न तो प्रार्थना में है और न परमात्मा में, उसकी दिलचस्पी तो एक विशेष किस्म के संस्कार में है। वह कर्मकांड ही उसे यह अनुभव कराता है कि वह एक ईसाई है।

इन कर्मकांड करने वाले संस्कारवादियों ने विश्व में बहुत-सी समस्याओं को जन्म दिया है। वे आपस में संघर्ष किए चले जाते हैं, वे वाद-विवाद किए चले जाते हैं कि किसका कर्मकांड श्रेष्ठ है। सभी कर्मकांड, केवल मात्र संस्कार अर्थात धार्मिक कर्मकांड हैं, वहाँ किसी कर्मकांड के अच्छे या बुरे होने का प्रश्न ही नहीं उठता। एक संस्कार अथवा एक कर्मकांड जैसा वह भद्दा और कुरूप होता है। सहज स्वाभाविक होना उत्तम है और कर्मकांड होना बुरा है।

कुछ दिनों पूर्व मैं एक पुस्तक पढ़ रहा था। एक प्रतिष्ठित बोस्टन परिवार के ज्येष्ठ पुत्र सेडगेविक ने एक शाम अपने पिता के अध्ययन कक्ष में जाकर एक आघातपूर्ण घोषणा करते हुए बतलाया कि उसका इरादा अपने 'बॉयफ्रेंड' (पुरुष मित्र) के साथ खुलेआम बेकन हिल में जाकर रहने का है।

उसके पिता ने चीखते हुए कहा–"नालायक! हमारा परिवार यहाँ तीर्थयात्रियों के साथ आया है और हम लोगों के साथ इस तरह का कलंकपूर्ण कांड तो आज तक कभी भी नहीं हुआ।"

सेडगेविक ने कहा–"मैं इस बारे में आपकी कोई सहायता नहीं कर सकता, क्योंकि मैं उसे प्रेम करता हूँ।"

उसका पिता चिल्लाते हुए बोला–"लेकिन परमात्मा के लिए इतना तो सोच, कि वह एक कैथोलिक है।"

अब उसकी समस्या तो उसके कैथोलिक होने से है। यही कलंक की बात है। यही बात उनके माता-पिता के लिए एक भारी बोझ है।

संस्कारग्रस्त मन सदा इसी तरह का होता है। वह असली समस्या को भूलता चला जाता है। वह वास्तविक समस्या का कभी सामना नहीं करता। वह एक नकली समस्या उत्पन्न करता है, क्योंकि उसे हल करना आसान होता है। स्मरण रहे, इससे तुम्हें यह अनुभव कर अच्छा लगता है। कि तुमने उसे हल कर दिया।

इसी वजह से लोगों को पहेलियों, 'क्रॉसवर्ड–पजिल्स', और इसी तरह की चीज़ों को हल करने में मज़ा आता है। एक 'क्रॉसवर्ड–पजिल' को हल करते हुए तुम्हें यह अहसास होता है कि तुम किसी चीज़ का हल निकाल रहे हो। यह एक मूर्खता है। एक 'क्रॉसवर्ड–पजिल' को हल करने से कुछ भी हल नहीं होता। तुम्हारा जीवन हमेशा की तरह अनसुलझा, जटिल और भ्रमपूर्ण बना रहता है, लेकिन एक पहेली का हल करना तुम्हें यह अनुभूति कराता है कि कम-से-कम तुम कोई चीज़ तो सुलझाने में समर्थ हो सके। अन्यथा वहाँ इसकी कोई आवश्यकता थी ही नहीं। जीवन एक इतनी बड़ी पहेली है, कि यदि तुम उसे सुलझाना चाहो, तो सुलझा सकते हो, फिर क्यों इतनी छोटी–मोटी, तुच्छ पहेलियाँ और परेशानियाँ स्वयं ही उत्पन्न करते हो और फिर उन्हें हल करते हो? वे तुम्हें अच्छा लगने का अहसास कराती हैं। वे तुम्हें जीवन से दूर ले जाती हैं। जीवन अत्यधिक विराट और जोखिमों से भरा हुआ है। एक 'क्रॉसवर्ड पहेली, को हल करने में कोई भी खतरा नहीं है। यदि तुम उसे हल कर लेते हो, तो ठीक है, और यदि तुम उसे हल नहीं कर पाते. तो इसमें कछ भी ग़लत नहीं है।

लोग, दूसरे लोगों को जीते हुए देखना चाहते हैं। वे दूसरे लोगों को प्रेम करते हुए देखने के लिए ही फिल्म देखने जाते हैं, वे दूसरे लोगों को नृत्य करते हुए देखने के लिए नृत्य देखने जाते हैं, वे कुश्ती देखने जाते

हैं, जिससे दूसरे लोगों को एक-दूसरे से लड़ते हुए देखें। लोग दर्शक बन गये हैं। इससे उन्हें यह नकली अनुभव होता है, जैसे मानो वे उस नृत्य का एक भाग हों, अथवा वे प्रेम–प्रसंग का जो पर्दे पर चल रहा है, उसके एक अंश हों। और वे एक मृतप्राय और सुस्त दर्शक बने, बस उन्हें देखे चले जाते हैं। उनके जीवन में कुछ भी नहीं है। यदि तुम उनके जीवन में झाँक कर देखो, तो उन्हें बार-बार वैसी ही चेष्टाओं को दोहराते हुए पाओगे।

मैंने सुना है...

रब्बी ग्रीनबर्ग मरने के बाद स्वर्ग पहुँचा। वहाँ उसने देखा कि तीन लोग धुंधले प्रकाश में कुछ पढ़ रहे थे। उनमें से एक 'प्लेबॉय', दूसरा 'गौलरी' (खेले जाने वाले नाटकों के रिहर्सल की पुस्तक) और तीसरा 'जेनेसिस' पढ़ रहा था, जो मनुष्य के जन्म की प्रक्रिया की पुस्तक थी। तब उसने तय किया कि अब नर्क भी देखना चाहिए कि आख़िर वहाँ है क्या? यह कामना करते ही उसने अपने को शैतान के राज्य में पाया। वहाँ एक विशाल नाइट क्लब में गया, जहाँ प्रत्येक तरह का संगीत गूँज रहा था। वहाँ दक्षिणी अमेरिका के गुलामों द्वारा आठ संगीत वाद्यों वाला बैंड था और तीस वाद्य यंत्रों को झूम–झूम कर बजाने वाला ज़ाज़ संगीत का भी बैंड था और वहाँ सभी लोग नृत्य कर रहे थे।

रब्बी ग्रीनबर्ग फिर वापस स्वर्ग गया और परमात्मा से भेंट होने पर प्रश्न किया–"ओ मेरे मालिक! यहाँ स्वर्ग में तो केवल तीन व्यक्ति हैं और तीनों लोग पुस्तकें पढ़ रहे हैं। नीचे नर्क में तो प्रत्येक व्यक्ति नाचते गाते हुए अच्छा समय व्यतीत कर रहे हैं। क्या वैसा ही कुछ स्वर्ग में भी नहीं हो सकता।"

परमात्मा ने उत्तर दिया–"मैं केवल तीन लोगों के लिए भाड़े पर बैंड नहीं मँगा सकता।"

यदि तुम्हारे तथाकथित संत स्वर्ग जा रहे हैं, तो स्वर्ग वास्तव में उन्हें बुरी तरह उबा देने वाला स्थान होगा। इसलिए तुम स्वर्ग से बचकर रहो। यदि किसी संयोग से वहाँ पहुँच भी जाओ, तो वहाँ से निकल भागना। यदि तुम्हारे महात्मा स्वर्ग जा रहे हैं, तब उनके लिए अच्छा यही है कि वे नर्क का चुनाव कर लें। वहाँ तुम्हें ऐसे लोग मिलेंगे, जो थोड़े अधिक

जीवंत हैं, वे नाचते गाते हुए जी रहे हैं। यदि तुम 'प्लेबॉय' मैगजीन' ही पढ़ना चाहते हो तो यहाँ तुम उसे कर भी सकते हो, फिर स्वर्ग जाकर सेक्स के बारे में 'प्लेबॉय' मैगजीन पढ़ने की आवश्यकता क्या है?

पर सेक्स मैगजीन 'प्लेबॉय' भी महत्वपूर्ण है–उसका महत्व इन्हीं यांत्रिक अमानुषों के लिए है। उनकी दिलचस्पी एक वास्तविक स्त्री में नहीं है; क्योंकि यथार्थ जीवन में स्त्रियाँ खतरनाक होती हैं। उनसे प्रेम करने में बहुत बड़ी जोखिम उठानी होती है। उनकी दिलचस्पी अश्लील साहित्य में है। अपनी स्त्री को भी प्रेम करते समय भी वह उससे बचना चाहता है। लोग यथार्थ स्त्री से दूर बने रहना चाहते हैं।

और अश्लील साहित्य और चित्र पढ़ने और देखने वाले लोग, जिनके मनों में हर समय सेक्स साहित्य ही घूमता रहता है, वे लोग चर्च या पूजाघर जाने वाले लोगों से पृथक नहीं हैं। यह एक जैसी ही चीज़ें हैं। यदि असली जीसस हो वहाँ, तो तुम उनकी हत्या कर दोगे, और यदि वहाँ मृत जीसस हैं, तो तुम उनकी पूजा करोगे। यह भी अश्लीलता और कुरूपता है, यह है आध्यात्मिक अश्लीलता। लोग मुर्दे को पूजते हैं और जीवित बुद्ध से बचना चाहते हैं–जीवंत बुद्ध के साथ तुम्हें जीवंत बनना होगा, और यही एक समस्या है उनके लिए। मृत बुद्ध के साथ तुम पूरी तरह से प्रसन्न रहते हो, क्योंकि तुम भी मृतप्राय हो, फिर वहाँ एक मुर्दे का दूसरे मुर्दे के साथ संबंध स्थापित हो जाता है। जीवंत के साथ तुम्हें अपराधबोध का अनुभव होना शुरू हो जाता है, जीवित के साथ तुम्हें लगने लगता है कि जैसे तुम पर वह कुछ चोट कर रहा है, जीवित के साथ तुम्हें ईर्ष्या होने लगती है। जीवित बुद्ध के साथ रहते हुए तुम्हें अनुभव होने लगता है कि तुम्हें अब कुछ करना होगा, अपने को बदलना होगा, और तुम वह करना नहीं चाहते। तुम तो किसी तरह से समय नष्ट करना चाहते हो, चाहते हो, किसी तरह यह समय गुजर जाए। लोग समय ही बिता रहे हैं।

और लोगों की बहुत अधिक दिलचस्पी धार्मिक संस्कारों और कर्मकांडों में है। एक सच्ची प्रार्थना तो अंदर जाती है और संस्कारवश की गई प्रार्थना केवल होठों तक रह जाती है। एक प्रामाणिक सद्‌गुरू का साक्षात्कार करना, मृत्यु का सामना करना है, वह जीवन से साक्षात्कार करने जैसा है–यह

दोनों साथ-साथ रहते हैं, हमेशा ही एक साथ। एक जीवित न रहने वाले सद्गुरू–एक जीसस या एक बुद्ध की पूजा, तुमसे कुछ भी नहीं चलती। तुम उसकी प्रतिमा के चरणों में अपना सिर झुका सकते हो, और ज्यों–के–त्यों बने रह सकते हो। एक जीवित सद्गुरू के चरणों में झुकने के लिए तुम्हें अहंकार को हटाकर अलग रखना होगा। उसके चरणों में झुकने और समर्पण के लिए, तुम्हारा अहंकार अनेक कठिनाइयाँ उत्पन्न करेगा। इसी कारण लोग ईसाई, हिंदू और मुसलमान बन जाते हैं–और यह सभी संस्कारवश होता है।

एक यंत्रवत् जीने वाला मनुष्य एक औपचारिक जीवन जीते हैं। यहाँ तक कि उनका तथाकथित अंतरंग और भावनात्मक आचरण भी संस्कारित और पूर्व निर्धारित योजनानुसार ही होते हैं, उनके सारे कार्यकलाप पूर्व निश्चित योजना के अनुसार ही होते हैं। वे कभी भी कोई कार्य आगे बढ़कर, उस क्षण की आवश्यकता के अनुसार स्वप्रेरणा से नहीं करते। घर आते हुए वे इस बारे में सोचते हैं, कि उन्हें अपनी पत्नियों से क्या कहना है। आफिस जाते हुए उन्हें अपने बॉस से क्या कहना है, वे उसकी पहिले से तैयारी करते हैं। वे हमेशा पूर्वाभ्यास अथवा रिहर्सल करते रहते हैं। वे हमेशा अपने को पहले ही से तैयार करते हैं। और यह स्वाभाविक है, कि जब तुम बहुत अधिक पहिले ही से तैयार होते हो, तुम उस क्षण असफल हो जाते हो। तुम यह सुनते ही नहीं कि तुमसे क्या कहा जा रहा है, तुम यह देखते ही नहीं कि तुम्हारे सामने क्या उपस्थित है। तुम चीज़ों को उसी परिप्रेक्ष्य में देखे चले जाते हो, जिसके लिए तुमने अपने को पहिले से तैयार किया था।

मैं कई वर्षों तक एक विश्वविद्यालय में प्राध्यापक रहा। मैं आश्चर्य करता था कि छात्र एक प्रश्न का जो उत्तर देते थे, वह उनसे पूछा ही नहीं गया होता था। उनसे पूछा कुछ और गया, और वे कुछ दूसरी ही तैयारी करके आये थे, वे किसी और चीज़ की आशा कर रहे थे। और वे वही उत्तर देते थे, जिसके लिए वे तैयार होकर आये थे।

ऐसा नहीं था कि वे ऐसा जान–बूझकर रहे थे, नहीं क्योंकि उनका उत्तर पहिले ही तैयार था, इसलिए वे प्रश्न को इस ढंग से पढ़ और समझ

रहे थे कि उनका उत्तर उसके साथ ठीक बैठ जाए। वे उस प्रश्न की व्याख्या इस तरह से करते थे कि वह उनके उत्तर के साथ 'फिट' हो जाए। प्रश्न जैसा था, वे उसे उस तरह पढ़ने से बचना चाहते थे–वह हानिकारक हो सकता था। वह उनके लिए ठीक और उपयुक्त नहीं था, और चूंकि वे एक निश्चित उत्तर देने के लिए पहिले से तैयार थे, इसलिए वे तुरंत उत्तर लिखना शुरू कर देते थे; वे प्रश्न में गहराई से समझने की फिक्र नहीं करते थे। प्रश्न के साथ थोड़ा-सा बदलाव करने से उनका पूरा उत्तर ही ग़लत हो जाता था, लेकिन वे प्रश्न में किये गये सूक्ष्म बदलाव को नहीं समझ पाते थे।

और इसी तरह से सभी कुछ तुम्हारे जीवन में भी चले जा रहे हैं।

एक यांत्रिक मनुष्य, धार्मिक सिद्धांतों और नियमों का सख्ती से पालन करता है। वह किसी भी चीज़ के बारे में सुनिश्चित होने के लिए बहाने ढूँढ़ लेता है। वह संदेहों को उठने की अनुमति नहीं देता। संदेह उसके अंदर एक कंपकपी उत्पन्न कर देते हैं। वह विश्वास करता है, संदेह कभी करता ही नहीं–क्योंकि यदि तुम संदेह करोगे तो तुम्हें उसकी जाँच करनी होगी। और कौन जानता है कि तुम्हारा संदेह उन्हें कहाँ ले जाये। इसी कारण, इस पृथ्वी पर तुम इतने अधिक विश्वास करने वाले देखते हो और प्रामाणिक धर्म कहीं है ही नहीं। इतने अधिक विश्वास करने वाले लोग? यहाँ प्रत्येक व्यक्ति विश्वासी ही दिखाई देता है, वह अपनी ईसाइत पर, अपने इस्लाम पर और अपने हिन्दुत्व पर विश्वास रखता है। यहाँ प्रत्येक व्यक्ति एक विश्वासी है।

और यह संसार पूरी तरह से इतना अधिक अधार्मिक है–आख़िर यह मामला क्या है? इतने अधिक विश्वासियों के साथ तो धर्म की खिलावट होनी चाहिए थी। लेकिन यह विश्वास, श्रद्धा नहीं है, यह आस्था नहीं है, यह शुद्ध रूप से एक अंधविश्वास है। यह केवल संदेह को कचलने देने का एक प्रयास है, यह केवल संदेह को दबा देने का प्रयास है। यदि तुम ऐसे किसी यंत्र मानव से बात करो, तो तुम्हें बहुत सजग रहना होगा, तुम्हें उसके विश्वास को स्पर्श भी नहीं करना चाहिए, अन्यथा वह पागल हो जाएगा। वह पूरी तरह से भयभीत बना ही रहा है, और तुम उसके पैरों

के नीचे की जमीन ही हटा देना चाहते हो, वह विश्वास करता रहा है कि जानता है और अब यहाँ तुम उसे व्याकुल और परेशान कर रहे हो। लोग नहीं चाहते कि कोई उनके विश्वास में बाधा उत्पन्न करे। इससे व्यग्रता उत्पन्न होती है।

लोग अपने विचारों पर जमे रहना चाहते हैं। जीवन में सब कुछ बदले जा रहा है, लेकिन उनके विचार कभी नहीं बदलते। जरा अपने अंदर झाँक कर देखें...तुम अभी तक उन्हीं विचारों को अपने साथ ढोते जा रहे हो, जो तुम्हें बचपन में दिये गये थे, अब बचपन का वह जीवन कभी का बीत गया। जीवन गतिशील होकर आगे बढ़ गया, इस मध्य बहती हुई गंगा में बहुत अधिक पानी बह गया, और तुम अभी भी बचपन में दिये गये बचकाने विश्वासों और बचकानी धारणाओं को अपने साथ ढोते हुए चल रहे हो। इसी वजह से लोग विकसित नहीं होते।

एक यांत्रिक मनुष्य सदा अतीत अथवा भविष्य की ओर ही उन्मुख होता है। वह कभी भी वर्तमान में नहीं रहता। अतीत इसलिए अच्छा है, क्योंकि अब तुम अतीत के साथ कुछ भी नहीं कर सकते। अतीत अब पूरा हो चुका है, वह समाप्त हो चुका है। यंत्रवत् ढंग से जीने वाला मनुष्य अतीत के साथ बहुत आराम का अनुभव करता है। अतीत मुर्दा है, जो होना था हो चुका, अब वहाँ उसे बदलने का कोई उपाय है ही नहीं।

एक यांत्रिक मनुष्य, अतीत के साथ वह कामनाएँ होने का अनुभव करता है और भविष्य के साथ वह कामनाएँ और आशाएँ करता है–लेकिन वर्तमान के साथ वह बहुत अधिक असुविधा का अनुभव कर बेचैन हो जाता है। वर्तमान अपने साथ समस्याएँ लाता है। अतीत समाप्त हो चुका है, उस बारे में वहाँ कोई समस्या लाता है। अतीत समाप्त हो चुका है, उस बारे में वहाँ कोई समस्या है ही नहीं...उसके साथ उसने समझौता कर लिया है। और भविष्य के साथ, तुम आशा कर सकते हो और तुम अपने मन को आशाओं के अनुरूप व्यवस्थित कर सकते हो। भविष्य तुम्हारे लिए कोई परेशानी खड़ी नहीं करेगा। भविष्य यह नहीं कहेगा कि यह संभव नहीं है। तुम उसके बारे में सपने देख सकते हो।

लेकिन वर्तमान तुम्हारे लिए बहुत जोखिम से भरा हुआ स्थान है।

तुम एक चीज़ चाहते हो और जीवन तुम्हें दूसरी चीज़ देता है। वहाँ निरंतर एक संघर्ष बना रहता है। तुम चाहते हो कि कोई व्यक्ति तुम्हारा स्वागत करे और वह तुम्हारा स्वागत नहीं करता है। और यदि तुम भविष्य के बारे में कोई आशा कर रहे हो, तो वहाँ इसमें कोई समस्या होगी ही नहीं। भविष्य अभी आ नहीं सकता और न तुमसे कुछ कह सकता है। अतीत के साथ तुमने समझौता कर लिया है और तुम जानते हो कि वह विलुप्त हो चुका है। वहाँ हर चीज़ घट चुकी है। अब उससे कोई भी संबंध नहीं रह गया है। अतीत को आसानी से श्रेणीबद्ध किया जा सकता है, भविष्य को आसानी से प्रक्षेपित किया जा सकता है...समस्या केवल वर्तमान के साथ ही उत्पन्न होती है। वर्तमान तुम्हारी सुनता ही नहीं। उसका अपना एक अलग अस्तित्व है। यही कारण है कि यंत्र–मानव वर्तमान को टालता चला जाता है। और वर्तमान को टालने का सबसे अच्छा तरीक़ा यही है कि या तो अतीतनोन्मुख रह जाए अथवा भविष्योन्मुख।

यहाँ दो तरह के यांत्रिक मनुष्य हैं–जो पुरानी तरह के लोग हैं, वे अतीत के साथ बने रहते हैं और जो नई तरह के लोग हैं, वे भविष्य के साथ रहते हैं। कैथोलिक–ईसाई अतीत के साथ जुड़े हुए हैं और साम्यवादी भविष्य में जीवित हैं। तथाकथित कट्टर धार्मिक लोग सोचते हैं कि अतीत ही स्वर्णयुग अथवा सतयुग था, कहीं बहुत अधिक दूर, प्रागैतिहासिक काल, और साम्यवादी तथा साम्यवादी–विरोधी प्रजातांत्रिक व्यवस्था के समर्थक तानाशाह अर्थात फासिस्ट सोचता है कि एक ऐसे काल्पनिक संसार के बारे में जहाँ एक आदर्श सामाजिक और राजनीतिक व्यवस्था होगी, जहाँ सभी लोग सुखी, समृद्ध और स्वतंत्र होंगे, और उनके ख्याल में भविष्य ही ऐसा यूटोपिया लाएगा, और वह स्वर्ण शिखर कहीं दूर भविष्य में है। लेकिन यह दोनों बहुत भिन्न नहीं हैं। यह मनुष्य की यांत्रिकता के सिक्के के दो पहलू हैं। इनमें एक चीज़ समान है–दोनों ही वर्तमान से बचना चाहते हैं, उससे दूर रहना चाहते हैं। कोई भी वर्तमान का सामना करने के लिए तैयार नहीं है, कोई भी उससे संबंध नहीं जोड़ना चाहता।

और जीवन में केवल तभी कुछ होता है, जब तुम वर्तमान से साक्षात्कार करना शुरू करते हो। तुम सचेत बनते हो। तुम्हारे जीवन में ताजगी और नयापन आता है, जब तुम वर्तमान को प्रत्युत्तर देते हो। यह प्रतिक्रिया और

प्रत्युत्तर अतीत और भविष्य से पूरी तरह मुक्त और शुद्ध होना चाहिए।

एक यांत्रिक मनुष्य अतीत के पुराने ढंग से ही जीता है। उसके लिए वर्तमान का कोई अस्तित्व होता ही नहीं। वहाँ उसके लिए कुछ भी नया नहीं होता। एक यांत्रिक मनुष्य का प्रत्युत्तर कभी भी संतोषजनक नहीं हो सकता, हो भी नहीं सकता वह। वह प्रत्युत्तर वर्तमान परिस्थितियों के अनुरूप नहीं होता, इसलिए वह संतोषजनक और पर्याप्त हो कैसे सकता है? उसे जैसे अभिनय करने का एक संकेत मिलता है। वह सांस्कृतिक पिछड़ेपन से ग्रस्त रहता है, और कभी भी समकालीन नहीं होता।

भली-भाँति स्मरण रहे कि यदि यहाँ अनेक व्यक्ति बैठे हुए हैं, तो यह कभी मत सोचना कि वे एक जैसे क्षण में ही जी रहे हैं, यह कभी मत सोचना कि वे समकालीन हैं। कुछ लोग अभी भी दस हजार वर्ष पूर्व की गुफाओं में बैठे हुए संघर्ष कर रहे हैं-उस युग की पिछड़ी हुई संस्कृति में जी रहे हैं। अथवा कुछ लोग भविष्य के सपनों में खोये हुए हैं। या तो तुम लोग पिछड़ कर पीछे लौट जाते हो, अथवा आगे की ओर छलांग लगा जाते हो-और यह दोनों ही ग़लत हैं। प्रामाणिक और जीवंत बने रहने का एक ही रास्ता है, अभी और यहीं बने रहो।

इसके अतिरिक्त सभी कुछ मन ही है। मन या तो स्मृति में अथवा कल्पनाओं में जीता है। एक यांत्रिक-मनुष्य, स्मृति में जीता है, वह कल्पनाओं में जीता है, लेकिन कभी भी वर्तमान की वास्तविकता में नहीं जीता है।

एक यांत्रिक मनुष्य परंपराओं में जीता है। उसके लिए परंपरा ही सदाचार है, वही उसके लिए सर्वोच्च गुण है। उसकी पूरी धारणा यही है। कि कैसे अन्य लोगों के अनुरूप उन जैसा ही हुआ जाए, कैसे भीड़ का एक भाग बना जाए। और भीड़ जो भी मूल्य देती है, वह उनका अनुसरण करता है। वह एक अनुसरणकर्त्ता है, वह एक नकल करने वाला है। वह कभी भी अपनी व्यैक्तिकता पर जोर नहीं देता, वह कभी भी विद्रोह नहीं करता। उसके रक्त की बूंद-बूंद में धार्मिक कट्टरता भरी हुई है। वह अपनी चेतना पर श्रद्धा न करते हुए, भीड़ पर विश्वास करता है। वह जैसे कुछ है ही नहीं। जब तुम्हारे पास चेतना होती है, तो तुम अपनी चेतना पर आस्था रखते हो, तब तुम अंधे बनकर भीड़ का अनुसरण नहीं करते हो।

भीड़ की चेतना निम्नतम होती है। भीड़ का अनुसरण करने का पूरा अर्थ यही है कि एक अंधा व्यक्ति, दूसरे अंधे व्यक्तियों का अनुसरण कर रहा है, जो तुमसे भी कहीं अधिक अंधे हैं। एक व्यक्ति में व्यक्तिगत रूप से कुछ जागने की संभावना भी होती है, लेकिन भीड़ के पास कुछ भी नहीं होता। कभी-कभी व्यक्तिगत रूप से कोई एक जाग कर–एक बुद्ध, एक कृष्ण, एक क्राइस्ट, एक मुहम्मद अथवा एक मंसूर बन जाता है, लेकिन क्या तुमने कभी भी किसी भीड़ के बुद्धत्व को उपलब्ध होने की बात सुनी है? ऐसा आज तक नहीं हुआ है, और न ऐसा होने जा रहा है। भीड़ के पास कोई भी आत्मा नहीं होती। भीड़ तो पूरी तरह मुर्दा होती है।

केवल व्यक्तिगत होकर ही कोई जीता है, लेकिन परंपरावादी उसकी व्यैक्तिकता को भीड़ के नीचे दबा देते हैं। परंपरावादियों की केवल एक ही सोच होती है कि कैसे लोगों को अपने विचारों और आदर्शों का कायल किया जाए, कैसे लोगों का निर्णय अपने अनुरूप प्राप्त किया जाए। दूसरों की अपने विचारों के प्रति अच्छी राय उनका पूरा सदाचार और पूरी नैतिकता होती है।

एक यांत्रिक मनुष्य–किसी भी नये और भिन्न आचरण को एक अजीब और असाधारण दृष्टि से देखता है। विकसित और दुर्लभ लोगों से उसे भय लगता है। मौलिकता पर वह संदेह करता है। उसके लिए परंपरा और धर्म की आज्ञा मानना ही एकमात्र सत्य होता है। भीड़ का एक भाग बने रहना ही उसका लक्ष्य होता है। वह भीड़ में अनाम बनकर बने रहना चाहता है।

वह व्यक्तिगत बनकर स्वयं कोई जिम्मेदारी नहीं लेना चाहता, क्योंकि जिम्मेदारी लेकर तुम्हें होशपूर्ण बनकर रहना होगा। जब तुम एक भीड़ के भाग बन जाते हो, तो सभी जिम्मेदारियों को छोड़ देना बहुत सरल होता है। मुसलमानों की एक भीड़ एक मंदिर जला रही है अथवा एक हिंदुओं की भीड़, मुसलमानों और ईसाई कैथोलिक भीड़, अन्य लोगों की हत्या कर रही है...यदि तुम भीड़ के एक भाग बन जाते हो, तो तुम्हारी कोई भी जिम्मेदारी नहीं रह जाती। तुम हमेशा कह सकते हो–"मैं इसके लिए जिम्मेदार नहीं हूँ, वहाँ हिंदुओं की भीड़ मस्जिद को नष्ट करने जा रही थी और मैंने उसका

हिंदू होने के कारण अनुसरण मात्र किया। लेकिन व्यक्तिगत रूप से मेरी कोई जिम्मेदारी नहीं है। वैसा कुछ करने का मेरा निर्णय था ही नहीं। वह पहिले ही वहाँ हो रहा था। मैं केवल वहाँ था जरूर और मैं केवल उसका भाग बन गया।

और जब बहुत से लोग मस्जिद जला रहे थे अथवा लोगों की हत्या कर रहे थे–तुम हमेशा यह कह सकते हो, "वे लोग ऐसा कर रहे थे। यदि मैं नहीं भी कुछ करता, तो भी वैसा ही होने जा रहा था, इसमें मैं क्या कर सकता हूँ। मैं बस उनके साथ हो सकता हूँ।" और तुम अपने विवेक में किसी चीज़ के चुभने का अनुभव नहीं करते।

ज़रा सोचो–क्या तुम यही कार्य व्यक्तिगत रूप से कर सकते हो, सब कुछ अकेले ही, स्वयं की ही प्रेरणा से? तुम मस्जिद जलाने जैसे मूढ़तापूर्ण कार्य का निर्णय लेने से पूर्व हज़ार बार सोचोगे। लेकिन भीड़, किसी भी तरह के कोई भी काम करने के लिए ही जानी जाती है। सदियों तक इसका अवलोकन करते हुए सभी यही कहते हैं–कि व्यक्तिगत रूप से कोई व्यक्ति कभी–कभार ही पागल होता है, जब कि भीड़ हमेशा ही पागल होती है। लोगों के लिए व्यक्तिगत रूप से पागलपन एक दुर्लभ घटना है, यह संयोगवश ही होती है, लेकिन भीड़ का पागल होना तो एक सामान्य नियम है। भीड़ के द्वारा किए जाने वाले अपराध बहुत अधिक हैं, जब कि व्यक्तिगत रूप से किसी एक मनुष्य द्वारा इधर और उधर थोड़े ही अपराध किये गये हैं।

याद रहे, एक यांत्रिक मनुष्य भीड़ के द्वारा ही जीवन जीता है, इसीलिए वह कभी भी किसी जिम्मेदारी की फिक्र कर ही नहीं सकता। वह हमेशा कह सकता है–'वे लोग' । वह अपने 'मैं' को 'उन लोगों के लिए छोड़ सकता है। वह अपने आपको भीड़ में खोकर, बिना चेहरे के अनाम बनकर रह सकता है। उसे कोई भी व्यक्ति पकड़ नहीं सकता।

लेकिन तुम जिम्मेदार हो।

एक यांत्रिक मनुष्य, अपनी छवि बनाने की उलझन में फँसा हुआ जीता है। उसकी दिलचस्पी हमेशा इस बात में रहती है कि उसकी लोगों के बीच कैसी छवि है, लोग उसके बारे में आख़िर क्या सोच रहे हैं–क्या

वे उसे एक भला आदमी या संत या समझते हैं, 'यह' अथवा 'वह', आख़िर के लोग उसके बारे में क्या सोचते हैं?

वह वास्तव में अपने जीवन को रूपातंरित करने के बारे में सोचता ही नहीं। यदि लोगों का विश्वास मूढ़तापूर्ण चीज़ों पर है, तो भी वह उनका अनुसरण करेगा। तुम जाकर कहीं भी देख सकते हो। यदि लोगों का विश्वास है कि उपवास करना अच्छा है तो तुम देखोगे, कि कुछ लोग उपवास कर रहे हैं, क्योंकि उनका ख्याल है कि उपवास करने के द्वारा वे संत बन जाएंगे। यदि लोगों का विश्वास है कि स्वयं को सताना आध्यात्मिक है, तो तुम ऐसे लोग पाओगे, जो स्वयं अपने को ही सता रहे हैं।

जैन धर्म में तो आत्महत्या करने की अनुमति है। यदि कोई व्यक्ति अपने जीवन का अंत करना चाहे तो उसे इस बात की अनुमति है—और वह एक महान संत बन जाता है। क्यों? क्योंकि वे कहते हैं कि यह संसार केवल दुष्कर्म और पाप का स्थान है, और जो व्यक्ति जितनी शीघ्रता से इस संसार से मुक्त होना चाहता है, वह शीघ्र ही एक महान संत बन जाता है। बहुत से लोगों ने स्वयं ही उपवास द्वारा आत्महत्या की हैं।

तुम इन धार्मिक परंपराओं की ओर देखो, तो पाओगे कि रूस में क्रांति से पूर्व एक बहुत बड़ा ईसाई संप्रदाय ऐसा था जो अपने जननेंद्रियों को काट दिया करता था। वह एक धार्मिक कृत्य था। हजारों लोग उसे करते थे। स्त्रियाँ अपने स्तन काट लेती और उसे एक महान सदाचार माना जाता था।

वहाँ ऐसे भी संप्रदाय थे, जिनके सदस्य स्वयं अपने आपको कोड़ों से पीटा करते थे—उनकी ऐसी धारणा थी कि जो व्यक्ति प्रत्येक सुबह अपने आपको कोड़ों से पीटता है, वह एक महान संत है। और उनमें भी वह सबसे अधिक महान माना जाता था। यह मूर्खतापूर्ण, चीज़ें जो एक मानसिक रोग हैं, लेकिन वे होती रही हैं और वे अभी भी हो रही हैं।

मैंने सुना है... ।

एक शिष्य सेक्स संबंधी पापों से मुक्ति पाने और अपनी आत्मा के शुद्धीकरण के लिए अपने गुरु के पास गया, जहाँ उसने अपने गुरु को एक युवा परम सुंदरी के साथ बैठे हुए देखा।

उस नवप्रवेशी शिष्य ने कहा–"आप कम-से-कम किए पापों से मुक्त होकर इस स्थान में आंशिक पुरस्कार तो प्राप्त कर ही रहे हैं।"

गुरु ने आह भरते हुए कहा–"यह सुंदरी मुझे मिला पुरस्कार नहीं है। मैं, उसके द्वारा दिया जाने वाला दंड हूँ।" ।

तुम्हारे तथाकथित संतों का प्रयोग ऐसे ही दंडों के लिए किया जा सकता है। ये लोग, कुरुप, विध्वंसक और मूढ़ लोग हैं, या तो ये स्वयं अपने ही शरीर को सताकर, अथवा रति क्रिया में अपने साथी के शरीर को यातना देकर सुख का अनुभव करने वाले लोग हैं, लेकिन ये लोग प्रत्येक स्थिति में यांत्रिक मनुष्य हैं। लेकिन उनकी पूरी सोच यही है कि दूसरों की दृष्टि में अपनी कैसे अच्छी छवि बनाई जाए। उनके लिए इतना ही सब कुछ है। यदि उनके ख्याल में यह बात आ जाए कि सिर के बल खड़ा होने वाला व्यक्ति एक महान संत होता है, तो वे सिर के बल खड़े हो जाएंगे। आम लोगों की राय से ही वे जीते हैं।

वे, दिये गये आदर्शों और लोगों में अपनी छवि बनाने के लिए जीते हैं, उनके पास कोई आत्मिक निर्देश जैसा कुछ भी नहीं होता। उनके पास अपने आचरणों की कोई आंतरिक या आत्मिक परिभाषा ही नहीं होती, उसे दूसरों के द्वारा तय और परिभाषित किया जाता है। जो सभी लोगों का मत होता है, वही उसके लिए अंतिम निर्णायक सच्चाई होती है। इस प्रकार इनका आचरण, या तो लोगों की दृष्टि में अपनी छवि और गरिमा बनाये रखने की आवश्यकता से अथवा अपने चारों ओर के समाज द्वारा नियंत्रित होता है।

अपने अंदर और दूसरों में भी इन चरित्रगत गुणों का निरीक्षण करो। यांत्रिक मनुष्य आदर्शवादी होते हैं, वे कभी भी यथार्थवादी नहीं होते। वे वास्तविक यथार्थ की ओर ध्यान नहीं देते कि मनुष्य कैसा है, उनके लिए 'है' से अधिक महत्वपूर्ण 'चाहिए' है। 'होना' और 'है' ही वास्तविक सत्य और यथार्थ है, और 'चाहिए' केवल एक कल्पना है। उनका नैतिक दायित्व और कर्त्तव्य क्या होना चाहिए, वे इसी सोच में जीते हैं और उनके मन में ऐसे असंभव आदर्श होते हैं, जिन्हें पूरा नहीं किया जा सकता, जो मनुष्य के बूते के बाहर की बात है, जो अमानवीय है, लेकिन वे उन्हें पूरा करने

का प्रयास करते हैं। और अपने इस अत्यधिक प्रयास करने में ही वे अधिक-से-अधिक कठोर, रूखे, और मृतप्रायः होते जाते हैं।

एक यांत्रिक मनुष्य हमेशा धार्मिक और नैतिक मान्यताओं के अनुसार पूर्ण बनना चाहता है और कभी भी संतुष्ट नहीं होता। वह हमेशा दोष ही खोजता रहेगा। जितना अधिक संभव हो सके वह उतना अधिक दोष मुक्त बनने का प्रयास करेगा और दूसरे लोगों के दोषों को देखता रहेगा। अब यदि तुम दोषरहित होना चाहते हो तो कभी भी मौलिक नहीं बने रह सकते। मौलिक होने के साथ गल्तियाँ भी सामने आती हैं। यदि तुम कुछ नया करना चाहते हो, तो तुम्हें यह स्वीकार करना होगा कि तुम कभी-कभी गल्तियाँ भी कर सकते हो। यदि तुम त्रुटिविहीन और निर्दोष बनना चाहते हो तो तुम्हें बहुत छोटी-सी एक दैनिक दिनचर्या को बार-बार दोहराना होगा, जिससे वह पूरी तरह मजबूत हो जाए, और तब तुम उसे पूरी तरह कर सकते हो। यही कारण है कि बहुत-से लोग कम-से-कम पर जीते हैं, वे अधिकतम तक नहीं जा सकते। निम्नतम के साथ वे ठीक बने रह सकते हैं, लेकिन अधिकतम एक खतरा है—उसमें गल्तियाँ हो सकती हैं। लोग इसीलिए बहुत सीमाओं में आबद्ध जीवन जीते हैं। वे एक बहुत छोटा और संक्षिप्त जीवन जीते हैं। वे सीमाबद्ध छोटे जीवन जीने का चुनाव करते हैं; जबकि जीवन को बहुआयामी होना चाहिए, तभी वह समृद्ध होता है।

एक यंत्रवत् जीने वाला मनुष्य वास्तव में निर्धन होता है। उसके पास बहुत अधिक धन हो सकता है, जितना किसी एक के पास हो सकता है, लेकिन फिर भी वह निर्धन होता है। उसका जीवन एक आयामी है। वह हमेशा निम्नतम में जीता है, निम्न तल के बहुत निकट। जितनी कम-से-कम चीज़ें संभव हों, उतनी ही करो, क्योंकि तभी तुम कुशल और त्रुटिरहित बने रह सकते हो। यदि तुम बहुत-सी चीज़ें एक साथ करोगे, तो स्वाभाविक रूप से तुम त्रुटिहीन और कुशल नहीं बने रह सकते।

एक प्रामाणिक मनुष्य समृद्ध होता है। वह बहुत-सी गलितयाँ भी करता है—पर निश्चित रूप से वह एक ही गलती दोबारा नहीं करता—लेकिन वह हमेशा नये साहसिक कार्य करता है, वह नूतन की खोज में तलाश करता रहता है। वह भटकने के लिए तैयार रहता है। पूर्णतावादी कहीं बाहर जाकर

भटकने के लिए तैयार नहीं होता। वह कुछ भी सीख नहीं सकता, क्योंकि सीखने से कठिनाई उत्पन्न होती है–यही कारण तुम देखते हो कि बच्चे बहुत अधिक सीख सकते हैं, और बड़े होकर लोग इतना नहीं सीख सकते। जो लोग बड़े होकर विकसित हो जाते हैं, वे पूर्णतावादी और कुशल विद्वान बनकर यांत्रिक बन जाते हैं। बच्चे अभी भी इसके लिए प्रशिक्षित नहीं हुए हैं, वे सीखने के लिए तैयार हैं।

और बच्चे बहुत तेज़ी से सीखते हैं। निरीक्षण करते हुए मनोवैज्ञानिक इन निष्कर्ष पर पहुंचे हैं, कि एक बच्चा सात वर्ष की आयु तक जितना अधिक सीख लेता है, उतना ही वह अपने शेष पूरे जीवन में सीखेगा। अपने पूरे जीवन का पचास प्रतिशत, वह सात वर्ष की आयु में ही सीख लेता है। यदि तुम सत्तर वर्ष और जीने जा रहे हो, तो तुम केवल पचास प्रतिशत ही और अधिक सीखोगे। यह जीवन का मात्र अपव्यय होता दिखाई देता है। लेकिन एक बच्चा सीखने के लिए क्यों इतना अधिक तैयार होता है? वह गल्तियाँ करने के लिए तैयार रहता है, वह अपनी छवि बनाने के बारे में ज़रा भी फ़िक्र नहीं करता। वह प्रयास कर सकता है। यदि वह असफल होता है, तो वह असफल होने के लिए तैयार है। एक व्यक्ति जो असफल होने के लिए तैयार नहीं है, कभी प्रयास करेगा ही नहीं।

एक यांत्रिक ढंग से जीने वाला मनुष्य जीवन–विरोधी और उत्सव–आनंद–विरोधी होता है। वह न केवल उत्सव–आनंद विरोधी होता है, वह उत्सव–आनंद को मारने वाला होता है। यदि कोई व्यक्ति उत्सव–आनंद मना रहा है, तो वह उसे निंदित दृष्टि से देखेगा। यदि कोई व्यक्ति गीत गाता हुआ नाच रहा है, तो वह उसे यों देखेगा, जैसे मानो वह कोई पाप कर रहा हो, एक बहुत बड़ा पाप। वह उन्मुक्त को स्वीकार नहीं कर सकता।

उन्मुक्त हास्य उसे चोट पहुँचाने वाला एक अधार्मिक कृत्य जैसा दिखाई देता है। वह चाहता है कि प्रत्येक व्यक्ति अपना चेहरा लंबा लटकाये हुए गंभीर बना रहे। वह चाहता है कि प्रत्येक व्यक्ति गंभीर और प्रसन्न बना रहे। एक विकसित मनुष्य होने की उसकी यही धारणा है। यह एक वास्तविक विकसित मनुष्य नहीं है, यह स्थिति तो यांत्रिक स्थिति है, यह तो एक रुग्ण चित्त की स्थिति है।

एक प्रामाणिक मनुष्य के पास जितनी अधिक क्षमता हँसने की होती है, उतनी ही अधिक क्षमता रोने की भी होती है। एक प्रामाणिक मनुष्य की क्षमता प्रसन्न होने की होती है, तो इसके ही साथ दुःखी और पीड़ित होने की भी। उसके दुःख और पीड़ा में भी एक विशिष्ट जीवन होता है। लेकिन यांत्रिक ढंग से जीने वाले ये लोग अभागे होते हैं, क्योंकि इनके दुःख और कष्ट भी बुझे-बुझे से मृतप्राय और यांत्रिक होते हैं। यहाँ तक कि उनकी पीड़ा में भी कोई धड़कन नहीं होती।

इसे कभी भी भूलो मत, और ऐसे विचारों से दूर रहें, जो तुम्हें जीवन-विरोधी बनाते हैं।

फादर सुलिवन, भयंकर रूप से अत्यधिक कार्य करते रहने के कारण, मानसिक विक्षिप्तता के कगार पर पहुँच कर एक मनोचिकित्सक की शरण में गये।

उस मनोचिकित्सक ने उनसे कहा-"आपके लिए जरूरी है कि आप अपने को नित्यप्रति के जीवन से पूरी तरह तोड़ दें। पादरी का चोगा उतार कर, साधारण कामकाजी मनुष्यों जैसा सूट पहिन कर अपनी शाम किसी ऐसी नाइटक्लब में बिताएँ, जहाँ कमर से ऊपर स्त्रियां निर्वस्त्र रहती हैं।"

उस रात, कुछ संदिग्ध चित्त से पादरी ने डाक्टर की सलाह का अनुसरण किया। वह नाइटक्लब के सबसे अंधेरे कोने में जाकर बैठा, तभी उधर से गुजरती एक अर्द्धनग्न वेट्रेस ने उनकी मेज़ पर आकर कहा-"हैलो फादर! कैसे हैं आप?"

पादरी ने हकलाते हुए पूछा-"तुमने कैसे...कैसे जाना कि मैं एक पादरी हूँ?"

उस लड़की ने मुस्कराते हुए कहा-"आपने मुझे पहिचाना नहीं फादर? मैं सिस्टर नेटाली हूँ। अब हम लोगों में संकोच कैसा? यह सिकुड़ना कैसा?"

उसी मनोवैज्ञानिक ने सिस्टर को भी पादरी जैसी स्थिति में नाइटक्लब जाने का परामर्श दिया था। उसने दोनों को एक साथ वहाँ भेजा था। तभी सिस्टर कह रही है-"हम लोगों के सिकुड़ने या संकुचित होने की अब जरूरत क्या?"

मनोपचार करने वाले के सामने सबसे बड़ी समस्या यही होती है कि

लोगों को कैसे अधिक-से-अधिक जीवन प्रेमी और कैसे फिर से जीवन को स्वीकार करने योग्य बनाया जाए–क्योंकि जब तुम जीवन को हृदय से स्वीकार करते हो, तुम विश्रामपूर्ण हो जाते हो। जब तुम जीवन में आनंद लेना शुरू कर देते हो, तुम जीवंत बनने लगते हो। तुम्हारे पैर फिर से नाचने के लिए थिरकने लगते हैं, तुम्हारा हृदय फिर से गीत गाने लगता है, और चीज़ें फिर से घटना शुरू हो जाती हैं।

जब ऐसे जीवन–विरोधी लोग मेरे पास आते हैं, तो वे कहते हैं–"यह किस तरह का आश्रम है। यहाँ तो स्त्रियाँ और पुरुष दोनों एक-दूसरे के हाथ थामे नाच और गा रहे हैं–यह किस तरह का आश्रम है? अपनी समस्या, मैं भली-भाँति समझ सकता हूँ। वे लोग विनोबा और शिवानंद के आश्रमों में भी गये होंगे। भारत में आश्रमों का अस्तित्व सदियों से रहा है–ऐसे आश्रम, जहाँ नकारात्मक जीवन जिया जाता है, जहाँ केवल बुझे–बुझे से मृतप्रायः मृत्यु के कगार पर पहुँचे थके–हारे, ऊबे हुए, लगभग समाप्त प्रायः बूढ़े लोग साथ-साथ रहते हैं, जो जीवन के विरोध में, प्रत्येक तरह के उत्सव समारोह के विरोध में, बस किसी तरह अपने को खींचते हुए जैसे घिसट रहे हैं। इसलिए एक आश्रम के संबंध में उनकी ऐसी एक निश्चित धारणा होती है कि आश्रम को तो गंभीर दिखना चाहिए। आश्रम के बारे में उनकी एक निश्चित धारणा होती है–कि आश्रम तो एक अस्पताल जैसा लगना चाहिए।

यह कोई अस्पताल नहीं है, यह मूढ़ और मृतप्राय लोगों के लिए नहीं है, यह कोई श्मशान नहीं है, और न यह कोई कब्रिस्तान है। यह तो एक मंदिर है, जहाँ हम उत्सव आनंद मनाते हैं, और उत्सव के द्वारा ही तीव्रता से विकसित होते हैं–जहाँ हम इस प्रामाणिक वास्तविक स्थिति का, कि परमात्मा ने हमें जन्म दिया है, समारोह मनाते हैं। जहाँ हम उन थोड़े से अत्यधिक अमूल्य क्षणों के प्रति, जो परमात्मा ने प्रसाद के रूप में हमें अनुग्रहपूर्वक दिए हैं, उस 'बर्क' के प्रति हम कृतज्ञता व्यक्त करते हैं। हम परमात्मा को, गीत संगीत के द्वारा, नृत्य के द्वारा, उसके प्रति अधिक प्रेमपूर्ण होने के अलावा और किस तरह से धन्यवाद प्रकट कर सकते हैं? परमात्मा ने हम पर इतनी अधिक प्रेम की वर्षा की है, इसे उसके बदले में और

क्या दे सकते हैं? उसका यह ऋण हम कैसे चुका सकते हैं? हम इस प्रेम की, दूसरे मनुष्यों पर, वृक्षों पर, पक्षियों पर, पशुओं पर और पूरे विश्व पर वर्षा कर सकते हैं। परमात्मा ने हमें जो कुछ भी दिया है, हमें उसे ही दूसरों को देना और बाँटना है।

यंत्रवत् जीने वाले व्यक्ति के पास करुणा नहीं होती। वह कठोर होता है। वह स्वयं के प्रति भी कठोर होता है और दूसरों के भी प्रति। और जब कभी यह यांत्रिकता अपनी पराकाष्ठा पर पहुँच जाती है, तो उसमें केवल करूणा की ही कमी नहीं होती। वह अकरूणावान बन जाता है। पूरी तरह से वह मूल्य ही विलुप्त हो जाता है। वह न तो करुणावान होता है और न अकरुणावान–उनके लिए पूरी तरह से इनका कोई मूल्य ही नहीं रह जाता। वह केवल दिये गये पार्ट को ठीक से निभाता है, निश्चित रूप से वह दिये गये आदेशों का अंधा बनकर अनुसरण करता है। उसके लिए सबसे बड़ा मूल्य कुशलता का होता है।

एक यंत्रवत् मनुष्य का जीवन के प्रति अभिनय सामान्य रूप से न तो दूसरे मनुष्यों के विरुद्ध होता है, और न दूसरे व्यक्तियों के लिए एक अर्थ में निजी नैतिक मूल्यों और सिद्धांतों को निर्दिष्ट करने का होता है। वह अपने कार्यों को इस तरह निर्दिष्ट करता है कि उसका आचरण, सामाजिक व्यवस्था में उसकी अपेक्षित छवि और प्रतिष्ठा को आगे बनाये रखने में सहायक हो। यही कारण था कि जो लोग एडोल्फ हिटलर की सेवा में थे, उन्होंने कोर्ट में कहा कि वे तो पूरी तरह से आदेशों का अनुपालन कर रहे थे और वे लोग जिम्मेदार नहीं हैं। उनका कर्त्तव्य आदेशों का पालन करना था और उन्होंने अपने कार्यों को जितनी कुशलता से संभव हो सकता था, किया। उनका उससे कोई भी संबंध नहीं है कि वह क्या और कैसा कार्य था?

जिस व्यक्ति ने हीरोशिमा में अणु बम गिराया, उससे अगली सुबह एक पत्रकार ने पूछा कि उसने बम गिरने के बाद कैसा अनुभव किया? उसने उत्तर दिया–"वहाँ अनुभव करने जैसा कुछ था ही नहीं। मैंने बम गिराकर अपने कर्त्तव्य को पूरा किया, उसके बाद मैं डिनर लेने के बाद सो गया। और मैं गहरी नींद के आगोश में पूरी तरह खो गया।" अब

यह किस तरह का मनुष्य है? अपने बम गिराने के कृत्य से उसने एक लाख लोगों को मार डाला, और पूरी तरह, वह चैन की नींद सोता रहा, यहाँ तक कि किसी दुःस्वप्न ने भी उसकी नींद में विघ्न नहीं डाला। यह किस तरह का मनुष्य है? और उस रात वह अपना डिनर भी मज़े से कर सका?

लेकिन इस बात को समझने का प्रयास करें। वह एक कुशल और पूर्ण यंत्र–मनुष्य है। वह कहता है–मैंने अपना कर्त्तव्य पूरा किया, जैसे तुम अपनी 'ड्यूटी' निभाते हो। तुम आफिस जाते हो और जाकर अपना कर्त्तव्य पूरी तरह निभाते हो। तुम एक लिपिक हो, और तुम्हें किसी व्यक्ति को फाँसी पर लटकाने अथवा मृत्युदंड के आदेश को ड्राफ्ट करना है, तुम्हें ऐसा करते हुए किसी भी चीज़ का कोई भी अनुभव नहीं होता। तुम सामान्य रूप से आदेश टाइप करते हो, उसे उचित अधिकारी के पास हस्ताक्षर करने के लिए भेज देते हो, तुम घर वापस आकर अपना डिनर लेते हो, अपनी पत्नी और बच्चों से प्रेम करते हो, टी. वी. देखते हो और सो जाते हो। तुम्हारा उससे जैसे कुछ संबंध होता ही नहीं।

ठीक ऐसे ही उत्तर उन जर्मन अधिकारियों ने दिये थे, जिन्होंने ऐसे

आदेशों का पालन किया था, यह असंभव प्रतीत होता कि एक मनुष्य का मन वैसा कर सका...हजारों यहूदियों को गैस चैंबर में जला देने का आदेश... लेकिन उन्होंने उस काम को पूरी कुशलता और पूरी ऊर्जा से किया।

कुछ ही दिनों पूर्व मैं दर्शन के दौरान एक कहानी सुना रहा था... एक भारतीय की मृत्यु हुई। वह जर्मनी में रहा करता था। जब वह मरने के बाद नर्क गया तो शैतान ने उससे पूछा–"तुम किस तरह के नर्क का चुनाव करना चाहते हो? भारतीय नर्क और जर्मन नर्क–तुम इन दोनों में से किसी एक का चुनाव कर सकते हो–क्योंकि तुम्हारा जन्म भारत में हुआ है और तुम रहते रहे हो जर्मनी में, इसीलिए तुम्हारे पास किसी भी विकल्प को चुनने की अवसर है।" वह भारतीय यह सुनकर आश्चर्यचकित तरह गया। उसने कहा–"मैंने तो कभी यह सोचा तक न था कि नर्क भी कई तरह के होते हैं। लेकिन उनमें अंतर क्या है? क्या उनमें अलग-अलग तरह के दंड दिए जाते हैं?"

शैतान हँसा। उसने कहा–"नहीं, दंड तो ठीक एक जैसे ही हैं। एक ही जैसे धधकती आग और प्रत्येक तरह की यातना तुम्हारी प्रतीक्षा कर रही है।"

तब वह भारतीय और अधिक उलझन में पड़ गया। उसने पूछा–"तब आख़िर वह अंतर है क्या?"

और शैतान ने कहा–"अंतर तो निश्चित रूप से है। जर्मन नर्क में सभी चीज़ें जर्मन योग्यता के अनुसार की जाती हैं, जर्मन–सावधानी, शुद्धता, और परिपूर्णता से। और निश्चित रूप से भारतीय नर्क भारतीय नर्क है..."

वह भारतीय उछलते हुए बोला–"फिर मैं भारतीय नर्क में ही जाना चाहूँगा–क्योंकि कभी-कभी आग नहीं भी जलेगी, कभी-कभी हो सकता है। आग जलाने वाला ड्यूटी पर आये ही नहीं।"

एक भारतीय नर्क तो भारतीय ही होने जा रहा है, इसलिए यदि तुम्हें चुनाव करने को कहा जाए, तो भारतीय नर्क ही चुनना।

एक यंत्र मनुष्य के पास कोई करूणा होती ही नहीं, वह भावना शून्य होता है। उसके पास हृदय होता ही नहीं। एक यांत्रिक–व्यक्ति निरंतर युद्ध जैसी स्थिति में जीता है, क्योंकि वह अपने क्रोध और घृणा का और प्रत्येक भाव का दमन किए चले जाते हैं। वह सभी नकारात्मक भावों का दमन किए चले जाता है और धीमे-धीमे एक क्षण ऐसा आता है कि क्रोध इतना अधिक इकट्ठा हो जाता है कि वह पूरी तरह क्रोध ही बन जाता है–वह विशेष रूप से किसी एक व्यक्ति पर ही क्रोध नहीं करता, वह बस क्रोधित बना रहता है। वह प्रत्येक व्यक्ति का विरोधी बन जाता है। और उसका कारण कुछ भी नहीं होता, वह बस विरोधी हो जाता है। यह क्रोध रिसते हुए उसके रक्त और हड्डियों में जाकर उसकी मज्जा का एक भाग बन जाता है।

जो लोग अपनी स्वाभाविक और सृजनात्मकता के द्वारा कार्य करने में असमर्थ हो जाते हैं, उनके अंदर दमित विरोध का विष फैल जाता है। वे कठोर, मोटी खाल के और जड़ होकर रह जाते हैं।

कभी दमन करना ही मत, अन्यथा तुम भी एक यंत्र मनुष्य बनने की राह पर जा रहे हो।

यांत्रिक मनुष्य स्वयं को बहुत धर्मनिष्ठ और ईमानदार समझते हैं, और दूसरे की अपेक्षा अपने को हमेशा पाक–साफ़ होने का अनुभव करते हैं। उनका पूरा प्रयास यही होता है कि दूसरों की अपेक्षा कैसे अपने को शुद्ध और पाक–साफ़ दिखाया जा सके, कैसे शीर्ष पर रहा जाए। उनका अहंकार बहुत सूक्ष्म होता है। ऐसे ही लोग संत, भिक्षु और महात्मा बन जाते हैं और उनमें प्रत्येक तरह की मानसिक विक्षिप्तता उत्पन्न हो जाती है। ये ही लोग राजनीतिक, कट्टर धार्मिक और नैतिकतावादी बन जाते हैं। ये ही लोग पूरे संसार को नर्क में धकेलने के लिए तैयार रहते हैं। इन्हीं लोगों ने सभी तरह नर्कों का आविष्कार किया है।

और अंतिम बात यह, कि यांत्रिक मनुष्य सभी से विमुख होकर रहता है, स्वयं अपनी ओर दूसरों की आत्मा से तथा प्रकृति से भी कटकर रहता है। वह स्वयं अपनी आत्मा से विमुख इस अर्थ में होता है, क्योंकि उसका अहंकार केवल संस्कारगत माँगों को पूरा करने का कार्य करता है। उसके पास आत्मा को परिभाषित करने की स्वाभाविक प्रवृत्ति नहीं होती है। वह यह नहीं जानता कि वह कौन है, वह केवल वही जानता है, दूसरे उसके बारे में क्या कहते हैं। वह स्वयं अपने से विमुख रहता है। उसने स्वयं–ही–स्वयं से कभी साक्षात्कार ही नहीं किया है। उसने कभी भी स्वयं अपने होने को ही नहीं समझा है। वह हमेशा अपने को दूसरों की आँखों से देखता है, दूसरों की आँखों में उसकी कैसी छवि है, वह यही देखता रहता है। वह कभी भी घर वापस नहीं आया। वह स्वयं अपने लिए ही जैसे एक विदेशी है।

वह दूसरों की आत्मा से भी सदा विमुख रहा है, क्योंकि दूसरे लोगों का एक व्यक्ति के रूप में उसके लिए कोई अस्तित्व ही नहीं है, दूसरे लोग तो जैसे उसके लिए वस्तुएँ भर हैं। उसका संसार 'मैं' का संसार है, वह 'मैं' और 'तुम' का संसार नहीं है। वह कभी किसी के प्रेम में नहीं पड़ा, उसने कभी किसी को प्रेम से 'तुम' कहकर नहीं पुकारा, उसका अहंकार कभी भी पिघल कर किसी दूसरे के अस्तित्व में नहीं मिला, वह कभी किसी के इतने निकट सान्निध्य में आया ही नहीं, कि वह किसी के अस्तित्व से आच्छादित हो जाए। वह सभी से दूर, सभी से कटकर अलग अकेला रहता है। वह हमेशा दूसरों से ऊँचा बना रहता है।

और छोटे–मोटे सार्वजनिक स्थानों में वह धूम्रपान नहीं करेगा, वह शराब नहीं पिएगा, वह ऐसी–वैसी चीज़ नहीं खायेगा, इन सार्वजनिक स्थानों पर वह अपने को एक संत जैसा होने का अभिनय करेगा। क्या केवल धूम्रपान न करने से ही तुम एक संत बन सकते हो, क्या इतना सस्ता है संत होना? केवल धम्रपान छोड देने से ही? क्या शराब न पीकर तम एक संत बन सकते हो? क्या केवल एक शाकाहारी होने से तुम एक संत बन सकते हो? मैं यह नहीं कह रहा हूँ कि तुम शाकाहारी मत बनो, और मैं यह भी नहीं कह रहा हूँ कि तुम धूम्रपान करो और शराब पियो–मैं जो कुछ कह रहा हूँ वह इतना ही है कि चीज़ों को छोड़ने से ही कोई संत नहीं बन जाता। जो लोग धूम्रपान किये चले जा रहे हैं, या शराब पी रहे हैं, अथवा कोई भी चीज़ खा रहे हैं–और उनके हृदय में यदि करूणा नहीं है, तो वे लोग मूढ़ हैं। जो ऐसी बेवकूफी की चीज़ों को नहीं कर रहे हैं, वे बुद्धिमान लोग हैं, लेकिन संत नहीं हैं। धूम्रपान करने या शराब पीने से तुम्हारे शरीर को हानि हो सकती है, लेकिन ऐसा करना कोई पाप नहीं है।

लेकिन ये यांत्रिक ढंग से जीने वाले व्यक्ति इन्हें पाप बना देंगे, क्योंकि इससे उन्हें संत बनने में बहुत-बहुत आसानी होती है। वे हमेशा कह सकते हैं–देखो, मैं धूम्रपान नहीं करता, मैं शराब नहीं पीता, मैं माँसाहार नहीं करता, मैं 'यह' नहीं करता, मैं 'वह' नहीं करता, और ऐसा कहकर वे ऊँचे सिंहासन पर स्वयं ही आरूढ़ हो जाते हैं।

और स्वाभाविक रूप से जब तुम स्वयं अपने और दूसरे लोगों के साथ ही लयबद्ध नहीं हो, तो तुम प्रकृति के साथ कैसे लयबद्ध हो सकते हो? ये यंत्रवत् ढंग से जीने वाले लोग ही पूरी प्रकृति को नष्ट कर रहे हैं। ये ही लोग पर्यावरण के शत्रु हैं। ये प्रकृति को नष्ट करते जा रहे हैं। इन्हीं लोगों ने पृथ्वी से लगभग आधी प्रकृति के वृक्षों को काटकर साफ कर दिया। ये लोग बहुत ही विध्वसंक हैं। ये स्वयं के लिए, दूसरों के लिए और प्रकृति के लिए भी विनाशक हैं–ये लोग कैसे जान सकते हैं परमात्मा को? ये लोग कैसे महसूस कर सकते हैं परमात्मा को ? इन लोगों ने तो अभी तक एक खिले गुलाब के फूल के सौंदर्य और सुवास का भी अनुभव नहीं किया है, कोयल की कुहक ने भी इसके हृदय को स्पर्श नहीं किया है, बलखाती

लहराती, छलछलाती और गीत गाती बहती नदी ने, बच्चों की मुस्कान ने और यहाँ तक किसी दुखी नारी के बहते आँसुओं ने भी इनके हृदय को आंदोलित नहीं किया है। इन लोगों ने स्वयं अपनी आत्मा का ही आज तक अनुभव नहीं किया।

यह एक पागलपन उत्पन्न करता है। ये लोग दूसरे लोगों से विमुख इसलिए हैं, क्योंकि ये लोग दूसरे लोगों को मनुष्य न समझ कर एक वस्तु मात्र समझते हैं, और प्रायः दूसरे से संबंधित कार्यों को इसी दृष्टि से निर्दिष्ट करते हैं। वे नौकर–मालिक, नियुक्तिकर्ता–नियुक्त तथा डाक्टर–मरीज़ के जैसे विरोधी रोल निभा रहे हैं।

जब एक डॉक्टर मरीज़ को देखने आता है, तो उसकी दिलचस्पी मरीज़ में एक व्यक्ति के नाते नहीं होगी, वह उसके लिए मरीज़ का रोल निभाने वाला जैसे एक पात्र होता है। और मरीज़ की दिलचस्पी भी डाक्टर में एक व्यक्ति की भाँति न होकर, डाक्टर का पार्ट अदा करने वाले एक अभिनेता में होती है। पत्नी–पति, पुत्र–पिता, और माता, ये सभी नाटक में अभिनय करने वाले एक पात्र हैं। इन लोगों को दिलचस्पी एक-दूसरे में न तो एक व्यक्ति के रूप में है और न एक-दुसरे के जीवन की प्रामाणिकता में।

यही यांत्रिक ढंग से जीने की वह शैली है, जिसे मनुष्य अब तक जीता आया है, और उसे जीता चला जा रहा है।

तुम चाहो, तो उछल कर उससे बाहर आ सकते हो। यह छलांग ही तुम्हें धार्मिक बनाती है। यह छलांग ही तुम्हें समझ देती है, यह छलांग ही तुम्हें प्रज्ञावान बनाती है और यह छलांग ही तुम्हें बुद्ध बनाती है।

अब यह छोटी-सी बोध कथा...

सूफ़ी सद्गुरू नजरानी ने कहा–"यदि तुम यह कहते हो–कि तुम उसे करीब–करीब समझ सकते हो, तो तुम व्यर्थ की बात कह रहे हो।"

एक धर्मशास्त्री, जो इस वाक्य खंड–'करीब–करीब समझने' को बहुत अधिक पसंद करता था, उसने पूछा–"इस वाक्य खंड के समतुल्य, क्या आप सामान्य जीवन में प्रयोग किए जाने वाला कोई अन्य वाक्य खंड हमें बतला सकते हैं?"

–"निश्चित रूप से", नजरानी ने कहा–

“इसके समतुल्य है यह वाक्य खंड–

कोई चीज़ करीब–करीब एक वृत्त अथवा एक संपूर्ण वृत्त है।”

यहाँ ऐसे भी लोग हैं, जिनका ख्याल है कि वे समझ सकते हैं–हो सकता है वे पूरी तरह से न समझ सकें, लेकिन वे उसे करीब–करीब तो समझ ही सकते हैं। यह संभव ही नहीं है। समझ धीमे-धीमे नहीं आती, समझ तो अचानक कौंध जाने वाली बिजली की तरह है। समझ हमेशा पूरी और अखंड होती है, वह कभी भी टुकड़ों या खंडों में नहीं होती। ऐसा नहीं होता कि तुम उसे लकड़ी या रोटी के छोटे-छोटे टुकड़ों की भाँति इकट्ठा कर लो। नहीं समझ, अलग-अलग खंडों का इकट्ठा हुआ जोड़ नहीं होती, उसे टुकड़ों या खंडों में विभाजित नहीं किया जा सकता।

जब वह आती है, तो समग्रता से एक साथ ही पूरी आती है। या तो वह होती है, अथवा नहीं होती। या तो तुम सोये हुए रहते हो अथवा जागे हुए। या तो तम बोध को उपलब्ध होते हो अथवा यंत्रवत् जीने वाले एक व्यक्ति। यांत्रिक ढंग के जीवन से एक ऊंची और लंबी छलांग लगाकर ही तुम बुद्धत्व को उपलब्ध हो सकते हो।

लेकिन यांत्रिक मनुष्य इस बात पर विश्वास करता है, कि वह भले ही एक बुद्ध की भाँति बोध को उपलब्ध न हुआ हो, लेकिन वह थोड़ा बहुत तो बुद्ध हो ही गया है। यह विश्वास ही उसे सोते रहने में सहायक होता है। हाँ! यह हो सकता है कि वह बहुत बड़ा ध्यानी न बन पाया हो, लेकिन उसे थोड़ा बहुत तो ध्यान घटा ही है। यह हो सकता है कि उसने परमात्मा को न जाना हो, लेकिन उसे कुछ झलकें तो मिली ही हैं।

यह संभव नहीं है। नजरानी का वक्तव्य अत्यधिक महत्वपूर्ण है। यदि तुम कहते हो कि तुम उसे ‘करीब–करीब समझते हो,’ तो तुम बकवास कर रहे हो। यहाँ ऐसा कोई उपाय ही है नहीं, जिससे तुम्हारी चित्त दशा लगभग अथवा करीब–करीब समझने की हो। कोई भी व्यक्ति सत्य को ‘करीब–करीब’ नहीं समझ सकता। करीब–करीब समझा गया सत्य अभी भी एक झूठ है। यह ऐसा ही है जैसे मानो तुम पानी गर्म कर रहे हो–निन्यानवे डिग्री तापक्रम पर अभी भी वह पानी ही है। तुम यह नहीं कह सकते कि अभी वह पानी से कुछ कम है। वह अभी भी पानी है–उबल रहा है वह, लेकिन है वह

पानी ही। तब सौ डिग्री तापक्रम पर अचानक वह छलांग लगाकर भाप बन जाता है। यह एक ऊँची छलांग है, अब वह पानी ही न बना रहा!

ऐसा नहीं होता कि पानी की पहिले थोड़ी-सी भाप बनती हो, और तब थोड़ी-सी और भाप बनती हो, और तब फिर भाप का एक छोटा-सा टुकड़ा और बनता हो। नहीं, एक बिंदु पर वह अभी भी पानी ही है, वह सौ डिग्री तापक्रम के निकट, और निकट पहुँचता जा रहा है। निन्यानवे डिग्री तापक्रम पर भी वह अभी भी पानी ही है, और तब पलक झपकते ही वह फिर और पानी नहीं रह जाता, वह भाप बन जाता है। वास्तव में एक कहना कि 'एक क्षणांश में अथवा पलक झपकने में ही' –यह कहानी भी ठीक नहीं है–ऐसा होने में कोई भी समय लगता ही नहीं। यह क्षण लगभग समय के पार या समयहीन होता है। जब मैं 'समयहीन' या 'समय के पार' कहता हूँ तो मेरे कहने का ठीक यही अर्थ है। कोई समय लगता ही नहीं, वह अचानक होता है। यही अर्थ होता है एक लंबी ऊँची छलाँग का। या तो तुम समझते हो, अथवा नहीं समझते हो।

इसलिए इस बारे में सब कुछ स्पष्ट रूप से जान लें । समय अविभाज्य होता है, उसे विभाजित करना संभव ही नहीं है, वह तुम्हारे पास थोड़ी या अधिक, कम या ज्यादा नहीं हो सकता। उसके लिए तैयारी तो धीमे-धीमे ही होती है, लेकिन यह घटना अचानक घटती है। एक क्षण पूर्व सब कुछ अंधेरा था, और दसरे ही क्षण सब कुछ प्रकाशवान हो जाता है–बिजली की एक कौंध की भाँति–ठीक इस जैसा ही। समझ का कोई संबंध था तारतम्य, नासमझी के साथ होता ही नहीं, वहाँ तो उसका अंत होता है।

मैं इसी वजह से तुमसे कहता हूँ कि जानकारी का ज्ञान इकट्ठा कर तुम बुद्धिमान या ज्ञानी नहीं बनोगे। ज्ञान अथवा जानकारी इकट्ठी की जा सकती है, तुम उसके कम जानने वाले अथवा अधिक जानने वाले हो सकते हो। तुम ज्ञान बटोरे जा सकते हो, और तुम उसके अधिक-से-अधिक जानकार अथवा ज्ञानी बन सकते हो। लेकिन प्रज्ञा अर्थात समझ बटोरी नहीं जा सकती। वह मौलिक और प्रामाणिक होती है। वह एक क्रांति होती है। वह एक विस्फोट होता है–ज्ञात से अज्ञात में दृश्य से अदृश्य में, पदार्थगत भौतिक जगत से आत्मिक संसार में, अस्थायी से स्थायित्व में, समय से

शाश्वतता में और यांत्रिक मनुष्य से बुद्धत्व में। यह बिना कोई समय लिए एक सौ अस्सी डिग्री पर पूरी तरह घूम जाना होता है–क्योंकि समय अपने साथ डिग्री और धीमे-धीमे या शनैः–शनैः ले आता है।

बुद्धत्वं घटने का क्षण समयहीनता का क्षण होता है, हमें उसे क्षण के भी नाम से नहीं पुकारना चाहिए, क्योंकि वह होता ही नहीं। लेकिन भाषागत सीमाओं के कारण हमें यह कहना होता है।

जानकारी या बटोरा गया उधार ज्ञान एक चीज़ है और समझ पूरी तरह दूसरी ही चीज़ है। समझ, ज्ञान से वैसी ही मुक्त होती है जैसे अज्ञान होता है–यह ज्ञान की अपेक्षा अज्ञान जैसी अधिक है। यह उतनी ही खाली

और शून्य होती है, जैसे अज्ञान होता है। लेकिन अज्ञान में, वहाँ ज्ञान के लिए एक उत्कंठा और कामना होती है, और बुद्धत्व में ऐसी कोई कामना या उत्कंठा रह ही नहीं जाती, केवल दोनों में यही एक अंतर होता है। एक अज्ञानी व्यक्ति तो देर–सबेर ज्ञानी बन ही जाएगा, क्योंकि उसके अंदर ज्ञान की व्यग्रता है। वह ज्ञान बटोरना चाहते हैं। वह अपने अज्ञान के कारण ही दुखी है। उसे यह अनुभव कर चोट लगती है कि वह कुछ भी नहीं जानता। वह जानना चाहता है।

बुद्धत्व को उपलब्ध व्यक्ति यह जान गया है कि जानने का वहाँ कोई उपाय है ही नहीं; वह रहस्य अखंड है। उसे जानने की कामना ही अर्थहीन है। कुछ भी जाना ही नहीं जा सकता। एक भी चीज़ तो ज्ञात नहीं है। उस क्षण में वह निर्दोष बन जाता है। अज्ञान फिर वहाँ रहता ही नहीं, क्योंकि अज्ञान केवल तभी हो सकता है वहाँ, यदि तुम ज्ञान के लिए व्यग्र होकर उसकी कामना करते हो। ज्ञान के लिए कामना ही अज्ञान का विचार उत्पन्न करती है। जब ज्ञान के लिए कामना ही विलुप्त हो जाती है, फिर अज्ञान भी तिरोहित हो जाता है। वह एक, अज्ञान और ज्ञान दोनों से ही पूरी तरह रिक्त होता है। वह एक है, स्पष्ट मौन एक सम्मानपूर्ण विस्मय विमुग्धता। जहाँ सब कुछ रूक जाता है, सब कुछ विलुप्त हो जाता है, और पहिली बार ही वहाँ मात्र चेतना होती है, पूर्ण चैतन्य।

इसी पूर्ण चैतन्य से ही नजरानी का अर्थ समझ से है। इसी वजह से वह कह रहा है कि तुम्हारी समझ करीब–करीब नहीं हो सकती।

एक धर्मशास्त्री जो इस वाक्य–खंड को बहुत पसंद करता था, उसने पूछा–

धर्मशास्त्री और विद्वान ऐसे लोग होते हैं, जो अधिक-से-अधिक जानकारी बटोरने के लिए व्यग्र होते हैं। उसने कहा–

–"क्या आप सामान्य जीवन में, इस वाक्य–खंड के समतुल्य कोई अन्य वाक्य–खंड हमें बता सकते हैं?"

–"निश्चित रूप से", नजरानी ने कहा–"इसके समतुल्य यह कहना–कि कोई चीज़–करीब–करीब एक वृत्त अथवा संपूर्ण वृत्त है।"

एक वृत्त या तो एक वृत्त होता है अथवा वह वृत्त या एक गोल घेरा होता ही नहीं। आधा–वृत्त हो ही नहीं सकता। एक चाप केवल एक वक्र घुमाव हो सकता है, वह एक वृत्त नहीं होता। एक वृत्त तभी वृत्त होता है, जब वह पूरा हो। वृत्त के बारे में पूरी धारणा ही उसके पूरे होने में अंतर्निहित है। केवल एक पूर्ण वृत्त ही एक वृत्त होता है और केवल पूरी समझ ही समझ होती है।

इसी कारण, बुद्ध, मुहम्मद, मंसूर, क्राइस्ट, लाओत्से और ज़रथ्रुस्त इनकी एक-दूसरे से तुलना करने का वहाँ कोई उपाय है ही नहीं। तुम एक-दूसरे से इनकी तुलना नहीं कर सकते, वे सभी वृत्त हैं और सभी अपने आप में परिपूर्ण हैं। तुम यह नहीं कह सकते कि बुद्ध का वृत्त ज़रथ्रुस्त के वृत्त की तुलना में कुछ अधिक है, अथवा ज़रथ्रुस्त, लाओत्से की अपेक्षा एक वृत्त से कुछ अधिक हैं। तुम 'अधिक' या 'कम' शब्द का प्रयोग, जहाँ तक बुद्धत्व का संबंध है, कर ही नहीं सकते। बुद्धत्व कभी भी कम या अधिक होता ही नहीं।

लोग मेरे पास आते हैं और पूछते हैं, कि बुद्ध और महावीर, इनमें से किसमें अधिक बुद्धत्व है? वे लोग बिल्कुल ही बेवकूफी का प्रश्न पूछ रहे हैं। कोई भी अधिक बद्धत्व को उपलब्ध नहीं है। जब कम और अधिक की कोटियाँ गिर जाती हैं, कोई तभी बुद्धत्व को उपलब्ध होता है। कोई तभी बुद्ध होता है, जब सारी तुलनाएँ मिट जाती हैं। कोई तभी बुद्धत्व को उपलब्ध होता है जब कोई पूरी तरह मिट जाता है।

दो अनुपस्थितियाँ, अथवा दो शून्यताएँ कम या अधिक कैसे हो सकती हैं? जब मैं कमरे में उपस्थित नहीं हूँ, और तुम भी कमरे में मौजूद नहीं हो, तो क्या मेरी ग़ैर–मौजूदगी तुम्हारी ग़ैर–मौजूदगी से अधिक हो सकती है? जब मैं कमरे में हूँ ही नहीं, तो कमरा उतना ही खाली है, जैसे तुम

जब कमरे में नहीं थे। यह हो ही नहीं सकता कि जब मैं कमरे में नहीं हूँ तो वह अधिक खाली है, और जब तुम कमरे में नहीं हो, तो वह कम खाली है। अनुपस्थिति, अधिक या कम हो ही नहीं सकती।

अहंकार, अधिक या कम हो सकता है; अहंकार शून्यता अथवा निर्हंकारिता अधिक या कम नहीं हो सकती। इसे सदा स्मरण रखना। यह एक अत्यधिक महत्वपूर्ण वक्तव्य है।

समझ, विद्युत की एक कौंध की भाँति होती है। तुम उसके लिए तैयारी कर सकते हो, लेकिन जिस अवधि में तुम तैयारी कर रहे होते हो, तुम अज्ञानी बने रहते हो। तुम प्रामाणिक रूप से अंतिम क्षण तक अज्ञानी बने रहते हो। और तभी अचानक सभी कुछ मिट जाता है। और बिना किसी प्रक्रिया या विधि के, बिना कोई समय गुजरते हुए घटना, घट जाती है। वह पूरी तरह समयहीनता में घटती है।

इसलिए आख़िरी बात, जो स्मरण रखने की है..., पूरे विश्व भर में वहाँ दो ही मार्ग अर्थात दो ही स्कूल हैं। पहिला स्कूल सिखलाता है, क्रमिक विकास, और दूसरा स्कूल बतलाता है, अकस्मात् बुद्धत्व घटने की बात।

और दोनों ही मार्ग ठीक हैं, क्योंकि जो लोग क्रमिक विकास की बात बतलाते हैं, वे तैयारी करने के बाबत बतला रहे हैं, वे पानी को गर्म करने की बात बता रहे हैं, और जो लोग अकस्मात् बुद्धत्व घटने की बात कर रहे हैं, वे केवल अंतिम चीज़ का जिक्र कर रहे हैं, जब पानी सौ डिग्री तक गर्म हो जाता है।

दोनों ही स्कूल ठीक हैं, और वहाँ उनके मध्य कोई वैचारिक अंतर नहीं है और न कोई अंतर उत्पन्न करने की आवश्यकता ही है। दोनों पूरी तरह ठीक हैं और दोनों एक साथ ठीक हैं। एक का जोर है तैयारी करने पर–और यह ठीक भी है, क्योंकि अकस्मात् बुद्धत्व घटने के बारे में बात करने का क्या तुक है, यदि तुम उसके लिए तैयार ही नहीं हो? यदि तुम शून्य से भी कम तापक्रम पर शीतल हो, तो भाप बनने के बारे में बात करने की आवश्यकता ही क्या है? पहिले पानी को गर्म होने दो, वह कम-से-कम गर्म तो होने लगे, और गर्म होते-होते सौ डिग्री के बिंदु तक पहुँचे।

जो लोग क्रमिक की बात करते हैं, उनका प्रामाणिक रूप से कहने

का यही अर्थ है कि इसके लिए तैयारी धीमे-धीमे क्रमिक रूप से होगी।

और वे लोग जो अकस्मात् बिजली की कौंध की भाँति बुद्धत्व घटने की अंतिम बात के बारे में कह रहे हैं–क्रमिक विकास के बारे में जिक्र करने से लाभ क्या? वह सब कुछ ठीक है, स्वीकार है, उसे तो मान ही लिया गया है। पर असली चीज़ के बारे में जो अंतिम और सर्वोच्च है, बात करना ही मुनासिब है–क्योंकि जब भी वह घटता है, वह परिपूर्ण से एक विस्फोट की भाँति अचानक घटता है। तुम पूरी तरह से मिट जाते हो, और तब वहाँ केवल समझ या बोध होता है।

नजरानी यही बात उस धर्मशास्त्री से कह रहा है, क्योकि ग्रंथों के विद्वान ऐसे लोग होते हैं, जो केवल पुस्तक ज्ञान के संसार के लोग होते हैं, जो हमेशा अधिक-से-अधिक जानकारियाँ और ज्ञान बटोरने में लगे रहते हैं, कि कैसे अधिक-से-अधिक ज्ञानी बना जाए, कैसे बड़े-से-बड़ा सदाचारी बना जाए, और कैसे अधिक-से-अधिक 'यह' अथवा 'वह' प्राप्त किया जाए–उनके मन हमेशा लालची बने रहते हैं। उनका मन धीमे-धीमे की भाषा में, डिग्री के निर्दिष्ट करते हुए कार्य करता है, जब कि समझ है अमन की स्थिति।

एक विशिष्ट कारण से, मनुष्य की यांत्रिक जीवन-शैली के बारे में मैंने काफ़ी लंबी चर्चा की, क्योंकि यह स्थिति वह है, जहाँ तुम लोग हो। और जब तक अपनी यांत्रिक जीवन-शैली से तुम बाहर नहीं आते, तब तक तुम उस वरदान और आशीर्वाद को कभी न जान सकोगे, जिसे समझ कहते हैं, जिसे बुद्धत्व और निर्वाण कहते हैं।

आठवाँ प्रवचन

एक विशिष्ट वातावरण

18 अगस्त, 1977

पहिला प्रश्न–आप बच्चियों और बच्चों को संन्यास क्यों देते हैं?

उत्तर–संन्यास केवल बच्चों और बच्चियों को ही दिया जा सकता है। व्यस्क बनने की पूरी धारणा ही एक अवरोध है। व्यस्क मनुष्य का मन प्रदूषित मन होता है। वह पहिले ही बेईमान हो चुका है।

शरीर की आयु असंगत है। कोई व्यक्ति सत्तर वर्ष का हो सकता है और फिर भी वह एक बच्चे जैसा है और कोई व्यक्ति युवा होकर भी हो सकता है, भोला और निर्दोष न हो।

संन्यास ग्रहण करने के लिए बहुत-बहुत निर्दोष चित्त चाहिए। एक ऐसा व्यक्ति, जो कुछ भी न जानता हो। तब संबंध तुरंत जुड़ जाता है,

और वह संबंध आत्मा का आत्मा से और हृदय का हृदय से होता है। अन्यथा संबंध केवल मन से होता है–और मन-से-मन का संबंध, वास्तव में कोई संबंध होता ही नहीं, वह एक धोखा होता है। ऐसा केवल लगता है, जैसे मानो वहाँ संबंध हो। वहाँ दो मनों के बीच निरंतर संघर्ष बना रहता है।

एक छोटी-सी कहानी सुनें...

जेन सद्‌गुरू सुएन सा के आश्रम में एक काली बिल्ला कात्ज़ रहा करता था, जो एक शाम मर गया। सुएन सा के शिष्य की सात वर्ष छोटी बच्ची, उसकी मृत्यु से बहुत परेशान हो गई। उसे दफनाने और अमीदा बुद्ध का मंत्र दोहराने के बाद वह सद्‌गुरू सुएन सा से भेंट करने गई।

सुएन सा ने उससे पूछा–"क्या तुम्हारे पास कुछ प्रश्न हैं?" उसने कहा–"जी हाँ! उस बिल्ले कात्ज को क्या हुआ? वह कहाँ चला गया?"

सुएन सा ने पूछा–"तुम कहाँ से आई हो?" –"अपनी माँ के उदर से ।"

–"और तुम्हारी माँ कहाँ से आई है?"

वह खामोश रही।

सुएन सा ने कहा–"इस संसार में प्रत्येक वस्तु, एक उसी वस्तु से आती है। वह समझो, एक बिस्कुट के कारखाने जैसी चीज़ है, जिसमें कई तरह के बिस्कुट बनते हैं–शेर, चीते, हाथी, घर, मनुष्य। उनकी अलग-अलग आकृतियाँ और भिन्न-भिन्न नाम होते हैं, लेकिन वे सभी मीठे मैदा के गाढ़े घोल से बनते हैं और उन सभी का एक ही स्वाद होता है। इसलिए सभी भिन्न-भिन्न वस्तुएँ और प्राणी जिन्हें तुम देखते हो–एक बिल्ली, एक मनुष्य, एक वृक्ष, सूरज और यह फर्श, ये सभी चीज़ें वास्तव में समान हैं।"

–"वह कैसे?"

–"लोग उन्हें बहुत से अलग-अलग नाम देते हैं। जब तुम उनके बारे में सोचते हो तो सभी चीज़ों को अलग-अलग नाम और अलग-अलग आकृतियाँ होती हैं। लेकिन जब तुम उनक बारे में कुछ भी नहीं सोचते तो सभी चीज़ें एक जैसी ही होती हैं। उन सभी के लिए, वहाँ कोई भी शब्द नहीं हैं। लोग ही शब्द बनाते हैं। एक बिल्ली कभी यह नहीं कहती–कि मैं एक बिल्ली हूँ। सूरज यह कभी भी नहीं कहता कि मेरा नाम सूरज है। लोग कहते हैं–यह सूरज है। इसलिए जब कोई व्यक्ति तुमसे पूछता है–"यह क्या है?", तो तुम्हें उसका उत्तर कैसे देना चाहिए?

–"मुझे शब्दों का प्रयोग नहीं करना चाहिए।"

सुएन सा ने कहा–"बहुत खूब! शाबास! तुम्हें शब्दों का प्रयोग नहीं करना चाहिए। इसलिए यदि कोई तुम्हें पूछता है–'बुद्ध क्या होता है?', तो एक उचित उत्तर क्या होगा?"

वह खामोश रही।

सुएन सा ने कहा–"अब तुम मुझसे पूछो।"

–"बुद्ध क्या होता है?" उसने पूछा।

सुएन सा ने फर्श पर चोट की।

वह हँसी।

सुएन सा ने कहा–"अब मैं तुमसे पूछता हूँ–बुद्ध क्या होता है।" उसने फर्श पर चोट की।

–"परमात्मा क्या होता है?"

उसने फर्श पर चोट की।

–"तुम्हारी माँ क्या है?"

उसने फर्श पर चोट की।

–"तुम क्या हो?"

उसने फर्श पर चोट की।

–"बहुत खूब! यह वही है, जिससे संसार में सभी वस्तुएँ बनी हैं। तुम और बुद्ध और परमात्मा और तुम्हारी माँ और यह पूरा संसार, सभी एक जैसे हैं।"

वह हँसी।

सुएन सा ने कहा–"क्या तुम्हारे पास कुछ और भी प्रश्न है?"

–"आपने मुझे अभी तक यह नहीं बतलाया कि वह ... बिल्ला कहाँ चला गया?"

सुएन सा आगे की ओर झुका और उस बच्ची की आँखों में देखते हुए कहा–"तुम उसे पहिले ही से समझती हो।"

उसने 'ओह' कहते हुए फर्श पर ज़ोर से चोट की। तब वह हँसी।

सुएन सा ने कहा–"बहुत खूब! अब इस तरह से तुम प्रत्येक प्रश्न का उत्तर दे सकती हो। यही सत्य है।"

उसने सिर झुकाया और चल पड़ी। जैसे ही वह बाहर जाने का दरवाजा खोल रही थी, सुएन सा की ओर मुड़कर उसने कहा–"प्यारे सद्गुरू! लेकिन जब मैं स्कूल में हूँ तब मैं इस तरह से उत्तर नहीं दे सकती। तब तो मैं नियमित उत्तर ही दूँगी।"

सुएन सा हँस पड़ा।

यह उससे कहीं अधिक अंतरंग और गहरा संवाद है, जो दो मनों के बीच होना संभव है।

बच्चा कुछ अलग तरह से समझता है। पहिली बात तो यह कि बच्चे के पास कोई जानकारी या ज्ञान नहीं होता। जब वहाँ कोई ज्ञान नहीं होता, जब तुम यह जानते हो कि तुम कुछ भी नहीं जानते, तो वहाँ हृदय का द्वार खुला होता है। जब तुम जानते हो कि तुम एक ज्ञानी हो, तब तुम्हारे हृदय के द्वार बंद होते हैं।

जब एक बच्चा प्रश्न पूछता है, तो वास्तव में वह अपने अज्ञान से पूछता है–और जब कोई व्यस्क व्यक्ति प्रश्न पूछता है, तो वह अपनी जानकारी और ज्ञान के कारण पूछता है। प्रश्न भले ही उसी तरह का गढ़ा गया हो, लेकिन प्रश्न की गुणात्मकता पूरी तरह भिन्न होती है। जब कोई बच्चा प्रश्न पूछता है, उसमें एक शुद्धता और निर्दोषता होती है। वह कुछ भी नहीं जानता, इसी वजह से वह प्रश्न पूछ रहा है। जब कोई व्यस्त व्यक्ति प्रश्न पूछता है, तो वह उसे पहिले ही से जानता है। प्रश्न उसके ज्ञान से ही उत्पन्न होता है। और जब प्रश्न ज्ञान से उत्पन्न होता है, तो उसका उत्तर देना असंभव होता है। जब तुम पहिले ही से यह सोचते हो कि तुम जानते हो, तब तुम किसी भी ऐसी बात को लेकर संघर्ष में होते हो, जो तुमसे कही जाने वाली है। तुम्हारे पास कुछ ऐसा है, जो दाँव पर लगा होता है–तुम्हारा ज्ञान, तुम्हारा अतीत, तुम्हारा विश्वास, तुम्हारे सिद्धांत और तुम्हारा उपासना स्थल।

एक बच्चे के साथ ऐसी कोई भी बाधाएँ नहीं होती। इसीलिए जीसस कहते हैं–"जब तक तुम एक बच्चे की तरह निर्दोष न हो जाओ, तुम परमात्मा के राज्य में प्रवेश न कर सकोगे।"

इसलिए इस बारे में फिक्र मत करो कि मैं बच्चों को क्यों संन्यास दे रहा हूँ–वस्तुतः फिक्र तो तुम्हें स्वयं के प्रति होना चाहिए। यदि तुम बच्चे की भाँति निर्दोष नहीं हो, और यदि मैं तुम्हें संन्यास देता भी हूँ, तो तुम उसे ग्रहण न कर सकोगे।

मैं प्रत्येक तरह के व्यक्ति को संन्यास दिए चले जाता हूँ। 'ना' कहना, मेरा ढंग ही नहीं है। मैं आशा के विरुद्ध भी आशा करता हूँ। जब भी मैं किसी ऐसे व्यक्ति को देखता हूँ, जो एक चट्टान की तरह कठोर है, जब मैं देखता हूँ कि उसने अपने को पूरी तरह बंद करके रखा हुआ है, और उसमें प्रवेश करने का कोई भी उपाय नहीं है, तब भी मैं कभी उससे 'न' नहीं कहता। कौन जानता है? हो सकता है कल वह विश्रामपूर्ण हो जाए। हो सकता है कि उसके यह हाव–भाव, कि वह संन्यास लेना चाहता है, उसके जीवन में एक नये अध्याय की शुरुआत करें। कौन जानता है? वस्तुएँ बदलती हैं, लोग बदलते हैं। वे लोग बहुत-बहुत कोमल हैं, वे बहुत कठोर बन जाते

हैं, और वे लोग जो कठोर हैं, कोमल बन जाते हैं। जीवन निरंतर प्रवाहमान है। हो सकता है कि उसके अतीत में चीज़ें इस तरह घटी हों कि वह व्यक्ति एक चट्टान जैसा कठोर बन गया हो। भविष्य में कुछ भिन्न हो सकता है, हो सकता है कहने को एक नई कहानी बन जाए वह।

केवल उसके अतीत को देखते हुए, क्योंकि एक मनुष्य केवल अपना अतीत ही है, इस अतीत के कारण ही उसे संन्यास देने से इंकार करना, उसके नये भविष्य से और उसके बदलने की संभावना से इंकार करना है। मैं इंकार करने वाला होता कौन हूँ? इसलिए जो भी मेरे पास आता है, भले ही वह एक शिला जैसा कठोर व्यक्ति ही क्यों न हो, मैं 'हाँ' ही कहता हूँ।

निम्नतम तल से उच्चतम तल की ओर जाना सदा संभव है। परमात्मा से इतनी अधिक दूर जाने का ऐसा कोई रास्ता है ही नहीं, जिस पर लौट कर तुम वापस न जा सको। इस अस्तित्व में परमात्मा से सबसे अधिक दूरी के स्थान में भी परमात्मा ही है; हम कभी भी उससे बाहर नहीं जा सकते।

जब कोई बच्चा मेरे निकट आता है, मैं उस बच्चे को स्वीकार करता हूँ। मैं समझ रहा हूँ कि तुम यह प्रश्न क्यों पूछ रहे हो? तुमने इसे इसलिए पूछा है, क्योंकि मैं कहता हूँ कि बच्चों पर माता-पिता द्वारा नैतिक नियमों और अनुशासन का ढाँचा नहीं थोपना चाहिए। लेकिन संन्यास देना कोई 'कंडीशनिंग नहीं है, यह ठीक इससे विपरीत है। यदि मैं बच्चे को संन्यास नहीं देते हूँ तो वह एक ईसाई, अथवा एक हिंदू अथवा एक मुसलमान बनने जा रहा है, वह एक ऐसा व्यक्ति बनने जा रहा है, जो इससे भी कहीं अधिक खराब होगा। उसे संन्यास देने के द्वारा, मैं उसे एक तरह की कम्यून में प्रवेश करने की अनुमति दूँगा। एक नई तरह की धार्मिकता दूँगा, जो धर्म न होकर केवल धार्मिकता होगी।

मैं एक नये तरह के परिवार में उनका स्वागत कर रहा हूँ, जहाँ हम उन पर कोई सिद्धांत या विश्वास थोपने नहीं जा रहे हैं, हम उन्हें एक नये किस्म का वातावरण देने जा रहे हैं। यह पूरी तरह भिन्न है। विश्वास और सिद्धांत देने से वह अनुशासन और नियमों के ढांचे में आबद्ध हो जाता है, लेकिन वातावरण उपलब्ध करना कोई, कंडीशनिंग नहीं है, वातावरण देना तो केवल एक सहभगिता है।

यदि मुझे कोई चीज़ उपलब्ध हुई है, तो मैं दो चीज़ें ही कर सकता हूँ–या तो मैं तुम्हें 'कंडीशनिंग' देना शुरू कर दूँ, जिससे तुम भी उसी चीज़ को प्राप्त कर सको–लेकिन 'कंडीशनिंग' के द्वारा अभी तक कुछ भी उपलब्ध नहीं हुआ है–अथवा मैं तुम्हें एक वातावरण निर्मित करने में तुम्हारी सहायता करना शुरू कर सकता हूँ, एक ऐसी आवोहवा दे सकता हूँ, जहाँ यदि तुम चाहो तो अपने हृदय के द्वार खोल सकते हो, यह ठीक एक सुहानी खुशनुमा सुबह की तरह है–सूर्य क्षितिज के वातायन से उग रहा है। वह प्रत्येक फूल के पास उसे खिलाने नहीं जाता, वह हर पक्षी के घोंसले को जाकर खटखटाता नहीं, वह किसी को कोई भी आदेश नहीं देता–कि तुम गीत गाना शुरू करो, क्योंकि सुबह हो चुकी है। अब तुम खिलना शुरू करो, क्योंकि सुबह आ चुकी है। अब तुम जाग जाओ, क्योंकि सुबह हो चुकी है। वह ऐसा कुछ भी नहीं कहता। सूरज तो पूरी तरह बस अलग खड़ा रहता है। वह एक वातावरण निर्मित करता है।

और एक ऊष्मा, एक जीवन प्रदायिनी ऊष्मा पृथ्वी में चारों ओर व्याप्त हो जाती है। उसी ऊष्मा का अनुभव कर वृक्ष जाग कर अपनी आँखें खोलने लगते हैं, पक्षी फिर से गीत गाना शुरू कर देते हैं, फूल अपनी पँखड़ियाँ खोल देते हैं। कुछ भी न तो कहा जाता है, न कोई भी नीति, नियमों और अनुशासन का ढाँचा थोपा जाता है–यह केवल एक उपस्थिति मात्र है।

जब मैं तम्हें संन्यास दे रहा हूँ, तो बच्चा हो अथवा नहीं हो, इससे क्या-क्या अंतर पड़ा है? यह तो ठीक ऐसा है, जैसे मैं तुम्हें अपने सान्निध्य में रखने को राज़ी हो गया हूँ। मैं तुम्हें अपने साथ मित्र बनने की अनुमति दे रहा हूँ। एक केवल मित्रता है जिसमें तभी कुछ होना संभव है, यदि तुम आगे बढ़ने को तैयार हो।

और एक बच्चा आगे बढ़ने को बड़ों की अपेक्षा अधिक तैयार होता है। एक बच्चा कहीं अधिक खोज और जाँच करता है, उसकी आँखों में अभी भी विस्मय-विमुग्धता है, वे अभी भी साफ और पारदर्शी हैं। उसकी स्लेट पर अभी कुछ भी नहीं लिखा गया है, वह अभी कोरी है। संन्यास कोई बंदीगृह नहीं है, यह तो सभी तरह के कारागृहों से बाहर आने जैसा है। इसलिए बच्चों को संन्यासी बनने की अनुमति क्यों नहीं देनी चाहिए?

न मेरा कोई संप्रदाय है, न मेरे कोई सिद्धांत और पूर्वधारणाएँ हैं। मैं सामान्य रूप से बस यहाँ हूँ। इस उपस्थिति में, तुम मेरे सहभागी बन सकते हो, तुम मुझसे कुछ सीख सकते हो । यहाँ प्रत्येक का स्वागत है–एक तीन महीने का बच्चा भी और नब्बे वर्ष का बूढ़ा भी। यहाँ प्रत्येक उस व्यक्ति का स्वागत है, जो अज्ञात की यात्रा पर चलना चाहता है।

और वह सब कुछ जो हम यहाँ सिखाते हैं–यदि तुम उसे सीखना कह सकते हो–तो वह है–प्रेम और ध्यान। दोनों ही तुम्हें धर्म, समाज और परिवार द्वारा थोपे गये नीति, नियम और अनुशासन से ढाँचे और सम्मोहन से मुक्त करते हैं। हम यहाँ प्रेम के बारे में कोई दार्शनिक चर्चा–परिचर्चा नहीं करते, हम सामान्य रूप से एक ऐसा वातावरण निर्मित करते हैं, जहाँ प्रेम विकसित हो सके। और हम ध्यान को भी कोई कर्मकांडी निश्चित रूप न देकर केवल ध्यान में होने की एक गुणात्मकता दे रहे हैं। एक बार तुम ध्यान में होने का, थोड़ा-सा प्रेमपूर्ण होने की शराब पीना शुरू कर दो, तो मुक्ताकाश में उड़ने के लिए तुम्हें पंखों के होने का अनुभव होना शुरू हो जाएगा।

संन्यास यात्रा का अंत न होकर, केवल एक शुरुआत है, यह तो उठाया गया पहिला कदम है। जब तुम एक ईसाई बनते हो, तो वह तुम्हारी यात्रा की समाप्ति होती है, और जब तुम एक हिंदू अथवा मुसलमान बनते हो, तो वह तुम्हारी यात्रा का अंत होता है। तब तुम आराम कर सकते हो। तब फिर कोई फिक्र करनी ही नहीं होती। जब तुम एक ईसाई बनते हो तो फिर तुम्हारी रक्षा करने की जिम्मेदारी जीसस की होती है। अब सब कुछ वे ही करेंगे। अब तुम अपने रास्ते चल सकते हो, अब तुम जो चाहो कर सकते हो–तुमने सारा भार जीसस पर छोड़ दिया। वह ही तुम्हारा क्रॉस अपने कंधों पर ढो रहा है। लेकिन कोई भी दुसरा व्यक्ति तुम्हारे पापों का क्रास कैसे लेकर चल सकता है, नहीं, जीसस भी ऐसा नहीं कर सकते। तुम्हारी रक्षा कोई भी नहीं कर सकता। कोई भी व्यक्ति तुम्हें कैसे बचा सकता है? जिस क्षण तुम यह सोचना शुरू करते हो कि कोई तुम्हें बचाने के लिए आने वाला है, तुम उसके गुलाम बन जाते हो। पूरी तरह से यह

सोचना ही कि कोई अन्य व्यक्ति तुम्हें बचाने आने वाला है, एक गुलामी निर्मित कर देती है।

मैं कोई पापों से रक्षा करने वाला मुक्तिदाता नहीं हूँ। मैं इस तरह की व्यर्थ की बातों से कोई संबंध ही नहीं रखता। मैं तुम्हारी पापों से रक्षा करने कहीं जाने वाला नहीं हूँ। तुम स्वयं ही अपनी रक्षा आप कर सकते हो। मैं वह तुम्हें सभी कुछ उपलब्ध करा दूँगा, जो मेरे अंदर है, और तुम उसमें प्रेम के साथ कोई भी चीज़ चुन सकते हो। और यहाँ ऐसा कोई बलात किया गया प्रयास भी नहीं है, जो सभी को एक ही साँचे में ढालने वाला हो। जो जैसा तुम्हें घटे, तुम उसी ढंग से विकसित हो सकते हो। मेरी आस्था व्यैक्तिक लोगों में है। मेरी आस्था भीड़ में जरा भी नहीं है। भीड़ की प्रकृति भी कुरुप है। मेरे सभी संन्यासी व्यक्तिगत रूप से ही मुझसे जुड़े हुए हैं। वास्तव में मेरे संन्यासी किसी संगठन से नहीं जुड़े हैं।

यदि तुम यहाँ जिस तरह की कोई व्यवस्था देख रहे हो, वह एक डाकखाने अथवा रेलवे की व्यवस्था जैसी है। यह चर्चा या किसी पूजा–स्थल जैसी नहीं है। यह व्यवस्था केवल ऐसी है, जिससे तुम सुविधापूर्वक और आसानी से मेरे संपर्क में आ सको, अन्यथा भीड़ से घिरकर फिर मेरे लिए सब कुछ करना संभव ही न हो सकेगा। वहाँ एक संस्था जैसा जो कुछ भी है, वह एक डाकखाने के विभाग की भाँति है, जो आवश्यक है। लेकिन यह किसी धार्मिक संगठन जैसा नहीं है। इसके अपने कार्य हैं, अपनी पृथक उपयोगिता है, लेकिन यह चर्च जैसा नहीं है। मेरे संन्यासी किसी संगठन से न जुड़कर केवल मुझसे जुड़े हुए हैं। और प्रत्येक संन्यासी सीधे ही प्रत्यक्ष रूप से मुझे जुड़ा हुआ है, वह किसी संगठन के माध्यम से मुझसे जुड़ा नहीं है। जो संस्था जैसी चीज़ तुम देखते हो, जो सभी केवल चीज़ों को सुविधामय बनाने के लिए है। वह न तो कोई दल है, न पंथ अथवा संप्रदाय है, न वह चर्च या उस जैसा कोई संगठन और धार्मिक अनुष्ठानों को करने वाला पूजा घर जैसी कुछ है।

और व्यक्तिगत रूप से प्रत्येक व्यक्ति के लिए मेरा उत्तर हमेशा भिन्न होता है, इसीलिए तुम उनमें बहुत से विरोधाभास पाओगे। मेरे पास कोई चीज़ जमी जमाई, थिर और जड़ नहीं है। जब कभी कोई व्यक्तिगत रूप

से मेरे सामने आता है, मैं उसमें झाँककर देखता हूँ। मेरे मन में कोई भी चीज़ उस पर बलात् थोपने की नहीं होती। मैं उसे रूपांतरित करने के लिए ही उसके अंदर देखता हूँ, जो उसके लिए प्रत्युत्तर होता है।

जब कोई बच्चा मेरे पास आता है, तो मैं उसके ही ढंग से उसे उत्तर देता हूँ, और जब कोई वृद्ध मेरे पास आता है, तो मैं उसी के ढंग से उसे उत्तर देता हूँ। और व्यक्तिगत रूप से प्रत्येक व्यक्ति इतना अधिक अनूठा है, पूरी तरह से अपने आपमें एक दुर्लभ व्यक्ति, कि तुम वही उत्तर प्रत्येक व्यक्ति को नहीं दे सकते।

• दूसरा प्रश्न–क्या एक शिष्य अपने रूप और आकृति का अतिक्रमण कर, या उसके पार जाकर ही, सृष्टा के अखंड अस्तित्व के साथ लयबद्ध हो सकता है?

उत्तर–रूप और आकृति बदलने की यह लालसा या उत्कंठा क्यों ? जो रूप और आकृति है, वह उसी सृष्टा या परमात्मा की दी हुई है, वह रूप भी परमात्मा का ही है, वह उस रूप में भी विद्यमान है। रूप या आकृति के साथ कुछ भी तो ग़लत नहीं है।

समस्या केवल तब उठ खड़ी होती है, जब तुम यह सोचना शुरू कर देते हो कि रूप ही सब कुछ है। रूप का अतिक्रमण करने की आवश्यकता नहीं है, केवल उसे समझने की आवश्यकता है। आकृति पूरी तरह सुंदर हो, पूरा शरीर भी सुंदर हो–लेकिन यह मत सोचना कि शरीर ही सब कुछ है। वहाँ कुछ इससे भी अधिक है, कुछ उससे भी अधिक है, जो आँखें नहीं देख पातीं, जो चीज़ बहुत गहरे में है। वह वहाँ ही होनी है।

यह शरीर तो परिधि है, गहरे में उसकी आत्मा है। यह दो चीज़ें नहीं हैं। परमात्मा और संसार दो चीज़ें नहीं हैं...संसार है परिधि, और परमात्मा है–संसार की गहराई। और बिना सतह के, गहराई अस्तित्व में नहीं रह सकती–और स्मरण रहे–बिना गहराई के सतह का भी अस्तित्व नहीं होता। ये दोनों साथ-साथ होती हैं, ये पूरी तरह से दोनों साथ-साथ रहती हैं। ये एक ही हैं। यह केवल भाषा है, जो विभाजन खड़ा करती है, सत्य अदृश्य बना रहता है।

इसलिए पहिली बात तो यह, रूपातंरण के लिए कामना मत करो। वहाँ उसकी कोई आवश्यकता ही नहीं है–आवश्यकता है केवल उसे समझने की। अथवा यदि तुम्हें 'रूपांतरण' शब्द से प्रेम है। लेकिन रूपांतरण, रूप या आकृति का नहीं होता, रूपांतरण तो परिधि और गहराई दोनों का ही होता है–क्योंकि जिस क्षण तुम यह समझते हो कि यह सभी एक ही है, तुम परिभाषित नहीं कर सकते कि यह परिधि है और यह गहराई है। तब सभी परिभाषाएँ निरर्थक होती हैं। तब तुम अपरिभाषित का साक्षात्कार कर रहे होते हो। तुम द्वंद्व के पार चले जाते हो। लेकिन यह समझ के द्वारा ही होता है।

रूपांतरण का यह विचार ही समस्याएँ उत्पन्न कर सकता है। तुम उसका दमन करना शुरू कर सकते हो, तुम उसकी निंदा करना शुरू कर सकते हो–और इसी तरह से मनुष्य की चेतना में निंदा का प्रवेश हुआ। और यह सबसे बड़ा हादसा है, जिसे मनुष्य ने हमेशा भुगता है।

मैंने सुना है...

एक मनुष्य अपने दंत–चिकित्सक के पास गया। दंत–चिकित्सक ने उस दांत को सुन्न करने वाली स्थानीय दवा देनी चाही, लेकिन उसने कहा–"मैं तो इस सुन्न करने वाली दवा के पार जाना चाहता हूँ।"

वह जरूर ही भावातीत–ध्यान कर कोई सनकी रहा होगा, जो कहता है–कि मैं दांत को सन्न करने वाली दवा का अतिक्रमण करना चाहता हूँ। आख़िर क्यों ? कहीं और जाने का यह निरंतर प्रयास क्यों? कुछ और होने का या बनने का यह प्रयास आख़िर क्यों? जैसा वास्तविक यथार्थ है, तुम उसमें विश्राममय क्यों नहीं हो सकते? वहाँ से न तो कहीं और जाना है, न किसी चीज़ का अतिक्रमण करना है, और न अतिक्रमण करने वाली वहाँ कोई चीज़ ही है। परमात्मा तो अभी और यहीं है।

केवल इसे समझना है। केवल अपनी आँखें खोलो और उसे देखो। बिना किन्हीं विचारों के देखो। यदि तुम्हारे पास किसी चीज़ के अतिक्रमण करने अथवा उसके रूपातंरित होने की कोई धारणा है, तो तुम्हारी दृष्टि हमेशा पूर्वाग्रह ग्रस्त रहती है। तुम जानते हो कि यह एक रूप या आकृति है और तुम्हें उसके पार जाना है। तुम रूप अथवा आकृति हो और तुम्हें

उसके पार जाना है। तुम रूप अथवा आकृति से ही कैसे प्रेम कर सकते हो? यह तो केवल शरीर है और तुम्हें तो केवल आत्मा से प्रेम करना है। और यह तो केवल संसार है और तुम तो केवल परमात्मा ही से प्रेम कर सकते हो।

तुम अनावश्यक व्यग्रता से ग्रस्त होते जाओगे। और तुम इतनी अधिक व्यग्रता उत्पन्न कर लोगे कि तुम फिर कभी उसे हल करने में समर्थ न हो सकोगे–क्योंकि वहाँ रूप के साथ हमेशा अरूप भी बना रहता है। वह उस अरूप का ही रूप है–मैं इसे इस विरोधाभास के द्वारा व्यक्त करना। चाहता हूँ, क्योंकि यह ऐसा ही है। यह रूप उस अरूप का ही है, और यह शरीर उस अशरीरी का ही है, और पदार्थ और कुछ भी नहीं बल्कि वह अ–पदार्थ का ही सघन रूप है। यह तो अभिव्यक्ति है। पदार्थ है अपदार्थ की अभिव्यक्ति। शब्द और कुछ भी नहीं, बल्कि वह मौन की ही अभिव्यक्ति है।

वस्तुतः अतिक्रमण करने के प्रयास की अपेक्षा, जो कुछ भी है, उसमें विश्राम करने के बारे में सोचना शुरू करो। तुम शीघ्र ही अरूप में पहुँच जाओगे–और अपनी ओर से बिना कोई प्रयास किए हुए पहुँच जाओगे। केवल विश्रामपूर्ण रहो और रूप में पूरी तरह डूब जाओ और जब तुम रूप में पूरी तरह डूब जाते हो, तभी तुम अरूप में प्रविष्ट होने की शुरुआत करते हो। यदि तुम एक स्त्री अथवा एक पुरुष से अपने मित्र से, अपनी पत्नी से, अपने बच्चे, अपने पिता से प्रेम कर सकते हो, यदि तुम किसी भी व्यक्ति से प्रेम कर सकते हो, तो तुम शीघ्र ही देखोगे कि वहाँ अकेली उसकी आकृति ही नहीं है। उस आकृति अर्थात रूप के साथ अब अरूप आना भी शुरू हो गया है। जिसे तुम प्रेम करते हो, और जब उसके साथ को तुम स्पर्श करते हो, तो वह केवल त्वचा का ही स्पर्श नहीं होता, वह किसी और चीज़ का स्पर्श होता है, जो त्वचा के पार होता है, जो त्वचा के पीछे उस अरूप का स्पर्श करता है। कुछ धड़कन-सी, कुछ तरंग-सी, एक हाथ से दूसरे हाथ में जो कुछ आत्मिक जैसी है, अचानक उछाल भरती है। किसी ऐसे व्यक्ति की आँखों में झाँको, जिसे तुम प्रेम करते हो, और तुम केवल उसकी आँखों में ही नहीं देख रहे हो, किसी अन्य चीज़ की

गहराई का द्वार खुल जाता है, तुम जैसे अतल में उतर जाते हो। धीमे-धीमे शरीर पिघलना और मिटना शुरू हो जाता है। तुम आत्मा में प्रवेश करते जाते हो। लेकिन उसका द्वार शरीर ही है। यह ठीक एक मंदिर की भाँति है। तुम एक मंदिर में प्रवेश करते हो...मंदिर शब्द से तुम क्या अर्थ लेते हो? क्या तुम्हारा मतलब द्वार और दीवारों से होता है? निश्चित ही दरवाजा और दीवारें मंदिर नहीं हैं, उसके अंदर की शून्यता ही मंदिर है, जहाँ तुम्हें जाना है। पर वे दीवारें और द्वार उस खालीपन की, उस शून्यता की सुरक्षा करती हैं। यदि वे दीवारें और दरवाजें न रहें तो वहाँ वह पवित्र शून्यता भी नहीं होगी। वे दीवारें उस शून्यता के विरोध में नहीं हैं, वे दीवारें उस शून्यता को सहारा दे रही हैं, वे दीवारें उस शून्यता की रक्षा कर रही हैं। इसलिए क्या होता है एक मंदिर? क्या दीवारें दरवाजे अथवा एक शून्यता? नहीं, तुम इस तरह से इनका विभाजन नहीं कर सकते, यह दोनों मंदिर ही हैं। दीवारें और दरवाजे बाह्य रूप या आकृति हैं और अंदर का खालीपन, सबसे गहरे में स्थित शून्यता ही आत्मा है।

ठीक ऐसी ही स्थिति मनुष्य के साथ, एक फूल और एक वृक्ष के साथ है। वहाँ परमात्मा हर रूप में है और परमात्मा अरूप भी है। क्योंकि परमात्मा अरूप है तो यह विचार, कि रूप का कैसे अतिक्रमण किया जाए, कैसे उठ सकता है? उसके अतिक्रमण करने का एक ही उपाय है—उसमें गहरे उतरना। इतने प्रेमपूर्ण होकर और इतनी समग्रता से गहरे उतरना है, कि उसके प्रति कहीं भी किसी निंदा का भाव भी न हो।

उसे परिधि कहकर भी मत पुकारो, क्योंकि हमारे शब्द भी उसे प्रदूषित कर देते हैं। जिस क्षण तुम ऐसा कहते हो, कि यह केवल परिधि है, तो इतना कहकर ही तुमने पहिले ही उसे निंदित कर दिया—जैसे मानो परिधि होना कुछ ग़लत चीज़ हो।

तुम एक सागर-तट पर टहलने के लिए जाते हो, तुम सागर में लाखों लहरों को देखते हो—जो सभी परिधि पर हैं। हाँ, यह केवल सागर की सतह है, लेकिन क्या तुम इस सतह को सागर से अलग कर सकते हो? और क्या तुम सतह में प्रवेश किए बिना सागर में प्रविष्ट हो सकते हो? गहराई और सतह, यह दोनों एक ही ऊर्जा के दो विपरीत ध्रुव हैं। और यदि सागर

से उसकी लहरें या सतह अलग कर दो, तो फिर सागर भी सागर जैसा न रहेगा। कुछ भी नहीं रह जाएगा फिर। तुम सतह को उससे दूर...और दूर, बहुत दूर ले जाओ, फिर कुछ भी नहीं बचेगा–क्योंकि जब कोई भी वस्तु वहाँ होती है, तो वही सतह बन जाएगी।

इस अद्वैतता को समझ लेना ही समझ है। तभी कोई पहिली बार सजग और सचेत बनता है।

• तीसरा प्रश्न–मैं सृजनात्मक बनना चाहता हूं। मुझे क्या करना चाहिए?

उत्तर–तुम फिर से एक शिशु बन जाओ, और तुम सृजनात्मक बन जाओगे। सभी बच्चे सृजनात्मक होते हैं। सृजनात्मकता को स्वतंत्रता की आवश्यकता होती है–मन से स्वतंत्रता, ज्ञान से स्वतंत्रता और पूर्वाग्रहों से स्वतंत्रता।

एक सृजनात्मक व्यक्ति वह होता है, जो नूतनता के लिए प्रयास कर सकता है। एक यांत्रिक ढंग से जीने वाला मनुष्य सृजनात्मक नहीं हो सकता। यंत्रवत् रहने वाले लोग कभी सृजनात्मक नहीं होते, वे अपने को दोहराते रहते हैं। इसलिए फिर से एक शिशु बन जाओ।

और तुम्हें आश्चर्य होगा यह जानकर, कि सभी बच्चे सृजनात्मक होते हैं, वे जहाँ कहीं भी जन्मते हैं सृजनात्मक ही होते हैं। लेकिन हम उन्हें सृजनात्मक होने की अनुमति नहीं देते, हम लोग उनकी सृजनात्मकता को कुचल देते हैं, मार देते हैं, हम आक्रामक होकर उनका गला पकड़ लेते हैं। हम उन्हें चीज़ों को करने की सही विधि सिखाने लगते हैं।

स्मरण रहे, एक सृजनात्मक व्यक्ति हमेशा ग़लत तरीक़ों से ही प्रयास करता है। यदि तुम किसी भी कार्य को करने के लिए हमेशा ठीक मार्ग का ही अनुसरण करो, तुम कभी भी सृजनात्मक नहीं बनोगे–क्योंकि ठीक मार्ग का अर्थ है, वह रास्ता, जिसे दूसरों ने खोजा है। और ठीक मार्ग का निश्चित अर्थ होगा, कि तुम वास्तव में कुछ चीज़ बनाने में समर्थ हो जाओगे, तुम एक निर्माता अथवा एक उत्पादनकर्ता बन जाओगे, तुम तकनीकी रूप से एक कुशल अभियंता बन जाओगे, लेकिन तुम एक सर्जक अथवा सृष्टा नहीं बनोगे।

एक निर्माता और सर्जक में अंतर क्या होता है? एक निर्माता, किसी कार्य को करने का ठीक तरीक़ा जानता है, सबसे अधिक कम खर्चीली विधि, जो कम-से-कम प्रयास करने पर भी अधिक अच्छे परिणाम दे सके। ऐसा व्यक्ति एक निर्माता होता है। एक सर्जक चारों ओर बेवकूफों की भाँति भटकता है। वह एक कार्य को करने की ठीक विधि जानता ही नहीं, इसलिए वह किसी कार्य को करने के लिए भिन्न-भिन्न दिशाओं में खोजता और भटकता है। कई बार वह ग़लत दिशा में मुड़ भी जाता है, लेकिन वह जिस ओर भी गतिशील होता है, वह उससे कुछ सीखता है। वह अनुभव करके अधिक-से-अधिक समृद्ध बनता है। वह कुछ ऐसा कार्य करता है, जिसे पहिले कभी भी किसी व्यक्ति ने किया ही नहीं। यदि उसने पूर्व रास्ते का अनुसरण करते हुए उसे किया होता, तो वह कार्य करने में समर्थ होता ही नहीं।

अब जरा इस कहानी को सुनिए।

एक रविवारीय स्कूल में शिक्षकों ने अपनी छात्राओं से पवित्र-परिवार का चित्र बनाने को कहा।

तस्वीरें बनने के बाद जब वे उसके पास लाई गई तो उसने देखा कि कुछ युवा छात्राओं ने परंपरागत चित्र बनाये हैं। पवित्र परिवार के प्रबंधक को खच्चर पर बैठा दिखाया गया है और परंपरा के अनुसार ही चित्र बनाया गया है। उसने एक छोटे बच्चे को अपने पास बुलाकर, उसके द्वारा बनाये गये चित्र को स्पष्ट करने को कहा, जिसमें एक खड़े हुए हवाई जहाज की खिड़कियों के बाहर झाँकते चार चेहरे दिखाई दे रहे थे।

उसने पूछा–मैं यह तो समझ सकती हूँ कि तुमने तीन चेहरे क्यों बनाये; क्योंकि खिड़की से झाँकते यह सिर जोसेफ, मेरी और जीसस के हैं। लेकिन वह चौथा सिर किसका है?

लड़के ने उत्तर दिया–वह पाइलट पोन्टिएस है।"

अब यह सुंदर चित्रण है। इसी को कहते हैं कि सृजनात्मकता क्या होती है। उसने कुछ नई चीज़ खोजी।

लेकिन इसे केवल बच्चे ही कर सकते हैं। तुम्हें ऐसा करते हुए डर लगेगा। तुम्हें ऐसा करना मूर्खतापूर्ण दिखाई देगा। एक सर्जक को, कि वह मूर्ख जैसा दिखाई दे, ऐसा बनना होता है, क्योंकि उसे अपने तथाकथित

सम्मान को दाँव पर लगाना होता है। इसी वजह से तुम देखोगे कि कवि, चित्रकार, नर्तक, संगीतकार ये सभी कोई बहुत सम्मानित लोग नहीं समझे जाते समाज में। और जब वे नोबेल आदि पुरस्कारों से सम्मानित किये जाते हैं, वे फिर और सृजनात्मक नहीं रह जाते। उसी क्षण से उनकी जैसी सृजनात्मकता मिट जाती है।

होता क्या है? क्या तुमने कभी किसी नोबेल पुरस्कार–विजेता को उसी मूल्य की क्या कोई दूसरी चीज़ लिखते देखा है? क्या तुमने कभी किसी सम्मानित व्यक्ति को सृजनात्मक कार्य करते देखा है? वह भयभीत हो जाता है। यदि वह कुछ चीज़ ग़लत करता है, अथवा यदि कुछ चीज़ ग़लत हो जाती है, तो उसकी प्रतिष्ठा का होगा क्या? वह यह बरदाश्त नहीं कर सकता। इसलिए जब कोई कलाकार सम्मान पाने लगता है, वह मृत हो जाता है।

केवल वे ही लोग, जो अपनी प्रतिष्ठा, अपना गर्व और अपना सम्मान बार-बार दाँव पर लगाकर किसी ऐसी चीज़ के लिए अज्ञात में वहाँ जा सकते हैं, जहाँ जाने के बारे में कोई सोच तक नहीं सकता है...। सर्जक और कलाकार हमेशा पागल समझे जाते हैं। संसार उन्हें पहिचानता है, लेकिन बहुत देर से। वे सोचे चले जाते हैं कि उनके साथ कुछ ग़लत है। सर्जक लोग असाधारण और विचित्र होते हैं।

और स्मरण रहे, प्रत्येक बच्चा, एक सर्जक बनने की सभी क्षमताओं के साथ जन्म लेता है। बिना किसी अपवाद के सभी बच्चे सर्जक बनने का प्रयास करते हैं, लेकिन हम उन्हें इसकी आज्ञा नहीं देते। तुरंत ही हम उन्हें किसी चीज़ को करने का ठीक ढंग सिखाना शुरू कर देते हैं–और एक बार वह किसी चीज़ को करने को सीख लेते हैं, वे यंत्र मनुष्य बनकर रह जाते हैं।

तब वे बार-बार उन्हीं चीज़ों को उसी तरीक़े से करते हुए उसे दोहराते रहते हैं, और वे उसे जितना अधिक करते हैं, वे उतने ही अधिक कुशल बनते जाते हैं। और वे जितने अधिक कुशल और योग्य बनते हैं, उनको उतना ही अधिक सम्मानित किया जाता है।

एक बच्चे में सात वर्ष और चौदह वर्ष की आयु में कहीं-न-कहीं एक महान परिवर्तन घटता है। मनोवैज्ञानिक इसकी बाबत अभी भी खोज किए जा रहे हैं...कि ऐसा क्यों घटता है और क्या घटता है आख़िर?

तुम्हारे पास दो मन होते हैं, अर्द्ध गोलार्द्ध होते हैं उसके। मन का बायां अर्द्ध गोलार्द्ध, असृजनात्मक होता है। तकनीकी रूप से वह बहुत अधिक सक्षम होता है, लेकिन जहाँ तक सृजनात्मकता का संबंध है, वह पूरी तरह से बलहीन होता है। वह केवल उसी कार्य को कर सकता है, जिसे एक बार उसने सीख लिया है, और वह उसे बहुत कुशलता और पूर्णता से यांत्रिक ढंग से करता जाता है। यह बायां अर्द्ध गोलार्द्ध तर्क-वितर्क और गणित का भाग है, जिसमें आदेश और अनुशासन का पालन करने के लिए गणनाएँ और चालाकियाँ होती हैं।

मन का दाहिना अर्द्ध गोलार्द्ध, ठीक इसके विपरीत है। इस अर्द्ध गोलार्द्ध में आदेशों का अनुपालन नहीं, एक अव्यवस्था और शून्यता है, यह अर्द्ध गोलार्द्ध गद्य का न होकर कविता का है, इस अर्द्ध गोलार्द्ध में तर्क-वितर्क न होकर प्रेम होता है। इसमें सौंदर्य को सराहने के महान भाव होते हैं, इसमें मौलिकता में जाने की महान-अंतर्दृष्टि होती है लेकिन उसमें उतनी योग्यता नहीं होती, और वह योग्यता हो भी नहीं सकती। एक सतर्क योग्य नहीं बन सकता, क्योंकि उसे प्रयोग करते रहने होते हैं।

एक सर्जक अथवा रचनाकार स्थायी रूप से थिर होकर कहीं बैठ ही नहीं सकता। वह खानाबदोश बनकर अपने कंधों पर डेरा-तंबू लादे हुए आवारा बना घूमता रहता है। हाँ! वह कहीं एक रात के लिए रूक सकता है, लेकिन सुबह होते ही वह फिर चल पड़ता है–इसी वजह से मैं उसे आवारा अथवा फक्कड़ कहता हूँ। वह कभी भी घर बसाकर नहीं रहता। वह स्थायी रूप से कहीं टिक कर बैठ ही नहीं सकता। कहीं स्थायी रूप से बस जाने का अर्थ उसके लिए मृत्यु है। वह हमेशा जोखिम उठाने को तैयार रहता है। जोखिम–उठाना, उसके लिए प्रेम–प्रसंग जैसा है।

लेकिन यह सिर का दायां अर्द्ध गोलार्द्ध है। जब बच्चे का जन्म होता है, तो उसके दाहिने ओर का अर्द्ध गोलार्द्ध ही कार्य करता है और बायां अर्द्ध गोलार्द्ध निष्क्रिय बना रहता है। तब हम बच्चे को अनजाने में,

अवैज्ञानिक रूप से सिखाना शुरू कर देते हैं। युगों से हमने वह तरकीब सीख ली है कि कैसे दायें अर्द्ध गोलार्द्ध से ऊर्जा को हटाकर बायें खंड में स्थानांतरित कर दिया जाए। कैसे दायें खंड को निष्क्रिय बनाकर, बायें खंड को सक्रिय कर दिया जाए। हमारी शिक्षण–संस्थाएँ यही सब कुछ कर रही हैं। किंडरगार्टेन से लेकर विश्‍वविद्यालय तक हमारा पूरा प्रशिक्षण और तथाकथित शिक्षा को सहायता देने का प्रयास है। सात वर्ष से चौदह वर्ष की आयु के बीच हम कहीं-न-कहीं बच्चे की सृजनात्मकता को नष्ट करने और उसे मार देने में सफल हो जाते हैं।

तब बच्चा फिर और अधिक उग्र और असभ्य नहीं रह जाता–वह एक सभ्य नागरिक बन जाता है। तब वह अनुशासन के रास्ते पर चलना सीख जाता है, वह भाषा, तर्कशास्त्र और गद्य सीख जाता है। वह स्कूल में प्रतियोगी और अहंकारी बन जाता है और मानसिक विक्षिप्त होने की वह सारी चीज़ें सीखना शुरू कर देता है, जो समाज में प्रचलित और विद्यमान हैं, उसकी दिलचस्पी अधिक-से-अधिक शक्ति, और धन में हो जाती है, और वह यह सोचना शुरू कर देता है कि कैसे अधिक-से-अधिक धन अर्जित कर सके, कैसे उसके पास एक बड़ा घर हो और अन्य सभी कुछ हो। उसकी ऊर्जा दायें-से-बायें भाग की ओर स्थान बदल लेती हैं।

तब सिर का दायाँ खंड कम-से-कम कार्य करता है–अथवा केवल तभी कार्यरत होता है, जब तुम गहरी नींद में होते हो अथवा स्वप्न देख रहे होते हो। अथवा कभी-कभी वह तब क्रियाशील होता है, जब तुम नशीली दवाओं या कोई ड्रग लेते हो।

पश्चिम में नशीली दवाओं की माँग सर्वाधिक पूरी इसीलिए है, क्योंकि पश्चिम मस्तिष्क के दायें खंड को पूरी तरह नष्ट करने में सफल हो चुका है। पश्चिम बहुत अधिक शिक्षित हो गया है–इसका अर्थ है कि वह बायीं ओर अपनी पराकाष्ठा पर पहुँच गया है। अब इस बात की कोई संभावना प्रतीत नहीं होती, जब तक कि नये तरीके शुरू न किए जाएँ जो स्कूल, कॉलेज और विश्वविद्यालययों में, शिक्षा व्यवस्था को नया जीवन देकर, मस्तिष्क के दायें खंड को सक्रिय बनाने में सहायक हो सकें, और तब तक नशीली दवाएं भी कहीं जाने वाली नहीं। अकेले कानून बनाकर ही नशीली

दवाओं का चलन रोका नहीं जा सकता। उस कानून को प्रभावी बनाकर उसे क्रियान्वयन बनाने का कोई मार्ग है ही नहीं, जब तक कि आंतरिक संतुलन दाहिने खंड में फिर से उत्पन्न न किया जाए।

नशीली दवा या ड्रग के प्रभाव से तुम्हारी चेतना का गियर तुरंत बदल जाता है, मस्तिष्क के बायें खंड से तुम्हारी ऊर्जा दाहिने खंड की ओर जाने लगती है। नशीली दवा या ड्रग यही सब कुछ कर सकता है। यही काम सदियों तक शराब करती रही है, लेकिन अब इससे कहीं अधिक बेहतर ड्रग्ज उपलब्ध हैं–एल. एस. डी., मारिजुआना और सीलोसाइबीन जैसे ड्रग, और भविष्य में इससे भी बेहतर नशीली दवाएं उपलब्ध होंगी।

और इसके लिए अपराधी यह नशीली दवाएं लेने वाले लोग नहीं हैं, अपराधी हैं–राजनीतिज्ञ और शिक्षाविद। ये लोग अपराधी इसलिए हैं क्योंकि इन्होंने मनुष्य के मस्तिष्क को उस पराकाष्ठा तक बायीं ओर पहुँचा दिया है, कि वहाँ अब विद्रोह करने की जरूरत ही महसूस नहीं होती। और आवश्यकता बहुत बड़ी है, क्योंकि मनुष्य के जीवन से काव्य पूरी नष्ट होकर मिट चुका है, उसके जीवन में न तो सौंदर्य रह गया है और न प्रेम...केवल उन्हें धन की शक्ति ही अपनी ओर खींचती है और केवल वे ही लोग परमात्मा बन गये हैं।

बिना प्रेम के, बिना काव्य के, बिना प्रसन्नता के और बिना उत्सव आनंद के, मनुष्यता कैसे जीवित बनी रह सकती है? और बहुत अधिक समय तक नहीं। और पूरे विश्व में नई पीढ़ी, तुम्हारी तथाकथित शिक्षा प्रणाली की मूर्खता को दिखलाते हुए एक बहुत बड़ी सेवा कर रही है। यह मात्र कोई संयोग नहीं है कि नशीले ड्रग लेने वाले लोग लगभग हमेशा समाज से बाहर हो जाते हैं। वे कालेज और विश्वविद्यालय में नहीं रह गये हैं। यह कोई संयोग नहीं है–यह एक ही विद्रोह का भाग है।

और एक बार कोई नशीली दवा या ड्रग का आनंद लेना सीख जाए, उसके लिए उसे छोड़ना बहुत कठिन हो जाता है। ड्रग्ज केवल तभी छोड़े जा सकते हैं, यदि उससे बेहतर ऐसा रास्ता खोजा जा सके, जो तुम्हारे अंदर के काव्य को मुक्त कर सके। ध्यान एक बेहतर विधि है–जो किसी तरह के रासायनिक नशे से बहुत कम हानिकारक और विध्वंसक है। वास्तव

में वह हानिकारक है ही नहीं, वह तो जैसे एक वरदान और आशीर्वाद है। ध्यान भी वैसा ही कार्य करता है–वह तुम्हें मन को बायें अर्द्ध गोलार्द्ध से दायें खंड की ओर ले जाता है। इससे तुम्हारे अंदर की सृजनात्मक क्षमता मुक्त होती है।

नशीली दवाओं के द्वारा इस संसार में जो एक महान संकट उत्पन्न होने जा रहा है, उससे केवल एक ही चीज़ से बचा जा सकता है–और वह है ध्यान। उसके अतिरिक्त अन्य कोई उपाय नहीं है। यदि ध्यान अधिक-से-अधिक सामान्य जीव में प्रयुक्त किया जाए, और लोगों के जीवन में अधिक-से-अधिक प्रविष्ट हो जाए, तो नशीली दवाएँ लुप्त हो जाएँगी। और शिक्षा का प्रारंभ भी इस तरह का जरूरी हो जाएगा, जो मस्तिष्क के दाहिने खंड के विरोध में कार्यरत न हो।

यदि बच्चों को यह सिखाया जाए कि दोनों ही खंड मन के ही हैं, और यदि उन्हें यह सिखाया जाए कि दोनों ही खंडों का प्रयोग किस तरह किया जाए, और यदि उन्हें सिखाया जाए कि कब किस खंड का प्रयोग किया जाए...वहाँ कुछ स्थितियाँ ऐसी होती हैं, जब मस्तिष्क के केवल बायें खंड की ही आवश्यकता होती है, जब तुम्हें बाजार के बीच में अथवा प्रतिदिन के व्यापारिक जीवन में हिसाब–किताब और गणना करने की जरूरत होती है। और वहाँ ऐसा भी वक्त होता है, जब तुम्हें दाहिने खंड की आवश्यकता होती है।

और सदा स्मरण रहे, कि दाहिना खंड, साध्य है और मस्तिष्क का बायाँ खंड साधन है। बायें खंड को दायें खंड का आदेश मानते हुए उसकी सेवा करना है, दाहिना खंड ही मालिक है–क्योंकि तुम धन इसीलिए अर्जित करते हो, क्योंकि तुम जीवन में उत्सव आनंद चाहते हो। तुम अपने बैंक खाते में एक निश्चित और बड़ी धनराशि चाहते हो, जिससे तुम प्रेम कर सको। तुम केवल इसीलिए कार्य करते हो जिससे तुम जीवन आनंद से व्यतीत कर सको, फिर लक्ष्य भी एक खेल बन जाता है। तुम कार्य केवल इसीलिए करते हो, जिससे तुम विश्रामपूर्ण हो सको। फिर विश्रामपूर्ण होना ही लक्ष्य रह जाता है, कार्य करना लक्ष्य नहीं रहता।

अतीत के प्रभाव से ही कार्य करना, जो एक नैतिक कर्त्तव्य बन जाता है, उसी को छोड़ना है। और इसीलिए आज की दुनिया की शिक्षा प्रणाली को एक प्रामाणिक क्रांति से होकर गुजरना होगा। लोगों पर बल प्रयोग नहीं करना चाहिए। बच्चों पर तोता रटंत दोहराने की शिक्षा प्रणाली को बलात् नहीं थोपना चाहिए।

तुम्हारी किस तरह की है यह शिक्षा प्रणाली? क्या तुमने उसमें कभी झाँक कर उसे देखा है और उस पर विचार किया है यह पूरी तरह से याद करने का प्रशिक्षण है। तुम उसके द्वारा बुद्धिमान न बनकर अधिक-से-अधिक बुद्धू ही बनते हो। तुम बेवकूफ ही बनते हो।

प्रत्येक बच्चा जब स्कूल में प्रवेश करता है, बहुत अधिक बुद्धिमान होता है, लेकिन ऐसा बहुत कम होता है, कि जब कोई व्यक्ति विद्यालय से शिक्षा पूरी कर बाहर आता है, तो वह उस समय भी बुद्धिमान हो, ऐसा होना बहुत दुर्लभ होता है। विश्वविद्यालय लगभग हमेशा सफल होते हैं। हाँ! तुम वहाँ से डिग्रियाँ लेकर बाहर आते हो, लेकिन तुम उन उपाधियों को बहुत बड़ी कीमत देकर खरीदते हो; तुम अपनी प्रज्ञा खो देते हो, तुम अपना आनंद खो देते हो, तुम अपना लगभग जीवन ही खो देते हो—क्योंकि तुमने अपने मस्तिष्क के दाहिने खंड के कार्य करने की क्षमता ही खो दी है।

और तुमने वहाँ आख़िर सीखा क्या है? तुमने केवल सूचनाएँ इकट्ठी की हैं। तुम्हारा मन स्मृतियों से भरा हुआ है। तुम स्मृति को दोहरा सकते हो, तुम उसे ज्यों-का-त्यों प्रस्तुत कर सकते हो—और यही सब कुछ तुम्हारी परीक्षाओं में होता है। वही व्यक्ति सबसे अधिक बुद्धिमान समझा जाता है, जो उन सभी जानकारियों का, जो उसके मन में ठूसी गयी हैं, वमन कर सके। पहिले तो उसे उस ज्ञान को बलपूर्वक निगलना होता है, वह सूची निगलता ही चला जाता है, और तब परीक्षा का प्रश्न पत्र हल करते हुए उसे वह सब कुछ उगलना होता है। यदि तुम योग्यतापूर्वक वमन कर सकते हो, तो तुम बुद्धिमान हो। यदि तुमने ठीक-ठीक उसी चीज़ को ज्यों-का-त्यों उगल दिया, जो तुम्हें निगलने को दी गई थी, तो तुम बुद्धिमान कहे जाते हो।

लेकिन इसमें समझने की थोड़ी-सी बात यह भी है, कि तुम केवल उसी चीज़ को वमन द्वारा ज्यों-का-त्यों बाहर निकाल सकते हो, जिसे तुमने पचाया न हो। यह बात भूलने जैसी नहीं है। यदि तुमने उस बात को पचा लिया है, तो तुम उसी चीज़ को ज्यों-का-त्यों वमन नहीं कर सकते, फिर जो बाहर निकलेगा, वह कुछ और ही होगा। दमित क्रोध तो बाहर आ सकता हैं लेकिन वह वृंदावन रेस्टोरेंट की डबल रोटी जैसा नहीं होगा। वह बाहर ही नहीं आएगा। वह तो उदर में जाकर मिट गया, इसलिए तुम्हें उसे बिना पचाय, पूरी तरह अपने उदर में ज्यों-का-त्यों बनाए रखना होगा। तब तुम लोगों के ख्याल में बहुत-बहुत बुद्धिमान होंगे। सबसे अधिक बुद्धिमान बनने का यह विचार ही सबसे अधिक मूर्खतापूर्ण है। यह बहुत दुःख की बात है और बहुत खेदजनक स्थिति है।

एक प्रज्ञावान व्यक्ति अपने को इस स्थिति के अनुकूल नहीं बना पाता। क्या तुम यह बात जानते हो कि अल्बर्ट आइंसटीन, हाई स्कूल की परीक्षा उत्तीर्ण न कर सका। इतनी अधिक सृजनात्मक बुद्धि का व्यक्ति उसके लिए इतने अधिक मूर्खतापूर्ण ढंग से आचरण करना, जिसे प्रत्येक व्यक्ति कर रहा था, बहुत कठिन था।

स्कूल, कॉलेज और विश्वविद्यालय में तुम्हारे वे सभी तथाकथित स्वर्ण विजेता न जाने कहाँ खो गये? वे कभी भी किसी कार्य के लिए अपने को उपयोगी होना सिद्ध न कर सके। स्वर्ण पदकों के साथ ही उनकी गरिमा और गौरव का अंत हो जाता है। अब वे स्वयं अपने को कहीं भी होने का अनुभव नहीं करते। वे किसी भी चीज़ से जीवन का ऋण चुका नहीं पाते।

इन लोगों के साथ आख़िर होता क्या है? तुमने ही उन्हें नष्ट कर दिया है। उन्होंने प्रमाण-पत्र तो खरीद लिए हैं, लेकिन उन्हें पाने के लिए उन्होंने सभी कुछ खो दिया है। अब वे अपनी डिग्री और प्रमाण-पत्र अपने साथ लिए हुए घूम रहे हैं।

इस तरह की पूरी शिक्षा-प्रणाली को ही बदलना है। स्कूल की कक्षाओं में कहीं अधिक प्रसन्नता लाये जाने की आवश्यकता है, विश्वविद्यालय में कहीं अधिक नृत्य, अधिक काव्य; अधिक सृजनात्मकता, कहीं अधिक प्रज्ञा

और अव्यवस्था लाने की आवश्यकता है। स्मृति पर आश्रित रहकर जीना छोड़ना ही होगा।

लोगों को अधिक प्रज्ञावान बनाने के लिए उनका निरीक्षण करते हुए उनका सहायक बनना चाहिए। जब एक व्यक्ति नये तरह से प्रत्युत्तर देता है, तो उसे उचित मूल्य देना ही चाहिए। वहाँ उसका कोई ठीक उत्तर नहीं होगा। वहाँ केवल या तो बेवकूफी भरा उत्तर होगा अथवा बुद्धिमत्तापूर्ण। ठीक और ग़लत का पूरी तरह से वर्गीकरण करना ही ग़लत है, क्योंकि वहाँ न तो कोई उत्तर ठीक है और न ग़लत। या तो वह उत्तर मूढ़तापूर्ण है और फिर से दोहराया जाने वाला पुराना उत्तर ही है, अथवा वह उत्तर बुद्धिमानीपूर्ण और सृजनात्मक है। यदि दोहराया जाने वाला उत्तर ठीक भी लग रहा हो, फिर भी उसे अधिक मूल्य नहीं देना चाहिए, क्योंकि वह उत्तर पुराना है। प्रज्ञा से दिया जाने वाला उत्तर भले ही पूरी तरह ठीक न भी हो, और हो सकता है कि वह पुराने विचारों के अधिक अनुकूल न हो उसकी प्रशंसा करनी चाहिए, क्योंकि वह नया है। उससे प्रज्ञा प्रदर्शित हो रही है।

तुम मुझसे पूछ रहे हो—मैं सृजनात्मक बनना चाहता हूँ, मुझे क्या करना चाहिए?

समाज ने तुम्हारे साथ जो कुछ भी किया है, उसे अनकिया करना है; वह सब कुछ जो तुम्हारे माता-पिता और शिक्षकों ने तुम्हारे साथ किया है, उसे अनकिया करना है; तुम्हारे अंदर सूक्ष्म पुलिसमैन बनकर, जो कुछ पुजारी, पुरोहितों और राजनीतिज्ञों ने तुम्हारे साथ किया है, उसे अनकिया करते हुए तुम्हें फिर से अधिक सृजनात्मक बनना होगा, तुम्हें फिर से वह उल्लास और उमंग अपने अंदर उत्पन्न करनी होगी, जो बिल्कुल प्रारंभ ही से तुम्हारे पास थी। वह दमित बनकर अभी भी तुम्हारे अंदर बैठी तुम्हारी प्रतीक्षा कर रही है। उस ग्रंथि को सुलझाते हुए तोड़ा जा सकता है।

और जब वह सृजनात्मक-ऊर्जा तुम्हारे अंदर से मुक्त होगी, तुम तभी धार्मिक बनोगे। मेरे देखे—एक धार्मिक मनुष्य वही है, जो सृजनात्मक है। प्रत्येक व्यक्ति सृजनात्मक होकर ही उत्पन्न होता है; पर बहुत थोड़े से लोग सृजनात्मक रह पाते हैं।

इस जाल से बाहर अपना, यह तुम पर ही निर्भर करता है। तुम ऐसा कर सकते हो। निश्चित रूप से तुम्हें साहस की जरूरत होगी, क्योंकि जब तुम उसे अनकिया करने का प्रयास शुरू करोगे, जो समाज ने तुम्हारे साथ किया है, तो तुम्हें अपने सम्मान को खोना होगा। तुम फिर समाज में सम्मानित नहीं समझे जाओगे। तुम कुछ-कुछ पागल जैसे लगने लगोगे, तुम लोगों को आधे पागल जैसे लगोगे। तम एक सनकी बेचारे व्यक्ति दिखाई दोगे। लोग तुम्हारे बारे में सोचेंगे—"इस बेचारे व्यक्ति के साथ कुछ चीज़ ग़लत हो गयी हैं।" ऐसा करना सबसे बड़ा साहस का काम होगा—एक ऐसे जीवन में प्रवेश करना, जहाँ लोग तुम्हें आधा पागल समझना शुरू कर दें, सचमुच एक साहसी कदम है।

कठिनाइयाँ तो वहाँ जरूर होंगी। तुम इंदीवर से पूछ सकते हो। वह आस्ट्रेलिया से आया है। वह वहाँ का प्रसिद्ध मनोविश्लेषक था और बीस वर्षो तक यह कार्य करता रहा और अब यह स्वयं अधिक मुसीबत में है। उसकी पत्नी सोचती है कि वह पागल हो गया है, उसके बच्चे तक यह संदेह करते हैं कि उनके डैडी पागल हो गये हैं, उनके सहयोगी तक उनसे अब कोई सहानुभूति नहीं करते—सम्मान करने का तो कोई प्रश्न ही नहीं उठता वहाँ, यहाँ तक कि किसी को भी उनसे सहानुभूति तक नहीं है। उन चिकित्सालय के स्वामी, जहाँ वह कार्य करता था, उसे किसी भी क्षण निकालने को तैयार बैठे हैं। और वह पहिली बार ही इतना प्रसन्न है, और यहाँ वह जो कुछ भी कर रहा है उससे उसे पहिली बार ही इतनी अधिक प्रसन्नता का अनुभव हो रहा है, और पहिली बार ही उसे यह अनुभव हो रहा है। कि उसके मस्तिष्क की दाहिने खंड की चीज़ मुक्त हो रही है।

जब परसों रात वह मेरे पास आया, और जब मैंने उसके सिर का स्पर्श किया तो मैंने ऊर्जा के स्थान बदलने को महसूस किया। अब उसके बायें खंड में नहीं वह खंड दाहिना है, जहाँ अधिक ऊर्जा घूम रही है। उसका काव्य वापस लौटने लगा है। वह फिर से एक निर्दोष शिशु जैसा बन गया है।

लेकिन यह स्वाभाविक है कि तुम्हें जोखिम तो उठानी ही होगी। यदि तुम सृजनात्मक बनना चाहते हो, तो तुम्हें जोखिम तो लेनी ही होगी, लेकिन

उसका अपना मूल्य है। थोड़ी-सी सृजनात्मक पाना, इस पूरे संसार के राज्य पाने से भी कहीं अधिक मूल्यवान है। किसी भी नई चीज़ के सृजन करने से जो आनंद मिलता है, वह सृजन चाहे किसी भी चीज़ का हो, वह एक छोटा-सा गीत लिखने का हो, या एक छोटे-से चित्र बनाने का हो, अथवा कोई भी हो...जब भी तुम कोई चीज़ नयी बनाते हो, तो तुम उस सृष्टा के साथ सहभागी बनते हो, क्योंकि परमात्मा के साथ लयबद्ध हो जाते हो। जब वास्तव में तुम किसी चीज़ का सृजन करते हो, तुम्हारे माध्यम से परमात्मा ही वह सृजन करता है–और इसी कारण महान आनंद की वर्षा हो जाती है और जब तुम कोई चीज़ दोहराते हो, तुम अकेले ही उसे दोहराते हो। परमात्मा वहाँ होता ही नहीं। तुम जैसे एक मरुस्थल में होते हो; तुम एक मशीन जैसे होते हो। जब तम किसी चीज़ का सृजन करते हो, तो प्रामाणिक रूप से परमात्मा तुम्हारे हृदय में प्रवेश करता है। तुम खाली बाँस की एक पोंगरी बन जाते हो, और वह स्वयं बाँसुरी बनकर उसे बजाना शुरू कर देता है। एक महान गीत का सृजन तभी संभव हो सकता है।

प्रत्येक व्यक्ति अपने साथ वही गीत लिए हुए ही चल रहा है, और जब तक वह उस गीत को गा नहीं लेता, वह कभी भी पूर्णता का अनुभव न कर सकेगा।

मेरा संन्यास और कुछ भी नहीं, बल्कि वह तुम्हें सृजनात्मक बनाने की एक दीक्षा है, वह तुम्हारा खतरों में प्रविष्ट होने जैसा है, वह एक ऐसे नई तरह के जीवन में तुम्हें प्रवेश करना है, जो आज तक तुम्हें कभी सिखाया नहीं गया, और वास्तव में यह दीक्षा, प्रत्येक उस चीज़ के विरुद्ध है, जो तुम्हें सिखाई गई है।

मेरा पूरा संघर्ष इस तथाकथित मानसिक रूप से रुग्ण समाज के विरुद्ध है। मैं तुम्हें फिर से अशिक्षित बनाना चाहता हूँ।

• चौथा प्रश्न–स्वयं अपनी ही आत्मा को खोज पाना इतना अधिक कठिन क्यों है?

उत्तर–क्योंकि तुम अंदर से मुड़कर बाहर आ गये हो। क्योंकि तुम्हारी आँखें लकवाग्रस्त बन गयी हैं। वे केवल बाहर ही देख सकती हैं। तुम पीछे

मुड़कर या अपने ही अंदर नहीं देख सकते। तुम्हारी गर्दन में वह लचीलापन ही नहीं रह गया है। तुम स्वयं अंदर अपनी आत्मा में ही प्रवेश नहीं कर सकते–वह सब कुछ जो तुम जानते हो, वह तुम्हें बाहर ही ले जाती है।

तुम सोचने-विचारने में बहुत-बहुत योग्य बन गये हो–यह सोच-विचार ही तुम्हें बाहर ले जाता है। अंदर जाने, और स्वयं को जानने के लिए, निर्विचार होने की आवश्यकता है। अब यह असंभव प्रतीत होता है पूरे जीवन के प्रशिक्षण में, तुम्हारे अंदर सोच-विचार का एक ऐसा थिर ढाँचा बैठ गया है, कि जब तुम्हें सोचने की कोई जरूरत भी नहीं होती, तुम तब भी सोचे चले जाते हो। तुम शांत होकर मौन बैठना चाहते हो, लेकिन मन चटर-पटर करता रहता है। तुमने इस चटर-पटर करने का बहुत लंबा अभ्यास किया है। वह तुम्हारे रक्त में चला गया है। इसी वजह से वह कठिन प्रतीत होता है, अन्यथा पूरे विश्व में यह सबसे अधिक आसान चीज़ है। यह सबसे अधिक आसान इसलिए होना चाहिए, क्योंकि तुम स्वयं किसी भी अन्य चीज़ की अपेक्षा अपने ही सबसे अधिक निकट हो तो वह एक लंबी यात्रा है। यदि तुम परमात्मा को जानना चाहते हो, तो कोई भी नहीं जानता कि वह कहाँ छिपा हुआ है, और उसे कहाँ खोजा जाए, और क्या है उसका पता-ठिकाना?

लेकिन यदि तुम स्वयं अपने को ही जानना चाहते हो, तो इसमें कोई समस्या नहीं होनी चाहिए। तुम स्वयं ही अपना अस्तित्व हो। तुम वहाँ पहिले ही से हो, जहाँ तुम्हारा अस्तित्व है, यदि तुम उसे ही नहीं जान सकते, तो इसके अतिरिक्त तुम क्या और जान सकते हो, और क्या कुछ और कर सकते हो? स्वयं के बारे में, अपनी आत्मा के बारे में जानना, सबसे अधिक आसान चीज़ होनी चाहिए। लेकिन यह सर्वाधिक कठिन इसलिए बन गया है, क्योंकि तुम्हें यह प्रशिक्षण दिया गया है कि तुम अपनी आँखों को बाहर की ओर केंद्रित करो।

मैंने सुना है...

शरलॉक होम्स स्वर्ग पहुँचा। सभी देवदूत उससे मिलने के लिए एक साथ बाहर आये। परमात्मा ने भी अपने सिद्धांत से नीचे उतरकर उसका स्वागत किया।

उन्होंने कहा–"होम्स! हमारे पास यहाँ एक छोटा-सा रहस्य है, और तुम सुलझाने में और हमारी सहायता करने में समर्थ भी हो। आदम और ईव लगता है कहीं गायब हो गये हैं। कोई भी अनंत समय से उनकी वास्तविक स्थिति जानने में समर्थ न हो सका है। यदि तुम हमारे लिए उन्हें प्रकट करना संभव बना सको..."

होम्स ने वहाँ इकट्ठे हुए दो भयभीत और आश्चर्यचकित देवदूतों को एक किनारे खींचते हुए उन्हें परमात्मा के सामने प्रस्तुत करते हुए कहा–"यहाँ हैं ये दोनों।" आदम और ईव ने अपनी पहिचान को स्वीकार करते हुए कहा–"हम लोग यहाँ प्रत्येक नये देवदूत द्वारा तीखी निंदा भरी टकटकी लगाकर देखने वाली दृष्टि और उन्हें अपना ओटोग्राफ देते-देते आजिज आ भेष बनाकर अलग-अलग नाम रख लिए और हमें यहाँ फिर वास्तविक देवदूत ही मान लिया गया। और इसी तरह हम यहाँ बने भी रहते यदि इस होशियार जासूस ने हमें पहिचान न लिया होता।"

परमात्मा ने आश्चर्यचकित होकर पूछा–"आख़िर तुमने इसे किया कैसे?"

होम्स ने कहा–"हे मेरे प्यारे महाप्रभु! बहुत सरल बात है–उनके सभी अंगों को देखकर। यहाँ केवल दो ही लोग ऐसे हैं, जिनकी नाभि से खाल का डोरा नहीं लटक रहा है।"

हाँ! स्वयं को जान लेना बहुत प्राथमिक चीज़ है। यह बहुत कठिन नहीं है। यह कठिन हो भी नहीं सकता। तुम्हें सभी तरीक़ों को अनसीखा करना होगा। यह जानने के लिए कि तुम कौन हो, तुम्हें कोई भी चीज़ सीखने की कोई जरूरत नहीं है, तुम्हें केवल थोड़ी-सी चीज़ों को अनसीखा करना होगा।

सबसे पहिले तो तुम्हें चीज़ों से संबंध जोड़ लेने की, उनसे तादात्म्य स्थापित कर लेने की बात भूलनी होगी, और दूसरी बात यह है कि तुम्हें विचारों से तादात्म्य जोड़ने की बात अनसीखी करनी होगी और तीसरी बात जो स्वयं अपने आप स्वतः घटती है, वह है–साक्षी होना।

मैं इसे कुछ इस तरह से स्पष्ट करना चाहूँगा...तुम्हारे जीवन में तीन चीज़ें हैं।

सबसे बाहरी किनारे या परिधि पर वस्तुओं से भरा संसार है, जिसे ज़ेन लोग 'दस हज़ार चीज़ों का संसार' कहते हैं। सबसे बाहर के किनारे, परिधि– और सतह पर लाखों करोड़ों चीज़ें हैं। तब केंद्र और परिधि के मध्य में वहाँ विचार, कामनाएँ, सपने, स्मृतियाँ, कल्पनाएँ और मन हैं। यदि इस संसार को दस हजार चीज़ों का संसार कहा जाता है, तो मन को दस करोड़ विचारों का संसार कहना चाहिए।

और इसकी कुंजी एक ही है, सबसे पहिले तुम चीज़ों का निरीक्षण करना शुरू करो। शांत बैठ जाओ, एक वृक्ष की ओर देखो, केवल उसका निरीक्षण करते रहो, उसके बारे में कुछ सोचो मत। यह भी मत कहो–यह सुंदर है या असुंदर। यह भी मत कहो–यह हरा है अथवा शुष्क। उसके बारे में विचार की तरंगें उत्पन्न ही मत करो, बस केवल वृक्ष की ओर देखते ही रहो, यही सब कुछ ध्यान सदियों से करता आ रहा है। वे एक चीज़ का चुनाव करते थे–एक दीये की एक छोटी-सी ज्योति हो सकती है–और वे शांत बैठकर उसकी ओर देखते रहेंगे। वे आख़िर क्या कर रहे हैं? उस ज्योति का ध्यान से कोई लेना-देना नहीं है। वह तो एक साधन है, वे केवल एक ही प्रयास कर रहे हैं–उस ज्योति की ओर देखे चले जाना और उस बिंदु पर आ जाना, जहाँ जलती ज्योति के बारे में कोई भी विचार तरंग तक न उठे। वहाँ ज्योति जल रही हैं, यहाँ तुम बैठे हुए हो, और कोई भी विचार उत्पन्न नहीं हो रहा है।

तुम किसी भी चीज़ की ओर देखते हुए इसे कहीं भी कर सकते हो। केवल एक ही चीज़ याद रखना है–जब भी कोई विचार आता है, उसे उठाकर एक किनारे रख दो, उसे धकिया दो, और फिर उस चीज़ की ओर देखने लगो। शुरू में यह कठिन लगेगा लेकिन कुछ समय बाद, कुछ अंतराल आने शुरू हो जाएंगे। वहाँ ऐसे भी क्षण आएँगे जब तुम वृक्ष को देखते रहोगे और वहाँ कोई भी विचार न होंगे–और तुम्हें उस साधारण से प्रयोग द्वारा महान आनंद का अनुभव होगा। घटा कुछ नहीं है। केवल विचार नहीं रहे वहाँ, तुम भी हो वहाँ, वह वृक्ष भी है वहां, और तुम दोनों के मध्य वहाँ एक खाली स्थान है।

उस खाली स्थान में इधर–उधर बिखरे विचार नहीं हैं। अचानक अकारण ही, जिसका कोई दृश्य कारण नहीं होता, वहाँ एक महान आनंद का अनुभव होता है। तुमने यह पहिला रहस्य अब सीख लिया।

तब इसका प्रयोग और भी सूक्ष्म रूप में करना है। चीज़ें बहुत अधिक हैं चारों ओर, इसीलिए मैं कहता हूँ कि शुरुआत किसी चीज़ से करो। तुम अपने कमरे में बैठ कर किसी फोटो या चित्र की ओर देख सकते हो, स्मरण रखने की केवल एक ही बात है, कि उसके बारे में सोचना या विचार नहीं करना है। बिना विचार के उसे केवल देखते रहना है। धीमे-धीमे ऐसा होने लगता है। बिना किसी विचार के अपनी मेज़ को ही देखते रहो और धीमे-धीमे तुम्हें लगेगा कि मेज़ भी वहीं है और तुम भी वहीं हो, लेकिन तुम दोनों के बीच कोई विचार नहीं है–और तभी अचानक प्रसन्नता घटती है।

आनंद और प्रसन्नता, निर्विचार होने के कारण होती है। प्रसन्नता वहाँ पहिले ही से थी, लेकिन वह बहुत से विचारों के पीछे दबी हुई थी। जब वहाँ विचार न रहे, तो वह प्रकट होकर सतह पर आ गई।

जो चीज़ें बहुतायत में हैं, उनमें से किसी के साथ शुरुआत करो। तब, जब तुम उसके साथ लयबद्ध हो जाओ, और जब तुम्हें उन क्षणों का अनुभव होना शुरू हो जाए, जब विचार विसर्जित हो जाएँ और केवल वहाँ चीज़ें ही रह जाएँ, तब दूसरी चीज़ करना शुरू करो। अब अपनी आंखें बंद कर लो और किसी भी विचार के बारे में बिना कुछ भी सोचे हुए। तुम्हारे मन के स्क्रीन पर कोई चेहरा उभरे अथवा विचार का कोई बादल अथवा कोई भी चीज़ दिखाई दे,...बिना कोई भी विचार किए उसे देखते रहो।

यह पहिले प्रयोग से थोड़ा-सा कठिन होगा, क्योंकि चीज़ें थोक में बहुत अधिक हैं और विचार बहुत सूक्ष्म हैं। लेकिन यदि पहिले प्रयोग में कुछ घटता है, तो दूसरे में भी घटेगा–केवल समय की जरूरत होगी। अपने विचारों को देखते रहो। कुछ समय बाद...यह तुम पर निर्भर करता है–यह कुछ हफ्तों में घट सकता है, यह कुछ महीनों में घट सकता है, इसे घटने में वर्षों लग सकते हैं–यह सभी कुछ तुम्हीं पर निर्भर है, कि तुम कितने संकल्प

से, कितने पूरे हृदय से उसे करते हो। तब एक दिन अचानक ऐसा आता है कि विचार वहाँ नहीं होते, और तुम अकेले ही होते हो।

किसी वस्तु के साथ विचार विसर्जित हो जाते हैं...तुम वहाँ थे, और वस्तु भी वहाँ थी, वहाँ पदार्थ भी था और उस पदार्थ के विषय में विचार करने वाला भी वहाँ था, वहाँ द्वैतता थी। जब विचार विसर्जित हो गये और तुम पूरी तरह से अकेले रह गये, केवल व्यक्तिकता अकेली रह गयी, तो सब बहुत बड़े आनंद से घटता है, पहिले प्रयोग के आनंद से, जब वृक्ष वहां था और विचार विसर्जित हो गये थे, यह आनंद हज़ार गुना अधिक होता है। यह आनंद इतना अधिक बढ़ जाएगा कि तुम्हें लगेगा जैसे आनंद की बाढ़ आ गयी हो।

यह दूसरा कदम है। जब यह घटना शुरू हो जाए, तब तीसरी चीज़ करो–निरीक्षण करने वाले का निरीक्षण करो। अब वहाँ कोई वस्तु नहीं है। चीज़ें अलग पीछे छूट गयी; विचार भी विसर्जित हो गये, अब तुम अकेले ही रह गये। अब तुम पूरी तरह से देखने वाले द्रष्टा को देखते रहो, तटस्थता से इसे देखने वाले साक्षी बन जाओ। शुरू में यह कुछ कठिन लगेगा, क्योंकि हम केवल यही जानते हैं कि किसी वस्तु को कैसे देखा जाए, एक वस्तु और एक विचार को। कम-से-कम देखने के लिए कुछ चीज़ तो हैं, कोई विचार तो है। अब वहाँ कुछ भी नहीं है–न कोई वस्तु और न कोई विचार, वहाँ पूरी तरह शून्यता है। केवल देखने वाला द्रष्टा ही बचा रह गया है। अब तुम्हें स्वयं अपनी आत्मा या अस्तित्व की ओर ही मुड़ना है।

जीसस के कहने का यही अर्थ होता है, जब वह कहते हैं–**रूपांतरण या धर्मांतरण**–स्वयं अपनी ओर ही मुड़ना। जब महावीर कहते हैं–**प्रतिक्रमण**–तब उनके कहने का यही अर्थ होता है। पतंजलि इसी को '**प्रत्याहार**' कहते हैं–स्वयं अपनी आत्मा की ओर मुड़ जाना। और यही है वह जिसके लिए सूफ़ी '**शहादा**' शब्द का प्रयोग करते हैं–देखने वाले का साक्षी बन जाना। यह सभी से अधिक गुप्त कुंजी है। तुम्हें वहाँ केवल अकेला ही होना होता है। जो शेष रह जाता है, तब एक क्षण ऐसा आता है, जब उस पूरी तरह के अकेलेपन में वह अचानक घटता है। उसे घटना ही होता है। यदि पहिली

दो चीज़ें घट जाएँ, तो तीसरी चीज़ घटेगी ही–तुम्हें इस बारे में चिंता करने की जरूरत ही नहीं।

जब यह घटता है, तब पहिली बार तुम यह जानते हो कि आनंद क्या होता है? वे सभी आनंद, जो तुमने इससे पूर्व जाने हैं–वह आनंद जब वृक्ष वहाँ था और विचार विसर्जित हो गये थे; और उस आनंद का घटना, जब विचार विसर्जित हो गये थे और तुम केवल अकेले रह गये थे। ...हाँ! वह दूसरा आनंद पहिले वाले आनंद से हज़ार गुणा अधिक था, लेकिन अब जो कुछ भी घटता है, वह न केवल मात्रात्मक रूप में भिन्न होता है, वह गुणात्मक रूप से भी पूरी तरह भिन्न होता है। अब तुम पहिली बार उसे जानते हो, जिसे हिंदू 'परमानंद' या प्रामाणिक आनंद कहते हैं। वे सभी आनंद जो तुमने इससे पूर्व जाने थे, वे सभी इसके आगे फीके पड़ जाते हैं। वे आनंद जो तुम्हे पहिले घट रहे थे, वे भी कुछ चीज़ें तो थीं ही, लेकिन अब घटने वाला यह आनंद पूरी तरह अलग है। यह तुम्हें स्वयं अपनी ही आत्मा का स्वाद मिला है, यह तुम्हारा अपना '**स्वभाव**' है, यह तुम्हारी आंतरिक प्रकृति है।

यह तुम्हें घटने वाली कुछ ऐसी चीज़ नहीं है, जो तुमसे छीनी जा सके। अपने प्रामाणिक अस्तित्व के साथ यह तुम ही हो। यह तुम्हारी ही अपनी आत्मा है, जिसे तुमसे कोई भी दूर नहीं ले जा सकता। अब इसे खो देने का कोई उपाय ही नहीं है। अब तुम घर वापस लौट आये हो।

इसलिए तुम्हें सभी चीज़ों को और विचारों को अनसीखा करना होगा। पहिले चारों ओर प्रकृति में फैली सभी स्थूल वस्तुओं और पदार्थों का निरीक्षण करो, तब सूक्ष्म विचारों का, और तब उसका, जो उसके भी पार है, स्थूल और सूक्ष्म के भी पार है।

• पाँचवाँ प्रश्न–भगवान! क्या आपके मज़ेदार चुटकुले हास्य बिखेरने के लिए ही हैं, अथवा आप मनोरंजन के लिए उन्हें सुनाते हैं? बहरहाल, वे जैसे भी हैं, हम उन्हें प्रेम करते हैं।

उत्तर–मेरे लिए पूरा जीवन ही एक प्रहसन है और मैं प्रत्येक चीज़ को मज़ेदार ही पाता हूँ। यह सभी कुछ कितना विचित्र और हास्यास्पद

है। लेकिन स्मरण रहे, मैं तुम्हारे मनोरंजन या हास्य प्रवृत्ति को जागृत करने के लिए चुटकुले नहीं सुनाता हूँ। मैं किसी भी तरह से उन्हें तुम्हारे मानसिक भोजन की भाँति भी नहीं परोसता हूँ। और यदि मैं कोई चुटकुला सुनाता हूँ, तो वह प्रामाणिक रूप से एक विधि होती है, क्योंकि केवल हँसने के क्षणों में ही तुम अपना पूरा मुँह खोलते हो, जिससे मैं तुम्हें किसी चीज़ के निगलने में तुम्हारी सहायता कर सकूं। यह केवल एक विधि है–तुम्हारा मुँह खुला हुआ है और तुम सजग नहीं हो, और मैं कोई चीज़ उसमें फेंक सकता हूँ, जो वास्तव में उसके अंदर चली जाती है। तुम्हारा मन उस समय कोई कार्य नहीं कर रहा होता है और उस समय न कोई विचार ही होते हैं।

जब तुम हँसते हो, तो मन विसर्जित हो जाता है। हँसने में मन अस्तित्व में रह ही नहीं सकता–क्षण भर के लिए वहाँ एक अंतराल हो जाता है, और मैं इसी अंतराल को खोजता हूँ। इस अंतराल के निर्मित होने का अत्यधिक महत्व है, क्योंकि इस अंतराल के द्वारा ही मैं तुम्हारे साथ संबंध जोड़ सकता हूँ।

• अंतिम प्रश्न–मैं समर्पण करना चाहता हूँ और फिर भी...

उत्तर–यही है मनुष्य का मन, जरा देखें, कि वह कैसे कार्य करता है। वह हमेशा विरोधाभास में जीता है। एक चीज़ वह चाहता भी है, और ठीक उसी समय वह उससे डरता भी है। मन कभी भी समग्र हो ही नहीं सकता। मन का अस्तित्व व्यक्तिगत रूप से होता है।

इसलिए यदि तुम समर्पण करने के लिए उस क्षण की प्रतीक्षा कर रहे हो, जब तुम्हारा मन पूर्ण रूप से 'हाँ' कहे, तो यह कभी भी होने वाला नहीं है। अधिक-से-अधिक तुम एक ही चीज़ की आशा कर सकते हो–यदि तुम्हारे मन का बड़ा भाग आगे बढ़ने को कह रहा है, तब आगे बढ़ जाओ; मन के, बड़े भाग की ही बात सुनो और उसके छोटे भाग के बारे में चिंता करो ही मत। कभी-कभी ठीक इसके विपरीत भी होता है–लोग अपने मनो के छोटे भाग के बारे में फिक्र किए चले जाते हैं।

एक दिन कोई व्यक्ति मुझसे कह रहा था–'मैं नब्बे प्रतिशत संन्यास लेने को तैयार हूँ।' मैंने उससे कहा–"नब्बे प्रतिशत? भाई, यह तो एक चमत्कार है। फिर एक क्षण की भी प्रतीक्षा मत करो, क्योंकि कौन जानता है? बस ले ही लो संन्यास!" उसने कहा–लेकिन मन का यह दस–प्रतिशत भाग, मैं इस बारे में क्या करूँ? यह कहे ही चले जा रहा है–"नहीं, इसलिए मैं अभी प्रतीक्षा करूंगा।"

लेकिन वह व्यक्ति इस ओर से सजग नहीं है, कि प्रतीक्षा करने की बात का निर्णय लेना भी एक चुनाव है, और उसे न लेना भी एक चुनाव है। तुम यह नहीं चुन सकते कि तुम कोई भी चुनाव करो ही मत–तुम्हें यह स्वतंत्रता नहीं दी गई है। तुम कुछ भी न चुनने का चुनाव नहीं कर सकते। तुम प्रत्येक क्षण चुनाव ही कर रहे हो। तुम्हें एक चुनने वाला बना ही रहना होगा।

मनुष्य स्वतंत्र नहीं है कि वह चुनाव करे ही न, पर स्मरण रहे, तुम केवल एक भ्रम उत्पन्न कर सकते हो–कि वह मनुष्य यह सोच रहा है कि वह अभी चुनाव इसलिए नहीं कर रहा है, क्योंकि उसका दस प्रतिशत मन उससे इन्कार कर रहा है। लेकिन वह दस प्रतिशत के पक्ष में चुनाव कर रहा है–वह संन्यास नहीं ले रहा है। वह अपने दस प्रतिशत की खातिर नब्बे प्रतिशत भाग के निर्णय के विरुद्ध जा रहा है। यह मूढ़ता है। कम-से-कम थोड़े-से तो प्रजातांत्रिक बनो।

मन की पूर्ण सहमति की प्रतीक्षा करो ही मत। मन कभी पूर्ण होता ही नहीं। और जब समग्रता आती है, तो मन विसर्जित हो जाता है। वास्तव में तुम समर्पण करने का प्रयास इसीलिए कर रहे हो, जिससे तुम समग्र हो सको। अब यदि तुम समर्पण करने की आवश्यकता मान कर समग्रता की मांग कर रहे हो, तब तुम पूरी तरह से बेवकूफी कर रहे हो।

मैंने एक बहुत पुराने चर्च के बारे में सुना है। वह चर्च बहुत प्राचीन था और उसकी इमारत ढहने के कगार पर थी। थोड़ी-सी हवा चलने पर ही इमारत हिलने लगती थी। लोगों ने भयभीत होकर, वहाँ आना ही बंद कर दिया था।

तब निर्देशक मंडल और कमेटी के लोग एक दिन इकट्ठे हुए। लेकिन वे चर्च के अंदर नहीं गये, क्योंकि उसके अंदर जाना खतरनाक था। इसलिए वे सभी चर्च के बाहर ही मिले। उस मीटिंग में उन्होंने यह निर्णय लिया कि अब इस बारे में कुछ-न-कुछ तो करना ही होगा–क्योंकि लोगों ने चर्च में आना बंद कर दिया है, और पादरी भी उसके अंदर नहीं जाता। इमारत किसी भी क्षण गिर सकती है, और यह एक चमत्कार ही है कि वह अभी तक गिरी नहीं है। आख़िर हम लोगों को अब क्या करना चाहिए?

लेकिन कट्टर धार्मिक चित्त वाले लोग...वहाँ कई बूढ़े लोग भी थे, जिन्होंने कहा–"यह बहुत प्राचीन और ऐतिहासिक चर्च है, इसलिए हम लोग उसकी इमारत को गिरा भी नहीं सकते।"

और वहाँ अन्य नये लोग भी थे, जिन्होंने कहा–"हम लोगों को इस इमारत को गिराना ही होगा, अन्यथा यह किसी दिन किसी को जान से मार देगी। हम लोगों को इसके स्थान पर एक नया चर्च बनाना चाहिए।"

और वहाँ इस विषय पर काफी तकरार हुई। आख़िर किया क्या जाए?

तब वे लोग समझौता करने के बाद किसी निर्णय पर पहुँचे और उन्होंने यह प्रस्ताव पारित किया–"हम लोग पहिले इस निर्णय पर पहुँचे हैं कि नया चर्च बनाया जाना है। हम लोगों का दूसरा निर्णय यह है कि पुराने चर्च की इमारत को गिराया जाना है। हम लोगों का तीसरा निर्णय यह है कि नया चर्च ठीक पुराने चर्च जैसा ही, ठीक उसी स्थान पर बनाया जाना चाहिए, और नये चर्च को बनाने में पुराने चर्च की ही सारी सामग्री का प्रयोग किया जाना चाहिए, किसी भी नई सामग्री का प्रयोग नहीं किया जायेगा, जिससे उसकी प्राचीनता बनी रहे। और चौथा निर्णय यह है कि जब तक नया चर्च तैयार न हो जाए, हम लोग पुराने चर्च का ही प्रयोग करते हुए उसमें ही जाते रहेंगे।

अब इसका होना किस प्रकार संभव है? समझौते से कोई भी सहायता मिलने वाली नहीं।

यदि तुम समर्पण करना चाहते हो, तो तुम स्वयं अपने अंदर ही निरीक्षण करो, यदि तुम्हारे मन का बड़ा भाग तैयार है, तब छलांग लगा जाओ।

मास्को में एक रूसी साम्यवादी अपने जीवन से इतना अधिक हतोत्साहित हो गया कि आत्महत्या करने का निर्णय लिया। उस शाम वह टहलता हुआ, अपनी बांह के नीचे एक डबल रोटी दबाकर कस्बे की ओर बढ़ा। जब वह रेल पटरियों के जंक्शन पर पहुंचा, तो वह पटरियों के ऊपर लेट गया। उधर से गुज़रते हुए एक किसान ने इस अजीब दृश्य को आश्चर्य से देखते हुए उससे पूछा–

"इन पटरियों पर लेटे हुए आख़िर तुम क्या कर रहे हो?" उस कामरेड ने उत्तर दिया–"मैं आत्महत्या करने जा रहा हूँ।"

किसान ने पूछा–"फिर इसके लिए तुम्हें डबल रोटी की क्या जरूरत है?

कॉमरेड ने उत्तर दिया–"इस कस्बे में रेलगाड़ी आने में इतना अधिक समय लग जाता है कि एक आदमी तब तक भूखा ही मर सकता है।"

लेकिन देखने की यही चीज़ है कि मनुष्य का मस्तिष्क किस तरह कार्य करता है। तुम तो आत्महत्या करने को तैयार हो।

उन दिनों मैं एक प्रोफ़ेसर साहब के घर के बगल वाले घर में रहा करता था। हम दोनों एक ही विश्वविद्यालय में प्रोफ़ेसर थे। मैं वहाँ नया-नया आया था और पहिली ही रात मैं थोड़ा परेशान हो गया, जब प्रोफ़ेसर और उनकी पत्नी ने आपस में झगड़ना शुरू किया। और उनकी लड़ाई चलती ही रही और मैं उनके बीच होने वाली प्रत्येक बात सुन रहा था। चूंकि मैंने अभी तक उन्हें अपना परिचय भी नहीं दिया था, इसलिए अर्द्धरात्रि में उनके घर जाकर बीच में दखलन्दाजी देना अनाधिकार प्रवेश करना होता, इसलिए प्रतीक्षा करते हुए मुझे केवल देखना भी था कि आगे क्या होने जा रहा है?

अंत में प्रोफ़ेसर ने कहा कि वह घर के बाहर जाकर आत्महत्या कर लेंगे, तब मुझे थोड़ी-सी चिंता हुई। मैं बाहर आया। प्रोफ़ेसर घर से बाहर आ गये थे, और उनकी पत्नी बंद दरवाजे के पास खड़ी थी। मैंने उनसे पूछा–"आख़िर क्या मामला है? क्या मैं कोई सहायता कर सकता हूँ?"

उनकी पत्नी ने कहा–"आप फिक्र मत कीजिए। यह तमाशा सौ बार

हो चुका है। यह कहते हुए जाएंगे और वापस लौट आएंगे। यह कभी भी आत्महत्या करते नहीं, लेकिन हर बार धमकी जरूर देते हैं।"

और पांच सात मिनट बाद ही वह वापस लौट आये। और मैंने उनसे पूछा–"इतनी जल्दी आप वापस लौट आये? आपने आत्महत्या नहीं की?"

उन्होंने उत्तर दिया–"क्या आप देख नहीं रहे? पानी बरस रहा है। और रेल की पटरी यहाँ से काफ़ी दूर है। और मैं अपने साथ छाता भी नहीं ले गया था।"

मन इसी तरह का होता है। वह विरोधाभास में सोचे चला जाता है।

उस युवक ने अपने स्वप्नों की रानी को पत्र लिखते हुए कागज़ पर अपने हृदय का पूरा प्रेम उड़ेल दिया। उसने लिखा–"प्रियतम! मैं तुम्हारे लिए पर्वत की सबसे ऊंची चोटी पर चढ़ सकता हूँ, मैं विशाल झील को तैर कर पार कर सकता हूँ, मैं जलते हुए रेगिस्तान को पार कर सकता हूँ, और तुम्हारी खातिर मर भी सकता हूँ।

पुनश्च–मैं तुमसे शनिवार को मिलने के लिए आऊँगा–यदि उस दिन वर्षा नहीं होती तो...।'

अब यह 'यदि' शब्द का प्रयोग करना छोड़ दो। यदि तुम वास्तव में समर्पण करना चाहते हो, तो कर दो समर्पण। यदि तुम यह अनुभव करते हो कि यह 'यद्यपि' शब्द अधिक मजबूत है, तो तुम इस बारे में भूल ही जाओ। तब तुम्हारे लिए संन्यास लेने और समर्पण करने का ठीक क्षण अभी आया ही नहीं।

मन निरंतर विरोधाभासी बने रहना चाहता है, क्योंकि उसके जीवित बने रहने की यह एक चाल है। और तुम्हें हमेशा असंतुष्ट बनाये रखने का यही उसका ढंग है। तुम कोई काम करना चाहते हो तुम्हारे मन का एक भाग कहता है–'करो', और दूसरा भाग कहता है–'मत करो' । यदि तुम उस कार्य को करते हो, तो वह खंड जो इस पक्ष में नहीं था, वह उस कार्य की निंदा किये जायेगा और कहे चले जायेगा–"यह करना व्यर्थ था, और मैं तुमसे ऐसा बिल्कुल शुरू से ही कह रहा था, कि तुम्हें निष्फल और निराश होना पड़ेगा।"

यदि तुम उस कार्य को नहीं करते हो, तो मन का दूसरा खंड जो उसे करना चाहता था, तुमसे कहे चले जाएगा–"उसे जरूर करो, अन्यथा तुम किसी महान चीज़ से चूके चले जा रहे हो। उसे करते क्यों नहीं?" प्रत्येक दशा में तुम निराशा और कुंठित रहोगे।

और मन हमेशा प्रसन्न रहता है, यदि तुम केवल विचार करते रहो। कोई भी कार्य किया नहीं, कि मन भयभीत हो जाता है क्योंकि जब तुम कोई भी काम करते हो तो उसमें डूब कर तुम उससे प्रतिबद्ध हो जाते हो। मन स्वप्न देखने और कामनाओं के ख्याल में ही समय बिताना चाहता है। क्या तुमने अपने ही अंदर कभी इस बात का निरीक्षण किया है? यदि नहीं किया है, तब निरीक्षण करना। तुम जब भी कोई काम करने का विचार करते हो, तो अनेक विकल्प वहाँ होते हैं। मन के पास विचार करने की महान स्वतंत्रता है।

उदाहरण के लिए, यदि तुम एक कार खरीदना चाहते हो, तो तुम एक शोरूम में जाते हो। तुम्हारे पास चुनने के लिए कई किस्म की कारें उपलब्ध होती हैं। तुम यह अथवा वह, अथवा वह खरीद सकते हो, तुम सभी के बारे में सपना देख सकते हो, लेकिन तुम केवल एक कार ही खरीद सकते हो। जिस क्षण तुम उसे खरीदते हो, तो वास्तव में सौ कारों में से तुम निन्यानवें कारों से तुम चूक गये, और यह विचार ही तुम्हें कष्ट पहुँचाता रहेगा। अब तुम्हारे मन के पास केवल एक ही कार है और वह उसमें सभी तरह की कमियाँ खोजना शुरू कर देगा। और मन के शेष खंड जो दूसरी कारें खरीदना चाहते थे, तुमसे कहना शुरू कर देंगे–"मैं तो तुमसे बहुत पहले से ही यह कह रहा था।'

इसलिए एक मनुष्य निरंतर कुंठाग्रस्त रहता है। तुम चाहे कुछ भी करो, वह निराशा ही लाती है, क्योंकि कुछ भी करना हमेशा तुम्हारी स्वतंत्रता को बाधित कर देता है, वह एक बंधन बन जाता है। बिना कोई भी काम करते हुए तुम चुनाव करने के लिए स्वतंत्र होते हो, क्योंकि तुम चुनाव तो केवल मन में ही करते हो। तुम चुनाव बदल सकते हो, तुम बदल कर यह अथवा वह कार्य कर सकते हो, इस सुबह तुम इस चीज़ को खरीदने

जा रहे हो, और शाम होने पर तुम दूसरी चीज़ खरीदने जा रहे होते हो—और तुम इसी सतह से मन से खेलते रह सकते हो।

यही कारण है कि विचारकों और दार्शनिकों को बहुत-सी चीज़ों और कामों को करने के लिए नहीं जाना जाता।

और बिना कुछ भी किये हुए तुम कुछ भी प्राप्त नहीं कर सकते, तुम उपलब्ध नहीं हो सकते। तुम्हें कुछ-न-कुछ तो करना ही होगा। तुम्हें कहीं किसी कार्य के लिए प्रतिबद्ध होकर उसमें अपने को लगाने का साहस जुटाना ही होगा, अन्यथा तुम बैठे–बैठे सोचते रहोगे और सपने देखते रहोगे। वह सभी कुछ व्यर्थ और अर्थहीन होगा—वह ऊर्जा का व्यर्थ अपव्यय करना होगा।

इसलिए या तो इसे करने का निर्णय लो, अथवा इसे न करने का, लेकिन दोनों के बीच अनिर्णय की स्थिति में लटकते मत रहो। निर्णायक बनो। निर्णायत्मक होना सदा ही शुभ होता है। इसमें अभिन्नता उत्पन्न होती है, यह रागग्रता लाती है। यह तुम्हारी बिखरी तरल चेतना को एकीकृत और स्फटिक जैसा बनाकर केंद्रित करती है।

(निरंतर...)

• • •